KB083514

필자	김 번	김양선	김희영	노화남	박정애	박현숙	서인석	손윤권	손태도
신동흔	심우장	유인순	이강엽	이강옥	이보형	이상신	임형택	전신재
정현숙	천혜숙	최원식	최종남	하창수	홍태한	황인덕

한국의 이야기판 문화

초판 인쇄 2012년 8월 1일 **초판 발행** 2012년 8월 10일

엮은이 김유정기념사업회 **펴낸이** 박성모 **펴낸곳** 소명출판 **출판등록** 제13-522호

주소 서울시 서초구 서초동 1621-18 란빌딩 1층

전화 02-585-7840 **팩스** 02-585-7848 **전자우편** somyong@korea.com **홈페이지** www.somyong.co.kr

값 36,000원

ISBN 978-89-5626-738-8 93810

ⓒ 2012, 김유정기념사업회

잘못된 책은 바꾸어드립니다.

이 책은 저작권법의 보호를 받는 저작물이므로 무단전재와 복제를 금하며, 이 책의 전부 또는 일부를 이용하려면
반드시 사전에 소명출판의 동의를 받아야 합니다.

Korean Culture of Storytelling Place

한국의 이야기판 문화

김유정기념사업회 편

 소명출판

한 작가의 업적을 선양, 전승하는 일은 검증된 그 가치를 시대의 흐름에 걸맞은 새롭고 다양한 문화콘텐츠로 거듭날 수 있는 학문적 토대 다지기로부터 시작되어야 할 것입니다.

그런 취지에서 김유정기념사업회는 지난 10여 년 동안 작가의 생애와 작품세계를 기리는 모든 사업에 이 분야 학자들의 전문성을 체계적으로 집약하고 그것의 구체적 활용을 위한 '김유정학술회의'를 중심에 두고 실천해왔습니다.

그 동안 김유정문학제 및 김유정탄생100주년 학술대회 등에 참여한 학자만 해도 88명에 이르며 그 성과물로서의 두 권의 책 『김유정문학의 재조명』(2008년)과 『한국의 웃음문화』(2008년)의 발간은 학계 및 김유정 선양 사업의 주요한 업적으로 평가받은 바 있습니다.

김유정문학을 재조명하는 이러한 학술적 성과를 뒷받침으로 하여 지방자치단체와 지역의 모든 문화예술인들은 김유정의 고향이며 작품 12편의 무대가 되는 춘천 실레마을을 이야기마을로 만들어야 한다는 데 뜻을 모았습니다.

이에 맞춰 김유정기념사업회는 '김유정문학촌 이야기마을 조성 방안이란 주제로 이 분야의 가장 권위 있는 학자들을 초빙하여 '김유정 학술회의'를 3년에 걸쳐 열어왔습니다. 이는 작가 김유정이 그 언어에서나 내용에서, 혹은 진술방식에서 참으로 훌륭한 이야기꾼이었다는데 근거를 둔, 한국의 이야기판 문화의 실천적 모색이었다고 할 수 있습니다.

3년간 펼친 학술회의 발표 논문을 모아 발간한『한국의 이야기판 문화』가 김유정문학촌 개관 10주년에 맞춰 발간됨을 매우 뜻 깊게 생각합니다. 이것을 바탕으로 실레 이야기마을이 특화된 문화마을로, 즉 이야기기가 있는 이야기산업의 중심으로 자리 잡게 될 것이란 기대가 크기 때문입니다.

김유정기념사업회는 그동안 주최한 '김유정학술회의'를 앞으로 얼마간 중단하기로 하였습니다. 이는 이제까지 10년간 축적된 학문적 성과물을 이야기마을에서 구체적으로 실현하기 위한 프로그램 만드는 일에 힘을 모으기 위해서 입니다. 축적된 이론과 그 활용 전략을 어떻게 한국 이야기판 문화로 승화시킬 것인가에 대한 고민의 시간이 필요하다는 생각입니다.

10년간 김유정학술회를 알차게 기획하고 무게 있게 이끌어 오신, 좌장 전신재 교수님께 깊이 경의를 표합니다. 발표에 이어 옥고를 정리해 주신 필자 여러분께, 그리고 어려운 여건 속에서도『김유정문학의 재조명』과『한국의 웃음문화』에 이어『한국의 이야기판 문화』를 펴내주신 소명출판에도 진심으로 고마움을 전합니다.

2012년 6월
김유정기념사업회 이사장
전상국

우리는 이야기판이 사라져가는 시대를 살고 있다. 옛날의 그 풍성했던 이야기판은 이제 거의 사라졌다. 안방, 사랑방, 마을방, 봉놋방, 정자나무 아래, 원두막 등에서 옛날에는 얼마나 풍성한 이야기꽃을 피웠던가! 옛날에는 약국에서도 이야기판을 벌였다지만 요즈음에 약국에서 이야기판을 벌이는 일은 없다.

1678년에 요로원의 어느 주막에서 처음 만난 두 사람, 양반인 척하는 상민과 상민인 척하는 양반이 밤 가는 줄 모르고 이야기판을 벌였고(박두세, 『요로원야화기』), 1780년에 박지원은 중국의 옥갑에서 비장들과 밤새도록 이야기판을 벌였다(박지원, 「옥갑야화」, 『열하일기』). 이에 앞서 1348년에 이탈리아 피렌체 교외에 있는 피에졸레 언덕 위의 별장에서는—그것이 허구이기는 하지만—일곱 명의 귀부인과 세 명의 아름다운 청년이 열흘 동안 이야기판을 벌였다(보카치오, 『데카메론Decameron』). 지금은 이러한 풍경들이 사라지고 없다. 요즈음 사람들은 이야기를 이야기하지도 않거니와 잡담하기도 싫어하는 것 같다. 전동열차 안의 승객들은 옆 사람과 이야기를 나누지 않고 각자 자기의 스마트폰에 몰두한다. 엘리베이터에 동승한 두 사람도 마찬가지이다.

이야기판의 붕괴는 문화사의 거대한 흐름이다. 이를 인위적으로 제어할 수는 없다. 발터 벤야민Walter Benjamin은 근대소설이 융성하기 시작하면서 이야기판이 쇠퇴해가는 상황을 면밀하게 검토한 바 있다(「이야기꾼과 소설가」, 『발터 벤야민의 문예이론』). 인류의 문화사에서 구술문화가 문자문화로 바뀌면서 이야기판도 소설로 바뀐 것이다. 즉 근대소설의 발달이 이야기 쇠퇴의 분기점이 된 것이다.

그런데 구술문화는 인간과 인간을 결집시키는 데에 반해서 문자문화는 인간과 인간을 격리시키는 문제가 있다. 이야기판에서 사람들은 하나로 결집된다. 이야기판은 한 명의 화자가 이야기를 구연하고 다수의 청중이 그것을 듣기만 하는 상황이 아니다. 이야기판은 여러 사람들이 힘을 합하여 공동체의 이야기를 만들어내는 문화 창조의 현장이다. 이야기판은 하나의 생명체이다. 이에 반하여 '소설가는 고독한 밀실에서 작업을 하고 독자는 사람들과 격리된 내실에서 소설을 소비한다.'

그러므로 이야기판의 소멸은 곧 공동체의 소멸이고, 사람 냄새나는 문화의 소멸이다. 따라서 이야기판을 복원하는 일은 곧 공동체 문화를 복원하는 길이 될 것이다. 하지만 첨단 매체가 지배하는 현대문화의 거대한 흐름 속에서 이것이 과연 가능하겠는가? 사람 냄새나는 문화를 건설하기 위하여 우리는 무엇을, 어떻게 할 것인가? 이것이 우리가 당면하고 있는 문제이다. 이러한 문제를 논의하기 위한 기반을 마련하기 위하여 우리는 이 책을 엮었다.

이 책은 세 개의 큰 대목과 부록으로 구성되어 있다. 제1부 '이야기판의 구조와 인간의 삶'에서는 이야기판을 인간의 삶과 관련시켜 네 방면으로 조명한다.

심우장은 이야기판의 작동원리를 구명한다. 이야기판은 이야기꾼 한 사람이 이야기를 하고 청중이 그 이야기를 듣기만 하는 상황이 아니라, 이야기판 전체가 하나의 살아 있는 유기체라는 것이 이 논문의 골자이다. 다시 말해 이야기판이 자체의 생명을 가지고 살아 움직이면서 성장한다는 것이다. 가령 이야기판에서 작동하는 기억은 이야기꾼 한 사람의 기억이 아니라, 이야기판에 참여하는 모든 사람의 기억들이 유기적으로 맥락을 찾으면서 작동을 한다는 것이다. 이 논문에 의하면 이야기판은 거대한 협력 구연의 장이자 우호적 경쟁의 장이고, 기억의 공유 시스템이다.

이강엽은 이야기판에서 웃음이 작동하는 원리를 탐색한다. 사실 우리는 혼자 이야기책을 읽으면서는 잘 웃지 않지만 여럿이 함께 참여하는 이야기판에서는 잘 웃는다. 똑같은 이야기일지라도 혼자서 읽을 때와 그것이 이야기판에서 구연될 때는 그 상황이 다르다. 이 논문은 일상적 언어 질서에서의 일탈, 언어 외적인 여러 조건, 텍스트 외적인 여러 조건 등에서 웃음이 유발되는 요인들은 찾아낸다. 그리고 웃음은 화자와 청중이 소통하는 수단이고, 공동체를 형성하는 원동력임을 강조한다.

홍태한은 한 사람이 기록한 문헌설화와 여러 사람들이 모인 이야기판에서 구연되는 구비설화의 인물 형상을 비교한다. 가령 남이 장군 설화의 경우, 문헌설화는 그는 비범한 능력을 가졌지만 제 명대로 살지 못하고 죽은 인물임을 이야기하는 데에 반하여 구비설화는 그가 민간신앙의 대상으로 숭배받는 이유를 밝히는 데에 중점을 둔다. 전자가 사실적이라면 후자는 상징적이다. 여기에서 상징적이라는 것은 그 인물 형상이 현실을 부정하고 새로운 세상을 창조하려는 변혁의 욕구와 그의 억울함이 신원伸寃되어 지배층의 용인을 받는 안주의 욕구를 함축하고 있다는 뜻이다. 이어서 이 논문은 현대인들은 이야기판 향수자로서의 변혁과 안주의 욕구를 상실하고, 대중매체가 표출하는 욕구에 수동적으로 길들여지고 있다는 것을 지적한다.

박현숙은 이야기꾼이면서 이야기판 연구자이다. 그것이 이 논문의 의도하는 바는 아니지만, 우리는 이 논문을 통해서 오늘날의 이야기판의 상황을 생생하게 파악할 수 있다. 그는 이야기꾼으로서의 생생한 체험을 바탕으로 하여 현대사회에서 이야기판을 살려내는 방안들을 제시한다. 이 방안들은 어떤 이야기를 어떻게 들려줄 것인가에 논의의 초점을 맞추고 있는데 현실적이고 구체적이어서 설득력이 강하다. 그가 제시한 방안들은 이 방면에 관심을 가진 분들에게 실질적인 도움을 줄 수 있을 것이다. 그리고 우리는 이 논문을 통해서 이야기판 문화야말로 사람 중심의 문화라는 것을 다시 한 번 확인하게 된다.

제2부 '이야기꾼과 이야기판의 과거와 현재'에서는 여섯 학자가 다양한 논의를 펼친다.

천혜숙은 1980년대부터 이야기꾼과 이야기판을 천착穿鑿해 온 연구자이다. 이번 논문에서 그는 조선시대에 활약한 약 20명의 전문 이야기꾼들에 대한 기록들을 통하여 그들의 실상을 추적한다. 조선시대에는 전문 이야기꾼의 계보가 형성되어 있었다는 것, 그리고 그들은 이야기를 만들어내는 능력과 그것을 구연하는 솜씨가 뛰어나고, 자신만의 레퍼토리를 가지고 있었기 때문에 전문 이야기꾼의 팬fan도 있었다는 것, 또한 그들 나름대로의 이야기무대를 확보하고 있었고 경제적 보상을 받고 있었다는 것, 그러나 그들은 대단한 부를 획득하지는 못하였고 사회적 지위가 다른 장르의 예인에 비하면 그리 높지는 못했다는 것 등이 이 논문에서 밝혀진 내용들이다.

임형택은 18·19세기의 이야기꾼을 강담사講談師, 강독사講讀師, 강창사講唱師로 구분하여 고찰하였다. 강담사는 가장 일반적인 이야기꾼이다. 전문성이 부족하지만 이들의 이야기는 한문단편의 모태가 되었다. 강독사는 시가市街의 일정한 장소에서 이야기책을 청중에게 낭독해주고 돈을 받는 직업적 이야기꾼이다. 이들은 전기수傳奇叟라고 불리었다. 강창사는 곧 판소리꾼이며 세 부류 중에서 전문성이 가장 강하다. 이들은 민중의 성장해가는 사회의식을 대변한다. 강독사는 이미 지어진 소설을 낭송하지만 강담사와 강창사는 나름대로 소설 창작에 기여한다. 이 논문은 1975년에 쓰인 것으로 이 방면의 고전적 연구논문이다.

이강옥은 사대부의 이야기판을 살핀다. 이것은 상류계층에서는 문자문화를 수용하였고 하류계층에서는 구술문화를 수용하였다는 일반론에서는 참신한 접근법이다. 조모, 외조모, 모친 등 여성들이 주도하는 이야기판은 가문의 역사와 전통을 이어주는 역할을 하였다는 것, 사대부 남성들의 이야기판은 사대부 사회에 활력을 불어넣어 주었다는 것, 사회에서 소외된 선비들의 이야기판은 현실을 객관적으로 꿰뚫어보게 하였다는 것, 사대부의 이야기판은 야담의 모태가 되었다는 것 등은 주목할 만한 명제들이다.

이보형은 조선 말기부터 일제 강점기 초기까지 융성했던 재담才談과 일제 강점기 중기부터 후기까지 융성했던 만담漫談을 비교한다. 재담꾼의 대표자는 박춘재朴春載이고, 만담꾼의 대표자는 신불출申不出이다. 재담의 뿌리는 무당굿이고, 공연 내용은 한국의 전통 민속적 내용이고, 아니리와 소리를 섞어 짜서 공연하는데 말 버슴새는 전통적 아니리식이다. 이에 반하여 만담은 일본에서 유입된 문화이고, 공연 내용은 근대 도시의 대중생활이고, 말만으로 공연하는데 말 버슴새는 일본 신파식이다. 재담에서는 진광대와 어릿광대가 주종적임에 반하여 만담에서는 두 사람의 공연자가 대등하다. 재담과 만담은 이렇게 대조적이라는 것이 이 논문의 골자이다. 이 논문은 이어서 재담꾼과 만담꾼의 전승계보를 밝혀놓는다.

신동흔은 이야기꾼의 유형을 분류함으로써 전통 이야기 문화에 접근한다. 어느 학문에서나 분류는 가장 기본이 되는 것이니, 이것은 이야기 문화 탐구의 초석을 놓는 작업에 해당한다. 그는 활동 공간, 이야기의 종류, 소통 방식의 세 가지 기준에 따라 이야기꾼의 유형을 분류한다. 그리고 현재 활동하고 있는 이야기꾼들을 이 분류체계에 따라 분류하면서 한 사람 한 사람을 심도 있게 고찰한다. 이어서 그는 이야기 문화를 살려내기 위해서는 우선 이야기꾼을 살려내야 한다는 것을 전제하고 각종 이야기꾼들을 양성하는 구체적인 방안들을 제시한다.

이야기판의 복원은 곧 공동체의 복원이라고 할 때, 이야기판을 살려내기 위해서는 오랜 전통을 가지고 있는 이야기판의 문법을 면밀히 살펴야 한다는 그의 지적, 그리고 요즈음의 동화 구연은 그것이 일방적이라는 점에서 이야기 문화의 본질에서 벗어나 있다는 그의 지적은 경청할 만하다.

황인덕은 현재 활동하고 있는 이야기꾼 한 사람을 집중적으로 살폈다. 1936년에 출생한 민옥순은 21세기에 살고 있지만 현대문명의 세례를 받지 않았기에 전통적인 이야기꾼의 면모를 그대로 가지고 있다. 가정의 경제적 빈곤, 교통이 불편한 지리적 조건, 외부와 접촉이 거의 없는 폐쇄된 산촌 생활, 이야기책 읽기가 생활화된 가정환경, 담배꼭지 짓기·모찌기 등 이야기 구연이 요구되는 일터 등이 민옥순을 이야기꾼으로 만든 요인들이다. 산촌이라는 생활환경, 완고한 가치관, 전통적 방식의 이야기 문화 등이 민옥순이 보여주는 이야기꾼으로서의 독자성이자 시대성이다. 이러한 민족지적 성격의 연구가 계속 쌓이면 이야기판 문화의 실상이 좀 더 구체적으로 잡힐 것이다.

제3부 '김유정과 이야기판'에서는 세 개의 다른 시각이 김유정과 김유정문학을 조명한다.

최원식은 이야기꾼의 시각으로 김유정의 「안해」, 「산골」, 「산ㅅ골 나그내」를 조명한다. 그에 의하면 모더니즘 시대의 현대소설이 '보여주기'를 예술성의 징표로 삼는 데 반하여 김유정은 '이야기하기'를 끝까지 밀어붙인다. 가령 「안해」는 남편이 아내를 흉보는 이야기이다. 남편은 신이 나서 마을 사람들에게, 구수한 농민의 언어로, 아내의 못난 점을 하나하나 떠벌린다. 남편은 전형적인 마을 이야기꾼이다. 그런데 남편의 이야기를 다 듣고 나면 정작 못난 사람은 아내가 아니라 남편이다. 남편은 비애를 감추기 위하여 떠버리가 된 것인데, 표면에 나타나는 이야기꾼은 남편이지만 그 남편 뒤에 숨어서 남편을 조종하는 이야기꾼은 김유정이라는 것이다. 즉 김유정은 이야기꾼 이후의 이야기꾼, 즉 모더니즘 시대의 이야기꾼인 것이다. 그는 「산골」과 「산ㅅ골나그네」도 이러한 논리로 분석한다.

유인순은 김유정 실명소설 9편을 모아서 분석한다. 김유정을 대상으로 한 이 이야기들에서 김유정은 다양한 모습으로 나타난다. 사람들에게 제대로 대접을 받지 못하는 가난하고 불우한 사람, 예술가로서의 교만과 고집, 직선적이고 행동적이고 투사적인 성격, 천진한 어린아이의 모습 등을 함께 가지고 있는 사람, 생사의 기로에서 절망과 울음으로 점철된 비극적 인물, 우리가 진심으로 추모해야 할 인물, 심각한 내면적 고뇌를 가지고 있으면서 그것을 좀처럼 표출하지 않는 사람 등이 그것이다. 또한 이 논문은 김유정을 대상으로 하는 이야기를 제대로 만들기 위해서는 자료들을 공교하게 재조직하여 새로운 생명을 불어넣어주어야 한다는 것을 강조한다.

전신재는 김유정 소설의 형식과 내용을 이야기판과 관련시켜 논의하였다. 김유정 소설은 이야기판의 상황을 그대로 재현해놓은 형식을 취하고 있으며, 그의 소설들 중에는 설화에서 소재를 취해온 것이 상당수 있다는 것을 논의의 출발점으로 삼았다. 김유정의 소설에서 우리는 이야기성을 회복하려는 의지, 사람 냄새나는 인간 중심의 문화를 회복하려는 염원, 친숙함 속에서 현대성을 살려내려는 의도 등을 읽어낼 수 있음을 이 논문은 지적한다.

부록에는 미국의 이야기판을 소개하는 글과 이야기판 관련 논저 목록을 실었다.

박정애는 미국의 이야기 마을을 소개한다. 테네시 주의 존스버러가 그 마을이다. 인구 5천 명의 이 작은 마을에서 열리는 이야기축제에 1만여 명의 사람들이 몰려온다고 한다. 존스버러에서 이야기 구연은 언어, 성대모사, 몸동작 등을 이용하는 공연예술로 춤이나 마임과 어깨를 나란히 한다.

이야기판 관련 논저 목록을 정리해보았다. 논저가 110여 편에 불과하다. 논저가 약 1,500편에 이르는 설화 연구에 비해 이야기판 연구는 매우 부족함을 알 수 있다. 설화의 모태는 이야기판이고, 살아 있는 이야기판이 와해되고 남은 것이 설화라고 할 때, 우리는 근원에 대한 연구에는 소홀히 해 온 것이다.

2010년부터 2012년까지 3년 동안 김유정기념사업회에서는 '한국의 전통적인 이야기판의 실상'을 탐구하는 학술회의를 가졌다. 이것은 김유정문학촌을 이야기판을 벌이기에 좋은 장소로 만들기 위한 준비 작업이었다. 심우장, 이강엽, 홍태한, 박현숙, 천혜숙, 이보형, 신동흔, 황인덕, 최원식, 박정애(게재순)의 논문들은 그 학술회의에서 발표된 논문들이다. 그 후 이들의 대부분은 학술지에도 게재되었다. 게재 학술지들은 이 책의 부록에 나와 있다. 임형택의「18·19세기 '이야기꾼'과 소설의 발달」은『한국학논집』2(계명대 한국학연구소, 1975)에 실렸던 것을 이 책에 싣기 위하여 임형택 교수가 직접 수정한 것이다. 이강옥의「사대부의 삶과 이야기 문화」는 서대석 외,『한국인의 삶과 구비문학』(집문당, 2002)에 실렸던 것이고, 유인순의「김유정의 이야기꾼들」은 유인순의『김유정을 찾아가는 길』(솔과학, 2003)에「김유정 실명소설 연구」라는 제목으로 실렸던 것이다. 전신재의「김유정 소설과 이야기판」은 김유정학회 편『김유정의 귀환』(소명출판, 2012)에 실었던「김유정 소설의 설화적 성격」을 수정·보완하고 제목을 바꾼 것이다.

학술회의를 알차게 열 수 있도록 뒷받침해주신 김유정기념사업회의 전상국 이사장님, 발표와 토론 준비를 착실히 해주신 발표자들과 토론자들, 재수록을 허락해 주신 분들, 그리고 번거로운 작업을 꼼꼼하게 감당해주신 소명출판의 여러분에게 깊은 감사를 드린다.

2012년 6월
기획 및 편집책임
전신재

차례

13

제2부 | 이야기꾼과 이야기판의 과거와 현재

제4부 | 부록

제1부

이야기판의

구조와

인간의 삶

.

이야기판의 협력 구연과 기억의 공유

심우장

1. 이야기 문화 이해의 전제

이야기 문화를 이해하는 방식은 다양하다. 기존 연구에서는, 이야기 문화를 통해서 어떤 구체적인 작품이 전승되고 있는지, 그 작품은 어떠한 내용을 어떠한 형식에 담아내고 있는지, 시대가 변함에 따라 그 작품들은 어떠한 모습으로 탈바꿈하는지, 또 그 작품을 멋들어지게 구연하는 화자는 어떠한 수사적 취향을 가지고 있는지 등 다양한 차원에서 접근이 이루어졌다. 하지만 아쉬운 부분은 이러한 이야기 문화를 형성하였던 시스템에 대한 논의가 상대적으로 활발히 이루어지지 않았다는 점이다. 이 글에서 이야기 문화를 '판'의 관점에서 이해하려는 것은 이 때문이다.[1]

---

[1] 이야기 문화를 이야기판의 관점에서 연구한 성과는 다음과 같다. 홍태한, 「이야기판과 이야기의 변이 연구」, 경희대 석사논문, 1986; 홍태한, 「이야기판의 의미와 기능」, 『경희어문학』 11, 경희

이야기 문화가 집단문화의 성격을 많이 가지고 있다면 그러한 성격이 잘 드러날 수 있는 시스템에 대한 이해가 전제되어야 한다. 개별 이야기나 개별 화자보다는 이야기들의 관계나 이야기판 참여자들의 관계에 관심을 더 두어야 한다는 뜻이다. 이를 위해서는 시야를 좀 넓혀서 이야기들과 참여자들이 상호작용하는 '판'의 관점에서 이야기 문화 전체를 조망할 수 있어야 할 것 같다. 다시 말하면 이야기 문화를 이해하는 데에는 이야기 구연 및 전승의 시스템이라 할 수 있는 '이야기판'을 이해하는 것이 중요하다는 것이다.

시스템이란 여러 구성요소가 상호작용을 통해 특정한 관계를 가지면서 형성된 조직이다. 간단히 말하면 상호작용하는 개체군이다. 따라서 이야기판이라는 시스템을 구성하는 요소들이 어떻게 상호작용하면서 조직적으로 이야기를 구연해내는지를 살펴보는 것이 이야기 문화를 시스템의 관점에서 이해하는 주요한 방식이 된다. 이 글에서는 이를 위해 이야기판의 주요한 특성인 '협력 구연'의 문제를 시스템의 관점에서 논의해보고자 한다. 협력 구연이 이야기판의 시스템적 이해의 핵심 부분이라 생각하기 때문이다.

사실 원론적인 차원에서 보자면 이야기판이 이야기 문화를 형성하는 주요한 시스템이라는 지적은 그리 특별할 것이 없다. 하지만 실제 연구에서는 이러한 이야기판의 시스템적 성격에 대한 이해가 많이 부족했던 것 같다. 화자는 이야기를 구연하고 청자는 이에 반응한다는 것이 상호작용을 이해하는 핵심 틀이었기 때문이다.[2] 따라서 연구는

대 국문과, 1990; 홍태한, 「이야기판의 현장성」, 『한국민속학보』 6, 한국민속학회, 1995; 강진옥, 「이야기판과 이야기, 그리고 민중」, 『한국인의 삶과 구비문학』, 집문당, 2002; 이강옥, 「사대부의 삶과 이야기 문화」, 『한국인의 삶과 구비문학』, 집문당, 2002; 심우장, 「네트워크 이론으로 본 구비설화 이야기판의 구조와 특성」, 서울대 박사논문, 2006.
2 『구비문학개설』(장덕순 외, 일조각, 1992, 16쪽)을 보면 "설화는 반드시 화자와 청자의 관계에서, 화자가 청자를 대면해서 청자의 반응을 의식하면서 구연된다"고 했다. 하지만 이러한 전제만 가지고서는 이야기판의 협력 구연 양상을 제대로 이해하기는 좀 곤란할 것 같다.

주로 화자의 이야기 구연에 집중될 수밖에 없었고, 청자의 반응은 원론적인 차원에서 이야기되거나 화자의 구연을 이해하는 보조수단 정도로 취급되었다.

이 글에서는 이야기판을 거대한 협력 구연의 장이라는 관점에서 새롭게 접근한다. 나아가 이를 통해 이야기판이 단순히 이야기를 하고 듣는 물리적인 공간을 넘어서 전체 사회 시스템을 형성하고 변화시켜 나가는 중요한 커뮤니케이션 수단이라는 것을 이야기하고 싶다.

2. 이야기판의 자기조직화

이야기 문화를 이야기판이라는 시스템의 관점에서 보려 한다면, 우선 시스템의 기본적인 작동원리를 이해할 필요가 있다. 가장 일반적으로 생각할 수 있는 것은 유기체적인 원리이다. 이야기판을 하나의 유기체로 보자는 것이다. 유기체는 무기체와 다르다. 돌을 발로 차면 어디로 날아갈지 대강 짐작할 수 있지만, 강아지를 발로 차면 어디로 도망갈지 짐작하기 어렵다. 유기체는 외부의 자극에 대하여 나름의 체계를 가지고 반응하기 때문이다.

외부의 자극에 반응하기 위해서는 열린 구조를 가지고 있어야 한다. 그래서 외부 물질이나 에너지가 시스템 안으로 유입될 수 있도록 해야 하고, 그것이 내부 조직에서 반응하여 필요한 요소를 만들 수 있어야 한다. 이야기판으로 말하자면, 현실세계로부터 이야기의 재료와 자극을 받아들여 이야기판 안에서 이야기판 유지에 필요한 이야기들을 만들어내야 한다는 것이다. 이야기판은 또한 현실세계에 반응하기 위해서 이야기를 근거로 하여 다양한 형태의 담론을 만들어내기도 한다. 정리하면 이야기판의 유기체적 작동원리는 기본적으로 현실세계real world와 이야기story, 그리고 이야기들이 만들어내는 다양한 형태의 담론 discourse들의 상호작용으로 설명할 수 있을 것 같다. 도식화하면 다음과 같다.[3]

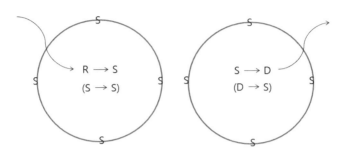

R을 현실세계라고 하고, S를 이야기라고 하고, D를 담론이라고 한다면, S로 둘러싸인 원은 이야기판이라 할 수 있다. 현실세계라는 재료와 자극을 바탕으로 이야기들이 생성되고, 이러한 이야기들의 묶음으로 이야기판이 형성되며, 이야기를 통해 담론을 산출함으로써 다시 현실세계와 소통할 수 있는 구조로 되어 있다.[4] 이러한 형태의 시스템을 흔히 유기체의 '자기생식시스템'이라고 한다.

이 시스템의 특징은 크게 두 가지로 요약할 수 있다. 첫째, 외부의 물질이나 에너지를 받아들여 스스로를 조직할 수 있어야 한다. 둘째, 조직이 반응하여 외부와 연결될 수 있는 부산물을 만들어낼 수 있어야 한다. 이러한 두 가지 과정을 순환시킴으로써 시스템은 외부 세계와 소통하면서 변화에 적응해나갈 수 있다. 이야기판은 현실세계로부터

---

3   이 도식은 피에르 루이기 루이지가 말하는 '최소 자기생식시스템에서의 2가지 기본 반응' 모형을 이야기판에 적용하여 작성한 것이다. 프리초프 카프라, 강주헌 역, 『히든 커넥션』, 휘슬러, 2003, 47쪽 참조.

4   흔히 이야기판을 생각할 때는 이야기 텍스트가 완성되어가는 장면만을 연상하게 되는데, 이야기판의 안팎이 어떠한 방식으로 교류하면서 시스템을 유지하는지를 파악하는 것이 중요하다고 본다.

재료와 에너지를 받아들여 이야기를 생성함으로써 스스로를 조직하고, 조직이 반응하여 다시 현실세계와 연결될 수 있는 담론을 만들어낼 수 있다는 점에서 유기체적인 자기생식시스템의 일종이라 할 수 있다.

이야기판이 열린 구조, 또는 순환 구조로 되어 있다는 것은 자체적으로 균형 상태를 유지하고 있지 않다는 것을 의미한다. 주어진 재료와 자극을 가지고 그 때 그 때 상황에 맞는 이야기를 생성함으로써 필요한 시스템을 만들어낼 수 있다는 것이다. 특정한 구조와 특정한 형태의 이야기판이 자연발생적으로 나타나며, 또한 동일한 재료나 자극에도 전혀 새로운 이야기판을 만들어갈 수 있는 것도 이야기판 시스템의 작동원리로 이해할 수 있을 것 같다.

이러한 자기생식시스템의 내부를 찬찬히 들여다보면 거기에는 또한 '자기조직화'라는 중요한 계기가 있음을 알 수 있다. 자기조직화라는 것은 복잡하게 얽힌 요소들이 상호작용하여 갑자기 질서 있는 조직을 스스로 만들어낸다는 뜻인데, 다음과 같은 예를 통해 확인해 보기로 하자.

> 할머니 3 : 우리 할머니도, 집이 오신다고.
>
> 조남임 : 각단시롭게 나온다.
>
> 오점순 : 그렇게 허란 말 안혔소? 아까는 허라고 해도 안허더니.
>
> 청중 일동 : 하하하
>
> 할머니 3 : 아 인자 고론 것이 생각이 나가디.
>
> 현지조사 자료, 432쪽[5]

노인정을 찾아서 이야기 구연을 요청하였지만 도무지 이야기가 생각나지 않는다면서 여러 할머니들이 무척 난감해했다. 그런데 〈도깨

---

[5] 이 자료는 심우장, 앞의 글, '부록 : 현지조자 자료'에서 인용한다. 이하 페이지만 표시하기로 한다.

비 이야기〉에 이어서 〈귀신 이야기〉가 구연되고 나서는 판에 전혀 참여하지 않았던 할머니 3까지 갑자기 "우리 할머니도"라고 하면서 이야기판에 끼어들었다. 이에 대해서 판을 이끌고 있었던 조남임이 "각단시롭게 나온다(참여한 모두가 이야기를 하기 시작한다)"는 표현으로 활성화된 이야기판의 상황을 정리하고 있다.

이런 상황은 노인정과 같이 여럿이 참여하는 이야기판에서는 흔히 접할 수 있다. 특정한 자극에 의해서 갑자기 특정한 이야기들이 쏟아져 나와서 특정 이야기판이 형성되는 것이다. 중구난방으로 이런 저런 이야기들이 불규칙하게 나오다가 갑자기 특정 이야기들이 쏟아져 나오면서 서로 경쟁적으로 먼저 구연하려는 모습을 보이는 것, 그리고 이를 통해 특정 주제와 관련된 다양한 담론들이 경쟁적으로 부딪히는 상황은 확실히 이전의 상황과 구별되는 측면이 있다.[6]

무질서하게 보였던 이야기판이, 갑자기 특정 유형의 질서 있는 이야기판으로 전환하는 이러한 과정은 복잡한 시스템에서 흔히 볼 수 있는 창발적 현상emergence으로 이해할 수 있으며, 이야기판을 구성하고 있는 다양한 요소들이 상호작용하면서 스스로 이러한 새로운 질서를 만들어냈다는 점에서 자기조직화 현상으로 이해할 수 있을 것 같다. 이야기가 많이 구연된다고 해서 효율적인 이야기판이라고 할 수 없다. 짜임새 있는 이야기판이 되기 위해서는 비슷한 성격을 지닌 이야기들이 일제히 구연되어 특정한 이야기판이 형성될 필요가 있다. 그래야만 현실세계와 보다 밀접한 담론을 짜임새 있게 생성해낼 수 있기 때문이다. 여기에 바로 자기조직화의 비밀이 숨겨져 있다.

사실 이야기판은 안정적인 시스템이라고 이야기하기는 좀 곤란하

6　마큐 뷰캐넌(『사회적 원자』, 김희봉 역, 사이언스북스, 2010, 29쪽)은 자기조직화의 핵심으로 '양의 되먹임positive feedback'을 지적하고 있다. 여기에서 양의 되먹임이란 특정한 요소나 과정들이 상호작용하여 더 많은 요소나 과정을 이끌어내는 것을 말한다. 양의 되먹임이 반복되면 특정 요소나 과정이 갑자기 폭발적으로 증가하게 되는데, 이야기판에서 특정 유형의 이야기가 갑자기 많이 구연되는 현상도 이와 비슷하다.

다. 누가 어떤 이야기를 어떠한 방향으로 이끌어갈지 아무도 예측할 수 없기 때문이다. 흔히 이것을 '비선형의 시스템'이라 이야기한다. 선형적 예측이 불가능하다는 것인데, 쉽게 표현하면 전체가 부분의 합과 같지 않다는 것이다. 비선형성이 가지는 단점은 예측성이 부족하다는 것이고, 장점은 시너지 효과를 낼 수 있다는 것이다.[7] 이야기판은 어디로 진행이 될지 아무도 알 수가 없다. 하지만 그것이 특별한 조건에서 새로운 구조와 질서를 창발해내면 대단한 시너지 효과를 낼 수 있다는 점에서 이야기판은 매력적인 시스템이라 할 수 있다.

이야기판이 비선형의 창발 시스템이라는 것은 우리가 흔히 이야기판에서 볼 수 있는 역동성을 효과적으로 설명해준다. 에너지가 충만하여 협력과 경쟁을 통해서 새로운 질서가 창발創發되는 조직을 만들어낼 수 있다는 점은 이야기판이 가지는 핵심적인 매력이다.

3. 이야기판에서의 협력 구연

이상과 같이 자기조직화하는 복잡한 시스템인 이야기판은 특히 협력을 통해서 다양한 시너지 효과를 낼 수 있다. 좀 확대해서 이야기하면 자기조직화하는 시스템에서는 근본적으로 구성요소들의 역할의 합으로 시스템이 운용되는 것이 아니라, 협력과 경쟁을 통해서 시너지 효과를 창출하면서 시스템이 운용된다. 다시 말하면 이야기판은 거대한 협력 구연의 장이면서 효율적인 자기조직화의 시스템이라는 것이다.

---

[7] 『동시성의 과학, 싱크』(스티븐 스트로가츠, 조현욱 역, 김영사, 2005, 248쪽)에서는 "시너지적 성격은 비선형계를 풍요롭게 만드는 원인이기도 하다"고 하였다.

이제 구체적으로 협력 구연의 실제 양상을 살펴볼 차례이다. 협력 구연의 양상은 이야기 구연의 전 과정에서 드러난다. 우선 이야기를 구연하게 되는 계기를 마련하는 데서 나타나는 협력 구연의 양상부터 예를 들어 살펴보자.

① 할아버지 1 : 그래 이전에는 맘대로 지냈는지 소머리, 소머리국을.

　　우원해 : 소머리국을 끓여, 그거 끓여 가지구.

현지조사 자료, 298쪽

② 할아버지 1 : 어. 그래가지구 여 텃밭에 있던 게 뭐여? 정문 뭔가?

　　우원해 : 정문이라는 거여. 예전에도 효자 열녀하면서 정문이라는 게 있어.

현지조사 자료, 299쪽

③ 할아버지 1 : 저기 들오면서 여기 예전에 두르, 저기 돌다리라는 게.

　　우원해 : 돌다리라는 게 그저 물내려가는 거 그거 저거 한 거. 1미터 남짓.

현지조사 자료, 299쪽

첫 번째 예에서는 우원해가 〈황장군묘〉에 대한 이야기를 구연하고 있는데, 할아버지 1이 명절날 묘에 제사를 지낼 때 특히 소머리국을 끓여서 먹었다는 것을 보충하려고 한 것이다. 두 번째 예는 〈고씨 정문〉이라는 이야기를 시작하는 부분이고, 세 번째 예는 〈돌다리 유래〉라는 이야기를 시작하는 부분이다. 세 곳 모두에서 보듯이 실제 이야기의 구연은 우원해가 주도적으로 해나가지만 그러한 이야기를 이끌어낸 것은 할아버지 1이다.

현실세계의 특정한 부분을 자극함으로써, 또는 이전에 이야기한 내용의 특정한 부분이나 이로부터 이끌어진 특정 담론에 자극받음으로써 새로운 이야기가 이야기판에서 구연될 수 있도록 하는 역할은 이야 기판의 모든 참여자들이 함께 맡는다. 위의 예에서도 할아버지 1은 이 야기를 주도적으로 구연하는 능력은 부족하지만 이야기를 이끌어내 는 능력은 탁월하여 나름대로 이야기판에서 자신만의 역할을 수행하 고 있는 모습이다.

스스로 이야기를 생각해내서 구연하는 경우도 있지만, 대체로 이야 기판에 참여하는 다양한 사람들의 자극에 의해서 이야기가 구연되는 경우도 꽤 많다.

> 박선비: 서러움도 많이 받고, 고상이 많아.
> 박인순: 옛날에 강태경이가 있는데.
>
> 현지조사 자료, 266쪽

박선비가 일제강점기 때 고생한 이야기를 마무리하고 있는 부분인 데 박인순이 갑자기 〈강태공 이야기〉를 꺼냈다. 강태공의 부인이 고생 한 부분과 연결고리가 있어서 이야기를 기억해냈다고 볼 수 있다. 실 제 이야기는 박인순이 했지만 박선비의 이야기가 없었다면 구연의 기 회를 얻지 못했을 것이다.

이야기판에서 이야기가 구연되는 계기는 다양한 방식에 의해 마련 될 수 있다. 물론 주도적인 화자가 혼자서만 줄기차게 이야기를 구연 할 수도 있지만, 이는 드문 경우라 할 수 있다.[8] 비슷한 위상을 가지고 있는 구성원들이 서로가 서로를 자극하면서, 또 이야기가 다른 이야기

---

[8] 순전히 혼자서만 구연하는 이야기판은 현실적이지 않다는 의미이다. 현지조사라는 특수한 상황 때문에 유능한 구연자가 독점하는 이야기판도 보편일 수 있다는 생각을 할 수 있겠지만, 설화 구연이나 전승의 본령이라 하기는 어려울 것 같다. 이야기 구연의 계기에서부터 이야기에 대한 담론적 평가에 이르기까지를 이야기판이라는 범주로 포괄한다면, 이야기판의 독점은 사실상 거 의 불가능하다. 기본적으로 이야기판은 대화를 중심으로 하는 구술문화적 현상이라 보는 것이 바람직하다는 생각이다.

를 자극하면서 계속해서 이야기가 구연될 수 있도록 하는 것이 보다 일반적이라 할 수 있다.

또한 특별히 이야기판의 사회자라 할 수 있는 '자원이동자'가 있어 이야기 구연 기회를 조절하는 경우도 있다.[9] 상황에 따라 적절하게 구연자와 구연 종목을 바꾸어주는 역할은 무척 중요하다. 구연을 잘하는 사람에게 기회를 더 많이 주고, 소외되어 있는 사람에게도 또한 최소한의 기회를 주는 역할을 함으로써 전체 이야기판이 집중력과 다양성을 함께 발휘하도록 한다. 이것 역시 이야기판 협력 구연의 전형적인 모습이다.

2

이야기의 구연 과정에서도 협력 구연의 양상을 살필 수 있다. 이는 세 차원에서 살펴보기로 한다. 첫째, 가장 기본적으로 이야기의 문맥에 동조하는 형태의 협력 구연이 있다.

① 이순자: 문틈 새로 손을 쑥 디밀어 보니깐, 털이 막 나 있거덩. 하하하.
　　할머니 4: 아이구 무서워. 하하하.

현지조사 자료, 306쪽

② 최이순: 그리서 어디로 빠져, 어디로 가서 죽어븠는게미.
　　진명순: 애터지제 또.

현지조사 자료, 415쪽

---

[9] 다수의 참여자들로 구성된 이야기판을 보면 대개는 이야기를 직접적으로 구연하는 데는 크게 관심이 없으면서 이야기판 전체를 조율하는 사람들이 있게 마련이다. 이들은 이야기판이 형성해 놓은 에너지를 적절하게 배분하여 이야기판이 보다 활성화된 형태로 유지되도록 조절을 하는 역할을 하는데, 이를 '자원이동자'라 명명하였다. 이에 대해서는 심우장, 앞의 글, 158~167쪽 참조.

첫 번째 예는 〈해와 달이 된 오누이〉를 구연하고 있는데, 할머니 4가 장난스럽게 '아이구 무서워'라고 하면서 문맥에 감정적으로 동조하고 있다. 두 번째 예는 최이순이 〈도깨비 이야기, 며느리 찾은 이야기〉를 하고 있는데 진명순이 부인을 찾는 남편의 애타는 심정에 적극 동조하고 있다. 이러한 감정적 동조는 대부분의 이야기판에서 나타나는 보편적인 현상이다. 사실 이러한 감정적 동조는 이야기 구연에 그리 큰 역할을 하지 않는 것처럼 보일 수 있다. 하지만 감정적 동조와 같은 간접 협력이 이야기판의 에너지를 효율적으로 활용하고 이야기판을 공유적 시공간으로 만들어주는 핵심적인 역할을 한다는 점은 무척 중요하다.[10]

둘째, 협력 구연은 또한 문맥을 좀 더 명확하게 하는 구실을 한다. 이야기를 하는 사람이나 듣는 사람이나 모두 자기 나름의 세계 지식을 동원하여 이야기를 구성해 나간다. 따라서 듣는 사람이 자기가 구성하고 있는 이야기의 맥락을 보다 명확하게 하는 것이 필요하다고 판단하면 언제든지 이야기 구연에 참여할 수 있다.

① 이재인 : 그래서 아프더래.
　강옥희 : 이제 아들을 이렇게 때려주니깐 나도 때리는 건 줄 알고 아버지를 때렸구만.

현지조사 자료, 280쪽

② 최선임 : 그 새끼대로 뀌가꼬 가라 그드래.
　진명순 : 꺼불이는 못 뀌겄네.
　최선임 : 잉. 긍께로 인자 새끼를 가늘게 꼰 사람은 그 새끼다 돈을 뀌가꼬 간디.
　최이순 : 지는 귀빌 틈이 없어 갖고 갈 수가 있어야제.

---

[10]　이에 대해서는 4절에서 자세히 논의한다.

첫 번째 예에서는 이재인이 부모를 때리는 〈바보 아들〉 이야기를 구연하면서 아들이 때리니 아프더라는 말을 하니까 듣고 있던 강옥희가 왜 아들이 부모를 때리게 되었는지를 설명해주고 있다. 부모가 아들이 예쁘다고 때려주니깐 자기도 때리는 건 줄 알고 때렸겠다는 추측의 말인데, 강옥희의 입장에서는 이것을 분명히 하는 것이 이야기를 이해하는 데 도움이 된다고 판단했던 모양이다. 실제로 이는 문맥의 의미를 제대로 파악하는 데 큰 도움을 주는 말이다. 두 번째의 예도 마찬가지다. 최선임이 주로 구연하고 있는데, 진명순과 최이순이 상황의 핵심을 자신의 말로 다시 설명해주고 있다. 새끼를 가늘게 꼰 하인들은 거기에 엽전을 잘 꿰어서 가져갈 수 있었는데, 딴전을 피면서 새끼를 성의 없이 굵게 꼰 꺼불이는 엽전을 가져갈 수 없었다는 것을 명확하게 이야기하고 있다. 위계질서가 명확하지 않은 이야기판에서는 이렇게 문맥을 보다 풍부하게 하고 핵심 문맥을 명확하게 하는 협력 구연이 아주 활발하게 이루어진다.

셋째로는 흔히 쉽게 파악할 수 있는 협력 구연의 양상으로, 이야기의 논리를 명확히 하는 것이 있다.

정휘동 : 도채비 방맹이허고.
이선희 : 아니, 노래 소리가 그 혹에서 나온다고 헌게 그거허고 바꾸자 했제.

정휘동은 매우 유능한 구연자이다. 하지만 〈도깨비 방망이〉를 구연하면서는 자신이 없는 눈치였다. 노래와 도깨비 방망이를 바꾸자 해서 도깨비 방망이를 얻었다는 식으로 이야기를 마무리하자 이선희가 노래가 혹에서 나온다고 해서 혹과 도깨비 방망이를 바꾸었다고 수정하고 있다. 정휘동도 자신의 실수를 인정하고 "그 혹에서 노래를 잘 헌게, 혹에서 나온단게, 혹허고 바꾸자겠어"라고 수정하여 구연하였다. 자신이 알고 있는 이야기의 논리에 맞지 않으면 언제든지 협력하여 보다 쓸 만한 이야기가 되도록 하는 것이 이야기판의 미덕이다. 다음의 경우도 마찬가지다.

> 조길례 : 거 호랑이가.
> 강복순 : 호랑이가 그렸가니, 첫번에부텀 이야기를 히야 헌디.
> 조길례 : 머 있다급뎌?
> 강복순 : 아 어린애를 둘 딜꼬 산디.
>
> 현지조사 자료, 445쪽

〈수수대 빨간 이유〉를 구연하면서 조길례가 호랑이를 먼저 언급하자 강복순이 이야기의 처음은 어린애를 둘 데리고 산다고 해야 한다고 주장한다. 조길례는 자신이 없던 터라 강복순에게 사실을 확인하는데, 강복순이 다시 한 번 확인해주자 이야기가 그쪽에서 진행되기 시작한다. 이렇게 구체적인 이야기의 내용이 자신이 알고 있는 것과 상충할 경우는 항상 이야기판에 끼어들어 자신의 주장을 펼칠 수 있는 것이 이야기판의 또 다른 매력이다. 이와 같은 협력 구연도 다양한 참여자로 구성되어 있는 이야기판에서 흔히 볼 수 있는 모습이다.

3

이야기를 현실세계와 소통시키는 과정에서도 협력 구연은 광범위하게 일어난다. 이것 역시 세 차원에서 살펴보기로 한다. 우선 이야기를 평가하는 과정에서 협력 구연이 관여한다.

① 최상님 : 안 죽고, 죽기로 내 논 사람을.

구애순 : 여 그 사람이 복인가비네.

최상님 : 예. 그 사람 살 운이여, 그것이.

현지조사 자료, 440쪽

② **진명순** : 아이고 그렇게 욕심이여. 옛날에는 꼭 아들, 아들 나면 좋은지 알고.

   할머니 1 : 잉.

   진명순 : 아덜 날라고.

현지조사 자료, 424쪽

③ **이덕자** : 그 할머니가 술밥 안 줬다고 그렇게 심통을 냈어.

   청중일동 : 하하하.

   할머니 6 : 그런게 줘야 돼.

   할머니 7 : 거 모르게 집어 먹어 버리제.

현지조사 자료, 308쪽

첫 번째 예에서는 최상님이 구렁이 알을 먹고 폐병이 나았다는 이야기를 하고 있다. 이에 대해 구애순이 평가하기를 그 사람의 복으로 살아나게 되었다고 했고 이에 대해 최상님도 동의하고 있는 장면이다. 구연은 최상님이 하고 평가는 듣고 있던 구애순이 했다는 점에서 협력구연의 전형이라 할 수 있다. 두 번째 예도 비슷하다. 할머니 1이 아들을 낳기 위해 갖은 애를 많이 썼다는 이야기를 하니까 진명순이 그것은 욕심이라고 평가하였다. 이에 대해서 역시 이야기를 구연했던 할머니 1이 동의하고 있다. 세 번째 예는 성격이 조금 다르다. 이덕자가 술밥을 나눠주지 않은 처녀를 골탕 먹인 할머니에 관한 이야기를 하자, 할머니 6이 술밥을 주지 않은 처녀를 나무라면서 술밥을 줬어야 했다고 하자, 할머니 7은 굳이 줄 때까지 기다리지 말고 모르게 집어 먹으면 되지 않느냐고 다른 주장을 펼치고 있다.

이야기가 구연되고 나면 그것에 대해 이런 저런 평가를 하는 것이 일반적인 이야기판의 모습이다. 평가는 대개 현실적인 의미를 지니고 있어서 이야기가 현실세계와 접목되는 경계 지점이기도 하다. 동일한 이야기에 대해서도 평가는 제각각일 수 있기 때문에 다양한 의견들이 표출될 수 있다. 이 때문에 이야기에 대한 평가는 항상 협력 구연이 일어날 수 있는 중요한 지점이다.

둘째, 이야기의 맥락을 현실의 상황과 연결시키는 부분에서도 협력 구연이 특별한 역할을 할 수 있다.

> 한옥순 : 근데 요즘에야 잘 지내는 거지 뭐.
> 강옥희 : 먹을 게 있어? 먹을 게 없지. 만날 농사를 지어도. 보리방아도 찧
> 어도 몰래 찧구.
> 이재인 : 옛날에는 농사가 잘 안 됐는지.
> 강옥희 : 보리방아를 찧어도 기계에도 못 찧구, 디딜방아에다 몰래 찧구.
> 다른 할머니 : 죄 뺏아가는 거여. 농사를 지은 다 뺏아가고.
>
> 현지조사 자료, 281쪽

이재인이 〈시아버지와 며느리의 팥죽 이야기〉를 구연하였는데, 이 야기를 마치자 한옥순, 강옥희 등이 그런 이야기가 나올 수밖에 없었던 시대적 상황을 설명해주고 있다. 협력 구연에 여러 명이 동원된 것은 이야기가 연결시킬 수 있는 당시 상황이 좀 복잡하기 때문이다. 본 이야기는 시아버지와 며느리가 팥죽을 몰래 먹다가 마주쳐서 멋쩍었다는 내용인데, 당시는 농사를 지어도 거의 대부분 빼앗기기 때문에 보리 같은 것을 몰래 감춰뒀다고 했다. 또한 기계로 방아를 찧으면 들키니까 디딜방아로 몰래 찧어 먹던 시절이라 이 이야기와 같은 상황이 벌어질 수 있었다고 했다. 이야기의 맥락을 현실의 상황과 적절하게 연결시키는 데 다수의 이야기판 참여자들이 협력하는 전형적인 모습

이다. 다음은 또 다른 차원에서 협력 구연이 펼쳐지고 있는 장면이다.

> 최광덕 : 긍께 옛날에는 전부 산 사람 갖다 파묻었대, 전에 옛날에는.
> 할머니 1 : 시방 태어나기, 요롱게라도 태어나기 잘했지. 진작 했드라먼 니리.
> 청중 일동 : 하하하하.
> 최광덕 : 죽으란 말은 잘 했제. 죽으면 갖다 파묻으란 말은.
> 할머니 1 : 그 지금보다 더 일찍 태어났드라먼 꼬름장을 헐 뻔 봤는디, 꼬름
> 장 안 헌게.

현지조사 자료, 415쪽

최광덕이 〈고려장이 없어진 내력〉을 구연하고 난 마무리 부분이다. 이에 대해서 할머니 1의 반응이 재미있다. 예전에 태어났으면 지금쯤의 나이면 고려장을 당해야 하는데, 지금 태어나길 잘했다는 이야기를 두 번에 걸쳐 했다. 청중의 반응도 좋았다. 이야기는 어떤 식으로든 현재적 상황과 연결될 수밖에 없는데, 꼭 이야기를 구연한 사람이 아니더라도 흥미 있는 연결이 가능하다고 판단되면 언제든지 연결시킬 수 있다. 이야기판이 협력 구연을 향해 열려 있음을 보여주는 좋은 예이다.

마지막으로 협력 구연을 통해 이야기와 관련되는 다양한 정보를 추가로 제시할 수 있다.

> 조길례 : 시어마니만 보고 말만 듣고. 그리가지고.
> 강복순 : 보믄 안 좋습뎌.
> 조길례 : 아 긍게 부자드만.
> 강복순 : 말도 없어.
> 최옥단 : 징그랍게 말도 없어.

현지조사 자료, 447쪽

조길례가 시어머니만 보고 결혼을 했다고 하자, 강복순이 말도 없고 좋은 시어머니였다는 정보를 추가로 제시하고 최옥단이 정말 말이 없어서 시집살이를 시키지 않았다는 점을 강조해서 말하고 있다. 여기에 조길례가 부자였다는 정보까지 제시함으로써 시집살이를 하지 않은 이유가 그럴싸하게 갖추어졌다. 이야기판은 이렇게 관련성이 있는 다양한 정보를 협력 구연을 통해 제시하려는 경향이 있다. 또한 꼭 논리적으로 직접 연결되지 않는다 하더라도 이야기를 근거로 네트워킹할 수 있는 다양한 정보들이 제공될 수도 있다. 다음의 예가 그렇다.

> 서일: 우선 듣기가 좋고, 자기도 감씨라니 항상 마음에 불만을 갖고 있다가.
> 조병진: 아이, 나도 그런 인자 거시기를, 감씨. 감씨, 그분을.
> 서일: 달 감ㅐ자 거든요, 달 감자.
> 조병진: 내가 목포가 있는디.
> (…중략…)
> 조병진: 내가 그런 분을 한 번 알았제.
>
> 현지조사 자료, 364쪽

서일이 〈감씨 이야기〉를 구연하고 난 다음이다. 성씨가 어찌되느냐고 물었더니, 상대가 '감가요'라고 대답했는데, '아, 감생원이냐?.'라고 응대했다는 이야기이다. 멋모르고 응대를 했으면 '감씨냐?'라고 했을 텐데, 그렇게 하지 않은 센스가 훌륭하다는 것이다. 이에 대해 조병진이 자기도 감씨 성을 가진 사람을 알고 있다면서 그 사람에 대한 정보를 제시하고 있다.[11] 이야기의 내용과 직접 관련되지는 않지만 거기에서 무작위로 네트워킹하여 검색될 수 있는 정보라면 추가로 제시하여

---

[11] 조병진은 교통사고 후유증으로 말이 많이 느리고 더듬거렸는데도, 이야기 구연에 참여하고자 하는 의지를 강하게 보여주었다. 이야기판이 본질적으로 협력 구연의 공간이라는 것을 방증하는 좋은 예이다.

도 무방하다는 이야기판의 유연성을 잘 보여주고 있는 대목이다.

4

지금까지 제시된 예들을 보면 감정적, 논리적 동조와 같은 세밀한 부분에서부터 이야기에 대한 평가에 이르기까지, 사실상 이야기 구연의 전 과정에 협력 구연이 작용한다고 봐도 크게 무리는 없을 것 같다. 또한 위의 예들은 대부분 그리 특별할 것이 없을 정도로 이야기판 어디에서나 흔히 찾아 볼 수 있는 것들이라는 점에서 협력 구연의 보편성을 강조하고 싶다. 협력 구연은 이야기판의 보편적인 현상이며, 결론적으로 말하면 이야기판은 거대한 협력 구연의 장이다.

4. 이야기판과 기억의 공유

1

이야기판이 이렇게 거대한 협력 구연의 장을 지향하는 이유에 대해 생각해 봐야 할 것 같다. 사실 이야기판은 화자와 청자의 구분으로 이해할 것이 아니라 구술문화 일반이 그런 것처럼 참여자들이 대화하고 경쟁하는 시스템으로 이해하는 것이 나을 것 같다. 여기에서 월터 J. 옹의 지적을 음미해보자.

실제로 길고도 분석적인 해답이 어떻게 해서 애초에 조립될 수 있었던가? 거기에는 이야기 상대가 거의 필수적이다. 왜냐하면 계속해서 몇 시간이고 혼잣말을 지껄인다는 것은 어려운 일이기 때문이다. 구술문화에서 오래 계속되는 사고는 사람과의 대화와 결부되어 있다.[12]

일반적으로 지적되듯이 구술문화의 난점은 '기억'에 있다. 텍스트가 존재하지 않기 때문에 필요한 기억들을 어떻게 재생시켜낼 수 있을 것인가가 중요한 문제이다. 구술문화에서 기억의 부담을 해소하기 위한 방법으로는 흔히 "바로 말할 수 있도록 만들어진 기억하기 쉬운 형태 pattern에 입각"[13]한 사고와 표현을 지적한다. 심리적으로 무엇을 환기시키는 데 도움을 주는 리드미컬한 표현이라든지 구비공식구에 의한 표현 등이 선행 연구에서 주로 많이 언급되었다. 하지만 월터 J. 옹이 위에서 지적한 것처럼 '대화'라는 장치에 대해서는 그리 많이 주목하지 않았던 것 같다.

이야기판은 기본적으로 대화를 지향한다.[14] 물론 대면 발화를 하기 때문에 당연히 상대방을 의식하지 않을 수 없겠지만, 특히 새로운 정보를 제공하려는 의도가 강할 때 외부를 향하는 발화의 강도가 세지는 것을 보면 이야기판의 대화 지향성은 특별한 의미를 지닌다고 할 수 있다. 예를 들어 보자.

① 서일: 긍께 왜 그러냐머는 옛날에는 상하차별이 안 많앴는가?

현지조사 자료, 371쪽

② 서일: 근디 가서 시도 한 수썩 짓고. 금강산은 또 어떻게 했는지 안가?

현지조사 자료, 372쪽

③ 조남임: 대밭 있는 디로 내려간다 안해?

---

12 월터 J. 옹, 이기우·임명진 역, 『구술문화와 문자문화』, 문예출판사, 1995, 56쪽.
13 위의 책, 57쪽.
14 이야기판이 대화 상황을 지향한다는 것은 여러 가지 차원에서 이해할 수 있다. 예를 들어 "얘기는 무척 많은데 얼른 생각이 나지 않는다. 얘기는 얘기 상대가 있어서 서로 주고받아야 하는데 라고 하며 잠시 지체하였다(『구비대계』 1-4, 854쪽)"는 이야기판의 전형적인 상황도 이와 관련시켜 이해할 수 있다.

④ **조남임** : 구랭이는 물어도 독은 없담선?

⑤ **조남임** : 옛날에는, 옛날에는 막 구랭이 잡아 묵고 글 안 혀?

위의 예들은 의문문의 형태를 취하고 있어 이야기 상대와 대화를 하려는 모습이 강한 발화라 할 수 있다. 재미있는 것은 때로는 이러한 의문이 굳이 답변을 필요로 하지 않는다는 점이다. 의문의 형식이 새로운 정보를 이야기판에 제공한다는 것을 이야기 상대에게 환기시키기 위한 형식으로 사용되는 경우이다. 다시 말하면 이야기 상대를 이야기판으로 적극적 끌어들여 보다 효과적으로 이야기를 구연하기 위한 장치로 의문 형식을 사용한다는 것이다.

이러한 대화 형식이 궁극적으로 어떠한 효과를 줄 것인지를 생각하기 위해서는 구술문화에서 정보를 다루는 특별한 방식에 대해 유의해야 한다. 월터 J. 옹에 의하면 구술문화에서 무엇인가를 배우거나 안다는 것은 그러한 대상과 밀접하고도 감정이입적이며 공유적인 일체화를 이룩하는 것이다.[15] 이에 따르면 이야기판에서 이야기를 구연하는 사람은 이야기 상대가 이야기에 몰입하고 이야기 속 정보나 주인공과 일체화를 할 수 있도록 하는 것이 중요하다. 그래야만 무엇인가를 배우고 알았다고 느낄 수 있기 때문이다. 이렇게 하는 데 대화의 형식은 무척 중요한 역할을 한다.

앞서 협력 구연에서 감정적 동조가 일반적인 이야기판에서 흔히 드

---

15 월터 J. 옹, 앞의 책, 74쪽.

러나는 현상이라고 이야기했던 것도 이러한 차원에서 다시 생각해 볼 수 있다. 이와 관련하여서도 역시 옹의 다음과 같은 지적에 주의할 필요가 있다.

> 개인의 반응은 단지 개인적인 혹은 '주관적인' 반응으로서 표현되지 않고 오히려 공유적인 반응 속에 송두리째 감싸진 것으로서 표현된다. 즉 공유적인 '혼'에 감싸여진 것으로서 표현된다.[16]

구연자가 끊임없이 이야기 상대에게 반응을 요구하고, 이에 대해 이야기 상대가 개인적인 반응을 표현하는 것은 결국 공유적인 혼에 감싸여진 것을 드러내는 중요한 표지이다. "맞아", "그렇지"라는 반응은 그 발화를 한 개인의 반응에 머물지 않고 이야기판 전체의 공유적인 분위기를 만들어주고 그러한 분위기 속에서 이야기의 대상에게 공유적인 일체감을 느낄 수 있게 함으로써 구술문화적인 앎을 충족시키는 역할을 할 수 있다는 것이다.

2
이야기판의 논쟁적이고 경쟁적인 성격도 이와 비슷한 맥락에서 이해할 수 있을 것 같다. 구술문화의 논쟁적 성격은 이미 잘 알려져 있다. 특히 여기에서 주목하고 싶은 것은 "구술성은 지식을 인간 생활세계 속에 파묻힌 채로 놓아둠으로써 지식을 사람들의 투쟁 상황에 놓아둔다"[17]는 점이다. 구술문화에서는 지식을 생활세계로부터 독립시켜 일반화하거나 추상화하지 않는다. 투쟁 상황이라는 것은 일반화되지 않은, 개별적인 지식을 가지고 서로 다툼이 벌어지는 상황에 대한 표현으로 이해된다. 다음의 예를 보자.

---

16 위의 책, 74쪽.
17 위의 책, 71쪽.

① 조남임: 그러고 저 오머는 막 모래를 짝짝 찌끌어싼다 안 혀, 호랭이가.

　(…중략…)

　최상님: 고 질목에는 구신이 있는갑소.

　오점순: 호랑이가 금메 호랑이가. 그렀는디 어떤 사람은 나보고 그때 구이

　　　　　그런다고.

　조남임: 아 모래를 그런대. 그라꼬 여까지 오드락 그렇게 막 찌끌어.

현지조사 자료, 432쪽

② 구애순: 또 한 번은 니론게, 몰군거리 니론게 잉, 호랭이가 그저 자꾸 모래를

　　　　　찌클고.

　조남임: 봐 내 말이 안 맞아? 호랭이가 모래를 짝짝 찌클어.

현지조사 자료, 434쪽

　첫 번째 예에서는 최상님이 귀신 이야기를 하고 있는 중이었다. 마지막에 조남임이 덧붙여서 이야기를 하면서, 모래를 뿌리는 것은 호랑이라는 말을 했고, 최상님은 여기에 반대해서 귀신이라고 했다. 최상님의 말에 오점순이 동조를 하자 조남임은 한 발 물러서서 아무튼 모래를 뿌리는 것은 맞다는 식으로 구연을 마무리했다. 이야기판의 중심이 귀신 이야기에 가 있었고, 오점순이 동조하는 바람에 조남임의 주장은 경쟁에서 일시적으로 밀린 상황이다. 그러다가 두 번째 예에서와 같이 구애순이 호랑이 이야기를 하면서 비슷한 상황을 언급하니까 조남임이 다시 목소리를 높여서 자신의 말이 맞다고 주장한다. 모래를 뿌린 것은 귀신이 아니라 호랑이라는 것이다.

　사소한 것에서부터 이야기 전체에 이르기까지, 나아가 이야기로부터 파생되는 담론에 이르기까지 자신이 알고 있는 정보와 다른 사람이 이야기하는 정보가 다를 경우에는 항상 논쟁이 펼쳐질 수 있다. 일반화된 지식이 없다는 점에서 모든 지식은 대등하게 이야기판에 유입될

수 있기 때문이다.

> ① 한옥순: 나도 참 그 얘기 들었어. 저기 강안도래요. 강안도 어느 마을, 아주
> 효자 마을이 있대요, 강안도.
>
> 현지조사 자료, 285쪽

> ② 서일: 그런디 거그도 뭐 뭐 호랭인가 뭐 하하하. 예전 어른들이 뭐 저녁에 어
> 디 멀리 갔었는디.
>
> 현지조사 자료, 376쪽

위의 예는 동일한 유형의 이야기를 연속해서 구연하고 있는 모습이다. 이재인이 구연한 〈동자삼 이야기〉가 자신이 알고 있는 이야기와 조금 달라서 자기가 들었던 이야기를 재차 구연하고 있는 것이 첫 번째 예이고, 서정순이 구연한 〈효자 이야기〉가 자신이 알고 있는 이야기와 비슷하지만 조금 달라서 서일이 재차 구연하고 있는 것이 두 번째 예이다. 비슷한 이야기가 대등하게 서로 경쟁하면서 이야기판에 드러나는 예라 할 수 있다. 이러한 과정을 통해서 서로 다른 버전의 이야기들이 경쟁하면서 하나의 이야기판이 좀 더 쓸 만한 이야기를 축적해 갈 수 있다.

월터 J. 옹은 이러한 구술문화의 경쟁적인 성격을 속담과 수수께끼를 예로 들어 설명하고 있다. 이야기판에서 속담이나 수수께끼를 말하는 것은 지식을 쌓기 위한 것이기도 하지만 언어로 상대방과 지적인 대결을 하기 위해서라고 했다.[18] 이와 관련된 예를 들어보기로 하자.

> ① 최선임: 지성이면 감천이라는 소리가 거그서 났다요.
>
> 현지조사 자료, 427쪽

---

18 위의 책, 71쪽.

② 최선임: 씨도둑은 못 헌단 소리가 거그서 났다우.

현지조사 자료, 427쪽

③ 최이순: 웬수가 사람을 살룬단 말이 거그서 났어.

현지조사 자료, 429쪽

④ 진명순: 곽 안에 들어가도 큰소리를 하지 마라.

현지조사 자료, 430쪽

⑤ 최선임: 원수를 사랑해라 했어라.

현지조사 자료, 430쪽

위의 예는 동일한 이야기판에서 연속해서 세 편의 이야기를 구연하면서 이야기의 의미를 속담이나 격언으로 정리하고 있는 부분이다. 최선임이 두 편의 이야기를 구연하면서 속담을 표방했고, 이것에 자극되어 최이순이 굳이 자신의 이야기를 속담으로 정리하니까 진명순과 최선임이 동일한 이야기를 두고서 서로 다른 속담과 격언을 제시하며 경쟁하고 있다. 최선임이 이야기판을 주도하면서 상황에 맞는 속담이나 격언을 제시하는 것이 계기가 되어 최이순의 이야기에 대해서는 각자가 제시한 속담이나 격언이 보다 상황을 잘 설명해준다는 듯이 경쟁하고 있는 것이다. 옹이 이야기한 것처럼 속담이나 격언으로 상대방과 지적인 대결을 벌이고 있다는 느낌을 주기에 충분한 예이다.

속담과 격언을 제시하는 부분을 대표적인 예로 들었지만, 사실 이야기 구연의 곳곳에서 이야기판 참여자들이 경쟁하는 모습은 다양한 형태로 확인할 수 있다.

① 제보자는 방아깨를 끌고 온 사람이 외조부라고 말했는데 청중은 외손

자가 직접 가져 왔다고 하여 구술의 후반부에 설왕설래하였다.

『구비대계』 8-3, 588쪽

②제보자가 앞의 이야기를 끝내자 박견문 씨가 그렇게 짧은 것을 이야기라고 하느냐고 하면서 말할 것도 없이 불합격이라고 하자 청중들이 소리내어 웃었다. 제보자는 불합격인줄 알았다면서 자기는 긴 이야기는 없고 짧은 이야기밖에 없으니 이해하라고 한 후, 이번 이야기는 틀림없이 합격할 것이라면서 이 이야기를 해주었다.

『구비대계』 8-6, 423쪽

첫 번째 예처럼 이야기의 일부분에 대한 의견 차이로 경쟁할 수도 있고, 두 번째 예처럼 이야기판 전체를 두고서 두 화자가 우호적인 경쟁을 펼칠 수도 있다. 보다 설득력 있는 이야기를 구연하기 위해서, 보다 더 호응이 좋은 이야기를 구연하기 위해서 경쟁하는 모습은 이야기판 곳곳에서 쉽게 확인할 수 있는 보편적인 현상이다.[19]

3

대화를 지향하고 경쟁을 추구하는 성향이 이야기판의 표면에 나타나면, 그것은 우리가 앞서 살펴보았던 협력 구연의 형태로 드러날 수밖에 없다. 그래서 협력 구연이란 경쟁과 대화라고 이야기할 수도 있을 것 같다. 문제는 이러한 협력 구연을 통해서 무엇을 하려는가이다. 앞서도 조금씩 언급했지만 이 글에서는 이를 지식의 차원, 다른 말로 표현하면 '기억의 공유'라는 차원에서 이야기하려 한다.

기억이란 무엇인가? 사전적인 뜻을 보면 이전의 인상이나 경험, 정보 등을 의식 속에 간직하고 그것을 다시 꺼내는 일을 말한다. 참여자

---

[19] 이야기판이 펼치는 창조적 경쟁의 다양한 양상에 대해서는 심우장, 앞의 글, 172-180쪽에서 자세히 다룬 바 있다.

들이 개별적으로 가지고 있는 기억들이 이야기 구연을 계기로 자유롭게 표출되어 공유의 장으로 만든 것이 이야기판이라는 것이다. 그런데 여기에서 주의해야 할 것은 기억이 사전적인 뜻에서 보이는 것처럼 개별적인 것이 의식 속에 간직되어 있다가 그대로 꺼내져 나오는 것이 아니라는 점이다. 그러므로 여기에서는 의미와 마찬가지로 기억 역시 시스템적인 현상으로 보는 것이 타당할 것 같다.[20] 다시 말하면 구술문화에 바탕을 둔다면 어떤 것도 그 자체로는 기억될 수 없다는 것이다.

　① 조사자: 군인병은 뭐죠?

　　할머니: 6·25사변에 군인병 뽑아 갔어, 군인병.

현지조사 자료, 295쪽

　② 진명순: 그놈이 시방 마흔 여섯 살 묵었어.

　　양복녀: 우리 석산이허고 갑이여.

현지조사 자료, 422쪽

첫 번째 예에서는 조사자가 군인병에 대해서 물었을 때 구연자인 할머니는 그저 6·25사변에 군인병 뽑아 갔다고만 답했다. 일반적인 의미를 이야기한 것이 아니고 그러한 개념이 가지고 있는 맥락을 제시했을 뿐이다. 군인병은 6·25사변이라는 맥락과 연결되어서 기억되고 있을 따름이다. 두 번째 예에서는 진명순이 경험담을 구연하고서 주인공의 나이가 지금 마흔 여섯 살이라고 하니까 듣고 있던 양복녀가 자기의 아들과 나이가 같다고 반응한다. 이를 통해 기억이 저장되는 방식

20　프리초프 카프라(강주헌 역, 『히든 커넥션』, 휘슬러, 2003, 121쪽)에 의하면 어떤 것의 의미를 이해하려면 그것을 주변 환경, 혹은 과거나 미래에 있는 다른 것에 연결시킬 필요가 있다고 한다. 요컨대 구술문화에서는 어떤 것도 그 자체로 의미를 가질 수 없다는 것이다. 이 글에서는 의미와 마찬가지로 기억 역시 그 자체로 의의를 지닐 수 없다고 생각한다.

역시 기존의 지식과 연관지어 맥락화되는 형태임을 짐작할 수 있다.

만약 구술문화에서 기억이 이러한 방식으로 저장되고 출력이 된다면 이야기판을 통해 기억이 공유되는 방식도 다른 차원에서 접근해야 할 것 같다. 다른 사람의 기억이 이야기판을 통해 추상적으로 주어지는 것이 아니라 이야기판의 상호작용을 통해서 맥락적으로 감지될 뿐이라는 것이다. 추상적이고 일반적인 기억이 아니라 맥락적이자 누적적인 기억인 셈이다.

> 한옥순: 근데 요즘에야 잘 지내는 거지 뭐.
> 강옥희: 먹을 게 있어? 먹을 게 없지. 만날 농사를 지어도. 보리방아도 찧어도 몰래 찧구.
> 이재인: 옛날에는 농사가 잘 안 됐는지.
> 강옥희: 보리방아를 찧어도 기계에도 못 찧구, 디딜방아에다 몰래 찧구.
> 다른 할머니: 죄 뺏아가는 거여. 농사를 지믄 다 뺏아가고.
>
> 현지조사 자료, 281쪽

앞서 협력 구연의 예로 제시한 것을 다시 가지고 왔다. 이야기와 관련된 현실 맥락을 여러 사람이 제시하면서 협력 구연이 이루어지고 있다. 한옥순이 요즘과 다르게 과거에는 잘 지내지 못했다는 말에, 강옥희는 이것을 좀 더 구체화해서 먹을 게 없었다고 했다. 추가하여 농사를 지어도 먹을 것이 없다는 말과 함께 보리방아도 몰래 찧었다고 했다. 이재인은 농사를 지어도 먹을 게 없다는 것을 받아서 농사가 잘 안 됐지 싶다는 말로 거든다. 다시 보충하여 보리방아를 기계로 찧지 못하고 디딜방아로 몰래 찧는다고 했다. 이러한 일련의 정보들로는 부족하다고 느낀 다른 할머니가 농사를 지어도 다 빼앗아가기 때문이라는 정보를 추가해주었다.

특별히 누가 이끌어나간 것도 아닌데 네 사람이 협력하여 기존의 맥락에 추가될 수 있는 기억들을 제시함으로써 그럴싸한 맥락적 기억을 구성해내고 있는 모습을 확인할 수 있다. 구술문화적 기억은 추상적이거나 논리적이지 않고 맥락적이거나 누적적인 것임을 잘 보여주는 예이다. 제시된 정보를 이해하기 쉽게 정리해보면 다음과 같다.

> 일제강점기는 살기가 힘들었다. (한옥순)
> 먹을 것이 없어서 그랬다. (강옥희)
> 농사를 지어도 먹을 것이 없다. (강옥희)
> 농사가 요즘처럼 잘 되지 않았다. (이재인)
> 일제가 빼앗아 갔기 때문이다. (다른 할머니)
> 빼앗기지 않으려고 보리방아도 몰래 찧었다. (강옥희)
> 기계로 찧지 않고 디딜방아로 찧었다. (강옥희)

〈시아버지와 며느리의 팥죽 이야기〉를 통해서 기본적인 상황 맥락이 제시되고, 이것과 연관된 다양한 정보들이 누적적으로 제시됨으로써 기억이 재구성되고 이를 통해 이야기판 참여자들이 특정 맥락과 관련된 기억을 공유하는 것이 이야기판이 협력 구연과 경쟁을 장려하는 이유이다. 그렇다고 관련되는 모든 정보를 다 받아들이는 것은 아니다. 다음 예를 보기로 하자.

> 정맹례 : 월애수까?
> 구애순 : 어?
> 정맹례 : 월애수?
> 구애순 : 월애수 아녀. 장둥이로 깎아.
> 조남임 : 장둥이! 옛날에는 장둥이.
> 오점순 : 장둥이로 곶감 깎지.
> 조남임 : 장둥이로 곶감 많이 안 깎아?

효자 이야기를 한창 하던 중이었다. 구애순이 효행으로 이름이 난 할아버지가 증조할아버지를 위해서 곶감을 200통씩 깎았다는 이야기를 했는데, 정맹례가 곶감을 만드는 감의 종류로 월애감을 지적했다. 구애순이 장등이라 하고, 조남임과 오점순이 이에 동조하면서 정맹례의 정보가 잘못된 것임을 확증하고 있다. 특히 제일 마지막에 조남임이 정맹례를 향해서 대화식의 의문을 제기함으로써 앞서 언급한 것처럼 공유적인 분위기를 조성하여 이야기판 전체의 일체감을 만들어내고 있다. 이런 식으로 정보를 필터링함으로써 다수가 보증하는 보다 정확한 기억을 구성해낸다고 볼 수 있다.

피터 밀러는 집단적인 시스템이 복잡성을 뚫고 꽤 뛰어난 지능을 발휘할 수 있기 위해서는 기본적으로 세 가지 조건이 필요하다고 하였다.[21] 지식의 다양성, 생각들의 우호적인 경쟁, 그리고 선택 범위를 좁히는 효과적인 메커니즘이 그것이다. 이야기판의 경우, 대화를 지향하고 협력 구연을 강화함으로써 다양한 기억들이 표출되도록 하는 기제를 갖추고 있다. 또한 생각들의 우호적인 경쟁 역시 줄기차게 강조하고 있다. 그리고 위의 예에서 보는 바와 같이 참여자들의 동조를 기반으로 하여 다양한 기억들 중 타당한 것을 걸러내는 메커니즘 또한 갖추고 있다. 이를 통해서 보면 이야기판에서 기억을 재구성하고 공유하는 메커니즘은 곧 이야기판이 집단 지능을 발휘할 수 있는 조건과 상통한다고 볼 수 있다.

4

이야기판이 기억을 공유하는 방식은 의미를 구성하는 방식과 유사

---

21 피터 밀러, 이한음 역, 『스마트 스웜』, 김영사, 2010, 67쪽.

하다. 어떤 이야기도 그 자체로 의미를 가질 수 없고 그것을 과거든 현재든 이야기 세계 밖의 현실세계와 '연결'시킬 수 있을 때 비로소 의미가 획득되는 것과 마찬가지로 개별적인 기억의 편린들은 이야기판을 통해 특정 맥락 속에서 '공유'되었을 때에만 현실적인 의의를 지닐 수 있는 것이다. 구술문화가 한층 더 공유적인 특성을 지녔다고 이야기되는 것도 이러한 측면을 강조한 것이라 볼 수 있다.

사실 이는 앞서 이야기판을 자기조직화하는 시스템이라고 이야기한 부분과 관련된다. 에너지를 축적하여 특정 이야기판을 형성한 후, 관련되는 다양한 지식들을 특정 맥락에 덧붙이는 누적적인 형태로 기억을 공유하기 때문이다. 창발이라고 하는 것은 특정 이야기판을 형성하였다는 것을 지칭하기도 하지만, 또한 특정 맥락과 관련된 정보를 축적하여 새로운 맥락적 기억을 공유하였다는 것을 의미하기도 한다.

이야기판이 가지는 창조성에 대해서도 다른 시각을 가질 필요가 있다. 흔히 창조성을 새로운 지식이나 정보를 창출하는 능력으로 이해하는 경우가 많은데, 구술문화에 바탕을 두고 있는 이야기판이 추구하는 창조성은 이와는 좀 다르다. 이야기판이 추구하는 창조성은 새로운 지식이나 정보를 도입하는 것에 있는 것이 아니라 기존에 존재하던 지식이나 정보들의 편린을 개별적인 특정 상황에 맞게 효과적으로 엮어내는 데에 있다.[22]

따라서 특정 이야기판이 갑자기 창발되고, 그것에 맞는 다양한 기억의 편린들이 맥락화되어 누적되는 과정은 이야기판의 창조적인 과정이라 할 만하다. 특정 유형의 이야기가 계속해서 구연되는 것이나 이야기의 부분을 보다 맥락에 잘 맞게 설명해내고, 또 이야기의 논리를 펼치는 과정에서 다양한 보충이 이루어지고, 이야기와 현실세계를 연결시키는 평가나 의미 부여의 부분에서도 다양한 의견이 제시되는 등

---

22 월터 J. 옹, 앞의 책, 96쪽.

광범위한 협력 구연과 경쟁은 모두 이러한 이야기판이 펼치는 창조적 과정의 일부라는 것이다. 개별적으로 보았을 때는 일정 부분 난삽해 보일 수도 있는 기억의 편린들이 협력과 우호적인 경쟁을 통해 하나로 엮일 수 있을 때 이른바 창조적인 집단정신이 발현될 수 있다는 것이다.

5. 맺음말 : 이야기판의 사회문화적 의의

이상에서 이야기판은 거대한 협력 구연의 장이자 우호적 경쟁의 장이면서 기억의 공유 시스템이라는 것을 이해할 수 있었다. 여기에서 하나 더 생각해볼 수 있는 것은 이야기판은 성장한다는 사실이다. 이야기들이 연결되어 하나의 이야기판을 형성하듯이 이야기판들도 다른 이야기판과 연결되면서 끊임없이 '성장'한다.[23]

① 이 이야기는 할아버지가 서른여섯 되던 해 장흥 기양리에서 목욕탕 감독을 하면서 같은 동네의 손재현 할아버지로부터 들었는데, 할아버지 생일 때 손자분들이 모이면 종종 들려주었다고 했다.

『구비대계』 6-9, 165쪽

② 앞 설화를 마친 뒤에 제보자는 그 이야기를 서울행 완행열차칸에서 들었다고 하고, 한 좌석에 앉은 노인들끼리 "열녀다, 열녀가 아니다"란 시비가

---

23 흔히 우리는 어떤 대상이나 현상의 구조를 파악하려 할 때, 구조에 대한 설계도를 염두에 두는 경향이 있다. 구조적인 뼈대에다가 살이 붙어서 건설되는 과정을 전제하는 것이다. 하지만 이런 방식보다는 기본적인 조건에 맞추어 구조를 성장growth시키는 방식이 유용할 경우가 있다. 이러한 성장의 개념으로 이야기판을 이해하면 상황에 따라 능동적으로 대처하는 이야기판의 특성을 파악하기 쉬워진다. 이에 대해서는 시트븐 홀츠먼, 이재현 역, 『디지털 모자이크』, 커뮤니케이션북스, 2002, 106쪽 참조.

붙었던 그 당시의 광경을 전했다. 그 자리에서 한 할아버지가 "진짜 열녀이 야기를 할테니 들어보라"면서 했던 이야기를 제보자가 다시 구연한 것이 이 것이다.

『구비대계』 7-13, 288쪽

'서른여섯 되던 해'라는 시간과 '장흥 기양리'라는 장소와 '손재현 할 아버지'라는 화자를 비교적 뚜렷하게 기억하고 있는 것이나, '서울행 완행열차칸'이라는 장소와 이야기에서 촉발된 시비의 상황까지 정확 히 기억하고 전달하는 것은 이야기판이 하나의 이야기판에서 맺음이 되고 마는 것이 아님을 잘 말해주고 있다. 특히 두 번째 예에서 보는 바 와 같이 이야기 속 열녀에 대한 평가에서 나타난 협력과 경쟁의 상황 이 과거의 이야기판에서 현재로 이어지고 있음에 주목할 필요가 있다.

이야기 속 인물이 과연 열녀인가 아닌가에 대한 정해진 답변(고정된 기억)은 없다. 각자 경험한 이야기판에서 공유된 기억들이 새로운 이야 기판에서 경쟁하면서 그 이야기판의 맥락에 어울리는 열녀상으로 새 롭게 재구성될 뿐이다. 이와 같이 하나의 이야기판에서 이야기와 함께 공유되었던 기억들은 새로운 이야기판에서 새로운 기억으로 다시 구 성되어 공유된다. 다시 공유되는 기억들은 이전의 기억들과 꼭 같을 수 없다. 이야기판 참여자들이 같을 수 없고 시간적 공간적 조건이 같 을 수 없기 때문에 구성되는 기억도 조금씩은 달라질 수밖에 없다. 결 국 그 때 그 때의 상황과 조건에 맞게 이야기판을 구성하고 있는 요소 들의 상호작용에 의해 기억은 항상 새롭게 구성되고 공유된다. 여기가 이른바 구술문화의 항상성이 관여하는 대목이다.[24]

이렇게 보면 항상성을 가지고 있는 이야기판은 여타의 커뮤니케이 션이 사회 시스템에 하는 것과 마찬가지로, 사회문화적인 행위를 끊임

---

[24] 월터 J. 옹, 앞의 책, 75쪽. 항상성이란 현재와 관련이 없어진 기억을 버림으로 해서 현재적 균형 상태를 유지하는 구술문화의 특성을 이야기한다.

없이 조율하기도 하고, 행위의 가치나 규칙(사회구조)을 새롭게 만들어 내기도 한다.[25] 이러한 의미에서 이야기판은 변화하는 환경에서 살아 남은 기억들을 새롭게 엮어내서 필요한 사회문화적 가치와 규칙들을 재조정하고 재창조한다고 이야기할 수 있을 것이다. 특히 생활세계에 서 문자문화가 지배적인 역할을 수행하지 못했던 전통시대에는 이러 한 이야기판의 역할이 더욱 컸을 것으로 짐작한다.

또한 성장하는 이야기판을 통해서 반복적으로 구성되는 기억이 존 재한다면 그것은 사회문화적으로 무척 중요한 의미를 지닐 수 있다. 사실 여기에서 공유되는 기억에는 다양한 형태들이 있을 수 있다. 지 식에 가까운 경험적 정보도 있을 수 있고, 특정한 가치관이나 믿음도 포함될 수 있다. 특히 가치관이나 믿음과 같은 것이 이야기판을 통해 서 공유된다는 것은 사회 구성원들에게는 정체성이 부여되는 주요한 계기가 될 수 있기 때문에 중요하다. 오늘날과 달리 다양한 형태의 커 뮤니케이션 네트워크가 부족했던 전통시대에는 이야기판이 사회문화 적인 네트워크의 핵심적인 역할을 수행했다고 봐도 크게 무리는 없을 것이다.

---

25 프리초프 카프라, 앞의 책, 120쪽.

「이야기판의 협력 구연과 기억의 공유」에 대한 토론문

정현숙

심우장 선생님의 발표문은 이야기 문화를 이야기판이라는 시스템의 관점에서 접근하고 있습니다. 이야기판을 거대한 협력 구연의 장이라고 전제하고 이야기 구연 및 전승 시스템의 작동원리를 분석해내고 있습니다. 이야기 시스템의 작동원리를 이야기판의 자기 조직화 과정, 이야기판에서의 협력 구연, 이야기판과 기억의 공유라는 세 측면으로 세분화하고 각각의 다양한 양상들을 살펴봄으로써 이야기판은 거대한 협력 구연의 장이자 우호적인 경쟁의 장이면서 동시에 기억의 공유 시스템임을 입증하고 있습니다.

선생님의 논지에 공감하면서 몇 가지 궁금한 점이 있어서 보충 설명을 듣고자 합니다.

첫째, 이야기판의 유기체적 작동원리에 관련한 질문입니다. 발표문에서는 이야기판의 유기체적 작동원리를 현실세계real world와 이야기story, 그리고 이야기들이 만들어내는 다양한 형태의 담론discourse들의 상호작용으로 보고, 피에르 루이기 루이지가 말하는 '최소 자기생식시스템에서의 2가지 기본 반응' 모형을 이야기판에 적용하여 도식화하고 있습니다. 이 도식이 기존의 이론과 어떤 차이점이 있는지, 또한 그 의미는 무엇인지 궁금합니다.

둘째, 이야기판의 사회문화적 의의에 대한 질문입니다. 비록 과거와는 다르지만 현재에도 '이야기판이 단순히 이야기를 하고 듣는 물리적인 공간을 넘어서 전체 사회 시스템을 형성하고 변화시켜 나가는 중요한 커뮤니케이션 수단'이라는 점은 여전히 유효성을 지니고 있다고 봅니다. 이는 구술문화가 지닌 항상성으로 설명되기도 합니다. 현대사회에서는 이야기판의 사회문화적 의의가 다를 수 있을 터인데, 이 점에 대해서 보충 설명을 부탁드립니다.

셋째, 이야기판에서의 협력 구연의 양상에 관련한 질문입니다. 발표문에서는 다양한 협력 구연 양상을 크게 세 가지, 즉 이야기를 구연하게 되는 계기를 마련하는 경우, 이야기의 구연 과정, 이야기를 현실세계와 소통시키는 과정 등으로 나누고, 이를 다시 세분화하고 각각 구체적인 예를 들어 설명하고 있습니다. 그런데 다양한 양상들을 제시하고 논의하는 논거가 다소 모호합니다. 다양한 협력 구연의 양상을 유형화할 수 있는 방법이 가능한지, 가능하다면 어떻게 유형화할 수 있는지 궁금합니다.

넷째, '4. 이야기판과 기억의 공유' 부분에 관련한 질문입니다. 필자는 이야기판이 거대한 협력 구연의 장을 지향하는 이유를 생각해봐야 한다고 전제하고, 이어서 ①과 ②에서 이야기판은 참여자들이 대화하고 경쟁하는 시스템임을 상세히 설명하고 있습니다. 그런데 이 부분(①과 ②)은 소제목에서 제시하고 있는 '기억의 공유'에 대한 논의라기보다는, '3. 이야기판에서의 협력 구연의 양상'에 이어지는 내용으로 보입니다. 이 점에 대해서 보충 설명을 부탁드립니다.

이야기판에서 웃음의 작동원리

이강엽

1. 이야기판과 웃음

이야기판은 동일한 공간에 화자와 청자가 마주하는 것이 기본이다. 따라서 화자와 청자는 어떠한 방식으로든 공감과 연대를 전제하기 마련이다. 마음에 맞지 않는 사람들이 한 이야기판에 끼어 있는 것은 매우 어색한 일이다. 이는 사적인 공간에서의 자연스러운 구연뿐만 아니라 공연 형식을 띠는 꽤 큰 이야기판에서도 마찬가지이다. 가령 판소리와 같은 전문 창자에 의해 이루어지는 이야기판이라 하더라도 창자에 대한 호감이 없이 장시간 앉아있기 어렵다. 결국 창자와 청중의 공감대는 이야기판을 떠받치는 매우 중요한 조건이라 할 수 있다. 특히 서사를 주로 하는 기승전결이 갖추어진 이야기에서라면 희로애락의 감정을 드러내고 그 공감을 이끌어내는 일은 창자로서의 기본 소양이다.

그런데 이야기 내용에 따라 어느 정도의 보편적인 공감대는 예상하더라도 동일한 텍스트가 다른 감정을 유발할 여지는 꽤 많다. 가령, 이야기 구술 과정에서 가장 슬픈 대목이나 가장 기쁜 대목을 꼽으라면 대체로는 비슷하더라도 구체적인 부분에 들어가면 서로 다를 수 있는 것이다. 이 때문에 문학의 수용에 관한 연구는 상당한 장애를 빚기 마련이다. 정서적 반응은 근본적으로 주관적일 수밖에 없으며 그런 주관성에서 파생되는 특수한 국면을 보편화하기 어렵기 때문이다. 그런데 정서적 반응 중에서도 특히 '웃음'은 그 주관적 국면이 매우 강하다. 단적인 예로, 영화 〈타이타닉〉의 감독이 전 세계를 돌며 영화에 대한 각 국민의 반응을 살폈더니 우는 대목은 다 똑같았는데 웃는 대목은 달랐다고 한다. 이 점에서 웃음은 다분히 문화적이다. 특히 다른 나라의 코미디가 수입되기 어려운 까닭 역시 웃음의 코드가 다르기 때문일 것이다.

이러한 점을 감안한다면, 웃음에 대한 연구는 원천적으로 불가능하다는 판단을 내릴 법도 하다. 특히 활자화된 형식으로 읽어내야 하는 소설 등의 연구에서라면 독자들이 언제 웃는지 알 방법이 없고 일일이 설문을 돌리기도 번거로운 일이다. 그래서 수용자의 웃음을 연구 대상으로 삼는 데는 상당한 무리가 따르며 개인적인 편차를 고려하지 않는 연구는 추측 이상이 되기 어렵다는 비관적인 견해가 산출되기도 한다.[1] 사실 어떤 독자가 어떤 상황에서 읽는지 모르는 상황에서 전 독자를 대상으로 연구를 펼치기에는 현실적인 무리가 따른다. 나아가 어떤 지점에서 웃는지도 모르는 상황에서 막연히 웃기는 대목을 골라낸다면 연구자의 주관적인 시각 이상을 넘기 어렵다.[2]

---

1   이런 입장은 이준서의 「문학 텍스트 속의 '웃음'」(『독일어문화권연구』 10, 서울대 독일어문화권연구소, 2001) 같은 데에 잘 드러난다.

2   최근의 인지적 접근에 따른 유머이론에서는 "유머는 인간의 지각적 인지 및 정서적 과정인 반면 웃음은 반사작용과 같은 행동적인 과정(임지원, 「유머 담화의 생성 기제와 제약 조건 : TV광고문에 나타난 유머를 중심으로」, 『우리어문연구』 28, 우리어문연구회, 2007, 132쪽)"으로 구분된다. 이 글은 유머의 분석을 통해 우스운 이유를 찾아보는 게 아니라 거꾸로 웃음이라는 행위가 나오는 부분을 찾아 그 의미를 찾아보려는 것이다.

그러나 화자와 청자가 동일공간에 놓이고 실제 웃음의 현장을 포착할 수 있는 이야기판에서라면 사정이 다르다. 『한국구비문학대계』에서는 채록 자료 가운데 '웃음', '일동 : 웃음' 등으로 표시된 곳은 웃음이 터진 곳이다. 실제 판소리 공연 중에 청중 다수가 웃음을 터뜨린 곳 역시 어렵지 않게 확인할 수 있다. 이 글은 이런 대목을 전후로 살피면 웃음이 어떻게 작동하는지 살필 수 있으리라는 기대에서 출발한다. 사실 웃음에 대한 이론은 그리스·로마 문명을 이은 서구에서 활발했으며 그로써 웃음을 이해하는 데 큰 도움이 되었다. 그러나 우리의 이야기판을 따라가다 보면 그러한 보편적인 이론과는 다른 성향을 보이는 대목과 마주치게 된다. 서사 전개와는 무관하게 이야기 밖으로 빠져나온 상태에서 웃음을 유도한다든지, 낯설기는커녕 알아도 너무 잘 아는 내용에서 도리어 더 큰 웃음이 나오는 일이 왕왕 발생한다는 것이다.

이제 기존의 웃음 이론들을 개괄하면서 '이야기판'에서 웃음이 어떻게 작동하는지 살피기로 한다.[3] 굳이 구분하여 설명하자면, 골계를 대상 자체 내에서 일어나는 '객관적 골계'와 대상을 받아들이는 태도에 의해 일어나는 '주관적 골계'로 양분할 때,[4] 이 글에서 다루고자 하는 웃음은 주로 후자의 웃음이다. 이야기만으로는 그리 우습지 않지만, 서사 맥락과는 무관하게 그 자체만으로 웃음을 유발하는 장치를 보이는 경우나 텍스트를 넘어서는 소통에 따라 웃음이 터지는 경우 등이 이에 해당한다.

---

[3] 소화笑話에서 웃음이 어떻게 작동하는지에 대해서는 이강엽, 「바보설화에 나타난 웃음의 의미와 기능」(『열상고전연구』 32, 열상고전연구회, 2010) 및 「바보설화 웃음의 층위」(『한민족문화연구』 36, 한민족문화연구회)에서 다룬 바 있다. 이 글은 상당 부분 여기에 기대면서 '이야기판'에 의해서만 이해될 수 있는 웃음에 초점을 두고 다룬다.

[4] 이런 구분에 따르면 "객관적 골계가 내용에서 나온다고 할 때, 주관적 골계는 형식에서 비롯한다(김지원, 『해학과 풍자의 문학』, 문장, 1983, 29쪽)"는 식의 구분이 가능하며, 이 글에서 다루는 웃음 역시 '형식'에 기인하는 경우가 주조이다.

2. 웃음의 보편성과 이야기판에서의 특수성

웃음을 보는 시각은 시대와 논자에 따라 변해왔다. 고대의 웃음의 이론 가운데 주목할 만한 사항은 플라톤이다. 그는 『필레보스』에서 웃음이 무지에서 일어나는 것으로 보았다. 자신의 재산이나 아름다움, 현명함 등에 관해 제대로 알지 못할 때 우스꽝스럽다는 것이다. 그러나 플라톤은 이 경우에 있어서도 다 우스운 것이 아니라 제대로 알지 못하는 주체가 힘이 없을 때라고 한정 지었다. 이는 웃음이 두 가지 요건을 필요로 함을 뜻한다. 하나는 무언가 결핍이 있고, 또 그 결핍된 존재가 상대적으로 힘이 적은 낮은 위치에 있어야함을 의미한다. 이는 아리스토텔레스가 『시학』에서 희극을 '보통 이하의 악인의 모방'이라고 규정한 것과 일맥상통한다. 보통 이상의 악인은 당연히 힘이 상대를 제압하기 마련이고 부족함이 있든 악행이 있든 웃을 여지가 적어지게 마련이다. 결국, 범박함을 무릅쓰고 이 둘의 이론을 묶어본다면 보통 이하의 인물이 부족한 점을 보통 이상의 인물이 웃어주는 것으로 정리될 법하다. 홉스의 논의 또한 이 고대의 웃음 이론에 맥이 닿아 있다. 그가 "웃음은 비웃음, 그것도 다른 사람의 불행을 보고 기뻐하는 마음에서 유래한 비웃음"[5]이라고 정의한 것은 결국, 다른 사람의 불행을 기뻐하는 심리임을 인정하는 셈이다.

그러나 중세의 웃음 이론에서는 이와는 상반되는 견해가 도출된다. 중세는 신의 시대이고 인간의 영역이 한없이 위축되어 있었다. 그러나 신성함과 그에 기댄 엄숙함만으로 세상이 원활하게 돌아가기는 어려운 법이다. 따라서 제한된 영역에서나마 긴장감을 풀어줄 필요가 있었다. 흔히 알려진 '바보제祭'는 그러한 목적에 의해 생겨난 특별한 축제이다. 축제의 기간 동안, 일상생활에서는 감히 저항할 수 없었던 교황

---

5   재인용 : 유종영, 『웃음』, 유로, 2005, 128쪽.

과 신부는 조롱거리로 등장하게 된다. 1944년에 쓰인 파리 신학대학의 서신 가운데에는 다음과 같은 구절이 있었다고 한다. "우리는 제2의 본성이자 태어날 때부터 갖게 되는 것같이 보이는 바보스러움이 적어도 일 년에 한 번쯤 마음껏 즐길 수 있도록 축제적인 기분풀이 오락은 없어서는 안 된다." 이런 웃음은 그 동안 억눌린 계층이 자신들을 억누르던 사람들을 공격하고 비판하면서 얻는 숨통 틔우기를 목적으로 한다. 결국 이때의 웃음이란 극도의 긴장을 이완시켜 삶을 좀 더 원활하게 하는 기능을 한다.

하지만 이상의 두 이론은 모두 열등함에 대한 공격이라는 점에서는 동일한 기제에 기대고 있다. 전자가 저열한 존재의 저열함을 공격하는 것이라면, 후자가 우월한 존재의 이면에 감추어진 저열함을 공격하는 것만이 다를 뿐이다. 이는 어느 것이든 웃음의 윤리성에 대한 문제를 제기할 만하고, 18세기 영국에서는 '불일치 이론'이 생겨난다. 가령 제임스 비티 같은 사람은 웃음을 익살스러움과 비웃음으로 구분하고 전자를 순수한 웃음, 후자를 비난이나 경멸이 뒤섞인 웃음으로 파악했다. 불일치 이론의 강점은 웃음거리가 되는 상대를 우월함 / 저열함의 구분에 묶어두지 않고 "동일한 집단에서 불일치하게 결합된 것들"로 인식한다는 점이다. 의도했던 일이 무위로 끝났을 때, 기대가 허망하게 사라졌을 때, 전반과 후반의 전개가 완전히 상반될 때, 표면적인 언어와 이면의 의미가 어긋날 때 웃음이 유발되게 된다. 베르그송 같은 경우 또한 여기에서 멀지 않아서 상자를 열면 갑자기 튀어나오는 장난감인 '디아블로', 남들의 조종대로만 움직이는 '꼭두각시', 처음에는 작은 데서 시작해서 점점 커져 나중에는 걷잡을 수 없는 지경에 이르는 '눈덩이' 등으로 웃음을 설명한 바 있는데, 넓은 의미에서 불일치의 범주에 넣을 만하다. 이는 각각 기대와는 다른 돌발 행위, 행위의 주체와 실제 행위자의 상이함, 시작과 끝의 커다란 간극 등이 문제되기 때문이다.[6]

이상의 셋은 지금까지 알려진 보편적인 웃음의 작동 원리가 될 것이다. 하나는 우월한 위치에서 그렇지 못한 대상을 비웃어주는 것이며, 또 하나는 지나치게 갈등이 심한 대상 사이에서 갈등을 완화해주고, 또 하나는 심각한 불일치를 드러냄으로써 웃음을 유발한다. 우월, 완화, 불일치는 지금까지 알려진 대표적인 작동 기제로 실제로 많은 유머 텍스트들이 이러한 이론을 바탕에 두고 분석되어왔다. 그러나 텍스트가 아닌, 텍스트가 실제 소통되는 공간인 이야기판에서도 그대로 유효한지에 대해서는 의문의 여지가 있다. 물론 텍스트 자체에 그러한 특성이 있는 경우, 웃음이 유발될 여지는 매우 높지만 첫째, 수용층이 실제로 웃는지, 둘째, 웃는다면 어떤 대목에서 웃음이 터지는지, 셋째, 텍스트 이외의 요소가 작동하고 있지 않은지 살필 필요가 있다.

웃음의 유발이 일단 텍스트의 문제임이 분명하지만 적어도 구비문학에서는 구연상황과 밀접한 관련이 있다. 재담이 비교적 풍부하게 들어가 있는 판소리 〈수궁가〉만 하더라도 사실상 동편제 계보만이 전승되는 형편이어서 엇비슷한 사설을 보임에도 불구하고 창자에 따라 웃음의 횟수와 강도는 상이하다. 비슷한 시기에 국립극장 완창 무대에서 행해진 박동진, 조통달, 최란수의 〈수궁가〉는 박동진, 조통달, 최란수의 순으로 웃음의 빈도가 잦고 강도 또한 세다. 그런데 가만 보면 그 차이는 텍스트의 근원적인 차이보다 즉흥적 말재간, 이야기판에서 순간적으로 벌어지는 창자와 청중의 호응, 창자의 연기와 모사 능력 등이 좌우한다. 물론 판소리는 상당히 전문적인 창자여서 그 숙련도나 소리의 지향점에 따라 웃음이 달라진다 하겠지만, 일반 설화 역시 정도의 차이는 있지만 그런 양상은 또렷한 편이다.

㉮ 그랬단 말여. 아, 근디 그 웃집 큰애기가 부잣집 큰애긴디, 이쁘고 그런디 고놈이 맘이 들어. 아, 저놈의 것이 언제나 오줌을 저 넘세 밭에다 쌀라고

---

6   이상의 웃음 이론은 유종영, 『웃음의 미학』(유로, 2005)에서 정리한 것으로, 이강엽의 앞의 논문 두 편에서 개괄한 바 있다.

눈이 삼경을 떠갖고 만뜨갖고 그래서 댕기는디, 한 번 나오디마는 장독 뒤에서 뭐가 소쿠리 한 소쿠리 담아 놓고는 오짐이 마렵던가, 참 그 밭에 대고 오줌을 쪼로록 싸게지고 땅이 패여 내렸어. 거기에다가 인제 고놈을 딱 심궜어. 이렇게, 딱 거그다 딱 묻어 놨단 말여. 아 큰애기가 아 들어 갈란게 흥, 사태기서 '힐쭉' 한 번 걸으면 '힐쭉 힐쭉' '힐쭉 헬쭉' [일동 : 크게 웃음] [웃으면서] 싸게 걸으면, "[빠르게] 힐쭉 헬쭉, 힐쭉 헬쭉." 헌디, 시원찬히 걸으면, "[느리게] 히일쭉, 헤엘쭉." [청중 : 웃음][7]

[나] 아 그래 떠억허니 들어오는디 즈이 라이루는 앙 가구서는 인저 참 그 방으루 딜여 모신단 말여. 아 그래 보닝개 그냥, 크으다란 눔으 너저분헌 눔으 보따리 만한 한 바따리를 뒤집어 이구서는 들어오는디, 참, 뭐, 키는 구척같어 가지구서 참 으실으실혀. 그래 인저 그 여자는 웁묵이서 자구. 저는 아랩묵이서 자는디. 아 인저 날이 인저, 그렇게 비 흠씬 맞어 가지구서는 으시시이 춘 디다가서 인저 방이 와서 두러누닝개, 추닝개 인저 조초음 조춤해서 인제 이 이렇게 [옆 사람을 껴안으며] 하냥 붙어댕겼덩개비데. 하냥 붙어댕깅게 인제 이늠이 뜨뜨웃허닝개 이늠이 동했던 모냥여. 이것이. [청중 : 웃음] 이것이 동허구 보닝개 아이 관계가 됐네? 아 그래 여자가 젊은 여자구.[8]

[다] 옛날이 전라도, 하도下道에서 [제보자 : 얘기 좀 한 마디 하구 가야겄네] [일동 : 기대감에 들뜬 웃음] [제보자 : 덩달아 웃음] 차— 아 한 칠 팔인 동접이 한 서당이 공부를 참 많이 했어요. 많이 해서 인저, 공부넌 인저, 인저 다 고만헐 참으루 인제 선생을 잭별하구서 인제 모두 다 각각 인제 집이가서 인제 농사질 사람, 워디 가서 인제 글루 풀어서 뭐 해먹을 사람 모두 인제, 모두 잭별하구서…….[9]

---

7 「곰의 보답으로 장가간 노총각 머슴」, 『한국구비문학대계』 5-6, 294쪽.
8 「가난한 나무장수가 부자된 내력」, 『한국구비문학대계』 4-5, 1057쪽.
9 「건달의 행운」, 『한국구비문학대계』 4-4, 583쪽.

㉣ "아이구, 이 사람아, 내가 이처로(이처럼) 오래 살아가 우짜노?" 인지 저게 저게 '이처로 오래 살아가 어야노?' 카이까네 그래 하는 말이, "아무 어른, 마 인자 마 칠십만, 팔십만 채우머 안 되겠는교?" 이캤거등. 그래 놔 놓이까네 가만히 생각해 보이까네 명년이 마 팔십이라. 그래가지고 그 사람 불렀다 아이가. 불러가지고, "야, 이 사람아, 뭐라 캤노?" 카이, "아이구, 아무 어른, 또 팔십 살머 어떤교?" 이 '또'자 하나 붙었다 아이가. '또'자 하나 붙이까네 마 그거하더란다. "아이구, 그래, 저게 저 그거해라. 내 논, 내 논 저게 열 마지기 더 부치라" 이라거등. 그러이까네 오늘 오늘 술 한 잔 내야 안 되나, 젊다 캤으이까네. [일동 : 웃음]10

㉠, ㉡, ㉢, ㉣는 모두 텍스트 자체만으로는 웃음이 설명되지 않는다. 제보자가 웃거나 한둘이 웃는 것이 아니라 '일동 : 웃음', '청중 : 웃음'으로 표기된 경우는 동시에 일제히 웃음이 터지는 이른바 '펀치라인'이 형성되었다는 말이다. ㉠는 전형적인 언어유희이다. '힐쭉'과 '헬쭉' 같은 의성어가 연이어 나오면서, 그것도 속도를 조절하며 리듬을 탈 때 그 자체만으로 웃음을 유발한다. 물론 전후의 내용이 소화笑話인 것은 분명하지만 웃음이 터지는 가장 직접적인 요인은 그 언어유희인 것이다. 마찬가지로 음담패설이나 비속어 등을 사용하는 것 또한 언어적 금기를 깨면서 웃음을 유발한다. ㉡는 구연에서 연기가 통하는 부분이다. 옆에 있던 사람은 동성의 남자일 것이고 그를 껴안으며 마음이 동한다고 말하는 자체는 웃음을 사기에 충분하다. 만약 이 텍스트에서 옆사람을 껴안는 행위가 소거된다면 청중의 웃음을 기대하기 어렵다. ㉢는 이야기가 시작하기도 전에 청중들이 웃는 상황이다. 이 청중들은 특정화자가 늘 우스개를 잘한다는 것을 알고 있기 때문에 기대에 찬 웃음을 터뜨리고 이야기가 시작된다. 이럴 경우라면 대체로 우스개 역

시 이미 알고 있는 것이기 쉽다. 예상치 못했던 상황이 발생해서 웃기보다는 이미 알고 있는 우스개이지만 그럴듯한 말솜씨를 따라 웃게 되는 경우이다. 라는 가는 말이 고와야 오는 말이 곱다는 극히 상식적인 이야기일 뿐만 아니라, 이미 누구나 알법한 이야기로 웃음이 터지기 어려운 형편이다. 그러나 맨 마지막에 웃음을 유발하는 이유는 텍스트의 내용을 화자와 청중의 관계로 이입시켜놓는 데 있다. 만약 맨 뒷부분을 "그러니까 오는 말이 고와야 가는 말이 곱다고 말을 조심해야 한다"는 식으로 마무리를 했다면 웃음은커녕 딱딱한 교훈담에 그쳤을 것이다. 그러나 화자는 이 이야기를 하기 전에 미리 다른 청중에게 젊어 보인다는 말을 해놓고는 이야기를 구연한 뒤 다시 자신이 미리 한 이야기와 맞춰놓고 있다. 일종의 겹 이야기를 통해 청중들에게 재미를 주고 있는 것이다.

물론, 이 네 가지로 이야기판에서의 웃음을 다 설명할 수는 없겠지만, 이를 중심으로 그 웃음이 어떻게 작동하는지, 또 그 원리는 어떠한지 살펴보도록 하겠다.

3. 이야기판에서의 웃음의 작동 원리

1) 일상적 언어의 파기와 일탈

레이놀드 톰슨은 희극에서 웃음의 요인으로, 외설obscenity, 신체적 불운physical mishap, 플롯상의 고안plot devices, 언어의 재치verbal wit, 인물character, 관념이나 사상들의 여섯 가지를 꼽은 바 있는데,[11] 외설이 그

---

11   김영수, 『한국문학 그 웃음의 미학』, 국학자료원, 2000, 424~425쪽.

중 첫째로 맨 마지막의 관념이나 사상과는 대극을 이룬다. 이는 외설이 가장 저급한 웃음이면서 또 누구나 쉽게 웃을 만한 것임을 뜻한다. 음담패설이나 비속어의 사용은 평소 금기시 되는 것이기 때문에 그것의 사용만으로도 웃음이 터진다. 심지어는 똥이나 오줌 같은 어휘조차도 점잖은 자리에서는 입에 꺼내는 순간 웃음거리가 되기도 한다. 가령 판소리에서 특히 우스운 대목을 재담이라고 하는데 이 재담은 경우에 따라서는 음담패설의 뜻으로 쓰이기도 한다.

> 그런디 흥보가 박을 따라 올라가야할턴디, 자네 그 속 아는가? (고수 : 얼리 얘기해 보슈) 여기 부인네들이 많이 왔다. (고수 : 안 오셨다 하시고) 어히 저 잡것! 얘기할팅께, 내가 선생님들 하던 그 재담을 다 못허겠어. (고수 : 아니, 긍께 빼지말고 허는디 안 오셨다 허고 그냥 허서) 흥보가 여러 날을 굶어서 다리가 떨려서 지붕에를 못 올라. 그런데 흥보 마누라보고, "마누라, 내가 올라가들 못허것네. 올라가면 어찔어찔해 자네가 박을 따소.[12]

여기에서 창자가 말하는 재담은 음담패설이다. 실제로 이 뒤로는 기록으로 옮기기 어려울 만큼의 음담이 쏟아진다. 창자가 미리 늘어놓는 고민은 여성 관객이 많이 와서 다하기 어렵겠다는 것인데, 이는 음담이 본래 "동성동년배끼리 유유락락하는 것"[13]임을 반증한다. 그렇다면 음담이 자유자재로 구사되기 위해서는 동성동년배들만 모인 특수한 구연 공간이 필요하며, 소규모의 폐쇄된 이야기판은 음담이 소통되는 최적의 요건이다. 다음 이야기의 경우, 내용상 그리 우스울 것 같지 않지만 실제로는 웃음이 터진다.

> 그때가 어느 땐고 하니 여름이더랍니다. 여름에 요즘인게 그러지, 그전에

---

12 박동진, 〈흥보가〉, 산울림소극장, 1987. 3. 19.
13 김영진, 「한국육담개론」, 김선풍 외, 『한국 육담의 세계관』, 국학자료원, 1997, 17쪽.

는 보리방아를 찧습니다. 보리방아를 찌을 때 디들방아라구 있어요. 덜커덩 덜커덩, 그 다음에 연자방아라고. 이제 말이 이렇게 끄는 것이 있어요, 그것이 초벌 재벌 찌야지 한번 찌면 못 먹습니다. 초벌 재벌 찌는디, 초벌 쩌서 넣어 말렸다가 그들그들 말린 뒤에 그늠을 쩌야 재벌이 잘 쪄집니다. 그런 게 그것 넣어놔요 사방에다. 아 개덜이 와서 먹을게 별반 없은 게로 그냥 초벌 찐 걸 개란 늠이 퍼먹는단 말여. <u>싫건 줏어 쳐먹고 배대지가 절구통만해갖꾸는 여기다 똥 싸고 저기다 똥싸고 야단이다.</u> [좌중 웃음]¹⁴ (밑줄-필자)

밑줄 그은 부분은 비속어의 남발이 도드라진다. 만약 이 대목을 "실컷 먹고 배가 불러서 여기저기다다 변을 보았다"고 해서는 웃음이 나올 까닭이 없다. "쳐먹고", "배대지", "똥싸고" 같은 어휘가 연속해서 돌출하면서 청중 모두 일탈을 하게 된다. 점잖은 자리에서라면 이런 방식의 구연이 어려울 터이므로 이 또한 금기의 파기에 의한 웃음이라 할 수 있다. 나아가 남녀의 성기를 지칭하는 어휘가 그대로 노출될 경우라면 그런 효과는 극대화되어서 '불알' 같은 단어가 입에 올려질 때면 어김없이 웃음이 나오기도 한다. 돼지 불알을 공짜로 먹는 이야기나,¹⁵ "불알을 깝니다" 같은 말이 버젓이 등장하는 대목에서 웃음을 터뜨린다.¹⁶

음담에다 동음이의어와 같은 언어유희를 곁들이면 웃음은 한껏 더 고조된다. 가령 새신랑이 혼례 첫날 노래를 못해 망신하는 이야기에서

---

14 「개똥 속의 보리쌀을 썻어드린 효부」, 『한국구비문학대계』 5-2, 811쪽.
15 "쥔댁, 저 돼지 불알 좀 달라"구. 그러구서는 참 인자 술을 거기서 먹었어어. 돼지 불알 놓구. "술값만 내구서는 그냥 일어스네?[청중 : 웃음] "아 여보슈. 술만 자시구 왜 부랄값은 안 내느냐"구. "아 여 여보슈. 암돼지 잡은 심 돼우. 그러면 되잖우?[청중 : 웃음]
「고기 공짜로 얻어먹기」, 『한국구비문학대계』 4-5, 863쪽.
16 "여보게 내 여기 앉아서 들으니깐 말야. 그 시골 것들은 시에미나 메누리나 시애비나 한방에서 전부 잔다고 하니 거기서 자식을 나면 거 뉘 자식이라고 하나?" "에 그런 일이 희소하게 있습니다. 그렇기 때문에 그렇게 난 자식은 부랄을 깝니다.[청중들 웃음]"
「고자 대감」, 『한국구비문학대계』 1-2, 179쪽.

'초경初更에는 두견이 울고 이경二更에는 공작이 울고 사경四更에는 내 집 계명鷄鳴이 운다'가 다음과 같이 변질되면서 청중들의 웃음보가 터지고 만다.

> [읊조리는 소리로] "채경에는 두덕(둔덕, 여성 음부의 볼록한 부분을 에둘러 표현한 것)이 울고, [웃음] 야경에는 ["공작새를 갖다가" 한 뒤에] 공알이 울고, [일동 : 웃음] 새경에는 내 집 계집이 운다."
> 이리 되뺐어. [일동 : 웃음][17]

'두견 / 두덕, 공작 / 공알, 계명 / 계집'은 동음이의어가 아니다. 그저 두음頭音이 같다는 이유만으로 착각을 불러일으키는 것인데, 이런 놀이는 문자로 써놓으면 너무 쉽게 양자가 구분되어서 큰 재미를 주기 어렵다. 음성으로 연속해서 드러나면서 '두 / 두', '공 / 공', '계 / 계'가 나열되는 느낌을 받을 때 쾌감이 극대화되기 때문이다. 가령 다음과 같은 경우, 음성언어가 아닌 문자언어로 표출되면 재미를 반감하는 정도가 아니라 아예 웃지 않을 법한 대목이다.

> "이 애 방자야, 저 건너 녹림 숲 속에 울긋불긋 오락가락하는 게 저게 무어냐?"
> "아니. 무얼 보란 말씀이요? 소인의 눈에는 아무것도 보이지 않습니다."
> "아, 이놈아, 이리 와서 내 부채발로 보아라."
> "부채는 말고요, 미륵님발로 보아도 안 보입니다."[18]

웃음의 핵심은 '부채 / 부처'의 유사한 음이다. 모음 'ㅐ'와 'ㅓ'는 귀로 들으면 비슷하게 넘어갈 만한 착각을 일으키지만 문자로 표현되면 변별성이 강하게 드러나고 만다. 그러나 텍스트로 제시될 경우 '부채발'

---

17 「엉터리 문자 쓰기」, 『한국구비문학대계』 8-3, 374쪽.
18 뿌리깊은나무 편, 『판소리다섯마당』, 한국브리태니커, 1982, 34쪽.

에서 '미륵님발'로의 이동이 선뜻 이해되기 어렵다. 음성언어에서 '부채 → (부처) → 미륵'의 자연스러운 연결이 텍스트로 와서 부자연스럽게 변했기 때문이다. 이런 웃음들은 이야기판이 아니면 살기 어렵고, 결국 기록문학으로 변화하면서는 자취를 감추거나 본래의 웃음 기능은 소거 혹은 약화되기 마련이다.

2) 비非언어적 · 반半언어적 표현과 상호 소통

이야기에서 언어가 중요한 것은 새삼 강조할 게 못 된다. 언어 없는 이야기는 없기 때문이다. 그러나 실제 이야기판에서는 이야기가 언어만으로 전달되는 것이 아니다. 몸짓이나 흉내 같은 여러 작용들이 뒤따를 때 언어의 효용도 살아난다. 다음은 어떤 어리석은 신랑이 신혼 첫날 신부에게 물을 떠주러 나갔다가 장모 방에 잘못 들어가면서 벌어지는 한바탕의 소동이다.

그래가 인자 살째기 마누라 입을 더듬어가 입에다 물 옇어(넣어) 줄끼라꼬, [손으로 더듬으며] 더듬더듬 더듬어서 인자 마누래 입에 갖다 물 옇을(넣을) 끼라꼬. 장모 똥구녕이라. [일동 : 폭소] 장모 똥구녕에다 물로 부운께 장모가 참아서 놀래 놓인께 꿈적거리다 방구로 푹 끼뿌꺼덩(끼어버리거든). 물이 풍 나오이(나오니). [일동 : 웃음] [청중의 무릎을 잡으며 낮게 서두르는 소리로] "아이구, 품지(뿜어내지) 말고 무라. 저 방 듣는다. [일동 : 폭소] 품지 말고 무소, 저 방에 듯소이"쿠고, 여자는 인자 빨딱 일나거덩.

장모가 있다가 사우가 들은 줄 알고. [픽 웃으며] 그래, 장모가 저 방에 저거(자기의) 신랑인 줄 알았던 모냉이지. 또, 장모는 '저 방에 들어요?'쿠고 빨딱 일난께네 저거 영감인 줄 알았어, 장모는, [일동 : 웃음] 사운 쥐줄 모르고, 모르고, 그래 빨딱 일나(일어나) 갖고, [엉덩이를 만지며] "오줌을 싸머 어따

(어디에) 거따(거기에다) 대고 오줌을 싸고 있노?" [일동 : 폭소] 장모가 또 그 래 쿠거덩. 그래 쿠고 벌떡 일난께네, "오줌이 아이다, 물이다, 물 물." [일동 : 계속 웃음]¹⁹ (밑줄―필자)

이 이야기가 소화임에는 분명하나 이렇게 집중적으로 웃음이 폭발 하는 이유를 이야기 내용만으로는 설명하기 어렵다. 이 작품에서는 도 합 20차례의 웃음이 터지는데, 거기에는 화자의 노련함이 숨어있다. 밑줄 그은 부분에서 보듯이 화자는 자신의 몸짓으로 인물의 행위를 재 현한다. 그것도 청중의 몸까지 활용함으로써 청중이 적극적으로 가담 하게 만든다. 어느 한쪽에서 시작된 웃음은 전염되고 전체 판으로 확 산되는 것이다. 이런 이야기판이 연극이나 영화, 음악 연주회 등의 공 연장과 크게 다른 점은 화자[공연자]가 있는 부분도 밝고 청중[관객]이 있 는 부분도 밝아서 흡사 1 : 1로 보는 것 같은 착각을 불러일으키지 않는 다는 점이다.²⁰ 게다가 이런 우스개 레퍼토리는 어느 한쪽에서 웃음이 터지는 순간, 다른 쪽에서도 눈치를 채며 공동의 판으로 어우러진다. 이런 판에서는 함께 웃으며 즐기거나, 어색하게 함께 있거나, 못마땅 하면 자리를 뜨는 방법 외에는 별다른 선택이 없다.

한편, 언어적인 표현이기는 하지만 여느 언어와는 다른 비분절적 자 질을 가지고도 웃음을 유발할 수 있다.

또 즈그 할머이는 방에서 앙겄다 꾸리 감음시러 말이여. "한 꾸리 두 꾸리

19 「바보사위」, 『한국구비문학대계』 8-3, 384쪽.
20 코미디는 '관음적 수용'이 불가능한 갈래라는 지적은 박근서, 『코미디, 웃음과 행복의 텍스트』, 커뮤니케이션북스, 2006, 150쪽 참조. "영화의 관음주의는 극장이 캄캄하다는 사실로부터 출발 한다. 영화관은 많은 사람들이 운집해 있는 공공공의 장소이나 어두운 조명은 극장 안의 관계를 수용자 개인과 영화만의 사적이며 은밀한 관계로 환원시킬 수 있다는 것이다. 그러나 코미디는 극장 안의 은밀한 관계를 해체시켜 버린다. 순간순간 터져 나오는 웃음 때문에 관객은 자신의 존 재를 더 이상 숨길 수 없게 되기 때문이다."

싯 꾸리 반, 한 꾸리 두 꾸리 싯 꾸리 반" [노래조로][일동 : 웃음] 허고 노래를
부른다 말이여. 하이 그랗게 아이 마당에서 가마이 들어봉께 말이여, 즈그
시아부지 되는 이가 들어봉께 굉장헌 소리가 나. "아이 아무개가 화합되아
서 괜찮다." 그렇게. 아 장작을 시상에 빠갬서. "한 쪼각 두 쪼각 셋 쪼각 반,
한 쪼각 두 쪼각 셋 쪼각 반" 험서 [노래조로] 손벽을 쳐서 아 화합을 잘 잘 허
고 유자성년有子成年했드라요. [일동 : 웃음] [청중 : 유자성년 했어] 어응 유자
성년허고 잘 살았다요.²¹ (밑줄-필자)

"한 꾸리, 두 꾸리……"나 "한 쪼각, 두 쪼각……"이 특별히 웃음을 자
아낼 요인은 없어 보인다. 물론 이제 아들며느리 내외가 아이를 낳을
수 있게 되었다는 데서 오는 신나는 느낌을 전하는 대목으로 유쾌한
것은 분명하다. 그러나 밑줄 친 부분처럼 그 대목을 마치 노랫가락처
럼 구연하면서 그 신바람이 가중되고 청중들은 거기에 웃음을 터뜨린
다. 앞 장의 예문 [가]에서 '[빠르게]'와 '[느리게]'도 같은 맥락이다. 이 대
목에서 속도의 조절이 없다면 속으로 큭큭거릴만은 하더라도 청중이
함께 웃음을 터뜨릴만하지는 않다. 〈흥보가〉에서 흥보가 박통 속에서
나온 쌀로 밥을 지어서 노는 대목 또한 밥 먹는 속도에 따라 웃음이 터
진다. 밥을 위로 던져서 받아먹는데 처음에는 빠르게 먹다가 나중에는
점점 느린 속도로 떨어진다. 그러면서 창자는 그 동작을 실제 재현해
보여서 웃음을 유발한다.
　이처럼 가락과 길이, 속도 같은 자질들이 구사되면서 내용상으로는
우스개가 못 되는 것도 웃음을 유발하고, 또 작은 웃음거리를 크게 키
우기도 하는 것이다.

---

3) 화자 요인과 웃음의 강화

말하기에서 화자 요인이 차지하는 비중은 글쓰기에서 필자 요인이 차지하는 비중과 비교하기 어려울 만큼 크다. 가령 화자에 대한 불신이 있다면 직접 대면하기를 꺼리게 되고 어쩔 수 없이 듣더라도 직접 보는 내내 불신의 시선을 견지하기 쉽지만, 필자의 경우는 직접 대면하지 않는 상태여서 일단 읽어볼 수도 있고 의심 가는 대목은 확인해가면서 수정할 여지가 있다. 이는 근본적으로 '화자—말—청중'이 동일한 시공간에 놓이는 반면 '필자—글—독자'는 다른 공간에 놓이기 때문이다. 이 점에서 화자에 대한 사전 정보는 청중의 웃음 반응을 미리 고정해놓기도 한다.

> 또 누가 소를 잃었단 말이여. [청중 : 웃음] 잃골랑은 어데 가서 점재이한테 점을 한게, "야야, 너 어데 장꾼 마이 오는 데 가서 갓을 씨고 똥을 노라. 홀떡 걷어 부치고." [청중 : 웃음] 장꾼 마이 오는 데 가서 홀떡 걷어 부치고 갓을 씨고 똥을 눈다. [웃음] 장꾼이 여자 남자 없이 수십 명 몰리 오다가, "허허, 빌늠 다 봤네." "왜요?" "소를 모고(몰고) 방아(방에) 드가는 거 봤디이 갓 씨고 똥누는 늠 다 보겠네." "어데 드갑디까?" "조 밑에 조 집." "가이께 방에 소가 있어 그래 찾았어." [청중 : 큰 소리로 웃음][22]

이 설화는 특이하게도 이야기가 제대로 시작되기도 전부터 청중의 웃음이 돌출한다. "또 누가 소를 잃었다"는 대목에서 웃을 일은 아무것도 없다. 여기에서 우리는 두 가지를 예상해볼 수 있다. 하나는 이 구연자가 평소에 우스운 이야기를 잘하는 사람이라는 것이고, 또 하나는 이 잃어버린 소를 찾는 이야기는 이미 다들 알고 있는 것이라는 점이

---

22 「갓 쓰고 똥 누다 찾은 소」, 『한국구비문학대계』 7-8, 1012쪽.

다. 만약 이미 다 알고 있는 이야기라면 웃음을 터뜨리게 하기는 어려울 듯하다. 칸트의 소론대로라면 "웃음은 긴장된 기대가 무無로 갑작스럽게 변하는 것에서 유래한 격렬한 흥분"[23]인데, 그럴 경우 격렬한 흥분을 기대할 수 없기 때문이다. 그러나 위의 이야기에서는 처음부터 웃었던 청중이 맨 마지막에 큰소리로 웃어댐으로써 일반적인 예측을 빗나가게 한다.

우스개를 잘하는 사람이 있다고 할 경우, 이야기도 시작하기 전에 웃음이 터져나는 것은 청중들이 이미 웃을 준비가 되어 있음을 의미한다.

> 맨날(언제나) 홀애비 중모(중매)만 허고 댕게. 즈그 성은 잘 사는디 동생 놈이 늘 중매만 헝께[일동 : 웃음]아 이놈이 평판이 나쁘거든. 네잇 동생놈 인자 서울로 이사를 가 버렸제. 서울을 아 그 또 아 동생놈이 서울까장 딸어 왔어. '아이 서울 와서도 안맨顔面이 설소(생소)허고 모르는 딘디 또 엇찌고 중모헐라디야.' 아 서울다 데래다 놔둥께 아 맨 중모만 허고 댕겨.[24]

이 이야기 또한 이야기의 초입부터 웃음이 터지는데, 그 이유는 구연 상황을 살펴보면 금세 확인된다. 이 구연 상황을 살피면 구연자를 두고 "밤새도록 하라 해도 이야기할 것이라고 방안 사람들이 추켜세우자 또 다시 이야기를 하기 시작했다"고 되어 있고, 아예 처음부터 청자는 "거짓말"임을 전제로 하고 청중들은 두어 차례 웃은 뒤에 이런 설화가 시작되고 있다. 이미 청중들의 청자의 우스개 구연 능력을 인정하고 있고, 또 그런 이야기를 청한 것이기에 청중들의 반응 또한 매우 적극적이게 된다.

이런 경우는 하나의 우스개 레퍼토리나 우스개 포맷을 설화 구연층이 공유하는 것으로 보는 것이 타당할 것이다. 흡사 TV의 개그 프로그

---

23 재인용 :유종영, 앞의 책, 202쪽.
24 「과부 얻는 법」, 『한국구비문학대계』 6-2, 199쪽.

램에서 똑같은 코너가 매회 동일하게 반복됨에도 불구하고 인물이 등장할 때부터 웃음을 터뜨리면서 이미 충분히 예측 가능한 내용이 나올 때에도 웃어주는 관객의 반응과도 같다. 이때 필요한 것은 기대와의 불일치가 아니라 구연자의 구연 역량이다. 대부분 예측 가능한 내용이지만 어느 한 순간에서만큼은 펀치라인이 살아나도록 하는 역량이 웃음의 폭발과 강도를 좌우한다.

4) 텍스트 밖의 돌출과 거리 두기

이야기는 통상 그럴법함을 염두에 둔다. 비록 터무니없는 내용이더라도 개연성을 무기로 텍스트 안에서는 일어날 수 있다고 믿게 만드는 것이다. 그런데 아예 그런 일을 있을 수도 없는 것임을 전제로 할 때, 텍스트 바깥의 시선으로 내용의 개연성이 무시되고 그저 황당무계한 이야기나 재미로 하는 허풍이나 과장담으로 인식되게 된다.

전라도 진고집이, 옛날에 전라도 진고집이하고 강원도 강고집이하고 고집이 둘이 만내서로(만나서), [조사자 : 라도 진고집이 하고?] 야, 강원도 강고집이하고 [조사자 : 강고집하고] 만내서. [말을 고쳐] 이박도 다 됐소. [다시 원래의 이야기로 돌아가서] 서리(서로) 마, 만내져서 인사를 한단 말이다. 서리 인자, 강고집이가 먼저 일날 낀가(일어날 것인가), 진고집이 먼저 일날 낀가, 어찌 고집이 센지 그만 그 자리서 죽어서 둘이다 개미가 바닥바닥(바글바글) 하더란다. [청중 : 웃음] [청중들 : 말캉(전부) 거짓말이다] [조사자 : 서로 안 일날라꼬] 서로……. [조사자 : 웃음. 서로 먼저 안 일날라꼬] [청중 : 이약(이야기) 팔라꼬 맨 거짓말이다.[25] (밑줄―필자)

---

25 「강고집과 진고집」, 『한국구비문학대계』 8-2, 299쪽.

내용은 간단하다. 고집 센 두 사람이 누가 오래 앉아있나 겨루다가 결국은 둘 다 죽어서 개미만 바글바글하더란 것이다. 있을 수도 없는 일이고 그저 전라도 사람과 강원도 사람이 고집이 세다는 정도의 정보를 주는 듯하다. 특별한 서사라 할 것도 없이 둘이 앉아서 그 자리에서 죽었고 나중에 보니 개미만 득실대더라는 허황된 내용이다. 그런데 밑줄 친 부분에서 보듯이 청중들은 일단 웃기는 하지만 그 웃음의 의미를 "말짱 거짓말", "맨 거짓말"인 데 두고 있다. 이야기에 대한 현실적인 판단이 들어가면서 그 황당무계함을 인지하고 그럼으로써 웃는 것이다. 청중은 텍스트에 빠져들지 않는다. '거짓말을 하고 있는 실제 화자'를 앞에 두고 그에게 "참 거짓말도 잘한다!"며 웃고 있는 셈이다.

판소리의 경우라면 창자가 정색을 하며 청중들에게 지금까지는 그저 웃자고 한 한바탕 농담일 뿐이라고 일러주기도 한다.

> 이게 다 웃자고, 웃자고 그렇게 모두 옛날 선생님들이 한 겁니다. 무슨 그럴 리가 있습니까만은, 에, 이건 다 소리하는 데, 소리만 빽빽하면 호가도 불하창창입니다. 그래서 좋은 노래도 한 십분만 들으면 그게 그게고 그게 그 가락이거든. 그러니께 판소리를 적어도 사오 시간 할 때는 반드시 이렇게 해가지고 자기도 숨을 돌리고, 또, 객석에서도 여 분위기를 잡아놓고 고수도 팔을 쉬고 (고수 : 얼쑤!) 이렇게 삼자로 알아듣는 게 있더란 말이여, 이 시러베 아들놈아. (청중 : 웃음) 흥보가 그럴 리가 있것느냐. 밥을 단단히 먹고 (고수 : 얼쑤!)[26] (밑줄-필자)

이 창자는 상당히 긴 시간 동안 흥보가 밥을 먹으면서 생기는 말도 안 되는 일들을 늘어놓았다. 그리고는 대뜸 밑줄 친 대목처럼 지금까지의 일은 모두 다 거짓이라고 말한다. 그럴 리가 없는 이야기라고 하

---

26 박동진, 〈흥보가〉, 앞의 공연.

면서 몰입을 차단하고 다시 맨 마지막에 있는 "밥을 단단히 먹고"부터는 작품 안으로 몰입해줄 것을 당부하는 셈이다. 이렇게 텍스트 바깥에서 청중이나 고수와 직접적인 대화를 시도하는 일은 이 창자[박동진]의 특히 도드라진 국면이기도 하다. 이 대목에서도 느닷없이 고수에게 욕설을 하고 청중들은 웃음을 터뜨린다. 〈수궁가〉에서는 "방개란 놈이 낯바닥이 꼭 북치는 이 ***같던 모양이여"라고 한다거나, "북치는 *** 모냥 건방져갖고"라는 식으로 이야기를 하면 청중들은 웃는다.

이런 양상은 꼭 노련한 전문 이야기꾼에게만 있는 것이 아니라 설화를 구연하는 보통사람들에게도 얼마든지 있을 수 있는 일이다.

> 최진사, 그 양반이 그저 독신으로 아마 몇 대 쭉 내려오다, 아, 지 아들은 죽구, 또 거기서 아들의 몸에서 손주가 하나 생겨서 그 저 키웠는데, 그래 그 옛날에 살림깨나 하고 그러니까는, 옛날에는 독선상(독선생)을 앉혔답니다. [조사자 : 예, 그렇지] 지 선상을 불러다, 살림깨나 하는 사람은 그래, 인제 가지고 이렇게 아마 예를 들어 말하면, 열 대여섯 돼서, <u>나도 하여간 장개를 열세 살에 우리 할아버님께서</u> [웃음] 장가를 들인다고 해서 내가 도망을 갔어요, 창피해서. 도망을 해서 돌아당기다 몇 해 있다가 돌아오니깐 내 스무 살에 내가 장개를 갔어요.[27](밑줄─필자)

평이한 내용이 진행 중이어서 딱히 웃음거리가 없어 보인다. 그런데 밑줄친 부분은 이야기 속 주인공의 이야기가 아니라 화자 자신의 실제담이다. 자신의 이야기를 하며 스스로 웃고, 그 웃음이 다시 이야기판에 생기를 불어넣어준다. 그런데 이 대목을 옛날 최진사 집에서 열세 살 먹은 손자를 장가들이려 했다고 평이하게 서술했더라면 웃을 거리가 없다. 텍스트 바깥에 자신의 실제담을 덧보태고, 나이 서른이나 되

---

[27] 「9대 독자 며느리 첫날밤에 아기를」, 『한국구비문학대계』 1-7, 112쪽.

어가서야 장가간다고 생각하는 현실과의 낙차가 생기면서 웃음거리가 생기는 것이다. 이런 예는 아주 흔한 편인데, 도깨비가 술 먹는 이야기를 하다가 이건 아무래도 거짓말 같다고 말함으로써 청중들이 웃게 되는 것처럼,[28] 텍스트를 조감하는 텍스트를 덧대어 웃음을 만들어낸다.[29] 즉, 실제 화자와 청자가 이야기 밖으로 나오면서 이야기라는 텍스트 안과 그 이야기를 향유하는 텍스트 바깥 사이에 거리가 생기고 거기에서 웃음이 나온다 하겠다.

4. 이야기판에서 빚어지는 웃음의 의미

필자가 다녀본 이야기판 중 가장 많은 웃음이 나온 대목은 다음이다. 이상의 논의를 정리할 겸 다음에 나오는 웃음을 따라가 보자.

밥 웬수 한 번 갚아보자. 사팔이 삼십이, 서른둘이구나. 여러 해 우리가 굶었어. 우리 내외하고 쌀 서른 넉 섬 밥해라.(웃음 1) 내가 품 팔아먹고 살 때는 이제 나도 부자여. 어림없는 소리 하지 마라.(웃음 2) 남편의 말씀은 하나님의 발치로 복판을 쫙 차버리기 전에 썩 혀여.(웃음 3) 동네 솥이란 솥은 쫙 가져다가 밥을 해자치니(웃음 4) 침이 넘어가는데 가만 생각하면 천천히들 마셔라. 그 밥이 산댕이 무너지듯 덜커덕(웃음 5) 구데기 똥 퍼먹듯(웃음 6)

---

28 "토째비도 잇날에는 술을 묵든 모양이지. 술을 한 말 사가주고 가소, 이거 거짓말이지 싶어. 내가 애긴. [일동 : 웃음] 그래가주고 거어 가가줄랑 그래 이래 토째비굴에 가서 토째빌 부르인께……." 「도깨비와 상주」, 『한국구비문학대계』 7-16, 494쪽.
29 현재의 TV 개그 프로그램 등에서도 자주 등장하는 방법이다. 희극인들이 희극인 자신과 등장인물 사이를 자유롭게 오가면서 현실과 극중 상황이 교묘하게 교차하는 방식이다. 이를 기존 연구에서는 '메타극으로서의 유머 텍스트'로 명명한 사례가 있다. 이재원, 「의사소통이론에 기댄 유머 텍스트의 분석 : 개그콘서트를 중심으로」 『독어교육』 35, 한국독어독문학교육학회, 2006.

돼야지 밥 먹듯. 내가 밥 먹는 시범을 먹는듸 홍부가 좋아라고 홍부가 좋아라고 밥을 착(웃음 7) 던져놓고 받아먹고 던져놓고 받아먹고 던져놓고 받아먹고(웃음 8) 오메 손이 느려가네 더언져 놓오고 바앋아 먹고(웃음 9) 홍부아내는 어찌 밥을 많이 먹었던지 배꼽이 요강 꼭지 같고(웃음 10) 홍보 마누라 기가 막혀, 홍보 마누라 기가 막혀, 밥 먹다 사람 죽네(웃음 11) 늬 아버지 밥먹다 세상 떠난다. 머리풀고 곡해라.(웃음 12) 내가 과부가 되면 밥은 안 먹어도 살지만 그것 못 먹고는 못 사는듸.(웃음 13) 홍부 큰 아들이 서른여섯이야. 아 이놈이 배 힘줄이 늘어진게 딱 들더니만 요짝이 요렇게 해도 밥이 쏟아지겠고(웃음 14) 저렇게 해도 밥이 쏟아지겠고. 아이고 이놈아 그게 늬 아버지 배다.(웃음 15) 그게 어디 배요. 서리맞은 호박이지.(웃음 16) 설사똥을 시작허는디 똥구멍을 저 해남 관머리다 대고 힘을 한번 쓴께 무지개 살나가듯 대번 그냥 광주 무등산을 넘어간단 말이여.(웃음 17) 광주 시민들이 가만 본게 뭔가 누런 것이 대번이 번들번들.(웃음 18) 저게 뭐다냐. 아니 저걸 몰라. 지리산 황룡이(웃음 19) (이하 생략. 웃음의 번호-필자)

이 웃음이 나오는 이유를 간단히 설명해보면 다음과 같다.

웃음 1-도저히 불가능한 비현실적인 내용, 웃음 2-부자가 된 홍보의 허세, 웃음 3-착한 홍보의 행악, 웃음 4-도저히 불가능한 비현실적인 내용, 웃음 5-재미있는 언어표현, 웃음 6-비속한 표현, 웃음 7-행위의 모방적 재현, 웃음 8-빠른 동작의 속도 모사, 웃음 9-느린 동작의 속도 모사, 웃음 10-재미있는 언어표현, 웃음 11-굶어죽을 뻔한 홍보가 밥 먹다 죽게 되었다는 반전, 웃음 12-지나친 과장, 웃음 13-얌전한 홍보 아내의 성적 욕망 폭로, 웃음 14-도저히 불가능한 비현실적인 내용, 웃음 15-도저히 불가능한 비현실적인 내용, 웃음 16-재미있는 언어표현, 웃음 17-도저히 불가능한 비현실적인 내용과 비속어 구사, 웃음 18-도저히 불가능한 비현실적인 내용, 웃음 19-재미있는 언어표현.

이들은 크게 두 부류로 나뉠 수 있다. 하나는 이야기의 텍스트 전개와는 벗어남으로써 웃음을 유발하거나, 텍스트와 관계없이 언어유희, 비속어 등을 구사하여 웃음을 유발하는 경우이다. 먼저, '웃음 1'은 과장에 의한 웃음이다. 현실적으로는 있을 수 없는 말이며, 이야기판에서 농담으로나 할 수 있는 이야기이다. '웃음 4'도 마찬가지이다. 여기에 개연성을 부여할 수 없을 터이므로 화자와 청자는 텍스트 바깥으로 텍스트를 바라보게 된다. 이미 텍스트를 벗어난 한바탕의 농담임을 인지하기 때문이다. '웃음 14'에서 '웃음 19'까지도 마찬가지이다. 이미 인간의 배로 인지할 수 없는 상상 밖의 큰 배를 보고 아들이 당황해 하고, 그 앞에서 흥부의 아내는 실없는 말을 해대며, 급기야 설사를 한 것이 광주 무등산을 넘어 가는 게 황룡이 날아가는 것 같다는 말도 안 되는 내용이다. 앞에서의 구분에 따르자면 텍스트 밖의 돌출인 셈이다. 한바탕의 소동을 익살스럽게 그려놓았는데, 이런 것들은 전형적인 소극笑劇, farce의 형태라 할 만하다.[30]

다음으로, 텍스트 밖의 돌출은 아니더라도, 텍스트의 서사에 크게 기대지 않고도 그 자체만으로 웃음이 나오는 경우이다. '웃음 5', '웃음 6'은 일상적 언어를 파기하는 데서 얻어지는 웃음이다. 사람이 밥 먹는 모습을 구더기 "똥 파먹듯", "돼지 밥 먹듯"이라는 표현은 핍진한 설명보다는 욕설에 가깝다. '웃음 13'은 성적 금기로부터의 일탈이다. 흥보의 아내는 자식들 앞에서 식욕보다 성욕이 더 중요하다고 드러내놓고 있다. 여성이 성적 욕구를 드러내는 것은 전통사회에서 특히 금기되어 온 것이다. 이런 웃음은 모두 일상적 언어의 파기와 일탈에 기대는 것이다. 또, '웃음 7'에서 '웃음 9'까지는 특별한 내용이 아니고 그저 밥 먹는 모습을 재미있게 그려낸 것인데, 실제 현장에서 웃음이 터지는 이

---

[30] 'farce'라는 이름이 본래 "채워넣다"는 뜻의 라틴어에서 유래한 것으로, 불어와 영어에서 요리하는 새 속의 고기나 기타 음식물을 끼워넣는 일을 가리키는 명칭으로 남아있다고 한다. (Jessica Milner Davis, 『소극笑劇』, 서울대 출판부, 1985, 8쪽)
〈흥보가〉의 해당 대목 역시 본래 없어도 될 만한 내용이 그저 웃음을 유발할 목적으로 삽입된 형태이다.

유는 창자가 그 내용을 몸으로 보여주기 때문이다. 마치 밥덩이가 눈앞에 있기라도 한 듯이 몸 위로 던지는 시늉을 하며, 그것도 속도가 서서히 떨어지는 광경을 재현한다. 비非언어 · 반半언어적 표현이 돋보이는 예이다. 이런 웃음은 그 자체로 웃음이 유발될 뿐 서사 전개에 심각한 변이를 일으키지 않기에 매우 가볍다.

두 번째 부류는 텍스트 내의 서사 전개와 긴밀히 연관되는 경우이다. 가령, '웃음 2'와 '웃음 3'은 충분한 개연성을 가지고 있다. '웃음 2'에서는 그 동안 가난한 탓에 가장 구실을 못하고 그래서 눌려 지내왔던 흥보의 속내를 알게 되면서 터지는 웃음이다. 이어 흥보가 그 동안 못 해본 가장 구실을 해보겠답시고 그간 고생한 아내에게 함부로 대하면서 '웃음 3'이 터진다. 이는 흥보가 언제나 선하기만 한 것은 아니라는 증거이며, 이 점에서 도리어 인간적인 내용이다. 이와 유사하게 '웃음 13'도 일단 외설적인 면이 웃음의 유발 요인이지만, 그를 통해 착하기만 하다고 인식되었던 흥보 아내의 성격을 입체적으로 드러내준다. 물론 음담패설적 성격이 짙어서 인물 성격으로까지 몰아가기 힘든 면이 있기는 해도 서사와 아주 무관하다고 할 수는 없겠다. 여기에는 필연적으로 서사 텍스트 내에 존재하는 인물의 성격이 문제가 된다. 평소의 흥보나 흥보 아내의 성격대로라면 그런 반응이 나올 수 없을 텐데, 갑작스러운 환경 변화에 따라 돌변하는 모습이 웃음거리인 것이다. 물론, 밥을 먹으면서 벌이는 해프닝 같은 경우는 과장에 의해 텍스트를 벗어나기는 해도, 이제 밥을 배불리 먹게 된 흥겨운 상황을 그려내는 역할을 함으로써 어느 정도 텍스트 내의 서사 전개 안에서 움직인다고 볼 수도 있겠다.

또, 이렇게 연속적으로 웃음이 터지게 하는 데는 창자 개인의 능력을 무시하기 어렵다. 이 창자는 본래 재담에 능할 뿐만 아니라 처음부터 재담을 많이 하겠다고 선언을 한 형편이고, 공연 당시 연속으로 사흘간 한 극장에서 판소리 완창 무대를 갖고 있는 중이었으며[31] 청중 역시 그러한 웃음에 충분히 소통할 의사를 가진 상태였기 때문이다. 이런 연속적인 웃음이 주로 아니라 부분에서 터진 것은 창과 같은 특별한 판소리 기법에 기대기보다는 여느 설화가 구연되는 이야기판과 유사하게 이끌어감을 알 수 있다. '웃음 8', '웃음 9'는 여느 창자가 창을 해도 우습기는 하겠지만, 이 창자처럼 발림에 능하지 않다면 적어도 웃음의 크기가 많이 달랐을 것이다.

이렇게 본다면, 이야기판에서 웃음은 크게 세 가지 기능을 하며 작동한다 하겠다. 그 첫째는 텍스트에 담긴 언어 자체, 혹은 텍스트 문맥을 벗어난 내용 자체로 웃음을 유발하면서 흥겨움을 준다. 이런 것들은 크게 보면 '일탈'로 인한 웃음이다. 일상에서는 쉽게 쓰지 않는 언어유희, 비속어, 음담을 구사하는 것이나, 실제 현실에서는 전혀 일어날 것 같지 않은 황당무계함을 드러냄으로써 '그저 웃자고 하는 이야기'임에 주목하여 가벼움을 주는 것이다. 그 둘째는 텍스트 내의 서사를 따라가며 인물의 성격이나 행위에 의한 웃음이다. 웃음을 통해 서사에 변화를 주거나, 인물에 숨겨진 특성을 폭로하거나 반대편 인물과 화해하도록 해주는 것이다. 그 셋째는 화자와 청자의 소통을 주도한다. 화자는 이야기를 전달하며 청자는 이야기를 듣는 까닭에, 이 둘 사이에는 적어도 정보량에 괴리가 있게 되어 일종의 상하上下 관계가 형성되게 마련인데, 웃음을 공유함으로써 이야기판이 공동의 장場임을 일깨워주는 것이다.

---

31 박동진, 〈춘향가〉, 〈심청가〉, 〈흥보가〉, 산울림소극장. 1987.3.17-19.

5. 마무리

이 글은 '이야기'가 아닌 '이야기판'에서의 웃음이 어떻게 존재하며, 어떻게 작동하는지 규명하기 위해 씌어졌다. 이는 그간의 웃음에 대한 연구가 주로 이야기가 갖는 웃음의 의미에 집중함으로서, 화자와 청자가 동일한 공간에서 이야기를 나누면서 벌어지는 실제 웃음에 대한 연구가 부족했다고 여긴 까닭이다. 예컨대, 텍스트만으로는 설명할 수 없는 웃음들을 어떻게 보아야할지 집중적으로 살핀바, 논의 결과를 요약하면 다음과 같다.

첫째, 웃음의 보편성과 이야기판에서의 특수성에 대해 논의했다. 웃음을 보는 시각은 시대마다 논자마다 달라서, 우월, 완화, 불일치 등의 보편적인 이론으로 수렴될 수 있겠지만, 실제 구비문학에서는 그런 보편적인 특성 외에도 구연상황과 관련되는 특수성이 감지된다. 언어유희나 비속어 등 언어 자체에 의한 웃음, 구연자의 몸짓 등 비非언어적인 표현이나 언어의 속도 등의 반半언어적 표현, 구연자의 독특한 입담 내지는 말솜씨에 의한 웃음, 텍스트 안팎의 겹 이야기에 의한 웃음 등이 다양하게 드러난다.

둘째, 이야기판에서의 웃음의 작동원리를 몇 가지로 범주화하여 살펴보았다. 그 하나는 일상적 언어의 파기와 일탈로써, 비속어나 음담의 구사, 동음이의어의 사용 등 기록된 상태에서는 온전히 드러내기 어려운 경우이다. 또, 비非언어적·반半언어적 표현과 상호소통을 통하여, 내용상으로는 전혀 우스개가 될 수 없는 경우더라도 특별한 웃음을 유발하기도 한다. 다음으로, 화자 요인에 의해서도 웃음이 드러나는바, 실제로 우스개에 능하다고 알려진 경우이거나 입담이 강한 경우 등에서는 비록 널리 알려진 이야기나 레퍼토리이더라도 웃음을 쉽게 유발함은 물론 그 강도가 증폭된다. 끝으로 텍스트 밖의 돌출과

거리 두기를 통해 웃음이 유발되기도 하는데 이야기 도중에 화자 자신의 실제 이야기를 끌어오는 방식 등에 의해 이야기 안팎의 비교 내지는 낙차를 유도함으로써 뜻밖의 웃음이 터지게 하기도 한다.

셋째, 이야기판에서 그러한 웃음의 의미를 찾아보자면 크게 세 가지 기능을 하며 작동하는 것으로 파악된다. 그 하나는 텍스트에 담긴 언어 자체, 혹은 텍스트 문맥을 벗어난 내용으로 웃음을 유발하는데, 이는 크게 보면 '일탈'로 인한 웃음이다. 또 하나는 텍스트 내의 서사를 따라가며 인물의 성격이나 행위에 의한 웃음으로, 웃음을 통해 서사에 변화를 주거나 인물에 숨겨진 특성을 폭로하거나 화해를 유도한다. 끝으로 화자와 청자의 소통을 주도하는데, 웃음을 공유함으로써 이야기판이 공동의 장場임을 일깨워주는 것이다.

이 글이 주목하는 바는 이야기판에서의 웃음이었다. 이야기판에서 청중들이 열광적으로 웃을 수 있는 주요인 가운데 화자와 청중이 놓인 구연상황을 배제하거나 무시할 수는 없는데, 이는 거꾸로 화자와 청자의 합의점만 찾을 수 있다면 외견상 전혀 유머로 이해할 수 없는 텍스트도 실제 구연 현장에서는 웃음을 유발하기도 한다는 뜻이다. 결국 이러한 점들을 고려할 때 이야기판에서의 웃음이 좀 더 구체적으로 드러나리라 여겨지며, 이를 위해 판이 바뀔 때, 혹은 판이 사라지고 텍스트만 남을 때의 변개 사항 등이 검토되기를 희망한다.

「이야기판에서 웃음의 작동 원리」에 대한 토론문

서인석

이강엽 선생님의 발표는 굳어 있는 텍스트가 아니라 살아 있는 연행 공간, 즉 '이야기판'에서 웃음이 작동되는 원리를 살펴보고 있습니다. 논지의 핵심은 논의 시각을 그간의 텍스트 위주 논의에서 구연 상황을 고려한 논의로 전환하여 그 작동 원리를 4가지 유형으로 나누어 살펴보는 것입니다. '웃음'이란 그 정형성이 인물, 상황, 언어 등을 통해 드러나므로 이들을 통해 접근하는 것이 일반적입니다만, 발표자가 언급한 대로 '텍스트 이외의 요소가 작동'하는 양상도 중요합니다. 이런 면을 중시하여 웃음의 작동 원리를 범주화하여 논한다는 것은 상당히 의미 있는 작업이고, 또 상당 수준에서 동의할 수 있는 작업을 하고 있다고 봅니다. 그러나 토론의 역할을 생각하여 몇 가지 질문을 해 봅니다.

① '이야기판'에서 '이야기'의 대상 문제

이 논문에서 대상으로 삼고 있는 것은 설화와 판소리 자료입니다. 그런데 이 둘을 동일한 수준의 자료로 다루고 있습니다. 설화는 '이야기'라고 할 수 있겠지만, 판소리를 같은 '이야기' 차원에서 다루는 것은 좀 문제가 있어 보입니다. 판소리는 고수라는 존재 및 고도의 음악과 결부된, 말 그대로 '판소리'라는 독특한 장르로 응축된 것이기 때문입니다. 물론 판소리의 부분 부분을 통해 '이야기'와 비슷한 작동 원리를 추출할 수는 있습니다. 그러나 예컨대 작동 원리 중 '화자 요인과 웃음의 강화'는 판소리와는 거리가 있어 보입니다. 그러므로 이 둘은 별도로 다루거나 아니면 그 장르적 차이점에 유념하면서 다루었으면 하는데, 이에 대해 어떻게 생각하시는지요?

② 인용된 자료의 성격 문제

인용된 자료는 '화자 요인' 외에 '청자 요인'까지 기재되어 있어 '이야기판'의 정황을 어느 정도 보여주는 자료들입니다. 이들을 문자로 기록되어 있다는 의미에서 그냥 '텍스트'라고 지칭하는데, 일반적인 '텍스트'라기보다는 '무대 지시문'이 있는 '연행 텍스트'입니다. 그러다 보니 이 자료들에서 추출되는 웃음의 작동 원리는 그 연행적 성격에서 '서사'뿐 아니라 '희곡'적 요인과도 연관이 있는 것처럼 보일 정도입니다. '이야기' 하면 아무래도 '서사'를 연상하게 되는데 '자료의 성격' 내지 '이야기판'에 대한 약간의 보완이 좀 필요하지 않나 싶습니다. (판소리까지 자료로 포함되면서, 이 문제는 좀 더 미묘해진 것 같습니다)

③ 작동 원리의 범주화 문제

작동 원리의 범주화 문제는 두 가지 방향에서 논할 수 있는데, 첫째는 이 4가지가 내부적으로 적절한 범주화인가이고 둘째는 그것들이 외부적으로 대표적인 범주들이냐(즉 잔여범주들이 없거나 사소한 것들이냐)일 것입니다. 이 중 후자는 이 4가지로 이야기판에서의 웃음을 다 설명할 수는 없다는 것을 미리 제한점으로 거론했으므로(2장 끝 문단) 생략하고,

전자의 경우만 보기로 합니다. 편의상 4가지 작동 원리를 정리해 보면 다음과 같습니다.

① 일상적 언어의 파기와 일탈 : 음담패설, 비속어, 언어유희 등. (이야기판에서 특히 활성화되는 텍스트 내적 자질)
② 비非언어적·반半언어적 표현과 상호 소통 : 화자의 몸짓(흉내) 및 말하거나 노래하는 가락과 길이 속도. (텍스트 밖 화자의 역량 및 텍스트 활성화의 문제)
③ 화자 요인과 웃음의 강화 : 화자 능력 및 성향에 대한 사전 정보.
④ 텍스트 밖의 돌출과 거리 두기 : 청중 또는 창자가 텍스트 밖의 시선으로 메타적 비평을 하는 것. (이것이 웃음의 작동 원리인지는 예문들만 갖고는 판단하기 어렵습니다. 다른 예문으로 대치할 수 있는지요?)

이렇게 보면 ①은 순수한 텍스트내적인 자질이고 ②의 '반언어적 표현'은 텍스트 안에 있는 자질이지만 일종의 '무대 지시문'을 통해 텍스트 안팎에 걸쳐 있고, ③과 ④는 텍스트 밖의 화자(창자)와 청자의 관계와 관련된 특징입니다. 그런데 약간의 중복성도 있고 용어들도 선명하지가 않아 보입니다.

그런데 이들 범주는 다음과 같이 크게 둘로 재분류할 수 있습니다.

(A) 텍스트 자체의 내적인 작동 원리.
(B) 텍스트를 연행하는 청자-화자의 작동 원리.

이 중 (A)는 '어떤 대목에서 웃음이 터지는가'와 관련되고 (B)는 '텍스트 이외의 요소가 작동하고 있는지'와 관련되는 것입니다. 본 발표문은 아무래도 후자에 무게를 두고 있어 보이고, 이 점이 기존 웃음에 대한 논의와의 차별성이라고 봅니다. 그러나 (A)도 이야기판에서 더욱 활성화되는 면을 다루고 있으므로 그 점을 더욱 강조하면 제외할 것은 아닙니다. 그러나 어쨌든 이 (A)와 (B)의 구별이 범주화에서 나름대로 의미 있는 것이라 생각하는데, 어떻게 생각하시는지요?

④ 앞으로의 과제와 관련하여

이 글 마지막 대목에서 '판이 사라지고 텍스트만 남을 때의 변개 사항'이 연구 과제로 거론되었는데, 마치 '판소리'와 '판소리계 소설'의 관계를 보는 것 같아 상당히 흥미롭습니다. 여기서 '판이 사라지고 텍스트만 남을 때'라는 것이 무엇을 말하는지 그리고 이런 연구가 구체적으로 어떤 자료들을 대상으로 이루어질 수 있는지 보충 설명 부탁드립니다.

문헌설화와 구비설화 인물 형상의 비교를 통한 이야기의 변화
남이설화를 중심으로

홍태한

1. 머리말

한국의 이야기 문학 중 가장 대표적인 것은 인물이야기일 것이다. 아무래도 가장 쉽게 접할 수 있는 것이 사람이기 때문에, 사람에 대한 이야기가 가장 많이 형성된 것이다. 전국적으로 널리 알려진 인물에 대한 이야기가 있을 것이고, 지역적인 특징을 보여주는 인물도 있을 것이다. 때로는 이름은 다르지만, 동일한 성격의 인물이 각 지역에 다양하게 전승되기도 한다.[1] 그만큼 인물에 대한 관심은 보편적이고 본능적이다. 인터넷에 떠도는 여러 인물에 대한 이야기, 스타로 여겨지는 연예인들에 대한 여러 이야기도 인물이야기의 또 다른 모습이라 할 수 있을 것이다.

---

[1] 봉이 김선달, 정수동, 정만서, 방학중이 대표적인 예이다.

하지만 인물을 바라보는 관점이 시대마다 같은 것은 아니다. 시대의 변화에 따라 동일 인물에 대한 평가가 달라지기도 한다. 이것은 인물에 대한 평가 속에는 당대 사회의 가치관 또는 관심이 들어있다는 의미이다. 최근에는 이야기판이라 부를 수 있는 것이 거의 없지만, 지역사회에서 이야기판이 인공적으로 만들어지는 경우에도 이야기에 등장하는 인물에 상당한 변화가 감지되는 사실에서 확인이 가능하다. 경기 강화지역에서 몇 차례 조사한 결과, 전통적인 인물전설이라 할 수 있는 이야기가 대부분 사라졌고, 마을에서 볼 수 있거나 만날 수 있는 인물에 대한 이야기가 새롭게 등장하고 있었다.[2] 아울러 장년층에서는 인터넷에 유포된 인물에 대한 평가의 영향을 받은 이야기가 등장하고 있기도 했다. 인물이야기는 시대에 따라 창조되기도 하고 사라지기도 하는 것이다.

암행어사 박문수, 어진 임금 숙종, 명풍수 성지, 명의 유의태로 대표되는 전형적인 인물이야기를 듣기가 쉽지 않았다. 물론 개별적인 이야기판의 특성과도 긴밀하게 연결되어 있겠지만, 과거만큼 역사 속의 인물에 대한 이야기를 듣기가 쉽지는 않다는 의미이다.

서울지역에는 부군당신앙이라 하여 마을의 수호신으로 부군을 받들어 모시는 신앙이 있다.[3] 몇몇 지역에서는 아직도 부군신을 모셔 성대하게 잔치를 베푸는 부군당굿을 시행하기도 한다. 부군신 중에는 실존 인물이었던 남이, 공민왕, 제갈공명, 이성계, 김유신 등도 있어 이들에 대한 다양한 이야기가 전승되고 있다.[4] 이러한 인물에 대한 평가는 실제 기록과 사뭇 달라, 인물전설의 변화상 내지는 인물에 대한 평가가 어떻게 달라졌는지를 파악할 수 있다. 특히 부군당굿에 참가한 젊은

2 　필자는 강화문화원의 의뢰로 3년간 강화 전역에서 가정신앙, 종교세시 등을 조사했다. 이 과정에서 여러 이야기판을 벌여 다수의 신앙담, 전설을 들을 수 있었다.

3 　서울지역의 부군당에 대해서는 홍태한, 『서울의 마을굿』(민속원, 2008)에서 상세하게 고찰했다.

4 　서울 지역 부군당에서 모시는 인물에 대해서는 필자가 한 차례 다룬 바 있다. 홍태한, 「서울 부군당의 실존인물 숭배양상」, 『남도민속연구』 17, 남도민속학회, 2008.

층이 인물을 어떻게 평가하고 있는지에 대해서도 알 수 있어, 앞에서 기술한 대로 인물 평가 변화상의 다양한 의미를 파악할 수 있을 것으로 생각한다.

이 글에서는 서울지역 부군당에서 모시고 있는 인물 중 남이를 대상으로 인물전설의 변화양상을 밝혀보기로 한다.[5] 남이를 택한 것은 여러 문헌설화 기록에 일화가 수록되어 있을 뿐 아니라 『남이장군실기』라는 구활자본 소설이 발간되기도 했으며, 부군당의 주 신령으로 숭배되고 있어 다양한 의미상 파악이 가능하기 때문이다. 부군당을 중심으로 남이신앙이 전승되고 있으므로, 남이는 지금도 민속 속에 살아 있는 인물이다. 지금도 제의 현장에서 남이에 대한 이야기 및 평가를 파악할 수 있다는 것도 장점이다. 특히 필자는 남이, 최영, 임경업을 대상으로 실존 인물이 신격화되는 과정을 몇 차례 발표한 바 있어 논지 전개에 도움이 될 것으로 기대한다.[6]

먼저 문헌설화 속의 남이를 살펴 특징을 정리하고, 다음에 구비설화와 민간신앙에서는 남이를 어떻게 바라보고 있는지를 정리하여 변화상을 도출하기로 한다. 이를 바탕으로 하여 남이 이야기가 어떻게 변화될 것인지를 예상해보고, 이야기의 미래를 탐구해보는 식으로 글을 전개하겠다. 문헌설화에 수록된 남이는 그 동안 알려진 여러 문헌설화를 대상으로 남이 이야기를 조사하여 파악하였고, 구비설화는 간행된 여러 설화집에 수록된 이야기 및 현장에서 조사된 이야기를 대상으로 한다. 민간신앙 속의 이야기는 남이 장군을 부군신으로 모시고 있는 서울시 용산구 용문동 '남이 장군 사당굿'에 참가한 마을 주민들과의

---

5 남이에 대해서 필자는 두 차례 글을 쓴 바 있다. 홍태한, 「설화와 민간신앙에서 실존인물의 신격화 과정」, 『한국민속학보』 3, 한국민속학회, 1994 ; 홍태한, 「남이 전승 연구」, 『경희어문학』 12, 경희대 국어국문학과, 1992. 이 글은 이 두 편의 글에서 다룬 내용을 바탕으로 하면서 이야기의 변화에 초점을 맞추어 쓴 것이다. 따라서 앞의 두 글과 상통하는 부분이 다수 있다.

6 홍태한, 「설화와 민간신앙에서 실존인물의 신격화 과정」, 『한국민속학보』 3, 한국민속학회, 1994.

대담을 통해 파악한 이야기들이다. 남이 장군 사당굿은 서울특별시 중요무형문화재 제20호로 지정되어 있어 해마다 음력 10월 초하루에 제의를 거행한다. 용산구 용문동의 주민 500여 명이 참가하는 사당굿은 이미 서울의 대표적인 부군당굿이 되었다. 하루 종일 부군당굿이 연행되는 동안에, 사당 안의 남이 장군 탱화 앞에 배례를 하고 정성을 바치는 마을 주민을 만나기는 어렵지 않다. 그들과의 면담을 통해 남이 장군에 대한 관념을 쉽게 알 수 있어 이 글의 요긴한 자료가 되었다.[7]

2. 문헌설화의 남이

우선 실존 인물 남이의 모습을 살펴본다. 남이(1411-1468)는 의산위 휘의 아들이고 태종의 외손자이다. 1457년(세조 3년) 17세에 무과에 급제하고 이시애의 난 및 여진족 건주위 토벌에 공을 세워 적개공신 훈일등에 오르고 세조의 총애를 받았다. 26세에 병조판서에 전격적으로 기용되었으나 27세에 간신 유자광 일파의 모함을 받아 역적으로 몰려 새남터에서 참수형을 당했다. 현재 유해는 경기도 화성군 비봉면 남전리에 있으며 1818년(순조 18년) 억울한 누명이 벗겨져 신원되어 충무공이라는 시호를 받았다.

간략한 남이 장군의 생애를 볼 때 보통 사람과는 다른 영웅적인 풍모를 가지고 있음을 알 수 있다. 세조가 왕위에 있을 때 중용되어 젊은 나이에 병조판서를 제수 받았다. 그러나 세조가 승하하고 예종이 즉위하면서 사정이 판이하게 달라진다.

예종은 왕위에 있은 지 14개월 만에 세상을 떠났는데, 이로 미루어

---

[7] 홍태한, 『남이장군사당굿』, 민속원, 2009 참조.

88 한국의 이야기판 문화

보아 심약한 사람이었던 듯하다. 예종은 세자 시절에 남이를 몹시 꺼렸다고 한다.[8] 아마도 새로운 왕이 즉위하는 과정에서 신진 세력으로 꺼림을 받던 남이가 당시의 눈치 빠른 유자광의 모함에 걸렸고, 평소 좋지 않게 보던 예종의 의도에 부합되어 참소되었던 듯하다. 그러나 남이가 죽은 후 신원되고 시호를 받고 있는 것으로 보아 억울한 죽음을 당했음을 알 수 있다. 한국 무속에서 주요한 신령으로 모셔진 최영, 임경업, 남이가 모두 억울한 죽음을 당했고, 사후에 신원되었음을 고려하면 억울한 죽음과 신원은 상당한 의미가 있다.

문헌설화에 수록된 남이에 대한 이야기는 다음과 같은 것이 있다. 먼저 『기문총화記聞叢話』에 수록된 것은, 남이의 혼인담으로 가장 널리 알려진 이야기이다.[9] 『기문총화』에 수록된 것은 혼인에만 초점을 맞추고 혼인 이후는 이야기하지 않는 기본적인 형식만을 갖춘 이야기이다.

1. 남이가 젊어서 길을 가다가 한 계집종이 보자기 상자를 싸가지고 가는데 그 위에 분면귀粉面鬼가 앉아있는 것을 발견한다.
2. 남이가 계집종을 따라가보니 한 재상집으로 들어가고 잠시 후 그 처녀가 죽었다는 말과 곡성소리를 듣는다.
3. 남이가 들어가자 분면귀가 달아나고 처녀가 살아난다.
4. 남이가 상자에 홍시가 들었다는 말을 듣고 홍시를 먹고 기가 막힌 것이라며 약을 써서 치료해준다.
5. 남이가 상국 권람의 넷째 딸과 결혼한다.[10]

이러한 혼인담에 남이의 후일담까지 결합된 것이 『금계필담錦溪筆

---

8 『국역 연려실기술』 권2, 9쪽.
9 『기문총화』, 『금계필담』, 『어우야담』에 수록된 이야기는 본문으로 확인했을 뿐 아니라 서대석이 편찬한 『조선조문헌설화집요』 I·II, 집문당, 1991에 수록된 내용으로 단락 정리를 할 수 있었다.
10 『記聞叢話』 569번째 이야기 〈南怡少時〉.

談』에 수록된 이야기이다. 『기문총화』와 동일한 이야기가 전반부에 이어지다가, 후반부에서는 남이가 역적으로 몰려 죽는 이야기가 결합된다. 남이의 일생을 다룬 이야기라 할 수 있다.

1. 남이는 세조때 사람으로 용력이 뛰어났다.
2. 남이가 따라가 보니 한 재상집으로 들어가고 잠시 후 그 처녀가 죽었다는 말과 곡성 소리를 듣는다.
3. 남이가 들어가자 분면귀가 달아나고 처녀가 살아난다.
4. 남이가 상자에 홍시가 들었다는 말을 듣고 홍시를 먹고 기가 막힌 것이라며 약을 써서 치료해준다.
5. 남이가 상국 권람의 넷째 딸과 결혼한다.
6. 홍계관에게 미래를 물으니 남이는 최고의 영예를 얻지만 일찍 죽고 딸은 그보다 앞서 죽을 것이라는 말을 듣는다.
7. 이시애의 난에 유자광이 모함하여 남이가 옥에 갇힌다.
8. 남이가 형틀을 부수고 몸을 날려 달아나려하자 힘이 센 역졸이 그를 잡아 내리며 용력을 믿고 벼슬을 한 까닭에 화를 당하는 것이라 하였다.
9. 임금이 남이를 문초할 때 옆에 있던 영의정 강순을 끌어들여 함께 처형을 당하게 하였다.
10. 새남터로 가는 길에 강순이 물으니 영상에 있으며 자신을 구해주지 않아서라고 했다.
11. 순조 조에 재상 남공철의 상소로 누명이 벗겨지고 관직이 회복되었다.[11]

특히 이 이야기에서 주목되는 것은 힘이 센 역졸이 남이에게 운명을 받아들이라고 알려주는 부분이다. 용력勇力을 믿고 벼슬을 한 까닭에 화를 당한다는 역졸의 말에 남이는 자신의 운명을 받아들이기로 한다.

---

[11] 『錦溪筆談』 118번째 이야기 〈南怡世祖人〉.

남이의 운명이 미리 정해져 있다는 의미이다.

그런데 이 남이의 혼인담은 조선시대에 가장 널리 알려진 이야기인 듯하다. 『연려실기술』과 『대동야승』에도 간략하지만 혼인담이 수록되어 있다.

1. 남이 장군이 길에서 하녀가 지고 가는 보따리를 본다.
2. 보따리 위의 귀신을 보고 하녀를 따라 간다.
3. 하녀가 가지고 간 보따리의 음식을 먹고 대갓집 처자가 혼절한다.
4. 남이가 들어가 처자를 살려낸다.
5. 남이의 사주를 보니 단명할 팔자이다.
6. 딸이 먼저 죽을 팔자여서 마침내 결혼시킨다.[12]

이러한 혼인담은 구활자본소설 『남이장군실기』에도 그대로 이어진다. 『남이장군실기』는 대정15년(1927년)에 한성도서주식회사에서 인쇄하고 덕흥서림에서 간행한 구활자본이다. 저자는 장도빈으로 되어 있으며 전 5장 모두 50쪽으로 구성되어 있다. 원제는 『남이장군실긔』이며 첫 머리에 무적용맹이라는 말을 『남이장군실긔』 앞에 붙여두고 있어서 저자의 남이에 대한 생각을 짐작하게 한다.

각 장의 목차는 다음과 같다.

1. 남이 장군의 소년시대
2. 남이 장군의 결혼
3. 남이 장군이 리시애의 난을 평정함
4. 남이 장군이 여진족을 정벌함
5. 남이 장군이 원통히 죽음

---

[12] 『국역 연려실기술』 권2, 11-12쪽; 『국역 대동야승』 권17, 526쪽.

『남이장군실기』는 비교적 역사적 사실에 근거하여 남이 장군의 일생을 순차적으로 기록한 책이다. 1장은 남이 장군의 소년기를 다룬 것으로 어려서부터 비범한 능력이 있음이 자세하게 묘사되어 있다.

> 남이 나히 여덜 살에 입학하야 글을 배우매 재조 총명하야 얼마 아니 하야 능히 글을 지으며 쏘 활쏘기와 말타기를 조와하야 특별한 재조 잇스니 궁중에 여러 공자 한아도 남이를 당하는 사람이 업고.[13]

2장은 남이 장군의 혼인을 다루는 이야기이다. 여기에는 앞에서 살펴 본 문헌설화에 수록된 혼인담이 수용되어 있다. 남이 장군이 원래부터 단명할 팔자였다는 이야기와 남이 장군이 귀신을 물리치고 소저를 구해주는 것은 모두 문헌설화에서 발견되는 것들이다. 다만 문헌설화와 달리 『남이장군실기』에는 등장하는 주인공의 성격이 더욱 적극적으로 묘사되어 있다.

남이와 혼인하기로 한 사실에 매우 기뻐하다가 사주에 남이의 단명이 나오자 그만 상사병에 걸려 "낙심천만하야 엇지할 줄 모르더라 권소저 이후붓허 남이를 생각하기 말지 아니하야 그럭저럭 병이 되야 맛츰내 식음을 전폐하고"[14]마는 권소저의 모습은 사랑에 보다 적극적인 모습이라고 할 수 있다. 남이 또한 적극적으로 나서서 사주쟁이를 만나 "아못죠록 권소저가 단명하다고 하야 혼인되게 하야 달라고"[15] 부탁까지 하여 마침내 혼인을 이루게 된다.

3장과 4장에서는 남이 장군이 이시애의 난 및 여진족 건주위를 토벌하며 영웅적인 능력을 유감없이 발휘하는 모습이 그려져 있다. 이시애의 난을 정벌할 때 남이는 "칼을 빼여 적장을 치매 적장의 머리 추풍낙

---

13 「南怡將軍實記」, 『구활자본고소설전집』, 인천대 민족문화연구소, 1983, 4쪽.
14 위의 책, 12쪽.
15 위의 책, 17쪽.

엽ㅈㅅ히 쩌러지는지라"[16]처럼 남다른 용맹을 보여준다.

이러한 비범한 능력을 가진 남이이지만 5장에서 남이는 자신의 운명을 알고 받아들이는 모습을 보인다. 남이가 상처喪妻하자 유자광이 남이를 사위 삼으려 한다. 그러나 남이는 유자광의 사람됨이 싫어서 거절하고, 이에 앙심을 품은 유자광이 예종에게 남이를 참소한다. 유자광은 근친상간의 주범으로 남이를 참소하고, 왕실의 체통으로 처벌을 망설이는 예종에게 남이가 모반을 꾀하고 있다고 바꾸어서 다시 참소한다. 결국 남이는 국문을 당하게 되었는데, 이때에 남이가 보여 주는 모습은 전형적인 군신유의에 충실한 유교적인 신하에 불과하다. 남이는 기꺼이 자신의 운명을 받아들인다. 다리가 부러지자 "소인의 무리ㅣ 나를 시긔하야 오날날 이러케 되니 임의 내 다리가 부러저 이제는 병신이 되얏슨즉 살면 무엇 하리오 나는 어서 죽을 뿐이라"[17]하고 사건의 핵심을 꿰뚫어 보고 있음에도 불구하고 죽음을 택한다.

문헌설화에 나타난 남이 이야기는 혼인담과 사망담으로 구성되어 있지만, 남이의 일생이 어떤 특징을 가졌는지를 알려주는 단서를 제공한다. 그것은 남이의 운명이 미리 정해져 있다는 것이다. 권람이 남이를 사위 삼기 위해 점을 쳤을 때 이미 단명할 팔자였음을 알아보는 대목이나, 힘이 센 역졸이 등장하는 부분에서 이러한 남이의 한계가 드러난다. 남이가 자신의 아내를 만나는 장면에는 홍시감이 등장하고 이 홍시감은 분면귀와 관련이 있지만, 분면귀가 나중에 남이에게 어떤 영향을 주었는지는 나타나지 않는다. 후술하겠지만 이 부분이 구비설화와의 가장 큰 차이점이다. 문헌설화에서는 남이가 혼인을 했지만, 짧은 생을 살 수밖에 없는 이유에 대해서는 명확하게 설명하지 않기 때문이다. 조금 다른 유형의 이야기이지만, 남이의 정해진 운명에 대한 이야기로『어우야담於于野譚』에 수록된 다음과 같은 이야기가 있다.

16　위의 책, 23쪽.
17　위의 책, 47쪽.

1. 고조의 휘諱는 호지로 용력이 뛰어나 남이와 겨룰 만 했다.
2. 서로 약속하기를 화살로 발바닥을 맞춰 움직이지 않으면 갑으로 발가락 하나라도 움직이면 을로 하기로 하였다.
3. 고조가 남이를 쏘니 움직이지 않아 갑을 얻었고 남이가 고조를 쏘니 발가락을 움직여 을을 얻었다.
4. 현조玄祖는 휘가 지漬인데 사람을 잘 알아보았다.
5. 남이를 몰래 관찰하고 제 명대로 못살 것이라 하였는데 과연 남이가 죽었다.[18]

용력이 뛰어났음에도 불구하고 제 명대로 못살 것이라는 평가를 받는다. 하지만 왜 제명대로 살지 못하는지는 설명되어 있지 않다.

이상 문헌설화에 수록된 남이는 비범한 능력을 가졌지만, 제 명대로 살지 못하고 죽은 인물로 나타난다. 단순히 남이에 대한 설명에 불과할 뿐 남이에 대한 극적인 요소를 제시하거나 어떤 평가를 보여주지는 않는다. 여러 문헌설화에 수록된 다른 인물들처럼 하나의 인물에 불과할 뿐이다. 무엇보다도 사대부의 하나일 뿐이다. 군왕의 명을 거역하지 못하고, 참소임을 알고 있으면서도 죽음을 받아들이는 모습을 보일 뿐이다.

3. 구비설화의 남이

구비설화에도 남이의 혼인담이 그대로 수록되어 있다. 여러 설화집에 수록된 이야기는 앞에 제시한 줄거리 그대로이다.

---

18 『於于野譚』 256번째 이야기 〈高祖諱好池勇力絶人〉.

1. 남이 장군이 길에서 하녀가 지고 가는 보따리를 본다.
2. 보따리 위의 귀신을 보고 하녀를 따라 간다.
3. 하녀가 가지고 간 보따리의 음식을 먹고 대갓집 처자가 혼절한다.
4. 남이가 들어가 처자를 살려낸다.
5. 남이의 사주를 보니 단명할 팔자이다.
6. 딸이 먼저 죽을 팔자여서 마침내 결혼시킨다.[19]

이 이야기는 그만큼 보편적으로 널리 알려진 이야기라는 것이다. 그런데 혼인담에 보이는 보따리 귀신과 관련한 이야기로 남이의 단명을 설명한 다음과 같은 이야기가 있다.

남이 장군이 젊어서 떡 위에 앉아 있는 홍각시(손각시)를 보고 잡으려다 바늘구멍이 있어서 그만 놓쳐 버렸다. 후에 과거를 보러가 시를 지었는데 그때 도망간 홍각시가 임금의 눈을 가려 시의 내용을 잘 못 보게 해서 역적으로 만들어, 그만 남이 장군을 죽게 해 버렸다.[20]

혼인담에 등장한 분면귀가 손각시[21]였는데, 손각시가 방해를 하여 남이 장군을 죽게 하였다는 이야기이다. 남이 장군이 왜 단명했는가에 대한 명확한 설명이다. 문헌설화에서는 보이지 않던 합리성을 나름대로 추구한 이야기인 셈이다. 손각시라면 젊어서 죽은 처녀귀신을 말한다. 한국 민간신앙에서 무서운 귀신으로 등장하는 처녀귀신은 '한恨'의 상징이다. 그런데 왜 남이에게 이러한 손각시가 달라붙어 계속 방해를 하고 있는가. 구비설화에서는 이에 대한 설명도 명확하게 보여준다.

19 서대석, 『한국구비문학대계』 2-6, 한국정신문화연구원, 1983, 123-125쪽; 최정여, 『한국구비문학대계』 7-11, 한국정신문화연구원, 1984, 123-126쪽.
20 조희웅, 『한국구비문학대계』 1-4, 한국정신문화연구원, 1981, 680-681쪽.
21 손각시는 손말명이라고도 한다. 처녀로 억울하게 죽은 조상귀신의 일종이다.

남이 장군이 어려서 매우 영악했다. 글방에 다녀오다 보니까 한 여자가 보리방아를 찧는데 그 여자의 젖이 보였다. 욕심이 나서 방으로 끌고 가려다 여자가 반항을 하자 그만 죽여 버렸다. 후에 벼슬길에 나아가 상소를 올렸는데 죽은 여자 귀신의 장난으로 시의 내용이 '나라를 평정한다'에서 '나라를 얻는다'는 것으로 바뀌어 역적으로 몰려서 죽음을 당했다.[22]

마을의 수호신으로 모셔지는 남이 장군과는 사뭇 거리가 있는 이야기이다. 남에게 행악行惡을 베풀었던 남이는 결국 그 행동의 결과 죽음을 당하는 것이다. 남이의 단명에 대한 합리적인 설명을 강조하다보니, 남이의 성격을 특이하게 나타냈다.

남이 장군의 모습은 귀신을 볼 수 있는 비범한 능력을 가진 사람으로 보통 사람과는 다른 이인의 모습을 보여주고 있다. 자신의 힘으로 귀신을 물리치고 마침내는 결혼에 이르는 남이 장군의 모습은 탁월한 능력을 가진 사람이다. 그러나 이러한 비범한 능력을 가진 남이 장군이지만 운명까지 거스를 수는 없다. 사주를 짚어 보니 이미 젊어서 요절할 팔자로 나오고 있고, 남이 장군은 이 운명에 따라 젊어서 죽는다. 운명론적인 민중 사고의 한 단면을 짐작하게 하는 이 이야기는 남이 장군의 인간적인 면을 강조하여 민중으로부터 남이 장군이 숭배 받게 되는 요인의 하나가 되기도 한다.

남이가 젊어서 죽을 수밖에 없었다는 내용을 가진 이야기는 남이 장군의 한계를 운명론적으로 돌리는 민중 사고의 또 다른 표현으로 볼 수 있다. 즉 비범한 능력을 가진 남이 장군이 현실에서 좌절당한 모습으로 그리는 것보다는, 운명론적으로 미리부터 좌절당할 팔자였다는 것이 민중 사고에서는 더 타당한 것으로 보였다는 것이다.

이 외에 특이한 것으로는 남이 장군의 출생을 신비화시킨 것이 있

---

22 조희웅, 앞의 책, 273–275쪽.

다. 즉 뱀의 정기를 타고 난 사람이 남이 장군이라는 것으로,[23] 이는 비범한 능력을 가진 사람에게는 쉽게 발견되는 출생을 신비하게 만든 이야기이다. 또 남이 장군의 이인적인 모습을 강조한 이야기로서 남이가 권람의 사위가 된 후 해주 고을 본관으로 부임하여 수양산에서 해를 끼치는 호랑이를 쫓는 이야기와, 해주 연당에 많이 모여 있어서 시끄러운 개구리를 쫓는 이야기 역시 남이의 뛰어난 능력을 나타낸 이야기이다.[24]

남이 장군에 대한 구비설화가 가장 많이 전승되는 곳은 역시 마을굿의 현장이다. 현재 서울 부군당에서 남이 장군을 모신 곳은 성동구 사근동 부군당과 용산구 용문동 부군당 두 곳이다. 이 중 용문동 부군당은 남이 장군 사당굿으로 널리 알려져 있으며, 서울특별시 중요무형문화재 제20호로 지정되어 있다. 사근동부군당에는 남이 장군이 주신으로 모셔지고 있어 남이 장군이 곧 부군이고, 좌우의 벽에 남이 장군의 부하인 좌장군과 우장군의 무신도가 걸려있다.

사근동에 남이 장군을 부군으로 모시게 된 연유는 상세하지 않으나 남이 장군이 아차산에서 병졸을 훈련시킨 후 호랑이를 타고 가다 잠시 쉰 곳에 부군당을 세웠다는 이야기와 사람들에게 해를 주는 호랑이를 남이 장군이 없애 주어서 부군신으로 받들어 모셨다는 이야기가 남아 있다. 실존 인물 남이 장군과 사근동 부군당의 관련성은 단정할 수 없다. 중요한 것은 사근동 주민들이 그렇게 믿는다는 것이다. 그들에게는 실존 인물 남이 장군이 어떤 행적을 남겼고, 남이 장군이 실제로 마을에 와서 어떤 행적을 보였는가에 관심을 갖기보다는 이야기를 바탕으로 하여 남이 장군과 마을이 관련이 있다는 것을 애써 내세운다.

용문동 부군당에도 남이 장군이 부군으로 부군당의 중앙에 봉안되어 있다. 물론 부군대감이라 하여 다른 무신도가 함께 봉안되어 있지

---

23 최정여, 『한국구비문학대계』 7-11, 한국정신문화연구원, 1984, 123-125쪽.
24 위의 책.

만, 이는 부군과는 다르다. 서울 굿거리 진행 방식을 보게 되면 〈산거리〉나 〈불사거리〉에서는 여러 신격이 함께 들어오는데 산신, 도당, 부군, 도당신장, 도당대감, 도당호구 등이 〈산거리〉에 연이어 들어오는 식이다. 그러므로 용문동 부군당에 모셔진 부군대감은 부군의 하위 신격이 분명하다. 특히 용문동 부군당굿을 연행하기 전 이웃에 있는 산천동 부군당에 행렬을 지어가 꽃을 받아오는 의식을 거행하는데, 산천동 부군당이 남이 장군의 부인을 모신 곳이라고 믿는 주민들이 다수 있어, 용문동 부군당의 부군은 남이 장군이 분명하다.

　용문동 부군당굿에 남이 장군이 모셔지게 된 이유는 여진족을 토벌하기 위해 남이 장군이 군사를 훈련한 곳이 용문동이라는 전설과 함께 남이 장군이 효수형을 당한 새남터가 용문동에서 가깝기 때문에 모신다는 전설이 있다. 마을 주민들에게 있어서는 남이 장군의 구체적인 행적보다는 역시 상징성으로의 남이 장군에 주목하고 있다.[25]

　사근동 부군당제는 현재 무당굿이 사라지고 없어 유식 제의만 진행된다. 따라서 남이 장군을 위한 별도의 재차가 있는 것은 아니다. 그러나 용문동 부군당굿에서는 남이 장군 출진 행렬을 보여주기도 하고, 굿거리 중간에 남이 장군을 받들어 모시는 부분이 있어, 남이 장군이 부군당굿이라는 의례를 통해 구체화되고 있다. 갑옷을 입고 칼을 든 무당이 부군신으로 남이 장군을 몸에 실어 공수를 준다. 이를 통해 마을 주민들은 남이 장군이 마을의 주요한 신령이고 지금도 자신들의 신앙 대상임을 명확하게 알 수 있는 것이다.

　마을신앙의 현장에서 조사한 남이 장군에 대한 이야기는 다음과 같다.

1. 남이 장군 좌정 이유

　1) 여진족을 토벌하기 위해 군사를 훈련한 곳이어서 남이 장군을 신령으

25　남이 장군 사당 정면에는 남이 장군을 그린 화상이 주신령으로 모셔져 있다. 이에 대해서는 홍태한, 「남이장군 당굿의 무신도 연구」(『중앙민속학』 14, 중앙대 한국문화유산연구소, 2009) 참조.

로 모신다.

2) 마을을 괴롭히는 호랑이를 없애주어 신령으로 모신다.

3) 호랑이를 타고 가다가 잠시 쉰 곳에 남이 장군을 신령으로 모신다.

4) 남이 장군을 효수한 새남터가 가까워서 신령으로 모신다.

2. 남이 장군 위력담

1) 장사를 나갈 때 미리 남이 장군께 인사를 드리면 효험이 있었다.

2) 시험을 앞두고 정성을 드리면 반드시 시험에 붙었다.

3) 상을 차리다가 음식을 입에 대면 동티가 났다.

4) 신당에 도둑이 들었으나 신령의 은덕으로 물건은 잃지 않고 도둑은 놀라 달아났다.

5) 신도 중에 한 사람이 신당에 와서 인사를 드리지 않고 그냥 가는 바람에 동티가 나서 입이 돌아가는 병에 걸려 굿을 하고야 나았다.

특히 위력담[26]은 굿판의 이야기 중 상당한 비중을 차지한다. 이러한 이야기를 통해 마을 주민들은 마을당에 대한 경외심과 마을당이 가지고 있는 상징적인 의미를 이해한다. 이러한 이야기가 대물림되면서 마을굿은 살아남는다. 세상이 빠르게 변해도 마을굿이 연행될 수 있는 기반에는 마을당에 모셔진 마을 수호신이 보여주는 이러한 영험 때문이다. 마을 주민은 신은 영험하여서 모든 일에 관여하고, 정성으로 모시면 좋은 결과가 있고, 잘 모시지 않으면 나쁜 결과가 있다고 믿는다. 그들은 남이 장군의 실체에 대해서는 알지 못하면서도 남이 장군을 잘 모셔야 한다는 믿음은 강하다.

---

[26] 위력담은 굿판에 전승되는 이야기의 하나로 신령의 위력을 다룬 이야기를 말한다. 굿의 효험을 다룬 효험담, 무당이 되는 과정을 설명한 입무담과 함께 굿판의 주요한 이야기들이다.
홍태한, 「굿판을 중심으로 전승되는 이야기의 양상과 의미」, 『한국민속학』 44, 한국민속학회, 2006; 홍태한, 「굿판의 이야기, 입무담 연구」, 『남도민속학』 13, 남도민속학회, 2006.

이것은 남이 장군이 하나의 상징으로 변모했다는 의미이다. 실존 인물에 대한 사실성 또는 단순성을 강조하던 이야기가 남이 장군의 상징성과 신령성, 영험성을 강조하는 이야기로 변모한 것이다.

구비설화는 문헌설화에 비해 남이의 단명 이유에 대해 명확한 설명을 한다. 아울러 남이 장군의 비범함을 강조하는 이야기가 다수 있고, 신령으로 좌정하는 이유 및 남이 장군의 위력에 대한 설명이 있다. 문헌설화가 단순한 인물의 행적 기록에 그친다면 구비설화에서는 이야기 향유층의 특성이 반영되어 남이를 변화시킨다. 그들은 남이 장군의 실제 행적에는 별로 관심이 없다. 자신들이 필요에 맞추어 남이 장군을 하나의 상징으로 만들어 수용할 뿐이다.

4. 문헌설화와 구비설화에 보이는 이야기의 변화

문헌설화에 나타난 남이는 역사성을 기반으로 한다. 즉 사실적인 이야기라는 것이다. 실제로 그가 홍시 때문에 혼인했는지는 확인할 수 없으나 권람의 사위인 것은 분명하다. 또한 유자광의 모함에 걸려 억울한 죽음을 당하면서 강순을 함께 걸고넘어진 것도 사실이다. 혼인한 부인이 먼저 죽어 남이의 비참한 말년을 겪지 않은 것도 사실이다. 그렇다면 문헌설화에 등장하는 남이는 사실의 범주를 벗어나지 않는다.

구활자본 소설 『남이장군실기』에서는 과장된 표현이 등장하기는 하지만, 여진족을 물리친 것도 사실이고, 범상치 않은 자질을 보여준 것도 사실이다. 이처럼 문헌설화에서는 사실적인 인물 남이를 기반으로 한다.

그러나 구비설화에서 남이는 사실성을 기반으로 하지 않는다. 그가 호랑이를 타고 다녔을 가능성은 거의 없고, 호랑이를 물리치고, 연못의 개구리를 조용하게 한 것도 허구적인 이야기에 불과하다. 무엇보다도 남이가 본능을 참지 못해 여자를 죽인 결과로 비참한 죽음을 맞이했다는 것은, 실존 인물 남이와는 관련이 없다. 다만 비범한 능력을 가진 남이가 억울한 죽음을 당했다는 사실을 받아들이기 힘든 이야기의 향유자들은, 남이의 한계를 미리 설정함으로써 자신들의 욕구를 충족시켰다. 이것은 후술하겠지만 남이가 실존 인물의 범주를 넘어서서 하나의 상징이 되었다는 의미이다. 용산구 용문동이나 성동구 사근동에서 남이를 부군신으로 모시고 있는 것도 실제 남이의 행적과는 무관해 보인다. 마을 주민들에게는 남이라는 걸출한 인물이 자신들의 마을과 구체적인 관련성은 없더라도, 작은 관련성을 가졌으면 하는 바람에 남이에 대한 이야기가 만들어지고, 자신들이 모시는 주신령으로 남이를 설정하고 있다.

조선시대 병조판서를 역임한 남이가 아니라, 자신들의 마을에 이적을 행하고 비범한 능력을 보여준 남이로 변화시켜 수용했다. 비범한 능력을 가진 인물이면 되는 것이지, 사실적인 기록과 부합하는 남이까지 필요한 것은 아니었다. 이것은 서울의 부군당에 남이, 공민왕, 제갈공명, 김유신, 이성계 등이 수용된 과정에서도 보인다. 대부분의 마을에서는 실존 인물과의 직접적인 관련성보다는 희미한(또는 흐릿한) 관련성을 가지면 마을의 수호신으로 모시는 것이다. 한강 변에 있는 용산구 보광동에서는 삼국시대에 김유신이 마을 앞의 강을 건넜다는 짧은 이야기를 바탕으로 김유신을 수호신으로 모시고, 용산구 청암동은 경치가 좋아 이성계가 가끔 한강변에 나왔다는 이야기를 바탕으로 이성계를 수호신으로 모신다.

이러한 맥락에서 보게 되면 문헌설화 기록은 인물의 사실성을 바탕으로 하고, 구비설화는 인물의 상징성을 바탕으로 한다. 구비설화에서는 사실성보다는 그 인물이 가진 특성이 중요했고, 그 특성을 하나의 상징물로 바꾸어 수용한다.

이렇게 본다면 문헌설화에 기록된 남이는 현실의 실제적인 인물의 단순한 수용에 불과하다. 사실성을 넘어서는 이야기가 있을 수 있지만, 남이는 그 이야기에서도 한계를 보이는 인물일 뿐이다. 문헌설화 기록은 현실의 단순한 수용일 뿐이다. 이 세상에 태어나 여러 행적을 남기고 사라진 실존 인물 남이를 바탕으로 하고 있기 때문에 모든 문헌설화의 이야기는 그러한 범주에서 벗어나지 않는다.

그러나 구비설화의 남이는 이미 하나의 상징이 되었다. 마을의 신령으로 좌정한 남이는 마을의 수호신이 되고 구체적인 신력神力을 보여준다. 그는 해마다 마을의 굿으로 되살아나고 있으며 그때마다 굿의 주체가 되어 마을에 자신의 힘을 현현顯現한다. 실존 인물 남이는 실존성 이외의 의미는 없지만, 구비설화에 들어온 남이는 상징성을 가진 존재가 되었다.[27]

그렇다면 남이가 민간신앙의 대상으로 숭배 받게 된 것은 어떤 이유인가. 필자는 이를 변혁과 안주의 욕구라고 이른 바 있다.[28] 변혁과 안주의 이중적인 의미가 곧 남이의 상징성이다. 변혁의 욕구는 현실에서 벗어나려는 욕구로 현실을 부정하고 새로운 세상을 창조하려는 욕구이다. 이야기의 향유층에서는 이야기를 통해 자신들을 억압하는 현실을 보여준다. 남이가 반역자로 몰려 죽었다는 것은, 곧 현실의 질서에

---

27 춘천에 있는 남이섬의 명칭에 사용된 남이도 일종의 상징이다. 남이섬은 과거에 남도南島로 기록되어 있는데, 가평군에서는 이 섬을 자신들의 섬이 아닌 '남의 섬'이라고 불렀다고도 한다. 춘천쪽에서는 쉽게 걸어 들어갈 수 있을 정도였기 때문이다. 섬의 밭 옆에는 돌무더기가 있었는데 이를 장군무덤이라고 불렀다고 한다. 홍수 때에만 고립되다가 청평댐이 건설되면서 육지와 완전히 떨어진 섬이 되었고 이후 본격적인 관광지로 개발되면서 남이섬이라는 명칭으로 알려지게 되었다. 장군무덤은 남이 장군 무덤으로 변화하였다. 남이섬은 남이와는 아무런 상관이 없는 섬이었으나 남이의 상징을 가져오면서 남이와 관련이 있는 섬으로 널리 알려지게 된 것이다. (2012년 4월 27일 춘천박물관에서 열린 김유정문학제 학술대회에서 춘천에 거주하고 있는 소설가 전상국 선생이 상세하게 설명해준 내용을 정리했다. 이 날 필자의 글에 대해 토론을 해준 강원대 손윤권 선생도 남이섬은 '나무가 많은 섬'으로 나무의 고자인 '낡'과 관련이 있을 수도 있다하여 섬의 명칭에 사용된 남이의 상징성에 대해 이야기하기도 했다)

28 변혁과 안주에 대해서는 필자가 몇 차례 다룬 바 있다. 여기에서는 핵심적인 내용만 다시 가져온다. 홍태한, 『인물전설의 현실인식』, 민속원, 2001.

위배되는 인물이라는 의미이다. 남이의 연대기적 생애는 차치하더라도, 반역자로 죽었다는 사실이 곧 변혁의 욕구와 통한다. 최영 장군, 임경업 장군이 서울 지역 강신무의 주요 신령이나 서해안지역의 풍어신으로 받들어지는 것도 같은 맥락이다.

안주의 욕구는 변혁의 욕구와는 달리 현실에 주저앉으려는 욕구이다. 현실에서 벗어나려는 욕구만큼 현실에 안주하려는 욕구 또한 만만치 않다. 남이는 억울한 죽음을 당했지만, 후에 신원되어 억울함이 풀린다. 다시 말하면 이는 지배층의 용인을 받은 것이다. 변혁의 욕구 때문에 반역의 상징인 남이를 숭배하면서도, 안주의 욕구 때문에 지배층의 용인을 받은 남이를 받아들인 것이다. 변혁의 욕구가 온전하게 표출된 홍경래가 상징적인 숭배의 대상이 되지 못한 것은, 홍경래가 지배층의 용인을 받지 못하고 반역자로 남았기 때문이다. 즉 홍경래는 변혁의 욕구는 표현되지만, 안주의 욕구는 반영되지 않는다.

남이는 태종임금의 외손으로 신분이 남다르다. 이 때문에 젊은 나이로 병조판서를 역임했다. 이러한 사실은 현실을 인정하려는 안주 욕구와 상통한다. '지체 높음'은 자신들의 삶의 처지를 바꾸어 줄 수도 있는 힘이 되면서, 현실에 존재하는 기득권의 상징이 되기 때문이다. 반역자로 몰렸다가 나중에 신원이 된 김덕령의 경우는 신분이 낮은 관계로 인해 상징이 되지 못하고, 신령으로 숭배 받지 못한다.

이처럼 구비설화에서 남이는 변혁과 안주의 욕구가 결합된 인물이다. 이중성을 가진 인물이다. 그래서 그는 손각시를 제대로 볼 수 있는 능력을 가진 존재이면서도, 손각시를 제대로 처리하지 못해 결국은 그 폐해를 입는 인물이다. 본능에 충실한 바람에 큰 뜻을 펼치지 못하고 억울한 죽음을 당하는 나약한 인물이 될 수도 있다.

문헌설화가 사실성을 바탕으로 한 실존 인물 남이였다면 구비설화는 변혁과 안주의 의식이 결합된 상징 인물 남이이다. 문헌설화와 구비설화는 차이가 있다.

따라서 문헌설화에 보이는 남이가 계급의식이 반영되지 않는 사실적인 인물임에 비하여 구비설화의 남이는 계층성을 반영한다. 부군당 자체가 곧 민중들의 신앙이며, 그들은 이러한 신앙을 통해 자신들의 욕구를 표출하려 했다. 그래서 남이 장군을 찾아가는 것은 영험성을 얻는 것이다. 큰일을 앞두고 찾아가는 것은 남이 장군의 힘으로 자신의 소망을 성취하기 위한 수단이었다.

이러한 일련의 과정을 정리해보게 되면 문헌설화가 실제 인물을 바탕으로 한 이야기여서 사실적이고 실재성을 강조한 이야기임에 비하여, 구비설화는 상징화된 인물로 변모되어 변혁과 안주의 욕구를 반영하고 있으며 계층의식까지 드러내는 이야기이다. 이러한 차이가 발생한 데에는 여러 원인이 있을 수 있다. 대표적인 것 하나만 지적한다면 문헌설화가 기록자가 분명한 반면 구비설화는 기록자(창조자)가 분명하지 않은 집단성을 바탕으로 하기 때문이다. 많은 문헌설화의 지은이가 명확하지 않더라도, 분명 어느 한 사람이 의도를 가지고 인물에 대한 이야기를 모았을 것이다. 그리고 그 인물은 당대의 여러 상황을 고려하건대 사대부계층일 가능성이 높다. 그들에게 있어서 남이는 자신들과 동일한 계층의 인물이어서 어떤 상징적인 의미를 부여할 필요가 없었다. 단지 사실적인 이야기만 하면 되는 것이다. 그러나 구비설화는 집단성을 가지면서, 계층이 남이와는 다른 이들이다. 그들에게 남이는 비범한 능력을 가진 존재여서 상징적인 의미를 집어넣고 나름대로 재창조한 것이다. 이처럼 문헌설화와 구비설화는 동일한 인물이지만 의미망이 다르다. 이것은 또 문헌설화와 구비설화가 향유되던 시대가 달랐기 때문일 수도 있다. 남이를 자신들과 동일한 계층으로 바라보던 시대와 남이에게 상징성을 부여하고 새로운 의미를 창조하면서 신령으로 받드는 시대는 가치관과 시대의 흐름이 사뭇 달랐기 때문이다.

5. 인물 이야기의 미래상 모색

이러한 변화상은 인물설화의 인물이 사실에서 떠나 점차 상징의 세계로 이동하고 있음을 보여준다. 인물 이야기는 사실 중심의 이야기에서 상징 중심의 이야기로 변모하는 것이다. 아울러 그러한 상징 중심에는 인물 이야기를 바라보는 이야기 향유층의 욕구가 들어있다. 위에서 기술한 대로 변혁과 안주를 드러내려는 욕구가 실존 인물 남이를 하나의 상징으로 변화시켰다. 다시 말하면 남이 장군은 하나의 소재로서 차용되었을 뿐, 실존 인물의 사실성은 의미가 없는 것이다.

이것은 인물 이야기의 가변성을 의미한다. 실존 인물의 사실성에 중심을 둔 이야기라면 시대나 문화의 변화와 상관없이 그대로 전승될 수 있다. 인물과 관련한 사실은 변화하지 않는 것이다. 하지만 상징이 되는 순간 그 인물은 시대 변화의 영향을 받는다. 시대와 향유층의 욕구를 받아들이면서 새로운 인물로 창조된다.[29]

새로운 욕구가 등장하면 인물을 바라보는 관점에 변화가 일어난다. 그리고 그 변화는 상징의 변화이기도 하다. 왜냐하면 이미 이야기 향유층의 욕구가 반영되면서 인물이 하나의 상징이 되는 순간 인물의 사실성은 의미가 없기 때문이다. 사실성을 떠난 인물은 하나의 상징이 되어 새로운 상징체계를 받아들여 변모한다. 새로운 인물전설의 등장이 가능할 수 있다. 만약 남이를 바라보는 상징체계에 변화가 있다면 남이를 수용한 새로운 인물전설이 등장할 수도 있다.

하지만 이미 인물전설에 새로운 상징성을 부여하기에는 시대의 흐름과 변화가 크다. 이야기 향유층은 이야기를 통해 자신들의 욕구를 표출하지 않는다. 이야기를 대신할 새로운 대상이 생긴 것이다. 그것

---

[29] 범박하게 말해 남이가 용산구 용문동에 좌정하여 신령으로 숭배 받게 된 데에는 용산지역을 중심으로 한 조선후기 수공업 및 상업의 발달과 긴밀한 관련이 있다. 이 부분에 대해서는 별도의 글로 보완되어야 할 것이다.

은 대중매체이다. 대중매체에 등장하는 것은 대부분이 결국은 사람에 대한 이야기이다. 같은 시대를 살건, 다른 시대에 살았건, 대중매체에 등장하는 사람들은 매체를 바라보는 사람들의 욕구가 반영된 인물이다. 그 욕구는 집단적인 것일 수도 있지만 개인적인 욕구인 경우가 많다. 매체의 곳곳에 흩어져 있는 이야기에서 자신의 욕구와 가장 부합한 인물에 대한 이야기를 찾아내어 거기에 자신의 욕구를 결합시킬 수 있다. 즉 무엇보다도 이야기 향유층은 매체에 등장하는 인물에 나름의 개인적인 의미를 집어넣을 수 있다. 즉 단순히 전승되는 이야기를 듣기만 하는 것이 아니라, 자신이 직접 이야기를 만들 수 있다. 이미 존재하는 이야기의 상징성을 받아들여 자신의 욕구를 표현하기보다는 새로운 이야기를 만들어 욕구를 표현할 수 있다. 온라인상에서 발달한 '댓글달기'와 '퍼서 옮기기'는 이러한 이야기 창조를 가능하게 한다.

아울러 부군당을 바라보는 신앙 관념에 변화가 생긴다. 최근 서울 지역의 마을굿에는 신앙심이 깊은 마을 주민들도 참여하지만, 단순히 하나의 구경거리로 바라보는 다수의 사람들이 참여한다. 그들에게 부군당과 남이 장군의 하나의 구경거리에 불과하다. 따라서 남이 장군을 통해 자신들의 욕망이 달성되기를 바라는 인식은 이미 과거의 것이 되었다. 인물이 상징성을 가지면서 지금까지 지속된 것은 신앙이라는 것이 바탕이 되었기 때문이기도 하다. 그러나 이러한 신앙에 균열이 생기면서 인물의 상징성은 더더욱 의미가 없어진다.

이러한 과정 속에서 과거부터 전승되던 인물이야기는 낡은 이야기로 취급된다. 그냥 '동화'처럼 기억 속에만 존재하는 이야기가 된다. 그 자리를 채운 것은 항상 새롭고 신선한 이야기 거리를 주는 살아있는 사람들이다. 그리고 그 욕구를 대중매체가 채워준다. 이에 따라 인물 이야기는 과거와는 전혀 다른 양상을 보여주면서 새롭게 창조될 것이다. 우리가 흔히 말하는 '인물전설'은 더 이상 존재하지 않을 것이며 같은 시대를 살고 있는 사람들에 대한 이야기가 그 자리를 채워 나갈 것이다. 그리고 그것은 지극히 당연하다. 왜냐하면 과거의 인물 이야기에도 이야기를 즐기는 당대 향유층의 욕구와 상징체계가 들어있었듯이, 새로운 지금의 인물이야기에도 지금의 욕구와 상징체계가 들어있기 때문이다.

「문헌설화와 구비설화 인물 형상의 비교를 통한 이야기의 변화」에 대한 토론문

손윤권

홍태한 선생님의 논문, 재미있게 잘 읽었습니다. 사실 저의 전공 분야나 관심 분야와 많이 다른 영역인데다가 배경 지식마저 부족해 적확한 질문을 못 드릴 것 같은 불안이 있었습니다. 내심 걱정했음에도 불구하고 처음부터 끝까지 재미있게 잘 읽을 수 있었던 것은 추상적으로만 알고 있는 인물 '남이'를 소상히 알 수 있도록 많은 자료를 꼼꼼하게 정리, 분석해 주신 덕분입니다. 또한 개인적으로 이 논문이 관심과 흥미를 유발한 이유는 이 지역 춘천과 관련된 '남이섬'의 주인공인 '남이'를 다루었다는 소재적 측면도 있겠고요. 아울러 스토리텔링의 시대에 부합되는 '이야기의 변화 과정'에 주목하여 당대 민중이나 대중의 욕망이 이야기의 변모에 어떻게 개입되는지를 치밀하게 분석해 주셨기 때문입니다.

여담입니다만, 저는 종합편성채널인 JTBC의 드라마 〈인수대비〉를 보고 있습니다. 지금까지 역사 드라마가 우려먹을 대로 우려먹은 이야기인데도, 역사적 조명과 해석이 어떻게 다른가 싶어 보았다가 계속 보게 되는 드라마이기도 합니다. 세조부터 예종, 성종 연간을 다루고 있는 이 드라마에서 남이는 예종에서 성종으로의 권력 이행기에 잠깐 등장했다가 사라지는 인물입니다. 그러나 그중에서 유독 눈에 띄었던 인물은 공교롭게도 남이였습니다. 작가와 감독이 남이를 어떻게 해석하고 있나 싶어 유심히 살펴보았는데, 뛰어난 능력을 가진 장수였지만 불가피한 정쟁의 희생자가 되고 마는 인물로 그려놓았습니다. 인물 형상을 정형화하고 있다는 점에서는 좋은 드라마라고 할 수 없지만, 익숙한 것과 결별하기보다는 익숙한 것에 탐닉하면서 이 시대에도 여전히 이런 드라마를 재생산하고, 향유하게 되는 이유에 대해 곰곰이 따져보는 계기를 안겨준 드라마입니다. 다행인 것은 먼저는 드라마 시청자로 남이의 재현을 냉소적으로 바라보는 입장이었지만, 이제는 한 논문의 독자이자 토론자로서 남이라는 한 인물과 그를 둘러싼 욕망들이 어떻게 이야기를 변형시키는지, 그 과정을 따져보게 됐다는 점을 긍정적으로 생각합니다.

선생님의 논문은 정보 전달과 설득이 잘 돼 특별히 문제 삼을 것 없이 잘 읽혔습니다. 제가 이해를 잘 못했거나 부수적으로 궁금해졌던 것을 여쭙는 것으로 질문을 드리고자 합니다.

첫 번째 질문입니다. 한 개인의 경험도 어떤 내레이터의 프레임에 기초했느냐에 따라 변형, 왜곡되는 게 이야기가 지닌 근원적인 특성이자 한계이고, 이는 이야기가 살아서 자생, 발전할 수 있는 원동력이기도 합니다. 선생님의 논문은 역사적 스토리가 당대와 후대로 이어지면서 그것을 기록하고 전유하는 기록자 혹은 전승자들에 의해 어떻게 역사적 사실과 신성성을 지닌 이야기로 분화되는지, 그 과정에 주목하고 있습니다. 선생님께서는 기록자의 이데올로기와 구비 전승시키는 민중들의 이데올로기에 의해 같은 인물도 각기 다른 프레임으로 재해석, 전혀 다른 인물로 재현되는 사실을 규명하셨습니다. 특히 계층적 유대감의 유무에 따라 인물에 대한 역사성과 신성성이 조절된다는 부분은 문외한인 제게도 설득력이 있었습니다. 꼼꼼하게 설화 자료를 제시한 데다가, 같은 연원을 지니는 듯하지만 인격적 결함과 신성을 같이 겸하고 있는 남이의 모습을 입체적으로 제시하셨기 때문이라고 여깁니다. 그런데 문제는 엄연한 역사적 사실이라고 하는 것도, 결국은 기록자의 특정 프레임에 의해 쓰이는 순간 사실과는 다르게 수용될 수밖에 없게 변형이 가해진다는 사실입니다. 오히려 실록에 기록된 남이의 역사적 사실과 대비가 된다면, 수용이나 향유되는 양상이 선명하게 와닿을 수 있지 않을까 하는 의문이 들었습니다. 문헌이 됐든 구비가 됐든 설화라는 큰 범주 내에서 설화는 동일성과 차이를 지닌 여러 종의 이야기 묶음으로 존재합니다. 제가 이해하기에는 선생님께서는 문헌설화를 사실에 가까운 것으로 보고 계신 듯한데, 문헌설화를 사실로 받아들여도 되는지는 약간의 의문이 남습니다. 그렇다면 남이에 대한 실록의 기록은 어떤지, 역사물에서 남이의 기록에 작용하는 이데올로기나 프레임은 어떻게 변해왔는지가 궁금해집니다.

두 번째 질문입니다. 2장의 "한국 무속에서 주요한 신령으로 모셔진 최영, 임경업, 남이가 모두 억울한 죽음을 당했고, 사후에 신원되었음을 고려하면 억울한 죽음과 신원은 상당한 의미가 있다"라고 하신 대목을 읽으면서 궁금해져서 드리는 질문입니다. 선생님께서 중점적으로 다루고 계신 '남이'는 병조판서라는 역사적 존재에서, 민중들의 욕망이 개입되면서 초월적 존재, 즉 '장군신'으로까지 격상됩니다. 논의 중에 언급하신 장군 출신들은 거의 대부분 신격화된 존재라는 공통점이 있는데 왕보다 장군들이 더 신격화되는 주된 이유를 영웅의 비극적 죽음에 대한 동정과 사후 신원 회복을 접하는 정서적 쾌의 문제로만 볼 수 있는 것인지요?

세 번째 질문입니다. 이 논문에서는 언급하고 계시지 않지만 강원도 춘천시 남산면에 소재한 '남이섬'은 남이 전설(설화)과 연결되어 있습니다. 남이섬의 명칭과 유래에 대해는 여러 가지로 의견이 분분한데, 만약 남이섬이 역사적 인물 남이와 연결되어 있다면 어떤 이유에서 이런 전설이 태어나게 되는 것인지 그 계기를 알고 싶습니다.

논문의 핵심에는 가 닿지 못하는 질문만을 드리는 것 같아 부끄럽습니다. 이상 부족한 질문을 마치겠습니다.

사라져가는 이야기판의 새로운 길 찾기
어린이 대상 '옛이야기 들려주기' 활동 사례를 중심으로

박현숙

1. 여는 글

현대사회는 개인 공간에 놓인 컴퓨터를 비롯한 각종 최신 기기에서 이야기를 만난다. 군중 속에서 개개인은 옆에 있는 사람이 아닌 개인 기기에 눈을 맞추고 손가락으로 이야기를 나눈다. 말이 아닌 글로 말이다. 옛이야기를 좋아하는 어린이 역시, 부모와 눈을 맞추며 언어를 배워 나가는 영유아기를 거쳐 글을 익히고 나면 집에서, 학교, 도서관에서 홀로 책을 읽으면서 이야기와 만난다. 오늘날의 이야기는 이렇듯 책, TV, 컴퓨터, 각종 단말기 속에 갇혀 있다. 그리고 나 홀로 향유한다. 마치 이야기를 홀로 즐기고 주머니에 가둬버린 설화 〈이야기주머니〉 속 도령처럼 말이다.

이는 현대사회의 다양한 매체 발달로 인한 이야기 향유 방식의 급속한 변화로 인해 이야기 문화가 변한 결과라 하겠다. 매체 환경의 변화

에 따라 현대의 이야기판은 직접성과 현장성을 강조하던 기존의 이야기판에서 한 단계 더 나아가 라디오, TV, 사이버, SNS까지로 확장되고 있다.[1] 또한 이야기판에서 중핵을 이루는 이야기는 경험담이다. 이로써 구비문학의 영역은 크게 확장되기에 이른다. 현재 추세로 보면 앞으로 더 많은 변화와 확장을 예측할 수 있다.

하지만 그것이 긍정적인 이야기 문화를 만들어내고 있지 못하다는 데 문제가 있다. 또 하나는 현대의 빠른 구비문학적 변화 현상을 능동적으로 파악하고 수용하고 있는 반면, 전통적인 이야기판이 사라지고 그 판의 중핵이었던 옛이야기(설화) 연행의 맥이 끊어지고 있는 현상에 대해서는 상대적으로 수동적으로 대처하고 있는 것은 아닌가 하는 것이다.

연행의 주체가 사라진다고 하여 옛이야기가 사라지는 것은 아닐 것이다. 하지만 문학이 존재한다는 것은 문학으로서 제 구실을 발휘할 때 가능하다. 구비문학은 연행으로 존재한다. 연행으로 존재한다는 것은 연행으로 생산되고 연행으로 매개되며 연행으로 수용된다는 말이다.[2] 옛이야기는 이야기 현장에서 연행을 통해 청중과 직접 만날 때, 구비문학으로서 본래의 존재 가치가 있는 것이다.

따라서 본고에서는 옛이야기의 연행 주체가 사라지고 있는 현실에서 구비문학으로서의 옛이야기의 정체성을 회복하고, 이야기 문화를 활성화시킬 수 있는 하나의 방안으로 '옛이야기 들려주기' 활동을 제안

---

[1] 구비문학 연구도 이야기 향유 방식, 매체 환경, 문화의 변화를 인식하고 현대의 구비문학 연구로 연구 범위를 확장시켜 나갔다. 신동흔, 「삶, 구비문학, 구비문학연구 : 구비문학의 현재성」, 『구비문학연구』 1, 한국구비문학회, 1994; 신동흔, 「현대구비문학과 전파매체」, 『구비문학연구』 3, 한국구비문학회, 1996; 신동흔, 「PC통신 유머방을 통해 본 이야기 문화의 단면」, 『민족문학사연구』 13, 민족문학사연구소, 1998; 천혜숙, 「이야기 문화가 달라졌다」, 실천민속학회편, 『민속문화의 새 전통을 구상한다』, 집문당, 1999; 천혜숙, 「현대의 이야기 문화와 TV」, 『구비문학연구』 16, 한국구비문학회, 2003.

[2] 임재해, 「구비문학의 연행론, 그 문학적 생산과 수용의 역동성」, 한국구비문학회편, 『구비문학의 연행자와 연행양상』, 박이정, 1999, 4-5쪽.

하고자 한다.

이야기 문화가 활성화되기 위해서는 이야기판에서 이야기를 통해 서로의 마음을 나누고, 소통과 교감을 나눌 수 있어야 한다. 그러기 위해서는 간접성이 큰 현대의 이야기판으로는 불가능하다. 사람과 사람이 만나서 서로의 눈을 맞추며 이야기를 나눌 수 있는 직접성이 강화된 현대의 새로운 이야기판이 필요하다.[3] 이야기 연행을 통해 이야기꾼과 청중이 자유롭게 쌍방향적 소통이 이루어지는 '옛이야기 들려주기' 활동이 그 역할의 한 축을 담당할 수 있을 것으로 본다.

지금까지 '옛이야기 들려주기'의 활동의 필요성과 유의미성에 관한 연구가 전혀 없었던 것은 아니다.[4] 그러나 그 연구가 현재까지는 미진한 상태이고 실제적인 현장 연구는 더욱 찾아보기 힘든 실정이다.[5]

그러나 전통적인 이야기판과 이야기꾼에 관한 연구는 매우 활발하게 이루어졌으며 큰 성과를 얻고 있다. 특히 전통 이야기꾼에 관한 연구 가운데 화자가 살아온 삶의 궤적에 따른 생애사적 연구를 통한 레퍼토리 확보 과정, 보유 설화 목록의 유형적 특성, 서사 원리, 구연기법 및 수사학적 특성, 이야기꾼의 유형에 관한 연구들은 '옛이야기 들려주기' 활동에서 이야기꾼의 연행에 필요한 방법을 구축하기 위한 실제적

3 　박현숙은 「설화 구연 전통에 기반한 옛이야기 들려주기 방법 연구」(건국대 박사논문, 2012, 3-4쪽)에서 1인 미디어시대를 열어가고 있는 트위터나 페이스북 같은 SNS에서의 친구맺기는 사람들이 네트워크 안에서 쌍방향적 소통, 공동체 의식과 연대감, 공감을 무엇보다 중시하는 것이고, 미디어 기술이 점차 직접적이고 즉각적인 구술문화적 속성에 가깝게 발달하고 있는 것은 수용자의 직접성에 대한 요구에 의한 것으로 현대인은 직접적이고 즉각적인 소통을 갈망하고 있다고 보았다.

4 　서정오는 옛이야기 재화 작업에 오랜 작가적 경험을 기반으로 쓴 『옛이야기 들려주기』(보리, 1995)와 『옛이야기 되살리기』(보리, 2011)가 있다. 그리고 옛이야기 들려주기의 필요성과 가치, 옛이야기가 유아에게 미치는 영향에 대한 연구가 이루어진 엄은진의 「옛이야기 들려주기의 가치」(『우리말교육현장연구』4-1, 우리말교육현장학회, 2010)가 있다.

5 　현재로서 '옛이야기 들려주기' 활동의 실제 현장 사례 연구는 박현숙의 앞의 글이 유일하다. 이 논문에서는 오늘날 구술성이 살아있는 이야기 현장이라 할 수 있는 동화 구연의 현황과 문제점을 살피고, 그 대안을 전통적인 설화 구연 원리에서 찾아 이론화하고, '옛이야기 들려주기'라는 새로운 이야기판 운용에 대하여 현장 조사 자료를 기반으로 실제적인 방법을 제시하고 있다.

매뉴얼이 될 수 있다.

본고에서는 어린이들에게 유의미성은 물론 즐거움과 재미를 주는 옛이야기를 통해 연행이 사라져가는 이야기판의 새로운 길을 찾기 위한 시론試論 수준에서의 방법을 모색해 보고자 한다. 특히 여러 이야기판 중에 정기적으로 이루어졌던 4-7세 대상의 어린이집 이야기판의 사례를 중심으로 논의를 펼쳐 나가기로 한다.

2. 어떤 이야기를 들려 줄 것인가?

이야기 구연이 일상적 삶의 일부였던 과거와는 달리 어릴 때부터 옛이야기를 들어본 경험이 없고, 지금의 어린이와 다를 바 없이 책과 TV를 통해서만 옛이야기를 접한 세대로서는 설화 구연이 그리 만만한 일이 아니다. 그래서 많은 이들은 동화 구연과 같은 스토리텔링의 기술을 인위적으로 배워서 익히려고 한다.[6] 하지만 동화 구연은 일정한 교육을 받아 자격을 이수한 동화구연가가 잘 짜인 대본대로 서사를 암기하여 들려주고, 호흡, 발성, 입 연기, 동작 연기 등 일정한 형식에 따른 획일적이고 인위적인 표현 기법과 같은 기술적 측면을 강조한다. 따라서 구연자와 청중이 구연을 통해 쌍방향적 의사소통이 자연스럽게 이루어지는 설화 구연과는 근본적으로 차이가 있다.

설화 구연은 이야기의 원리와 문법을 이해하고 서사의 기본 줄기를

---

6 서정오는 앞의 책(『옛이야기 들려주기』, 1995, 20쪽)에서 요즘 아이들을 대상으로 하는 '동화구연대회'나 '웅변대회'에 대해 어른들이 써놓은 글을 달달 외우게 한 다음 틀에 박힌 손짓과 몸짓을 되풀이하여 가르치는 것이 숫제 '꼭두각시 놀음'이라고 비판하면서 아이들에게 틀에 박힌 말과 행동을 강요하는 것은 창조의 힘을 죽이는 일이라고 지적한 바 있다.

바탕으로 구연자가 이야기판의 상황에 맞게 이야기를 가변적으로 재창조해 나가는 과정이다. 구연자와 청중이 이야기 현장에서 직접 대면하여 의사소통의 체계 속에서 연행에 의하여 연쇄적으로 생산되고 수용되며, 수용자도 생산자로서 연행의 주체가 된다.[7] 그러므로 설화 구연은 구연자 개인의 창조적 역량과 함께, 청중의 참여와 개입, 반응과 밀접한 연관성을 지닌 의사 교환 행위이기 때문에[8] 설화 구연은 구연자가 자신의 개성을 살려 청중과 대화하듯 자연스럽게 구연하면 된다. 단, 이야기를 한다고 하여 모두 이야기꾼이 되는 것은 아니다. 특정 화자가 타인으로부터 이야기꾼으로 인정받기 위해서는 스스로 역량을 강화시키기 위한 노력이 필요하다.[9]

이야기판에서 중심이 되어야 하는 것은 능숙하고 현란한 표현 기교가 아니라 이야기이다. 이야기가 현장에서 주인공이 되기 위해서는 연행에 적합한 이야기 갈래가 있어야 하고, 이야기 종목이 다양하게 갖추어져 있어야 한다. 함축성과 보편성을 갖춘, 높은 전승성을 갖춘 이야기들이 풍부하게 뒷받침될 때 이야기가 판의 주인공이 될 수 있다. 오랫동안 그 핵심 역할을 해온 것이 무엇인가 하면 민담을 위시한 설화였다. 그 설화가 빛을 잃으면서 이야기판의 중심축이 와해된 것이 오늘날의 상황[10]이지만 불행 중 다행인 것은 많은 연구자들이 현재까지도 이야기 현장을 누비면서 설화 채록 작업을 진행하고 있다는 것이고, 그 결과물로 많은 채록 자료집이 출판되었다는 점이다.[11] 이는 사

---

7 임재해, 앞의 책, 46쪽.
8 위의 책, 18쪽.
9 신동흔은 「전통 이야기꾼의 유형과 성격연구」(『비교민속학』 46, 비교민속학회, 2011, 570-571쪽)에서 특정 화자를 이야기꾼이 되게 만드는 요건을 다음과 같이 제시하고 있다. ① 이야기를 많이 알아야 한다. ② 서사의 가닥을 자연스레 풀어나가야 한다. ③ 이야기를 맛깔나게 표현해낼 수 있어야 한다. ④ 구연현장을 장악하는 힘과 상황에 대처하는 순발력이 있어야 한다. ⑤ 자기만의 장기가 있어야 한다. ⑥ 청중의 요구가 있을 때 이야기를 선뜻 구연할 수 있어야 한다.
10 신동흔, 「현대의 여가생활과 이야기의 자리」, 『실천민속학연구』 13, 실천민속학회, 2009, 10쪽.
11 박현숙은 앞의 글(83쪽)에서 전통적인 설화 구연 방식으로 '옛이야기 들려주기' 활동을 할 때, 이

람들의 기억 속에서 점차 잊혀져 가는 많은 옛이야기를 누구나 쉽게 접할 수 있고, 구연종목(레퍼토리)[12]을 고르고 선정하는 작업이 용이해졌다는 것을 의미한다.

유능한 이야기꾼들은 각자 자신만이 즐겨하는 이야기 유형이 있고, 구연종목을 따로 가지고 있다.[13] 유능한 이야기꾼들이 보유한 방대한 구연종목은 하루아침에 이루어진 것이 아니다. 이야기와 분리되지 않은 삶 속에서 이야기에 대한 애정으로 쌓아온 결과물인 것이다.

이야기를 구연하다고 싶다면 채록된 많은 자료들 가운데 나만의 구연종목이 될 수 있는 좋은 이야깃거리를 찾아내야 한다. 그리고 다양한 구연종목을 확보해 나가야 한다.[14] 지금부터 연구자의 '옛이야기 들려주기' 활동의 경험적 사례를 바탕으로 이야기 구연종목 확보 방안에 대해 몇 가지를 제시해 보고자 한다.

야기 선정 시 참조할 만한 1차적 설화 채록 자료집을 다수 소개하고 있다.

[12] 이하 레퍼토리를 구연종목으로 표현하고자 한다.

[13] 천혜숙은 「이야기꾼의 이야기연행에 관한 고찰」(『계명어문학』 1, 계명어문학회, 1984, 98쪽)에서 이야기꾼 심종구에 대해 '자신의 이야기 레퍼토리를 가졌으며 그것이 제목화되어 있는 점, 독특하고 안정된 구연술이 확립되어 있는' 두 가지 점을 근거로 들어 그가 전문적 이야기꾼이었음을 입증하였다. 신동흔은 「이야기꾼의 작가적 특성에 관한 연구」(『구비문학연구』 6, 한국구비문학회, 1998, 188-189쪽)에서 탑골공원 이야기꾼 봉원호는 전형적인 민담이 주종이며 대부분 희극적인 이야기를 즐겨한다고 분석했다. 또한 심종구 이야기꾼과 마찬가지로 자신이 보유하고 있는 설화 목록을 따로 작성하여 보이면서 듣고 싶은 이야기를 고르게 했다고 한다. 이러한 경향은 연구자가 현지조사에서 만난 여러 이야기꾼들에게서도 발견된다. 2009년 강원도 평창에서 만난 유재헌 이야기꾼과 2010년 강원도 홍천에서 만난 김성준 이야기꾼 역시 자신이 보유한 설화목록을 별도로 작성하여 구연할 때 목록을 확인하기도 하고, 조사자에게 목록을 보여주면서 듣고 싶은 설화를 골라보라고도 했다. 이처럼 유능한 이야기꾼은 자신만의 다양한 구연종목을 보유하고 있음을 알 수 있다.

[14] 신동흔은 앞의 글(「전통 이야기꾼의 유형과 성격연구」)에서 이야기(레퍼토리) 종류에 따른 이야기꾼의 유형을 '옛날얘기꾼(고담가)유형', '재담―만담꾼 유형', '역사―야담가유형', '경험담―세간담 유형', '복합유형'으로 구분하고 있다. 다양한 종류의 옛이야기(설화)를 구연종목을 확보해 나가다보면 단순한 구연자(화자)에서 '옛날 이야기꾼'으로 성장해 나갈 수 있다. 또한 구연종목이 쌓이다 보면 자신이 선호하는 이야기의 경향이 드러날 수 있다. 그때는 보다 더 세분화된 전문 이야기꾼으로 성장해 나갈 수 있을 것이다. 그리고 청중의 연령이나 성별에 따른 청중 선호도에 맞는 구연종목을 많이 보유한다면 어린이, 성인, 노년, 여성, 남성 등 청중에 따른 전문 이야기꾼이 될 수 있다.

1) 화소의 유사성에서 구연종목 찾기

유능한 이야기꾼은 언제 어디서나 이야기보따리를 펼칠 수 있는 많은 구연종목을 확보하고 있다. 그러나 일상에서 설화 연행을 경험하지 못한 사람들은 이야기를 하고 싶어도 알고 있는 이야기가 없어서 하지 못하는 경우가 많다. 구연종목이 없다는 것은 이야기꾼이 되기에는 매우 불리한 조건이다. 하지만 달리 말하면 전문적이지 않고, 특정한 레퍼토리가 없기 때문에 다양한 종류의 이야기에 관심을 가지고 적극적으로 수용할 수 있다는 말이 된다. 다양한 종류의 이야기를 구연종목화 할 수 있다는 말이다.

먼저 어린이가 좋아할만한 화소부터 선별하여 구연종목을 준비하면 이야기판이 실패할 확률이 적어진다. 어린이는 환상적이고 신기한 이야기, 더럽고 지저분해도 웃기고 재밌는 이야기, 무서운 이야기를 무척 좋아한다. 이 종류의 이야기들을 세분화하여 유사하거나 동일한 화소를 중심으로 신화, 전설, 민담에서 골고루 찾다 보면 동일한 화소가 연결고리가 되어 자연스럽게 계열성을 확보하게 된다.

구연종목의 화소가 계열화되면 구연자는 이야기를 보다 쉽게 기억해 낼 수 있고, 반복적인 구연을 통해 자연스럽게 자신의 구연종목을 확장시켜 나갈 수 있다. 구연자의 구연종목이 쌓이면 쌓일수록 그만큼 이야기판에서 구연의 자신감이 높아지기 마련이다.

연구자가 지금까지 연행한 구연종목을 대략 화소별로 분류해 보면 [표 1]과 같다.

표 1. 유사한 화소를 매개로 한 구연종목

화소	설화 목록	설화 / 갈래
똥	〈똥된장〉, 〈단똥장수〉, 〈말하는 새와 죽순〉, 〈화태똥 싼 사위〉, 〈구두쇠 영감〉	민담
방귀	〈방귀쟁이 며느리〉, 〈방귀시합〉, 〈방귀로 잡은 도둑〉	민담

신이한 물건	〈도깨비감투〉, 〈요술 항아리〉, 〈하늘을 나는 조끼〉, 〈머슴의 꿈과 신비한 금척〉, 〈신바닥이〉, 〈선녀와 나무꾼〉, 〈신통한 스님의 그림〉, 〈신기한 나뭇잎〉, 〈춤추는 지팡이〉, 〈세 가지 보물〉, 〈천도복숭아〉, 〈왕이 된 새샙이〉	민담
코	〈코가 날아간 영감〉, 〈빨간 부채 파란 부채〉	민담
수수께끼	〈천냥내기 수수께끼로 아버지를 구한 아들〉, 〈수수께끼로 원님 이긴 이방 아내〉, 〈일곱 살 먹은 사신의 지혜〉, 〈고려장 풍습이 없어진 이유〉, 〈닭 모이 주는 노인의 나이〉, 〈나이 어렵게 말하는 아이〉	민담
도깨비	〈도깨비와 개암〉, 〈도깨비와 씨름〉, 〈도깨비와 착한 며느리〉, 〈여자와 도깨비〉, 〈김서방 부자로 만들어준 도깨비〉, 〈멍텅구리 도깨비〉, 〈정신없는 천도깨비〉, 〈흉내쟁이 도깨비〉, 〈닷발 늘어져라〉	민담
괴물	〈땅속 나라 큰 도둑〉	민담
	〈삼두구미〉	신화
호랑이	〈호랑이와 곶감〉, 〈은혜갚은 호랑이〉, 〈신기한 호랑이 눈썹〉, 〈웃다가 먹이 놓친 호랑이〉, 〈토끼와 호랑이〉, 〈거북이와 토끼와 호랑이〉, 〈수달과 겁쟁이 호랑이〉, 〈호랑이 뱃속 구경〉, 〈호랑이와 내기한 할머니〉, 〈김현감호〉, 〈범잡은 풍물쟁이 팔형제〉	민담
쥐	〈쥐 좆도 모른다〉, 〈혼쥐〉, 〈쥐씨름〉	민담
여우	〈여우누이〉, 〈둔갑한 여우 잡은 소금장수〉, 〈여우와 산신령과 자물쇠〉, 〈여우구슬〉	민담
새	〈말하는 옥새를 찾아서〉, 〈주둥이닷발 꽁지닷발〉	민담
도둑	〈곤륜산에 사는 도둑〉, 〈박박 바가지〉, 〈방귀로 잡은 도둑〉, 〈이야기로 도둑 쫓은 사람〉	민담
바보 / 어리석은 사람	〈꿀떡 이름 잊어버린 바보 사위〉, 〈아버지와 세 아들 바보〉, 〈미련한 소금장수 아들〉, 〈욕심쟁이와 미련한 놈과 잊어버리기 잘하는 놈〉, 〈바보 삼형제〉, 〈두부 심부름 간 바보〉, 〈오시오 자시오 가시오〉, 〈하늘 천天 하렷다〉, 〈건망증 심한 사람〉	민담
계모	〈콩중이 팥중이〉, 〈반반버들잎과 엽엽이〉	민담
박문수	〈박문수 과거길〉, 〈박문수와 영리한 아이〉, 〈박문수와 산신령〉	전설
영리한 아이	〈도적떼 잡은 아이〉, 〈학동 재주시험〉, 〈훈장님 꿀항아리〉	민담
익살꾼	〈꾀쟁이 하인〉, 〈정승 골려주기〉, 〈떡군자〉	민담
게으름뱅이	〈게으름뱅이 떡먹이기〉, 〈새끼서발〉, 〈세상에서 제일 큰 참깨나무〉	민담
장수	〈힘없는 장군〉, 〈장사 홍대권〉	민담
	〈아기장수 우투리〉	전설
재주	〈재주많은 팔형제〉, 〈재주 많은 의형제〉, 〈재주 있는 여자〉, 〈반쪽이〉, 〈세 총각의 재주시합〉	민담

무지	〈양초 처음 본 사람들〉, 〈거울 처음 본 사람들〉	민담
복	〈차복이〉, 〈구복여행〉, 〈짚신공양으로 복 받은 부부〉	민담
	〈삼공본풀이 : 감은장애기〉	신화
은혜	〈은혜갚은 까치〉, 〈은혜갚은 두꺼비〉, 〈뱀의 보은〉	민담
저승	〈사마장자와 마마장자〉, 〈신기한 묘와 저승여행〉	민담
	〈덕진다리〉	전설
	〈차사본풀이 : 강림도령〉, 〈바리공주〉	신화
환상공간	〈원천강본풀이〉, 〈이공본풀이〉	신화

민담을 크게 일상담(사실적 민담), 환상담(환상적 민담), 희극담(희극적 민담)으로 나눌 때,[15] 전통 이야기꾼은 환상담을 위주로 한 옛날 얘기꾼은 상대적으로 드물며, 일상담이나 희극담을 주로 구연하는 사례를 더 많이 볼 수 있다.[16] 이는 비슷한 연배의 이야기꾼과 청중이 주로 설화를 향유해왔기 때문에 한국 설화의 이야기 종류가 환상담에 비해 상대적으로 일상담과 희극담이 많은 이유일 것이다.

'옛이야기 들려주기' 활동에서와 같이 청중이 어린이인 경우에는 전통 이야기꾼들의 사례와는 달리 환상담과 희극담에서 구연종목을 선정하는 것이 좋다. 옛이야기 속에서 자유롭게 떠다니는 환상은 어린이들이 현실에서 마주치는 광범위하고 다양한 문제를 상상적 형식으로 담아, 자아와 함께 작용할 수 있는 무한히 풍부한 재료를 제공한다.[17]

옛이야기에는 인물부터 배경까지 어린이들이 다양한 환상을 경험

---

15 신동흔은 「구전 이야기의 갈래와 상호관계에 대한 연구」(『비교민속학』 22, 비교민속학회, 2002)에서 민담을 크게 일상담(사실적 민담), 환상담(환상적 민담), 희극담(희극적 민담 : 소화) 세 가지로 나누는 방안을 제안한 바 있다.
16 신동흔, 앞의 글, 561쪽.
17 브루노 베텔하임, 김옥순·주옥 역, 『옛이야기의 매력』 1, 시공주니어, 1998, 194쪽. "사람은 세상에 대해 안도감을 느낄수록 삶의 궁극적인 문제를 신화나 옛이야기에 의존하지 않아도 되며, 합리적인 설명을 하고 싶어 한다. 그러나 자신과 보금자리에 대해 불안감을 느낄수록 두려움을 느끼며 자신 안으로 움츠리거나 정복을 위해 외부로 나아가고자 한다. 따라서 어린이들이 주변의 보호를 받고 있다는 확신이 없을 때는 초인적인 힘이 자신을 지키고 있다고 믿을 필요가 있다." (77~89쪽)

할 수 있게 해주는 소재들이 많이 있다. 사람의 모습을 보이지 않게 하는 감투와 나뭇잎, 화수분 항아리, 하늘을 날 수 있는 각종 옷(조끼, 날개옷, 새털옷)과 부채, 춤추는 지팡이, 사람 목숨을 살리는 과일, 꽃 등 신물神物은 어린이들에게 무한한 상상력을 자극한다. 사람이 죽어서 가는 저승과 사계절이 동시에 존재하는 시간의 공간인 원천강, 사람을 웃기고, 울리고, 살리고, 죽이는 다양한 꽃이 피어나는 공간인 서천꽃밭과 같이 환상적이고 신비로운 공간은 어린이들이 죽음과 저승에 대한 막연한 공포에서 벗어나 다른 세상에 대한 환상과 모험을 경험할 수 있게 해준다. 또 머리 아홉 달린 괴물이나 여우누이와 같은 공포스러운 존재는 이야기 마지막에 결국 퇴치시킴으로써 어린이들에게 긴장감과 안도감을 동시에 제공한다.

옛이야기 속에는 현실에서는 기피의 대상이지만 어린이에게는 무한한 사랑을 받고 있는 '똥', '방귀' 같은 인간의 생리 현상은 물론이고, 호랑이, 쥐, 여우, 새, 까치와 같은 온갖 종류의 동물, 도둑, 바보와 같이 어리석거나 익살스럽거나 혹은 재주 많거나, 힘이 세고, 또는 운이 좋거나 복을 짓거나 하는 각양각색의 미성숙한 인물들이 스스로 수많은 문제를 해결하고 행복한 결말로 끝을 맺는 서사는 어린이에게 유쾌한 웃음과 재미를 주는 동시에 내면 성장의 기회를 제공해 준다.[18]

이처럼 옛이야기에 등장하는 다양한 인물과 환상적 소재 가운데 유사성을 연결고리로 계열화하면 많은 구연종목을 확보해 나갈 수 있다.

이야기판에서 선정한 구연종목은 구연자가 다양한 방법으로 운용할 수 있다. 동일한 화소를 지닌 각각의 이야기를 동일한 이야기판에서 한꺼번에 연행할 수도 있고, 동일한 화소의 이야기를 매주 하나씩 나눠서 연행할 수도 있다.

예를 들면 전자는 '도깨비'를 연결고리로 하여 동일한 이야기판에서

---

18 이야기 종류나 주제에 따른 연행이 어린이들에게 미치는 영향에 대한 구체적 논의는 추후 별도의 논문에서 다루기로 한다.

〈도깨비와 개암〉, 〈김서방 부자로 만들어준 도깨비〉, 〈정신없는 천도깨비〉를 이어서 한꺼번에 연행하는 방식이고, 후자는 암행어사로 유명한 '박문수' 인물전설을 연결고리로 하여 첫 주에는 〈박문수의 과거길〉을 연행하고, 다음 주엔 〈박문수와 산신령〉을 연행하는 방식이다. 그 외에도 이야기의 소재, 맥락, 주제의 유사성에 따라 구연종목을 선정할 수도 있다.[19]

각각의 다른 독립된 서사를 소재와 맥락적 유사성을 연결고리로 삼아 여러 편을 한 편의 설화로 재창조하여 연행할 수도 있다.[20] 설화는 구연자에 의해 얼마든지 새로운 각 편을 재창조 할 수 있기 때문이다.[21]

연구자가 재창조한 각 편을 구연종목화한 사례를 제시하면 다음과 같다.

(1) 옛날에 굶주린 호랑이가 토끼를 잡아먹으려고 한다.

(2) 토끼가 꾀를 내어 호랑이에게 물고기를 실컷 먹을 수 있는 방법을 알려준다.

(3) 호랑이는 꼬리를 물속에 넣어 물고기를 잡으려다가 꼬리가 얼어버린다.

(4) 호랑이를 다시 만난 토끼가 호랑이에게 새를 많이 먹을 수 있는 방법을 알

---

19 임재해는 앞의 책(44쪽)에서 구연목록들 사이의 대표적인 연결방식으로 소재·맥락·주제에 의한 계기적 구연을 소개한 바 있다. 이를 '옛이야기 들려주기' 활동의 구연종목 선정 시 유용하게 활용할 수 있다. 여러 편의 '호랑이'를 가지고 소재에 의한 계기적 구연종목을 선정할 수도 있고, 호랑이가 효자를 살려준 이야기를 기점으로 효자 이야기로 이어서 맥락에 의한 계기적 구연종목을 선정할 수도 있다. 또는 효자 이야기에서 열녀이야기로 나아가 주제의 의한 계기적 구연종목을 선정할 수도 있다.

20 구비문학의 연행에서 말하는 가변성은 문자보다 언어의 부정확성이나 기억력의 한계에 의한 어쩔 수 없는 변화를 뜻하는 것만은 아니다. 의도적 변화와 의식적인 재창조를 더 적극적으로 염두에 두어야 한다. (임재해, 위의 책, 19쪽)

21 임재해는『설화작품의 현장론적 분석』에서 설화 유형과 각편에 대해 다음과 같이 언급한 바 있다. "연행현장에서 이야기꾼에 의해 생산되는 작품은 이미 있는 작품을 근거로 재창조되는 것이다. 이미 있는 작품이 설화의 유형이고 이를 바탕으로 재창조된 작품이 설화의 각편이다. 유형은 공동작의 결과이며 과거의 역사적 전승물이며, 공동체의 집단의식을 바탕으로 형성·전승되는 추상적 작품이다. 각 편은 개인적인 재창조의 결과이면서 현재의 동시적 연행물이며, 이야기꾼의 개인의식을 바탕으로 연행되는 구체적 작품이다." (임재해,『설화작품의 현장론적 분석』, 지식산업사, 1991, 249쪽)

려준다.

(5) 새를 기다리던 호랑이는 토끼가 대밭에 붙인 불로 털이 모두 타 버린다.

(6) 배고픈 호랑이가 거북이를 발견하고 새끼 한 마리를 내주면 살려주겠다고 하여 거북이가 새끼를 내어준다.

(7) 호랑이가 반복적으로 거북이에게 새끼를 요구하자 토끼가 거북이에게 해결 방법을 알려준다.

(8) 호랑이가 거북이 가족을 잡아먹기 위해서 나무 위에 오르자 거북이가 뭔가를 던진다.

(9) 호랑이는 거북이 새끼인 줄 알고 잡으려다가 나무 위에서 떨어져 강물에 빠진다.

(10) 호랑이가 다시 먹이를 찾아 헤매다가 수달을 잡아먹으려고 한다.

(11) 수달이 호랑이에게 할아버지가 빚진 호랑이 가죽을 갚으라고 큰소리친다.

(12) 겁먹은 호랑이가 도망을 가다가 만난 토끼에게 도망치는 사정을 말한다.

(13) 토끼가 호랑이를 안심시키느라 서로의 꼬리를 묶고 수달을 찾아간다.

(14) 수달이 토끼에게 할아버지가 빚진 호랑이 가죽을 갚으러 왔냐고 소리치자 호랑이는 토끼가 자신을 속인 줄 알고 도망친다.

(15) 호랑이가 도망치는 바람에 묶인 꼬리가 잘려 토끼 꼬리는 짧아지고, 호랑이 꼬리는 얼룩얼룩 길어졌다.

　이 이야기는 〈토끼와 호랑이〉, 〈거북이와 토끼와 호랑이〉, 〈수달과 겁쟁이 호랑이〉[22] 세 편의 각각 독립된 설화를 한 편으로 재구성하여 연행한 것이다.

　세 편의 설화는 각각 호랑이와 토끼가 공통적으로 등장하고, 어리석은 호랑이가 강자라고 힘을 과시하다가 오히려 영리한 동물들에게 당한다는 내용의 공통된 서사구조와 주제를 지니고 있다. 각각의 서사가

---

[22] 〈토끼와 호랑이〉, 〈거북이와 토끼와 호랑이〉, 〈수달과 겁쟁이 호랑이〉는 이야기판(2008.3.4) 에서 한꺼번에 구연이 이루어졌다.

지닌 공통성을 기반으로 한 편의 이야기로 재창조하면 본래의 이야기가 지닌 의미를 훼손시키지 않으면서 서사의 완결성을 높일 수 있다.

서사구조 (1)에서 (5)까지는 〈토끼와 호랑이〉 서사이다. 호랑이가 토끼를 잡아먹으려다가 토끼의 꾀에 속아 호랑이가 골탕 먹는 서사로, 토끼가 호랑이에게 새를 많이 먹게 해주겠다고 대밭으로 유인해 놓고 불을 질러서 호랑이 털이 모두 타버린 것으로 마무리 된다. 그러나 이야기를 여기에서 마무리 짓지 않고 '그 다음에 호랑이가 어떻게 됐냐면, 이제 또 배가 고픈 거야'[23] 하면서 (6)에서 (9)까지의 〈거북이와 토끼와 호랑이〉 서사를 자연스럽게 결합시킨다. 〈거북이와 토끼와 호랑이〉 본래의 서사는 호랑이가 매일 찾아와 거북이의 새끼를 잡아먹는 바람에 큰 고민에 빠진 거북이에게 토끼가 방책을 알려주어 거북이가 나머지 새끼들을 살리고 호랑이는 물에 빠져 죽는다. 그러나 호랑이가 물에 빠지는 서사로 조금만 변형시키면 유사한 계열의 서사를 반복적으로 얼마든지 결합시켜 나갈 수 있다. 여기서는 '호랑이가 있잖아. 또 토끼를 찾으러 돌아다니고 있었어'라고 한 마디만 덧붙여 (10)에서 (15)까지의 〈수달과 겁쟁이 호랑이〉[24] 서사를 결합시켜 토끼의 꼬리가 짧고, 호랑이의 꼬리가 얼룩덜룩 긴 이유까지 설명하는 유래담으로 완결

---

[23] 또, 토끼가 있잖아, 어, 그 다음에 호랑이가 어떻게 됐냐면, 이제 또 배가 고픈 거야. 어디 어슬렁어슬렁 가다가 어디로 갔냐면 강가에 갔는데, 강가에는 거북이가 있잖아. 강가에 있던 거북이가 나무 위에 막 올라가더니 새끼 세 마리 거북이를 낳았어. 그래 그 나무 위에 새끼 세 마리랑 어미 거북이가 있는 거를 누가 봤을까? 호랑이가 본 거야. "어흥" 그러면서, "너, 새끼 한 마리 던져주면 너 나머지 식구들은 살려주지"그러는 거야.

[24] 호랑이가 있잖아. 또 토끼를 찾으러 돌아다니고 있었어. 어슬렁어슬렁. "어흥, 맛있는 먹을거리가 없나? 어흥." "누구를 잡아먹을까? 어흥." (…중략…) 그랬더니 이 수달이 토끼보고, "토끼야, 너 할아버지가 나한테 호랑이 가죽을 삼백 개 바치기로 했는데, 겨우 저 한 마리 끌고 와서 나머지 이백 구십 아홉 개는 언제 갚을 거냐?"그러는 거야. 그러니까 호랑이가 "어쿠나, 토끼가 나를 속였구나." 자기 또 안 죽으려고 어떻게 했게? 팔딱팔딱팔딱팔딱 뛰어서 갔더니 꼬리에 매달려 있던 토끼는 어떻게 됐을까?(아이들이 웅성거린다) 같이 팔딱팔딱팔딱 뛰어가다가 안 갈려고 버티다가 있지, 꼬랑지가 쌍둥 잘려버렸네. 그래서 토끼가 원래 긴 꼬리였는데, 그렇게 토끼가 꼬리가 탁 짤려나가가지고 토끼 꼬리는 짧아졌고, 호랑이는 그 하얀 토끼꼬리가 섞어지고 얼룩덜룩 얼룩덜룩 꼬랑지가 되었대.

지을 수 있다.

구연자가 확보한 구연종목을 연행할 때에는 이야기판에서 발생할 수 있는 다양한 변인들을 고려하면서 이루어져야 한다. 상황에 따라서는 준비한 서사의 일부를 즉흥적으로 축소·첨가하면서 청중과 끊임없이 소통해야만 이야기판을 역동적으로 운용해 나갈 수 있다.

이야기판의 역동성은 구연자와 청중이 함께 만들어 내는 것이다. 구연자는 구연종목을 선정할 때 '수수께끼'와 같은 화소를 활용하여 구연하면 청중이 이야기판에 적극적으로 참여할 수 있도록 유도할 수 있다. 여러 편의 수수께끼담에서 '수수께끼' 화소를 계열화하여 연행 과정에서 구연자와 청중이 수수께끼를 함께 풀어나가도록 서사를 재구성 하는 것이다.

〈나이 어렵게 말하는 아이〉 서사에서 각각 7살과 5살의 아이가 자신들의 나이를 묻는 어른에게 '자(저 아이) 나(나이)를 날 하나 주만 동갑이 되고, 내 나(나이)를 자(저 아이)를 하나 주만 내 곱이 돼요'[25]라며 수수께끼 형식으로 자신들의 나이를 어렵게 말하는 재치 있는 아이들을 주인공으로 내세워 '수수께끼담'에서 주로 등장하는 레퍼토리 가운데 하나인 중국에서 보내온 부당한 문제를 아이들의 재치로 해결하는 다양한 서사를 결합시킬 수 있다.[26]

예를 들면 〈닭 모이 주는 노인의 나이〉[27] 서사에서 그림 속에서 닭 모이를 주고 있는 노인의 나이를 맞는 문제라든가, 〈일곱 살 먹은 사신의

---

25 「나이를 어렵게 말하는 아이의 궁리 : 이수일 구연」, 『한국구비문학대계』 7-18, 한국정신문화연구원, 1988, 488쪽.

26 아이 지혜담 가운데, 「나이 어렵게 말하는 아이」와 「일곱 살 먹은 아이의 지혜」 서사를 결합시켜 재구성하여 이야기 현장에서 구연(2012. 3. 13)한 바 있다. 이 때, 「박문수와 아이들의 지혜」(위의 책, 489쪽)에서 자신의 성과 이름, 사는 지역을 수수께끼로 말하는 아이를 비롯한 다양한 서사로 전승되는 수수께끼담에서의 영리한 아이의 수수께끼 풀이 과정을 '수수께끼' 화소로 계열화하여 다양하게 재구성해 낼 수 있다.

27 「닭 모이 주는 노인의 나이 : 김기석 구연」, 『한국구비문학대계』 4-3, 한국정신문화연구원, 1982, 326-331쪽.

지혜)[28] 서사에서 바위로 배를 만들고, 동삼 세 뿌리를 캐오고, 천하를 덮을 베를 짜오라는 해결이 불가능한 문제를 제시한 사신에게 아이가 사신에게 동일하게 해결 불가능한 문제를 던져서 사신 스스로가 문제의 부당함을 자인하게 만들어 재치로 문제를 쉽게 해결하는 장면 등, 청중의 호응에 따라서는 얼마든지 더 많은 장면을 결합시킬 수 있다. 반대로 호응이 없을 땐 과감하게 장면을 삭제하여 빨리 마무리 짓는 것도 이야기판의 역동성을 유지하는 데는 중요한 전략이 될 수 있다.

이처럼 유사한 구조의 여러 각 편이 하나의 이야기로 결합되면서 각각의 독립된 서사의 개별적 인물들은 서로 유기적 관계를 맺게 된다. 그리고 유사한 구조가 반복됨으로써 어수룩한 호랑이와 영리한 토끼, 영리하고 재치 있는 아이라는 캐릭터의 성격을 보다 선명하게 드러내고 인물의 특성을 강화시켜주는 효과를 얻을 수 있다.

옛이야기는 어린이의 마음을 비추는 거울과 같다. 따라서 어린이가 청중일 경우, 구연자는 이야기판에 참여하는 구성원들의 감정, 상황, 분위기 등 전반적인 것을 고려하여 의도성을 가지고 구연종목을 확보해 나갈 필요가 있다. 이야기판은 이야기를 매개로 이야기꾼과 청중이 서로 소통하고 즐기는 장이자 서로에게 위안을 주고받는 치유의 장이어야 한다. 어린이를 즐겁게 만들고 호기심을 불러일으키는 이야기, 어린이의 상상력을 자극해서 지적 능력을 발달시키고 감정을 풍요롭게 하는 이야기, 어린이의 불안이나 소망을 받아들이고, 어려움을 이해시키며, 동시에 어린이가 괴로워하는 문제의 해결책도 제시하여 어린이에게 현재나 미래에 대한 자신감을 북돋우는 이야기[29]를 통해 어린이들이 현재의 고민, 공포, 두려움, 불안을 극복해 나가고 위안을 얻을 수 있도록 말이다.

---

28 「일곱 살 먹은 사신의 지혜 : 이순동 구연」, 『한국구비문학대계』 6-7, 한국정신문화연구원, 1985, 385-390쪽.
29 브루노 베텔하임, 앞의 책, 15쪽.

2) 생활문화에서 구연종목 찾기

이야깃거리는 일상생활에서 찾는 것이 가장 쉬운 방법이다. 구연종목을 풍부하게 지닌 이야기꾼이라면 변화무쌍한 일상에서 상황에 맞게 구연종목을 적재적소에 내놓을 수 있지만, 대다수의 사람들은 그렇지 못하기 때문에 사전에 많은 준비가 필요하다.

정기적으로 '옛이야기 들려주기' 활동이 이루어진 어린이집에서는 세시 절기, 즉 자연의 흐름에 따른 한해 교육 활동을 진행하고 있었다. 연구자는 교육 활동에 도움을 주고자 세시절기에 맞춰 구연종목을 선정하기도 하였다. 그 과정에서 세시 절기는 아직까지 우리 생활 가까이에 있는 문화임을 확인할 수 있었다.

> 오늘 밤부터는 또 한 차례 매서운 한파가 몰아칠 예정입니다. 서울의 경우 영하 8도까지 기온이 뚝 떨어져 퇴근길 서두르는 분들 많을 것으로 보입니다. 1년 가운데 가장 춥다는 소한 추위가 본격적으로 시작되는 것입니다. 사실 말로만 비교해 보면 보름 뒤에 찾아올 큰 추위, '대한'이 더 추울 것처럼 보이는데요. 실제로는 "대한이 소한의 집에 가서 얼어 죽는다"는 옛 속담도 있을 만큼 실제로는 소한 추위가 가장 매섭습니다.[30]

매년 소한이 되면 모든 언론에서 인용문처럼 '대한이가 소한이 집에 놀러 갔다가 얼어 죽었다'는 식의 속담을 빠지지 않고 인용한다. 또, 매년 새해가 되면 가장 먼저 교체하는 것이 새해 달력과 다이어리다. 여기에도 빠지지 않고 인쇄되어 있는 것 또한 세시 절기다. 설, 정월대보름, 삼월삼짇날, 한식, 단오, 추석, 동지 등은 아직까지는 우리 생활 속에 중요하게 살아있는 문화인 것이다.

연구자가 연행한 구연종목을 세시 절기에 맞춰 분류해 보면 [표 2]와 같다.[31]

---

[30] 2011년 1월 5일에 방영된 YTN 뉴스 보도 중 일부이다.

표 2. 세시 절기를 매개로 한 구연종목

세시절기	설화 목록
입춘立春	〈바보사위의 입춘대길立春大吉 배우기〉
정월대보름	〈정월대보름에 오곡밥 먹는 이유〉
경칩驚蟄	〈강감찬과 개구리〉, 〈개구리의 보은〉, 〈돌이와 개구리〉, 〈말 안 듣는 청개구리〉, 〈청개구리 친구의 우정〉, 〈호랑이와 개구리의 내기〉
청명淸明	〈율곡선생과 나도밤나무〉, 〈등나무가 된 자매〉, 〈지팡이가 자란 나무〉, 〈나무도령〉
한식寒食	〈개자추와 한식〉
곡우穀雨 소만小滿 망종芒種	〈세경본풀이 : 자청비〉
단오端午	〈빨간 부채 파란 부채〉, 〈신바닥이〉, 〈쥐씨름〉, 〈도깨비와 씨름〉 〈익모초 먹고 낳은 아이〉
칠석七夕	〈견우직녀〉
추석秋夕	〈일월노리푸념 : 궁산선비와 명월각시〉, 〈연오랑세오녀〉, 〈해와 달이 된 오누이〉, 〈바보사위와 송편〉
동지冬至	〈팥죽할멈과 호랑이〉, 〈팥죽땀〉

비록 절기는 오늘의 일상과는 동떨어져 있지만 조상들에겐 농업, 어업, 관혼상제 등 일상적 삶에서 매우 중요한 일들을 결정하는 수단이었다. 그렇기 때문에 절기에 맞춰 살아온 조상들의 일상적인 삶과 옛이야기 속 주인공의 서사가 서로 동떨어질 수 없다.

세시 절기는 이야기와 함께 풍습, 음식이 존재하기 때문에 가정이나 공동체에서 보다 풍부한 이야깃거리를 만들어 낼 수 있다. 특히 설과 추석은 가족, 친지들이 모여 이야기판이 자연스럽게 형성되는 명절인 만큼, 이때 세시 절기와 관련된 소재를 다룬 이야기를 구연종목으로 선정하여 가족들과 나누면 세대를 넘어선 연행과 소통이 이루어질 수 있다. 어린 손자는 경험하지 못한 것을 궁금해 하고, 할아버지, 할머니

---

31 [표 2]는 연구자가 이야기판에서 실제 연행한 목록과 함께 연구자가 별도로 설화 목록을 찾아 추가한 자료도 포함되어 있다.

는 삶에서 경험하고 터득한 지혜를 들려줄 수 있다.

서사 내용이 온전히 세시 절기나 풍습과 관련된 설화를 찾기는 쉽지 않다. 그래서 우선 세시 절기와 관련성이 있는 소재를 계열화하여 찾는 것이 구연종목을 확보하기에 용이하다.

봄의 시작을 알리는 입춘立春에는 '입춘대길立春大吉' 네 글자와 관련된 〈바보 사위의 입춘대길立春大吉 배우기〉를 구연종목으로 선정할 수 있다. 바보 남편을 가르치기 위해 안간힘을 쓰는 아내와 아내의 가르침에 부응하지 못하고 결국 '코춘대길'이라 말해 망신을 당하고 마는 바보 신랑의 이야기이다.

겨울잠을 자던 개구리가 겨울잠에서 깨어난다는 경칩驚蟄에는 〈강감찬과 개구리〉를 비롯한 개구리와 관련된 여러 설화를 선정할 수 있고, 나무를 심는 식목일 즈음의 청명淸明에는 나무를 소재로 한 다양한 설화를 구연종목으로 선정할 수 있다. 단오端午에는 단오풍습인 '씨름'을 소재로 한 〈쥐씨름〉, 〈도깨비와 씨름〉과 같은 설화를 구연종목으로 선정해 볼 수 있고, 조선시대 왕이 신하에게 부채를 선물하던 풍습과 관련해서는 '부채'를 소재로 한 〈빨간 부채 파란 부채〉, 〈신바닥이〉 같은 설화를 구연종목으로 선정하기에 적당하다. 농사비가 내리는 곡우穀雨, 농사를 시작하는 소만小滿, 씨뿌리기 시작하는 망종芒種과 같이 농사와 관련된 절기에는 자청비가 농사의 신으로 좌정하는 내력담을 담은 제주도 서사무가 〈세경본풀이〉도 좋은 구연종목이 될 수 있다. 또, 동지冬至에는 팥죽을 매개로 한 〈팥죽할멈과 호랑이〉가 빠질 수 없는 구연종목이다.

추석엔 '달'에 얽힌 일월기원설화나 송편을 소재로 한 설화를 구연종목화 할 수 있다. 일월기원설화로 가장 많이 알려진 설화는 민담 〈해와 달이 된 오누이〉이다. 이 설화는 흥미로운 민담적 요소뿐만 아니라 수 숫대가 붉어진 유래를 담은 전설적 요소와 오누이가 해와 달이 되었다는 일월기원 신화적 요소를 복합적으로 지니고 있다. 따라서 이야기판에서 어떤 요소에 초점을 맞춰 연행하느냐에 따라서 강조되는 지점이 달라질 수 있다. 이런 차이를 잘 포착해서 연행하면 한 편의 이야기에서 다양한 의미를 해석해 낼 수 있고, 이야기판을 더욱 재미있게 이끌어갈 수 있다.

지속적으로 이루어지는 이야기판에서 주기적으로 돌아오는 세시 절기마다 같은 이야기를 매해 반복했을 때, 자칫 청중이 식상하게 여겨 흥미를 가지지 않을 수 있다. 그럴 경우 같은 소재의 다른 이야기들을 계열화하여 선정하면 청중이 호기심을 보이기 때문에 이야기판의 분위기를 역동적으로 전환시킬 수 있다.

1

청중아이 1(7세) : 제목이 뭐야?

구연자 : 너네 〈해와 달이 된 오누이〉는 다 알잖아. 이제 추석이 다가오니까 보름달도 이제 볼거잖아. 그래서 그냥 해랑 달이 된 얘기. 〈해와 달이 된 오누이〉 말고 다른 거 준비해 왔어.

청중아이 1(7세) : 그런데 있잖아. 제목이 뭐야?

구연자 : 하나는 달이 생겨난 이야기고, 해하고 달이 생겨난 이야기고, 하나는 해랑 달이 사라졌다 다시 나타나는 이야기야. 옛날에, 옛날 옛날에 궁상이라는 선비가 살았다. 그 사람 이름이 궁상이야, 궁상이. 근데, 궁상이가 명월각시한테 너무 장가가 가고 싶은 거야. (…중략…) 그 궁상이가 자기가 입고 있던 옷을 벗어서 줬다. 그랬더니 배선비가 어떻게 알았는지 머리도 쑥 집어넣고 팔도 집어넣고 팔 다 집어넣고 옷을 탁 입어버린 거야. 그래놓니 어떻게 돼? 그 옷을 입은 사람은 같이 살아야 되잖아. 배선비도. 그런데 배선비도 옷을 입으니까 몸이 한 번 붕 붕 붕 붕 뜨더니 구름 위로 동 동 동 동 떠다니는 거야.

교사 : 어머.

구연자 : 그런데, 이 배선비가 옷을 벗으려고 하니까 옷을 어떻게 벗는지를 모르

겠는 거야. 그래서 옷을 못 벗고 계속 둥 둥 둥 떠다녔다. 그러고는 결국 하늘에 그 옷 입고 둥둥 떠다니다가 죽어버렸어. 그래서 죽고 나서 뭐가 됐는 줄 알어?

청중아이 2(5세) : 달님이야. 달님.

구연자 : 아니. 솔개가 됐어. 날아다니는 솔개. 소리개라고 날아다니는 새 있거든. 어. 개는 못 내려와서 그 옷 입고 솔개가 되고,

청중아이 2(5세) : 아, 달팽이?

구연자 : 아니. 그리구 명월각시랑 궁상이는 있잖아, 그 이후 만나서 행복하게 오래오래 살았다. 그리구, 죽고 나서 둘이 해님하고 달님이 되었대. 끝. 되게 길지.

교사 : 아, 해님이랑 달님이 됐구나.[32]

2

청중아이 1(7세) : 하나 더.

교사 : 하나 더 해 주세요.

청중아이 2(5세) : 그 해님이랑 달님 없어진 거.

구연자 : 해님 달님 없어진 얘기? (…중략…) 신라시대 때 있지, 연오랑이랑 세오녀라는 부부가 살았거든. 근데 얘네는 바닷가에 살았어. (…중략…) 우리 신라에, 우리나라에는 어떤 일이 벌어졌는지 알어? 갑자기 해하고 달이 없어진 거야. 깜깜하게 돼버렸어. (…중략…) 세오녀가 직접 명주로 짠 그 비단이 있거든. 그 비단을 가져가서 딱 주면서 그러는 거야. "이 비단을 가져가서 하늘에다 제사를 올리면 다시 해와 달이 생겨날 거예요." 이렇게 얘길 해줬어. 그래서 그걸 갖고 와서 이렇게 진짜 임금님이 정성을 드려갖고 하늘에다 제사를 지냈다. 그랬더니 갑자기 해하고 달이 '짠' 하고 생긴 거야. 그래서 그 임금님은 그 비단을 있잖아,

---

[32] 2007년 9월 20일에 연행한 〈일월노리푸넘〉 내용의 일부이다.

임금님만이 갖고 있는 창고가 있거든. 그 창고에다가 보관을 자 해뒀어. 그래서 지금도 있잖아, 포항에 가면 영일현이라는 데가 있는데, 거기가 제사를 지낸 곳이거든. 거기다가 해님하고 달님한테 제사지내는 풍습이 아직도 있대. 그래서 연오랑 세오녀 얘기였어. 끝.

청중아이 3(5세) : 또 하나 더 들려줘.

청중아이 2(5세) : <u>있잖아, 부인이랑 남편은 아직도 살아 있어?</u>

구연자 : 그럼. 연오랑 세오녀가 일본에 왕이 된 거야.[33]

①에서 구연자가 '이제 추석이 다가오니까 보름달도 이제 볼 거잖아. 그래서 그냥 해랑 달이 된 얘기. <해와 달이 된 오누이> 말고 다른 거 준비해 왔어'라고 하는 말에서 알 수 있듯이, 그동안 지속적으로 연행이 이루어졌던 어린이집에서 대보름과 추석에는 '달과 관련성 있는 <해와 달이 된 오누이> 설화를 반복적으로 연행해 왔다. 그러다가 청중의 호기심을 유발시키기 위해서 의도적으로 청중에게 생소한 두 편의 설화를 구연종목으로 선정한 것이다. ①은 일반적으로 잘 알려지지 않았지만 일월기원신화에 속하는 <일월노리푸념>이고, ②는『삼국유사』기이편에 실린 <연오랑세오녀>[34]이다.

①<일월노리푸념>은 평안북도 강계 지방에서 전승된 서사무가로 궁산선비와 명월각시가 죽어서 일월신이 되었다는 내용이다. 이 이야

---

33 2007년 9월 20일에 <일월노리푸념>에 이어서 연행한 <연오랑세오녀> 내용의 일부이다.
34 <연오랑세오녀> 설화의 원문은 다음과 같다.
延烏郎 細烏女
第八 阿達羅王卽位四年丁酉 東海濱 有延烏郎 細烏女 夫婦而居 一日延烏歸海採藻 忽有一巖 一云一魚 負歸日本 國人見之曰 此非常人也 乃立爲王 按日本帝記 前後無新羅人爲王者 此乃邊邑小王而非眞王也 細烏怪夫不來 歸尋之 見夫脫鞋 亦上其巖 巖亦負歸如前 其國人 驚訝 奏獻於王 夫婦相會 立爲貴妃 是時新羅日月無光 日者奏云 日月之精降在我國 今去日本 故 致斯怪 王遣使求二人 延烏曰 我到此國 天使然也 今何歸乎 雖然朕之妃 有所織細綃 以此祭天可矣 仍賜其綃 使人來奏 依其言而祭之 然後日月如舊 藏其綃於御庫爲國寶 名其庫爲貴妃庫 祭天所名迎日懸 又都祈野. (재인용 : 일연, 이재호 역,『삼국유사』1, 솔출판사, 1997, 130-131쪽)

기는 이야기판에서 쉽게 접할 수 없는 신화라는 갈래가 주는 매력이 크다. 제목이 다소 낯설기는 하지만 내용은 아내를 걸고 내기하는 유형의 〈우렁각시(새털옷 신랑)〉 서사와 유사하다. 제목과 인물이 주는 낯설음과 내용의 익숙함은 청중에게 호기심을 자극하면서 동시에 편안함을 주는 효과가 있다.

②는 동해 바닷가에 사는 연오와 세오가 일본으로 간 뒤 신라의 해와 달이 빛을 잃어서 세오가 짠 명주비단으로 하늘에 제사를 지냈더니 해와 달이 다시 나타났고, 그 때 비단을 간직한 창고를 '귀비고貴妃庫'라고 짓고 하늘에 제사지낸 곳을 영일현迎日懸 또는 도기야都祈野라고 했다는 내용으로 이루어진 일월신과 관련된 설화이다. 해와 달이 사라졌다가 다시 나타났다는 신화적 화소나 구체적 지명이 등장하는 전설적 요소가 청중에게 큰 매력을 준다.

청중은 구연자가 선정한 두 이야기가 하나는 해와 달이 생겨난 이야기고, 하나는 해와 달이 사라졌다가 다시 나타난 이야기라는 설명을 듣고, 제목을 궁금해 하는가 하면, 연행 중간 중간에 개입하는 등 적극적인 반응을 보인다. 구연종목에 대한 청중의 기대와 호감은 ① 〈일월노리푸넘〉의 연행이 끝나고 나서도 계속 이어진다. 구연자가 ② 〈연오랑세오녀〉 연행을 시작도 하기 전에 청중은 먼저 해님 달님이 없어진 이야기를 들려달라고 요구를 하며 적극적으로 이야기판을 이어나가기를 촉구하기도 하고, 연행 말미에 '있잖아, 부인이랑 남편은 아직도 살아 있어?'라며 후일담을 궁금해 하면서 이야기에 대한 강한 여운을 표출하기도 한다.

추석秋夕에는 빠질 수 없는 명절음식이 있다. 바로 '송편'이다. 밤 껍질은 까서 버리고 알맹이만 먹어야한다는 아버지의 가르침을 송편 먹을 때도 그대로 적용해 결국 속고물만 먹었다는 〈바보와 송편〉 이야기는 추석에 가족들과 둘러앉아 자연스럽게 이야기의 장을 열 수 있는 좋은 구연종목이 된다. 추석 전에 가족, 친지들과 서로 얼굴을 맞대고 송편을 빚으면서, 추석에는 송편을 먹으면서 구연하면 이야기판은 한 바탕 웃음을 터트릴 수 있는 소통과 오락의 장이 될 수 있다.

서사 내용이 입춘, 경칩, 단오, 곡우, 소만, 망종과 같은 세시절기와 직접적인 관련은 없지만 구연자가 풍습과 관련된 소재를 매개로 한 '옛이야기 들려주기' 활동에서 이야기와 더불어 각각의 세시절기의 유래와 의미를 설명하면 이야기판은 좋은 교육의 장이 될 수 있다.

구연자 : 애들아, 오늘 무슨 날이게? 오늘 무슨 날? 오늘 무슨 날?

청중아이 1(7세) : 금요일날.

구연자 : 오늘 화요일이야. 화요일이고 오늘 한식이야. 한식. 한식이 뭐하는 날인 지 알아?

청중아이 2(5세) : 찬밥.

구연자 : 너, 어떻게 알았어? 어. 한식은 있잖아, 차가울 한. 한자로 차가울 한寒, 밥 식食. 차가운 음식을 먹는 날이야. (…중략…) 왜 한식날 차가운 음식 을 먹게 됐는지부터 알려 줄게. 알았지? 옛날 옛날 이건 우리나라 이야 기가 아니라, 저 땅덩어리가 크고 우리랑 가까운 나라, 어느 나라?

청중아이 3(6세) : 중국.

구연자 : 딩동댕. 중국에서 있었던 일이야. (…중략…) 그래서 문공이 어떻게 생 각했냐면 "그래? 그러면 널 억지로 나오게 할 수밖에 없다." 그러면서 거기 거기가 개자추가 있는 산에 불을 지르면 뜨거우니까 어떻게 하겠 어?

청중아이 4(6세) : 도망가.

구연자 : 도망치느라 나올 거 아니야. '그렇게 도망쳐서 나오면 잡아가지고 높은 자리를 줘야지.' 이렇게 생각을 한 거야. 그래서 문공이 "애들아, 저 곳에 불을 질러라" 그랬다. 그래서 불을 질렀어 진짜. 불이 활활 타는데, 개자 추가 나왔을까? 안 나왔을까?

일부 아이들 : 안 나왔어.

구연자 : 고집을 부리면서 안 나온 거야. 그 자리에서 그냥 타 죽은 거야. (…중략…) 그래서 음식을, 불을 피우지 말고 음식을 하라고 그런 거야. 그래서 차가운 음식만 먹으라고 하는 게 바로 개자추의 죽음을 슬퍼하면서 문공이 기리기 위해서 제삿날을 정한 거야. 그래서 그날은 아무도 뜨거운 음식, 불로 지펴갖고 음식을 하지 않는 날이래. 그리고 어제 했던 찬밥을 먹는 날이래. 알겠지?

청중아이 5 : 그런데 오늘 모르고 따뜻한 밥 먹었어.

구연자 : 모르고 따뜻한 밥 먹었어? 어. 저녁에라도 찬밥을 달라고 해. 엄마한테. (엄마가) '왜?' 그러면 오늘 한식일이라 개자추를 기리기 위해서 찬밥을 먹어야 한다고 얘기해 주면 엄마가 "그게 무슨 소리야?" 그럴 거야. 그러면 너네가 알려줘. 알았지?[35]

　　한국 설화에서 자료가 많지는 않지만 서사 전체가 세시절기 유래와 관련된 설화들이 있다.

　　한식은 설날, 단오, 추석과 함께 우리나라 4대 명절 중 하나였다. 계절적으로는 농사 일이 시작하는 철이고, 겨우내 무너진 조상들의 묘를 보수하기도 하고, 벌초를 하기도 한다.

　　위 인용문은 연구자가 진나라 충신 개자추의 죽음을 기리기 위해서 한식寒食에 찬밥을 먹게 되었다는 유래를 담고 있는 〈한식에 찬밥을 먹는 이유〉 설화를 특별히 한식을 맞이하여 선정한 구연종목이다. 청중은 한식에 구연자와 함께 찰 한寒, 밥 식食이라는 한식寒食의 음과 뜻풀이를 알아가면서 한식이 지닌 의미를 함께 새겨 보고, 구연자의 연행을 통해 한식에 찬밥을 먹는 풍습이 생겨난 유래를 들음으로써 단순한 '화요일'에 불과했을 일상이 특별한 한식으로 의미 있는 날이 된다. 〈한식에 찬밥을 먹는 이유〉 설화를 다 듣고 난 후 '오늘 모르고 따뜻한 밥 먹었어'라고 대답하는 어린이에게는 이미 한식이 특별히 의미 있는

35　2010년 4월 6일에 연행한 〈한식날 찬밥 먹는 이유〉 내용의 일부이다.

날이 된 것처럼 말이다.

구연자는 청중에게 집에 돌아가서 엄마에게 찬밥을 달라고 해서 먹고 엄마에게 〈한식에 찬밥을 먹는 이유〉 설화를 들려주라고 말하고 연행을 마쳤다. 어린이들이 실제 집으로 돌아가서 가족들과 찬밥을 먹으면서 이 설화를 연행한다면 청중은 생산, 전승의 주체로서 또 다른 이야기판 이끌어나가는 존재가 되는 것이다. 이것이 바로 살아있는 이야기 현장의 생명성이고 역동성이라 할 수 있다.

그 외에도 정월대보름에는 〈정월대보름에 오곡밥 먹는 이유〉라는 설화를 구연종목화 하여 들려줄 수 있다. 〈사금갑射琴匣〉 설화라고 불리는 이 설화는 『삼국유사』 기이편에 실려 있다. 신라 비처왕이 까마귀의 도움으로 서출지에서 노인의 편지를 받아 죽음을 모면했고, 그 후 나라 풍속에 해마다 정월 보름을 오기일烏忌日이라 하여 찰밥으로 제사를 지내게 된 유래를 전하고 있다. 정월대보름에 오곡밥을 먹는 풍습은 아직도 각 가정에서 이루어지고 있는 풍습이다. 가족 혹은 동료들과 정월대보름에는 오곡밥, 한식에는 찬밥을 먹으면서 그에 얽힌 유래담을 매개로 이야기를 주고받으면 이 또한 훌륭한 이야기판이 될 수 있다.

〈견우와 직녀〉 설화는 옥황상제에게 노여움을 산 견우와 직녀가 이별하고 까막까치가 놓은 오작교에서 1년에 한 번 만나게 되었다는 가슴 아픈 사연을 지니고 있다. 이 설화는 칠월칠석七夕에 빠지지 않고 구연할 수 있는 구연종목이다. 각 편에 따라서는 칠월칠석에 비가 많이 내리는데, 그때 내리는 비는 견우와 직녀의 눈물이고, 까치의 머리는 견우와 직녀가 재회하면서 까치의 머리를 밟아서 벗겨졌다는 유래담까지 덧붙은 경우가 있다. 각 편들을 잘 활용하면 칠월칠석에 많은 이야깃거리를 확대 재생산해 낼 수 있다.

일상생활에서는 각기 다른 세대가 공존하며 살아간다. 생활문화에서 발견할 수 있는 구연종목에는 세대를 넘어 함께 공유할 수 있는 이야깃거리가 많다. 이를 매개로 이야기판에서 지속적으로 소통이 이루어진다면 지금까지 위축된 이야기판은 서서히 생명력을 되찾을 수 있을 것으로 본다.

3) 방송매체에서 구연종목 찾기

전자매체의 발달로 이야기판의 범위도 TV 속의 이야기판까지 확장되고 있다. '옛이야기 들려주기' 활동에서도 방송매체를 적극 활용하여 이야깃거리를 찾을 필요가 있다. 이 경우 TV 속의 이야기는 이야기판에서의 구연종목을 확장시켜나가기 위한 도구가 된다.

사례로 제시하게 될 사극의 경우 어린이는 시청불가 프로그램이다. 그러나 각 가정 내의 현실은 자녀를 배제한 채 부모만 TV를 시청하기는 불가능하다. 부모가 즐겨보는 프로그램을 어린 자녀들도 함께 시청하는 경우가 대부분이라 할 수 있다. 현실적으로 자녀들과 함께 프로그램을 시청해야 한다면 차라리 그 프로그램을 매개로 부모와 자녀간의 이야기장으로 활용해 보자고 제안하고 싶다.

한 방송사에서 인기리에 방영되었던 드라마 〈선덕여왕〉의 열풍이 어린이집에까지 불었던 적이 있다.[36] 드라마 캐릭터들은 여자아이들의 역할놀이에까지 등장하였으니 그 인기를 짐작하고도 남을 일이다. 사극에 등장하는 인물의 서사를 다루고 있는 역사인물담은 어린이의 흥미를 유발시키기에 좋은 소재가 된다. 어린이들은 자신이 관심을 가지는 이야기일수록 더욱 흥미를 느끼고 이야기에 깊이 빠져들기 때문이다.

---

[36] 〈선덕여왕〉은 MBC문화방송에서 2009년 5월부터 2009년 12월까지 방영했던 드라마다.

① 심화요탑心火繞塔[37]

(1) 신라 활리역 사람 지귀가 살았는데 선덕왕을 사모하였다.

(2) 왕이 절에 향을 사를 때 지귀가 절탑 아래 행차를 기다리다가 잠이 들었다.

(3) 왕이 팔찌를 빼서 지귀의 가슴에다 얹고 궁으로 돌아갔다.

(4) 지귀가 잠에서 깨서 그 사실을 알고 오래 절망하여 마음에 불이 일어 탑을 둘러싸고 불귀신이 되었다.

(5) 왕이 술사에게 명을 내려 주문을 짓게 했다.

(6) 그때부터 주문을 벽에 붙여 화재를 막는 풍습이 생겼다.

①은 박인량의 『수이전殊異傳』과 『대동운부군옥大東韻府群玉』 권20에 실린 〈심화요탑心火繞塔〉 설화이다. 선덕여왕을 사모하다가 화귀가 된 지귀의 사랑이야기다. 선덕여왕에 대해 가장 많이 알려진 설화이기도 하다. 이 설화는 드라마 방영 당시 어린이들에게 들려주었을 때, 어린 이들은 자신이 알고 있는 드라마 속 인물에 대한 새로운 내용의 이야 기에 많은 관심을 보였다. 청중의 관심이 지속되면 『삼국유사三國遺事』 권1에 실린 〈선덕여왕이 미리 예언한 세 가지 일〉이나 선덕여왕만의 서사를 넘어 신라 향가 〈서동요〉의 배경설화가 되는 진평왕의 셋째 딸 이자 덕만공주(선덕여왕)의 동생인 선화공주와 서동(훗날 백제 무왕)의 사 랑이야기까지 확장시켜 들려줄 수 있다.

---

[37] 〈심화요탑〉의 원문은 다음과 같다.

志鬼新羅活里馹人 慕善德王之端嚴美麗 憂愁涕泣 形容憔悴 王聞之 召見曰 朕明日行靈廟 寺行香 汝於其寺寺脁 志鬼翌日歸靈廟寺塔下 待駕行 忽然睡 王到寺 行香 見志鬼 方睡著 王 脫臂環 置諸胸 卽還宮 然後乃 御環在胸 恨不得待御 悶絶良久 心火出燒其身 志鬼則變爲火 鬼 於是王命術士 作呪詞曰 志鬼心中火 燒身變火神 流移滄海外 不見不相親 時俗 帖此詞於 門壁 以鎭火災. (재인용: 신선희, '5. 지귀설화', 『우리 고전 다시 쓰기』, 삼영사, 2005, 74-75쪽)

② 김유신과 신검[38]

(1) 근천읍에 단석산이라는 높은 산에 높은 바위가 하나 있었다.

(2) 김유신이 어릴 때 그 바위에서 십 년 공부를 마치는 날 산신령이 현몽하여 칼을 건네면서 마음 쓰이는 대로 다 된다고 말하고 사라졌다.

(3) 김유신은 그 칼로 천탑바위를 내리치니 바위라 갈라졌다.

(4) 그 후 끊을 단斷, 돌 석石자를 붙여 단석산이라고 부르게 되었다.

(5) 김유신이 건천읍에서 백제와 전쟁을 치를 때 그 칼을 들고 출전했다.

(6) 숙소를 정해놓고 새벽에 주위를 둘러보고 있는데 까치 한 마리가 대장기 위를 자꾸 맴돌았다.

(7) 김유신이 이상하게 여겨 신검으로 겨누자 까치가 떨어져 죽었는데, 알고 보니 백제공주였다.

(8) 까치의 원한을 풀어준다고 까치가 떨어져 죽은 자리에 집을 지었는데, 작원이라고 불렀다.

〈선덕여왕〉 드라마에서 김유신이 산에 올라가 목검으로 묵묵히 바위만 내리치며 검술을 연마한 끝에 바위를 결국 둘로 쪼개 버리는 장면이 나온다. 이 장면과 관련된 설화가 『한국구비문학대계』에 몇 편 실려 있는데, ②는 그 중 한 편인 「김유신 장군의 신검」이라는 구전설화이다.

(1)에서 (4)까지는 김유신이 십 년 공부를 마친 날 산신령이 나타나서 건네준 칼로 바위를 내려쳤더니 드라마 장면처럼 바위를 갈라져서 '단석산'이라고 부르게 되었다는 유래에 얽힌 자연물전설이다. (5)에서 (8)까지는 김유신이 전쟁터에서 백제공주가 까치로 화해 염탐 온 것을 신검으로 내리쳤더니 백제공주가 죽었더라는 내용과 죽은 까치를 위로하기 위해서 그 자리에 집을 지었는데 그 때부터 '작원'이라고 부르

---

38 「김유신 장군의 신검 : 손순희 구연」, 『한국구비문학대계』 7-3, 한국정신문화연구원, 1992, 490
-492쪽.

게 되었다는 지명전설이다.

　김유신에 얽힌 설화는 전설에만 국한되지 않는다. 김유신이 명주로 유학을 와 산신에게 검술을 배우고 산신에게서 받은 칼을 차고 고구려를 멸하고 백제를 평정했으며, 죽은 후에는 대관령 산신이 되었다는 신성을 지닌 설화가 강원도 강릉에서 아직까지 전승되고 있고, 김유신은 지역주민의 섬김을 받고 있다. '김유신'이라는 한 인물만 가지고서도 신성한 이야기, 신이한 이야기, 구전설화에서 문헌설화까지 다양한 갈래와 장르에서 구연종목을 풍부하게 확장시켜 나갈 수 있다.

　특히 방송매체의 소재를 활용할 경우에는 이야기판도 집안형, 동아리형, 광장형 등 공동의 관심사를 모을 수 있는 공간이면 어디서든 구연이 가능하기 때문에 이야기판을 다양하게 확장시켜 나갈 수 있다. 그리고 사극을 매개로 할 경우에는 이야기꾼은 역사적인 사연이나 역사 인물의 이야기를 구연종목을 많이 확보하게 된다. 이로써 이야기꾼은 역사가형 이야기꾼으로 전문성을 확보할 수 있다.

3. 옛이야기, 어떻게 들려줄 것인가?

　이야기판에서는 청중의 반응이 이야기판의 분위기를 좌우한다. 이야기꾼이 아무리 다양한 구연종목을 보유하고 있어도 청중의 반응이 좋지 않으면 이야기판의 분위기는 이내 식어버리고 만다. 어린이들이 옛이야기를 기본적으로 좋아하지만, 어른들에 비해 집중력이 떨어진다. 조금이라도 지루하면 이야기판은 산만해지고 이내 아수라장으로 변하기 쉽다. 따라서 구연자는 청중의 연령대를 충분히 고려하여 이야기판을 역동적으로 운용해 나가야 한다.

1) 청중의 시선을 잡아라.

어린이들은 이야기를 듣기 위해서 조용히 앉아서 얌전하게 연행하기만을 기다리지 않는다. 이야기판이 열리기 전부터 제각각 자신들이 하고 싶은 말과 행동을 구연자에게는 물론 주변 친구들에게 자유롭게 전달하고 나눈다. 이럴 때, 옛이야기를 들려주기 위해서 강압적으로 청중을 조용히 시키기 보다는 청중이 자연스럽게 이야기에 집중할 수 있도록 호기심을 자극하고 관심을 유발시켜서 청중의 시선이 구연자에게 집중하도록 유도하는 것이 바람직하다. 이야기판에서 무엇보다 중요한 것은 구연자와 청중의 교감과 소통이기 때문이다.

따라서 이야기판에서 본격적인 설화 구연에 들어가기 전에 다양한 방식을 적극적으로 활용하여 청중의 흥미를 유발시켜야 한다. 이때, 또래 아이들 혹은 그 공동체 아이들만의 공감대를 형성할만한 화제, 인물, 유행하는 표현 방식, 노래 등을 활용하면 청중을 이야기판으로 자연스럽게 참여시킬 수 있다.

1 〈방귀쟁이 며느리〉
방귀를 진짜 진짜 잘 뀌는 사람이 누구니?
뿡뿡이지?
뿡뿡이가 태어나기도 전에 뿡뿡이보다 더 방귀를 잘 뀌는 처녀가 있었어.[39]

2 〈빨간 부채 파란 부채〉
구연자 : 너네 코가 길어지는 애 이름이 뭔지 알아?
아이들 : 피노키오.
구연자 : 피노키오는 왜 코가 길어지지?
청중아이 1 : 거짓말해서.

_____
[39] 2008년 3월 11일에 연행한 〈방귀쟁이 며느리〉 내용의 일부이다.

구연자 : 거짓말 하면 코가 점점 길어지지. 그럼 어떻게 하면 코가 줄어드는데?
　　　　어떻게 하면 코가 줄어들어?
청중아이 2 : 거짓말 안 하면.
구연자 : 아, 거짓말 안하면 코가 줄어들어. 내가 오늘 해 줄 얘기도 코가 길어지는
　　　　얘기. 어떻게 하면 코가 길어지고, 어떻게 코가 줄어드는지 알려줄게.[40]

　①에서는 〈방귀쟁이 며느리〉 설화의 본격적인 구연에 앞서 '방귀'를 소재로 어린이들에게 선풍적인 인기를 끌고 있는 캐릭터 '뿡뿡이'를 끌어들여 청중의 관심을 유도한 경우이고, ②에서는 〈빨간 부채와 파란 부채〉 설화의 본격적인 구연에 앞서 어린이들의 관심을 유도하기 위해서 코가 길어지는 아이 이름을 아냐고 물어서 어린이들에게 '피노키오'라는 대답이 나오도록 유도한 경우이다.

　어린이들은 〈빨간 부채와 파란 부채〉 설화의 인물이 자신들이 잘 알고 있는 동화 속 주인공 피노키오처럼 '코가 길어진다'는 공통된 속성을 지니고 있다는 점에서 깊은 관심을 보이는 것이다. 아무리 재미있는 이야기라 하더라도 구연 초반에 청중의 시선을 집중시키지 못하면 그 이야기판이 끝낼 때까지 어려움을 겪게 된다. 구연 시작 초반이 그 이야기판 분위기를 좌우하기 때문에 초반에 청중의 주의를 끌고 시선을 사로잡는 것이 매우 중요하다.

　③ 〈말하는 새와 죽순〉
　그런데 갑자기 그 새가 뽀로롱. 뽀로롱. "걱정 하지마. 내가 노래를 잘 부르니까 나를 데리고 가면 돈을 많이 벌 수 있을 거야" 하고 새가 말을 하는 거야. (…중략…) 시장에 가서 [박수를 치면서] "자, 자―노래 부르는 새가 있습니다. 노래 부르는 새가 있어요. 무슨 노래든 시키기만 하면 척척 노래를

---

[40]　2008년 5월 6일에 연행한 〈빨간 부채 파란 부채〉 내용의 일부이다.

부릅니다." 그러니까 꿈꾸는 어린이집 애들이 가가지고, "천둥[41] 노래 불러봐" 그랬더니 애가, '우르릉 쾅쾅, 우르릉 쾅쾅.' [일부 아이들 웃음] 이렇게 부르고, 어떤 할아버지가, "그래, 심청가를 한 번 불러봐라" 그랬더니, [판소리조로 소리 하듯이] "혹, 청아 ~ 청아 ~ ~ 이 애비를 용서해다오, 우리 청아 ~ ~ 어 ~ ~ 어 ~ ~ 어 ~ ~ 어 ~ ~ ~ ~." 판소리를 부르더니, 그 다음에는 어떤 할아버지가 "나는 젊어지고 싶은데, 젊어서 노래 좀 한 번 불러 봐" 그랬더니, [민요조로 노래 부르듯이] "노세 노세 젊어서 놀아. 늙어지면 못 노나니" 하고 시키는 노래마다 다 부르는 거야. 사람들이 신기해 가지고, 돈을 막─갖다 줘 가지고 부─자가 됐어.[42]

초반부에 청중의 시선을 사로잡았더라도 어린이들의 주의력과 집중력은 순식간에 떨어진다. 그렇기 때문에 구연 중간 중간에도 청중의 관심을 지속시킬 요소가 필요하다.

예를 들면 〈말하는 새와 죽순〉이라는 설화를 구연할 때처럼 청중이 즐겨 부르는 노래를 삽입하는 것이다. 아우가 시장에서 새가 노래한다는 사실을 광고해서 사람들이 몰려들어 이 노래 저 노래를 시켜본다는 설정에서 '***어린이집 아이들이 가서 천둥노래 불러봐. 그랬더니 "우르르 쾅쾅, 우르르 쾅쾅, 깜짝 놀란 사람들이 모두 하늘을 쳐다봐요"하고 노래를 부르는 거야 하면서 노래를 불렀더니 여기저기서 웃음이 터져 나온다. 다른 이야기판에서는 그 공간에 있는 청중의 연령대에 따라 동요가 될 수도 있고, 가요, 민요, 판소리 다양하게 대체할 수 있다. 중요한 것은 그 삽입가요를 통해 구연자와 청중이 공감대를 형성하고 교감할 수 있는 하나의 장치로 활용하는 데 의의가 있는 것이다.

이야기를 듣는 공동체 구성원들만이 공유할 수 있는 내용이나 표현

---

41 김용택 작사, 백창우 작곡의 '천둥'이라는 동요이다. 어린이집 아이들이 이 노래를 배워서 즐겨 부르는 곡이라 의도적으로 구연 중간에 삽입한 노래이다.
42 2010년 6월 1일에 연행한 〈말하는 새와 죽순〉 내용의 일부이다.

을 '옛이야기 들려주기' 활동 과정에서 적극 활용하면 구연자는 청중과 공동체 구성원만이 가질 수 있는 정서적 일체감을 가질 수 있다. 정서적 일체감은 이야기판에서 공동체 구성원들이 경계심이나 긴장감을 이완시켜서 이야기에 빠져들거나 이야기판에 적극적으로 참여할 수 있도록 만든다.[43]

1 〈신통한 스님의 그림〉

구연자: 그러면서 그 친구보고 "여보게, 우리 너무 오랜만에 만났으니 오늘 하룻밤 우리집에서 자고 가게. 가지 말고 자고 가게" 그러는 거야. 너무 붙드니까 자기도 친구 너무 보고 싶어서, 왔어서, 왔기 때문에 하룻밤 자고 가겠다고 했다. 그런데 밖에 있던 부인이 너무 걱정을 하는 거야. 왜 그랬을까?

아이청중(7세): 가난한데.

구연자: 어, 너무 가난해서 손님이 왔는데, 밥을 해 줄 수가 없는 거야.[44]

2 〈반반버들잎 초공시와 엽엽이〉

구연자: 그 다음날 또 시켰어. 그래가지고 얘가 그 앞에 가가지고, [아이들을 향해] 뭐라고 외쳤다고?

아이들: 반반버들잎 초공시야, 연이 왔다. 문 열어라.

구연자: 그랬더니, 이-만한 바위문이 '처커덕' 하고 열리는 거야. (…중략…) 그 초공시가 머리를 꽝 부딪혀갖고 죽었어. 이 계모가 불을 확 질러 놓고 도망을 갔어. 그리고 그 다음날, "연이야! 너 가서 상추 한소쿠리 구해갖고 오너라. 너, 못 구해 오면 당장 쫓아낼 거야" 그랬어. 그래갖고 또 산 넘고, 산 넘고, 산 넘어서 바위문 앞에까지 갔어. "반반버들잎 초공시야 연이 왔다 문 열어라." 문이 열릴까? 안 열릴까?

---

43 박현숙, 앞의 글, 175-176쪽.
44 2008년 1월 17일에 연행한 〈신통한 스님의 그림〉 내용의 일부이다.

청중아이 : 안 열려.

구연자 : 어. 안 열리는 거야. '이상하다. 내가 힘이 부족해서 그러나?' [아이들을 향해] 애들아, 나 좀 도와줘. 시-작.

아이들 : [힘차게] 반반버들잎 초공시야, 연이 왔다 문 열어라.

구연자 : 열려? 안 열려? 안 열려. [아이들을 향해] 애들아, 좀 더 크게 해줘.

아이들 : [매우 큰 목소리로 힘차게] 반반버들잎 초공시야 연이 왔다 문 열어라.[45]

구연자는 청중에게 질문을 던져서 묻고 답하기 방식으로 청중을 적극적으로 이야기판에 참여시킬 수 있다. 연구자는 ① 〈신통한 스님의 그림〉의 경우처럼 '그런데 밖에 있는 부인이 너-무 걱정을 하는 거야. 왜 그랬을까?'하고 청중에게 서사진행과 관련된 질문을 자주 던진다. 그러면 청중은 '가난해서'와 같은 서사 맥락적 해석을 통한 답변을 하는데, 청중은 구연자와 묻고 답하기를 통해 이야기판에 자연스럽게 동참하게 된다.

② 〈반반버들잎 초공시와 엽엽이〉 설화에서는 계모가 한겨울에 연이에게 상추를 뜯어오도록 시킬 때, 연이가 초공시 바위 돌문 앞에서 외우는 주문, '반반버들잎 최공시야, 연이 나왔다, 문 열어라'가 반복적으로 구성되어 있다. 주문이 반복적으로 구성된다. 반복되는 주문을 활용하여 청중을 이야기판에 참여시킬 수도 있다. 구연자가 '뭐라고 불렀다고?'하면서 청중이 바위문을 여는 주문을 외칠 수 있는 기회를 주는 것이다.

이처럼 이야기판에서는 이야기를 청중과 끊임없이 주고받으면서 청중과 함께 이야기를 만들어 나가는 것이 중요하다. 구연자는 청중이 이야기판에 정당하게 개입할 여지를 자주 만들어 줌으로써 이야기에 대한 주의력을 높이고, 적극적이고 능동적인 청중으로서 역할을 수행

---

45 2010년 3월 16일에 연행한 〈반반버들잎 초공시와 엽엽이〉 내용의 일부이다.

하게 한다. 그러면 이야기판의 분위기는 점점 고조되고 이야기판은 역동성을 띠게 된다.

2) 청중을 이야기판에 적극 동참시켜라

어린이를 대상으로 하는 이야기판은 청중이 어린이라는 특수성을 고려하여 운용할 필요가 있다. 서사에 집중하면서도 오락성을 가미하면 이야기판의 분위기를 더욱 고조시킬 수 있다. 구연자와 한 두 명의 적극적인 청중이 이야기판에 참여하여 공감대를 형성하고 교감을 나누는 것도 좋지만 모든 청중이 함께 참여할 때 이야기판의 분위기는 절정에 다다르고 역동적인 이야기판을 운용해 나갈 수 있다.

연구자는 종종 이야기판에 참여하는 모든 청중에게 중요한 역할을 부여할 때가 있다. 사전에 미리 설명하여 한 부분을 청중의 몫으로 넘기기도 하고, 때론 자연스럽게 모든 청중이 동참할 수 있도록 유도하기도 한다.

〈방귀로 잡은 도둑〉
구연자 : '이상하다. 내가 가는 귀가 먹었나?' 그리고 또, 하나둘, 하나둘, 하나둘 가고 있는데, 또 갑자기, [일부 아이들 함께] "예끼 이놈" 그래, 그래서 돌아보니까 또 없어. '아구, 이상하네.' 그리고 또 삐쭉빼쭉 삐쭉빼쭉 삐쭉빼쭉 가는데, [아이들이 먼저] "예끼 이놈" 어. "예끼 이놈" (…중략…) 거기서 막— 금이랑 보석이랑 막— 싸가지고 한— 가득 찼다. 막 싸고 있는데, 또 갑자기, [일부 아이들과 동시에] "예끼 이놈" 소리가 나는 거야. "깜짝이야"하고 딱 돌아봤는데, '이상하다. 소리가 자꾸 나네.' '예끼 이놈'소리가 나는 대로 갔더니, 머슴이 드르렁 드르렁 자면서 방구를 계속 뀌고 있는 거야. [일부 웃음 (…중략…) '이 사람이 살았나? 죽었나?' 살짝 가서 봤어. 그랬더니 갑자기 그 사람 엉덩이에서 어떤 소리가 났을까?

청중(5세) : [아주 큰 소리로] 예끼 이놈. [여기저기서 아이들 예끼 이놈 소리를 낸다]

구연자 : 그렇게 소리가 나면은 돌멩이가 나올까? [다시 여기저기서 아이들 예끼 이놈 소리를 낸다] 다 같이 한 번 해봐. [모두 함께 큰 함성으로] 예—끼 —, 이—놈—. 갑자기 '예끼 이놈' 하더니 돌멩이가 펑 튀어나와갖고 도둑이 텅 맞고 마당에 떨어졌대. 그래, 할머니랑 머슴이 놀래갖고 '무슨 일일까'하고 딱 나가서 봤더니 도둑이 돌멩이에 깔려있는 거야. 그래서 방귀로 도둑을 잡았다는 얘기야.[46]

<방귀로 잡은 도둑> 설화는 한 머슴이 '예끼 이놈'이란 소리를 내는 방귀로 집에 들어온 도둑을 잡았다는 이야기다.

이 이야기는 청중이 일반적으로 알고 있는 '뿡', '뽕', '뿌—웅'과 같은 방귀소리가 아니라 '예끼 이놈'이라는 설정부터가 청중이 웃음을 터트리면서 이후에 전개될 서사를 기대하게 만든다. '예끼 이놈'이란 소리는 주인이 '예끼 이놈'이란 특이한 방귀소리를 내는 사람을 발견할 때, 도둑이 담을 넘어 집안으로 들어설 때부터 물건을 훔치다가 잡힐 때까지 도둑의 모든 움직임에 맞춰 반복적으로 등장시킬 수 있다. 이렇게 반복적으로 이야기에 등장하는 소리나 행동은 어린이 청중 모두를 이야기판에 참여시켜 놀이판으로 이끌기 좋은 소재가 된다.

동일한 이야기를 반복적으로 들으면 이미 알고 있는 이야기이기 때문에 인용문에서처럼 할머니가 하나둘, 하나둘, 삐쭉빼쭉 걸어갈 때, 청중은 이미 '예끼 이놈' 방귀소리가 나오는 시점을 알고, 구연자 보다 먼저 '예끼 이놈' 소리를 내면서 이야기판에 개입하기도 한다.

구연자가 이야기판에 참여하고자 하는 청중의 욕구를 적극 반영하여 청중 일부에서 전체가 참여할 수 있도록 청중에게 '이 사람 엉덩이에서 어떤 소리가 났을까'하며 대답을 유도하면 청중은 너나 할 것 없

---

[46] 2007년 11월 15일에 연행한 <방귀로 잡은 도둑> 내용의 일부이다.

이 모두 '에끼 이놈'을 외쳐준다. 청중의 참여와 흥을 더욱 높이기 위해서는 점점 더 크게 외칠 수 있도록 질문을 반복해도 좋다. 이 이야기에는 도둑이 머슴의 방귀가 안 나오게 하기 위해서 머슴의 엉덩이에 끼워놓은 돌멩이를 방귀로 튀어나오게 해야 하는 장면이 있다. 모든 청중이 동참해서 만들어낸 함성은 〈방귀로 잡은 도둑〉 설화의 이 장면을 클라이맥스로 이끄는 중요한 역할을 한다. 돌멩이 설정을 좀 더 과장시켜 바위로 설정하면 이야기의 재미와 청중의 함성 크기를 더욱 높일 수 있다.

이야기 놀이판은 위의 사례와 같이 청중이 장면의 일부나 인물의 대사 일부를 맡아 보조 구연자로 참여할 수도 있지만 이야기 전반에 걸쳐한 인물의 배역을 맡거나 청중의 동작표현이 가능한 서사의 경우에는 구연자의 이야기 구연에 맞춰 적당한 동작을 자유롭게 표현할 수 있도록 말, 노래, 행동까지 청중의 역할을 얼마든지 확장시켜 나갈 수 있다.[47]

이야기 놀이판에서 가장 중요한 것이 이야기꾼과 청중과의 교감이다. 청중이 구연자의 의도를 정확하게 파악해야 이야기의 흐름이 끊기지 않고 재미와 과장의 효과를 극대화시킬 수 있다. 또한 구연자와 청중이 쌍방향 소통을 통해 한 편의 이야기를 구연자 개인이 아닌 공동 구성·창작까지 이끌어 낼 수 있다.

공감은 이야기의 선별이나 구연에 있어서 아주 중요한 자극제가 된다.[48] 이야기판에서 이야기꾼의 언어만큼이나 퍼포먼스가 중요하듯, 청중의 반응이 보다 공감적이고 적극적일 때 이야기판의 분위기는 역동적으로 살아난다. 이런 방식이 모든 이야기판에서 성공적으로 적용될 수 있는 것은 아니다. 어린 연령대의 청중이기에 충분히 즐길 수 있

---

[47] 보다 확장된 방법은 박현숙의 앞의 글(180-186쪽)에서 전통적인 설화 구연방식에 기반한 '옛이야기 들려주기' 활동에서 청중이 어린이라는 대상의 특수성을 고려한 다양한 극적 표현기법을 가미하는 방법에 대해 제시하고 있다. 여기에서 다양한 사례들을 참조할 수 있다.

[48] 카트린 피게알더, 이문기 역, 『민담, 그 이론과 해석』, 유로, 2009, 262쪽.

는 것이다. 구연자에게는 청중이 즐기는 방향으로 이야기판을 이끌어 나갈 의무가 있다.

3) 반복적이고 지속적으로 들려주자

아이들이 옛이야기에 익숙해지고 이야기를 즐길 수 있기 위해서는 설화의 반복성과 이야기판의 지속성이 필수적으로 기반 되어야 한다.

이야기판의 지속성은 구연종목의 반복성을 동반하게 한다. 구연자의 동화구연식의 고정된 반복은 청중에게 식상하고 지루한 인상을 줄 수 있다. 하지만 전통적인 이야기판에서는 같은 이야기라 하더라고 상황에 따라서 서사의 변이가 발생하고 무엇보다 다양한 방식으로 판의 변화를 꾀한다. 그렇기 때문에 구연자와 청중이 다양한 방식의 의사소통을 경험할 수 있다.

〈요강 속 할아버지〉
구연자 : 옛날에 옛날에 아주 더운 여름날이었어. 있지, 너무너무 더워서 할아버지 할머니가 막 부채질을 하면서 잠을 자고 있었는데, 있지 할머니가, 아니 할아버지가 갑자기 쉬가 마려운 거야. 그래서
청중아이 1(5세) : 아니, 할머니가 쉬가 마려웠어.
구연자 : 아니야. 할아버지가 먼저 쉬 마려웠어. 그래서 할아버지가, 아, 목욕을 하고 싶었다 더워서. 도저히 잠을 못 자겠는 거야. 그래서 목욕을 하려고 막 이렇게 가고 있는데 마루에 가보니까 찰랑찰랑 누가 물을 받아놨네. '아구, 신나라!'라고 하구는 얼른 그 안에 통에 들어가서 물을 한 번 끼얹고 "아구, 시원하다." (…중략…) 할머니가 부릉부릉 부르르르릉 방귀를 뀌니까 '우르릉 꽝꽝', '우르릉 꽝꽝' 들리는 거야. "어이? 천둥이 치네. [아이 : 헤헤] 비가 올려나? 어쩌지?" 이랬더니 할머니가 쉬 – [아이들

에게 요청하면세 너네 다 같이 쉬.

아이들: 쉬-.

구연자: "어구야, 소나기가 오네. 이를 어쩌나. 이를 어쩌나" 이러더래.

교사: 아하하하하하 이거 아무리 들어도 웃긴다.

구연자: 끝.

청중아이 2(7세): 그런데 있잖아 요강 있잖아, 요강이 작은데 어떻게 들어갔을까?

구연자: 되게 되게 큰 요강인데 할머니 엉덩이는 정말 되게 되게 큰가봐.

청중아이 3: 그러면 할머니 엉덩이는 집이겠네.

구연자: 집보다 더 클지도 몰라. 엉덩이만 큰 거 아닐까?

청중아이 4: 하하하하하하.[49]

　　반복 구연의 원인은 상황에 따라서 연행되는 경우도 있고 청중의 요청에 따라서 연행되는 경우도 있다. 연구자의 구연 경험상 반복 구연의 이유는 청중의 요청에 의해서인 경우가 많고 시간이 여의치가 않을 때 짧은 이야기를 반복적으로 들려줄 때가 많다. 연구자의 경우 연행 시간이 부족할 때 자주 들려주는 이야기가 〈요강 속 할아버지〉이다. 여러 번 반복적으로 들려주었음에도 매번 반응이 좋다. 이유는 일단, 여러 번 들었어도 재미가 있기 때문일 것이다.

　　반복 구연의 효과는 단순히 재미만을 추구하지 않는다. 청중은 동일한 이야기를 반복적으로 들으면서 구연자만큼이나 서사에 대해 잘 알게 된다. 〈요강 속 할아버지〉의 인용 상황과 같이 구연자가 할아버지가 목욕을 하러 요강 속으로 들어가는 장면을 혼동하여 오줌을 누러 간다고 했을 때, 이내 청중아이 1처럼 연행 상황에 적극적으로 개입하여 오줌이 마려웠던 인물은 할아버지가 아니라 할머니였음을 지적하여 서사가 올바르게 진행될 수 있도록 정정해 준다. 반복 구연을 통해

49　2008년 2월 21일에 연행한 〈요강 속 할아버지〉 내용의 일부이다.

청중은 구연자로서의 잠재력을 지니게 되는 것이다.

또, 서사를 한 번 들을 땐 단순히 재미로만 듣고 흘려버렸던 부분이 반복적으로 들으면서 궁금한 것도 점점 더 생기기 마련이다. 인용된 〈요강 속 할아버지〉는 한 어린이집에서 7회 반복적으로 연행된 이야기다. 그런데 청중아이 2는 이전에는 다른 청중과 마찬가지로 이야기를 함께 웃고 즐겼지만 이번 이야기판에서는 할아버지가 요강 속에 들어가서 목욕을 하는 장면에서 '요강이 작은데 (할아버지가) 어떻게 들어갔을까' 하는 의문이 생긴 것이다. 단순히 재미있다고 웃고 넘어갔던 장면에서 호기심이 생긴 청중은 나름의 해답을 상상력을 동원하여 찾으려 할 것이다. 청중의 이런 호기심에 구연자는 할머니를 거구로 상상하여 요강과 할머니 엉덩이가 무지 크지 않을까 하는 상상을 전하면 또 다른 청중아이 3은 할머니의 엉덩이는 집만 하겠다면서 자신의 상상을 보탠다. 이렇게 반복 구연을 통해 여러 사람의 상상이 보태지면 상상의 폭은 그만큼 넓고 깊어지게 된다.

구연자가 이야기를 한 편 기억하기 위해서는 반복 구연은 필수적이다. 구연자가 반복적으로 연행한 서사는 구연자가 의도하지 않아도 자연스럽게 기억하게 되고 구연자만의 구연종목이 된다. 자신 있는 구연종목이 생기면 연행할 때 이야기를 쉽게 조직할 수 있게 되고, 다양한 변이를 시도하게 된다.

반복적으로 연행할 때, 가장 손쉽게 변이를 시도할 수 있는 것은 기본적인 서사구조의 변이 없이 디테일한 화소변이만 있는 서사를 선택하는 것이다. 이와 같은 사례로 〈여우누이〉 설화를 제시할 수 있다.

〈여우누이〉는 한 장소의 이야기판에서 총 6회 연행되었는데, 어떤 경우에는 막내아들이 여우누이에게서 도망칠 때 '똥'화소를 첨가시키기도 하고, 또 어떤 경우에는 '막내아들과 용왕 딸의 결연' 화소를 첨가시키거나 여우누이를 신비한 병을 던져서도 퇴치하지 못하고 결국 막내아들의 아내가 매나 솔개로 변신하여 여우누이를 퇴치하는 결말에

변이를 보이는 각 편을 선정하여 반복적으로 연행되는 서사에서 다양한 화소의 변화를 줄 수 있다.[50]

지속적으로 열린 이야기판에서 같은 이야기의 다양한 변이형을 반복적으로 접한 청중은 구연자가 연행할 때, 청중 자신이 선호하는 결말이나 화소가 포함되어 있는 각 편을 들려달라고 요구하기도 한다.[51] 구연자가 들려주는 이야기를 수동적으로만 듣는 것이 아니라 자신이 선호하는 이야기를 직접 선택하는 능동적 청중이 되는 것이다. 청중은 지속적인 이야기판에서의 반복적인 이야기 연행을 통해 유능한 청자로 성장해 간다. 구연자가 옛이야기를 연행하면서 '여우같이 예쁜 딸 혹은 여우라도 좋으니 예쁜 딸 하나만 낳게 주세요.'라고 말하면, 어느샌가 청중은 '귀여운 딸 하나만 낳아달라고 하면 되는데'하고 개입하여 인물들의 말실수를 안타까워하는가 하면, 여동생이 여우라는 사실을 전하는 아들들을 모두 쫓아내는 아버지를 보다 못해 '자기가 보면 될걸'하고 쫓겨난 아들들의 마음을 대변하기도 한다.[52] 또는 구연자와 하나 되어 슬픈 구연 장면에서는 얼굴이 일그러지다가 부모 상봉과 같은 극적인 장면에서는 누운 자리에서 벌떡 일어나 박수를 치기도 한다.[53]

---

50 부모가 여우딸을 얻게 된 이유가 '여우 같은 딸, 여우라도 좋으니 하나 점지해 달라', '아들은 다 없어져도 좋으니 딸 하나만 점지해 달라', '여우 굴에서 소원을 빌었기 때문'으로 설정되기도 한다. 조력자도 막내아들이 목숨을 구해주고 결혼한 용왕의 딸이거나 깊은 산중에서 만난 색시이기도 하다. 또 조력물은 병, 박, 부적, 주머니 등 다양한 변이 화소들이 존재한다. 〈여우누이〉의 다양한 변이 화소에 대해서는 박현숙의 「전래동화 재화에서의 서사적 개방성의 문제」(『겨레어문학』 39, 겨레어문학회, 2007)에 도표로 상세하게 정리되어 있다.

51 브루노 베텔하임은 앞의 책(34쪽)에서 옛이야기를 들을 때 어린이들은 어느 시점에서 어떤 이야기에 즉각적인 반응을 보이거나 또는 그 이야기를 계속 들려 달라고 요구하기도 한다고 한다. 바로 그 이야기가 당시의 어린이에게 중대한 의미를 지니고 있는 것이라 할 수 있다고 보고 있다. 그리고 어린이가 그 이야기로부터 얻을 만한 것을 모두 얻어 냈거나 또는 자기가 반응했던 심리적 문제들이 다른 것으로 바뀌는 때가 오면 어린이는 일단 그 이야기에 흥미를 잃으며 다른 이야기에 흥미를 보이기 때문에 어린이가 이끄는 대로 옛이야기를 들려주는 것이 항상 최상의 방법이라고 말한다.

52 〈여우누이〉 설화 연행과정에서의 청중 반응의 일부이다.

53 서사무가 〈바리공주〉 연행과정에서의 청중 반응의 일부이다.

청중은 이야기의 맛과 홍을 살리는 추임새 역할을 톡톡히 해가면서 이야기판을 역동적으로 이끌어가는 훌륭한 청중으로 성장해 가는 모습을 확인할 수 있다.

그리고 청중이 다양한 각 편의 변이형을 자주 접하면서 자연스럽게 설화의 개방적이고 가변적 특성과 원리를 터득하게 된다. 이 과정에서 청중은 설화를 내면화하여 자신만의 각 편을 재창조하는 주체적 생산자로 성장하기도 한다.

구연자: 내가 해줄까? 어떤 얘기 해 줄까?

박현숙: 아무거나

구연자: [한참을 생각하더니] 여우누이 해 줄게. 옛날에 엄마 아빠랑 살았는데, 다 괜찮은데, 아이만 없어서 근데 아이만 없어서 맨날 부처님한테 빌었는데, 여우가 그거를 듣고 어. 여우가 딴 애기로 변해서 태어 난거야. 근데 그 집은 아무것도 모르고 아끼고 아껴서 키웠다. 근데 개가 열 살 되던 해에 말이랑, 어, 돼지랑 자꾸만 죽는 거야. 그래가지고. 어, 아빠가 첫째 딸(아들)한테, "오늘밤 너가 우리를 지켜보라" 그랬어. 어, 그래서 들키지 않게 이렇게 숨어 있는데 새벽이 되니까 어, 자기 동생이 이렇게 스르르 나오더니 어, 어, 마당에 가서 어, 이렇게 재주를 팔딱 팔딱 팔딱 세 번을 넘더니 여우로 변해서 소 똥구멍에다가 손을 넣고, 팍팍팍 넣고서, 어 간을 꺼내서 어, 간장에다 꺼내가지고, 냠냠냠 먹고 다시 들어가서. 그런데 아들이 그걸 보고 깜짝 놀래가지고, 아빠한테 가가지고, "어, 아빠, 아빠 큰일 났어요. 동생이 아니고 여우예요" 그러니까, 아빠는 동생이 너무 탐나서 그런 건지 알고, 첫째 딸을 아니 첫째 아들을 쫓아냈어. (…중략…) 어, 그래서 셋째를 다 쫓아낸 거야. 그래서 셋째도 쫓아낸 거야. 근데 막내가 쫓겨나서 터덜터덜 가고 있는데, 서당에 가서 공부를 했어. 거기서 살았는데, 어, 엄마랑 아빠가 보고 싶은 거야. 어머니랑 아버지가. 그래서, "스님들 집에 다녀오겠습니다." "그러면 이 병 네

개를 줄테니, 이 병을 들고 가."

청중아이 2 : 네 개 아닌데, 세 갠데.

청중아이 3 : 아니야, 네 개야. 바위하고.

청중아이 2 : 근데 우리집에는 네 개만 나온다. 아니 세 개만 나온다. 빨간 병하
　　　　　고, 파란 병하고, 하얀 병하고. (…중략…) 그런데 들고 어, 물 길으
　　　　　려고, 줄이 팽팽해서 '도망은 안갔구나' 그랬는데, 그 사이에 얼른
　　　　　이렇게 풀러서 문고리에다 놓고 똥을 다섯 군데나 싸놨어.

몇 몇의 아이들 : 백 개. 백 개. 아, 백 개. 백 개.

구연자 : 말을 타고 달렸거든. 그런데 어, 물을 길러서 안에 들어가서, "오빠 안
　　　　에 있어?" 그러니까, 똥이 "어, 그래 있어" 그랬어. (…중략…) (오빠가)
　　　　이쯤이면 됐겠지 하고 막 돌아봤어. 근데 막 쫓아오는 거야. 그래서 노
　　　　란 병을 딱, 아니 파란 병을 딱 던졌더니.

아이 1 : 아니 하얀 병이 먼저야.

구연자 : 어, 거기서 물이 막 나오는 거야, 물이 막 나오는데, 여우가 그 물에 허
　　　　우적대느라고 그렇게 하는데 그 때 먹고 도망갔어. 그 물을 다 먹고서
　　　　쫓아왔어. 그리고 이번에는 하얀 병을 던졌다. 근데 거기선 가시덤불
　　　　이 막 와가지구, "앗따가, 앗따가" 하면서 막 찔리고, 그 사이 막 멀리
　　　　도망갔어. 그리고, 그리고 또 쪼끔 있으니까 또 그것도 다 헤치고 또 가
　　　　는 거야. 이번에는 빨간 병을 탁하고 던졌더니, 거기서 불이 막 활활 타
　　　　오르면서 여우가 거기는 견디지 못하고 거기서 죽어서 어, 데리고 이렇
　　　　게 어 데리고 가서 어, 이렇게 무덤에 묻어줬대.

박현숙 : 여우를?

구연자 : 어. 그리고 자기 동생이기도 하잖아.[54]

위 인용문은 옛이야기 연행을 희망한 7세 여자아이가 구연한 〈여우

---

[54] 2008년 1월 17일에 당시 7세 여자 아이가 연행한 〈여우누이〉 내용의 일부이다.

누이〉이다. 여자아이가 연행하기 전에 연구자가 〈여우누이〉 설화를 세 번 정도 들려주었고, 아이가 연행한 전 주에 '똥' 화소가 들어간 〈여우누이〉 변이형을 들려준 바 있다.

아이는 즉석에서 연행했음에도 불구하고 '부부가 여우누이를 낳게 된 원인', '여우누이가 열다섯 살 되던 해에 가축들이 죽기 시작한 사건', '아버지가 아들들에게 감시하도록 시키고 목격한 내용을 사실대로 말한 아들들을 차례로 쫓아낸 일', '막내아들이 조력자에게 조력물을 받은 일', '오빠와 여우누이의 대결', '여우누이 퇴치'까지 〈여우누이〉 설화에 삽입된 대부분의 화소들을 기억하여 완결성이 짙은 서사를 연행했다.

아이는 연행과정에서 '소 똥구멍에다가 손을 눙고, 꽉꽉꽉 눙고서', '간장에다가 꺼내가지고 냠냠냠 먹고', '재주를 팔딱팔딱팔딱 넘는데'와 같은 음성 상징어를 적절히 사용하여 운율감과 음악적 효과는 물론 동적 현장감을 조성해 내고 있다. 그리고 구연 중간 청중의 개입을 허용하고 받아주면서 자연스럽게 청중과 쌍방향적으로 소통하며 연행을 진행해 나가고 있다. 이야기판의 지속성과 반복성이 청중에게 설화 구연 원리와 문법을 깨닫게 만든 것이다.

아이는 책에서 읽은 내용과 구연자에게서 직접 들은 내용을 적당히 조정하여 자기 나름대로 서사를 재구성하고 자신의 상상력을 가미하여 새로운 변이형을 완성해 낸 것이다.

살아있는 이야기 현장의 지속적이고 반복적인 경험을 통해 아이가 유능한 수용자(청자)이면서 유능한 생산자(화자)로 성장해 나가는 변화를 보면서 '옛이야기 들려주기' 활동을 통한 이야기 문화의 회복과 활성화 가능성을 기대해 볼 수 있다.

4. 맺는 글: 이야기꽃이 집집마다 피어날 그 날을 꿈꾸며

지금까지 연구자가 어린이들을 대상으로 이루어진 '옛이야기 들려주기' 활동 사례를 중심으로 이야기판의 필수 요소인 구연종목 선정 방법과 역동적으로 살아 있는 이야기판의 운용을 위한 청중의 적극적 참여를 유도하는 방법에 대해 살펴보았다.

이러한 방법 연구는 이야기 문화가 되살아나길 바라는 한 사람의 작은 몸부림이 지나지 않는다. 이야기가 일상에서 들꽃처럼 피어나기 위해서는 하나의 작은 이야기 문화 운동에서부터 출발해야 한다. 어린이책을 읽는 어른들 모임의 출발이 어른들이 어린이책을 찾아 읽게 만들고, 집집마다 밤낮으로 어린 아이들에게 책을 읽어주는 것이 일상이 되게 만들었다. 하나의 작은 간절함과 몸부림이 사람들의 일상을 변화시킬 수 있었다고 본다.

이러한 이야기 문화를 활성화시키기 위한 작은 문화운동은 이야기를 좋아하고, 이야기를 하고 싶은 사람까지 모두를 포함한 것이다. 부모·교사·사서는 집·학교·도서관 등 각자의 위치에서 할 수 있는 범위 내에서 이야기하기를 시도해 보는 것부터 시작해야 한다. 그와 더불어 '이야기 할머니'나 '이야기 치료사', '이야기 상담사'와 같은 인력 개발을 위한 다양한 프로그램 개발과 교육을 통해 보다 전문적인 이야기꾼을 배출하고 확보해 나가야 한다.

이야기하는 사람을 확보해 나가는 것만큼이나 이야기를 듣는 사람의 연령, 상황, 목적 등을 고려한 다양한 공간에서의 활성화 방안 연구도 중요하다. 유치원, 학교, 도서관 같은 교육 시설에서는 '옛이야기 들려주기' 활동을 통한 다양한 교육프로그램을 개발이 필요하며, 사람들이 자주 만나는 문화 공간에서는 이야기를 테마로 한 모임, 여행, 체험, 축제 등을 기획할 수 있다. 그리고 인터넷, TV, 라디오와 같은 미디어

매체를 활용한 이야기하기의 방안도 모색해 볼 수 있다.[55]

　사람 중심의 이야기 문화가 활성화 되어 집집마다 이야기꽃이 가득 피어나는 그 날을 상상해 본다. 많은 부모들이 자녀들에게 잠자기 전에 책을 읽어 주는 노력을 하듯, 이야기를 들려주려고 노력하면 꿈이 현실이 될 수 있다. 하루 종일 컴퓨터, 핸드폰, 책 속에서 피로했을 우리의 눈은 편안한 안식처인 가정에서는 조금이나마 쉴 수 있게 잠자리에서 만큼은 책을 잠시 덮어두자. 그리고 그 동안 책에서 읽었던 이야기, 남에게서 들은 이야기, 낮에 있었던 이야기, 그냥 즉석에서 생각난 이야기 뭐든지 좋으니 하나만 골라 시작해 보자. 작은 시작이 부모가 자녀에게 책을 읽어주는 일을 일상화되게 만들었듯이, 부모와 자녀간의 사소한 일상의 이야기 나눔이 이야기 문화를 들불처럼 일으킬 불씨가 될 수 있도록 말이다. 옛날 어린이의 이야기판 전통이 방안의 할머니 무릎베개였듯이, 집집마다 방안에서 부모의 팔베개로 다시 시작하자.

---

[55] '옛이야기 들려주기' 활동의 확장 방향은 박현숙의 앞의 글(221-229쪽)의 내용을 재정리한 것이다.

「사라져가는 이야기판의 새로운 길 찾기」에 대한 토론문

김희영

    박현숙의 논문 「사라져가는 이야기판의 새로운 길 찾기」 잘 읽었습니다. 이야기, 이야기꾼, 이야기를 들어줄 청자가 1명 이상만 있으면 쉼터, 장터, 일터 등 때와 장소를 가리지 않고 이야기판이 생활이고 삶이었던 때가 있었으나 지금은 컴퓨터나 TV, 단말기 등 다른 매체들이 그 자리를 대신하고 있다는 점은 공감되기도 하며 함께 생각해 볼 거리를 주신 주제였습니다. 이러한 점에서 볼 때 발표자님의 논문은 충분히 함께 생각해 볼만한 가치가 있다고 생각합니다. 그럼 궁금한 점에 대해 몇 가지 질문을 드리도록 하겠습니다.

    1

    용어에 대한 질문입니다. 전승문학 혹은 설화는 이야기 수집가들이 전해 내려오는 이야기를 기록하고 책으로 출판하여서 임시적인 형태로 정착해 놓기 전까지는 구전으로 존재하였습니다. 설화는 작가를 모르는 채로 이야기 하는 사람들로부터 입에서 입을 통하여 우리에게 전해져 내려왔습니다. 이렇게 입에서 입으로 전해 내려오는 전승문학 혹은 설화 속에는 여러 가지가 포함되고 있습니다. 영국에서는 전승문학을 신화, 전설, 민담으로 구분하고 있으며, 미국의 경우는 민담, 신화, 전설, 우화, 서사시로 주로 구분하고 있습니다. 우리나라의 경우는 전승문학의 구분이 명확하지 않고 혼용되어 오다가 최근에 와서야 신화, 전설, 민담으로 구분하는 삼분법이 통용되고 있습니다. 특히 우리나라의 경우 전래동화가 전승문학 혹은 설화와 혼용되고 있습니다. 분명히 해야 할 것은 전래동화는 전승문학 중에서 동심을 그 바탕에 깔고 있는 이야기라는 것입니다. 최운식·김기창(1998)은 전래동화를 "동심을 바탕으로 하여 꾸며진, 일정한 구조를 가진 이야기다"라고 정의하고 있습니다. 사실 전승문학이나 설화는 처음부터 어린이를 대상으로 만들어진 이야기가 아니어서, 아동 학대를 다룬 잔인한 이야기나 비도덕적이고 외설적인 얘기가 많습니다. 그러므로 전래동화는 전승문학, 설화의 한 부분이며 모든 전승문학이나 설화가 전래동화는 아니라고 생각합니다. 이야기의 기저에 동심이 깔려 있고, 그것이 어린이에게 교육적으로 유익한 것이라면 전래동화인 것입니다. 전승문학이나 설화 중에서도 어른들에게만 통하고, 어린이에게 도덕적으로나 교육적으로 그리고 심리적으로 부적당하다면 그것은 전승문학 혹은 설화일지라도 전래동화라고는 할 수 없다고 생각하는데 이 논문에서는 쓰인 '설화'라는 용어에 대해 어떻게 생각하시는지 설명 부탁드립니다.

2

논문의 내용 중 '이야기 구연이 이상적 삶의 일부였던 과거와는 달리 어릴 때부터 어른들에게 옛이야기라고는 단 한 번 들어본 경험이 없고, 지금의 아이들과 다를 바 없이 책과 TV를 통해서만 옛이야기를 접한 세대로서는 정말 어렵고 두려운 일이다. 그래서 많은 이들은 인위적으로 구연동화나 스토리텔링의 기법을 배워서 익히려고 한다. 우리 세대가 일상에서 경험하고 삶 속에서 자연스럽게 체득하는 교육이 아닌 특정한 교육기관에서 머리로 익히는 교육에 익숙해져 버린 탓도 있을 것이다. 그런데 말을 누구나 하듯이 이야기도 누구나 할 수 있다. 자연스럽게 말하듯 이야기를 들려주는 것이 말하는 사람이나 듣는 사람이나 거부감이 없고 자연스럽다. 이야기를 들려줄 때의 중요한 문제는 이런 기술적인 측면 보다는 어떤 이야기를 들려줄 것인가라는 내용적 측면이다'라는 부분에서 기술적인 것보다는 내용적 측면이 중요하며 자연스럽게 말하듯 이야기를 들려주어야 한다는 것에는 같은 생각입니다. 그러나 현재 현장에서 이야기를 들려주는 동화 구연가들은 인위적으로 기법을 배워서 들려주기보다는 동화를 분석하고 공감하며 등장인물과의 같은 생각, 같은 감정을 느끼며 감동을 주기 위해 이야기를 들려주고 있습니다. 이러한 점에 대해 어떻게 생각하시는지 궁금합니다. 또한 이야기를 들려주는 과정에 있어서 옛이야기를 누구에게 들려줄 것인가와 어떤 이야기를 들려줄 것인가, 어떻게 들려줄 것인가는 깊게 생각해 보아야한다고 생각합니다.

본문 중에 2009년부터 (재)한국국학진흥원에서 문화관광체육부의 지원을 받아 '아름다운 이야기할머니' 프로젝트, 즉 56세 이상의 할머니를 대상으로 일정한 양성 교육을 거쳐 각 지역의 유아교육기관으로 파견하여 아이들에게 옛이야기를 들려주는 활동을 하는 프로젝트에 대해 긍정적으로 생각하는 글을 보았습니다. 춘천에서는 2009년 이전인 2005년부터 노인복지회관에서 은빛사업단의 노인일자리 창업을 목적으로 하여 '이야기 할머니'가 생기게 되었고 전국 방송에 수차례 방송이 되었습니다. 본 토론자는 당시 이야기 할머니를 지도하는 지도강사로서 준비되지 않은 상태로 유아들에게 옛이야기를 들려주었다면 분명 문제점이 생겼으리라 생각합니다. 하지만 동화구연이라는 배움을 통하여 이야기 할머니들은 어떤 이야기가 유아들에게 적합하며 어떻게 들려주어야 하는지 알고 더 효과적으로 이야기를 들려줄 수 있었다고 생각합니다.

3

　논문을 읽으며 제목처럼 사라져가는 옛이야기의 길을 찾기 위해 옛이야기의 가치와 소중함을 전하고 싶은 것인지, 들려주기를 통하여 화자와 청자 사이에 느낄 수 있는 교감을 전하고 싶은 것인지, 또한 이야기를 들려줄 때 청자의 연령에 적합한 이야기를 선택하였는지, 청자의 발달을 고려하여 이야기 들려주기가 진행되었는지 알고 싶습니다. 성인 청자들에 비해 유아나 아동 청자들은 받아들이고 이해하는 능력이 부족하기 때문에 예로 제시되었던 이야기들이 과연 적합했을까 하는 생각이 들기 때문입니다. 답변 부탁드립니다.

제2부

이야기꾼과
이야기판의
과거와 현재

전문 이야기꾼의 전통

천혜숙

1. 머리말

이야기꾼에 관한 큰 관심에도 불구하고 전문 이야기꾼을 별도로 주목한 연구는 그다지 많지 않다. 조선 후기 문헌자료를 중심으로 임형택이 전문적·직업적 이야기꾼의 세 유형－강독사講讀師, 강담사講談師, 강창사講唱師－을 범주화한 이래,[1] 전문 이야기꾼에 관한 논의는 천혜숙, 신동흔, 황인덕, 박영정, 김종군 등에 의해 이루어져 왔다. 천혜숙·신동흔·황인덕이 각각 흥미로운 전문 이야기꾼의 사례를 발굴하여 보고한 이래로,[2] 박영정은 만담의 형성과정에 대한 논의에서 유명한 만담가인 신불출의 존재를 주목하였고,[3] 김종군은 신동흔이 보고한

---

[1] 임형택, 「18·19세기 '이야기꾼'과 소설의 발달」, 『한국학논집』 2, 계명대 한국학연구소, 1975.

[2] 천혜숙, 「이야기꾼의 이야기연행에 관한 고찰」, 『계명어문학』 창간호, 계명어문학회, 1984; 신동흔, 「탑골공원 이야기꾼 김한유(금자탑)의 이야기세계」, 『구비문학연구』 7, 한국구비문학회, 1998; 황인덕, 「유랑형 대중 이야기꾼 연구 : 양병옥의 사례」, 『한국문학논총』 25, 한국문학회, 1999.

바 있는 이야기꾼 김한유의 만담가적 면모를 조명했다.[4] 한편으로 조선 후기의 전문 이야기꾼들과 근대 만담가의 위상을 재담 전통의 맥락에서 다룸으로써,[5] 조선 후기의 이야기꾼들을 구비문학사가 아니라 공연예술사의 맥락에서 조명한 사진실의 연구도 주목된다. 이 논의를 통해서 소학지희笑謔之戲에 종사한 배우俳優 집단들이 전문 이야기꾼의 역사와 일정한 연관이 있음이 드러났다. 그 외에도 몇 몇 연구에서 근대 이후 대중오락과 예술의 부상으로 변사辯士의 존재 및 만담漫談과 야담野談 장르의 출현이 주목된 바 있었다.[6]

실제로 전문 이야기꾼에 대한 논의는 그 전문성의 경계를 확연히 그을 수 없다는 데 난점이 있다. 공인 자격시험이 있었던 것도 아니고 그의 전문성을 무엇으로 입증할 것인가가 문제이다. 신동흔과 황인덕이 각각 '전통 이야기꾼의 유형', '방랑이야기꾼의 유형'을 논의하면서, 이야기꾼의 전문성 문제를 정면에서 다루지 않은 것은 그 때문인 듯하다.[7] 근대 이후까지도 농어촌 사회에서는 이야기꾼을 직업으로 하지 않으면서 여러 동네에 불려 다닐 정도로 이야기를 잘하는 이야기꾼들이 많았다. 이야기로 호구지계를 삼지 않는다고 해서 이들을 전문 이야기꾼이 아니라고 할 것인가.

과연 이야기꾼의 경우 직업과 전문성을 반드시 동일한 의미로 묶어서 이해할 필요가 있을지 의문이다. '이야기 장수'라는 말도 있듯이, 이

3 박영정, 「만담의 형성과정과 신불출」, 『웃음문화』 4, 한국웃음문화학회, 2007.
4 김종군, 「금자탑, 세계 대통령이 되다 : 탑골공원 이야기꾼 김한유의 만담가적 특성」, 『웃음문화』 4.
5 사진실, 「18·19세기 재담공연의 전통과 연극사적 의의」, 『한국연극사연구』, 태학사, 1997; 「배우의 전통과 재담의 전승」, 『공연문화의 전통』, 태학사, 2002.
6 이화진, 「소리의 복제와 구연공간의 재편성 : 1930년대 중반 '변사'의 의미에 대하여」, 『현대문학의 연구』 25, 한국문학연구회; 최동현·김만수, 「1930년대 유성기 음반에 수록된 만담·넌센스·스케치 연구」, 『한국극예술연구』 7, 한국극예술학회, 1997; 임형택, 「야담의 근대적 변모」, 『한국한문학연구』 한국한문학회20주년창립특집호, 한국한문학회, 1996; 김준형, 「야담운동의 출현과 전개양상」, 『민족문학사연구』 20, 민족문학사학회, 2002.
7 황인덕, 「1900년대 전반기 방랑이야기꾼과 이야기 문화」, 『구비문학연구』 21, 한국구비문학회, 2005; 신동흔, 「전통이야기꾼의 유형과 성격 연구」, 『비교민속학』 46, 비교민속학회, 2011.

야기 파는 것을 '직업'으로 삼은 경우를 간단히 직업 이야기꾼이라고
할 수 있을 듯하나, 어느 사회든 전업專業 이야기꾼의 존재를 찾기란 쉽
지 않기 때문이다.

무엇보다 조선조 사회에서는 '직업職業'의 개념이 오늘날과 많이 달
랐다. 따라서 조선 후기 기록에 남은 이야기꾼들을 전문 이야기꾼으로
볼 수 있는가, 있다면 무슨 근거로 그러한가, 당시 이야기꾼이란 직업
이 있었는가, 그 사회에서 이야기꾼을 직업으로 인식했는가, 이야기꾼
의 직업이 과연 전문 이야기꾼의 필수 요건인가 등의 문제에 대한 체
계적인 해명이 요구된다. 이 연구는 이야기꾼의 전문성을 규정하는 몇
가지 요건을 검토한 바탕에서 조선조 이야기꾼의 전통을 제대로 읽기
위해 시도되었다.

2. 전문 이야기꾼의 요건

사진실은 조선조 이야기꾼들을 일단 나례儺禮의 소학지희笑謔之戲에
종사했던 재담꾼의 한 범주로 규정하면서 애초 전문 예능인 집단에 속
한 존재들로 보았지만,[8] 이야기의 장르가 여럿이듯이 이야기꾼도 여러
유형 또는 계보가 있었을 가능성을 배제할 수 없다. 이른바 강독사들
의 주된 텍스트인 '패사류稗史類'는 당시로서는 천민층이었던 재인들의
몫은 아니었을 것이다. 또한 조선조 후기 사회가 배출한 은사隱士나 기
사奇士들도 재담꾼보다는 오히려 방랑형 이야기꾼의 반열에 속했을 가

---

[8] 사진실, 앞의 책, 1997, 413쪽에서는 아래와 같이 보고 있다.
　　"사랑방이나 약방 등에 모여 앉아 우스운 이야기를 나누는 가운데 뛰어난 재능을 보였다고 해서
　　직업적인 '재담꾼'이 탄생하기는 어렵다. '재담꾼'은 애초부터 전문 예능인에서 출발했다고 보는
　　것이 타당하다."

능성이 있다.

전문 이야기꾼의 요건을 논의하면서 필자는 '창조적이고 숙련된 구연술', '풍부한 레퍼토리', '이야기의 전수 및 계보' '이야기꾼에 대한 사회 경제적 보상 관계'를 든 바 있었다.[9] 여기서 '무대'의 요건이 보태질 수 있다.[10] 일단 흥행을 전제로 한 이야기도 공연예술이라고 보면, '무대'와 '공연'은 전문 이야기꾼의 필요조건일 수 있다.[11] 따라서 아래의 다섯 가지 항목을 전문 이야기꾼의 요건으로 문제 삼는다.

① 사회적 명성과 청중의 확보
② 이야기 연행의 기량과 레퍼토리
③ 이야기의 전수 및 계보
④ 직업 또는 경제적 보상
⑤ 무대의 확보와 공연

기록으로 남은 조선 후기 이야기꾼들이 위의 요건들은 다 갖춘 것은 아니다. 기록이 임의적이고 누락된 이유도 있겠지만, ③에서 ⑤항 쪽으로 갈수록 자료가 미비한 현실이다.

항목별로 살펴보자면, 우선 ①에서 ②항은 이야기꾼의 실제 연행 및 텍스트에 관한 것이다. 동일한 이야기꾼의 존재가 조선 후기 문헌의 곳곳에 나타나는 것은 그들이 유명세를 가졌음을 반증하는 사실이다. 당시 전문 이야기꾼에 대한 사회적 수요가 있었음을 반증하는 사실이기도 하다. 그것이 청중의 확보로 연결되었음은 물론이다. 또한 단편

---

9 천혜숙, 「이야기꾼 규명을 위한 예비적 검토」, 『두산김택규박사화갑기념문화인류학논총』, 동논총간행위, 1989, 448쪽.

10 신동흔, 「전통 이야기꾼의 유형과 성격 연구」, 『비교민속학』 46, 비교민속학회, 2011, 556-557쪽; 천혜숙, 「이야기판의 전통과 문화론」, 『구비문학연구』 33, 한국구비문학회, 2011, 33-36쪽.

11 사진실은 조선 후기 이야기꾼들을 재담 '공연'의 전통 속에다 위치시킴으로써, 그들이 전문 이야기꾼임을 전제하였다. 사진실, 앞의 책, 1997 참조.

적인 기록이긴 하지만, 당시 이야기꾼들은 나름의 레퍼토리와 특징적인 구연 능력을 가지고 있었음을 보여주고 있다. 가문 및 촌락 공동체를 벗어난, 보다 열린 공간에서 다수의 청중을 대상으로 이루어진 이야기판에서는 이야기꾼의 전문성이 더욱 요구되었을 것이고, 그 전문적인 기량이 해당 이야기꾼의 유명세를 더욱 드높였으리라 짐작된다.[12]

③의 이야기꾼 계보를 확인하는 일은 무엇보다 중요하다. 그것이 곧 전문성을 담보하는 것이기 때문이다. 그러나 조선조 이야기꾼의 계보에 대한 기록은 거의 없다. 다만 그 이야기꾼이 주로 어떤 이야기 레퍼토리를 즐겨했는가를 통해서 이야기꾼의 계보를 간접적으로나마 짐작해 볼 수는 있다. 근대 이후의 경우는 계보의 추적이 전혀 불가능한 것은 아니다. 특히 근대 이후 이야기꾼 모씨가 전통 재담꾼 계통인가, 만담가 계통인가는 이야기꾼의 문화적 정체성 규명에서 대단히 중요한 문제이다.

전문 이야기꾼을 규정하는 데서 자주 쟁점이 되곤 하는 ④항은 다소 복잡한 문제를 내포하고 있다. 우선 조선조의 직업 개념이 현대와는 달랐기 때문이다. 조선시대에는 '직업'이란 말도 없었다.[13] 조선조는 직職과 업業의 개념이 분리되어 있었던 사회라고 할 수 있다. 직職은 직역職役, 업業은 생업生業에 가깝다. 둘 다 신분과 밀접한 상관이 있지만, 특히 직職은 신분에 따른 의무의 개념이 더 강하였다. 이때 직역은 신분에 따라 부과된 의무의 종류이다.[14] 그 가운데 광대, 사당, 무격, 백정은 천역賤役 집단에 속했다.[15] 조선시대 소학지희에서 재담을 담당했던 배우俳優도 다르지 않다. 오늘날의 의미로는 이들도 직업 집단이라고 하겠으나, 이 경우는 신분에 따른 의무 이행이 우선이고 경제적 보상

---

12 이 단락의 내용은 천혜숙, 앞의 글, 2011, 33·35쪽 참조.
13 최미정, 「직업을 가진 조선시대 여성에 대한 연구방법 고찰」, 『한국고전여성문학연구』6, 2003, 11쪽.
14 최미정, 위의 글, 14쪽.
15 위의 글, 15쪽.

은 차후의 문제였다. 그렇다 해도 그들은 의무상의 천역에 종사한 결과로 주어진 '경제적 보상'으로 호구지계를 삼았을 것이다. 따라서 전문 이야기꾼이 반드시 직업 이야기꾼이어야 한다는 전제는 무리한 것이다.[16] 또 직업의 요건도 '겸업'을 포함하여 이야기에 대한 '경제적 보상'을 받은 정도로, 그 기준을 완화할 필요가 있다.

한편 소학지희의 우인優人이더라도 반드시 전업專業 이야기꾼이라고 할 수는 없다. 소학지희 자체가 이야기, 노래, 극이 어우러진 것이고, 대부분의 우인들은 이 장르들을 두루 장기로 소화하기 때문이다. 연암이 쓴 「광문자전廣文者傳」의 주인공 광문이 좋은 예이다.[17] 그러나 더 장기로 할 수 있는 것이 무엇인가에 따라 그 우인의 특징이 분류되기도 했을 터인데, 이때 가늠자가 된 것이 ②의 연행 기량과 레퍼토리이다. 그래서 "노래명창 황사진니, 가사명창 백운학이, 니야기 일슈 외무릅니, 거진말 일슈 허지순니, (…중략…) 션쇼리 숑흥녹니 모홍갑니"[18] 식의 구분이 가능했던 것으로 보인다.

⑤의 '무대'와 '공연'도 이야기꾼의 전문성을 가늠하는 중요한 기준이 될 수 있다. 무대는 산대山臺, 마당, 근대식 극장 등을 망라하는, '공연을 보장하는 별도의 공간'을[19] 가리킨다. 또한 '공연'은 공중을 대상으로 한 연행으로서, 관객을 전제로 하는 행위이다.[20] 장터와 같은 열린 공간에서 불특정 다수의 청중을 대상으로 벌어지는 이야기판도 전통적

---

16 김균태의 「고소설 강독사 정규헌의 사례 연구」(『공연문화연구』 10, 2005, 383쪽)에서도 직업적인 이야기꾼은 아니지만 "여러 동네에 초대를 받아갈 정도로 이야기를 잘 하는" 경우를 전문 이야기꾼이라고 보았다.

17 사진실, 앞의 책, 1997, 416쪽 참조.
"광문은 재담을 전담한 것이 아니라 여러 가지 예능의 하나로 갖추고 있었기 때문에 (…중략…) 광문이 여러 가지 재주를 동시에 팔았던 배우라면, 오물음과 허재순, 김중진, 김옹 등은 재담 전문 배우라고 할 수 있다."

18 김종철, 「게우사(자료소개)」, 『한국학보』 65, 214-215쪽.

19 사진실, 앞의 책, 1997, 204쪽.

20 위의 책.

인 형태의 이야기 무대라고 할 수 있을 것이다. 이 공간에서 유명한 이야기꾼이 이야기를 연행할 경우는 곧 이야기 공연이라 할 수 있는 것이며, 이야기 행위 자체가 곧 공연예술의 장르가 될 수 있다. 공연 양식의 차이일 뿐, 판소리나 탈춤과 같은 민속예술 그리고 다른 종류의 공연예술 장르의 공연과 다르지 않은 것이다.

아래 인용은 고소설을 읽어주던 강독사가 판소리처럼 부채를 소도구로 들고 있었음을 말해 주는 기록이다.

> 어떤 이가 나를 위해 긴 밤 소일거리로 언패諺稗를 가져왔기에 보았더니 바로 인쇄본 〈소대성전〉이었다. 이는 서울 담배 가게에서 부채를 치면서 강독하던 것이었다.[21]

따라서 아래에서 보듯이 강담이 강독이나 강창에 비해 예능으로서의 전문성이 약한 편이라고 본 임형택의 생각은 재고를 요하는 부분이다.

> 강담은 행동적인 표현도 없고 악기의 반주를 동반하거나 변화 있는 창조가 아닌 그냥 담화이고, 특별한 기능이 아니기 때문이다. 이야기 몇 자리하는 사람은 얼마든지 있었을 것이며, 이야기가 다반사처럼 행해지고 있었을 것임은 너무도 당연하다. 그런데도 이처럼 이름이 전하게 된 것은 그만큼 특이한 존재이기 때문이었을 것이다.[22]

강담이 강독보다 전문성이 약하다고 한 것에는 쉽게 동의할 수 없다. 또한 인용에서 말한 강담사의 '특이'함이 무엇을 의미한 것인지도 알 수 없다. 그러나 이야기꾼의 전문적 연행은 일상의 공간에서 다반

---

21 이옥, 「봉성문여鳳城文餘」, 『담정총서潭庭叢書』 권28 장27, 〈언패諺稗〉, 재인용 : 김균태, 「고소설 강독사 정규헌의 사례 연구」, 『공연문화연구』 10, 공연문화학회, 2005, 388쪽.
22 임형택, 앞의 글, 1975, 69쪽.

사로 행해지는 이야기 구연과는 전적으로 다른 방식으로 행해졌으리라 짐작된다. 특히 시정市井의 열린 공간에 모인 청중을 두고 벌어진 이야기판에서는 이야기꾼의 전문성이 더욱 요구되었을 것이다. 이 경우 전문 이야기꾼들은 나름대로 그 불특정 다수 청중의 눈과 귀를 잡아둘 묘안을 추구했을 것으로 짐작된다.

따라서 일인의 구술이라는 이야기 연행의 조건성이 곧 예능 및 흥행의 비전문성으로 귀착되는 것은 아니라는 생각이다. 필자가 만난 이야기꾼 심종구 씨가 이야기 도중에 웃음 유도 장치를 적절하게 안배하는 것도 그러하고,[23] 근대 초기 재담가들이 재담을 받아주는 고수를 동반하는 방식도 이야기를 나름의 공연물로 만드는 장치에 다름 아닌 것이다. 아마도 더 다양한 기법이 활용되었으리라 짐작되지만, 자료의 확보가 더 필요한 부분이다.

3. 전문 이야기꾼의 존재와 전통

1) 조선조 전문 이야기꾼의 존재

조선조의 문헌에 나타난 이야기꾼들은 적어도 위의 요건들을 일정 부분 충족하는 점에서 일단 전문 이야기꾼이라 할 수 있다. '일정 부분'이라고 한 것은 다섯 가지 요건이 모두 필요충분조건은 아니란 뜻이다. 무엇보다 기록의 임의성이나 시대에 따른 문화적 환경의 차이가 일괄적 기준의 적용을 어렵게 하는 측면이 있기 때문이다. 아래는 조선조 문헌에 전하는 전문 이야기꾼의 존재들이다.

---

[23] 천혜숙, 앞의 글, 1984, 110-111쪽.

ⓐ 안효례安孝禮

(1) 안효례는 본래 전농시典農寺 서리胥吏로서 음양풍수학을 업으로 하여 서운관書雲觀에서 일해 왔는데, 부질없이 스스로 옳다고 고집하고 남을 애써 이기려고 하였으며 경진년 무과에 급제하였는데, 임금이 이를 광대로 길러 왔다.[24]

(2) 효례는 처음에 군자감軍資監 영사令史로서 풍수학을 업으로 삼다가 또 경진년에 무과에 급제하였다. 위인이 이상야릇한 말을 잘 하고 자신이 알지 못하는 것도 아는 것처럼 우기며, 말에 농담을 섞어 하였으므로, 임금이 잔치를 할 때나 한가한 때에 효례를 시켜 남과 더불어 논란하게 하였는데, 자기 소견을 고집하여 큰 소리 치며 굽히지 않고 억지로 말을 끌어다가 맞추어 자기주장을 내세웠다. 임금이 항상 배우俳優로서 그를 길렀다.[25]

ⓑ 최양선崔揚善

세조조 사람 최양선이 입재주로 이름이 높았다[善之口辯]. 그는 일을 따라 임기응변하되 마치 메아리치듯 하였다. 어느 날 대왕이 그를 대궐에 불러들였다. 때마침 주발이 책상 위에 놓여 있었다. 대왕이 주발을 가리키면서 그것으로 말을 만들어보라고 했다. (…중략…) 대왕이 크게 탄복하고는 도타운 상품을 내렸다.[26]

ⓒ 설낭 김옹說囊 金翁

이야기주머니 김옹은 이야기를 아주 잘 하여[善俚語] 듣는 사람들이 다 포복절도하지 않을 수 없었다. 김옹이 바야흐로 이야기의 실마리를 잡아 살을 붙이고 양념을 치며 착착 자유자재로 끌어가는 재간은 참으로 귀신이 돕는 듯하였다. 가위 익살의 제일인자[滑稽之雄]라 할 것이다. 가만히 그의 이야기

24 『세조실록』 23권, 세조 7년 1월 22일 癸亥.
25 『세조실록』 34권, 세조 10년 8월 1일 壬午.
26 송세림,『어면순禦眠楯』, 재인용 : 이가원 찬纂,『골계잡록滑稽雜錄』, 일신사, 1982, 167-168쪽.

를 음미해 보면 세상을 조롱하고 개탄하고 풍속을 깨우치는 말들이었다.[27]

ⓓ 민옹閔翁

민옹은 남양 사람이다. 무신년(1728년, 영조 4년) 난리에 출전해서 군공으로 첨사가 되었다. 그 후 집으로 돌아가서 다시 벼슬에 나아가지 않았다. 그는 어려서부터 영특하고 슬기로왔다. 특히 옛날 사람들의 기질과 위업을 사모한 나머지 강개 발분해서 매양 그 분들의 전기傳記를 읽고 곧잘 탄식하며 눈물을 흘렸다. (…중략…) 지난 계유 갑술년(1753-1754년, 영조 29-30년) 그 때 내 나이 열 칠팔 세였다. 병으로 오래 시달려 (…중략…) 우울증이 조금도 풀리지 않았다. 누군가가 민옹은 기사奇士이고 가곡이 묘할 뿐 아니라 이야기를 잘 하는데 거침없이 아주 재미있고도 능청스럽게 해서 듣는 이들의 기분을 능히 전환시켜 툭 트이게 만든다는 것이었다. (…중략…) 민옹은 이야기를 장황하게 늘어놓아서 억지 같지만 모두 이치에 맞고 안에 풍자의 뜻이 담겼다. 대개 그는 변사辯士인 것이다. (…중략…) 민옹은 너무 활달하고 기奇하고 분방했지만, 성품이 개결하고 정직하며 낙천적이고 착했다. 주역周易에 밝았고 노자老子의 글을 좋아했으며 책은 대체로 보지 못한 것이 없었다. (…중략…) 나는 그와 더불어 나누었던 은어라든지 골계와 풍자를 엮어서 민옹의 전을 짓는다.[28]

ⓔ 윤영尹映[약립蒻笠 이생원李生員]

나는[29] 스무 살 때 봉원사에서 글을 읽고 있었다. 그 때 한 객이 능히 음식을 조금밖에 안 들며 밤새도록 눈을 붙이지 않은 채 도인법導引法을 하고 한낮이 되면 문득 벽에 기대앉아 잠깐 눈을 감고 용호교龍虎交를 하는 것이었다. 나이가 상당히 연로해 보여서 (…중략…) 그 노인이 가끔 나를 위해서 허

---

27 조수삼(趙秀三, 1762-1849), 재인용 : 『추재기이秋齋紀異』, 이우성·임형택 역편, 앞의 책, 중, 342쪽.
28 박지원,「민옹전閔翁傳」, 재인용 : 이우성·임형택 역편, 위의 책, 하, 260-268쪽.
29 연암 박지원을 가리킴.

생의 일이라든지 염시도廉時道·배시황裵是晃·완흥군부인完興君夫人의 이야기를 나에게 들려주었다. 재미있게 흘러나오는 수만 언이 여러 날 밤을 끊이지 않아 이야기들이 궤기·괴휼해서 모두 족히 들을 만하였다. 그 때 그가 자기 성명을 윤영이라 했다. 이것이 병자丙子년(1756년, 영조 32년) 겨울의 일이었다.

그 후 계사년 봄에 나는 평안도로 놀러 갔다. 비류강에서 배를 타고 십이봉 밑에 닿자 조그만 암자 하나가 있었다. 나를 보더니 뛸 듯이 반가와하고 서로 위로를 했다. 그 사이 18년 동안에 조금도 더 늙은 것 같지 않았고, 나이가 80여 세는 되었을 터인데 걸음걸이도 나는 듯했다. (…중략…) 나는 비로소 노인이 기이한 지취를 지닌 사람인 것을 알았다. 혹 폐족廢族이거나 아니면 좌도左道 이단異端으로 세상을 피하고 자취를 감춘 무리일지 알 수 없는 노릇이었다.[30] (…중략…) 또 광주 신일사에 한 노인이 있었다. 별호를 약립藝笠 이생원李生員이라 칭하는데 나이는 아흔 살이 넘었으나 힘은 범을 움켜잡을 만하고 바둑과 장기를 잘 두고 종종 우리나라의 고사故事를 이야기할 때면 언론이 풍발하듯 한다는 것이었다. 그의 이름을 아는 이가 없다고 하는데 나이와 용모를 들어보니 아주 윤영과 닮은 것 같았다. 나는 그 분을 가서 한번 보고 싶었으나 뜻을 이루지 못하였다. 세상에는 참으로 이름을 감추고 은거해서 완세불공玩世不恭하는 사람도 없지 않다.[31]

ⓕ 김중진金仲眞[오물음吳物音]

(1) 정조 때 김중진이란 이는 나이가 늙기도 전에 이빨이 죄다 빠져서 사람들이 놀리느라 별명을 '오물음'이라고 붙여 주었다. 익살과 이야기[諧諧俚談]를 잘 하여 인정물태를 묘사함에 당해서 곡진하고 자상하기 이를 데 없었다. 더러 귀담아 들을 만한 것도 많았는데, 그 중 '삼사발원설三士發願說'을 들

---

30 허생 이야기에서 모순되는 점을 문답한 후 노인이 자신의 이름을 신색辛嗇이라고 우겨 황망했다는 경험담을 생략했다.
31 박지원, 「옥갑야화玉匣夜話」, 재인용 : 이우성·임형택 역편, 앞의 책, 하, 313-315쪽.

어 보면 대개 이런 이야기였다.[32]

(2) 서울에 오가 성을 가진 사람이 있었다. 그는 고담을 잘 하기로 유명하여 두루 재상가의 집에 드나들었다. 그는 식성이 오이와 나물을 즐기는 때문에, 사람들이 그를 오물음이라 불렀다. 그때 한 종실이 연로하고 네 아들이 있었는데 (…중략…) 큰 부자가 되었지만 천성이 인색하여 남 주기를 싫어할뿐더러 아들들에게조차 분재를 않고 있었다. (…중략…) 하루는 그는 오물음을 불러 이야기를 시켰다. 오물음이 마음속에 한 꾀를 내어 고담을 지어서 했다.[33]

⑧ 이업복李業福

이업복은 겸종 무리였다. 어려서부터 언문으로 된 패관소설을 썩 잘 읽었다[善讀諺書稗官]. 그 목소리는 마치 노래하는 듯했다가 노한 듯하기도 하고 웃는 듯했다가 슬픈 듯하기도 했으며, 또는 호탕한 호걸의 모습을 짓기도 하다가 이내 완미한 미인의 자태를 짓기도 하였으니, 이는 모두 글의 경지에 따라 그에 알맞도록 재주를 드러낸 까닭이었다. 당시의 부호들이 모두 그를 초청해서 그의 글 읽는 소리를 즐겨 듣곤 하였다.

어떤 한 아전 부부가 있었다. 그들은 이업복의 기량을 몹시 탐하여 그를 먹여 기르며 마치 친척처럼 대우하여 그가 집안에 드나드는 것을 허락하였다.[34]

ⓗ 김인복金仁福

김인복은 입심이 세고 넉살이 좋았다. (…중략…) 그 사람은 여기까지 이야기를 듣다가 자기도 모르게 입이 절로 헤벌어져서 군침을 줄줄 흘리며 돌아갔다. (…중략…) 금리禁吏는 박장대소하여 "내 너를 본부에 고발하지 않

---

32 유재건(劉在建, 1793-1880), 『이향견문록里鄉見聞錄』 3, 재인용 : 이우성 · 임형택 역편, 위의 책, 중, 72쪽.

33 『해동야서海東野書』, 재인용 : 이우성 · 임형택 역편, 위의 책, 상, 189쪽.

34 『청구야담靑邱野談』 권4, 재인용 : 이월영 · 시귀선 역, 『청구야담靑邱野談』, 한국문화사, 1995, 495-498쪽.

을 테니 시방 그 이야기를 다시 한 번 들려다오" 하였다.[35]

ⓘ 이자상李子常

이자상이란 사람이 있었는데, 그 이름을 잊어버렸다. 그는 총명하고 기억력이 좋아 온갖 술수서術手書를 보지 않은 것이 없었고, 또 패관소설 따위의 온갖 책에 훤하였으며, 무릇 어록문자語錄文字에 관계된 것이면 아주 훤하게 알았다. 그러나 가난해 생활할 방도가 없어 혹 재상가의 문하에 드나들며 소설을 잘 읽는다고 소문이 났다. 만년에는 군영에서 조두刁斗를 쳐 주고 급료를 얻어 아는 사람의 집에 얹혀살았다.[36]

ⓙ 김호수金戶首

우리 금곡중金谷中의도 김호수金戶首는 언문을 잘 하여 결복結卜을 마련하며 고담古談을 박람博覽하기로 호수를 하연지 십여 년에 가계부요家計富饒하고 성명聲名이 혁혁赫赫하니 사나희 되어 비록 진서를 못하나 언문이나 잘 하면 족히 일촌 중 횡행橫行할러이다.[37]

이상의 존재들 외에도 이름만 전하는 경우, 그렇지 않으면 이름은 전하지 않고 단편적이나마 독특한 구변, 레퍼토리, 또는 삶과 연행의 행태가 기록으로 남은 경우가 더러 있다.

ⓚ 전기수傳奇叟

전기수는 동대문 밖에 살고 있다. 언문 소설책을 잘 읽는데 이를테면 숙향전淑香傳·소대성전蘇大成傳·심청전沈淸傳·설인귀전薛仁貴傳 같은 것들이

35 이원명(1807-?), 『동야휘집東野彙輯』, 재인용 : 이우성·임형택 역편, 앞의 책 하, 214-215쪽.
36 유재건(劉在建, 1793-1880), 『이향견문록里鄕見聞錄』 권7, 재인용 : 이상진 해역, 『이향견문록』 하, 자유문고, 378-379쪽.
37 이병기 선해選解, 『요로원야화기要路院夜話記』, 을유문화사, 1948, 18쪽.

다. 읽는 장소를 매달 초하루는 제일교 아래, 초이틀은 제이교 아래, 그리고 초사흘은 배오개에, 초나흘은 교동 입구에, 초닷새는 대사동 입구에 앉아서, 그리고 초엿새는 종각 앞에 앉아서, 이렇게 올라갔다가 다음 초이레부터는 도로 내려온다. 이처럼 내려갔다가 다시 올라가고 또 올라갔다가 내려오고 하여 한 달을 마친다. 다음 달에도 또 그렇게 하였다. 워낙 재미있게 읽는 때문에 청중들이 겹겹이 담을 쌓는다. 그는 읽다가 가장 간절하여 매우 들을 만한 대목에 이르면 문득 읽기를 멈춘다. 청중은 하회下回가 궁금하여 다투어 돈을 던진다. 이것을 일컬어 요전법邀錢法이라 한다.[38]

　① 이야기 일수–ㅕ 외무릅, 거짓말 일수–ㅕ 허지순

　이때는 어느 땐고 낙양성 방화시로고나 (…중략…) 좌반의 안진 왈자 (…중략…) 노래명창 황사진니, 가사명창 백운학이 니야기 일슈 외무릅니 거진말 일슈 허지순니 (…중략…) 션쇼리 숑흥녹니 모흥갑니가 다 가 익고ᄂ.[39]

　ⓜ 고담꾼[一人善古談]

　옛날 어떤 이가 고담을 잘 하기로 이름이 알려져서 양반이 자주 불러다 이야기를 시켰다. 어느 날 또 양반이 그를 불러 그는 몹시 민망히 여겼다. 양반이 노하여 볼기를 치려 하였다. 그는 그제서야 이야기보를 터뜨렸다. ['가장비假張飛' 부분, 후략][40]

　ⓝ 용인의 거짓말쟁이[有善虛言者]

　용인의 서촌에 한 거짓말쟁이가 있었다. 그가 바지게를 지고 한 향반의 앞을 지나가려니 향반이 그를 불러 (…중략…) "여봐라. 나를 위하여 거짓말 한

38　조수삼(趙秀三, 1762~1849), 『추재기이秋齋紀異』, 재인용 : 이우성 · 임형택 역편, 앞의 책, 중, 335쪽.
39　김종철, 앞의 글, 214~215쪽.
40　『진담록陳談錄』, 재인용 : 이가원, 앞의 책, 402쪽.

자리 하고 가거라."[41]

ⓞ 익살꾼[一善戱謔者]

한 익살꾼이 의원 노릇 하는 사람들 골려주려고 의원에 대해서 이야기를 꺼내었다.[42]

ⓟ 놀이판의 익살꾼[滑稽之客 雜坐談調]

또 춘풍이 태탕하고 복사꽃 버들개지가 난만한 날 시종별감들과 오입장이 한량들이 무계의 물가에서 노닐 적에 침기, 의녀들이 높이 쪽진 머리에 기름을 자르르 바르고 날씬한 말에 홍담요를 깔고 앉아 줄을 지어 나타납니다. 놀음놀이와 풍악이 벌어지는 한편에 익살꾼이 섞여 앉아서 신소리를 늘어놓지요.[43]

ⓠ 나희[儺戱]의 우인[優人]

비현합에서 나희[儺戱]를 구경하였다. 세자가 종친, 재상들과 함께 참가하였다. 우인이 놀이에 담아 항간의 비루하고 세세한 사실들을 늘어놓기도 하고 풍자하는 말도 하였다. 임금이 기꺼이 듣고 베 50필을 내려주었다.[44]

이상에서 보듯이 기록은 소략하고 산만하지만, 당시 이야기꾼들은 그들 나름의 레퍼토리와 공연형태가 있었으며 그들의 이야기에 대한 사회적 수요 또한 만만치 않았음을 알 수 있다. 따라서 단순히 '특이한 존재'여서 기록에 남은 정도[45] 이상인 것이다. 기록의 내용은 단편적이긴 하지만, 그들 활동의 일정한 패턴을 읽기에 부족하지 않다. 앞에서

---

41 이우성·임형택 역편, 앞의책, 하, 230쪽.
42 이우성·임형택 역편, 위의 책, 상, 236쪽 참조.
43 이우성·임형택 역편, 위의 책, 중, 217쪽.
44 『세조실록』 32권 12장, 재인용 : 사진실 앞의 책, 1997, 253쪽.
45 [주 21] 참조.

든 다섯 가지 전문성의 요건을 중심으로 조선조 전문 이야기꾼의 전통을 읽어보기로 한다.

2) 조선조 전문 이야기꾼의 전통

(1) 사회적 명성과 청중의 확보

우선 많은 이야기꾼들은 고담으로 이름이 널리 알려진 존재들이었다(ⓑ, ⓓ, ⓔ, ⓕ, ⓖ, ⓙ, ⓛ, ⓜ). '설낭'이나 '오무름'처럼 별명으로 불렸던 사실도 이야기꾼의 명성과 무관하지 않다. '익살의 제일인자ⓒ', '선희학자善戱謔者ⓞ', '골계지객滑稽之客ⓟ', '이야기 일수(1)', '거짓말 일수(1)' 등의 호칭들이 그것이거니와, 많은 기록들이 이야기꾼들이 고담을 잘하기로, 또는 소설을 잘 읽기로 소문이 났다는 표현을 쓰고 있다. ⓕ와 ⓗ처럼 동일한 이야기꾼의 존재가 조선 후기 야담집의 곳곳에서 나타나는 것도 당시 그들이 유명세를 가졌음을 반증하는 사실이다.[46] 연암이 우울증에 빠져 있을 때, 주변의 한 지인은 유명한 이야기꾼 민옹ⓓ을 추천했다. 또한 ⓗ의 김인복은 스스로 "게서 김인복이를 물으면 행길에 누군들 모르겠소"라며 자신의 유명세를 자랑하였다. 근대 이후에도 이름난 이야기꾼들이 더러 확인되었는데, "이야기 잘 하기는 모모 같다"라든가, "몇 달을 해도 이야기 밑천이 안 떨어진다"는 등, 그들의 사회적 명성을 말해주는 관용적 표현들이 있었다.

이야기꾼의 기량이 있으면 청중의 확보는 자연스럽게 따라오는 것이다. 그러나 전기수가 "워낙 재미있게 읽어서 청중들이 겹겹이 담을 쌓"을 정도였다는 ⓚ 기록 외에, 전문 이야기판에 모인 청중의 규모를 말해 주는 다른 기록은 전하지 않는다.

---

[46] 천혜숙, 앞의 글, 2011, 35쪽.

(2) 연행의 기량과 레퍼토리

연행의 기량과 특징에 대해서는 대체로 기록이 다양하고 풍부한 편이다.

ⓐ 이상야릇한 말을 잘 하고 자신이 알지 못하는 것도 아는 것처럼 우기며, 말에 농담을 섞어 말하였으므로……(안효례)

ⓑ 일에 따라 임기응변하되 메아리치듯 하였다. (최양선)

ⓒ 이야기를 아주 잘 하여 듣는 사람이 다 포복절도 (…중략…) 바야흐로 이야기의 실마리를 잡아 살을 붙이고 양념을 치며 착착 자유자재로 끌어가는 재간은 참으로 귀신이 돕는 듯하였다. 가위 익살의 제일인자라 할 것이다. (설낭 김옹)

ⓓ 이야기를 잘 하는데 거침없이 아주 재미있고도 능청스럽게 해서 듣는 이들의 기분을 능히 전환시켜 툭 트이게 만든다는 것이었다. (…중략…) 이야기를 장황하게 늘어놓아서 억지 같지만 모두 이치에 맞고 안에 풍자의 뜻이 담겼다. (…중략…) 민옹은 자기를 자랑하기도 하고 옆사람을 놀리기도 해서 모두 허리를 꺾었다. (민옹)

ⓔ 재미있게 흘러나오는 수만 언이 여러 날 밤을 끊이지 않아 이야기들이 궤기괴휼해서 모두 족히 들을 만하였다. (…중략…) 우리나라의 고사를 이야기할 때면 언론이 풍발하듯 한다는 것이었다. (윤영 / 약립 이생원)

ⓕ 익살과 이야기를 잘 하여 인정물태를 묘사함에 당해서 곡진하고 자상하기 이를 데 없었다. (김중진 / 오물음)

ⓖ 언문으로 된 패관소설을 썩 잘 읽었다. 그 목소리는 노래하는 듯 (…중략…) 노한 듯 (…중략…) 웃는 듯 (…중략…) 슬픈 듯하기도 했으며, 호탕한 호걸의 모습을 짓다가 이내 완미한 미인의 자태를 짓기도 하였으니, 이는 모두 글의 경지에 따라 (…중략…) 재주를 드러낸 까닭이었다. (이업복)

ⓚ 워낙 재미있게 읽는 때문에 청중들이 겹겹이 담을 쌓는다. 그는 읽다가 가장

간절하여 매우 들을 만한 대목에 이르면 문득 읽기를 멈춘다. (전기수)

위의 예들은 기록 속의 이야기꾼들이 익살과 풍자, 장광설, 실감, 이야기 구성력이 뛰어났음을 지적한다. 실감과 익살이 특히 강조되는 것을 보면, 그들의 이야기가 일상적이고 현실적인 삶에 기반한 것인 동시에 그것을 재미있게 형상화하여 웃음을 선사하는 것을 지향하였음을 알 수 있다. '인정물태의 곡진하고 자상한 묘사'에서 보듯이 '재미있고 실감나게' 이야기하는 것은 이야기하기의 가장 중요한 원칙이다. 그러나 다른 한편으로는 '억지이고 궤기 괴휼한 것'까지 넘나들면서 이야기꾼별로 개성을 인정한 것도 놓칠 수 없다.

이야기꾼의 레퍼토리, 곧 구연 목록에 대해서는 이야기 내용이 전하는 것도 있고 제목만 남은 것도 있다. 내용이 전하는 것으로 김중진의 '삼사발원설', 윤영의 '허생' 외에 '가탁 장비', '의원을 골리는 이야기' 등이 있고, 제목만 전하는 것으로는 윤영의 '염시도', '배시황', '완흥군 부인' 등이 있다. 그 외에는 짤막한 골계담滑稽談이나 허언虛言 이야기가 몇 편 남아 있는 정도이다.

(3) 이야기의 전수 및 계보

이야기꾼들이 어디서 누구에게 이야기 예능을 전수 받았는가에 관한 기록은 거의 전무하다. 다만 자료 가운데는 당시 이야기꾼들이 담당했던 이야기 범주나 장르가 제시되기도 해서, 그들의 성향 및 계보를 짐작하는 일이 어느 정도 가능하다. 자료 ①에서 '이야기 일수 외무릅[김중진], 거짓말 일수 허재순'으로 나누는 것을 보면, 당시 이야기 장르에 대한 인식이 분명 있었으며, 특히 허언虛言은 여타의 다른 이야기 장르들과 구분되었음을 알 수 있다. 그 밖에도 구변口辯(ⓐ, ⓑ, ⓓ, ⓗ), 고담古談(ⓚ, ⓜ) 고사故事(ⓔ), 이어俚語(ⓒ), 골계滑稽(ⓓ, ⓟ), 풍자諷刺(ⓓ), 회해

該諧(ⓕ, ⓟ), 희학戱謔(ⓞ) 이담俚談(ⓕ, 패관소설稗官小說(ⓘ, ⓙ), 허언虛言(ⓝ, ⓚ). 니야기(ⓘ), 거진말(ⓛ) 등으로 다양하게 나타나는 장르들을 통해서 당시 이야기꾼들이 속한 범주나 계보에 대한 짐작을 해 볼 수 있다. 장르를 고려하여 이들을 범주화해 보면 아래와 같다.

㉠ 구변口辯

㉡ 고담古談[니야기] / 패관소설稗官小說[언서패관諺書稗官]

㉢ 고사故事 / 이담俚談·이어俚語·허언虛言[거진말]

㉣ 골계滑稽·희학戱謔·회해詼諧·풍자諷刺

㉠의 구변은 '말을 잘 한다', 또는 '입담이 좋다'는 뜻의 범박한 표현이다. ㉡의 두 범주는 이야기를 주로 하는 이야기꾼과, 소설 강독을 주로 하는 이야기꾼을 구분한 것이다. 고담古談은 '이야기'의 통칭이다. 그리고 ㉢은 '이야기'를 다시 장르별로 분류한 것이다. 여기서 고사故事는 역사적 전설에 가까운 것이니, 이담俚談이나 이어俚語와는 분명 다른 것이다. 앞의 이야기꾼들 가운데는 ⓔ의 윤영이 '고사'류를 담당하는 이야기꾼이다. 레퍼토리가 허생, 염시도, 배시황 등 인물의 이야기인 점, 허생 이야기의 역사적 배경, 그리고 만만치 않은 이야기의 길이를 보면 그러하다. 그에 비해서 이담俚談이나 이어俚語는 지금의 민담에 가까운 개념이다. 그리고 허언虛言은 특히 과장과 허풍이 강한 민담을 말하는 것이다. 듣는 사람이 침을 흘리게 만들고, 자신을 잡아가려던 금리禁吏의 혼을 빼놓은 ⓗ의 김인복이 한 아래의 이야기가 허언虛言의 좋은 사례가 될 것이다.

한 번은 인복이 초피 남바위를 쓰고 시가를 다니다가 사헌부 금리에게 걸렸다. 금리는 옷자락을 붙잡고 시전에 맡겨두고 장차 관부에 고하려 하였다. 인복은 어깨를 뽐내고 주먹을 뻗치며,

"내가 네깟 녀석 죽여버릴까부다"고 을러댔다.

"이놈, 나는 사헌부의 금리다. 네놈이 나를 죽이고 어디 가서 살려느냐?"

"내가 너희 사헌부의 24감찰 따위는 개가죽같이 우습게 본다. 쌍지평, 양장령, 독집의, 단대사헌이 다 우리 문중의 조카들이다. 개국 정사 좌명 좌리 공신들에 이르기까지 모두 우리 집의 훈척벌열들이다. 지금 내가 주먹을 들어 네놈 두상을 깨고 길가에 쓰러뜨려 재벌 죽음까지 시켰다고 치자. 너희 일가붙이들이 고소하여 내가 구속이 될 터이지. 그러면 성중에 가득 찬 고구 친척들이 제각기 술병과 음식을 들고 와서 위로할 것이다. (…중략…) 서울의 벗들이 각기 기생 악공을 대동하고 동교로 나와 나를 전송하고 적소까지 전우가 하루가 멀다고 날아들 것이다. 호초이불을 덮고 해송죽을 마시고 백두산 사슴포와 압록강 물고기회로 입맛을 돋우고 지내지. 그러다 왕세자 탄신 같은 나라의 경사가 생겨 (…중략…) 대사령이 내리면 금계방환한단 말씀이야. 내가 돌아오는 걸음이 다시 동교에 다다라 노상에 북망산이 보이것다. 임자 없는 무덤이 있어 물어보면 '사헌부의 아전 아무가 모씨에게 피살되어 여기 묻었다오' 하겠지. 그런즉 너는 죽고 나는 살아있을 것이나 누가 잘 되고 누가 못 된 것이라 하겠느냐?"

금리는 박장대소하여

"내 너를 본부에 고발하지 않을 터이니 시방 그 이야기를 다시 한 번 들려다오" 하였다.[47]

ⓡ의 골계滑稽, 회해諧諧, 풍자諷刺 등의 개념은 거의 차이 없이 쓰인 듯하며, 주로 특정한 미학을 중심으로 이야기를 특징화해서 지칭한 것이다. ⓒ의 어떤 장르든 골계와 풍자의 미학을 지향할 수 있다. ⓒ의 설낭 김옹과 ⓓ의 민옹이 특히 골계와 풍자에 능했던 이야기꾼으로 알려졌다. 「민옹전」에서 민옹이 펼친 골계와 풍자의 향연은 대부분 인생의 심

---

47 이우성·임형택 역편, 앞의 책, 하, 214-215쪽.

오한 철리를 묘파한 것들이다. ⓐ와 ⓑ의 이야기꾼도 같은 유형에 속한다.

'이야기'에 대한 이상의 여러 가지 명명들은 당시 이야기의 장르 구분에 대한 인식이 분명히 있었음을 말해 준다. 따라서 소학지희의 여러 가지 예능 가운데 특히 재담을 장기로 하는 전문 이야기꾼이 있었다고 해서,[48] 윤영이나 민옹 등을 그 범주에 속한 존재로 보기는 어렵다. 그들은 오히려 패사稗史류 이야기에 더 밝았던 존재들이다. 물론 민옹은 뛰어난 골계류이기도 했다. 그러나 골계의 미학은 공유하더라도 민옹의 골계는 해학이 넘나드는 이어俚語의 그것과는 전적으로 다른 것이다. 민옹은 옛사람들의 전기를 즐겨 읽었고, 주역에 밝았고 노자에 심취했던 인물이다. 읽지 않은 책이 없었다고도 했다. 동방의 고사故事 또는 괴기 궤휼한 수만 언의 이야기를 여러 날 계속해서 들려주었다는 윤영에 대해서, 연암은 폐족이거나 좌도 이단의 완세불공하는 은사隱士로 추정하고 있다.

주된 레퍼토리나 이력으로 보건대, 아무래도 이들을 소학지희를 담당했던 우인優人의 무리로 보기는 곤란하다. 재담 전문 배우로서의 이야기꾼 부류와 달리 은일隱逸과 방랑의 삶을 살았던 기사畸士를 포함하는 고사류故事類 전문 이야기꾼의 계보와 범주가 따로 존재했다고 보아야 옳다. 그들은 이어俚語·재담才談이 아니라 고사故事·패사稗史류의 이야기들을 주로 구연했을 것으로 짐작된다. 다만 '전기수' 등의 강독사 이야기꾼은 당시 소설이 청각과 시각, 또는 기록과 구송이란 양가성을 지닌 장르였던 만큼 양 범주의 경계적 위상으로 존재했을 가능성이 있다. 야담집에서 이야기꾼들의 레퍼토리를 더 찾아낼 수 있다면 이 논의가 더 구체화될 수 있을 것이다.

---

[48] 사진실, [주]과 같은 곳 참조.

(4) 직업 또는 경제적 보상

아래는 이야기꾼의 여러 가지 직업 및 이야기에 대한 보상과 관련된 기록들을 뽑은 것이다.

> ⓐ 군자감 영사로 풍수학을 업으로 삼다가 (…중략…) 무과에 급제 (…중략…) 임금이 항상 배우俳優로서 그를 길렀다. (안효례)
>
> ⓑ 입담으로 이름이 높았다. 왕이 크게 탄복하고는 도타운 상품을 내렸다. (최양선)
>
> ⓓ 군공으로 첨사가 된 후로 다시 벼슬에 나아가지 않았다. (민웅)
>
> ⓕ 그는 고담을 잘 하기로 두루 재상가의 집에 드나들었다. (…중략…) 그 종실 노인이 (…중략…) 즉석에서 깨닫는 바 있어 오물음에게 상을 후하게 주어 보냈다. (오물음)
>
> ⓖ 이업복은 겸인의 부류이다. 당시의 부호들이 모두 그를 초청해서 그의 글 읽는 소리를 즐겨 듣곤 하였다. (…중략…) 어떤 아전 부부가 (…중략…) 이업복의 기량을 몹시 탐하여 그를 먹여 기르며 마치 친척처럼 대우하여……. (이업복)
>
> ⓘ 가난해 생활할 방도가 없어 재상가의 문하에 드나들며 소설을 잘 읽는다고 소문이 났다. (이자상)
>
> ⓚ 그는 읽다가 가장 간절하여 매우 들을 만한 대목에 이르면 문득 읽기를 멈춘다. 청중은 하회가 궁금하여 다투어 돈을 던진다. (전기수)

이상에서 보면 풍수나 겸인, 무관 등의 업業이 있었던 경우도 있지만 (ⓐ, ⓑ, ⓓ), 대개는 그 업을 버리고 점차 이야기꾼의 삶을 살았던 것 같다. 생활할 방도가 없어서 강독 이야기꾼으로 나섰거나(ⓕ), 거리를 오르내리며 직접 소설 강독의 판을 벌였다고(ⓚ) 한 사례는 분명 직업적인 이야기꾼의 모습이다. 이야기로 호구지계를 삼은 경우이다. ⓐ의 안효례는 풍수이자 무관으로서 왕실의 풍수 역할을 하면서도 궁중 연회나 왕이 한가한 때는 예인으로 활약했다. "왕이 항상 그를 배우로서 길렀다"고 하니, 세조가 강력한 패트런 역할을 한 셈이다. 그 밖에도 민옹(ⓓ), 오물음(ⓕ), 이업복(ⓖ), 이자상(ⓘ) 등은 재상가나 부호의 집에 자주 초치되었던 이야기꾼들로서 경제적 보상 관계가 확인되는 경우이다. 이업복은 아전 부부의 집에 기식하기도 했으니, 이 경우도 예인과 패트런patron의 관계로 볼 수 있다.

위의 기록들은 이야기꾼의 이야기하기에 상응하는 경제적 보상이 소박한 형태로나마 이루어졌음을 보여주고 있다. 곧 상, 상품, 돈, 패트런 관계가 이야기꾼들에게 주어진 사회적 경제적 보상이었음을 알 수 있다.

(5) 무대의 확보와 공연

마을 공동체를 벗어나 보다 열린 공간에서 많은 청중이 모인 가운데 이야기판이 벌어졌다는 기록도 전해지고 있다. 사람과 물화가 이동하고 교류하는 경계 지점이라고 할 수 있는 주점, 객사, 시장, 사찰 등을 비롯하여, 여기에는 약국, 담뱃가게, 시정市井의 근대적 공간까지 포함된다. 오가는 사람들의 발길이 머물렀다가 사통팔달로 흩어지는 이런 열린 공간에서 불특정 다수의 청중을 대상으로 이루어진 이야기판은 보다 전문성을 띠지 않으면 안 되었을 것으로 짐작된다. 이야기꾼의 전문성이야말로 이런 열린 이야기판의 활성을 좌우하는 조건이었을 것이다. 그리고 이런 곳들이 떠돌이 전문 이야기꾼의 무대가 되어 왔을 가능성이 크다.[49] 전기수에 관한 기록은 조선 후기에 이루어진 이야기(소설)의 '거리 공연'에 다름 아니다.

---

[49] 이 단락의 내용은 천혜숙, 앞의 글, 2011, 35쪽 참조.

한편으로 자료 ㉮와 ㉯가 전하는 내용은 궁중의 나희나 시정의 놀이판에 이야기꾼이 출연한 모습이다. 나희판이나 놀이판은 분명 전통적인 무대공간이다. 그리고 이 공간에서 '신소리', '항간의 비루한 사실', '풍자하는 말'을 담당하고 있는 존재들은 분명 전문 이야기꾼들이다. 과연 이들이 과연 독자적인 레퍼토리로 공연한 것인지, 아니면 다른 예술장르에 부수된 공연인지는 이 기록만으로는 확실히 알 수 없다. ㉮에서는 "놀음놀이와 풍악이 벌어지는 한편에 익살꾼이 섞여 앉아[雜坐] 신소리를 늘어놓"는다고 하였고, ㉯에서는 항간의 사실이나 풍자하는 말을 '놀이에 담아' 늘어놓는다고 하니, 이때 '우스갯소리'는 다른 장르를 보완하는 기능이 아닌가 생각되기도 한다. 그러나 다음의 기록을 보면 다르게 생각할 여지도 없지 않다.

> 광대들이 놀이를 벌이자 남녀 구경꾼들이 우 몰렸다. 그 중 한 사람이 유난히 높은 둔덕 위에 떡 앉아, 의관을 호사하고 용모도 관옥같이 준수한 품이 만좌중에 돌올해 보였다. 실로 일세의 기남자인가 싶었다. 모두들 흠모하여 가장 우러러보고 감히 옆에 가서 말을 붙여 볼 염도 못 가졌다. 그 사람은 모두들 자기를 우러러보는 줄 알고 "에헴!" 큰 기침을 한번 하고는 광대놀음을 가리키면서 말하였다.
> "옛날에도 이러한 일이 있었으렸다."
> 만좌가 (…중략…) 모두 반기어 장차 주옥같은 말씀이 나오려니 기대하며 이구동성으로 "그 고사를 들어볼 수 없겠습니까?"하자 그 사람은 배를 헤치고 부채를 흔들며 말을 시작했다.
> "옛적에 장 풍운이……."
> 이야기가 끝나기도 전에 모두들 손을 내젓고 "잘못 봤구먼, 잘못 봤어"하며 돌아서는 것이었다.[50]

---

[50] 〈풍운전風雲傳〉, 『진담록陳談錄』, 재인용 : 이우성 임형택 편역, 앞의 책, 하, 239-240쪽.

〈장풍운전〉을 이야기한 사람은 놀이판의 광대가 아닌 것으로 보이고 그의 구연도 실패로 돌아갔지만, 경우에 따라서는 놀이판에서도 고사故事의 연행이 독자적으로 이루어질 수 있었음을 역으로 보여주는 자료가 아닌가 생각된다. 궁중 나희의 전통 재담을 계승한 것으로 평가된[51] 박춘재의 공연 모습을 통해서도 짐작되는 부분이다. 당시 유명한 재담이었던 박춘재의 '장대장타령'에는 고수로 장고가 동반되고 있다.[52] 아래 인용의 괄호 속은 고수가 한 추임새 부분이다.

　　이때는 춥던날이 따뜻해가니까 몸이 풀려 아라사병정할 땔세그려 (응, 노군해) 오ㅡ노군할 때야 (응) 춘삼월 시절이라 초목군생지물이 개유이자락하여 너구리늦손자보고 (응) 두꺼비순산하고 (그렇지) 이럴땔세그려 (옳아) 젊은 청년들이 삼삼오오짝을 지어 (응) 우마취계할 땐데 (옳지)[53]

이야기를 무대 공연물로 만드는 여러 가지 장치가 있었겠지만, 이야기의 구술에 고수가 장단과 추임새를 보태주는 것으로 예술적 효과를 기할 수 있었으리라 생각된다. 필자가 만난 심종구의 이야기 연행 모습을 보면,[54] 장편 이야기에는 간혹 창을 섞어서 분위기나 국면의 전환을 유도했으리란 유추도 가능하다. 마치 판소리의 창과 아니리가 거꾸로 된 모습이다.

51　사진실, 「배우의 전통과 재담의 전승」, 『공연문화의 전통』, 486~499쪽.
52　한국고음반연구회 민속원공편, 『유성기음반가사집』 1, 민속원, 1990, 29쪽.
53　위의 책.
54　천혜숙, 앞의 글, 1984, 100쪽.

4. 마무리

　이상에서 조선조 나례의 오랜 전통 속에서 이른바 '이어회해(俚語詼諧)'
를 담당하던 재담꾼의 부류와 더불어, 조선조 후기 촌락 공동체를 벗
어난 떠돌이 전문 이야기꾼들의 출현에 대해 살폈다. 전문 이야기꾼들
의 존재는 역사 속에 선명한 모습으로 남아 있다. 그리고 근대 전환기
에 이르기까지 더러는 전문화된 이야기판으로서의 이야기 무대와 공
연이 이루어졌다. 그러나 그들 대부분은 자신의 기예에 대한 보상으로
대단한 부를 획득하지 못하였고 예인으로서의 사회적 지위도 공인받
지 못한 채 명멸했던 것으로 보인다. 이야기하기를 업(業)으로 근근이 호
구지계를 삼는 흥행화 단계에서 그쳤을 뿐, 근대 이후 독자적인 공연
예술로 승화되지는 못했던 까닭이다.
　특히 1910년을 전후해서 '재담'의 장르가 다시 주목되고 많은 재담집
의 간행이 이어졌지만, 재담 전통의 계승은 박춘재 정도에서 그친 것
으로 보인다. 박춘재 본인이 소리와 재담을 함께 하는 예인이기도 했
지만, 이미 '재담극(才談劇)' 또는 '화극(話劇)'으로의 전환이 이루어지고 있
었기 때문이다. 그것을 더욱 부추겼던 근대적 무대 및 공연문화의 유
입, 유성기와 라디오의 보급이 과연 재담을 비롯한 이야기 예술의 근
대적 창출에 역기능을 하였던가, 순기능을 하였던가를 가늠하기란 쉽
지 않다. 새로운 문화적 매체를 따라 일본의 신파극, 유·무성 영화 등
의 새로운 예술 장르들이 유입되었기 때문이다.

　　1930년 무렵을 고비로 전통음악 대 유행가·양악의 비율이 절반 정도로
　바뀌고, 1935년경 이후로 유성기의 대량보급 —염가의 보급형 —과 함께
　대중의 취향도 수월한 대중가요로 급격히 옮아가서 일본식 유행가의 홍수
　를 이루었다. 1930년대 말쯤에 이르면 이렇다 할 전통음악의 명성을 찾아보

기 어려울 정도로 심각한 지경이 되어, 유성기판은 전통음악의 보존이라는 공헌과 함께 일본식 유행가의 강력한 매개체로서 전통음악의 말살이라는 치명적인 역기능을 초래했다. 또한 신파극·활동사진의 유행으로 배우나 이른바 변사들이 큰 인기를 누리게 되자, 이들의 인기 있는 대목들이 다량으로 취입되고, 만담·난센스 등이 파생되어 큰 인기를 누리면서 성장기의 창극양식에 막대한 타격을 입혔다.[55]

근대적 이야기꾼으로도 볼 수 있는 변사辯士와 만담가漫談家는 이 새로운 문화의 산물이다. 더 정확히 말하면 무성 영화가 들어오면서 그것에 대한 일본식 문화적 적응 양태가 함께 수입된 것이다. 전문 이야기꾼의 근대적 변모와 관련해서는 1920년대 야담野談 장르의 부상과 더불어 야담사野談師가 출현하고 야담대회가 열리는 등의 현상도 주목되는데, 이것 역시 일본의 강담講談 장르 및 근대기 일본의 신강담新講談 운동과 일정하게 연계되어 있었던 점을 간과해서는 안 될 것이다. 따라서 전문 이야기꾼 전통의 근대적 창출에 대해서는 보다 정밀한 독해가 요구된다.

55 배연형, 「유성기음반가사집 해제」, 한국고음반연구회·민속원 편, 『유성기음반가사집』 2, 민속원, 1990, 1073쪽.

「전문 이야기꾼의 전통」에 대한 토론문

하창수

⊡

    조선 후기의 전문적이고 직업적인 이야기꾼(강독사講讀師 / 강담사講談師 / 강창사講唱師)이 근대화 이후에 대부분 대중예술분야의 직업인(변사辯士 / 만담가漫談家 / 소리꾼 등)으로 이어지거나 변모를 겪은 듯한데, 이들의 면모나 행보를 살펴보면 상당부분 '소설가'적 성격이나 성향이 발견된다. 특히 이야기를 듣는 사람들의 이목을 집중시키고 흥미를 돋우기 위해서 반드시 필요한 것이 기발하고 기괴한 재미였다는 점에서 근현대소설 가운데서 '대중소설'과 유관하다. 어떤 점에서는 이보다 차원이 높은 가령 일정부분 문예적 소양을 갖춘 것으로 간주할 수 있는 임금이나 사대부, 특히 박지원 같은 당대의 내로라하는 문인의 마음까지 사로잡았다는 점에서는 재미 이상의 무엇, 이를테면 형이상학적 측면이나 흔히 관념소설이라 부르는 면모도 갖추고 있지 않았나 생각이 든다. 하지만 발표자의 논문에 드러난 내용만으로 살펴보면 조선후기의 전문적 이야기꾼들이 근현대의 소설가들로 이행하거나 계승, 혹은 변모한 기미를 찾아보기는 힘들다. 이 점에 대해 발표자는 어떤 생각을 갖고 있는지 궁금하다. 요컨대, 조선후기의 전문 이야기꾼과 근현대 소설가의 연관성은 어느 정도라고 생각하는가?

2

어느 정도 짐작은 했지만, 발표자의 논문에서 확인할 수 있었던 것은 전문 이야기꾼들은 거의 완벽한 지식인이라고 할 수 있을 정도의 소양을 갖추고 있다. 그런 점이 아마도 박지원 같은 대문사大文士를 매료시킨 중요한 이유의 하나가 되지 않았을까 싶은데, 이 대목에서 문득 두 가지가 궁금해진다.

첫째, 청중 / 독자의 수준이다. 소설을 쓰다가 참고하게 되는 옛 문헌에서 수많은 고사들이 인용되는 것을 보게 되는데, 때로는 이걸 다 외우고 있거나 알고 있다는 사실이 불가사의하게 느껴진다. 더구나 그 의미를 깨치고 있거니와, 그걸 또 적재적소에 써먹는다는 사실에 놀라움을 금치 못한다. 전문 이야기꾼 역시 상당부분 이 문헌의 작가들과 어금버금했을 것 같은데, 청중 / 독자가 이 얘기들을 과연 모두 소화해 낼 수 있을 정도의 수준이었을까 궁금하다.

둘째, 앞선 의문과는 반대로 지식인으로서 혹은 수준 높은 이야기꾼으로서 재미나 흥미를 좇아 청자들에 영합한다는 자괴감은 들지 않았을지 궁금하다. 혹시 이야기꾼으로서의 자신의 삶에 대한 회한을 적은 글이나, 그런 유형의 호사가의 평 같은 건 없는지?

3

발표자의 논문에서 인용된 이야기꾼에 대한 글들은, 현대소설에서 '소설가 소설'이라고 부르는 것과 상당부분 흡사하다. 즉, 이야기꾼 / 소설가가 주인공인 이야기 / 소설이다. 이런 점에서 당시 상당수의 이야기꾼들이 존재했을 거라는 것과 더불어 그들에 대한 수요도 많았고 관심도 높았던 것으로 보인다. 그럼에도 불구하고 오늘의 우리(일반인)에게는 그들의 이야기가 '전혀'라고 생각될 정도로 전해지지 않았다. 오늘의 대중문화에서 큰 비중을 차지하고 있는 TV역사드라마에도 그 모습은 거의 드러나지 않는다. 발표자는 이런 현상을 어떻게 보는가?

④

발표자는 전문 이야기꾼들의 이야기를 구변 / 고담 / 고사 / 이어俚語 −이담俚談 / 골계 / 풍자 / 회해詼諧 / 희학 / 패관소설 / 허언 / 니야기 등 꽤 여러 장르로 구분하고 있다.

(1) 오늘의 장르구분방식과 비교하자면 지나치게 세세한 이러한 구분의 실익과 실효성은 어디에 있는 건지?

(2) 혹시 당시에 이런 식으로 세세한 장르를 청자 / 독자가 원했던 건 아닌지? 아니면 단지 학문적 목적에 의해 연구자들이 임의로 나누어놓은 것인지?

(3) '거짓말'이라는 것을 노골적으로 드러내는 '허언'은 오늘의 거의 대부분의 이야기 −소설, 드라마, 영화 − 가 여기에 속하거니와, 예전 이야기들 중에서도 아주 많은 이야기들이 여기에 속하는데, 이것이 따로 독립되어 있는 이유가 있는지? 그리고 보통의 '지어낸 이야기'와 '허언'은 어떤 차이가 있는지?

18·19세기 '이야기꾼'과 소설의 발달[*]

임형택

1. 머리말

일반적으로 말해서 소설은 이야기에서 나왔다고 할 수 있다. 이야기는 아득한 옛날부터 오늘에 이르기까지 인간생활의 일부로서 있어 온 것이다. 가령『삼국사기三國史記』의 「설총전薛聰傳」을 보면 신문왕神文王이 설총에게 말했다.

오늘 장마가 막 개이고 마파람이 제법 서늘하구려. 비록 진찬珍饌을 들고 풍악風樂을 잡힌들 고담선학高談善謔으로 우울한 마음을 푸는 것만 같겠소?

* 이 논문은 1975년에 계명대 한국학연구소 발간의『韓國學論集』권2에 발표된 것이다. 이것이 당시에 관심을 끌어서『讀書生活』(1976.2)이란 잡지에 전재되었으며, 이어서『고전문학을 찾아서』(문학과지성사, 1976)에 수록된 바 있다. 이번에 전면적으로 손질을 하였으나 표현상에 그쳤다. 내용 및 논지에 관련해서도 수정하고 싶은 대목이 물론 없지 않았으나 연구사적 의미를 고려해서 자제했음을 밝혀둔다.

선생은 필시 이문異聞이 있을 터이니 나를 위해 들려주지 않으려오?

이에 설총은 화왕계花王戒로 일컬어진 이야기를 왕에게 하였다. 이야기가 끝나자 왕은 안색을 고치고 말했다 한다.

선생의 우언寓言은 실로 깊은 뜻이 담겨 있소. 청컨대 그것을 적어두어 임금 된 자의 경계가 되게 해주오.[1]

여기서 우리는 이야기가 인간생활의 일부로 있어 온 까닭을 찾아 볼 수 있다. 이야기를 듣는 것은 맛있는 음식이나 듣기 좋은 음악에 못지 않게 즐거운 오락의 일종이다. 그냥 오락에서 그치지 않고 교훈성, 인생에 대해 의미를 갖는 것이었다. 오락성과 인생의 의미, 이 두 측면은 이야기의 기본적인 효용이라 보아도 좋을 것이다.

'이야기꾼'이라면 이야기를 잘 하는 사람, 곧 서사문학의 구연자口演者를 가리킬 텐데 이야기를 전문적 수준으로 잘하는 사람을 칭하게 된다. 따라서 이야기꾼도 이야기와 함께 어느 시대에나 존재해 왔다고 봐야 할 것이다. 그런데 이야기와 함께 이야기꾼은 시대에 따라서 그 존재양상이나 역할에 변함이 없을 수 없었다. 인간생활의 변화에 따라서 이야기꾼의 양상과 이야기의 성격이 다양하게 변모하였을 것임이 물론이다.

문학사는 이러한 변모와 무관할 수가 없다. 구비전승을 문학으로 보는 입장에서는 이야기 자체가 문학에 포괄되지만, 이야기가 기록화를 거쳐 작품으로서 문학사의 일부를 이뤘기 때문이다. 무엇보다 소설이 그러하였다. 소설은 이야기와 밀접한 관련을 가지고 발달해온 것이다.

---

[1] 王以仲夏之月, 處高明之室, 顧謂聰曰 : "今日宿雨初歇, 薰風微凉, 雖有珍饌哀音, 不如高談善謔, 以舒伊鬱. 吾子必有異聞, 盍爲我陳之?" (…중략…) 王愀然作色曰 : "子之寓言, 誠有深志, 請書之, 以爲王者之戒." (「薛聰傳」, 『三國史記』 권46)

가령 르네상스 시대에 근대적 인간정신을 대변한 『데카메론』도 실은 그 당시의 이야기를 수집한 것에 불과하였다.

우리의 소설사에서 18·19세기는 매우 중요한 시기이다. 이 시기에 소설의 독자층이 확대되었고 연암燕岩의 소설을 비롯한 한문단편이 쏟아져 나오고 판소리가 등장함으로써 우리의 문학사는 '소설의 시대'를 맞이한 감이 있었다. 이 시기에 이야기꾼은 전문적·직업적인 예능인으로서 활동했던 사실이 특이한 현상인데, 이야기꾼의 성격을 ① 강담사講談師, ② 강독사講讀師, ③ 강창사講唱師로 구분해 볼 수 있었다. 이러한 이야기꾼의 활동과 연관되어 소설도 새로운 발달을 보였던 것이다.

우리는 여기서 소설의 시대로 접어들어 이 같은 이야기꾼들이 어떠한 양상으로 존재하였으며, 그 역사적 배경 및 소설의 발달에 그들이 어떤 역할을 했던가를 구체적으로 살펴볼 필요를 느낀다.

2. 이야기꾼의 유형과 실태

강창사가 이야기를 노래로 부르는, 말하자면 'singer of tale'임에 대하여 강담사는 담화조로 이야기하는 'story teller'이다. 이에 대하여 강독사는 소설책을 낭독하는 형태이다.[2] 다음에 이들 각각의 특성을 고찰해 본다.

---

[2] 본고에서 '이야기꾼'은 이야기, 즉 서사적인 것의 전문적인 구연자인데, 강담사講談師·강창사講唱師·강독사講讀師라는 용어를 써서 구분해 보았다. 강담사는 '이야기꾼'이란 말을 그대로 쓰고, 강창사는 '판소리꾼'으로, 강독사는 전기수로 유형을 나타낼 수도 있다고 하겠으나, 일관성 있는 명칭을 통해서 각각의 성격을 용어상에서도 부각시켜 본 것이다.

1) 강담사講談師

세상에서 특별히 이야기를 잘하는 사람을 '이야기꾼', 혹은 '이야기 주머니', '이야기 보따리' 등으로 불러왔는데 지금 강담사라고 칭하였다. 따라서 가장 일반적인 형태의 이야기꾼이며, 협소한 의미의 이야기꾼이라면 곧 이들을 가리키게 된다. 이들 강담사의 소식을 전하는 자료를 다음에 들어본다.

(1) 서울에 오吳가 성을 가진 사람이 있었다. 그는 고담을 잘하기로 유명하여 재상집들을 두루 드나들었다. 그는 식성이 오이와 나물을 즐기기 때문에, 사람들이 그를 '오물음吳物音'이라고 불렀다. 대개 '물음'이란 익힌 나물을 이름이요, 오吳씨와 오이[瓜]가 음이 비슷한 때문인 것이다.

그때 한 종실 노인이 네 아들을 두고 연로했는데, 물화를 사고팔고 하기로 큰 부자가 되었다. 그는 천성이 인색하여 추호도 남 주기를 싫어할 뿐더러, 여러 아들들에게조차 분재를 않고 있었다. 더러 친구들이 권하면 "내게도 생각이 있노라"고 대답하고는 마냥 천연 세월하며 차마 나누어주지를 못하는 것이었다. 어느 날 그가 오물음을 불러 이야기를 시켰다. 오물음은 마음 속에 한 꾀를 내어 고담古談을 지어서 했다.[3]

(2) 정조 때 김중진金仲眞이란 이는 나이가 늙기도 전에 이빨이 죄다 빠져서 사람들이 놀리느라 별명을 '오이무름[瓜濃]'이라고 붙여 주었다. 익살과 이야기를 잘하여 인정물태를 묘사함에 당해서 곡진하고 섬세하기 이를 데 없었다. 더러 들어볼 만한 이야기가 있었다.[4]

---

3   이우성 · 임형택 역편, 「이야기꾼」, 『이조한문단편집』 상, 일조각, 1973, 189-191쪽.
4   正廟時, 有金仲眞者, 年未老而齒牙盡落, 故人嘲號曰瓜濃. 善談俚談, 其於物態人情, 曲盡纖悉, 往往有可聽者. (「金仲眞」, 『里鄕見聞錄』 권3)

(3) '이야기 주머니[說囊]' 김옹金翁은 이야기를 아주 잘하여 듣는 사람들은 누구 없이 포복절도를 하였다. 그가 바야흐로 이야기의 실마리를 잡아 살을 붙이고 양념을 치며 착착 자유자재로 끌고 가는 재간은 참으로 귀신이 돕는 듯하였다. 가위 익살의 제일인자라 할 것이다. 그리고 가만히 그의 이야기를 씹어 보면 세상을 기롱하고 깨우치는 뜻이 담기었음을 알게 된다.[5]

위의 자료들이 소개하는 오물음吳物音 · 김중진金仲眞 · 김옹金翁과 같은 인물들은 당시에 이야기 잘하는 특기로 행세하였던 강담사임을 알 수 있다.

이들 강담사는 일종의 예능인이며, 이들의 강담도 예능에 속하겠지만 성격상 다른 연예에 비해서 비전문적이고 단조로운 편이다. 강담은 행동적인 표현도 없고, 악기의 반주를 동반하거나 변화 있는 창조唱調가 아닌, 그냥 담화談話이고 특별한 기능이 아니기 때문이다. 이야기 몇 자리 하는 사람은 얼마든지 있었을 터이다. 그런데도 이처럼 그 이름이 세상에 전하게 된 것은 그만큼 특이한 존재이기 때문이었을 터다. 김중진이 그렇듯 "인정물태를 묘사함에 당해서 곡진하고 섬세하기 이를 데 없었다"거나 김옹에서 보는바, "이야기의 실마리를 잡아 살을 붙이고 양념을 치며 착착 자유자재로 끌고 가는 재간이 참으로 귀신이 돕는 듯"하고 청자들을 배를 안고 뒹굴게 만드는, 이런 수단이 그들의 존재를 특이하게 만든 강담사의 장기長技였다. 이들은 그야말로 전문적인 강담사에 속한다고 말할 수 있다.

이야기에 특별한 재주가 있었던 점이 전문적이었을 가능성을 충분히 시사하는 바지만, 거의 직업적인 일이 되기도 했던 것 같다. 자료 (1)에 소개된 오물음은 "고담을 잘하기로 유명하여 재상가의 집에 두루 드나들었다"고 하였는데, 장사로 부자가 된 종실 노인은 그의 이야기

---

5 說囊金翁, 善俚語, 聽者無不絶倒. 方其逐句增衍, 鑿鑿中竅, 橫說竪說, 捷如神助, 亦可以滑稽之雄. 夷考其中, 又皆玩世警俗之語也. (趙秀三, 「紀異 · 說囊」, 『秋齋集』, 권7)

에 깊이 감명을 받고 "오물음에게 상을 후하게 주어 보냈다" 한다. 말하자면 청자로부터 보수를 받은 셈이었다. 재상가나 부유한 유한층에 출입하여 자기의 재주를 팔아서 살아간 것이라 하겠다. 오물음의 경우 이야기를 하는 것은 생활의 한 수단으로서 어느 정도 직업화된 일이었음을 짐작케 한다. 다만 그렇게까지 된 사례는 흔치 않았지 싶다. 직업적이라고 할 수는 없으나, 나름으로 이야기를 잘하여 자신이 속하는 집단 내에서 오락적인 기능을 담당하였던 강담사들이, 도시나 농촌의 여러 사회층위에 따라 존재하여 이야기의 판이 벌어졌을 것으로 유추할 수 있다. 그러므로 강담사 또한 각기 집단에 따라 출현했을 것이다.

연암 박지원(朴趾源, 1737~1806)의 「민옹전閔翁傳」이 그린 민옹도 강담사의 한 형태로 파악된다. 민옹이 기인으로, 가곡歌曲에 능하며 입심이 좋아서 골계滑稽를 잘하여 사람의 마음을 즐겁게 해주는 인물로 연암은 당초에 소개받는다. 그때 연암은 오랫동안 병석에 시달린 끝이었다. 성가聲歌 및 서화·골동에 취미를 붙이고, 친구들을 불러 모으고 해학이나 고담을 들어 마음에 위로를 얻으려 하였지만, 울적한 심회를 풀지 못하던 즈음이었다. 그래서 연암은 민옹을 반갑게 여기고 즉시 초청했다.[6] 민옹은 유능한 강담사로 불려온 셈이었다. 과연 민옹은 기발한 골계로 연암의 마음을 금방 쾌활하게 만들었다. 민옹은 고객인 청자에게 오락적인 기능을 십분 발휘했던 셈이다.

오물음과 민옹의 사례에 비추어 서울에서는 이야기꾼에 대한 사회적 수요가 어느 정도 발생했음을 엿볼 수 있다. 이러한 수요에 상응하여 전문적인 강담사가 등장하게 된 것이다.

---

[6] 歲癸酉甲戌之間, 余年十七八. 病久困劣, 留好聲歌·書畵·古劒·琴·彝器諸雜物, 益致客俳諧古譚, 憩心萬方, 無所開其幽鬱. 有言"閔翁奇士, 工歌曲·善譚辯, 俶怪譎恢, 聽者人無不爽然意豁也." 余聞甚喜, 請與俱至. (『燕岩集』동상판, 116쪽)

2) 강창사講唱師

강담사보다 전문적이고 직업적인 예능인으로 놀았던 것은 강창사였다. 이야기를 창唱으로 구연하는 판소리 광대廣大가 그들이다.

세창서관世昌書館판 흥부전의 서두에 "북소리에 맞춰서 내 별별 이상한 고담 하나를 하여 보리라"고, 판소리에 대해 고담을 하는 것으로 의식하고 있다. 판소리의 성격을 분명히 드러낸 발언이다. '내 별별 이상한 고담 하나를 하여 보리라'에서 '나'는 판소리를 구연하는 광대 자신이며, 고담은 이 경우 흥부전에서 박타령을 가리킨다. 광대 자신이 판소리를 '고담을 하는 것', 즉 '이야기'로 생각하고 있었던 것이다. 다만 북 장단에 맞추어 연행하는 점이 그 특성이다. 이야기를 하되 북 장단에 맞추어서 창으로 부르는 것이 다름 아닌 판소리다.

그런데 판소리는 창으로만 구성된 것이 아니고 중간 중간에 '아니리'라고 하는 강담조講談調가 들어간다. 창과 백白이 교체되는 방식이다. 창이 주가 되고는 있지만, 이야기에서 발달된 형태일 뿐더러, 근본적으로 '이야기'의 한 방식에서 벗어나지 않는 것이다.

판소리의 연행에는 '너름새', 즉 몸짓이 중시되는 점을 들어서 연극 내지 가극歌劇의 일종으로 보는 견해도 있었다. 그러나 '너름새'란 이야기를 하는데 있어서 보조적인 제스처에 불과하며, 연극적인 진행으로 볼 수 없다. 판소리는 연극처럼 행동으로 표현하는 방식이 아니라, 서사의 방식을 취한다.[7] 이러한 판소리의 성격은 강창講唱에 속한다. 그리고 판소리 광대는 이야기꾼의 일 형태로 강창사라 규정하여 틀리지 않을 것이다.

강창사인 이들 판소리 광대는 재인才人으로서 신분제사회에서 하층에 속했던 천민 출신이었지만 당시 직업적인 연예인으로 활약하고 있

---

[7] 판소리의 장르적 성격이 서사임을 밝힌 것으로, 조동일, 「판소리의 장르 규정」(『어문론집』 제1집, 계명대학, 1969)이 있다.

었다. 종래 판소리 광대가 비록 사회적으로 비천한 대우를 감수했으며, 그네들의 예능인 판소리까지도 비천한 것으로 취급되었다고 대체로 간주해 왔다. 필자는 이점을 각도를 달리해서 생각하고 싶다.

'고송염모일대재高宋廉牟一代才'라는 자하紫霞 신위(申緯, 1769-1845)의 시구에 오른 광대는 고수관高秀寬·송흥록宋興祿·염계달廉季達·모흥갑牟興甲이다. 이들은 순조(1801-1834)년간에 판소리로서 명성이 일국을 울렸던 것이다. 비록 천민신분을 타고 났지만 명창으로서 인기를 모았으며, 더러는 소리의 재능으로 인정을 받아 실직實職은 아니라도 국왕으로부터 일정한 직함을 받은 사례도 있었다. 천민으로 머문 것이 아니라 예술적인 재능을 가지고서 사회적 지위상승을 실현하고 있었다.

판소리는 원래는 전라도 지방의 민속에서 기원했던 것이 '국민적인 것'이라 할 만큼 성장하였다. 판소리의 발달과 더불어서 판소리 광대도 사회적인 상승을 하였던 점에 주목해야 할 것이다. 그리고 그 당시 판소리 광대는 봉건적 신분제 하에서 천민으로서 예속적인 생활을 누렸던 것은 아니다. 양반이나 관료들을 위하여 연행을 하였지만 양반이나 관에 예속된 자로서 봉사를 강제되었던 것도 아니었다. 오히려 자유로이 자기의 재능을 살리면서 활동하였다. 양반 내지 부호, 혹은 벼슬아치들에게 초청되어 연예를 하면 으레 그에 대한 보수를 받았다. 판소리 광대는 봉건적인 예속에서 벗어나지 못한 중세적인 재인에 그치지 않고 속박에서 해방되어 직업적인 예술가로서 진출을 하고 있었다.

3) 강독사講讀師

이야기책—소설을 청중에게 낭독하던 강독사. 조수삼(趙秀三, 1762-1847)의 「추재기이秋齋紀異」에 실려서 진즉 우리에게 알려진 '전기수傳奇叟'는 그 일종이다.[8] 전기수는 동대문 밖에 살던 사람으로 종각에서 동대문

사이, 지금의 종로를 6일 간격으로 오르내리면서 청중에 둘러싸여 매일 소설을 구연하였다. 그가 낭송하다가 아주 재미나고 긴박한 대목에서 낭송을 뚝 그치면 청중은 하회下回가 궁금하여 다투어 돈을 던졌으니, 이 것을 '요전법邀錢法'이라 했다 한다. 제일교第一橋, 제이교第二橋, 이현梨峴, 교동校洞 입구, 대사동大寺洞 입구, 종루鐘樓 앞 등 흥행의 일정한 장소가 있 었으며, 이곳을 6일 간격으로 오르내렸다는 점에서 정기적인 흥행이었 다고 보겠다. 즉 전기수는 일정한 장소에서 정기적으로 소설을 낭송하 는 구연행위로 삶을 영위했던 것이다.

이러한 전기수의 형태는 앞서 연암의 『열하일기熱河日記』에서도 언 급된 바 있다. 구요동성舊遼東城 밖 관성묘關聖廟에서 많은 사람들에 둘 러싸여 『수호전』을 구연하는 광경을 목도한 연암은 마치 우리나라 항 사巷肆에서 『임장군전林將軍傳』을 구송口誦하는 것과 비슷하다고 했다. 길거리뿐 아니라 점포에서도 전기수들이 구연하였음을 알게 된다. 그 리고 『수호전』의 화소와관사火燒瓦官寺 대목을 펼치고 앉아서 기실 『서 상기西廂記』를 외고 있으니, 이는 까막 무식인데 입에 붙어서 줄줄 외는 것이며, 이점이 꼭 『임장군전』을 읽는 것과 비슷하다는 것이었다.[9] 이 로 미루어 전기수의 낭송은 대본에 의존해서 읽어가는 방식이 아니라 고도로 숙련이 되어 암송해서 구연하는 형태였음을 알게 한다. 서울의 시가와 점포에서 다수의 청중을 상대로 흥행을 일삼던 전기수의 형태 와 함께 각 가정을 돌아다니며 소설책을 재미나게 읽어주던 형태의 강 독사도 있었다. 이업복이 그런 부류였다.

---

8   叟, 居東門外. 口誦諺課稗說 ― 如淑香 · 蘇大成 · 沈清 · 薛仁貴等傳奇也. 月初一日坐第一
    橋下, 二日坐第二橋下, 三日坐梨峴, 四日坐校洞口, 五日坐大寺洞口, 六日坐鍾樓前. 溯上
    既, 自七日沿而下. 下而上, 上而又下, 終其月也. 改月亦如之. 而以善讀故, 傍觀匝圍, 夫至最
    喫緊甚可聽之句節, 忽默而無聲. 人欲聽其下回, 爭以錢投之, 曰此乃'邀錢法'云. (「紀異 · 傳
    奇叟」, 『秋齋集』, 권7)

9   有坐讀水滸傳者, 衆人環坐聽之, 擺頭掀鼻, 旁若無人. 看其讀處, 則火燒瓦官寺, 而所誦者
    乃西廂記也. 目不知字而口角溜滑, 亦如我東巷肆中口誦林將軍傳讀者. (『燕巖集』, 동상판,
    157~158쪽)

이업복李業福은 겸인傔人의 부류다. 아이 적부터 언문 소설책을 맵시 있게 읽어서 그 소리가 노래하듯이 원망하듯이 웃는 듯이 슬픈 듯이, 가다가는 웅장하여 영걸의 형상을 나타내기도 하고, 가다가는 곱고 살살 녹아서 예쁜 계집의 자태를 짓기도 하는데, 대개 그 소설의 내용에 따라 백태를 연출하는 것이었다. 그래서 부자로 잘 사는 사람들이 그를 다투어 불러다 소설을 읽히곤 했다. 어떤 서리胥吏 부부는 그의 재주에 반해서 업복이를 먹여 살리며 일가처럼 터놓고 지냈다.[10]

이업복은 부유층의 집에 불려 다니며 소설책을 읽어주는 것을 업으로 살아가는 강독사다. 단골이었던 위의 서리 부부는 말하자면 패트런이었던 셈이다. 이업복과 같은 부류로서 이자상李子常이라는 이름이 전한다. 이자상은 총명해서 "여러 패관서稗官書 및 어록문자語錄文字(백화체의 소설류를 지칭하는 듯함)에 관계되는 것에 모두 환히 통했지만, 빈궁해서 살아가기 어려워 더러 재상가의 문하에 출입하였는데 소설을 잘 읽는 것으로 유명했다"고 한다. 그는 빈곤을 타개키 위해 소설을 잘 읽는 재능으로 재상가를 출입하였던 것이다. 그러나 "말년에는 군문軍門에서 급료를 받기도 하였지만 많이 지면知面이 있는 집에서 기식寄食하였다"는 것을 보아 그 재능이 충분히 생활의 수단이 될 만한 것은 아니었다.[11] 이업복의 경우는 안방 출입까지 하면서 여성 앞에서 소설을 낭독할 수 있었다. 이와 같이 남자 강독사가 여성 청자를 상대하는 것을 일반적인 현상으로 볼 수는 없다. 이업복은 그때 나이가 많지 않았고, 그를 받아들인 집이 서리층이어서 예법에 구애를 덜 받았을 듯싶다. 당시 추세로 보면 소설의 독자는 여성이 많았다. 사부가의 부녀자를 상대하

10 이우성·임형택 역편, 「東園揷話」, 『이조한문단편집』 상, 일조각, 1973, 271쪽.
11 李子常忘其名, 聰明强記, 諸種術書, 無不閱覽, 又嫺於稗官諸書. 凡係語錄文字, 盡爲通曉. 貧不能自資, 或出入宰相門下, 以善讀小說稱. 晚年得軍門斗料, 多寄食於知舊之家. (「李子常」, 『里鄉見聞錄』, 권7)

는 여자 강독사도 있었다.

　　근년에 한 상놈이 십여 세 적부터 눈썹을 그리고 얼굴에 분을 바르고서 여자의 언서체諺書體를 배웠다. 그리고 소설을 잘 읽었는데 목소리조차 여자와 꼭 같았다. 홀연 집을 나가 부지거처가 되었다. 그리하여 그는 사부가士夫家에 출입하면서 혹은 진맥을 할 줄 안다고도 하고 혹은 방물장수라고도 일컫고 혹은 소설을 읽어주기도 하였다.[12]

　이처럼 남자가 여장을 하고 규방에 출입하였던 것은 사부가의 부녀자들을 상대하기 위한 술책이었음이 물론이다. 굳이 가장할 필요가 없는 여자 강독사는 필시 이미 존재했을 것이다. 어쨌건 그는 여성 독자의 요청에 응해서 소설을 낭독하는 행위를 한 것이다. 하지만 위에서 서술된 바와 같이 그는 강독이 전업이 아니고 의원 노릇도 하고 방물장수를 겸했던 것으로 미루어 충분히 직업적일 수는 없었다고 여겨진다.

　소설 읽기는 판소리처럼 특별한 재능이 아니며 국문만 해독할 줄 알면 할 수 있는 것이지만, 강독사들의 경우 보통과 달리 십분 흥행이 될 만한 낭독법을 구사했을 터이다. 앞서 보았듯이 이업복의 경우 그의 낭독법이 어떠했던지 구체적으로 묘사되어 있다. 그것은 낭독을 구사하다가 예쁜 계집의 자태를 짓기도 하는 등, 대개 소설의 내용에 따라 백태를 연출하는 것이었다. 소설의 내용에 부합되도록, 청각적인 효과를 십분 발휘하는 방법이었다. 소설의 낭독은 전문적이고 직업적인 수준에 이르렀음을 알게 한다.

　강독사는 활동의 무대가 주로 서울이라는 도시였다. 소설의 보급이 경향으로 확장되었던 터인데 농촌에서는 어떠했던가?

12　頃年一常漢, 自十餘歲, 畫眉粉面, 習學女人諺書體, 善讀稗說, 聲音如女人矣. 忽不知去處, 變爲女服, 出入士夫家, 或稱知脉, 或稱方物興商, 或以讀稗說. (具樹勳,『二旬錄』『稗林』탐구당판 9권, 452쪽)

우리 금곡金谷 중의도 김호주金戶主는 언문을 잘하여 결복結卜을 마련하며 고담을 박람하기로 호주戶主를 하연 지 십여 년에 가계부요하고 성명聲名이 혁혁하니 사나희 되어 비록 진서를 못하나 언문이나 잘하면 족히 일촌중一村中 횡행할 터이다.[13]

『요로원야화기要路院夜話記』의 한 대목인데 이러한 언급으로 농촌에도 소설을 읽는 풍습이 유행했음을 확인케 된다. 그리고 국문에 능하고 고담−소설을 읽어 향곡간鄕曲間의 소임이라 여겨지는 호주를 하고 제법 부요하게 되었다는 다소 과장된 우스갯말에서 농촌에서는 소설을 잘 읽는 것으로 족히 행세하였음을 짐작케 하는 것이다. 국문을 해독하지 못하는 많은 농촌의 잠재적인 독자들에게 환영을 받았기 때문임이 물론이다.

지방에서도 직업적인 강독사의 존재를 상정해볼 수 있겠는데, 필자는 이를 입증할 기록을 아직 발견하지 못했다. 대신 전하는 말이 그러했던 사정을 확신케 한다. 시골의 사랑방 같은 곳에서 목청 좋은 사람이 동네 사람들에게 둘러싸여 소설책을 읽던 것은 보기 어려운 광경이 아니었고, 또 가을 추수가 끝나고 나서부터 이듬해 정월 사이에 정기적으로 책장수가 들르는데, 마을 사람들에게 소설을 읽어주고 소설책을 팔기도 했다 한다.[14]

이야기꾼의 유형과 실태를 밝히는 이 단원의 끝에서 이야기꾼들의 신분에 관해 몇 마디 언급해두고 넘어가기로 한다. 강창사, 즉 판소리 광대는 천민출신이었지만 직업적인 예술인으로 진출하고 있었음을 지적하였다. 강담사나 강독사들은 어느 특정한 신분 출신은 아니었다.

---

13 이병기 선해選解, 『要路院夜話記』, 을유문화사, 1958, 18쪽.
14 이러한 책장수의 사례는 경북 경주 인근 건천乾川의 고로古老들의 구문口聞에서 나온 것이다. 최정여 교수로부터 제공받았다.

강독사인 이업복은 겸인僚人 출신이라 했는데, 더러 대갓집의 겸인을 거쳐서 서리직으로 나아가고 있었다.[15] 이자상은 군문에서 급료를 받았다는 것으로 보아 양반은 아니고 상민에 속했다. 강담사로 본 민옹閔翁의 경우 신분이 모호하지만 양반이라도 한미한 출신으로서 현실에 적응하지 못하는 불평객不平客이었다. 이야기꾼들의 사회적 성격은 분명히 말할 수는 없지만, 대체로 몰락 양반 내지는 중하층의 서민부류였다. 중시해야 할 사실은 그네들은 대개 생계가 빈궁하였고, 별다른 소업所業이 없었다는 점이다. 전문적·직업적인 이야기꾼은 주로 시정의 룸펜Lumpen 부류에서 나온 것으로 보인다. 다만 뚜렷이 전문화되지 못했고 본격적으로 직업화되지도 못했던 강담사의 경우는 그 출신이 비교적 폭넓어서 이렇게 한정지을 수 없었다.

3. 이야기꾼의 활동의 배경

전문적이고 직업적인 이야기꾼이 활동했던 배경에 대하여 이제 살피기로 한다. 앞에서 전문적·직업적 이야기꾼은 주로 시정의 룸펜 부류에서 나온 것으로 보았거니와 그들은 시정의 주변에서 놀았다. 그들은 서민의 세계, 특히 '시정의 세계'에 속한다. 먼저 강담사에서 논의의 실마리를 이끌어본다.

---

15 서리층의 가문에서 자제들이 겸인을 거쳐 서리직으로 나가는 사례를 앞에서 든 『이조한문단편집』에 실린 「宣惠廳 서리의 처」나 「銀甕」에서 볼 수 있다.

1) 강담사 경우

강담사는 이야기를 행하던 특정한 장소가 있었던 것은 아니었다. 사람들이 모여 노는 곳이면 어디서나 자연스럽게 이야기판이 벌어졌겠지만 사장射場, 약국藥局, 객점客店 등이 성행하던 장소로서 확인이 된다.

> 어느 날 대감(시임時任 병조판서−필자, 이하 같음)이 일찍 공문公門을 나와서 한가히 앉아 3인의 문객(병조판서 문하에 출입하는 무변들)과 그 선달先達도 끼어서 수작을 벌리고 있었다.
> "자네들, 사장射場에 나갈 적에 고담古談을 많이 들어 두었을 게야. 나를 위해 이야기를 들려주어서 소한消閑을 해 주게나."[16]

사장은 서울과 지방 부읍府邑의 어디에나 있었던 습사習射하는 곳이지만, 그곳에 정자가 있어 사람들이 모여 노는 집회소集會所이기도 하였다. 필자가 전주全州에서 한 고로古老에게 들은 바에 의하면 전주에는 사장射場이 4곳이 있었는데 각 사장마다 모이는 계층이 달랐고 그중 주로 아전들이 모이는 사장이 따로 있었다 한다. 이러한 사장은 한량이라고 칭하는 부류들이 물론 활도 쏘겠지만 이야기를 나누며 모여 노는 곳이 되고 있었다. 사장이 모여 노는 곳으로 바뀐 것과 무반武班 출신을 지칭하는 한량이란 말이 돈 잘 쓰고 잘 노는 사람을 가리키게 된 것을 결부시켜 생각하면 흥미롭다.

시정상인의 삶의 현장, 점포도 경우에 따라 이야기의 장소로 제공되었다. 약국을 들어서 보자. 약을 지으러 달려온 어느 상민에 대하여 동현銅峴(구리개) 약국의 주인이 하는 말.

16　一日, 則大監早罷公衙, 無事端坐, 只與三客及此先達爛慢酬酢的, 曰 : "君輩在射場時, 想多古談. 爲我呢喔, 以消今日之閑也." (「屈三车善辯動宰相」, 『青丘野談』 권1)

너희 무식한 것들은 매양 약 파는 사람이 의술도 있을 줄 알고 찾아오더라마는 나는 의원이 아니다. 어떻게 증세에 맞춰 약을 지을 줄 알겠나? 의원에게 방문方文을 내어오면 약을 지어 줌세.[17]

동현, 지금의 을지로 입구 일대에 당시 약국이 집중해 있었는데, 이곳에서는 약국과 의원의 업무가 분리되어 있었던 사실을 알게 한다. 약국에 '약주름'이라 불리던 약재 중개상이 출입하였고 시정인들이 모여 놀기도 하였다.

그는 사피할 말이 없어서 옷을 주어입고 문밖을 나서긴 했으나, 아무데도 갈만한 곳이 없었다. 어느 약국에 들러 주인에게 "내 소일할 곳이 없어하던 차에 마침 댁에서 빈객을 잘 대접하신다는 소문을 들었는데, 종종 와서 놀아도 좋겠소?" 하니 주인이 허락했다. 그날부터 그는 매일 약국에 나가서 한담이나 하며 지냈다.[18]

약국이 사랑방처럼 사람들이 모여 이야기를 나누던 장소로도 제공되고 있음을 보게 된다.

(비가 오는 어느 날 약국에서) 약주름이 (…중략…) 말을 꺼내었다. "오늘 비는 내 소시 적 새재를 넘을 때 비 같구랴." 옆에 앉았던 사람이 말을 받았다. "아니 비에도 고금이 있습나?" "그때 내가 우스운 일을 겪은 때문에 상기 잊히질 않는구랴." "거 좀 들어 봅세." "모년 여름이었지……."[19]

---

17 主人曰 : "爾輩無識, 每謂販藥者能通醫術, 有此來問, 然我非醫也, 焉知對症投劑乎? 若往問醫人出方文以來, 則當製給矣." (「投良劑病有年運」, 『破睡篇』상)
18 「自願裨將」, 『이조한문단편집』상, 128-129쪽.
19 壯洞藥僧 (…중략…) 忽發言曰 : "今日之雨, 若吾少時踰鳥嶺時雨也." 傍人曰 : "雨豈有古今哉?" 曰 : "其時經可笑事故, 尙今不忘." 傍人曰 : "可得聞乎?" 曰 : "某年夏……." (『海東野書』, 聽驟雨藥商得子).

약주름이란 약재 중개상을 이르는 말이다. 그가 과거를 회상하는 형식으로 엮어진 한문단편의 한 대목인데 이야기가 행하여지던 정황이 여실히 묘사되고 있다. 길손이 찾아드는 객점이나 객주 같은 곳도 『요로원야화기』에서 보듯이 만나는 얼굴들이 서로 심심찮게 이야기꽃을 피우던 곳이었다.

『열하일기』 중의 「옥갑야화玉匣夜話」 편은 옥갑에서 연암이 여러 비장裨將들과 의자를 맞대고 둘러앉아 밤들어 돌아가며 나누던 이야기를 기록한 내용이었다. 북경北京을 내왕하던 우리나라 역관들에 대한 이야기가 그 자리의 중심 화제였는데, 유명한 변승업卞承業에 대해 말이 나오자 연암도 허생許生의 이야기로 참여했다. 그리하여 허생전許生傳이 「옥갑야화」의 일부분이 된 것이다.

이조후기로 들어와 상업이 성행하고 상인들의 활동이 활발해지면서 객점이나 객주가 번창하였다. 이곳은 「옥갑야화」에서처럼 특히 이야기를 전파시키는 길목으로서의 구실을 하였다. 타처의 사람들이 서로 접촉함으로써 경험과 지식이 교환되고 이런저런 이야기들로 꽃을 피게 되었다.

사장, 약국, 객점 등소는 바로 시정의 현장이다. 그런 곳에 모여서 이야기를 나누며 즐기는 사람들도 한량들이나 중인·서리층, 상인층 내지 시정에 떠도는 부류 등등이었다. 19세기 전반기에 씌어진 『한양가漢陽歌』를 보면, "션젼紵廛은 슈젼首廛이라 돈 마흔(많은) 시정市井드리 호사도 홀난ᄒ고 인물도 쥰수ᄒ다"[20]라고 시정의 인간군상에 대하여 감탄의 시선을 보내고 있는데, 이 경우는 시전상인을 두고 이름이었다. 상인층은 상업 활동을 통한 넓은 교제로 새로운 지식과 경험을 섭취할 수 있는 이점이 있었다. 이들을 중심으로 시민층[21]이 형성되어갔다. 상

---

20 송신용 교주, 『한양가』, 정음사, 1949, 57-58쪽.
21 '市民'이란 말이 과거 우리나라에서는 '시사市肆의 민民', 즉 시전市廛의 상인들을 가리키는 뜻으로 쓰였던 듯하다. 선조 33년 이항복李恒福이 나라에 올린 글에서 그 용례를 볼 수 있다. "我國之

품·화폐경제의 발전과 함께 도시의 발달에 따라 나타난 역사적 현상이었다. 이들 시정인은 사대부들과는 취미나 교양이 사뭇 달랐다. 사대부들이 모이면 벌이는 시회詩會나 입만 달싹해도 나오는 성현聖賢의 가르침이 시정인의 취미나 교양에는 어울리지 않는 것이었다. 보다 이야기 내지 소설이 시정인의 취미와 교양에 맞았다.

시정인과 함께 중간층을 형성한 것으로 볼 수 있는 여항인의 경우 여항시인閭巷詩人이라고 하여 일군의 한시인들이 나왔다. 이들은 역관 출신 및 승문원承文院이나 규장각奎章閣의 서리 등 문학적 교양을 필수로 하는 직무에 종사했던 계층의 출신인데, 그들로서의 독자적인 문학 세계를 형성하였다기보다 다분히 사대부문학의 아류적 성격에서 탈피하지 못한 것이었다. 이러한 시정인의 성장과 더불어 시정 세계에서 크게 환영을 받아 이야기–소설이 특징적인 발달을 보인 것이다. 즉 시민사회가 형성되어가는 과정에서 나타난 현상이었다. 이러한 역사적 배경에서 전문적·직업적 이야기꾼이 활동할 수 있었다.

2) 강독사의 경우

강독사에 대해서는 장황하게 논할 것이 없다. 다만 사실을 파악해보는 정도에서 언급해 둔다. 종로의 거리를 오르내렸던 전기수는 시가의 일정한 장소에서 정기적으로 청중을 상대로 흥행을 했다. 청중이 없이는 당초에 이루어질 수 없는 행위이다. 도시적 배경이 없고서는 존재할 수 없다. 이업복은 부유층에 불려 다녔으니, 한 서리의 집은 그의 단골고객이었다. 시정인적 취미에 영합한 형태이다. 이런 현상을 통해서 소설 취미가 확산되어가고 있었음 확인하게 된다.

規, 如遇緩急, 凡所責辦專靠於市民. 市民於公家所關如此, 而市肆空虛亦非細慮." (「文獻指掌編」, 『林下筆記』, 대동문화연구원판, 560쪽)

전에 한 남자가 종가鍾街의 연사煙肆에서 어떤 사람이 패사稗史를 읽는 것을 들다가 영웅이 극도로 실의에 빠진 대목에 이르러 문득 눈을 부릅뜨고 입에 거품을 내뿜더니 담배 써는 칼을 들어 패사를 읽던 사람을 찔러 즉사시킨 사건이 있었다.[22]

이는 정조正祖 연간에 일어났던 옥사獄事였다. 패사는 물론 소설을 가리키며, 강독사가 연초점포煙草店舖에서 연행할 때 발발한 사건이었다. 고도의 실감과 감명을 주는 구연술口演術에 너무 감동한 나머지 소설의 허구를 현실로 착각하고 살인을 저질렀다는 어처구니없는 사건이지만, 그만큼 소설에 대하여 열광적이었다고 보겠다. 이같이 상인들 사이에서 소설이 환영을 받았음을 알 수 있다.

소설의 독자는 역시 여성 쪽이 우세하였다. 이덕무李德懋가 『사소절士小節』에서 여자가 지켜야 할 도리의 하나로 소설을 탐독하지 말 것을 든 것을 보아서도 (선비의 도리를 나열한 '사전士典'에서는 이런 조항이 보이지 않음) 특히 부녀자들이 소설을 많이 읽었다. 심지어 가정사를 돌보지 않고 돈을 주고 세책貰册을 빌려 보느라 가산家産을 탕진한 여자까지 있다고 했다. 한문의 교양이 부족했고 봉건도덕에 속박 받던 여성들은 국문소설의 독자로 쉽사리 흡수될 수 있었다. 이와 같이 소설이 인기를 얻고 독자층이 확대되면서 소설의 낭송을 직업으로 하는 강독사가 출현하게 되었다.

3) 강창사의 경우

강창사의 판소리는 강담이나 강독에 비하여 전문화된 연예형태이

---

22 古有一男子, 鍾街烟肆, 聽人讀稗史, 至英雄最失意處, 忽裂眦噴沫, 提截烟刀, 擊讀史人, 立斃之. (李德懋, 『雅亭遺稿』 권3 「銀愛傳」, 재인용: 『靑莊館全書』, 서울대 고전총서 제1집, 443쪽)

며, 훨씬 폭넓은 인기를 모을 수 있었다.

그때 시절에 판소리는 마을 느티나무 아래 또는 사정射亭이나 정자 앞뜰에서 연창演唱하고 가객의 인기도는 청중들의 호응과 박수 소리가 척도였다고 한다.[23]

이는 판소리에 대한 구문舊聞을 술회한 글의 한 대목이다. 판소리가 청중을 상대로 청중에 의해서 심판을 받는 관객예술로 발달했음을 말해주는 흥미로운 내용이다. 원래 농촌의 민속에서 출발하였던 판소리는 청중을 상대로 하는 대중연예로 변모한 것이다.

이러한 판소리의 경연대회로서 '대사습' 놀이가 있었다. 이 놀이는 판소리의 본고장인 전주에서 매년 동짓날 열렸다 한다. 감영의 통인청通引廳에서 주관한 행사였다. 이 놀이에 광대들이 많이 올라와서 관객 앞에서 창 솜씨를 겨룬다. 여기서 명창을 선발하는데, 뽑힌 명창은 이방청吏房廳의 주선으로 중앙에 진출한다는 것이다. '대사습' 놀이는 말하자면 판소리의 콩쿠르였다. 여기서 광대는 관객인 청중에게 심판을 받는 셈이었다.[24] 판소리가 관객예술로 발달함으로써 이러한 대회가 열려질 수 있었다. 관객예술은 도시를 배경으로 본격적인 발달이 가능했다. 판소리의 본고장 전주를 두고 보더라도 전라도의 행정의 중심지였을 뿐 아니라, 약령시藥令市가 섰고, 제지업製紙業이 성했고, 인근에 담

---

23 유기룡, 「판소리 八名唱과 전승자들」, 『新東亞』, 1974. 10, 353쪽.
24 '대사습'에 대하여 필자는 각별한 흥미를 느껴왔으나 자세한 내용을 알아볼 길이 없었다. 지난 해(1974년) 여름 전주를 지나던 길에 완산동完山洞의 노인당(옛 사정射亭으로 지금도 고로古老들이 모여 노는 곳이 되고 있다)에 들러 탐문한 바 전주에서 생장하여 전주에서 늙은 이양수李良秀 노인을 소개받았다. 당년 87세의 고령으로서 대사습에 대하여 오래된 기억을 더듬어 자신의 견문을 들려주었다. 본고에서 노옹老翁의 술회述懷를 기초로 '대사습'에 대하여 논해 보았다. 유기룡의 위의 글에서 "박유전朴裕全이 '전주대사습'(歌客들의 백일장)에서 장원하여 명창 이름을 얻게 되었으며 중앙으로 진출한 뒤에는 이내 대원군大院君의 인정을 얻어 명성이 경향에 높아진 것이다"라는 언급을 보아서도 대사습의 성격을 엿볼 수 있겠다.

배 · 생강 · 닥(한지의 원료) · 감柹 등 상업적인 농업이 발달하여 일찍이 도시의 면모를 갖춘 곳이었다.[25]

전주가 서울과 함께 방각본 출판이 성행했던 것을 보아서도 알 수 있다. 그리고 한 가지 지적해둘 것은 '대사습'에 아전이나 통인 같은 실무 관리층이 관여했다는 점이다. 서리층에서 판소리 광대의 후원자 내지는 매니저 역할을 담당했던 것으로 보인다. 이와 같이 판소리는 도시적 배경과 서리층의 후원을 받아서 상승하였으며 이른바 국민예술이라 불릴 만큼 널리 보급될 수 있었다. 여기서 직업적인 예술가로 판소리 광대가 나타나게 된 것이다.

지금까지 우리는 도시적 배경에서 서민층의 성장으로 이야기-소설의 취미가 높아지고, 이에 따라 전문적 · 직업적 이야기꾼이 발달할 수 있었던 것으로 보았다. 농촌은 어떠하였던가.

전통적인 사대부 문화는 농촌에 기반을 두고 있었지만 신흥 시민문화는 아무래도 도시를 배경으로 일어났다. 그러나 도시의 형성은 농촌의 변화와 연관되어 나타난 현상이다. 농촌사회가 제반 변동을 거치고 있었음은 주지하는 바다. 특히 양반층의 몰락과 서민부자의 대두가 그것이다. 이러한 변동 속에서 전통적인 가치관이 흔들렸고 민중의 사회의식이 성장될 수 있었다. 판소리 광대는 성장한 민중의식을 대변하였다. 그들은 농촌출신이었을 뿐더러 판소리는 본래 '마을 느티나무 아래'서 농민들의 박수소리로 자랐다. 따라서 기본적으로 농민적이었다. 이런 과정을 거친 다음 도시적 배경에 서리층의 후원을 받아 시민문화로 상승할 수 있었다.

25 『택리지擇里志』에서 전주부全州府에 대한 서술을 보면 "土爲上腴, 有稻魚薑芋柿利, 千村萬落, 養生之具畢備, 西斜灘通舟船魚鹽. 府治人物稠衆, 貨財委積, 與京城無異, 誠一大都會也(조선광문회판, 21쪽)"라고 서울과 비등하게 번화한 도시로 말하고 있다.

4. 이야기꾼과 소설과의 관계

세 가지 형태의 이야기꾼은 여러모로 성격이 다르므로 소설과의 관계 또한 서로 다를 밖에 없었다.

강독사는 이미 지어진 소설책을 낭송하는 형태이다. 특히 이들은 소설의 보급, 독자층의 확대에 기여했다. 조수삼趙秀三의 「추재기이秋齋紀異」에 소개된 전기수의 경우를 보면 그가 낭송하던 것으로 『숙향전淑香傳』·『소대성전蘇大成傳』·『심청전沈淸傳』·『설인귀전薛仁貴傳』 등을 들었다. 이들은 모두 국문소설이다. 그리고 전기수가 연출하던 소설에 대한 청객의 반응을 "아녀자는 슬픔에 젖어 눈물을 뿌리지만 영웅의 승패는 결단키 어렵도다兒女傷心涕自雰, 英雄勝敗劍難分"이라 표현하고 있듯이 주인공의 기구한 운명과 파란만장을 그린 유형의 통속소설이 주로 읽혀졌다고 보겠다. 『소대성전』·『설인귀전』 같은 군담류가 그 대표적인 것이었다.[26] 이업복이 소설의 낭독을 내용에 따라서 원망과 슬픔, 웃음이 교체되게 하고, 영걸의 형상을 짓거나 계집의 자태를 나타냈다는 것을 보아서 사건과 감정이 교직되어 교묘하게 꾸며져 파란을 일으키는 내용이었던 듯하다. 즉 이업복의 레퍼토리는 전기수의 그것과 비슷한 통속소설류라고 여겨진다. 앞에서 인용하였던 종가鍾街의 연사煙肆에서 일어난 살인사건에서 읽었던 소설도 '영웅이 실의에 빠진 대목'이라는 것을 보면 위와 같은 종류 아니면 혹 『삼국지연의三國志演義』일 것이다. 군담류의 국문 통속소설은 강독사들이 주로 읽던 것이었다. 따라서 강독사는 국문소설의 발달에 관계되었다. 그러므로 이들 국문소설은 오늘날의 소설처럼 눈으로 읽는 것이 아니라 입으로 소리 내 읽고 귀로 듣기에 알맞게 씌어졌다. 낭송을 위한 소설로 발달한 것이다. 이점 국문소설의 한 특징으로 지적될 것이다.

---

26 [각주 8] 참조.

강담사나 강창사는 창작과정에 적극적으로 참여했다. 강담사의 사례로 들었던 오물음吳物音은 인색한 부자의 초청을 받고 즉석에서 이야기 한편을 꾸며서 그의 인색한 삶의 태도를 깨우치도록 했던 것이다. 「민옹전」의 민옹은 상황에 따라서 해학을 민감하고도 기발奇拔하게 해냄으로써 자신의 존재가치를 십분 높였다. 유능한 강담사는 이처럼 창작적인 기능을 발휘하였다. 판소리의 역대 명창들은 자기 특유의 '더늠'이란 것을 후세에 전하는데, '더늠'은 음악적인 면이 중요하겠지만 문학적인 면도 함께 좋았기 때문이지 싶다. 판소리 명창에서도 문학적인 창의성이 중요하였음을 알게 한다.

이때에 그들은 창의를 통하여 자신의 사회적인 입장과 의식을 반영하기 마련이다. 민옹을 예로 들자면 그의 해학은 결국 불평객으로서의 자기를 나타낸 것이었다. 민옹은 경륜의 웅지雄志를 끝끝내 잃지 않았다 하며, 『주역周易』과 『노자老子』에 통할 만큼 학식을 지닌 인물이었다. 하지만 그의 생애는 불우했다. 기인奇人으로 세상을 조롱하는 태도를 지었던 것이다. 이것이 그의 해학이었다. 다른 하나의 사례로 이야기꾼의 즉흥 창작물에 속하는 「가장비假張飛」란 제목의 골계담을 보자.

한 사람이 고담을 잘했다. 동네 양반이 그를 매일 불러다 이야기를 시키는데 혹시 응하지 않으면 당장 볼기짝에 불이 났다. 이 이야기꾼으로서는 실로 괴로운 일이었다. 어느 날 양반이 불렀다. 이야기꾼은 민망히 여기어 "오늘은 정말 이야기가 다 떨어졌습니다"고 빼어 보았으나 양반이 노발하여 볼기를 치려하므로 얼른 이야기를 꺼냈다.

옛적 삼국시절에 한나라 장군 장비張飛가 마초馬超와 싸우는데, 장비가 말을 타고 달려 나와 고함쳐 마초를 부릅니다. "이놈 마초야! 탁군涿郡의 장비를 모르느냐?" 마초도 장비의 말이 떨어지기가 바쁘게 말을 내달으며 "나는 당대의 양반이로다. 복파장군伏波將軍 마원馬援의 후손이요, 서량태수西凉太守 마등馬騰의 아들이다. 대대 한나라 공후로서 또한 지모와 용맹이 천하에 들렸거니와, 너야 한낱 소 잡고 돼지 잡고 칼질해서 고기나 파는 장터의 백정놈이 아니냐? 내 어찌 네깟 놈을 알겠느냐?"고 외쳤습니다. 장비는 분기가 탱천하여 고리눈을 부릅뜨고 수염을 거슬리어 연방 삿대질에 주먹을 내지르며 욕을 해댑니다. "너희 양반, 어미X을 가지고 하면 천생 좀 양반이 나온다."

이처럼 이야기꾼이 양반을 면전에 모셔 두고 장비의 흉내를 내어 연방 두 주먹을 들었다 놓았다 하며 양반을 능욕하는 것이었다. 양반은 괴로움을 참다못해 머리를 절레절레 흔들고 손을 내저으며 "그만 둬라, 그만 둬!" 하였다.[27]

이야기를 잘 하는 사람이 이야기 해달라고 귀찮게 구는 동네 양반을 기지를 발휘해서 능욕하였다는 내용이다. 그가 양반을 욕보인 동기는 매일 귀찮게 불러다 이야기를 시키는 양반이 밉살스러워서였지만 근본적인 원인은 양반과의 신분적인 갈등이었다. 여기 이야기꾼이 이야기를 잘하는 사람이라는 이외에 별다른 설명은 없지만 양반의 지배를 받는 평민 이하의 신분임에 틀림없다. 부당하게 억압하는 양반의 권위에 대한 민중의 저항인 셈이다. 이때 양반을 능욕하기 위해서『삼국지연의三國志演義』의 한 대목을 변조시킨 이야기 그 자체가 양반에 대한 야유로서 저항적인 민중의식을 신랄하게 표출한 것이었다. 민중의식을 드러낸 사례이다.

이처럼 이야기꾼이 자신의 사회적인 입장 때문에 저항적인 민중의식을 갖게 된 점이 중요하다. 앞에서 판소리 광대가 천민으로부터 사회적 지위가 향상하고 있었음을 지적했다. 신분제가 동요하는 속에서 일종의 신흥세력이었다. 성장된 민중이며, 그들의 의식이 봉건적 지배질서를 거부하는 방향으로 나가고 있었다. 판소리가 보여준 민중의식이 그것이다.

이때 민중의식의 기조는 농민의 소리였다.[28] 이는 판소리가 본래 농

27 『陳談錄』중「假張飛」,『古今笑叢』, 민속자료간행회, 1958.
28 필자는 이러한 각도에서 구체적으로『흥부전』의 작품분석에 들어가 흥부전이 농민층 내부의 갈

촌에서 농민과 호흡을 같이하면서 자라난 것인 때문이었다. 그러나 관객예술로서, 하나의 국민적인 예술로 올라서는 과정에서 복합적인 성격을 갖게 되었다. 『춘향전春香傳』과 『배비장전裵神將傳』에 등장하는 방자라는 인물은 서리층의 저항적인 움직임을 대변한 전형적인 예이거니와, 도시서민층의 소리도 끼어들었던 것이다. 판소리 유파의 하나로, 일찍이 염계달(廉季達, 순종에서 철종 연간의 명창)에 의해서 개발되었다는 '경제京制'의 성립을 설명하면서 "서울 근교 왕십리의 야채 행상들이 외치는 소리, 가리街里에서 맹인들의 점치느라고 떠드는 소리가 작곡의 근거가 되었다"[29]고 하는데, 이는 단순히 악곡상에서 그칠 수는 없다. 판소리에 나타난 풍부한 사설 속에는 소상인을 비롯한 도시 서민 군상의 입심이 많이 끼어든 것으로 보겠다. 이렇듯 도시 서민층의 목소리도 함께 담겨질 수 있었다.

판소리의 민중의식은 이처럼 복합적이다. 그러나 각 요소로 분리시킬 수 있는 성질이 아니고 하나의 전체이다. 즉 판소리는 우리나라 18·19세기 농촌과 도시에 여러 모양으로 성장하고 있었던 민중의 의식이 결합되어 나름으로 예술적 통일체를 이루고 있다.

판소리 소설은 광대가 구연하던 소리를 기록한 것이다. 판소리 화본話本이다. 오늘날 우리가 접하게 되는 필사筆寫나 판본 형태의 판소리 소설들은 상당한 정도로 손질이 가해진 것으로 보이지만, 광대가 구연하던 원래의 모습을 충분히 보유하고 있다. 그 내용에서 언어표현에 이르기까지 발랄하며 민중적이다. 이같이 발랄하고 민중적인 성격은 구어체의 산문이 가장 적합하였다.

강담사의 이야기를 글로 옮겨 적은 것은 한문단편漢文短篇이다. 한문

<hr />

등을 표현한 것임을 논한 바 있다. 「흥부전의 현실성에 관한 연구」, 『문화비평』 4, 1969(뒤에 『한국문학사의 시각』 1984)에 수록하면서 「흥부전의 역사적 현실성」으로 제목을 바꾼 것이다.
29 유기룡, 위의 글, 353쪽.

단편의 작자의 입장에서 본다면 강담사는 소재의 제보자이다. 다음에 강담으로부터 한문단편이 성립되는 문제에 대하여 연암의 경우를 들어서 살펴보기로 한다.

가령 「옥갑야화」의 허생전 부분은 연암이 방외사方外士 윤영尹映의 제보로 지은 것이다. 연암은 나이 20때에 봉원사奉元寺에서 독서를 하던 중 만난 윤영으로부터 염시도廉時道・배시황裵是晃・완흥군부인完興君夫人・허생許生 등의 이야기를 며칠 밤 계속 들었다 한다.[30] 이때 연암은 특히 허생에 대해서 비상하게 흥미를 느끼고 '허생을 위하여 전傳을 지어 주려했다'는 것이다. 연암이 그로부터 18년 후에 평안도 성천成川의 한 암자에서 다시 만난 윤영에게 허생에 대한 한두 가지 모순된 점에 대하여 물었다는 것을 보아 오랫동안 염두에 두고 있었으며, 제보자가 들려준 내용을 존중하였음을 짐작할 수 있다.[31] 이 허생전은 대문호의 붓을 거쳐 걸작으로 남게 되었지만 원천은 강담에서 이루어진 것이었다.

「광문자전廣文者傳」에 붙인 글을 보면 연암은 자기 문하의 겸인을 불러서 시정의 흥미로운 이야기들을 탐문하였으며, 이때 이 소재를 제보받았다고 한다.[32] 바로 민옹과 접촉을 가졌던 17・18세 시절이다. "9전은 모두 우리 아버지께서 약관 때에 지은 것이다九傳皆府君弱冠時作[33]라는 연암 아들 박종간朴宗侃의 기록으로 미루어 그의 초기의 소설작품은 시정의 이야기에 취미를 가졌던 무렵 직후에 지은 것임을 알게 된다. 즉 「민옹전」과 「광문자전」이 그렇듯 대체로 시정의 이야기에서 소재를

---

30 余年二十時, 讀書奉元寺. 有一客能小食, 終夜不寢, 爲導引法, 至日中輒依壁坐, 小合眼, 爲龍虎交. 年頗老, 故貌敬之. 時爲余談許生事, 及廉時道・裵是晃・完興君夫人, 亹亹數萬言, 數夜不絶, 詭奇怪譎, 皆可足聽. 其時自言姓名爲尹映. 此丙子冬也. (「許生後識」 2, 『熱河日記』, 재인용 : 민족문화추진위원회 간행, 『국역 열하일기』 2, 589쪽)

31 위의 글.

32 余年十八時, 嘗甚病, 常夜召門下舊傔, 微問閭閻奇事, 其言大抵廣文事. (『연암집』, 동상판, 118쪽)

33 『연암집』, 동상판, 122쪽.

제공 받았다. 대표적 한문단편의 작가 연암을 사례로 해서 얻을 수 있는 결론은, 연암소설의 원천은 시정에서 발달한 강담에 둔 바 거기에 비상한 흥미를 느끼고 작가로서의 어떤 문제의식이 발동하여 작품화하였다는 것이다.

또 다른 한문단편의 유능한 작자의 한 사람인 안석경(安錫儆, 1718-1774)의 경우에도 마찬가지다. 그의 작품에 「심심당한화深深堂閑話」가 있다. 작자가 신사겸申士謙의 심심당深深堂에서 주인과 시골 선비 황성약黃聖若과 함께 나누었던 이야기들을 기록한 형식이다. 남녀관계를 주제로 한 6편이 한데 묶여져 있는 것이다. 그리고 변사행邊士行, 단옹丹翁 등 제보자를 밝히고, 한 제보자의 이야기를 몇 편 함께 제시하기로 했다. 그런데 안석경에 있어서는 연암에 비해 강담을 그대로 옮기는데 충실했던 것으로 보인다. 즉 강담에 원천을 두고 비교적 충실하게 강담의 구조를 그대로 유지해서 기록화한 방식이다. 이에 대하여 연암은 작가로서의 창작의식이 강하게 작동했다. 따라서 강담의 구조를 부분적으로 이용하는데 그치기도 했다. 상대적으로 보아 안석경이 기록적이라면 연암은 창작적이라고 말할 수 있다.

대부분의 한문단편은 안석경처럼 강담을 기록화하는 방향에서 이루어진 것들이다. 이들 중에 작자가 현재 확인되는 작품은 별로 많지 않고, 실명의 작자들에 의해서 지어진 것이 대부분이다. 저들 실명의 한문단편의 작자들은 한문 소양을 갖춘 지식인들이라고 생각된다. 이야기-소설의 취미가 확대되어 일부 유명 무명의 지식인들 사이에서도 성행하였다. 이들 지식인들은 직접 간접으로 강담사의 이야기에 접하여 기록하게 된 것임이 물론이다. 이들 작품은 『동패락송東稗洛誦』·『청구야담靑邱野談』·『계서야담溪西野談』·『동야휘집東野彙輯』 등 화집류話集類에 수록되어 전한다. 『동야휘집』의 서문에 쓰인바 "여항에서 고담으로 흘러 전하는 것들을 채록"한 것이었다. 시정의 주변에서 발달한 이야기들이 기록으로 남게 된 작품들이다.

우리는 강담사에 있어서는 사회적인 지위가 다양하게 나타났던 것으로 보았다. 그리고 강창사에 비하여 자연히 수적으로도 월등히 많았다. 그러므로 이들 작품의 성격도 판소리 소설에 비하면 훨씬 다채롭다. 강담사의 사회적인 입장에 따라서 여러 가지 성격의 강담이 나올 수 있었을 것이다. 또 판소리 소설은 통틀어 10여 편에 불과한데 강담이 정착된 형태는 『청구야담』 소재의 것만도 260편을 넘고 있다. 이들 한문단편이 이와 같이 다채로우면서도, 주류를 이루는 것들은 당대의 역사 현실을 생생하게 반영하는 점에서 흥미롭다. 이 점에 대하여는 여기서 길게 논할 겨를이 없으므로 차후로 미룬다. 다만 강담이 한문 문장으로 어떻게 표현되었던가하는 문제를 시론이나마 끝에 덧붙여 둔다.

한문단편은 한문이지만 문장의 꾸밈이나 정교한 구성을 찾아볼 수 없고 소박하여 강담의 분위기를 그대로 느끼게 한다. 그리고 정통파의 문장에서 허용되지 않았던 우리의 고유한 일상어가 종종 쓰이고 있다. 전통적인 문장의 기준에서 보면 전혀 법도에 어그러지고 치졸한 것이지만 우리식 한문으로서 오히려 실감 있고 생동하는 글이 되었다. 자국어에 바탕을 두지 않은 한문 문장으로서 일상생활을 표현하는데 성공한 것이었다. 중국에서 구어로 발달했던 백화문白話文이 우리나라에서는 오히려 생소한 것이었음을 생각하면 이는 '한국적 백화문'인 셈이다. 이와 같이 일상생활을 표현할 수 있는 한문 산문을 개발함으로써 일상현실을 그린 강담이 한문단편으로서 크게 성과를 올릴 수 있었다고 하겠다.

5. 맺음말

극히 산만하게 서술된 앞의 내용을 간추리는 것으로 결론을 대신해 둔다. 우리나라에서 18·19세기에 예능인으로 활동하였던 이야기꾼의 형태는 강담사·강창사·강독사로 구분되는데, 각각의 특징을 설명하 자면 대략 다음과 같다.

(1) 강담을 잘 함으로써 오락적 기능을 담당했던 강담사들이 도시나 농촌에 허다히 있었는데, 여기서 전문적이고 직업적인 강담사가 출현했다. 강담사의 강담은 이야기−소설에 취미를 가졌던 지식인들에게 직접 간접으로 전해지고, 그것이 다시 글로 옮겨져 한문단편이라는 하나의 문학 장르를 탄생시켰다.

(2) 이야기를 창으로 구연하는 형태인 판소리의 창자, 광대가 곧 강창사이다. 판소리가 국민적 예술로 상승하면서, 그 담당자인 판소리 광대도 본래 천민 출신이었지만 신분적 예속에서 벗어나 직업적인 예술가로 발돋움하고 있었다. 이에 판소리는 민중의 사회의식을 대변할 수 있었다.

(3) 소설을 청중에게 낭송하던 직업적인 강독사는 시가市街에서 흥행하던 '전기수' 이외에도 도시의 부유층 가정이나 지방을 순회하는 형태가 있었다. 이들 강독사는 소설의 보급, 독자층의 확대에 기여하였다. 특히 국문소설의 발달에 공헌이 있었는데, 이런 관계로 국문 소설은 눈으로 읽는 것이 아니라 입으로 소리 내 읽기에 알맞은 낭송체 소설로 쓰어졌다.

이상과 같이 서사문학의 구연자인 이야기꾼의 존재와 소설과의 관계를 밝혀 볼 수 있었다. 다음에 전문적·직업적 이야기꾼과 함께 소설이 발달하였던 역사적 배경으로서 도시의 형성과 시민층의 대두를 들어보았다. 이는 농촌의 변동과 유기적으로 연관된 현상이었다. 봉건적인 신분제 및 경제구조의 동요에 따라 전통적인 사대부의 가치관이 흔들리고 민중의 사회의식이 성장하면서 시민문화가 싹튼 것이다. 여기서 사대부적 취미와 교양의 소산인 시문학詩文學으로부터 우리의 문학사는 시민적(서민적이라 해도 좋다)인 소설로 주류가 이동했다.

이 점은 국문학사에 대단히 중대한 문제이다. 본고는 이 문제에 대하여 하나의 가설적인 견해를 제시해본 데 불과하다. 앞으로 정치한 연구가 진행되어 체계적인 이론을 세워야 할 것이다.

추록

이 논고의 마지막 교정지가 필자의 손에서 떠나야 할 무렵, 직업적인 이야기꾼의 한 분이 아직도 생존해 있음을 들었다. 당년 76세의 김순태金順泰 노인. 이 분은 경기도 화성군 반월면 대야미리 출생으로, 14,15세부터 30세 전까지 소설책을 낭송하는 것을 업으로 하였다 한다. 주로 경기 충청 지방의 촌마을 집이나 장터로 다니면서 다소간의 보수를 바라고 소설책을 구연하였다는 것이다. 나중에 포목상으로 직업을 전환하여 생활의 안정을 얻었으면서도 어느 장터에 난장이 트이면 일부로 쫓아가서 자신의 기예를 자랑하곤 하였다 한다. 자기들을 세상에서 '얘기장사'로 불렀다는데 이 '얘기장사'는 본고의 구분에 의하면 강독사라 하겠다.

이로써 전기수의 형태가 지방에서도 활동하였다는 확증을 얻은 셈이다. 그런데 이 '얘기 장사'는 앞의 [각주 14]의 최정여崔正如 교수로부터 제보 받은바, 추수 이후 마을로 돌아다니며 낭송도 하고 책도 팔았다는 사례와는 상당히 다르다. 전문의 착오일까, 지역적 차이일까, 아니면 서로 전혀 다른 형태일까? 아무튼 문헌으로만 직업적 아야기꾼인 강독사의 실태를 추정했다가 그러한 이야기꾼이 아직도 생존해 있고, 또 금세기 중엽까지 활동을 하였다고 하니 감회가 깊다. 김순태 노인과 같은 분은 이야기꾼에 대한 연구의 산 자료가 아니겠는가. 우선 이 사실을 간단히 추록하고, 정보를 제공해 주신 민속학자 심우성沈雨晟 씨에게 깊이 감사의 뜻을 표하여 둔다.

사대부의 삶과 이야기 문화

이강옥

1. 이야기와 사대부 문화

이야기 문화는 민중의 삶과 관련이 깊다. 이야기 문화가 민중 문화를 형성하는 가장 중요한 요소 중의 하나라는 사실은 분명하다.[1] 그런데 이야기를 하고 듣는 행위는 사람의 보편적인 문화 행위 중의 하나이기에 민중이 아닌 사대부 계층도 이야기를 즐겼다는 사실을 간과해서는 안 될 것이다.

조선시대에 편찬된 잡록집들은 사대부 가문과 사대부 사회에서 형성된 이야기들을 많이 담고 있다. 그것들은 사대부의 생활에서 이야기하기와 이야기 듣기가 중요한 문화 활동이었다는 사실을 알려준다. 가문의 선조에 대한 이야기나 사대부 관료 생활에 대한 이야기 등이 그

---

[1] 이에 대해서는 이수자, 『설화 화자 연구』(박이정, 1998)와 강진옥, 「이야기판과 이야기, 그리고 민중」(『한국인의 삶과 구비문학』, 집문당, 2002)을 참조할 것.

두드러진 사례이다. 이들 이야기는 사대부 가문과 관료 사회에서 구연된 것이니 그것이 구연된 자리를 사대부 가문 이야기판과 사대부 관료 이야기판이라 부를 수 있을 것이다.[2]

사대부의 교양과 지식은 책 읽기를 통해서만 형성되었다고 보기 쉽지만, 이야기판에서 이루어진 다양한 이야기하기와 이야기 듣기를 통해서도 형성되었다는 사실을 인정하는 것은 사대부의 문화를 이해하는 데 대단히 중요한 사항이다. 또한 사대부 가문의 여성들이나 그 가속들의 삶에서 이야기가 소중한 자리를 차지했다는 점도 잊어서는 안 된다.

이 글에서는 사대부 사회에서 이야기가 어떻게 이루어지고 향유되었으며 그들의 일상에서 이야기판은 어떤 역할을 했는지를 알아본다. 그리고 그것들이 조선 후기에 들어오면서 어떻게 바뀌어 야담의 융성을 가능하게 했는지를 살펴보겠다.

2. 가문 이야기판과 사대부 가문의 지속

사대부 가문은 이야기를 통해 그 가문의 역사와 선조의 정신을 전승했다. 가문의 이야기 속에는 선조들과 관련된 사건, 선조들의 언행이 담겨 있기 때문이다. 이야기는 가문의 역사와 정신을 가르치는 무형의 교과서였던 셈이다.

2 　이에 대해서는 이강옥, 「사대부가의 이야기하기와 일화의 형성」(『고전문학연구』 별집 8, 2000)에서 상세하게 다루었다.

1) 사대부 가문의 여성

가문의 역사에는 위대한 업적을 쌓아 이름을 널리 떨친 선조나 탁월한 능력은 있었지만 그것을 발휘하지 못해 상처를 간직한 선조가 있게 마련이다. 또 그 가문의 흥망성쇠와 관련된 중요한 사건도 있었다. 이런 인물과 사건에 대한 이야기는 그 가문에서 특별하게 전승되었고, 그 과정에서 주된 역할을 한 이야기꾼은 여성인 경우가 많았다. 『기재잡기』를 편찬한 박동량(朴東亮, 1569-1635)의 가문인 반남潘南 박씨의 이야기판을 통해 그 점을 살펴볼 수 있다.

① 조모 정경부인은 85세가 되었는데도 건강하셨다. (…중략…) 어느 날 옆에서 모시고 있던 자손들이 모두 일들이 생겨 떠나가고 나(박동량) 혼자 잠자리 시중을 들게 되었다. 한밤이 되자 천둥 번개가 치고 비바람이 몰아쳤다. 조모께서 "너는 무얼 하려고 일어나 앉았느냐?" 하고 물으시길래 "천둥 번개와 비바람이 심해지면 반드시 얼굴빛을 달리하라고 일찍이 들었습니다"라고 응대했다. (…중략…) 다음 날 아침 여러 숙부들이 돌아와 문안을 드리니 조모께서는 나의 그 말을 들어 말씀하시기를 "아홉 살 아이가 어찌 그것을 알까?" 하시니 서로들 감탄하셨다.[3]

② 조모 정경부인 홍 씨는 팔순이셨을 때도 마루에 거처하시니 주위에서 모시는 내외 손자들이 수십 명이나 되었다. 여러 손자들을 불러 모아놓고 물으시기를 "너희 할아버지께서 장원급제를 하셨는데 누가 그 웅장함을 계승할 수 있겠니?" 하자 나의 중씨께서 일어서서 대답하기를 "제가 능히 하겠나이다" 했다. 중부仲父 국구國舅 반성공께서 듣고 기특하게 여기고서 데리

<hr>

[3] "祖妣貞敬大夫人 八十五歲康寧無恙 (…중략…) 一日子孫之在傍者 皆有故散居 召翁使侍寢 夜半大雷電以風 大夫人問曰爾起欲何爲 對曰嘗聞迅雷風烈必變 (…중략…) 明朝諸叔父 皆來問侯 大夫人首擧其語以告之曰九歲兒亦知此耶 相與歎賞. (「부녕만서扶寧漫書」, 『봉촌집鳳村集』 권5)

고 가 길러주셨다.[4]

　박동량의 조모는 남양 홍씨인데, 위 예문들은 조모 남양 홍 씨가 중심 이야기꾼이 된 가문 이야기판의 모습을 보여준다. ①에서 조모는 문안 인사를 드리기 위해 찾아온 숙부들에게 전날 밤 천둥 번개가 쳤을 때 박동량이 보여준 의젓한 행동과 말에 대해 이야기를 들려주며 칭찬한다. 그 일화에서는 아홉 살 아이의 독특한 행동과 말이 중심 흥미소가 된다. 조모는 일상생활에서 포착한 특별한 일에 대해 이야기를 만들어 구연한 것이다. 박동량이 주인공이 된 그 일화는 숙부들에 의해 각자 자기 가정으로 전파되었을 것이고 다음 세대로 전승되었을 것이다. 이렇게 일상의 일화들이 구연되면서 이야기판의 분위기가 조성되고, 시간이 지나면서 자연스레 가문 선조들의 특별한 사연에 대한 이야기로 나아갔음을 예문 ②를 통해 알 수 있다.

　예문 ②는 먼저 대가족 생활에서 조모를 중심으로 여러 사촌들이 모여 이야기판을 이룬 모습을 더욱 분명하게 보여준다. 그 이야기판에서 조모는 조부의 장원급제 사실을 환기시키고는 손자들이 학업에 분발하도록 부추겼다. 조부 박소(朴紹, 1493-1534)의 장원급제를 손자들에게 환기시킨 것은 조부의 탁월한 능력을 후손들에게 알리고자 했기 때문이었다. 또 그런 탁월한 능력을 가졌음에도 불구하고 시련 속에서 일생을 보낸 사실에 대해 애석함을 나타내기 위한 것이기도 했다. 그리고 "누가 그 웅장함을 계승할 수 있겠니?"라는 조모의 물음에 대해 박동량의 형인 박동열朴東說이 결의와 확신에 찬 대꾸를 한다. 이 장면을 통해 조모가 이야기판에서 일으킨 성취동기가 후손들에게 얼마나 절실하게 받아들여졌는지를 짐작할 수 있다.

---

[4]　"祖妣貞敬夫人洪氏八旬在堂 內外諸孫環侍者數十人 呼諸孫問之曰 汝祖爲壯元及第 誰能繼其武者 仲氏起而對曰我能之 仲父國舅潘城公聞而奇之 率歸而育." (「중씨수황해도관찰사박공행장仲氏守黃海道觀察使朴公行狀」, 『오창집梧窓集』 권18)

공(박응복)은 (아버지) 의정공[야천冶川 박소]이 남쪽으로 귀양 가셨을 때 태어났으니 그때가 가정 경인년이었다. 다섯 살 때 아버지를 잃고 일곱 살 때 대부인을 따라 다시 서울로 돌아왔다. 대부인은 여러 자식들을 위해 선생을 초빙하여 가르쳤으니 세상에서 맹모孟母에 견주었다. (…중략…) 하루 내내 대부인 곁에서 책을 읽으니 대부인이 기뻐하셨는데, 대부인은 만년에 매번 그 일을 예로 들어 손자들을 훈계하셨다.[5]

박동량의 조모 남양 홍씨는 이런 사람이었다. 그녀는 어려운 여건에서도 자식 교육을 위해 정성을 다하였고, 손자들을 훈계할 때는 아들 박응복이 학업에 몰두한 실화를 이야기해주었다. 이 점에서 남양 홍씨가 구연한 이야기는 대체로 자기 가문 인물들에 대한 이야기이면서 교훈성을 강렬하게 지향하는 내용이었다. 그녀는 가문의 과거 이야기를 꾸준히 구연하면서 현재 이야기도 구연하였다. 그래서 그녀의 이야기는 후손 교육용으로 그 역할을 충분히 다할 수 있었다고 볼 수 있는 것이다.

『기재잡기』의 남양 홍씨는『용재총화』에 거듭 등장하는 편찬자 성현의 조모 광산 김씨와 비슷하다. 성현의 조모 광산 김씨는 광산군光山君 김약항金若恒의 딸로, 그 아버지 김약항과 남자 형제들에 대한 비장한 이야기들을 손자인 성현에게 이야기해주었다. 광산군 김약항은 표문 문제를 해결하기 위해 북경으로 갔다가 귀양을 가게 되어 그곳에서 죽었다. 김약항의 아들 김처는 아버지가 중국 땅에서 죽은 것에서 충격을 받아 광질에 걸렸다. 「김부정허金副正虛」(『대동야승』 1, 590쪽)는 아버지의 죽음에 상심한 아들 김허가 그 슬픔을 이기지 못해 광질에 걸리고 마침내 실성하여 죽게 되는 과정을 실감 있게 그린 작품이다. 성현의

---

[5] "公 生于議政公 南歸之年 喜靖庚寅也 五歲而孤 七歲而隨大夫人 復至都下 大夫人爲諸子必求朋師而敎焉 世儗以孟母 (…중략…) 終日伊吾大夫人側 大夫人悅 晚年每擧以誡諸孫." (『국조인물고國朝人物考』, 최립崔岦 찬撰 비명碑銘, 『한국역대인물전집성』, 민창문화사, 1280쪽)

조모는 친정아버지의 기구한 운명에 대해 한탄하면서도 남자 형제들의 지극한 효성을 전해준 것이다.

이처럼 두 가문의 조모는 가문 이야기판의 중심인물이었다. 다만 가문의 이야기를 교훈적으로 활용하는 자질에서는 차이가 있었는데, 성현의 조모인 광산 김씨보다는 박동량의 조모인 남양 홍씨가 더 뛰어났다고 판단된다.

이야기판에서 중요한 역할을 한 가문의 여성으로는 그 외 외조모, 모친 등을 들 수 있다. 가령 『용재총화』에서 성현의 외조모 동래 정씨는 자신의 친정집에서 겪었던 기이한 사건들을 외손자인 성현에게 이야기해주었다. 성현의 모친 순흥 안씨도 마찬가지였다. 『용재총화』에는 성현의 외조모 친정인 동래 정씨 가문의 이야기와 더불어 외가 순흥 안씨 집안사람들에 대한 이야기들도 여럿 있다.

> 나의 외조모 정씨는 양주에서 자랐다. 어린 여종에게 귀신이 들어 몇 년 동안 떠나지 않았는데 여종은 길흉화복을 모두 잘 알아맞혔다. 말을 걸면 서슴지 않고 대답하니 나쁜 짓을 한 사람들이 모두 두려워하여 집안에 아무 탈이 없었다. 귀신의 목소리는 굉장히 맑아 늙은 꾀꼬리 소리와 같았는데, 낮이면 공중에 떠 있고 밤이면 대들보 위에 깃들었다.
> 이웃에 명문인 집이 있었는데, 그 주부가 보물 비녀를 잃고 자기 여종을 의심해 때렸다. 여종이 괴로움을 이기지 못하여 귀신에게 와서 물으니 귀신은, "있는 곳을 알고는 있지만 네게 말하기는 거북하니 너의 주인이 오면 말해주겠다"고 하였다. 여종이 주부에게 말을 전하니 주부가 쌀을 가지고 와서 물었다. 귀신이, "내가 비녀 있는 곳을 알고는 있으나 차마 말하지 못하겠다. 내가 입을 열면 너는 얼굴을 들 수 없을 것이다"라고 말하였다. 여러 번 물었으나 끝내 대답해주지 않자 주부는 성을 내며 꾸짖었다. 귀신이, "그렇다면 하는 수 없지. 아무 날 저녁, 네가 이웃 사내 아무개와 닥나무 밭으로 들어가지 않았느냐? 그 나뭇가지에 비녀가 걸려 있지" 했다. 여종이 가서 찾

아오니 주부가 심히 부끄러워하였다. (…중략…) 이 이야기는 내가 어머니
에게서 들은 것이다.[6]

이 기이한 이야기는 성현의 외조모가 어릴 때 들었던 것으로 외조모
는 이것을 성현의 어머니에게 들려주었고, 성현의 어머니가 마침내 성
현에게 이야기해준 것이다. 여종에게 깃든 귀신이 잃어버린 비녀가 있
는 곳을 정확하게 알아맞힌다는 소재는 이야기를 흥미진진하게 만들
뿐만 아니라 명가 주부의 탈선까지 은근하게 풍자하는데, 이러한 점을
고려하면 뛰어난 이야기 능력을 갖춘 이야기꾼이 이 이야기를 만드는
데 관여했음을 짐작할 수 있다.

『용재총화』에 실려 있는 동래 정씨와 순흥 안씨 집안 인물 관련 이
야기들의 서술 방식과 서술 시각이 각각 비슷하다는 점을 고려하면,
성현의 외조모 동래 정씨와 성현의 어머니 순흥 안씨는 동래 정씨 가
문과 순흥 안씨 가문의 이야기들을 구연한 이야기꾼이라 볼 수 있다.
특히 외조모 정씨는 이야기꾼으로서 독특한 개성을 지녔다. 그녀에 의
해 구연된 이야기들은 다른 이야기들에 비해 흥미소가 다양하게 갖추
어져 있으며 묘사도 구체적이다. 그러나 사대부 사회에 대한 제반 사
실들을 전달하거나 한 인물의 일생이 내포한 이념적 의의를 드러내는
데는 그리 큰 관심을 보이지 않았다. 그런 점에서 성현의 외조모 정씨
는 세속적인 관심을 끌어내는 데 능숙한 전형적인 이야기꾼이라 할 수
있다. 이러한 점은 성현의 조모 광산 김씨와 대조된다. 외조모 정씨가
서사적 흥미가 두드러지는 이야기를 주된 레퍼토리로 가진 이야기꾼

---

6 "我外姑鄭氏 生長楊州 有神降其家 憑一小婢 數年不去 禍福吉凶 無不的知 言輒有應 人無
有隱匿之志 皆畏信之 家亦無恙 其聲宏亮如老鶯舌 晝則浮在空中 夜棲于梁上 隣有一家 世
爲名宦 主婦失寶釵 每毆女僕 僕不勝其苦 來問於鬼 鬼曰 我已知所在 難以語汝 汝主來則當
語之 僕往告主婦 主婦親握粟來卜 鬼曰 我知所在 口不忍言 吾喙一擧 汝面大赧 主婦再三問
之 逢不應 婦怒叱之 鬼曰 若然太易耳 某日夕汝與鄰某 同入楮圃 釵掛在樹枝矣 僕覓得之 婦
大慙 (…중략…) 吾聞諸大夫人." (『대동야승』 1, 589~590쪽)

이라면, 조모 김씨는 교훈을 내세우는 이야기를 주된 레퍼토리로 가진 이야기꾼이다.

가문 이야기판에서 모친의 역할도 적지 않았다. 박동량의 모친 선산 임씨는 임구령의 딸인데, 임구령은 을사사화를 꾸민 임백령의 동생이다. 선산 임씨는 자기 집에서 임백령 등이 일을 꾸미는 과정을 직접 지켜보았는데, 『기재잡기』에 실려 있는 많은 을사사화 관련 일화들은 주로 모친의 입을 통해 박동량에게 전해졌다고 할 수 있을 것이다. 선산 임씨는 남양 홍씨의 며느리로서 남양 홍씨가 주재하는 이야기판에 끼어들 수도 있었겠지만, 아울러 아들들과 자신만으로 구성된 좁은 이야기판에서 아들들에게 자기 친정의 집안 이야기를 들려주었던 것이다.

이렇듯 가문 이야기판에서 조모나 외조모, 모친 등 여성들이 주요 이야기꾼의 역할을 하였음을 알 수 있다. 가문 여성들은 시가와 친가에서 전승되는 다양한 이야기들을 각자 취향에 맞게 선택하고 변개하여 후손들에게 이야기해준 것이다. 그 이야기꾼의 취향은 교훈적 성향이 강한 쪽과 오락적 경향이 강한 쪽으로 나눌 수 있겠지만, 전자의 입장이 강조된 것은 분명하다. 사대부 가문 이야기판의 특성이 거기서 형성되었다고 볼 수 있다.

2) 사대부 가문의 남성

가문 남성들도 가문 이야기판에서 이야기꾼 노릇을 하였다. 『기재잡기』에는 「강적임꺽정强賊林巨正」(『대동야승』 13, 29쪽)이라는 이야기가 실려 있는데, 이것은 임꺽정 관련 일화 중 가장 이른 시기의 것이면서도 박진감 넘치는 서사 구조를 갖추고 있다. 임꺽정의 활약과 그 토벌 과정에 대해 상세하게 기록하고 있으면서도 조선 후기 야담집인 『동야휘집』에 「취학경단산탈화吹鶴脛丹山脫禍」(『동야휘집』 상, 798쪽)로 수용될 정도로 서사적 요건을 온전하게 갖춘 것이다. 그런데 여기에 박응천朴應川이 직접 등장한다. 이 일화가 임꺽정에 관한 이야기의 근원이 되었으며, 또 그 이후의 다른 어떤 이야기 못지않게 서사적 짜임새를 갖춘 것은 무엇보다 경험 당사자인 박응천에 의해 이야기된 뒤 가족 사이에서 거듭 구연되었기 때문일 것 같다. 박응천은 박동량의 삼촌으로서 일찍부터 동생들을 모아놓고 학문을 지도했다.[7] 그가 주도하는 공부방은 자기 경험을 진술하고 그것을 후손들에게 전하는 공간으로도 활용되었음을 짐작할 수 있으며, 이런 분위기에서 임꺽정 체포와 관련된 자신의 경험담을 구연했다고 볼 수 있는 것이다.

일찍이 우리 형제들에게 이렇게 가르치셨다.

"너희들이 장차 벼슬하여 녹봉을 받는다 할지라도 넉넉하게 살 생각은 하지 말아라. 우리 집안은 대대로 청빈하였으니, 청빈이 곧 본분이니라."

그리고는 집안에 전해오는 옛일들을 다음과 같이 낱낱이 들어 말씀해주셨다. (…중략…) 야천冶川(박소) 선생은 소인의 무리에게 미움을 받아 세상을 피해 우거하시다가 영남에서 돌아가셨다. 그러나 집안이 가난하여 반장返葬하지 못했다. 당시 장남인 찬성공贊成公(박응천)이 열아홉 살, 차남인 반성공潘城公, 박응순이 아홉 살, 3남인 문정공文貞公(박응남)이 여덟 살, 4남인 나의 7세조 도헌공都憲公(박응복)이 다섯 살, 막내이신 도정공都正公(박응인)이 세 살이셨는데, 그 울부짖는 소리가 온 집안에 가득하였다. 홍부인洪夫人께서는 이들의 손을 잡고 온갖 고초를 겪으며 서울로 돌아오셨다. (…중략…) 나의 선조인 도헌공은 당시 바야흐로 벼슬에 진출해 명망이 있으셨으나, 자신이 임금의 외척과 가까운 처지라 더욱 겸손하고 검소하게 생활하셨

---

7 "백형 목사 박응천朴應川은 여러 동생들을 엄하게 이끌어갔으니 여러 동생들도 그를 아버지같이 섬겼다." ("伯兄牧使應川 帥諸弟嚴 諸弟父事之", 『한국역대인물전집성』, 1280쪽) 박응천이 동생들을 모아놓고 공부를 시켰는데, 그 공부방은 경전의 난해구를 해명해주는 곳이자 집안의 일들을 의논하고 선조에 얽힌 이야기와 자신의 경험을 조카들에게 들려주는 곳이기도 했다.

다. (…중략…) 도헌공의 아드님이신 충익공忠翼公(박동량)은 일찍부터 임금님께서 알아주시어 조정의 요직을 두루 맡으셨다. 그러나 국운이 험난할 때여서 자기 한 몸도 돌볼 수 없었으니 하물며 집안일이야 말할 나위가 있겠는가? (…중략…) 무릇 이런 사실들은 모두 자손들이 몰라서는 안 될 일이다. 우리 집안은 수십 대에 걸쳐 청빈함과 검소함이 이와 같았으니 이는 원래 타고난 것이었다. 내 비록 너희들이 따뜻한 옷을 입고 배부르기를 바라지만, 부귀와 안일을 추구해서는 안 된다. 다만 바라는 건 사대부 집안으로서 글 읽는 사람이 끊어지지 않았으면 하는 것뿐이다.[8]

위 인용문은 연암 박지원(朴趾源, 1737-1805)이 아들 박종채(朴宗采, 1780-1835)에게 평소 이야기해준 것을 박종채가 기록한 것이다. 그런데 박지원은 박동량의 6세손이다. 그렇다면 그것은 박동량이 그 조모 홍부인(남양홍씨)을 중심으로 한 반남 박씨 가문 이야기판에서 들은 내용을 『기재잡기』에 기록한 것이면서, 그 뒤 연암 박지원에 이르기까지의 반남 박씨 가문 이야기판에서 계속 이야기된 것이기도 할 것이다. 박동량의 『기재잡기』와 박종채의 『과정록』은 반남 박씨 가문 이야기판이 면면히 이어져왔음을 증명해준다고 볼 수 있다.

내가 큰형을 모시고 개성으로 길을 떠났는데 파산坡山 별장에서 하룻밤을 자면서 밤이 깊도록 이야기를 나누었다. 이야기가 우연히 옛 도읍지에 대한 것에 미쳐 내가 탄식하며 말하기를 "송경松京은 우리 조상이 거처하시던 땅이라 응당 분묘들이 있을 것입니다"라고 했다. 큰형이 말하기를 "현조 총랑공은 창령에다 모셨고, 고조 문정공 양위는 포천에다 모시었고 (…중략…) 오직 총랑부인 오씨의 분묘만 개성에 있다고 아버지께서 일찍이 말씀하셨다. 그때는 연소하여 자세히 여쭤보지 못했는데 그것이 평생의 큰 한이다"

---

8   박종채, 『과정록』, 박희병 역, 『나의 아버지 박지원』, 돌베개, 1998, 210-218쪽.

라고 하였다.[9]

위의 구절은『용재총화』를 편찬한 성현(成俔, 1439-1504)이 맏형 성임 (成任, 1421-1484)을 모시고 떠난 여행 중에 나눈 이야기를 회상한 부분이다. 여기서 몇 가지 사실을 짐작할 수 있다. 먼저 성현은 자기 집에서 같이 생활할 때 형들로부터 이야기를 들었을 뿐만 아니라 여행과 같은 특별한 상황에서도 이야기를 들었음을 알 수 있다. 위의 '파산 별장'은 이야기판이 성립되는 전형적 공간인 격리된 여관이나 피난처, 은둔지를 연상시킨다. 다음으로 성임은 집안의 일이나 선조의 일화들을 성현에게 많이 이야기해주었음을 암시하고 있다. 그때 성임의 이야기는 그의 직접적인 견문의 소산이기도 하겠지만, 그 아버지나 선조들로부터 들은 것을 이차적으로 구연한 것이기도 하다.

조선 후기 본격 야담을 이끈 야담집인 이희평(李羲平, 1772-1839)의『계서잡록』에도 가문 이야기판의 흔적이 강하게 남아 있다.『계서잡록』4권 중 제1권 76편은 대부분 '가간사적家間事蹟'이다. 특히 그중 22편은 이희평의 부친인 이태영에 관한 것이고, 22편 중 14편이『과정록』의 것을 그대로 수록한 것이다.[10] 한산 이씨인 목은 이색(李穡, 1328-1396)에 대한 이야기로부터 시작된『계서잡록』은 9대조의 동생인 토정 이지함李之菡, 7대조인 이경류李慶流, 종증대부從曾大父인 문청공文淸公 이병태李秉泰에 대한 이야기를 거쳐 백씨伯氏의 이야기에 이르기까지 가문 선조들의 이야기가 대부분이다. 그것은 분명 이희평에게까지 전승된 가문 이야기판의 이야기라 할 수 있다.

특히『계서잡록』의 이경류에 대한 이야기는『동패락송』과『경세재

9   "余陪伯氏 將向開城 宿坡山別墅 月夜論話 偶及故都之事 余慨然嘆曰 松京吾祖宗所居之地 應有墳墓 伯氏曰 玄祖摠郎公葬昌寧 高祖文靖公兩位葬抱川 (…중략…) 惟摠郎夫人吳氏墓 在開城 嚴君曾言之 其時年少未及詳禀 平生大恨莫甚焉."(『대동야승』1, 641쪽)
10 김준형,「19세기 야담 작가의 존재 양상」,『민족문학사연구』15, 민족문학사연구회, 1999, 89-90쪽.

언록』에도 실려 있는 기이한 내용인데, 『동패락송』으로부터 전재한 것일 수도 있고 가문 이야기판에서 전승되던 것을 이희평이 기록한 것일 수도 있다. 이들을 비교해 보면 『계서잡록』에 실린 것이 가장 다채롭다. 그리고 『계서잡록』에는 제보자까지 밝혀져 있다. 『계서잡록』은 다음과 같은 내용을 담았다.

① 7대조 이경류가 그 형님 대신 전장에 나가게 된 사연
② 이경류가 집으로 돌아가자고 간청하는 노비를 따돌리고 출전했다가 전사하게 된 사연
③ 이경류·노비·말의 무덤 및 그 제향에 얽힌 사연
④ 이경류가 자기의 대상일大喪日 전까지 매일 밤 찾아와 부인과 수작하는 사연
⑤ 이경류가 아들 이제李穧가 급제했을 때 다시 나타난 사연
⑥ 이경류의 모친이 병들어 귤이 먹고 싶다고 하자 이경류의 혼이 동정호의 귤을 가져다주는 사연
⑦ 제사 음식을 먹는 표시가 나타난 것과 음식을 불결하게 마련한 하인을 혼내주는 사연[11]

이 외에도 간략한 서사 단락이 몇 개 더 있지만, 이것만으로도 이경류 이야기 중에서는 가장 많은 서사 단락을 확보했다고 할 수 있다. 그리고 그 각각이 온전한 일화로서의 요건을 갖추었다. 이는 거듭된 구연의 과정에서 이야기가 다듬어졌음을 암시한다.

⑦에서 기일 제사 때 방의 문을 닫으면 젓가락 소리가 들린다고 했는데, 그와 관련하여 이런 증언을 덧붙였다.

서증대부庶曾大父 병현秉鉉이 나에게 말해주시기를 소시에 제사에 참예할

---

11 「칠대조고七代祖考」, 『계서잡록』, 성균관대본, 제3화.

때면 매번 소리를 들었는데 근일 이후로는 듣지 못했다 한다.[12]

　직계가 아닌 이병현이 제사 때의 특별한 징조와 관련된 이런 이야기를 해주었다는 것은, 이와 유사한 다른 이야기가 수없이 많았다는 사실을 암시한다. 그런 점에서 가문 이야기판은 같은 선조를 모시는 한 가문의 여러 집안이 공유하는 것임을 알 수 있다.

　특히 정언각鄭彦慤 벽서 사건으로 누명을 쓰고 죽은 송인수(宋麟壽, 1499-1547)와 관련된 이야기는 윤기헌(尹耆獻, 1548-?)이 찬한 『장빈거사호찬』의 「규암송선생圭庵宋先生」(『대동야승』 13, 13쪽)과 이제신(李濟臣, 1536-1584)이 찬한 『청강선생후청쇄어』의 「송첨지응개宋僉知應漑」(『대동야승』 14, 74쪽)에 가장 자세하고도 흥미롭게 기술되어 있는데, 두 작품 모두가 그 제보자를 송인수의 종제從弟와 당질堂姪이라 밝히고 있다. 즉 『장빈거사호찬』에서 윤기헌은 그 이야기를 자신의 장인으로부터 들었다고 하였고 장인의 종형從兄이 송인수라고 했다. 송인수 이야기에 대한 장인의 가문 구성원들의 몰입 정도는 장인이 이 이야기를 할 때마다 눈물을 흘렸다는 언급을 통해 짐작할 수 있을 것이다.[13] 또 『청강선생후청쇄어』에서 이제신은 그 이야기를 송인수의 당질堂姪인 송응개로부터 들었다고 하였다.[14]

　이상을 통해 이야기하기와 이야기 듣기는 사대부 가문에서도 대단히 중요한 문화생활이었음을 알 수 있다. 교훈성과 오락성이라는 두 지향이 가문 이야기판과 이야기꾼의 개성에 따라 공존하면서 대립했지만, 이야기가 가문의 역사와 전통을 이어주는 가장 중요한 역할을 했다는 점은 분명하다고 하겠다.

12　"庶曾大父秉鉉 向我言 自家少時祭祀 每聞此聲矣 近日以來 未嘗聞云矣." (위의 책)
13　"先生乃我外舅之從兄也 外舅常流涕言之." (『대동야승』 13, 13쪽)
14　"宋僉知應漑 嘗謂余言 其堂叔圭庵公 將死日." (『대동야승』 14, 74쪽)

3. 사대부 사회의 이야기판과 사대부의 언어 감각

사대부들의 공부는 문답법으로 이루어진다. 『논어』나 『맹자』 등 유가 경전은 공자・맹자와 제자 혹은 다른 인물 간의 문답으로 구성되어 있다. 이 책을 근간으로 한 사대부들의 공부는 이야기하기와 이야기 듣기로 이루어졌다 해도 과언이 아니다. 그러기에 조선시대 사대부들의 언어 감각이 뛰어났고, 사대부들이 독특한 말들을 주고받으며 그것을 기억한 것은 당연하다.

잡록집에 실려 있는 단편들 가운데에는 편찬자가 동료 사대부들과 이야기를 나누는 과정에서 획득한 것이 많다. 다만 그 내용은 교술적인 것과 서사적인 것 등 다양하다. 가령 『필원잡기』에는 과거 시험과 관련된 이야기를 비롯한 교술적 내용이 많이 실려 있고 그 사이사이에 편찬자 서거정이 다른 사대부들과 담소한 내용이 들어 있다.[15] 그것은 그런 교술적 내용들이 책을 통해서만 획득된 것이 아니라 편찬자가 다른 사대부들과 이야기를 나누는 과정에 획득한 것임을 암시하는 것이다.[16]

『용재총화』를 통해 그런 이야기판을 좀 더 구체적으로 살필 수 있다.

> 청파에 심생과 유생이 있었는데 둘 다 부유한 사족이었다. 날마다 기생들을 불러놓고 만취했다. (…중략…) 좌중에서 "지난 일들에 대해 이야기하며 웃어보세" 하고 제안하니 모두들 그러자고 했다. 그래서 좌중 손님들이 온갖 이야기들을 다 하며 웃고 즐겼다.[17]

---

15 「신고령숙주申高靈叔舟」, 『대동야승』 1, 685쪽; 「세종말년世宗末年」, 『대동야승』 1, 685쪽; 「소일여동학이삼인少日與同學二三人」, 『대동야승』 1, 692쪽; 「유제학효통兪提學孝通」, 『대동야승』 1, 697쪽; 「김직제학문金直提學汶」, 『대동야승』 1, 697쪽.

16 『대동야승』 1, 683~685쪽.

17 "青坡有沈柳兩生 皆豪富士族 日沈醉於粉黛間 (…중략…) 座有言者曰 宜談往事以鮮顧耳

사대부들끼리 만들어가는 이야기판의 모습이다. 그 이야기판은 술판이 발전된 것이다. 여기서 '지난 일들往事'은 꾸며낸 이야기가 아니라 스스로 겪은 경험담이다. 경험담 중 특히 기이하고 남을 웃길 수 있는 것이 주로 선택되었을 것이다. 그것은 일화나 소화이고, 그 귀결점은 웃음이다.

성현 자신이 직접 참여한 이야기판도 있다. 사실 성현의 주위에는 방옹放翁 이륙李陸, 최세원崔勢遠, 이숙도李叔度, 기지耆之 채수蔡壽 등[18] '담론談論'이 뛰어나고 장난기가 많은 친구들이 있었다. 이들은 실제로 일어난 재미있는 사건들을 성현에게 이야기해주었고, 또 스스로 세인의 주목을 끄는 사건의 주동자가 되기도 했다. 이들은 이야기판의 이야기꾼이면서 일화의 등장인물이었던 셈이다.[19] 이렇듯 성현의 주위에는 장난을 좋아해 스스로 일화 형성자가 되거나 일화 구연자 노릇을 하는 사대부들이 많았으며, 성현 자신이 장난기가 많은 인물이기도 했다.[20]

『기재사초』의 「임진잡사壬辰雜事」는 사대부 동료들의 이야기판의 모습과 거기서 구연된 이야기의 내용을 온전하게 보여준다. 박동량은 임진왜란이 일어나자 병조좌랑兵曹佐郞으로서 의주까지 왕을 호종扈從하

皆曰諾 座客縱談笑噱." (『대동야승』 1, 608쪽)

18 방옹放翁, 이숙도李叔度, 유우후柳于後, 이자범李子犯, 유관지柳貫之 등은 김구지金懼知가 훈장이었던 서당의 동문들이다. 『대동야승』 1, 646쪽 참조.

19 성현은 「촌중비어서村中鄙語序」에서 친구 채기지가 일화나 소화를 기록한 행위를 "以平昔所嘗聞者與夫朋僚談諧者 雖鄙俚之詞 皆錄而無遺 其著述之勤 用力之深 非老於文學者 其何能爲 可爲後人之勸戒也(『허백당집盧白堂集』, 『문집文集』 권7, 474쪽)"라 하여 높이 평가했다. 성현도 그와 같은 입장에서 친구들의 행동과 구연 이야기들을 기록한 것이다. 또 「여소시현진일선생余少時見眞逸先生」(『대동야승』 1, 575쪽)은 과거 시험이 임박해오자 성현이 최세원, 노선성盧宣城 등과 함께 산방으로 가서 독서하게 된 사실을 언급한 뒤, 최세원이 등장하는 세 일화를 소개한다. 그 일화들은 최세원의 경험에 대한 자기 진술을 그대로 기록한 것이다. 「여소시여방옹余少時與放翁」(『대동야승』 1, 580쪽)은 방옹과 성현이 친구의 소를 훔친 일화를 기록한 것이기에 성현의 자기 경험 진술이라고 하겠다.

20 성현은 친구 김간金澗에게 이끼를 매산苺山이라며 먹게 하여 구토와 설사에 시달리도록 하며, 청충青虫을 매산苺山이라며 인편에 보내어 친구가 그것에 물려 피부병이 들게 만들 정도로 장난기가 많았다. (「태출어남해자苔出於南海者」, 『대동야승』 1, 640쪽)

였다. 평양에 이르러서는 강 건너로 왜적의 불빛이 보이는 절박한 상황에 처하기도 했다. 박동량은 그때의 견문을 『기재사초』에 기록했다. 그중 한 편인 「임진잡사」는 박동량이 그 주위의 고관들과 주고받았던 독특한 대화, 주위에서 화제가 되었던 독특한 인물에 대한 이야기들을 주로 싣고 있다. 「임진잡사」에서 박동량은 주관적 서술자로서 자신과 가까운 인물들의 언행을 세밀하게 서술했다. 그는 특히 독특한 사대부의 특별한 행실이나 품성을 포착하였다.

독특한 말, 재치 있는 말, 우스운 말, 정곡을 찌른 말 등이 주된 관심의 대상이 된 경우는 더 많다. 가령 「권감사징재임진군중權監司徵在臨津軍中」(『대동야승』 13, 55쪽)을 보자. 경기 감사로 있던 권징(權徵, 1538-1598)은 위급한 상황에서 신경을 써야 할 중요한 일들이 많음에도 불구하고 박치홍朴致弘이란 사람을 구원하는 일에 급급하다. 해원海原 윤두수(1533-1601)가 이를 보고 "공이 허둥지둥하니 필시 실성한 게야"[21] 하며 빈정대니, 박동량이 "아니 권감사는 차분하고 침착하다 할 것입니다"[22]라고 대꾸한다. 윤두수가 "자네 지금 권감사를 두둔하나?"라고 하니 박동량은 "만일 차분하고 침착하지 않았다면 그 치계馳啓의 상세함이 어찌 이 지경에 이르렀겠습니까?"[23] 하였다. 그러자 그 자리에 있던 모든 사람들이 웃으면서 "그래 좋아, 그래 좋아"[24] 했다는 것이다. 여기서 '나'인 박동량과 윤두수가 말을 주고받아 웃음을 유발하는데, 그중 윤두수의 말은 사실에 대한 진지한 판단의 소산이지만, 박동량의 말은 우스개의 성격이 강하다. 물론 그 우스개는 다시 경기 감사로서 해야 할 일을 제대로 하지 않는 권징에 대한 조롱과 연결된다. 하지만 그보다는 말 자체의 묘미를 드러나게 하려는 의도가 더 강하다.

---

21 "此公顚倒必失性也." (『대동야승』 13, 55쪽)
22 "權監司可謂從容不迫." (위의 글)
23 "若非從容不迫 啓本詳悉 何能至此乎." (위의 글)
24 "大好大好." (위의 글)

그런데 여기에 등장하는 인물들의 관계를 살펴보면, 권징은 당시 정2품인 경기 관찰사였고, 윤두수는 정1품인 좌의정, 박동량은 정6품인 병조좌랑이었다. 문제는 윤두수와 박동량의 관계이다. 우스개를 한 주체인 박동량은 윤두수보다 서른여섯 살이나 아래였고, 품계도 아홉 단계나 낮은 하관이었다. 그런 박동량이 윤두수와 더불어 우스갯말을 스스럼없이 하였고, 또 그것이 다른 사람들에게 거북하게 받아들여지지도 않은 것이다. 그것도 왜적으로부터 압박을 받고 있는 절박한 상황이었다. 그런데도 두 사람 사이의 농담이 가능했다는 사실에서 조선시대 사대부들이 농담하거나 우스개에 대해 관대했고 그것을 일상적으로 즐겼음을 짐작할 수 있다.

백성들에 대한 위정자의 책임을 생각하며 비장한 자세를 가져야 할 심각한 전쟁 상황에서 말장난을 도모했다는 것은 위정자의 마땅한 자세가 아니며 일종의 직무유기라고도 할 수 있을 것이다. 그러나 여기서는 그것이 큰 문제가 되지 않았다. 오히려 이런 가벼운 농담으로 자신들이 처한 심각한 상황에 활기를 불어넣었다. 우스갯말은 절박한 상황에 몰린 사대부들이 지치지 않고 위기를 잘 대처하게 한 그들 나름의 지혜라고도 할 수 있다.

사회가 안정되어 있을 때 행동의 일탈은 삶의 무료감을 떨쳐내고 다시 생동적으로 삶을 꾸려갈 수 있게 하는 중요한 요소였다.[25] 하지만 전쟁이 한창 진행 중인 이 위기의 시기에는 '행동의 일탈'이 불가능했다. 일탈의 출발이 될 수 있는 안정된 공동체가 없었기 때문이다. 그래서 사대부들은 행동의 일탈 대신 '말의 일탈'을 추구했다. 사대부들은 이야기판에서 말의 일탈을 통해 위기 상황을 여유 있게 극복하는 분위기를 만들 수 있었다. 조선 시대 사대부들은 절박한 상황에서도 말하

---

25 『용재총화』를 비롯한 조선 초기 잡록집에 실린 '밖으로의 일탈' 일화가 여기에 해당된다. '밖으로의 일탈'에 대해서는 이강옥, 「조선시대 일화의 일탈」, 『국문학연구 1997』(서울대 국문학연구회, 1997)을 참조할 것.

기로써 불안과 긴장을 해소하고 비관을 낙관으로 전환시켜 삶의 활력
을 되찾으려 한 그들만의 이야기 문화를 향유하였던 것이다.

4. 이야기를 통한 사대부 경험의 확장

가문 이야기판이나 사대부 동료 이야기판에는 가문 구성원이나 사
대부 동료들만이 이야기꾼으로 나선 것은 아니다. 또 사대부들은 가문
과 사대부 사회의 테두리 밖의 이야기판에 참여하기도 했다. 소위 '패
관문학'의 전통이 계승되었다고 하겠는데, 그것은 사대부가 풍속을 살
피고 세상 물정을 익히는 데 대단히 중요한 정보를 제공한 것이다. 열
린 이야기판이라고 할 수 있다.

가령 『용재총화』 권5에는 장님들이 조롱당하거나 바보들이 사기당
하는 이야기들이 실려 있는데, 그 서술 방법이 상투적이고 발상이나
귀결이 비현실적이며 작위적이라는 점에서 소화에 가깝다. 거기에 함
북간咸北間이란 사람에 대한 언급이 있다.

> 우리 집 이웃에 함북간이란 사람이 살았다. 그는 동계東界 땅으로부터 이주해
> 왔는데 피리를 조금 불 줄 알고 우스개 이야기를 잘했으며 광대놀이도 잘했다.[26]

함북간은 동북쪽 변방 출신으로, 다른 사람의 시늉을 잘 하고 악기
소리 흉내를 잘 내어 내정內庭으로 불려가 상도 받았다는 것으로 보아
기예인인 듯하다. 그런 그가 성현의 이웃에 살았고 또 성현에 의해 "우
스개 이야기를 잘했다"고 평가받았다. 『용재총화』에서 장님과 바보들

---

[26] "吾隣有咸北間者 自東界出來 稍知吹笛 善談諧倡優之戲." (『대동야승』 1, 608쪽)

에 대한 소화들이 이 구절 바로 앞에 수록되어 있다는 점, 그리고 그 소화들은 사대부 이야기꾼에 의해 제보된 이야기와는 다르다는 점[27] 등을 고려할 때, 그것들이 함북간에 의해 구연되었을 가능성이 크다. 그리고 함북간과 같은 비사대부층의 이야기는 사대부에 의해 구연되는 이야기와는 형식과 내용에서 달랐음을 짐작할 수 있다. 그런 이야기들을 사대부인 성현은 즐겨 들었고, 나아가 그것을 기록하기에 이르렀다.

사대부들에게 이야기를 전해준 하층민들은 함북간처럼 사대부의 이웃에 살면서 지속적으로 이야기를 주고받았거나[28] 사대부와 잠시 인연이 닿아 담화를 나눌 수 있었을 것이다.[29]

『죽창한화』의 「여피란유우어진안余避亂流寓於鎭安」(『대동야승』 17, 60쪽)은 이와 관련해 특별한 사실을 알려준다. 이덕형이 산골에서 만난 노인은 평민 출신으로, 신선의 풍모를 보이며 연산군 대의 일을 역력히 기억하고 있는 존재이다. 이덕형은 그의 풍모와 삶의 방식에서 충격과 감명을 받아 여러 가지 질문을 하는데, 노인이 대답을 해주자 그것을 소상히 기록하였다. 노인의 대답은 이덕형을 또다시 감동시켰다. 평민의 자기 진술을 듣고 사대부가 큰 충격을 받고 감동한다는 것은 경험과 통찰력에서 평민이 사대부를 압도한 셈이라 할 수 있다.

나아가 『송도기이』에서는 이야기판이 더욱 넓게 개방되었다. 편찬자 이덕형은 향로鄕老들로부터 들은 이야기들을 기록했다. 그리고 안사내安四耐와 진주옹陳主翁이라는 사람으로부터 들은 신이한 이야기도 옮겼다. 두 사람은 초보적인 이야기꾼으로서, 스스로 경험하고 견문한

---

27 채기지, 최세원, 방옹 등 사대부들이 구연해준 사대부 일화들과 이 소화를 비교해 보면 그 차이는 분명해진다. 크게 보면 『용재총화』 권5와 나머지 권들의 분위기를 비교해도 차이가 느껴진다.
28 성현은 기재추(奇宰樞)의 흉가에 대한 이야기도 이웃 사람으로부터 들은 것이라고 『용재총화』에서 밝혔다. ("吾從其隣聽其說", 『대동야승』 1, 601쪽)
29 「파산촌장여노수화坡山村庄與老叟話」에는 성현이 파산 별장에서 농부와 술상을 차려놓고 밤이 깊도록 이야기를 나누는 장면이 선연하게 형상화되어 있다. ("養鷄烹具饌 獲稻釀成醪 山果紅將墮 畦蔬翠可挑 農談不知倦 晴月近窓高", 『허백당집』, 민족문화추진회, 245쪽)

내용을 모아 이덕형에게 이야기해준다. 안사내는 중으로 행세한 사람이고, 진주옹은 서리 진복陳福의 아버지로서 그 역시 아전이었다. 이덕형은 개성의 농민들과 천민, 아전으로부터 들은 이야기들에 대해 큰 의미를 부여하면서 그것을 기록으로 남겼다. 상층 사대부가 의식적인 긴장을 해소하거나 경험의 영역을 개방하였을 때, 평민 일화가 사대부의 생활 감각과 의식에 신선한 충격을 줄 수 있었기 때문일 것이다.

> 돌아오는 길에 옥갑에 이르러 여러 비장裨將들과 침상을 나란히 하고 밤새 이야기를 나누었다.[30]

연암 박지원 선생은 북경으로 가는 사신을 따라갔는데, 이렇게 여관에서 함께 잘 때면 돌아가며 이야기를 하는 이야기판에 동참한 것이다. 이런 열려진 이야기판을 통해 사대부들은 하층민들로부터 더 다양한 이야기들을 들을 수 있었다. 이로써 사대부들에게 익숙한 사대부 일화는 평민 일화와 긴밀한 관계를 맺을 수 있었다. 마침내 사대부 일화와 평민 일화가 통합되고 발전됨으로써 야담계 일화나 야담계 소설로 나아가는 자질들을 많이 창출했다고 볼 수 있다. 가령 「허생전」은 이렇게 하여 형성된 야담계 소설이라 하겠다.

5. 조선 후기 사대부의 이야기 향유와 서사 의식의 형성

조선 후기에 들어와 사대부의 이야기판은 야담 형성의 한 바탕이 되었다. 야담집 편찬자는 더 적극적이고 지속적으로 새로운 이야기판을

---

30 이우성·임형택 역편, 『이조한문단편집』하, 일조각, 1973, 293쪽.

만드는 주역이 되거나 이야기판의 능동적인 참여자가 되었다. 이야기 판은 삶의 과정에서 우연하게 잠깐 만들어지기도 했지만, 의도적으로 만들어져 더 오래 유지되기도 하였다. 그리고 더 개방적이어서 다채로 워졌다.

조선 초기와 중기의 사대부 동료 이야기판이 주로 벼슬살이를 하고 있는 사대부들을 중심으로 이루어진 데 반해, 조선 후기의 이야기판은 벼슬에서 소외된 사대부들이 자신의 의지와 심정을 토로하는 장이 되는 경우가 더 많아졌다. 이제 이야기판은 무료한 시간을 보내기 위해 안이 하게 만들어지는 것이 아니라, 어떤 문제의식을 발전시키고 욕망을 구 체적으로 드러내기 위해 의도적으로 만들어졌다. 가령『삽교집』에 자주 등장하는 단옹丹翁과 변사행邊士行,『열하일기』「옥갑야화」의 윤영尹映 등 은 벼슬에서 소외된 사대부이다. 이들은 사대부 사회의 변방에서 거리 를 두고 사대부 사회를 바라보았고, 상대적으로 평민 사회에 가까이 갈 수 있었다. 이야기꾼의 이런 독특한 위치는 그들로 하여금 세상을 좀 더 객관적으로 바라볼 수 있는 시각을 갖게 하였고, 그들은 그러한 시각을 통해 이야기의 함의를 넓혀 나갔다.

『삽교집』을 통해 이러한 면을 좀 더 자세히 살펴보자.『삽교집』에는 이야기꾼 변사행과 편찬자 안석경安錫儆 사이의 논쟁이 소개되어 있 다.[31] 두 사람은 현실 삶에서 인색함과 교만함 중 어느 것이 더 나쁜 것 인지를 두고 논쟁하는데, 변사행은 인색함을, 안석경은 교만함을 더 나쁜 것이라 주장한다.

1718년 충주 가흥에서 태어난 안석경은 그 아버지 안중관安重觀이 죽 은 1752년까지 주로 도시 주변에서 생활하며 관직으로 나아가고자 하 는 뜻을 포기하지 않으면서도 현실과 심한 갈등을 경험한다. 결국 아 버지가 죽자 원주 손곡리와 두메산골인 횡성 삽교에 은거하였다. 손곡

---

31 안석경,『삽교집』하, 327-329쪽.

과 삽교에서 영위된 그의 후반기 생애는 도시 생활을 포기하고 벼슬도 단념한 채 산중에 근거하는 처사적인 삶이었다.[32] 그런 안석경이 현실 생활에서 인색함보다는 교만함을 더 나쁜 것이라 주장하자 변사행은 인색함이 더 나쁘다며 안석경을 비판한다. 안석경이 산야에 숨어 살면서 남에게 구걸해본 적이 없기 때문에 대부분의 민중들이 인색한 부자를 얼마나 미워하는지 모른다는 것이 변사행의 논리였다. 안석경은 민중의 일상과는 다소 유리되어, 다만 성인의 말씀만을 근거로 추상적인 논지를 전개한 셈이었다.[33] 이야기꾼 변사행에게 그러한 안석경은 사대부 사회와 더 분명한 거리를 유지하지 못하고 민중의 삶을 직시하지 못한 것으로 보인 것이다. 안석경을 이렇게 비판하는 변사행의 모습을 통해 이 시기 이야기꾼의 현실 감각을 짐작할 수 있다.

『삽교집』에서 변사행이 구연한 것이라고 분명하게 밝혀진 이야기는 4편이다.[34] 하지만 그 외의 다른 문구에서도 변사행이 거듭 등장하는 것을 보면 변사행이 구연한 이야기는 훨씬 더 많았을 것으로 추정된다. 밝혀진 4편만 해도 뚜렷한 서술 시각을 갖추었고, 독특한 인상을 주는 주제와 인물들을 담았다. 첩들을 해방시켜주는 노인, 큰 부자로 가난한 이웃들에게 아무 조건 없이 재물을 희사하지만 오히려 그 때문에 더 큰 부자가 되는 전장복田長福, 이웃 과부와 그 어린 딸의 효행을 보고 지극한 효부가 되는 불효부, 추노하러 갔다가 노비 딸의 희생으로 겨우 살아나는 가난한 선비 등을 통해 여성의 해방, 재물의 사회적 공유, 진심에서 우러난 효행, 생존을 위한 계급투쟁과 부친을 위한 헌

---

32 안석경의 생애에 대해서는 이명학, 「안석경과 그의 한문단편들」(『야담문학연구의 현단계』 1, 보고사, 2001, 280~284쪽)을 참조했다.
33 안석경은 식화食貨가 인간 세상에 존재하는 방식이 혈기가 인체에 도는 형태와 같다며, 재물의 모임과 흩어짐을 추상화하여 설명한다. (안석경, 앞의 책, 329쪽)
34 안석경, 위의 책, 「변사행왈영남유김숙천邊士行曰嶺南有金肅川」(343쪽), 「변사행왈평양성중유전장복邊士行曰平壤城中有田長福」(344쪽), 「변사행왈간성유과부邊士行曰杆城有寡婦」(346쪽), 「변사행왈유궁사邊士行曰有窮士」(348쪽).

신 등의 주제를 압축적으로 제시한 것이다. 이야기꾼 변사행은 자기 시대에 이르러 새롭게 부각된 삶의 문제들을 정확히 포착하여 이야기로 꾸미는 현실 감각과 서사 능력을 두루 갖추었던 인물이라 짐작된다.

『삽교집』에는 이런 이야기꾼들이 모인 이야기판이 생생하게 묘사되어 있다. 가령 「상어손곡지심심당嘗於蓀谷之深深堂」(『삽교집』 하, 9쪽)은 신사겸申士謙의 집인 심심당에서 안석경, 황성약黃聖若, 신사겸 등이 모여 나눈 이야기 7편을 나란히 담고 있다. 안석경이 황성약을 '황조대'黃措大라 지칭하는 것으로 보아 이들은 시골 선비인 듯하다. 이들이 주고받은 이야기 중 마지막 이야기인 김하서金河西 관련 내용을 제외한 나머지 이야기들은 그 구조와 주제, 서술 의식이 동일하다. 어떤 선비를 사모하는 처녀가 선비에게 애정을 고백하거나 첩이 되기를 간절하게 소망하지만, 선비의 완고한 거부로 마침내 여자가 죽게 되고 선비도 그 때문에 불행하게 된다. 각 이야기의 끝에 붙은 평은 주로 선비의 잘못을 지적한다. 여기서 '심심당'은 이야기판이 지속되는 공간이다. 여기에 모인 사람들은 그들이 주고받는 이야기가 모두 일정한 수준을 갖춘 것이라는 점에서 이야기꾼으로서의 자질과 경험을 갖추었다고 볼 수 있다. 그리고 무엇보다 중요한 사실은 이들이 하나의 이야기를 듣고 그 이야기의 구조나 주제, 서술 의식에 부합하는 또 다른 이야기를 대응하여 구연했다는 사실이다. 이야기판에 참석한 사람 모두가 이야기를 듣고 이해하고, 만들고 구연하는 서사 능력의 비약을 보여주고 있는 것이다.

시골 선비들이 이런 이야기판을 만들었던 것 못지않게 도시 사대부들이나 여항인들도 독특한 이야기판을 만들었다. 『동패락송』의 경우를 통해 그 점을 짐작할 수 있다. 『동패락송』의 편찬자 노명흠(盧命欽, 1713-1775)과 그 아들 노긍(盧兢, 1738-1790)은 당시 벌열인 홍봉한洪鳳漢가의 숙사塾師로 있었다.[35] 노명흠은 홍봉한의 집안에서 자제들의 과시科詩를 가르치며 서적을 베끼고 읽는 데 몰두하였는데, 때때로 이야기로 좌중을 압도하기도 했다. 그가 이야기꾼으로 이야기를 하던 모습은 홍봉한의 손자인 홍취영洪就榮의 글에서 확인할 수 있다.

그 옛날 안북安北·청괴靑槐 옛집에서, 피음정披吟亭·영초헌穎草軒 등에서 공을 따라서 술 오르고 등불 심지 타 들어가도록 손뼉을 쳐가며 이야기꽃을 피우던 것이 끊이지 않았더니 나는 그때 어린아이로 자리 한 귀퉁이에 앉아 이야기에 빠져들었으니 어느덧 달은 기울고 닭이 우니, 북두성은 희미해졌다.[36]

홍취영은 50대 중반의 노명흠이 이야기판을 이끌던 시절의 모습을 50여 년이 지난 시기에 이렇게 회고하였다. 또 홍봉한의 아들인 홍낙인은 노명흠의 구변口辯이 뛰어났음을 특기하였다. 홍봉한의 집안에서는 이렇게 노명흠이 중심이 되어 이야기판이 만들어졌으며, 가문 구성원들은 그 이야기판에 기꺼이 동참한 기억을 간직했다. 홍봉한 가문의 이야기판에는 강독사도 초빙되었음이 홍봉한의 손자 홍직영洪稷榮에 의해 증언되기도 하였다.[37]

『계서잡록』의 편찬자 이희평도 이야기꾼으로서의 자질을 다분히 갖고 있었음은 심능숙의 서문을 통해 확인된다.[38] 부유한 사대부 가문이나 벌열가의 이야기판에 초빙되어 돈을 받고 이야기를 해준 좀 더 통속화된 이야기꾼의 존재를 오물음을 통해 확인할 수도 있다.

---

35 김영진, 「조선후기 사대부의 야담 창작과 향유의 일양상」, 『야담문학연구의 현단계』 1, 보고사, 2001, 294쪽.
36 "記昔從公安北青槐舊巷 披吟之亭 穎草之軒 酒闌燈炧 抵掌縱談 纚纚不少休 余時以童子隅坐耽聽 輒不覺月落鷄唱 而北斗闌干." (「동패락송서」, 『녹은집鹿隱集』, 재인용 : 김영진, 위의 글, 307쪽)
37 "余兒時 喜聽世俗所傳誦稗說 客來 必使之誦之 屢見更端 罄其所有 客倦而思睡 猶不欲其止." (「동패락송발」, 『小洲集』 권49, 재인용 : 김영진, 위의 글, 306쪽)
38 "즐겨 옛날 일을 이야기하면 밤이 다하여도 말은 끝나지 않았다. 그래서 내가 항상 희롱하여 '노형의 뱃가죽은 모두 노래라'라고 하였다. 또한 몇 십 권의 『계서록』이 아직도 마음속에 탈고되지 않은 채로 남아 있는지 모르겠다고 했다." ("且喜道古事 夜盡而語不盡 余嘗戲曰 老兄一배皮都是歌 又不知幾十卷溪西錄尙餘於胸中 未脫藁之草也歟", 심능숙, 『계서잡록』 서문)

서울에 오가 성을 가진 사람이 있었다. 그는 고담을 잘하기로 유명하여 두루 재상가의 집에 드나들었다.[39]

오물음은 재상가에 드나들며 고담을 해주고 일정한 보수를 받았던 것으로 추정된다. 그러므로 오물음을 직업화된 이야기꾼이라 해석할 수 있다.[40] 그리고 그런 분위기는 전기수傳奇叟나 이업복李業福 등 부잣집에 불려 다니며 소설책을 읽어주는 것을 직업으로 삼아 살아가는 강독사가 생겨난 현상과 상통한다.

요컨대 조선 후기에 들어오면서 기존 사대부 가문 이야기판은 지속되면서도[41] 변화되었다고 하겠다. 가문 이야기판은 여전히 가문의 전통과 문화, 정신을 이어갔다. 박종채의 『과정록』은 그 아버지 연암 박지원이 들려준 이야기들을 많이 싣고 있는데, 그것들은 이 시기에 이야기가 가문 선조의 정신을 후손에게 전승하는 양상을 가장 분명하게 보여주는 예라 할 수 있다. 나아가 가문 이야기판은 개방되어 더욱 능숙한 이야기꾼들을 바깥으로부터 초빙함으로써 더 큰 활기를 얻었다. 그로 인해 가문 이야기판은 가문 자제들의 교육과 오락의 장으로서 뿐만 아니라 야담이나 소설 등 본격 서사체의 산실로서 그 역할을 다하게 되었다고 하겠다.

또 벼슬살이를 하지 않아 사대부 사회에서 다소 동떨어진 부류들도

---

39 이우성·임형택 역편, 『이조한문단편집』 상, 일조각, 1973, 189쪽.

40 "오물음의 경우 이야기를 하는 것은 생활의 한 수단으로서 어느 정도 직업화된 일이었음을 보여주고 있다(임형택, 「18·19세기 이야기꾼과 소설의 발달」, 『고전문학을 찾아서』, 문학과지성사, 1985, 313쪽)." "오물음과 연암燕岩, 민옹閔翁의 경우에 비추어 생활의 여유를 누리는 부유층에서는 잘하는 이야기꾼에 대한 요구가 높았을 것임을 알 수 있다. 이러한 요구에 응하여 직업적인 강담사가 발달한 것이다(임형택, 위의 글, 314쪽)."

41 『삽교집』의 「박성원공무자여지처형야朴盛源公茂耆余之妻兄也」(『삽교집』 하, 49쪽), 「여상문지어계화왈余甞問之於季華曰」(『삽교집』 하, 54쪽), 「선군상왈先君甞曰」(『삽교집』 하, 39쪽), 「충주지가홍유황회숙」(『삽교집』 하, 245쪽) 및 『동패락송』의 "김의 증손은 지금 문관 재록인데 이 일에 대해 즐겨 이야기하였다." ("金之曾孫卽現在文官載祿也 喜談此事", 『동패락송』, 5쪽)

이야기판을 만들었는데, 이들은 현실을 구체적으로 꿰뚫어보는 이야기를 많이 만들어 전승시켰다. 이런 여건에서 조선 후기 야담이 현실성을 견지하는 고유한 작품 세계를 만들 수 있었다고 본다.

6. 이야기판의 복구를 위하여

사대부의 가문과 사회에서도 이야기는 다양하게 구연되고 향유되었다. 사대부 가문의 이야기판에서는 여성들이 중심 이야기꾼 역할을 하였고 남성들도 적극 동참하였다. 또한 교훈성과 오락성이라는 두 지향이 공존했지만, 이야기는 가문의 역사와 정신, 전통을 만들고 이어주는 가장 중요한 역할을 하였다. 사대부 관료 사회의 이야기판은 특히 말의 일탈을 다양하게 경험하도록 하여 사대부 사회에 여유와 활력을 불어넣었다.

조선 후기에 접어들어 가문 이야기판은 가문의 전통과 문화, 정신을 이어가기도 했지만, 더욱 능숙한 이야기꾼들이 동참함으로써 활기를 얻었다. 그로써 가문 이야기판은 야담이나 소설 등 본격 서사체의 산실로서도 그 역할을 다하게 되었다.

사대부 사회에서 동떨어진 부류들도 이야기판을 만들었는데, 이들은 현실을 꿰뚫어보고 그 결과를 구체적으로 담는 이야기를 많이 만들어 전승시켰다. 이런 여건에서 조선 후기 야담이 현실성을 견지하는 고유한 작품 세계를 만들 수 있었다고 하겠다.

사대부 가문과 사대부 관료 사회에 존재했던 이야기판을 인정하고 그것이 지속되고 변화된 양상을 살피는 것은 사대부 사회를 이해하는 데 큰 도움이 될 것이다. 그리고 그 일은 우리 문화의 다채로움을 이해하는 데도 중요하다고 본다. 특히 사대부 가문 이야기판의 한 결실인

『과정록』은 부모의 언행을 아들이 기록한 것으로서, 오늘날 우리 일상에서 이야기판을 복구하는 데 소중한 암시를 준다고 하겠다.

한국 재담문화의 역사와 계보
재담과 만담의 부문 개념을 중심으로

이보형

1. 머리말

조선 말기와 일제강점기 초기에 도시 극장에서 골계, 해학, 풍자로 걸쭉한 이야기를 펴 대중의 인기를 끈 것은 박춘재朴春載의 '재담才談'이고, 일제강점기 중기와 후기에 가장 인기를 끈 것은 신불출申不出의 '만담漫談'이었다. 그러나 이렇게 인기를 끈 부문인데도 이에 대한 학문적 연구는 전혀 손도 못 댄 채 황무지로 버려져 있었던 것은 자료를 구하기도 어렵지만 특이한 공연 형태에 대한 학문적 접근이 쉽지 않았기 때문으로 보인다.

근래에 종로문화원장으로 있던 반재식이 일찍부터 재담과 만담 분야에 관심을 갖고, 이에 관한 공연 자료와 박춘재와 신불출을 비롯한 이 방면의 공연자들에 대한 기초 자료를 수집하여 『재담천년사』,[1] 『만담백년사』[2]라는 일련의 저서를 펴내었다. 이 저서는 그 동안 미개척지로 남아 있던 재담과 만담에 대한 자료를 수집하여 엮은 최초의 저서로 귀중하다 할 수 있지만, 이 저서가 학계에서 큰 관심을 갖지 못하는 것이 재담과 만담에 대한 학술적 저서가 아니고 기초 조사와 자료 집성에 치중한 저서라 생각하여 그런 것이겠지만 한편으로는 특이한 공연 부문이라 학문적 접근이 쉽지 않아서 그런 것으로 보인다.

그런데 최근에 서대석·손태도·정충권이『전통 구비문학과 근대 공연예술』(I·II·III)[3]이라는 저서를 펴내면서 반재식의 저서가 많이 인용되어 비로소 학계에 소개된 것은 다행한 일이다. 특히 이 책의 I권 가운데 서대석이 집필한 제4장「전통재담과 근대 공연 재담의 상관관계」에서는 위 반재식의 저서 내용이 절대적으로 인용되고 있다.

위에 인용한『전통 구비문학과 근대 공연예술』이라는 저서는 황무지로 남아 있는 재담 및 만담 부문을 학술 연구에 끌어들였다는 데 공이 크다. 하지만 이 저서가 재담 및 만담 부문만을 집중적으로 다룬 연구서는 아니고 전통 구비문학 자료로 엮은 근대 공연예술사 성격을 띠고 있다고 볼 수 있다. 그렇다면 앞으로 재담과 만담에 대한 본격적인 연구 작업에는 여러 분야의 학문적 접근이 필요하여, 어려운 것이니만큼 앞으로 많은 분야의 학자들이 참가하는 연구를 기대해 본다.

필자는 일찍부터 유성기 음반 수집을 한 바 있고, 이를 통하여 재담과 만담 부문에 대하여 접한 경험이 있을 뿐 아니라 또 반재식이 협력하였고 장소팔, 김영운, 이은관, 김뻑국, 박해일과 같은 실기자가 참가한 만담 복원 운동을 관심 있게 지켜본 일이 있었지만 그 동안 순수 전통음악의 문법체계 이론 연구에 얽매여 이 재담과 만담 분야의 전문 연구에 손도 못 대고 있었다.

필자는 평소에 재담과 만담의 연구에 기초가 될 것으로 생각한 몇

---

1 반재식,『재담천년사』, 백중당, 2000.
2 반재식,『만담천년사』, 백중당, 2000.
3 서대석·손태도·정충권,『전통 구비문학과 근대 공연예술』I·II·III, 서울대 출판부, 2000.

가지 문제를 제시하고 필자 나름대로 생각한 단편적인 풀이를 해 봄으로써 장차 이 분야 연구에 길 닦음 구실을 하고 싶다.

첫째, 먼저 박춘재의 재담 부문과 신불출의 만담 부문의 공연 구조적 차이를 밝힘으로써 이 부문 개념을 정리하고자 한다.

둘째, 재담과 만담 부문의 발생론에 대한 단편적인 생각과 당시에 대중의 절대적인 인기를 끈 공연 문화적 배경 문제에 대한 의견을 제시하고자 한다.

셋째, 돌발적으로 나타나 갑자기 사라져 조사되지 못한 전승 계보 문제에 대한 개인적인 의견을 제시하는 데 그치고자 한다.

2. 재담과 만담의 공연 기법 차이로 본 부문 개념

박춘재의 재담과 신불출의 만담에 대한 연구에는 먼저 부문 개념의 정리가 선행되어야 하는데 이에 대한 정리가 안 된 애매한 상태로 이 부문에 대한 논의가 수행되고 있는 것은 합리적이지 못하다 생각하여, 먼저 양자에 나타난 명칭에 대한 어의적 의미와 그 근원을 따지고, 양자의 공연 방식, 공연자 성격, 공연 내용, 대사 억양, 공연 기법의 구성에 나타나는 차이를 살펴, 양 부문의 개념 정리에 도움을 주고 싶다.

1) 명칭의 어의적 의미와 근원

농담弄談, 실담失談, 패담悖談, 방담放談, 덕담德談이란 말이 모두 한자어이듯이 재담才談이나 만담漫談 또한 한자어이다. 그러나 '재담'이라는 말은 전통 사회에서 흔히 쓰던 친근한 용어고 '만담'이라는 말은 생소한 용어이다. "재담 삼아서 하는 이야기야", "재담하고 있네"라는 말이 상용되는 데서 볼 수 있듯이 재담이란 말은 한국인이 흔히 하는 '우스개 일을 재치 있게 하는 말'이라는 뜻으로 흔히 쓰이는 친근한 전통 언어이지만, 만담이라는 말은 일제시대에 흔히 쓰이게 된 것이지 그 이전에는 우리에게 친근한 말은 아니다.

광대의 판소리, 줄소리, 선굿소리가 재담 덩어리로 엮어지지만 이것을 '재담'이라 이르지 않고 '소리'라 이르는 것은 이것이 '소리'를 주로 하여 연행되기 때문이다. 그러나 말(아니리)이 주를 이루면 '재담'이라고 지시하게 되는데, 이 재담이라는 말이 공적 용어로 뜨게 된 것은 조선 말기에 박춘재가 재담소리를 무대에서 공연하면서부터인데 그가 소리 위주가 아니고 말 위주로 공연하면서 재담이라는 용어로 뜬 것 같다.

그러나 '만담'이라는 용어는 한국에서는 낯선 용어라 한국에서 그 근원을 찾기는 어렵다. 만담에 대하여 이 용어를 보편화한 주인공인 신불출이 그 근원을 밝힌 글이 있다.

> 만담은 (…중략…) 해학성, 풍자성의 자유분방한 점을 특징으로 삼는 말의 예술이고 (…중략…) 만담은 원래 조선에 없던 것입니다. (…중략…) 만담을 점지한 사람은 누구냐 하면 덕천몽성德川夢聲 등의 재인이라 (…중략…) 시방 동경에서 만담가라고 자타가 공인하는 사람으로는 대십사랑大辻司郎이라고 하는 사나이인데…….[4]

위에서 신불출이 이르기를 만담은 일본의 만담가들이 정립한 것이지만 신불출 스스로는 그의 만담이 다른 특성이 있다고 봐서 '만담은 해학성, 풍자성의 말 예술'이라 하여 일본의 만담 개념과 차별화하고 싶었는지도 모른다. 그것은 당시 만담이라는 용어가 통용되고 있는데

---

4 신불출, 「웅변과 만담」, 『삼천리』, 1935.6.

도 유성기 음반에는 '스케치', '난센스' 등 다른 부문인 양 이름을 붙인 이유가 있었을 것으로 보인다.

그렇다면 재담이란 말과 만담이라는 말은 그 어원부터 다른 것이라고 할 수 있다.

2) 공연 방식

박춘재의 재담이나 신불출의 만담이나 진광대(본광대)와 어릿광대 두 사람이 주고받는 방식으로 공연한다는 점에서 서로 같다. 그러나 재담에서는 어릿광대가 산받이 구실에 그치지만, 만담에서는 대등하여 이인극二人劇 성격으로 갔고, 어느 경우에는 다수 인물이 출연하여 일반 연극 공연 형태를 취하기도 하였다.

박춘재 재담의 경우에는 진광대와 어릿광대의 구실이 분명히 다른데 이러한 점은 줄소리, 꼭두각시놀음, 발탈의 공연 방식에서 볼 수 있고 무당굿의 오신娛神 절차에서 무당과 기대 또는 양중의 재담 공연 방식과 같다. 이것은 구대감이라는 소리 명창이 취입한 재담에서도 같은 것으로 반복되지만 만담의 경우에는 양 구실의 차이가 희석되는데 이것은 신불출의 만담을 이은 장소팔, 김영운의 만담 경우에도 변함이 없었다.

그러나 판소리, 배뱅굿의 경우에는 한 사람이 주로 공연하고 고수는 추임새 정도로 개입하지만 이야기장사(전기수)의 공연 방식, 무당굿의 청신請神 절차에서 서사무가의 경우에는 고수의 추임새조차 개입하지 못하는 독연 방식으로 볼 수 있다.

3) 공연자의 성격

박춘재류 재담을 공연한 공연자 성분을 보면 박춘재는 시조, 경기잡가, 경기선소리산타령의 이름난 소리 명창이고 그의 상대역인 문영수, 이정화 또한 서도소리 명창들이다. 경기 재담에 능한 구대감, 서도 재담에 능한 김종조, 김주호가 두루 소리 명창이며, 남도 재담 명인들도 소리 명창들이다.

그러나 신불출류 만담을 공연한 공연자 성분을 보면, 신불출은 일본에 유학한 신파 계통 연예인이고 상대역 또한 신파 연극인들이다. 그 대표적인 예로 윤백남, 복혜숙을 들 수 있는데 이들은 뒤에 순수 연극 배우로 더 유명하게 된다.

박춘재와 신불출을 이어 만담가로 활동한 장소팔, 김영운, 고춘자 등도 소리 명창이라기보다 만담 전문가로 소리 실기와는 관계가 없다. 김영운은 일본에서 '만사'라 하여 만담의 본령을 공부하였다 한다.[5]

4) 공연 내용

박춘재 재담의 내용인 〈장대장타령〉, 〈장님타령〉, 〈개넋두리〉, 〈맹인덕담경〉 등에는 모두 한국의 구수한 전통 민속적 내용이 담겨 있다. 박춘재 재담 속의 역들은 장대장, 무당, 판수 등 전통 민속의 수행자들이다. 재담 중에서 행하는 연행 행위는 굿, 독경, 넋두리 등 전통 문화 행위 자체이다.

하지만 신불출 만담의 내용은 〈대머리〉, 〈백만풍〉, 〈소문만복래〉, 〈계란강짜〉 등 모두 근대 도시의 대중 생활 내용이 그대로 담겨 있다. 신불출 만담 속의 주역들은 동네 노인, 노파, 여인, 청년 등 대중 서민 생활의 수행자들이다.

---

5   반재식, 『만담백년사』, 백중당, 2000, 410쪽.

5) 말 버슴새(대사 억양)

박춘재 재담의 말 버슴새(대사 억양)는 판소리, 배뱅이굿, 줄소리와 같이 숙여 나가다가 끝을 드는 전통적 아니리식으로 되었다. 그러나 신불출 만담의 말 버슴새는 들어 나가다가 끝을 뉘는 일본 신파연극의 대사 억양이 강하다. 우리나라의 신파연극식 대사 연기 억양은 일본의 노, 분라쿠, 가부키와 같은 전통 연극에서 볼 수 있다.

뒤에 장소팔, 김영운의 만담 대사 연기는 현대 영화나 방송극 억양이 그렇듯이 처음에는 신파식이었는데 뒤에 근대 일상에서 보이는 사실적인 억양으로 바뀌었다.

6) 공연 기법의 구성

박춘재의 재담은 말(아니리)과 소리를 섞어 짜서 공연한다. 순 말을 위주로 하다가 때로는 대화를 만수받이같이 소리로 주고받기도 하고 무당 굿소리, 독경소리, 잡가와 같은 긴 소리를 주연들이 손수 부르기도 한다. 말과 소리를 섞어 구성되는 경우에는 전통 소리를 부를 능력이 없으면 전통 재담 공연 또한 어렵다.

신불출의 만담은 말만으로 공연한다. 그래서 연기력만 있으면 가창 능력이 없어도 공연이 가능하다. 노래가 삽입될 경우에는 가수가 대신 부르는 경우가 많고 이를 대비하여 대중가수를 상대역으로 하고 있지만 대사를 소리로 연기하지는 않는다. 그리고 삽입되는 노래는 필수가 아니며 그 노래는 전통적인 소리가 아니고 일제시대 나온 유행가, 창가 등으로 구성된다. 장소팔, 김영운 만담의 경우에는 대부분 노래가 삽입되지 않는다.

3. 재담과 만담의 발생과 공연 문화적 배경

한국의 재담의 역사는 우리의 언어생활과 동시에 비롯되었을 것이다. 재담은 혼자 말로 하는 경우도 있지만 흔히 말과 소리, 춤으로 익살스러운 이야기를 연행하므로 연극이고, 소리이고, 춤으로 총체적으로 연행되는 경우가 많다. 이야기장사 또는 전기수傳奇叟라 이르는 공연 방식이 전자에 속하는 것이고, 무당, 광대廣大, 노릇바치, 재담꾼이라 이르는 공연 방식이 후자에 속하는 것이다.

많은 연극이 그렇듯이 재담 또한 본디 무의식巫儀式이 그 씨앗이 되었을 것으로 보인다. 무의식 청신請神 절차의 서사무가에서 신화 연행이 그렇고 축원 절차의 생산 행위나 오신娛神 절차의 놀이 행위나 송신送神 절차의 잡귀 연행 행위가 두루 그 씨앗이 되었을 것이지만 특히 후자에서 이것들이 해학과 골계를 지닐 때 이것은 '재담'이 되는 것이라 할 수 있다.

그런 익살스러운 이야기를 연행하는 천분적인 공연자가 광대를 낳았을 것이다. 광대 집단도 여러 가지이니 창우집단의 소리광대, 줄광대, 초라니패의 초리니광대, 탈놀이패의 탈광대 등 여러 집단에 두루 광대가 있지만 전통 사회에서 기량이 뛰어난 집단이 창우집단 광대들이다.

조선시대 문헌에 흔히 광대희廣大戲, 광대골계지희廣大滑稽之戲, 광대소학지희廣大笑謔之戲와 같은 이름으로 나오는 공연 부문 연행자들이 이 집단의 광대들이다. 창우집단의 광대가 조선 후기에 판소리를 창조하였다는 것은 다 알려진 것이다. 하지만 창우집단의 광대에는 소리광대 밖에도 줄소리광대, 고사광대, 성굿광대 등 여러 광대가 있다.

조선시대에 이 집단의 광대놀음에서 중심이 되었던 판소리는 발생 초기에는 창우희에 끼어 서민대중을 주 청중으로 공연한 것이라 대중의 심성에 맞는 〈변강쇠가〉, 〈배비장전〉, 〈강릉매화전〉과 같은 골계 지희가 주를 이루어 많은 재담을 연행하였을 것이지만, 광대의 소리 기량이 향상되면서 판소리는 주 청중이 상류층으로 이동되면서 창우 희와 독립하여 공연하게 되고 상류층의 감성에 맞게 현행 〈춘향가〉, 〈심청가〉, 〈적벽가〉와 같이 아니리보다 소리를 위주로 하는 공연 형태 로 바뀌었던 것 같다.[6]

이렇게 재담에 능한 광대를 '아니리광대'라 이르고 소리에 능한 광대 는 '소리광대'라 이르는데, 초기에는 아니리광대가 주를 이루었을 것이 고 뒤에는 소리광대가 주를 이루었을 것이다. 근래 명창으로 재담에 능한 광대를 꼽자면 박동진을 꼽을 수 있다. 그러나 박동진의 말대로 광대는 모든 범주의 미적 표출에 능해야 참 광대라 한다고 하는 것이 라 하면 광대소학지희가 본디 광대 속성이고 이것이 재담꾼의 성격을 띠는 것이라 할 수 있다.

서도 소리꾼들이 걸쭉한 골계 재담을 잘 구사하는데 김종조, 김주호 가 재담소리로 이름을 떨치었고 근래에는 배뱅이굿으로 유명한 이은 관이 서도 재담꾼이라 할 수 있다. 그러나 지금은 남도나 서도나 재담 의 전승이 위태롭게 되었다.

조선 말기 서울이 도시화되고 대중문화가 성행되면서 대중의 연희 에 대한 향수 욕구를 채우기 위하여 도시 극장 공연 집단인 협률사가 생기고 잡가광대의 소리, 기생의 춤, 재인의 곡예, 광대들의 창극 등 여 러 공연 부문이 연행되면서 대중의 감성에 맞는 골계적인 재담이 필요 하게 되었는데 이에 응하여 박춘재의 재담이 먹힌 것으로 보인다. 박 춘재는 이런 조선 말기 도시 극장 대중문화에 응하여 〈장대장타령〉, 〈장님타령〉, 〈개넋두리〉, 〈장님독경〉 등 여러 재담 및 발탈을 연행한 것이라 할 수 있다.

---

6   이보형, 「공연문화의 변동이 판소리에 기친 영향」, 『한국학연구』 7, 고려대 한국학연구소, 1995.

박춘재가 연행한 재담은 근원이 어디에 있는 것인가? 지금까지는 흔히 박춘재 개인의 창작으로 보고 있으나 우리 전통 공연이 흔히 기왕에 있는 것을 편집하여 연행하던 관례로 보면[7] 박춘재의 재담도 그 소재를 전통 연희에서 구했을 가능성이 있다. 그 소재는 어디에 있는가? 이에 대한 기록이 없어 알 수 없지만 〈장대장타령〉, 〈장님타령〉, 〈개넋두리〉, 〈장님독경〉 등에 등장하는 인물을 보면 〈장대장타령〉에는 무당과 맹인이 등장하고, 〈장님독경〉에도 맹인 판수가 등장하고, 〈개넋두리〉에도 무당 행위인 넋두리가 등장한다. 황해도 〈장대장네굿〉이라는 자리판놀음에도 맹인이 나오는 것으로 보아서 이것은 무당굿 문화와 판수 독경 문화가 소리꾼 재담의 씨앗이 된 것이라 할 수 있다. 더구나 무당굿 뒷전에 〈장님타령〉이 흔히 연행되는데 이것이 재담의 씨앗이 되었다는 것을 쉽게 유추할 수 있다.

　신불출의 만담은 박춘재의 재담과 다르다. 이는 신불출이 「웅변과 만담」이라는 글에서 스스로 말하고 있다.

　　만담은 원래 조선에 없던 것입니다. 소위 재담이라는 것이 있기는 하였으나 그것은 이 만담과는 비견도 못할 만치 본질적으로 다른 것입니다. (…중략…) 그러면 이 만담을 점지한 사람은 누구냐 하면 덕천몽성德川夢聲 등의 재인이라 하나 이들은 하나의 만문객漫文客은 될지언정 만담객漫談客은 아닙니다. 시방 동경서 만담가라고 자타가 공인하는 사람은 대십사랑大辻司郎이라고 하는 사나인데 당대의 인기를 한 몸에다 싣고 있는 모양입니다. (…중략…) 드디어 만담이라는 것을 창안해 가지고 비로소 조선에다 그 시험을 해봤던 것입니다.

　우리 근대연극의 시초가 일본 신파연극에서 출발하였듯이 우리 근

7　이보형, 「대한제국시대 통속민요 생성에 대한 연구」, 『한국음악사학보』 45, 한국음악사학회, 2010.

대 만담의 출발은 일본의 만담에서 출발하였지만 우리 재담과 현대 연극의 영향으로 장소팔, 김영은, 고춘자와 같은 만담가들이 창출한 최근의 만담이 출발한 것이라 할 수 있다.

4. 재담꾼과 만담꾼의 역사와 전승 계보

당시에는 대중의 인기가 절정에 있어 모르는 이가 없을 만큼 성행하던 재담과 만담이 지금은 거의 사라져 아는 이도 거의 없다. 앞에서 살핀 바와 같이 조선 말기에 재담이, 그리고 일제강점기 중기에 만담이 홀연히 나타나 대중의 인기를 얻고 성행된 중심에는 박춘재와 신불출이라는 거장들이 자리하고 있다.

박춘재의 역사는 손태도와 반재식에 의하여 자세히 밝혀졌으므로 여기에서는 약하기로 한다.[8] 그가 서울 모화관 근처에서 어린 시절을 살았다는 것은 추조박[9]의 한 사람인 박춘경이 그 근방에서 살아 그에게 잡가를 배우게 되는 계기가 되었던 것 같다. 그가 어려서 경기소리 명창으로 꼽힌 것은 잡가이지만 이것이 〈장대장타령〉과 같은 재담으로 이어진 것은 아니라 할 수 있다. 박춘경이 가사 시조 잡가에 능하였지 무가나 〈장대장타령〉을 불렀다는 증거는 없기 때문이다. 〈장대장타령〉은 무가의 일종이라 할 수 있는데 박춘경이 무가를 불렀다는 기록이 없기 때문이다. 만일 〈장대장타령〉에 나오는 무가를 다른 선생으로부터 배웠다면 그것은 홍필원, 홍진원인지도 모른다. 박춘재가 박춘경이 부르지 않았던 선소리 산타령을 잘 부르는 것으로 봐서 동대문

---

8   손태도, 앞의 책; 반재식, 앞의 책.
9   추조박: 추교신秋敎信 · 조기준曺基俊 · 박춘경朴春景

밖 소리꾼에게 소리를 배우면서 이런 소리를 배운 것이 〈장대장타령〉과 같은 재담의 소재가 된 것으로 짐작된다.

하여튼 박춘재는 무당소리를 근거로 〈장대장타령〉을 제작하여 불렀고 이를 극장 무대에서 평양에서 올라온 서도소리 명창 문영수 또는 이정화와 불렀는데 박춘재가 본광대로 문영수가 어릿광대로 하여 공연하니 인기 절정에 이른 사실은 다 알려진 것이다.

박춘재는 문영수와 이정화와 같은 명창들을 어릿광대로 세워 수많은 협률사에서 〈장대장타령〉 밖에도 〈장님타령〉, 〈개넋두리〉, 〈장사치흉내〉, 〈맹인독경〉 등 여러 재담소리를 공연하여 이름이 높았고 이것이 대단한 인기를 얻자 각종 유성기 회사에서 취입하여 많은 유성기 음반으로 나왔다.

박춘재의 〈장대장타령〉을 박천복, 오영근, 김경호 등 여러 제자가 배웠는데 이 가운데 박천복이 〈장대장타령〉을 전문으로 하였다. 하지만 신불출의 만담이 세상을 풍미하면서 박천복의 재담은 빛을 잃었고 이윽고 박춘재와 그 제자들이 타계하자 〈장대장타령〉을 비롯한 재담은 잊혀지고 말았다.

지금 경기소리 명창 백영춘이 〈장대장타령〉을 복원하여 부르고 있다. 박춘재가 활동할 당시에 후배 경기소리 명창 정득만이 이를 듣고 익혔는데 정득만이 이를 백영춘에게 가르친 것이라 한다. 정득만은 최경식에게 가사 시조 잡가를 배웠고, 소완준에게 선소리산타령을 배워 선소리산타령 기예능보유자로 인정받았다. 정득만이 젊어서 〈장대장타령〉을 익혔지만 뒤에 이를 공연하지 않아서 그 사설을 모두 잊어 가르칠 수가 없었다. 마침 동배 명창 이창배가 『가창대계』라는 민요 사설집을 내며 〈장대장타령〉 대사를 얻어 실었기로 백영춘이 이 사설을 정득만에게 들고 가 〈장대장타령〉을 배웠다고 한다.

경기민요 명창 이창배는 〈장대장타령〉을 알지 못하였는데 남산 밑에 살던 어느 노인이 〈장대장타령〉 사설을 간수하고 있다가 이창배에게 전해 주었고 이창배가 이를 보관하고 있다가 이를 사설집에 기재하여 세상에 알려진 것이다. 백영춘은 정득만에게 〈장대장타령〉을 배우다가 정득만이 작고하자 일제강점기에 나온 유성기 음반에 취입된 박춘재 〈장태장타령〉을 구해서 듣고 이를 보완하였다 한다. 백영춘은 박해일에게 배운 〈장님타령〉과 이 〈장대장타령〉으로 서울특별시 문형문화재 재담의 기예능보유자로 인정되었다. 〈장대장타령〉의 전승 계보는 다음과 같다.

홍필원? · 홍진원? → 박춘재 → 박천복 · 정득만 → 백영춘 · 최영숙

백영춘은 이창배와 정득만에게 경기잡가와 선소리산타령을 배워 선소리산타령으로 중요무형문화재 제19호 이수자로 인정받았다. 한편 백영춘은 박해일에게 〈장님타령〉을 배웠고 정득만에게 〈장대장타령〉을 배워 그동안 최영숙을 어릿광대로 내세워 〈장님타령〉과 〈장대장타령〉을 수차례 공연하였고 수년 전에 보유자로 인정받은 것이다.

박해일은 경기소리에 뜻을 두었지만 목이 여의치 않아서 재담으로 돌려 고준성과 장길성에게 〈장님타령〉을 배웠다 한다. 박해일은 중요무형문화재 이동안의 발탈의 어릿광대로 지정받았고, 이동안이 작고한 뒤에 발탈의 기예능보유자로 인정받았고 백영춘에게 〈장님타령〉을 전하고 근래에 작고하였다.

박해일에게 〈장님타령〉을 가르친 고준성과 장길성에 대하여는 알려진 바 없다. 백영춘은 이북 황해도 출신이라는 말을 들은 것 같다고 하였고, 1930년대 재담 활동을 하였다고 들은 것 같다고 하였지만 자세한 것은 모른다고 하였다. 〈장님타령〉의 전승 계보는 다음과 같다.

고준성 · 장길성 → 박해일 → 백영춘 · 최영숙

경기소리 명창 구대감이 일제시대 유성기 음반에 취입한 재담은 〈장대장타령〉이나 〈장님타령〉과 달리 짧은 재담을 주고받는다는 점에서는 뒤에 나온 만담과 닮아 있지만 전통적인 대사 연기와 소리조가 들어 있다는 점에서는 박춘재 재담과 닮아 있다. 형태로 봐서는 박춘재 재담과 신불출 만담의 중간 고리라 할 수 있지만 구대감 재담과 신불출 만담과의 관계는 알려진 바 없다.

박춘재 및 신불출과 함께 〈배뱅이굿〉으로 공연 활동을 벌이던 이은관 명창은 박춘재와 신불출과 관계없이 별도로 서도에서 이인수에게 소리를 배웠고 이인수는 김관준에게 배웠다고 한다. 이은관 재담의 전승 계보는 다음과 같다.

김관준 → 이인수 → 이은관

한편 박춘재와 신불출의 영향으로 만담을 하게 된 이가 장소팔이다. 장소팔이 김영운을 만담계로 끌어들였고 김영운은 일본에서 만담 수업을 하였다고 한다. 이들은 고춘자 등 여자 만담가를 상대역으로 세워 공연하면서 한때 이름을 날렸다.

신불출은 일본에 대학 유학을 한 것으로 알려졌다. 그는 말하지 않았지만 일본의 만담을 연구한 것은 사실이다. 만담의 전승 계보는 다음과 같다.

5. 맺음말

한때 우리 극장 문화의 꽃으로 인기 절정에 있던 박춘재의 재담과 신불출의 만담에 대하여 살펴보았다. 박춘재의 재담과 신불출의 만담 부문의 특성과 실체가 밝혀지지 않아서 양자를 비교하여 보았다.

박춘재의 재담이란 명칭은 전통 언어이고, 본광대와 어릿광대가 주고받는 공연 방식이며, 공연자 성격은 소리광대이다. 공연 내용은 한국의 전통적 민속 행위이고 역은 무관, 무당, 판수와 같은 민속 행위자이다. 대사 억양은 한국의 전통적인 아니리식이며, 공연 기법은 말과 소리로 구성되는 양자의 차이를 볼 수 있었다.

신불출의 만담이란 명칭은 일본어에 근원을 두며, 본광대와 어릿광대의 주고받는 공연 방식은 재담의 경우나 같고, 공연자 성격은 소리 명창이 아닌 연극 연기자이며, 공연 내용은 현대 사회의 대중문화이며 역은 평민대중이다. 대사 억양은 신파식이며, 공연 기법은 말 대사로 구성되는 양자의 차이를 볼 수 있었다.

재담은 박춘재가 조선 말기 도시 극장문화에 대응하여 무속의 뒷전에 있는 망인놀음을 번안하여 〈장대장타령〉, 〈장님타령〉, 〈개넋두리〉, 〈장님독경〉 등을 만들었다. 무당굿 뒷전에 〈장님타령〉이 흔히 연행되는데 이것이 재담의 씨앗이 되었던 것 같다.

신불출의 만담은 원래 한국에 없던 것을 신불출이 일본의 만담을 참고하여 새로 창안한 것이다. 우리 근대 연극의 시초가 일본 신파연극에서 출발하였듯이 우리 근대 만담의 출발은 일본의 만담에서 출발하였지만 우리 재담과 현대 연극의 영향으로 장소팔, 김영운, 고춘자와 같은 만담가들이 창출한 형태의 만담으로 발전한 것이라 할 수 있다.

박춘재는 박춘경에게 잡가를 배웠으나 이것이 〈장대장타령〉과 같은 재담으로 이어지지는 않은 것 같고, 초기 재담 소재가 무가의 일종인 것으로 봐서, 그리고 그가 선소리 산타령을 잘 부르는 것으로 봐서 동대문 밖 소리꾼에게 소리를 배우면서 무가도 배워 이를 소재로 도시 극장인 협률사에서 여러 재담소리를 공연하는 데서 비롯된 것 같다.

박춘재 재담은 박천복으로 이어졌지만 정득만이 백영춘을 가르쳐 〈장대장타령〉이 복원되었다.

백영춘은 박해일에게 배운 〈장님타령〉과 이 〈장대장타령〉으로 서울특별시 문형문화재 재담의 기예능보유자로 인정되었다. 박해일은 고준성과 장길성에게 〈장님타령〉을 배웠고 박해일이 백영춘에게 〈장님타령〉을 전하였다.

신불출은 일본에 대학 유학하여 일본의 만담을 연구하여 자기식 만담을 창안하고 이것이 박춘재의 영향을 받은 장소팔에게 이어졌고 해방 직후 장소팔과 김영운과 같은 만담가들이 한국의 만담계를 이끌어 갔다.

「한국 재담문화의 역사와 계보」에 대한 토론문

손태도

〈맹인타령〉을 하는 모습
(1938.5. 경성부 태평동) [1]

웃음이란 것은 사람이 세계에 대해 우위를 갖고 있을 때 나올 수 있는 것이기에 인간 세상에는 없을 수 없는 것이다. 사람이 중심이 되어 돌아가는 세상은 즐거운 것이지만, 그 반대의 경우에는 우리는 웃을 수 없다. 그렇지만 비록 세계가 사람보다 우위에 있는 경우에도 우리는 웃음을 잃어서는 안 된다. 그러한 세상도 언젠가는 인간이 우위가 되는 것으로 바뀌어야 하기 때문이다.

발표자가 맡은 부분은 공연용 재담이고 그 중 박춘재의 재담과 신불출의 만담

---

[1]　국립민속박물관, 『석남 송석하 : 영상 민속의 세계(연희편)』, 2004, 130쪽.

1884년 무렵 길거리에서의 화극(話劇) 공연[2]

으로 그 범위를 제한했다. 사실상 공연용 재담에 대해서는 연구 성과
들도 많지 않고, 다루기도 힘들어 그 연구자들의 수도 적은 편이다. 그
런 면에서 이번 기회에 발표자가 조사, 연구한 내용들은 한 마디, 한 마
디가 소중한 것들이다.

그렇지만 이 방면의 연구가 많이 부족한 만큼 비록 토론자의 입장이
지만 이 분야 연구자의 한 사람으로—비록 많이 부족한 상태이지만—
최선을 다해 토론을 하여 이 분야 연구의 발전에 조금이라도 기여할
수 있었으면 한다.

1

발표자는 '재담과 만담' 혹은 '박춘재의 재담과 신불출의 만담'이라
고 하고 있듯, 여기서의 '재담'은 재담과 관계되는 모든 것을 대표하는
명칭으로 쓰고 있다. 그렇게 해도 문제는 없을 것 같다. 그러나 때로는

2   퍼시벌 로웰, 조경철 역, 『내 기억 속의 조선, 조선 사람들』, 예담, 2001, 160쪽.

그 '재담'과 관계되는 구체적인 대상들을 보다 정확히 가리켜 주는 것이 이 분야 연구의 시작이 되지 않을까 한다.

이에 대해 토론자는 '재담'과 관계되는 것에 대해 '재치있게 하는 재미있거나 우스운 이야기'인 '재담 이야기', '재치있게 하는 재미있거나 우스운 극'인 '재담극', '재치있게 하는 재미있거나 우스운 노래'인 '재담소리' 등이 있다고 했다. (졸고, 「전통 사회 재담소리의 존재와 그 공연 예술사적 의의」, 2008)

또 '재담소리'에는 박춘재의 〈장대장타령〉 같은 서사형 재담소리, 〈각설이타령〉 같은 재담말형 재담소리, 〈맹인타령〉 같은 흉내내기형 재담소리가 있다고 했다. (상동)

이에 대해 어떻게 생각하시는지요?

2

박춘재는 원래 소리꾼이기에 당시 각광 받을 수 있는 재담문화를 활용해 재담소리로 나아갔다. 신불출은 원래 연극인이기에 역시 당시 각광 받을 수 있는 재담문화를 활용해 만담으로 나아갔다. 만담은 어떻게 보면 1인극 계통의 공연물이라 할 수 있다. 그런데 우리나라에서는 고려시대부터 근대 무렵까지도 1인극 계통이라 할 수 있는 화극話劇 곧 재담극이 있었다. 그러므로 이러한 재담극도 만담과 일정한 관계에 있을 수 있을 것이다. 특히 재담극에는 다음처럼 재미있는 소재들이 이용되었는데, 이러한 재미있는 소재의 이용은 〈익살맞은 대머리〉, 〈관대한 남편〉, 〈계란강짜〉 등의 만담들을 통해서도 알 수 있듯 만담에도 주요한 한 방식이 되었을 것이다.

뭐니뭐니해도 가창 훌륭한 연기는 담배 행상 흉내였다. 그는 물건을 팔려고 노력하지만, 완벽한 상술에도 불구하고 실패를 거듭한다. 사지 않겠다는 사람에게 물건을 사라고 설득하다가 오해가 생기고 소동이 일어난다. 간신히 소란을 피한 그가 다시금 그 특유의 '담배 사려'를 외쳐댈 때, 이전의 모든 교활함은 습관적인 외침 속에 사라진다.

한 역할에 이어 또 다른 역이 뒤따르면서 공연은 시간 가는 줄 모르고 계속되었다. 호랑이, 시골뜨기, 장님 등이 모두 지나갔을 때 저녁은 벌써 오래 전에 달아나고 바야흐로 새벽이 돼 있었다. 공연이 끝나고 구경꾼들에게 감동과 즐거움을 안겨 준 배우는 환한 미소를 지으며 식사를 대접받았다. 방에 들어와 잠을 자는 와중에도 나는 그 외침을 들었다. "담배 사려어."[3]

이 중 〈담배행상〉 계통 작품은 1910년대 대중극장 같은 데서도 공연되었다.

광무디 박타령 산옥 옥엽의 한량무 쌍지죠 시로운 담빈장스의 우슘거리 줄타는지죠 계집아희의 션쇼리 산옥의 양금치는 모양 긔타.

『매일신보』(1914.4.24)

광무디 심청가 산옥 옥엽의 판소리 련홍의 검무 잡가 쌍지죠 무당노름 담빈장스 김인호 우슘거리.

『매일신보』(1914.6.20)

재담소리 외에 이러한 재담극과 만담의 관계에 대해서는 어떻게 생각하시는지요?

3
발표자는 박춘재의 〈장대장타령〉은 홍필원, 홍진원에게서 나온 것으로 잡고 있다. 그런데 김금화는 자신의 윗대 만신들 때만 하더라도 황해

---

3 퍼시벌 로웰, 위의 책, 285-288쪽.

도굿에서 이 〈장대장타령〉의 근원이 될 서도소리 〈장대장네굿〉을 불렀다 한다(김금화 증언). 김금화 자신은 이 노래를 못하지만 황해도굿에 원래 이 〈장대장네굿〉이 있었음을 다음과 같은 형태로 흔적을 남기고는 있다.

> 만신 : (장고방망이를 만져 보면서) 우리 누이가 내가 보고 싶어서 이렇게 비쩍 말랐구만. 나 여기 좀 올라갈까? (하며 일어서서 장고 위로 올라가려고 다리를 장고 위로 올린다)
>
> 장고 : 오라바이 안 돼요, 안 돼. 여기 개구리 노는 논두렁이 아니야요. (장고 위로 못 올라가게 한다)
>
> 만신 : 응 알어. 그래 보는 사람이 많단 말이지. 그런데 옛날에는 누이하고 내가 조용한 데만 찾아다녔지. 장대장네 굿하러 갈 때 수수밭에 수수깽이 속에서 놀다보니까 누이 그기 바로 그기가 찢어져서 피가 흘렀지.
>
> 장고 : 오라바이 그런 소리 또 하네.
>
> 만신 : (주위사람에게) 정말이야요. 그지부리 같으면 지금이라도 수수깽이 밑둥을 가보면 우리 누이가 거기가 찢어져서 묻은 피가 빨갛게 묻어 있는 걸. 그래도 그지부리야?
>
> 장고 : 온 데 간 데마다 오라바이가 누이 망신시키는데 어서 방아터나 보러가시오.[4]

그리고 서도소리 〈장대장네굿〉이 엄연히 있고, 박춘재의 〈장대장타령〉은 이 〈장대장네굿〉을 서울식 버전으로 바꾸어 부른 것으로 여겨지기에, 박춘재의 이 〈장대장타령〉은 원래 서도소리 〈장대장네굿〉에서 나온 것으로 보는 것이 적절하다. 그러면 이것을 가르친 사람은 홍필언, 홍진언 같은 서울 사람들이 아니라 서도소리꾼으로 잡는 것이 적절하다. 박춘재가 〈장대장타령〉을 부를 때 장고를 치며 소리를 받아

---

4   김금화, 『김금화의 무가집』, 문음사, 1995, 129-130쪽.

주던 서도소리꾼 문영수와 같은 사람이 이러한 서도소리 〈장대장네굿〉을 박춘재에게 가르친 사람이 아닌가 한다.

이에 대해 어떻게 생각하시는지요?

전통 이야기꾼의 유형과 성격 연구

신동흔

1. 여는 글

이 글은 유형별 접근을 축으로 하여 이야기꾼의 존재 양상을 가늠하는 한편 여러 현장 이야기꾼들이 어떤 방식으로 자기 정체성을 발현하고 있는지를 조명하는 것을 목적으로 한다. 그를 통해 전통 이야기꾼의 특성과 가치에 대한 이해를 확장하려 하며, 나아가 이야기꾼을 축으로 한 전통 이야기 문화의 계승 가능성을 탐색하고자 한다.

이야기꾼은 이야기의 전승과 발전에 있어 핵심 주역을 담당해 온 존재다. 이야기란 누구나 할 수 있는 것이지만, 이야기를 구연하는 방법과 능력은 화자에 따라 큰 차이가 있다. 서사의 가닥을 잘 짚어내어 매끄럽고 맛깔나게 내용을 풀어내야만 이야기의 재미와 의미가 온전히 살아날 수 있다. 그러한 구연 능력을 잘 발휘하는 유능한 화자를 일컬어 이야기꾼이라 할 수 있다. 좋은 이야기꾼들이 활발히 활동해야만 이야기 문화의 양적 질적 발전이 가능하다.

이야기꾼에 대한 연구는 조선 후기 이야기꾼의 존재 양상과 의의를 살핀 임형택의 선구적 논의[1] 이후로 꾸준히 그 맥을 이어 왔다. 천혜숙은 현지조사를 통해 현장에서 활동하는 전문 이야기꾼의 실례를 보고 분석함으로써 연구의 새 장을 열었으며,[2] 황인덕은 과거와 현재에 걸친 다양한 이야기꾼의 활동 양상을 밝히는 일련의 논의로 이야기꾼 연구에 힘을 보탰다.[3] 이수자와 이복규는 지역에 기반을 둔 유력한 이야기꾼의 사례를 조사 보고했으며,[4] 신동흔은 이야기꾼의 집합처인 탑골공원 현지조사를 통해 이야기꾼들의 작가적 특성을 살핀 논의를 제출했다.[5] 이수자와 이복규, 황인덕, 이기형 등은 특정 이야기꾼을 대상으로 한 현지조사 결과를 단행본 자료집으로 출간하여 이야기꾼 구연 자료를 실체적으로 집성하는 성과를 거두기도 했다.[6] 이 외에도 설화 화자 및 이야기꾼에 대한 일련의 논의들이 뒷받침되는 가운데 전통 이야

---

1   임형택, 「18 · 9세기 '이야기꾼'과 소설의 발달」, 『한국학논집』 2, 계명대 한국학연구소, 1975.
2   천혜숙, 「이야기꾼의 이야기연행에 관한 고찰」, 『계명어문학』 1, 계명어문학회, 1984; 천혜숙, 「이야기꾼 규명을 위한 예비적 검토」, 『두산김택규박사화갑기념 문화인류학논총』, 간행위원회, 1989.
3   황인덕, 「설화의 투식적 표현 일고」, 『논문집』 16-2, 충남대 인문과학연구소, 1989; 황인덕, 「이야기꾼의 한 고찰」, 『어문연구』 23, 어문연구회, 1992; 황인덕, 「이야기꾼 유형 탐색과 사례 연구」, 『구비문학연구』 7, 한국구비문학회, 1998; 황인덕, 「유랑형 대중 이야기꾼 연구 : '양병옥'의 경우」, 『한국문학논총』, 25, 한국문학회, 1999; 황인덕, 「이야기꾼으로 본 민중」, 『구비문학연구』 8, 한국구비문학회, 1999; 황인덕, 「1900년대 전반기 방랑이야기꾼과 이야기 문화」, 『구비문학연구』 21, 한국구비문학회, 2005; 황인덕, 「맹인 이야기꾼 이몽득 연구」, 『인문학연구』 33, 충남대 인문과학연구소, 2006.
4   이수자, 「이야기꾼 이성근 할아버지 연구」, 『구비문학연구』 3, 한국구비문학회, 1996; 이복규, 「호남지역 남성화자 이강석과 그 구연설화에 대하여」, 『민속문학과 전통문화』, 박이정, 1997.
5   신동흔, 「이야기꾼의 작가적 특성에 관한 연구 : 탑골공원 이야기꾼의 사례를 중심으로」, 『구비문학연구』 6, 한국구비문학회, 1998; 신동흔, 「탑골공원 이야기꾼 김한유(금자탑)의 이야기세계」, 『구비문학연구』 7, 한국구비문학회, 1998.
6   이수자, 『설화 화자 연구』, 박이정, 1998; 이복규, 『이강석 구연 설화집』, 민속원, 1999; 황인덕, 『이야기꾼 구연 설화 : 이몽득』, 박이정, 2007; 이기형, 『이야기꾼 이종부의 이야기 세계』, 보고사, 2007. 한편 연변에서 황구연이라는 걸출한 이야기꾼이 구연한 설화 자료집이 총 10권으로 출간되기도 했다(김재권 편, 『황구연전집』 1-10, 연변인민출판사, 2007). 단 이 자료는 녹음 채록본이 아닌 조사자 재정리본이라는 아쉬움이 있다.

기꾼의 존재 양상과 특성은 그 윤곽이 웬만큼 드러나게 된 상황이다.[7]

하지만 외견상 꽤 많아 보이는 성과에도 불구하고 이야기꾼 연구는 아직 미진한 부분이 많다. 서로 다른 개성과 능력을 갖춘 수많은 이야기꾼들의 존재를 고려할 때, 현재까지 보고된 사례는 이야기꾼의 다양한 면모를 드러내기에 부족함이 있다. 이는 지속적인 조사보고를 통해 보완해야 할 사항이거니와, 덧붙여 주목할 사항은 이야기꾼의 존재 방식과 특성에 대한 성찰이 부족했다고 하는 사실이다. 어떤가 하면, 전통 이야기꾼의 활동 양상과 관련하여 기초적 수준의 유형화 작업조차 제대로 이루어지지 못한 형편이다. 황인덕이 이야기꾼의 유형을 가르는 여러 기준을 시험적으로 제시[8]한 데 이어 방랑 이야기꾼의 다양한 면모를 헤아리는 논의를 제출[9]한 지점에서 논의가 더 나아가지 못하고 정체된 상황이다.

이 논문에서는 이야기꾼의 유형적 특성에 대한 종합적이고 본격적인 고찰을 통해 이야기꾼 연구의 진전을 꾀하려 한다. 그간 여러 연구자들에 의해 조사 보고된 사례들을 참고하는 가운데 필자 자신의 현지조사 경험과 분석 결과를 종합하여 이야기꾼의 유형을 보다 체계적으

---

7   설화 화자 내지 이야기꾼과 관련되는 주요 연구를 연대순으로 열거하면 다음과 같다.
    임돈희, "A Teller and His Tale", 『논문집』(인문과학편) 21, 동국대, 1982; 곽진석, 「이야기꾼의 이야기구성과 변화에 대한 연구」, 서강대 석사논문, 1982; 김기형, 「설화와 화자의 관련양상」, 고려대 석사논문, 1987; 김정석, 「김유식 구연 설화의 연구」, 『계명어문학』 4, 계명어문학회, 1987; 이인경, 「화자의 개성과 설화의 변이」, 서울대 석사논문, 1992; 강성숙, 「이야기꾼의 성향과 이야기의 특성에 관한 연구」, 이화여대 석사논문, 1996; 구상모, 「탑골공원 이야기꾼 노재의 연구」, 건국대 석사논문, 1999; 천혜숙, 「한국의 이야기꾼과 일본의 카타리테」, 『한국민속학』 34, 한국민속학회, 2001; 강진옥 · 김기형 · 이복규, 「구전설화의 변이양상과 변이요인 연구」, 『구비문학연구』 14, 한국구비문학회, 2002; 박상란, 「여성화자 구연설화의 특징」, 『구비문학연구』 19, 한국구비문학회, 2004; 신동흔 · 김종군 · 김경섭, 「도심공원 이야기판의 과거와 현재」, 『구비문학연구』 23, 한국구비문학회, 2006; 김준형, 「조선후기 이야기판과 이야기꾼」, 『웃음문화』 4, 한국웃음문화학회, 2007; 김종군, 「금자탑, 세계대통령이 되다 : 탑골공원 이야기꾼 김한유의 만담가적 특성」, 『웃음문화』 4, 한국웃음문화학회, 2007; 최향, 「황구연전집 소재 한국 문헌설화의 재구의식」, 『구비문학연구』 30, 한국구비문학회, 2010.
8   황인덕, 앞의 글, 1998, 82–87쪽.
9   황인덕, 앞의 글, 2005.

로 설정하고 그 기본 특성을 가늠하는 논의를 수행할 것이다. 이야기꾼의 활동 공간과 활동 형태, 이야기의 종류와 기법, 소통 방식상의 특징 등을 종합적으로 고려하여 이야기꾼의 다양한 유형을 드러낼 수 있도록 할 예정이거니와, 가급적 이야기꾼의 개성적 정체성을 폭넓게 포괄할 수 있는 유연한 체계를 설정하려 한다. 아울러 이 글에서는 현장 이야기꾼의 실제 사례들을 통해 그 다양한 유형적 특성을 드러내 보이는 작업을 수행할 것이다. 그간 필자가 현장에서 만난 이야기꾼들 가운데 주목할 만한 면모를 보인 20명가량의 화자를 대상으로 그 기본 특징을 짚어볼 예정이다.

이 글에서 이야기꾼의 유형 내지 정체성을 살펴보는 목적은 단지 과거의 이야기 문화를 되짚어보자는 데 한정되지 않는다. 이야기꾼은 현재와 미래에 있어서도 문화의 핵심 주역이 되어야 할 존재이다. 오늘날 우리 사회에서 현장 이야기꾼은 그 존립이 흔들리는 지경에 있거니와 이야기꾼의 새 길을 진지하게 모색해야 할 상황이다. 그 길에 대한 시험적 모색 또한 이 글의 주요한 목적임을 밝혀 둔다.

2. 이야기꾼의 여러 유형

세상에 존재하는 이야기는 형식과 내용이 천차만별이며, 이야기꾼 또한 성향이 매우 다양하다. 그 존재 양상과 특성을 일목요연하게 분별할 만한 기본 기준을 설정하는 것은 쉬운 일이 아니다.

이야기꾼의 유형과 관련하여 우선적으로 생각할 수 있는 기준은 그들이 어떤 이야기를 어떻게 구연하는가 하는 측면일 것이다. 이야기 종류와 기법의 문제다. 하지만 이를 이야기꾼 유형의 1차적 기준으로 삼기에는 난점이 있다. 무엇보다도, 대다수 유능한 이야기꾼들이 특정

이야기 종류에 한정하지 않고 다양한 갈래와 종목을 넘나들면서 이야기를 구연한다는 점이 문제가 된다. 이야기 종류를 기본 기준으로 삼을 경우 이야기꾼의 1차적 소속이 어려워질 가능성이 크다.

이야기꾼의 유형을 1차적으로 분류함에 있어 상대적으로 더 적합한 기준이 될 수 있는 것은 활동 공간과 활동 형태에 따른 분류다. 이를 통해 더 선명하고 실질적인 분류가 이루어질 수 있다. 예컨대 마을이라는 닫힌 공간에서 움직이는 이야기꾼과 장터거리 같은 열린 공간에서 활동하는 이야기꾼은 활동 영역이 서로 다르고 이야기꾼으로서 기본 정체성에 차이가 있다. 어디서 누구를 대상으로 이야기를 하는가 하는 것은 이야기의 종류와 기법에도 큰 영향을 미치는 요소가 된다. 이런 면에서 볼 때, 이야기꾼의 활동 공간을 유형분류의 1차 기준으로 삼는 가운데 2차적으로 이야기 종류에 따른 특성을 고려하는 것이 합리적인 방안이라고 할 수 있다. 이 글에서 따르고자 하는 체계이다.

이야기꾼의 유형과 관련되는 또 하나의 중요한 요소는 소통 방식의 문제다. 이야기꾼이 구연의 의의와 목적을 어떻게 두고 소통에 나서는가의 문제다. 예컨대 자기 표출적 인정 욕구에 의한 경우와 상대방을 계몽하고자 하는 의도에 따른 경우 이야기꾼의 정체성은 사뭇 달라지게 된다. 이런 점에서 이 글에서는 소통 방식의 문제를 이야기꾼 유형을 설정하는 또 하나의 기준으로 설정할 예정이다.

이 글의 이야기꾼 유형 분류는 전통사회 이야기꾼의 존재 양상과 유형을 짚어보는 데 1차적 목적이 있다. 하지만 그 분류가 시공간의 제한을 넘어서서 오늘날에까지 적용될 만한 것이 되기를 기대한다. 그리하여 이 글에서는 이야기꾼 유형을 지칭하는 용어로서 전통사회와 관련이 깊은 '마을 이야기꾼'이나 '장터 이야기꾼' 같은 말 대신 '동아리 이야기꾼'이나 '광장 이야기꾼' 같은 좀 더 보편적인 용어를 사용하려 한다. 그리고 주요 이야기꾼 유형에 대해 그 현대적 존재 양상도 간략히 짚어봄으로써 이야기꾼의 역사적 변화를 가늠해볼 수 있도록 하고자 한다.

1) 활동 공간에 따른 유형

이야기꾼이 어떤 공간에서 어떻게 활동을 하는가에 따라 그 종류를 나누면, (1) 집안 이야기꾼, (2) 동아리 이야기꾼, (3) 빈객 이야기꾼, (4) 광장 이야기꾼, (5) 무대 이야기꾼, (6) 매체 이야기꾼 등 여섯 유형을 설정할 수 있다. (1)과 (2) 두 유형이 주변의 지인들을 상대로 이야기를 하는 경우라면, 뒤의 넷은 불특정 타자를 청자로 삼는 경우로서 질적인 차이가 있다.[10] 이야기꾼에 따라서는 활동 공간이 집안과 마을, 또는 광장과 무대 등 둘 이상으로 나타날 수도 있다. 이 경우 주된 활동 공간이 어디인가에 따라 유형을 산정하면 될 것이다. 서로 다른 공간에서 공히 적극적으로 활동하는 경우도 있겠는데, 이때 한쪽을 택한다면 뒤쪽 유형에 넣는 편이 합리적일 것으로 생각된다. 뒤쪽 유형으로 갈수록 전문성 내지 공공성이 더 많이 요구되고 이야기 구연에 미치는 규정력이 크다고 여겨지기 때문이다.

(1) 집안 이야기꾼

가족과 친척 등이 모이는 집안에서 이야기꾼 역할을 하는 화자를 뜻한다. 현대에 들어와 핵가족화가 진행되면서 집안의 이야기 문화가 크게 축소됐지만, 가족의 규모가 크고 친족 간 교류가 활발했던 전통사회의 경우 가족 친지의 회합과 소통이 매우 중요했으며 그 과정에 이야기가 담당하는 역할이 컸다. 뼈대 있는 양반가 같은 경우 집안 내력과 가풍을 공유하는 것이 중요한 일로서, 집안 회합 때 그 역할을 하는 화자를 상정할 수 있다. 꼭 집안 내력에 관한 이야기가 아니더라도, 살

---

10 황인덕은 이야기꾼의 유형을 분별하는 여러 기준 가운데 하나로 '구연활동 범위'를 제시하고 '가정·마을 중심형'과 '외부사회 중심형'을 나누어 설정한 바 있다(황인덕, 앞의 글, 1998, 84-85쪽). 하지만 이를 유형 분류의 기본 기준으로 삼아 그 속성을 체계적으로 분별한 것은 아니었다.

아가는 데 교훈이 될 만한 이야기나 우의를 나누기에 적합한 이야기를 해줄 수도 있다. 그 역할을 훌륭히 잘 하는 화자를 '집안 이야기꾼'이라 할 수 있다.

집안 이야기꾼은 가장이 그 역할을 할 수도 있고, 또는 언변 좋은 바깥어른 중에서 그 일을 맡아 할 수도 있다. 외부 활동의 기회가 적은 안어른이 집안 이야기꾼 역할을 하는 모습도 얼마든지 생각할 수 있다. 집안 식구가 두루 모이는 큰 행사에서 바깥어른들이 이야기꾼 역할을 하는 경우가 많다면, 안어른들은 평상적 일상생활 속에서 그 역할을 담당한 경우가 많았다. 할머니가 손자손녀들을 모아놓고 밤마다 흥미진진한 옛날얘기들을 들려주는 것은 집안 이야기꾼의 한 전형적 모습이라 할 수 있다.

이강옥은 조선조 사대부가의 이야기 문화를 논하면서 집안 이야기꾼에 해당하는 '가문 이야기꾼'의 면모에 대해 소개한 바 있다.[11] 집안 내력을 전하며 자손들을 훈계하던 박동량의 조모 남양홍씨와 모친 선산임씨, 성현의 조모 광산김씨 등의 여성 이야기꾼과, 가족에게 다양한 이야기를 들려준 박응천(박동량의 삼촌), 성임(현의 큰형), 신담(이덕형의 장인), 이태영(이희평의 부친) 등의 사례가 그것이다.[12] 박동량과 성현, 이희평 등은 그 자신 집안에서 이야기꾼의 역할을 했을 가능성이 큰 인물들이다. 양반 가문에 이런 형태의 이야기꾼은 매우 많았을 것이다.

양반가가 아닌 일반 민가의 경우에도 집안 이야기꾼의 존재를 널리 상정할 수 있다. 글과 거리가 멀었던 일반 평민들의 가정생활에 있어 이야기를 통한 소통은 매우 긴요한 것이었다. 어른들이 아이들한테 이런저런 이야기를 들려주는 것은 매우 일상적인 풍경이었다. 그 가운데 남다른 구연 능력을 갖춘 이야기꾼이 포함되어 큰 역할을 했을 것이다. 『한국구비문학대계』에서 만날 수 있는 이야기꾼 가운데는 주로 집

---

[11] 이강옥, 「사대부가의 삶과 이야기 문화」, 서대석 외, 『한국인의 삶과 구비문학』, 집문당, 2002.
[12] 위의 글, 54-63쪽.

안에서 자손들한테 얘기를 했다는 화자들—특히 여성 화자들—이 다수 포함돼 있다.

현대에 들어와 가족 내 이야기 소통이 폭이 좁아지면서 집안 이야기꾼의 위상은 크게 약화되었다. 가족 모임을 담화의 주된 공간으로 삼는 사례를 보기 어렵다. 하지만 집안 이야기꾼의 자취가 아주 사라진 것은 아니다. 일상생활 속에서 가족들에게 적극적으로 이야기를 전해 주는 사람들이 있으며, 명절 같은 때 가족 친지들이 모인 자리에서 이야기꾼으로 판을 주도하는 사람들이 있다. 한편, 직접적인 형태의 이야기꾼은 아니지만, 자녀들에게 이야기책을 재미있게 읽어주는 부모들 또한 아동을 상대로 한 집안 이야기꾼 역할을 간접적인 형태로나마 수행하고 있는 것이라 볼 수 있다.

(2) 동아리 이야기꾼

마을사람들이나 친구, 동료, 선후배 등 지인들이 모인 자리에서 이야기꾼 역할을 하는 화자다. 생활 속에서 가장 쉽게 찾아볼 수 있는 보편적인 형태의 이야기꾼 유형에 해당한다. 웬만한 이야기꾼은 거의 여기 속한다고 할 만할 정도다.

전통사회에 있어 동아리 이야기꾼의 가장 전형적인 형태는 '마을 이야기꾼'이었다. 과거 향촌의 삶은 '마을'을 기본 단위로 하여 이루어졌거니와, 마을사람들이 모이는 사랑방이나 마실방, 행랑방, 빨래터, 정자나무 아래 등에서 펼쳐지는 이야기판은 문화적 소통의 기본 축을 이루었다. 그 이야기판에는 유력한 이야기꾼이 있어 모임의 분위기를 이끌어가는 것이 상례였다.[13]

---

13 동아리 이야기꾼의 중심을 이루어온 '마을 이야기꾼'은 농촌과 어촌, 산촌, 반촌, 역촌 등 마을의 성격에 따라 그 유형을 다시 세분해 볼 수 있다. 하지만 마을사람들이 함께 모이는 동아리에서 이야기판을 주도한다고 하는 점에서 그 기본 성격이 통한다고 할 수 있다.

마을 공동체 외에도 동아리 이야기판은 범위가 넓고 다양하다. 친구나 동료, 선후배, 기타 사회적 교류를 하는 집단이 모이는 다양한 장소에서 이야기가 펼쳐졌다. 주막이나 찻집, 식당, 기방, 정자, 서당, 공방, 기타 각종 일터와 공부터, 놀이터 등이 두루 이야기를 나누는 공간이되었다.[14] 관리들의 집무처와 대궐의 경연석상 같은 곳도 일종의 동아리 이야기판이 될 수 있었다.[15]

동아리 내에서 이야기꾼으로 인정받으려면 이야기를 맛깔나게 구연하는 능력은 기본이고, 많은 이야깃거리를 갖춰야 했다. 이야기를듣는 사람들이 대개 '아는 사람들'인만큼 구연 종목이 적으면 밑천이떨어져 궁한 지경에 이를 수 있다. 그리하여 동아리 이야기꾼은 계속새롭고 재미있는 이야깃거리를 찾아서 그것을 자기 레퍼토리로 소화하는 과정을 거치는 것이 상례였다. 그를 통해 끝없는 '이야기보따리'를 풀어놓는 것이다. "일주일 밤낮 동안 계속 얘기를 할 수 있다"는 등의 표현은 동아리 이야기꾼의 능력과 특성을 대변하는 말이 된다.

동아리 이야기꾼의 사례는 얼마든지 들 수 있다. 『한국구비문학대계』에서 만날 수 있는 이야기꾼 중 대다수가 여기 속한다. 많은 자료를보유한 것으로 조사 보고된 이야기꾼들, 예컨대 100편 이상의 이야기를 구연한 이성근과 이강석, 이종부 등은 모두 동아리 이야기꾼에 해당한다. 필자가 만났던 동아리 이야기꾼들의 구체적 사례는 뒤에 따로소개하기로 한다.

동아리 이야기꾼은 오늘날에도 일상생활 속 이야기꾼의 주류를 이

---

14 주된 활동 공간을 축으로 삼아 '마을 이야기꾼' 외의 또 다른 동아리 이야기꾼 유형들을 설정할 수있다. 예컨대 '서당 이야기꾼'과 '공방 이야기꾼', '주막 이야기꾼', '기방 이야기꾼' 등이 그것이다.현대로 내려오면 '학교 이야기꾼'과 '회사 이야기꾼', '동호회 이야기꾼' 등의 또 다른 여러 유형을상정할 수 있을 것이다. 동아리 이야기꾼의 다양한 유형과 변모 양상에 대해서는 별도의 자세한논의를 요하는 것으로서, 여기서는 그 기본 특성만을 제시하기로 한다.
15 패설집이나 야담집에 보면 임금이나 고관들이 모인 자리에서 판을 주도하는 이야기꾼에 대한 기록을 종종 볼 수 있다. 재담에 능하기로 소문났던 이항복 같은 경우가 대표적이다.

룬다고 할 수 있다. 다만 기본 활동 공간이 마을 공동체로부터 학교나 직장, 친구 모임과 동호회 모임 등으로 옮겨온 상황이다. 문제는 동아리 형태의 모임이 매우 다변화되고 활성화된 데 비하여 그 속에서 이야기가 맡는 역할이 이전만큼 크지 못하다는 사실이다. 좋은 이야기꾼이 배출되어 활약할 수 있는 기반이 그만큼 약해졌다는 뜻이다.

(3) 빈객 이야기꾼

다른 사람의 집을 이리저리 방문하여 이야기를 구연하는 유형의 이야기꾼을 뜻한다. 과객이나 행상으로 여행을 하면서 이야기를 하고 다니는 경우와 양반가 등에 초청받거나 문객으로 머물면서 이야기를 하는 경우를 포괄한다.

빈객 이야기꾼의 전형적 사례는 양반가에 문객으로 머물면서 이야기꾼 행세를 하는 경우라 할 수 있다. 조선 후기 야담집에는 양반가 문객들이 모여서 이야기를 수작하는 장면이 많이 나오는데, 이야기꾼이 좌중에 끼어 있다가 남다른 재치와 기지로 사람들을 놀라게 했다는 내용이 많다. 이야기는 남의 집에 머물면서 자기를 드러내 인정을 받는 수단이었고, 밥값을 하는 방편이기도 했다. 사랑채를 전전하면서 이야기로써 삶의 방편을 도모한 이야기꾼의 사례가 꽤 있었던 것으로 생각된다.

빈객 이야기꾼 가운데는 이야기로 이름이 나서 유력한 양반가 등에 초청을 받아 다니며 구연에 나섰던 사례들도 확인된다. 연암 박지원이 우울한 심사를 달래려고 초청하여 이야기를 시켰다는 민옹은 그 좋은 사례가 된다.[16] 18세기 말 19세기 초의 이름난 이야기꾼이었던 김중진

---

16 연암 박지원의 〈민옹전〉에 그 상황이 구체적으로 나타나 있다. 이야기꾼 민옹에 대해서는 황인덕, 앞의 글, 1999b 및 이민희, 「민옹, 탁월한 이야기 치료사」(서대석 편, 『우리 고전 캐릭터의 모든 것』, 휴머니스트, 2008) 참조.

(오물음) 또한 자주 양반가에 불려 다니며 이야기를 한 것으로 전해지고 있다.[17] 이렇게 초청의 대상이 되는 주요 화자들은 전문 이야기꾼에 해당하는 존재였을 가능성이 크다.

일반 서민가에서는 따로 이야기꾼을 초청하거나 문객으로 들이는 일을 생각하기 어렵다. 하지만 민가에까지 손님으로 찾아드는 이야기꾼이 없지 않았으니, '방물장수'로 대변되는 행상들과 지관, 사주가 등과 같은 과객 내지 빈객을 상정할 수 있다. 이들이 물건을 팔거나 밥값을 함에 있어 이야기는 더할 바 없이 좋은 통로가 되어 주었을 것이다.[18]

오늘날에는 상하층을 막론하고 집안에서 이야기꾼을 청하거나 또는 이야기꾼이 남의 집을 찾아다니는 모습을 보기 어렵게 되었다. 빈객 이야기꾼이 거의 자취를 감춘 상황이다. 하지만, 배낭 여행자를 포함한 일부 여행객들의 동선 속에서 과객 이야기꾼의 면모를 찾아볼 여지가 있다. 집안 회갑연이나 고희연 등에 개그맨 등을 청하여 모임을 이끌게 하는 것도 과거에 이야기꾼을 청하여 재미를 추구하던 일과 성격이 통하는 면이 없지 않다.

(4) 광장 이야기꾼

지인들이 모인 공간이나 소규모의 닫힌 공간이 아닌 불특정 다수에게 개방된 공간에서 활동한 이야기꾼을 지칭한다. 장터거리나 시가지, 객관 마당, 공원 등 사람들이 많이 모이는 넓은 장소가 그들의 주요 활동 공간이 되었다.

열린 공간에서 활동하는 이야기꾼들이 언제부터 활동했는지 내력

---

17 황인덕, 앞의 글, 1992: 김준형, 앞의 글.
18 황인덕은 1900년대 전반기 방랑이야기꾼들의 사례를 검토하면서 그 유형을 피난지 비결 신봉형, 몰락 양반형, 가난한 선비형, 지관형, 사주가형, 필상형, 머슴형, 건달형, 윤리도덕 강조형, 구걸방문자형, 직업적 이야기꾼 등으로 나눈 바 있다. 그 논의를 통해 세간에 빈객 형태로 옮겨다니며 활동하던 이야기꾼의 종류가 매우 많았다는 사실을 확인할 수 있다. 황인덕, 앞의 글, 2005 참조.

을 알기는 쉽지 않다. 하지만 적어도 18세기 이후에는 이러한 이야기 꾼이 세간에서 널리 활동한 사실이 확인된다. 임형택은 이 시기에 설화 이야기꾼(강담사)과 소설 낭독자(강독사), 판소리꾼(강창사) 등 여러 형태의 이야기꾼이 다중을 상대로 한 이야기 활동을 전개했음을 밝힌 바 있으며,[19] 김준형 등이 이를 재차 확인한 바 있다.[20] 불과 수십 년 전만 하더라도 5일장이 서는 시골 장터에 내로라하는 이야기꾼이 모여들어 이야기시합을 펼쳤다는 말을 현지답사 과정에서 노인들한테 흔히 듣거니와, 그 전통은 조선 후기로부터 이어져온 것이라 할 수 있다.

시정이나 장터거리 같은 데서 활동했던 광장 이야기꾼의 구체적 면모는 최근까지 도시의 공원에서 활동해온 이야기꾼들의 사례를 통해서 확인해볼 수 있다. 서울 탑골공원과 종묘공원, 대구 달성공원 등 노인이 운집하는 전국 주요 도심 공원에서 대규모 청중이 참여하는 열린 이야기판이 이어져 왔는바, 이야기꾼들이 자신의 기량을 뽐내는 이야기 경연의 장소였다. 일찍이 천혜숙에 의해 달성공원의 이야기꾼 심종구의 사례가 소개되었거니와,[21] 신동흔 등이 서울 탑골공원-종묘공원의 사례를 조사 보고하면서 그 이야기 경연의 양태가 더욱 구체적으로 드러날 수 있었다.[22] 탑골공원-종묘공원에서는 한때 양병옥과 김한유가 쌍벽을 이루었고, 조일운·봉원호·노재의·하원용·조판구·박문배 등이 이야기꾼 행세를 해왔다. 수백 명에 이르는 청중이 운집하여 이야기 감상과 품평이 이루어져온 이 공간은 광장 이야기판

---

19 임형택, 앞의 글.

20 황인덕, 앞의 글, 1992; 김준형, 앞의 글.

21 천혜숙, 앞의 글, 1984; 천혜숙, 앞의 글, 1989.

22 신동흔, 앞의 글, 1998a; 신동흔, 앞의 글, 1998b; 황인덕, 앞의 글, 1999a; 신동흔·김종군·김경섭, 앞의 글, 2006; 김종군, 앞의 글, 2007. 과거 서울의 여러 공원에서 이야기판이 벌어졌는데 그 중심은 탑골공원(파고다공원)이었다. 그러던 중 2001-2002년에 서울시에서 탑골공원 성역화 작업에 나서 출입을 통제하면서 노인들이 종묘공원과 서울노인복지센터 등으로 분산되었다. 종묘공원과 복지센터에서도 열린 이야기판의 맥이 이어지고 있으나 탑골공원 시절의 활력을 잃어버린 상태에 있다.

의 실체를 잘 보여준다.[23] 이 판에서 청중 앞에 나선 화자들은 광장 이야기꾼으로서 움직였던 것이라 할 수 있다.

불특정 다수의 청중을 상대하는 광장 이야기꾼은 소수의 지인을 상대로 하는 동아리 이야기꾼과는 다른 자질을 갖춰야 했다. 동아리 이야기꾼이 많은 이야깃거리를 갖추어야 한다면, 광장 이야기꾼은 다른 화자와 차별화된 특별한 이야기 종목을 확보하고 그것을 남다른 기량으로 구사해서 청중의 이목을 끌어야 했다. 남다른 이야기종목과 구연능력은 이야기꾼의 보편적 자질이라 할 수 있지만, 광장 이야기꾼에 있어서는 특히 긴요한 것이었다. 다수의 이질적이고 비판적인 청중들이 인정할 만한 그런 특별함이 있어야만 살아남을 수 있다는 뜻이다. 확실한 차별성이 없는 범상한 이야기를 어설프게 풀어냈다가는 판에서 밀려나거나 이야기꾼 명성에 금이 가기 십상이었다. 이들 광장 이야기꾼의 구체적 면모는 뒤에서 다시 살피기로 한다.

오늘날의 일상생활에서 광장 이야기꾼과 만나기는 쉽지 않다. 이야기판이 동아리로 환원되거나 대중매체 속으로 옮겨가면서 현장의 열린 이야기판을 보기 어렵게 되었다. 관광 안내원이나 문화재 해설사 등이 다중을 상대로 한 이야기 구연을 하는 사례가 있지만, 광장 이야기꾼과는 일정한 차이가 있다. 각종 대중 집회 현장에서 연사로 나서서 이야기를 하는 경우가 광장 이야기꾼의 형태에 가깝다고 생각되는데, '이야기'보다 '주장'이 중심을 이루는 경향이 있어 지난날 광장 이야기꾼의 모습과 합치시키기는 쉽지 않아 보인다.

---

23 이른바 성역화 작업으로 판이 깨지기까지 탑골공원 이야기판은 이야기꾼의 대표적인 집결지였다. 공원 안의 특정 장소(등나무 벤치)에서 오후마다 이야기판이 펼쳐졌는데, 최대 400~500명에 이르는 유동 청중이 운집하여 이야기에 귀를 기울였다. 청중들은 화자의 이야기가 마음에 들면 웃음과 박수를 보내주고 음료수와 돈을 선사하기도 하지만, 이야기가 성에 차지 않으면 곧바로 냉담한 반응과 함께 자리에서 흩어져 금세 이야기판이 한산해지곤 했다. 탑골공원 이야기판의 구체적 양상에 대해서는 신동흔, 앞의 글, 1998a 참조.

(5) 무대 이야기꾼

연행을 위해 특별히 마련된 무대, 예컨대 극장 무대 같은 곳에서 활동하는 이야기꾼이다.

무대라고 말하면 근대적 공간을 떠올리게 되는데, 전통시대에도 연행을 위한 무대가 있었으니 산대잡희가 펼쳐진 산대山臺가 대표적인 예이다. 다만 이 무대는 주로 연극적 연희를 위한 것으로 이야기 구연에 해당하는 연행 종목이 포함되었는지는 확인하기 어렵다. 광대들의 소학지희나 재담극은 기본적으로 연극의 형태를 취했던 것으로 생각된다.[24] 하지만 그것은 이야기 연행과도 일정한 연관이 있는 것이었으며, 그 외에 이야기 구연에 더 가까운 공연이 이루어졌을 가능성도 배제할 수 없다.

근대에 접어들면서 전통 이야기 문화의 맥을 이으면서 그것을 무대에 올린 형태의 공연을 널리 확인할 수 있다. 야담과 만담은 그 두드러진 연행 종목이었다. 1920-1930년대에 극장 무대에서 대규모의 야담대회와 만담대회가 열린 사실을 확인할 수 있거니와,[25] 그것은 동아리 이야기꾼 내지 광장 이야기꾼을 무대로 끌어올린 기획이었다고 할 수 있다. 그 기획과 연행의 주역이었던 윤백남과 신불출 등은 전통과 현대의 맥을 이으면서 무대 이야기꾼으로 화려한 조명을 받은 사례가 된다.[26]

한편 일부 현장 이야기꾼이 유랑극단의 일원으로 무대에 올라 활동했던 실례도 보고된 바 있다. 천혜숙이 조사 보고한 대구 달성공원의 이야기꾼 심종구의 사례가 그것이다. 심종구는 천혜숙이 조사할 당시 달성공원에서 광장 이야기꾼 행세를 하고 있었지만, 그 이전에 약장수 집단의 약 선전을 맡아 하다가 유랑극단의 일원이 되어 무대에서 이야

---

24 조선후기 재담극의 형태와 성격에 대해서는 사진실,『한국연극사연구』(태학사, 1997)에 실린 「18 · 19세기 재담 공연의 전통과 연극사적 의의」 참조.

25 박영정, 「만담의 형성과정과 신불출」,『웃음문화』 4, 한국웃음문화학회, 2007, 108-112쪽.

26 윤백남과 신불출 등의 활동상에 대해서는 위의 글, 108-117쪽 참조.

기를 구연한 경력이 있다고 한다.[27] 그가 구연하는 주된 이야기 종목은 민담(고담)이었으니, 그를 통해 우리는 명백하게 전통 이야기 문화의 맥을 잇는 무대 이야기꾼의 실체를 볼 수 있다. 유랑극단이 많은 인기를 누렸음을 생각할 때, 이러한 형태의 이야기꾼이 더 있었을 가능성이 상존한다.

오늘날의 상황을 보자면, 무대 이야기꾼은 그 종류와 활동 영역이 크게 확장된 상황이다. 연극 무대나 코미디 극장 같은 곳에서 이루어지는 개그맨이나 코미디언의 이야기 연행이 그 좋은 사례라 할 수 있다. 축제를 비롯한 각종 현장 공연 무대에서 재담을 늘어놓는 사회자나 출연자들도 일종의 무대 이야기꾼이라 할 만하다.

(6) 매체 이야기꾼

음반이나 라디오, TV 등 대중매체를 매개로 하여 연행 활동을 하는 이야기꾼이 매체 이야기꾼이다.

전통적으로 이야기꾼의 활동 무대는 사람들이 얼굴을 맞대는 현장이었으나, 근대에 접어들어 대중매체가 발달하면서 매체를 활용한 이야기 연행이 이루어지기 시작했다. 이는 전통 이야기 문화의 범주에서 벗어난 것으로 볼 수 있지만, 민담이나 야담 등 전통적 이야기 종목을 구사하는 이야기꾼이 매체로 진출한 경우가 적지 않아서 이 또한 전통 이야기 문화와 연관지어 자리매김해 볼 수 있다.

전통적 이야기 종목 가운데 대중매체에서 크게 인기를 누린 것은 야담과 만담이었으며, 2인이 재담을 주고받는 '난센스' 같은 새로운 종목이 추가되었다. 대표적 사례로 무대 이야기꾼이기도 했던 신불출 및 그와 콤비를 이루었던 윤백단 같은 이를 들 수 있다. 김영환 · 김서정 ·

---

27 천혜숙, 앞의 글, 97쪽.

김순옥·채동원 등도 난센스 음반을 낸 사실이 확인된다.[28] 20세기 후반기에 활동한 장소팔과 고춘자, 김영운 등은 그 맥을 이은 이야기꾼들이라 할 수 있다.

오늘날 대중매체는 전문 이야기꾼들의 주된 활동 공간이 되었다. 각종 코미디와 토크쇼, 리얼리티 프로그램 등에 희극인을 포함한 소문난 입담꾼들이 등장하여 유머와 재담, 경험담 등을 풀어내는 모습을 흔히 볼 수 있다. 그 맥락이 전통적 이야기 문화보다는 서구의 담화 문화와 연결되는 것이어서 전통적 이야기 장르나 레퍼토리와 만나기 어렵다는 아쉬움은 있으나, 그 자체로 주목할 대상임이 분명하다.

이상 활동공간에 따라 이야기꾼의 기본 유형을 분별해 보았는데, 그 유형별 특성을 이해함에 있어 의미 있는 변수가 되는 요소들이 있어 이를 살피고 넘어가기로 한다.

이야기꾼의 활동 공간과 관련되는 한 가지 중요한 요소는 '유랑(방랑)' 여부다. 특정 지역이나 장소에 터를 두고서 이야기를 구연하는가 아니면 이리저리 공간을 옮겨 다니면서 활동하는가의 문제다. 전자를 붙박이 이야기꾼, 후자를 떠돌이 이야기꾼으로 부를 수 있다.[29] 여섯 유형 가운데 집안 이야기꾼과 동아리 이야기꾼은 기본적으로 특정 생활공간에 뿌리를 내리고 있는 붙박이 이야기꾼이라 할 수 있다. 이에 대해 빈객 이야기꾼은 장소를 옮겨 다니며 이야기를 구연하게 되므로 떠돌이 이야기꾼에 해당한다. 이들이 옮겨 다니는 방식은 정착 생활을 하는 중에 필요한 곳에 초청을 받아가는 경우와 본거지를 떠나 객지를 떠돌며 이야기를 하는 경우로 나눌 수 있는데, 후자의 경우가 더 확실한 떠돌이 이야기꾼이라 할 수 있다. 한편, 광장 이야기꾼과 무대 이야

---

28 박영정, 앞의 글, 114-117쪽.
29 황인덕은 성장 및 활동 양상에 따른 이야기꾼의 종류를 정착형과 유동형으로 나누어 설명한 바 있거니와, 중요한 지점을 짚어낸 것으로 생각된다. 황인덕, 앞의 글, 1998, 85-86쪽.

기꾼에는 붙박이 이야기꾼과 떠돌이 이야기꾼이 공존하는 것으로 생각된다. 정해진 특정 광장이나 무대를 중심으로 활동하는 경우와 객지를 떠돌며 활동하는 경우를 모두 생각할 수 있다. 유랑극단에 소속된 무대 이야기꾼은 전형적인 떠돌이 이야기꾼에 해당하는 경우다. 끝으로 매체 이야기꾼은 떠돌이보다는 붙박이 쪽이라 생각된다. 라디오나 TV 등 특정 매체를 전달 수단으로 확보한 경우 굳이 이곳저곳을 옮겨 다닐 필요가 없기 때문이다.

또 하나 주목할 요소는 직업적 전문성 여부다. 이야기를 하는 행위를 일종의 직업으로 삼아서 살아가는 것은 언제든 주목되는 일이라 할 수 있다. 이런 사례는 대체로 희소하지만, 문헌 기록 외에 구술 현장에서도 그 자취를 찾아볼 수 있다. 대구 달성공원의 심종구는 완연한 직업적 이야기꾼이라 할 수 있으며, 탑골공원의 이야기꾼 김한유도 직업 수준의 전문성을 발현한 사례에 해당한다. 이에 앞서 근대에 이름을 날린 신불출 같은 이는 성공한 직업적 이야기꾼의 좋은 사례가 된다. 전체적으로, 집안 이야기꾼이나 동아리 이야기꾼들은 직업적 전문성과 거리가 멀고, 빈객 이야기꾼이나 광장 이야기꾼의 경우는 직업적 정체성을 지닐 가능성이 크며, 무대 이야기꾼이나 매체 이야기꾼은 일반적으로 직업적 전문성을 가진다고 그 양상을 정리해 볼 수 있다.

2) 이야기 종류에 따른 유형

이야기꾼의 성격과 유형을 분별함에 있어 그들이 어떤 이야기를 어떻게 하는가 하는 것은 핵심적인 중요성을 지닌다. 이야기꾼들이 여러 종류의 이야기를 포괄하는 경우가 많아서 유형 구분이 쉽지 않다는 난점이 있으나, 각 화자가 득의의 종목으로 삼는 이야기 종류가 무엇인지에 초점을 맞추어 유형을 설정해 볼 수 있다. 두드러진 이야기 종류가 하나 이상일 경우에는 '복합 유형'으로 처리할 수 있다.

구비설화의 갈래는 신화와 전설, 민담 등 세 가지로 나누는 것이 상례다. 하지만 현장 이야기판에서 이야기꾼이 소화하는 이야기 종류는 이런 분류와 일정한 거리가 있다. 민담이 이야기꾼의 주된 종목을 이루는 데 비해, 신화를 주 종목으로 삼는 경우는 거의 없으며,[30] 전설을 주 종목으로 삼는 것도 흔한 일이 아니다.[31] 이에 대해 전형적인 설화 이외의 야사와 야담, 재담과 만담, 경험담과 풍설, 각종 세간담 등을 주요 구연종목으로 소화하는 사례를 꽤 많이 볼 수 있다.

이와 같은 현장 상황을 종합적으로 고려하여 이 글에서는 이야기 종류에 따른 이야기꾼 유형을 (1) 옛날얘기꾼(고담가) 유형, (2) 재담─만담꾼 유형, (3) 역사─야담가 유형, (4) 경험담─세간담 유형, (5) 복합형 등 다섯 가지로 설정하기로 한다. 옛날얘기꾼이나 야사─야담가 유형 등 포괄하는 이야기의 범위가 넓고 다양한 경우 그 안에 세부 유형을 설정하게 될 것이다.[32]

(1) 옛날얘기꾼(고담가) 유형

"옛날 옛날에"로 시작되는 옛날얘기, 곧 민담을 기본 구연종목으로

---

30 신화는 현장 이야기판 속에 보편적으로 살아 움직이는 이야기 종류가 아니다. 구전신화는 보통 굿판에서 무가의 형태로 전승되며, 일부 마을에서 서낭 신화가 '마을의 유산' 차원에서 전승되는 경우를 볼 수 있는 정도다. 〈당금애기〉나 〈바리데기〉 등 서사무가를 설화로 구연하는 사례가 없지 않으나, 이 경우 대개는 민담으로 성격이 바뀌게 된다.

31 이야기꾼이 지역의 유래전설 구연에 나서는 경우는 많이 볼 수 있으나 그것이 득의의 구연 종목을 이루는 사례는 드물다. 지역 전설이란 본래 '마을의 역사'에 해당하는 것으로 일종의 공유 재산인 까닭에 개인 화자가 자신의 특화된 이야기 종목으로 삼기에 어울리지 않는 면이 있다. 단 역사인물의 행적을 소재로 한 인물전설은 이야기꾼의 두드러진 구연종목이 될 수 있는데, 이들은 전설보다 역사적 담화로서 구연되는 경향이 짙어서 역사─야담가 유형 속에 포괄하여 다룰 수 있다.

32 황인덕은 이야기 목록 선택의 취향에 따라 이야기꾼 유형을 '체험담 중심 / 구전담 중심'으로 나누었는데(황인덕, 앞의 글, 86-87쪽) 이야기의 다양한 종류를 반영하여 좀 더 많은 유형을 설정하는 것이 유리하다고 판단된다.

삼는 이야기꾼 유형이다. 학술적으로 민담이라는 용어가 널리 쓰이나 전통적인 이야기 구연 현장에서는 옛날애기(이전 애기)나 고담이라는 말이 널리 통용돼왔는데, 여기서는 '옛날애기꾼'을 기본 명칭으로 삼고 고담가라는 말을 병행하여 쓰기로 한다.

이야기꾼이 구연 종목으로 삼는 옛날애기(민담)는 종류가 다양하다. 필자는 민담의 종류를 크게 일상담(사실적 민담)과 환상담(환상적 민담), 희극담(희극적 민담 : 소화) 등 세 가지로 나누는 방안을 제안한 바 있는데,[33] 그 각각을 주 종목으로 삼는 이야기꾼의 상정이 가능하다. 이 중 환상담을 위주로 한 옛날애기꾼은 상대적으로 드물며,[34] 일상담이나 희극담을 주로 구연하는 사례를 더 많이 볼 수 있다. 한국 설화에서 일상담과 희극담이 이야기 종류가 많고 확장적 변용 가능성이 커서 득의의 구연 종목으로 삼기에 적합했던 것이라 생각된다.

옛날애기꾼의 한 특수 유형으로 '육담꾼'을 설정할 수 있다. 육담(음담패설)은 희극담에 속하는 것이지만 성性을 화제로 한 이야기로서 특유의 정체성을 지니는데, 성에 대한 사람들의 관심이 크다 보니 독립적 구연 종목으로 소화되는 사례가 많다. 현장 상황을 반영한 실전적인 분류를 추구함에 있어 육담꾼을 하나의 세부 유형으로 설정하는 것이 합당하다.

옛날애기꾼의 또 다른 특수 유형으로 '고담책(고소설) 유형'을 들 수 있다. 고소설은 세간에서 흔히 고담책으로 불렸거니와, 그 내용을 주된 구연 종목으로 삼는 이야기꾼의 존재를 확인할 수 있다. 고소설은 주로 낭독의 형태로 소통되었지만, 그 내용을 외우거나 설화 형태로 재구성해서 구연하는 경우도 많았다. 고소설은 사연이 복잡하고 인물

---

33 신동흔, 「구전 이야기의 갈래와 상호관계에 대한 연구」, 『비교민속학』 22, 비교민속학회, 2002; 신동흔, 「설화의 분류체계 및 목록화 방안」, 『무형문화유산 목록 조사연구』, 강릉시 · 강릉문화재단, 2006.
34 집안에서 어린이를 상대로 이야기꾼 역할을 해온 여성 화자들 등에서 종종 이런 유형을 볼 수 있다.

과 상황 묘사가 섬세하기 때문에 그 내용을 잘 갈무리할 경우 좋은 이야기 종목이 될 수 있었던 것이다.

오늘날 상황을 보자면, 과거에 주류를 이루었던 옛날얘기꾼은 전통이 크게 약화되었다. 전통과 연관을 지니는 현장의 옛날얘기꾼은 육담꾼 유형을 종종 만나볼 수 있는 정도다. 희극담, 곧 소화를 잘 구연하는 이야기꾼은 오늘날에도 꽤 많지만, 그 구연 종목은 전통 소화에서 현대 유머로 바뀌어 있다. 한편 어린이를 상대로 '전래동화'를 전하는 이야기꾼들도 있으나, 말보다 글을 매재로 선택하고 있어 구술 현장과 분리되어 있다. 전래동화를 말로 풀어내는 '동화구연가'들이 일종의 옛날얘기꾼 역할을 하고 있으나 그 구연 형태나 기법은 전통 이야기꾼과 상당한 차이가 있다.

(2) 재담─만담꾼 유형

재치 있는 말하기나 핵심을 찌르는 풍자적 언설 등을 통해 사람들에게 웃음과 감탄을 자아내는 유형의 이야기꾼이다.

이 유형에는 재담꾼과 만담꾼이 함께 포괄되는데, 서로 기본 성격이 통하면서도 미묘한 차이가 있다. 순간적인 재치와 순발력으로 상황적 웃음을 만들어내는 담화를 재담이라 할 수 있으며, 그런 담화에 능한 화자를 재담꾼이라 부를 수 있다. 한편, 재담의 요소가 짙은 담화가 앞뒤 맥락을 갖춘 이야기 종목으로 정형화된 것을 일컬어 만담이라 할 수 있으며,[35] 이러한 이야기를 득의의 구연 종목으로 삼는 화자를 만담꾼이라 할 수 있다.[36]

---

[35] 만담은 본래 1인이 구연하는 것이었고 2인이나 3인이 주고받는 근대식의 재담은 넌센스라 했었다. 장소팔 고춘자 식의 만담은 본래 넌센스에 해당하는 것이었다. 만담의 본래적 형태는 뒤에 언급할 탑골공원 이야기꾼 김한유의 사례에서 볼 수 있다.

[36] 물론 한 화자가 재담과 만담을 넘나들며 이야기하는 경우도 많이 있다. 재담과 만담이 웃음을 일으키는 이야기로서 성격이 통하기 때문이다. '재담─만담꾼'을 한 유형으로 묶은 것은 이 때문이다.

상황적 재치로 웃음을 불러일으키는 재담꾼은 예나 이제나 많이 볼수 있다. 옛 시절의 이야기꾼 가운데는 재담으로 이름을 날린 사례가 많았던 것으로 여겨진다. 이항복은 자타가 공인하는 유명한 재담꾼이었던 것으로 전해오며, 18-19세기에 활약한 이야기꾼 김중진(오물음)도 특히 재담에 능했던 것으로 보인다. 연암 박지원의 〈민옹전〉에 등장하는 민옹 또한 순간적 재치와 기지로 웃음과 감탄을 자아내는 것을 볼 때 재담꾼의 면모가 짙다. 재담꾼은 따로 전해진 틀 없이 언제 어디서나 새로운 웃음을 불러일으킬 수 있으므로 그 능력이 높게 평가됐던 것으로 생각된다.

만담을 주요 구연 종목으로 삼은 이야기꾼으로는 신불출을 비롯하여 장소팔과 고춘자, 양훈과 양석천 등 희극인의 사례가 유명하다. 만담은 근대 일본으로부터 유래한 것이라고 보는 견해도 있는데,[37] 만담의 연원을 그렇게만 볼 수 없는 측면이 있다. 탑골공원의 대표적 이야기꾼이었던 김한유의 경우 특유의 만담으로 일세를 풍미했거니와, 그것은 근대 라디오 만담의 정해진 틀을 넘어서 자신의 경험과 세태비평을 재치와 과장으로 버무린 길고도 자연스러운 이야기 종목이었다. 옛 시절의 이야기꾼도 이와 같은 형태의 '장편 만담'을 주 종목으로 삼았을 가능성이 크다고 생각된다.

오늘날 대중매체 등에서 웃음문화를 주도하고 있는 개그맨이나 코미디언은 재담꾼의 맥을 잇는 이들이라 할 수 있다. 일부 고정된 이야기 종목으로 사람들을 웃기는 데는 한계가 있으며, 상황에 따른 기지와 재치를 잘 발휘해야 새로운 웃음을 산출해 낼 수 있다. 그러한 능력을 가진 예인들이 토크쇼를 포함한 각종 예능 프로그램에서 판을 주도하고 있는 상황이다.

---

[37] 박영정, 앞의 글, 99-109쪽.

(3) 역사-야담가 유형

각종 역사적 사연이나 인물의 일화 등 실제적 행적에 해당하는 이야기들을 주요 구연 종목으로 삼는 이야기꾼을 역사-야담가 유형이라 할 수 있다. 역사가 유형과 야담가 유형을 함께 묶은 개념이다. 이를 한데 묶은 것은 역사 이야기와 야담이 성격이 통하고 한 화자가 둘을 자연스레 넘나드는 경우가 많기 때문이다.

역사적 사실에 해당하는 사연과 역사 인물의 행적 등을 전하는 데 주력하는 이야기꾼은 역사가 유형이라 할 수 있다. 역대의 고사와 사적 등은 과거의 이야기판에서 중요한 화제를 이루었는데, 글공부를 한 지식층 화자들에게 있어 특히 그러했다. 집안 자제들이나 후배, 또는 못 배운 사람들에게 역사를 전해주는 것을 일종의 소명으로 생각한 이들이 많았다. 그 중 이야기꾼 반열에 든 이들을 역사가형 이야기꾼이라 할 수 있다. 이 역사가형 이야기꾼을 더 세분하자면 역대 고사를 주종목으로 삼는 고사형, 고금의 역사적 일화를 중심 종목으로 삼는 일화형, 역사 인물의 내력에 주력하는 인물담형, 가문과 조상의 내력을 주종목으로 삼는 가족사형 등을 설정해 볼 수 있겠다. 역대 왕조의 주요 사건을 소상히 풀어내는 전형적인 역사가형 이야기꾼의 존재도 확인할 수 있다.

'야담'의 사전적 정의는 '야사를 바탕으로 흥미 있게 꾸민 이야기'라는 것이다. 역사성 내지 시대성과 허구적 흥미 요소가 함께 얽힌 이야기가 야담으로, 조선 후기에 간행된 여러 야담집에 이런 종류의 이야기들이 많이 실려 있다. 이야기 양식 면에서 야담은 야사와 민담 사이에 놓인다고 할 수 있거니와, 현장에서 야사와도 어울려 구연되며 민담과도 잘 어울려 구연된다. 이러한 야담을 주종목으로 삼는 이야기꾼을 야담가 유형으로 규정할 수 있다.

조선 후기에 널리 활동했을 것으로 생각되는 역사가나 야담가 유형의 이야기꾼은 근간의 구술 현장에도 자취가 남아 있다. 시대와 현실에 대한 관심 속에 역사성 짙은 이야기를 중점적으로 구연하는 화자들을 만나볼 수 있다. 종묘공원의 박문배와 충남 논산의 이재철 같은 화자가 그 좋은 예이다. 한편, 현대 이야기 문화 속에서도 역사가형 이야기꾼에 준하는 이들을 볼 수 있다. 기회 닿는 대로 과거에서 근현대로 이어지는 역사적 상황에 대한 이야기를 펼치는 화자들이 있다. 조금 특수한 경우지만, 주요 사적지의 문화 해설사들 또한 일종의 역사가형 이야기꾼 역할을 하고 있는 것이라 할 수 있다.

(4) 경험담-세간담 유형

자신이 직접 겪은 사연이나 세상에서 벌어지는 갖가지 일들을 주요 이야깃거리로 삼는 이야기꾼을 뜻한다. 화자 자신이 속해 있는 현세상의 삶과 관련되는 이야기에 관심을 집중하는 유형이다.

세간의 이야기꾼 가운데는 허구적 성격을 지니는 설화보다 자신의 실제 경험을 전하는 데 치중하는 사례가 무척 많다. 이때 경험을 전하는 담화는 귀신이나 도깨비 등과 관련한 신이 체험, 어린 시절의 추억, 여행이나 유랑 경험, 생사가 엇갈린 전쟁의 경험, 잊지 못할 인생의 사건 등 소재가 다양하다. 이들 여러 요소를 한데 엮어서 장편의 생애담 (살아온 이야기)을 생생히 풀어내는 사례도 흔히 볼 수 있다.

세간담 유형의 이야기꾼은 새로 설정한 개념으로, 세간에서 화제가 되는 일들을 전하며 세상사의 도리와 이치에 관한 생각을 주종목으로 삼는 경우를 지칭한다. 이들은 상상이나 표현보다 지식과 논리를 중시한다는 측면에서 설화 이야기꾼과 질적인 차이가 있다. 다만 스토리가 잘 뒷받침되지 않을 경우 이들의 담화는 자칫 연설 내지 설교로 흐를 가능성이 크다. 탑골공원의 이야기꾼 구연성은 실제로 그러한 면모를 노정한 사례이다. 그럼에도 이들을 이야기꾼의 한 종류로 설정하는 것은 이들이 실제 구연 현장에서 설화 이야기꾼과 나란히 이야기꾼 행세를 하고 있음을 고려한 것이다.

세간담 이야기꾼 가운데는 세간의 여러 풍설을 그럴싸하게 전하는 사례도 볼 수 있다. 비결이나 도참, 피화避禍에 얽힌 담화라든가 그 밖에 세상에 떠도는 다양한 풍문(유언비어)을 관심 깊게 들은 뒤 마치 사실을 전하듯 생생하게 구연하는 화자는 오늘날에도 많이 볼 수 있다. 한때 정계와 재계에 풍설이 많았다면 요즘은 연예계에 갖가지 풍설이 흘러넘치고 있다. 이른바 '연예비화'를 주 종목으로 삼는 이야기꾼을 주변에서 발견하는 것은 그리 어려운 일이 아니다. 한편, 세간에는 영화나 드라마 이야기를 실감나게 전하는 것을 장기로 삼는 화자들도 있는데, 영화나 드라마는 허구적 서사를 갖춘 것이지만 그 이야기가 세상 돌아가는 사연의 일환으로 구연된다는 점에서 이들 또한 세간담 유형으로 포함할 수 있을 것이다.

(5) 복합 유형

앞에서도 언급했지만 이야기꾼들은 어느 한 가지 이야기 종류에 집중하기보다 다양한 형태의 이야기를 두루 구연하는 경우가 많다. 총기가 좋고 구연 능력이 뛰어난 화자들이 전하는 이야기는 종류를 불문하고 재미있는 것이 될 가능성이 크다. 특별한 관심과 재능을 보이는 득의의 영역이 있을 경우 거기 맞추어 유형을 설정하는 것이 마땅하겠지만, 한 이야기꾼이 여러 종류 이야기를 공히 득의의 종목으로 포괄할 경우 어느 한 유형으로 귀일하는 것보다 복합 유형으로 처리하는 것이 합당할 것이다.

복합 유형은 그 조합이 다양한 방식으로 이루어질 수 있다. 예컨대 옛날얘기에 능하며 재담이나 만담, 또는 역사이야기나 경험담 등에도 능한 이야기꾼을 생각할 수 있다. 둘이 아니라 셋 이상의 이야기 종류를 적극 포괄하는 이야기꾼의 사례도 드물지 않다. 복합 유형 이야기꾼의 존재 양상은 여기서 복잡하게 논하지 않고 뒤에 실례를 보이면서 설명하기로 한다.

3) 소통의 방식에 따른 유형

이야기꾼의 유형은 그들이 어떤 목적에서 어떤 방식으로 의사소통을 하는가에 따라서도 분별될 수 있다. 이는 이야기꾼의 성격이나 기질과도 깊은 관련이 있는 것으로 관점에 따라 매우 다양한 방식의 유형화가 가능하다. 제반 경험과 자료를 종합해 볼 때 다음과 같은 유형들을 설정할 수 있지 않을까 한다.[38]

표출형 : 내면에 깃들어 있는 표현 욕구를 이야기로 풀어내는 유형. 인간은 누구나 표현 욕구를 가지는데, 그 욕구가 특별히 강하고 또한 표현 능력이 있어서 이야기 구연에 적극 나서게 된 경우다.
인정―과시형 : 이야기를 통해 타인의 인정과 찬탄을 유도하는 유형. 이야기는 타인에게 재주나 능력을 드러내어 자기를 인정받는 좋은 수단이 된다. 그러한 과시나 인정의 욕구가 기본 동력으로 작동하는 가운데 이야기를 통한 소통에 나서는 경우다.
도락―유희형 : 이야기를 하는 것 그 자체를 즐기는 유형. 이야기를 하는 일은 본래 즐거운 일이라 할 수 있다. 이야기 자체의 즐거움을 좇아서 이야기를 구연하거나 이야기 구연 과정 자체에서 즐거움을 찾는 경우가 이에 해당한다.

---

[38] 황인덕은 이야기꾼의 '기질'이라는 기준을 설정하여 그 종류를 '오락치중형 / 교훈강조형'으로 나눈 바 있다. 기질이나 소통 방식 문제는 다양한 변주가 가능한 것으로서 그 유형을 더 세분화해도 좋으리라 생각한다.

친교형: 타인들과의 상호 즐거운 교유를 추구하는 유형. 이야기는 타인과 더불어 즐겁게 소통하며 친교를 나누는 주요 통로가 된다. '친교형'은 사람들과의 어울림을 기본 목적으로 삼아서 이야기를 구연하는 경우다.

계몽형: 이야기를 통해 다른 사람을 가르치고 일깨우려는 유형. 이야기는 서사 속에 교훈을 담고 있으며 다른 이를 깨우치는 좋은 수단이 된다. 이야기를 통하여 청자를 계몽하고 교훈을 전하는 것을 주된 동기로 삼는 경우 '계몽형'이 된다.

수다형: 성격상 말이 많아서 이야기를 안 하고는 못 배기는 유형. 자기 표출의 욕구가 특히 과하여, 기회가 되는 대로 이야기를 꺼내며 한번 말을 꺼내면 쉽게 그치지 않는 경우가 여기 해당한다.

도취형: 자신의 이야기 구연에 도취되어 만족감을 느끼는 유형. 도락형의 구연이 좀 더 발전하여 도취적인 자기 만족의 수준에 이른 경우 도취형 이야기꾼이라 지칭할 수 있다.

공유형: 자신이 가진 지식과 견문의 공유를 추구하는 유형. 타인과의 교류를 추구하는 화자로서 이야기를 통한 친교 자체보다 이야기에 담긴 지식이나 정보를 함께 나눈다는 사실을 좀 더 중시하는 경우 여기 포함시킬 수 있다.

봉사형: 이야기를 통해 다른 사람에게 기쁨을 전해주려는 유형. 기본적으로 타자와의 교류를 추구하되, 자기 자신보다 오히려 듣는 이의 만족을 더욱 중요시하여 청자의 요구와 반응에 맞춘 이야기 구연을 추구하는 경우다.

의무형: 집단의 필요에 의해 이야기 임무를 맡은 유형. 내면의 표현 동기나 친교 추구와 같은 자연적인 동기보다 집단이나 사회의 요구에 의하여 이야기꾼의 역할을 맡은 경우가 여기 해당한다.

수익-생계형: 이야기를 돈벌이 내지 생계의 수단으로 삼는 유형. 이야기는 상당한 흡인력을 지니고 있어 사람들을 움직이는 힘을 내며 그

힘을 바탕으로 일정한 보상을 받을 수 있다. 생계 내지 돈벌이의 일환으로 이야기를 구연하는 경우를 이 유형에 넣을 수 있다.

출세형 : 이야기를 개인적 출세와 성공의 방편으로 삼는 유형. 생계나 돈벌이 차원을 넘어서 이야기 구연을 출세와 성공의 수단으로 삼는 경우 이를 특화하여 '출세형'이라 할 수 있다.

교육자형 : 학생이나 후진 교육의 일환으로 옛이야기를 구연하는 유형. 서당 훈장이나 학교 교사 등이 교육의 일환으로 이야기를 구연하는 과정에서 이야기꾼이 된 유형이다. 계몽형의 특수한 형태라 할 수 있다.

수집가형 : 이야기를 수집 보존하고 배포하는 것을 좋아하는 유형. 이야기가 사라지는 것을 아쉬워하여 숨어있는 이야기들을 하나라도 더 발굴하여 사람들에게 알리는 것을 추구하는 유형의 이야기꾼이다.

예술가형 : 이야기를 갈고 다듬는 데서 흥미와 의미를 찾는 유형. 이야기는 미적 구조와 표현을 담지하고 있는바, 이야기 자체를 멋지게 잘 가다듬어서 하나의 훌륭한 작품으로 만들어내고자 하는 욕구가 이야기하기의 기본 동력으로 작용한 경우 '예술가형'이라 할 만하다.

이상 소통 방식에 따른 유형은 경계가 불분명하고 때로 성격이 겹치는 경우도 있어 엄격한 분별에는 어려움이 있을 수 있다. 하지만 화자의 이야기 구연 태도와 방식, 인생관과 이야기관 등의 제반 특성과 정보를 종합함으로써 그 기본 성향을 가늠해 볼 수 있는 것 또한 사실이다. 만약 화자가 드러내는 특성이 어느 하나로 귀일되지 않고 다양한 특성을 동시적으로 나타내면 단수가 아닌 복수의 유형에 소속시킬 수 있을 것이다. 이 분류는 기본적으로 보조적이고 편의적인 것으로서 이야기꾼 유형 설정의 기본적인 기준이 되기는 어렵겠지만, 여러 이야기꾼의 다양한 개성적 특성을 짚어내고 기술함에 있어 그 나름의 유용성을 지닐 것으로 믿는다.

3. 주요 이야기꾼의 유형적 특성

세상에는 참으로 많은 화자가 있다. 언어를 깨우친 사람이면 누구라도 어떤 식으로든 이야기를 하기 마련이니, 이야기 화자의 수는 세상 사람의 숫자와 맞먹는다고 해도 좋을 것이다. 하지만 그들이 모두 이야기꾼이 될 수 있는 것은 아니다. 이야기를 남다르게 잘 해야만 이야기꾼이 될 수 있다.

현장의 실제 화자들을 놓고 이야기꾼 여부를 판단하는 것은 어려운 일만은 아니다. 그 하나의 유력한 기준이 되는 요소는 어떤 화자가 스스로나 타인에 의해 이야기꾼으로 인식되고 있는가의 여부라 할 수 있다. 자기 스스로가 이야기꾼으로 자부하며 사람들이 또한 그를 이야기꾼으로 인정할 경우 그 사람은 곧 이야기꾼이라고 보아도 무방할 것이다. 특히 타자들의 공통적 인정 여부가 실질적으로 중요한 기준이 된다.

사람들이 어떤 화자를 이야기꾼으로 인식한다는 것은 그가 남다르게 이야기를 잘한다는 사실을 인정한다는 말과 같다. 그렇다면 이야기를 남다르게 잘 한다는 것은 구체적으로 어떠한 것일까? 특정 화자를 이야기꾼이 되게 만드는 요건으로는 다음과 같은 사항들을 들 수 있다.

첫째, 이야기를 많이 알아야 한다. 한두 가지 멋진 이야기만으로도 사람들을 경탄시킬 수 있으나 보유한 이야기가 적어서 금방 밑천이 바닥나면 이야기꾼으로 인정받기 어렵다.

둘째, 서사의 가닥을 자연스레 풀어나가야 한다. 이야기를 하다가 막히거나 하면 '꾼'으로 인정받기 어렵다. 앞뒤가 딱딱 맞아떨어지게 이야기를 술술 풀어나가면서 서사에 담긴 재미와 의미를 살려낼 수 있어야 한다.

셋째, 이야기를 맛깔나게 표현해낼 수 있어야 한다. 재미있는 말이나 그럴듯한 비유, 생생한 묘사 등으로 표현의 묘미를 살리며 듣는 이를 구연 속에 빨아들일 수 있어야 한다.

넷째, 구연 현장을 장악하는 힘과 상황에 대처하는 순발력이 있어야 한다. 구연에 대해 소심하고 긴장한 모습을 보이거나 현장 상황에 잘 대처하지 못하면 '꾼'이 되기 어렵다. 청중의 공격적 개입 같은 돌발 상황을 잘 맞받아칠 때 훌륭한 구연자로 인정받을 수 있다.

다섯째, 자기만의 장기가 있어야 한다. 위의 여러 요소를 갖추면 훌륭한 화자로 인정되겠지만 이야기꾼의 충분조건을 갖추었다고 하기는 어렵다. 남다르다는 인정을 받을 수 있는 자기만의 특별한 장기가 있을 때 진정한 이야기꾼이 될 수 있다. 방대한 보유량, 자기만의 구연 종목, 탁월한 순발력, 생생한 묘사력, 치밀한 기억력, 백과사전식 지식, 극적 연기력 등 여러 요소 가운데 최소 한 가지 이상을 갖추어야 이야기꾼으로 확실한 방점을 찍을 수 있다.

끝으로 한 가지, 청중의 요구가 있을 때 이야기를 선뜻 구연할 수 있어야 한다. 이야기를 많이 알고 있고 구연 능력이 뛰어나다 해도 평소에 이야기할 기회를 자주 갖지 않거나 구연을 자꾸 회피한다면 의미 있는 이야기꾼으로 인정받기 어려울 것이다.

이제 이상의 사항을 염두에 두고 그간 필자가 현장에서 만났던 여러 화자들 가운데 개성과 전형성을 갖춘 이야기꾼들을 대상으로 그 유형적 특성을 기술해 보려 한다. 개별 이야기꾼의 특성을 자세히 살피기로 하면 논의가 한없이 길어질 것이므로, 이야기꾼의 다양한 유형적 면모를 가늠해 본다는 차원에서 핵심적 특성만을 간략히 기술하기로 한다.

유형별 검토에 앞서 먼저 전체적 양상을 개관하면, 필자가 구건 현지 조사를 통해 만난 주요 이야기꾼들 가운데 대다수는 동아리 이야기꾼에 해당하는 이들이었다. 특히 지역사회 마을 공동체나 친구 집단 사이에서 이야기꾼 역할을 해온 '마을 이야기꾼'이 주류를 이룬다. 이는 마을 이야기꾼이 전통 이야기꾼의 주종을 이루었던 가장 보편적인 형태라는 사실을 반영하는 것인 한편으로, 필자가 진행해온 현지 조사 방식에 따른 결과라는 측면도 있다. 필자는 주로 시골 마을 경로당을 찾아다니며 남성 화자들을 주 대상으로 삼아 조사를 진행해 왔거니와, 자연히 남성의 마을 이야기꾼들과 많이 접하게 되었다. 유력한 여성 이야기꾼을 많이 만나지 못했고 전형적이거나 특징적인 '집안 이야기꾼'의 사례를 포착하지 못한 것은 무척 아쉬운 부분이다. 다만 한 가지 특징적으로 내세울 수 있는 것은 상당수 '광장 이야기꾼'의 사례가 포함된다는 사실이다. 이는 다년간에 걸쳐 탑골─종묘공원이라는 특징적인 광장 이야기판에서 이야기 조사를 수행한 데 이어 전국의 주요 도심공원을 찾아다니며 유력한 화자를 발굴하고자 한 데 따른 결과였다. 아래 사례 가운데는 전형적인 빈객 이야기꾼이나 무대 이야기꾼, 매체 이야기꾼도 포함돼 있지 않은데, 마을이나 공원 등의 이야기판에서 이런 유형의 이야기꾼을 보기가 거의 어렵게 된 상황에 따른 측면이 크다. 빈객 이야기꾼의 소지가 있는 이야기꾼의 사례가 두엇 포함돼 있는 것으로 만족할 수밖에 없는 상황이 아쉽다. 앞으로 다양한 유형의 이야기꾼의 발굴에 노력할 필요가 있다는 사실과 함께, 아래 제시하는 사례들이 전통 이야기꾼의 판도를 일반적으로 반영하는 것은 아님을 명시해 둔다. 이는 어디까지나 필자의 개인적 경험을 반영한 것으로서, 차후 또 다른 다양한 사례들의 추가를 통한 보완이 이루어져야 할 것이다.

이야기꾼들의 사례는 전형적인 동아리 이야기꾼(동아리 이야기꾼1), 광장 이야기꾼이나 빈객 이야기꾼의 요소가 있는 동아리 이야기꾼(동아리 이야기꾼2), 광장 이야기꾼 등의 순서로 살펴보기로 한다.

1) 동아리 이야기꾼 ①

한득상 : 옛날얘기꾼 유형 / 인정형, 계몽형

─남, 1928년생 / 공주시 이인면 복룡리(1991.12), 공주시 이인면 반송리(1994.4), 공

주시 계룡면 봉명리에서 신동흔 조사. (1997.2)

─각종 민담에 능한 전형적인 마을 이야기꾼.

여러 마을의 노인이 함께 모이는 공주 복룡 노인회관에서 대표적 이야기꾼으로 손꼽히던 분이다. 황해도 출신 외지인이고 조사 당시 64세로 나이가 많지 않았음에도 노인들과 잘 어울리며 대우를 받고 있었다. 식견이 넓고 생각이 깊으며 무엇보다 이야기를 잘 한다는 사실이 사람들의 인정을 받는 동인인 것으로 생각되었다. 화투판 등으로 어수선하던 판이 그가 도착하여 구연을 시작하자 이야기 쪽에 집중될 정도로 흡인력 있는 구연을 펼쳐냈다.

한득상은 민담에 능한 전형적인 옛날얘기꾼의 면모를 나타냈다. 환상담과 일상담, 희극담을 넘나들며 길고 복잡한 이야기를 막힘없이 유려하게 펼쳐냈다. '구렁이와 돼지의 승천시합',[39] '김선달과 서울기생', '단명할 운 벗어난 아이', '구복여행', '박문수 살리고 발복한 집안'[40] 등의 민담을 구연했는데, 하나같이 선본善本에 해당하는 잘 짜인 이야기들이었다. 이야기 속에 담긴 교훈을 설득력 있게 살려내는 데 진지한 관심을 두고 있어 '계몽형'의 특징을 나타냈다. 민담 외에 경험담에 해당하는 '6·25때의 인연'을 구연하기도 했는데, 강한 흡인력과 함께 교훈적 의미를 부각한 것이었다.[41] 하지만 그의 주 종목은 역시 민담 쪽이라 할 수 있다.

한득상은 개성이 강한 이야기꾼이라기보다 유능한 화자의 요건을 골고루 갖춘 안정적인 이야기꾼으로 평가된다. 그의 개성을 나름대로 찾아본다면 의관을 정제한 독특한 외모와 역학에 대한 남다른 식견, 낮은 연배에도 불구하고 연장자들로 구성된 판을 장악해 나가는 강한

---

39 서대석 편, 『구비문학』(해냄, 1997, 169~182쪽)에 실려 있다.

40 신동흔, 『역사인물 이야기 연구』(집문당, 2003, 491~495쪽)에 수록돼 있다.

41 신동흔, 『이야기와 문학적 삶』(월인, 2009, 556~569쪽)에 실려 있다.

기운 등을 들 수 있겠다.

이종부 : 옛날얘기꾼 유형 / 도락형, 친교형(과시형)

- 남, 1919년생 / 양주시 양주읍 만송2리에서 신동흔·강진옥 외 조사. (2002.12-2003.2)
- 다량의 자료를 보유하고 있고 기억력과 표현력이 뛰어나며 저만의 특별 구연 종목도 갖추어 지닌, 보통을 넘어서는 특출한 마을이야기꾼.

양주 토박이 출신의 화자로 일상담을 비롯한 각종 민담을 주축으로 하는 가운데 전설이나 경험담까지 두루 소화하는 유능한 이야기꾼이다. 어릴 적에 서당 훈장님한테서 이야기를 듣고 배웠다 하는데, 여든이 넘는 나이에도 불구하고 뛰어난 총기로 수많은 이야기를 조리 있게 구연하였다. 한번 이야기 구연을 시작하면 몇 시간씩 쉼 없이 이야기를 술술 풀어낼 정도로 구연력이 뛰어났다. 자신의 주요 이야기 종목 20여 편을 목록화한 '고담기'를 만들어 가지고 있을 정도로 이야기에 대한 애착이 크다. 이야기하는 것 자체를 즐기고 이야기를 통해 사람들과 교유하는 것을 좋아하며, 훌륭한 이야기꾼으로 인정받는 것을 자랑스럽게 여겼다.

이종부는 높은 기량을 갖춘 동아리(마을) 이야기꾼으로, 이야기를 조리정연하고 흥미롭게 엮어가는 능력과 함께 방대한 이야기 종목을 자랑한다. 여러 차례 방문하여 수십 편의 이야기를 들었는데 이야기 밑천이 바닥나지 않고 새로운 이야기가 술술 흘러나왔다. 양주 지역의 다른 유능한 화자(김병옥)와 서로 이야기를 주고받는 기회도 마련하였거니와, 양적 측면이나 질적 측면에서 단연 탁월하여 상대방이 감탄할 정도였다.[42] 젊은 날 설악산 여행 중에 여관에서 한 이야기꾼을 만나 며

---

[42] 이종부가 구연한 70편의 이야기가 강진옥 외, 『양주의 구비문학』 2 자료편(박이정, 2005)의 이야기편 곳곳에 수록되어 있다.

칠 밤을 새가며 이야기내기를 한 경험도 있다고 한다. 그가 보유한 이야기 종목은 이기형의 재조사 작업을 통해 150편 이상이 조사 보고된 바 있다.[43]

이종부가 구연한 이야기 중 '화전 일구다 뽕나무 화살로 벼슬한 사람' 등은 다른 화자에게서 볼 수 없는 특별한 종목에 해당한다. 그는 양주나 인근 지역의 전설도 흥미롭게 갈무리하여 구연하는 등 자기식의 이야기 종목을 개발하는 데 적극적인 관심을 나타냈다. 이야기 구연에 대한 애착과 함께 이야기꾼으로서의 전문성을 나타내 보이는 요소라 할 수 있다.

임철호 : 옛날얘기 + 경험담 유형 / 친교형, 공유형
- 남, 1914년생 / 경기도 안성군 공도면 건천리에서 신동흔 · 민찬 · 권보드래 · 사진실 조사. (1988.6)
- 각종 민담 외에 경험담을 흥미와 실감을 살려 맛깔나게 구연하며 금강산 여행담을 남다른 구연종목으로 갖춘 마을이야기꾼.

시골 마을의 평범한 농민으로서, 전형적인 마을 이야기꾼이다. 단정하고 정정한 풍모에 예의가 반듯한 분으로 사람들의 신망 속에 마을 노인회장직을 맡고 있었다. 전설과 민담에 두루 능했는데, 길고 흥미로운 민담들을 막힘없이 유려하게 구연했다. 민담 가운데는 일상담이 주종목을 이루었고, 신이 화소가 담긴 것을 선호했다. 그가 구연한 민담 가운데 '지하국 다녀와 명의 된 사람'은 이 유형의 각편 가운데 최고라 할 만큼 서사와 표현이 잘 짜인 것이었다. 이야기 가닥을 잘 풀어낼 뿐 아니라 안정된 언어 구사력과 표현력으로 청중의 주의력을 집중시켰다. 이야기를 친교적 소통의 좋은 통로로 삼고 있었으며, 자신의 경

---

43 이기형, 『이야기꾼 이종부의 이야기세계』, 보고사, 2007. 이종부가 구연한 이야기 가운데는 긴 것이 많아 총 155편의 이야기 차지한 분량이 책 600쪽을 훨씬 상회한다.

험과 지식을 타인과 공유하는 데 적극적이었다.

임철호를 개성적 이야기꾼으로 만든 두드러진 요소로 남다른 사연의 경험담을 흡인력 있게 구연한다는 점을 들 수 있다. 호랑이나 허깨비, 귀신을 본 이야기 등 자신의 직접체험담을 실감나게 구연했으며, 귀신 붙은 신랑 이야기 같은 타인의 흥미로운 체험도 생생하게 전해주었다. 그가 득의의 구연종목으로 삼는 경험담은 '금강산 여행담'이었다. 노동일을 하던 중 친구와 함께 무작정 금강산으로 여행을 떠나 배를 곯으면서 며칠간 금강산 명승을 둘러본 사연을 마치 엊그제의 일처럼 세부적인 디테일에 이르기까지 생생하고 흥미롭게 구연하여 흥미와 경탄을 자아냈다.[44] 이 장편의 여행담은 그를 남다른 개성과 능력을 갖춘 이야기꾼으로 만들기에 충분한 것이었다.

김병학 : 옛날얘기꾼(육담꾼) + 재담꾼 유형 / 유희형(도락형), 친교형
- 남, 1931년생 / 논산군 두마면 엄사리에서 신동흔·구상모 외 조사. (1991.2, 1997.2)
- 옛날얘기와 전설에 두루 능하고 육담을 축으로 한 희극담에 장끼가 있으며 상황적 재담에도 매우 능한 육담꾼+재담꾼 유형의 유희형 이야기꾼.

김병학은 다방면에 많은 식견을 지니고 있으면서도 성품이 매우 쾌활하고 소탈한 이야기꾼이다. 조사 당시 충남 수석협회 부회장을 맡았으며, 돌을 주우러 전국을 다녔다고 했다. 지역 유래나 역사인물에 관한 이야기들을 몇 편 들려준 뒤 흥이 나자 희극성 짙은 민담들을 꺼내 놓았는데, 육담을 포함한 희극적 이야기야말로 득의의 종목이었다. 재치 있는 표현과 익살스러운 억양으로 '내보지 셋으로 장가든 머슴', '나

---

44 이 자료는 신동흔, 『이야기와 문학적 삶』(월인, 2009, 541~556쪽)에 실려 있다. 신동흔, 「구술여행담의 문학적 성격과 교육적 의의」(『고전문학과 교육』15, 고전문학교육학회, 2008)에서 이 자료의 특성과 의의에 대해 자세히 논한 바 있다.

도 죽여라 이놈아', '세 자매와 어머니', '아버지와 아들' 같은 육담들을 효과적으로 구연하여 큰 웃음을 자아냈다. 마음만 먹으면 그런 종류의 이야기들을 얼마든지 구연할 수 있다고 하였다. 그는 조사 당시 나이가 61세로 젊은 편이었는데도 노인들이 그를 경로당으로 불러서 이야기를 시키곤 한다고 했다. 유능한 마을 이야기꾼으로 사람들의 인정과 사랑을 받고 있는 상황이었다.

김병학은 전통적 민담 외에 재담에도 큰 관심과 기량을 선보였다. 거짓말의 다섯 종류에 대한 논변이라든가 현대판 일곱 가지 나쁜 성씨 등의 '신어新語'를 만든 사연을 들려주었는데, 재기 넘치는 것이었다. 재담으로 사람들을 놀리는 것도 좋아하여, 한번은 '거짓말 좀 해보라'는 동네어른의 요청에 진짜로 감쪽같이 '거짓말'을 해서 크게 놀려먹었던 사연을 전해주기도 했다. 이웃 친구와 함께 이야기를 구연해 주었는데 조사자들에게 그 친구의 이름 대신 동네 부녀의 이름을 알려주는 바람에 조사자가 깜빡 속아 넘어가기도 했다. 이야기와 익살이 삶의 일부로 배어 있는, 이야기를 통해 즐거운 삶을 추구하는 개성 넘치는 이야기꾼이라 할 수 있다.

이재철 : 역사가(인물담) 유형 / 계몽형(공유형, 수집가형, 도락형)

　　─ 남, 1924년생 / 논산시 노성면 죽림리에서 신동흔 조사. (1991.1·8, 1997.2)

　　─ 폭넓은 식견과 탁월한 기억력으로 수많은 역사인물의 사연을 갈무리하여 이
　　　야기로 풀어내는 역사가(야담가) 유형의 마을이야기꾼.

이재철은 조사 당시 논산군 노성향교 장의를 맡고 있던 유림으로서, 지역사회에서 지도자적 역할을 하고 있는 화자였다. 인근 노인정에서 박식하고 훌륭한 분이라는 소개를 받고 찾아갔는데, 과연 다방면에 걸쳐 많은 식견을 지니고 있고 인격이 높으며 이야기 구연 능력이 뛰어난 분이었다. 열 시간 이상에 걸쳐 100편 가량의 자료를 구연할 정도로

알고 있는 이야기가 많았다. 본래 한번 책을 읽으면 금방 외울 정도로 기억력이 뛰어났다 하는데, 실제로 갖가지 인명이나 지명을 정확하게 기억하여 제시하는 모습에 경탄하지 않을 수 없었다. 마을 사람들이 관광버스로 여행을 가게 되면 차를 타고 오가는 내내 이런저런 이야기를 들려준다고 하니, 마을을 넘어 지역사회의 특별한 이야기꾼이라 할 만하다. 학생들에게 한문을 가르치면서도 틈틈이 이야기를 들려주고 있다고 하였다.

이야기꾼으로서 이재철이 나타내 보인 특별함은 기억력과 이야기 보유량보다도 구연하는 이야기 종류에 있었다. 민담에 해당하는 흥미 중심의 이야기도 몇 편 구연했지만, 그가 구연한 대다수 이야기는 역사적 성격이 짙은 것이었다. 그들은 역사를 소재로 한 설화가 아니라, '역사 구술'에 해당하는 야사 류의 이야기들이었다. 그 이야기의 기본축은 '인물'이었으니, 지역과 연고가 있는 역사인물 외에 수많은 역사적 인물의 행적을 소상하고도 흥미롭게 전해주었다. 영규, 서고청, 이삼, 이율곡, 이퇴계와 두향, 신립, 이순풍, 이토정, 성종과 소춘풍, 김만덕, 이창운과 김재찬, 송시열과 윤증, 논개, 강태공, 이성계, 사육신, 이기축, 맹고불과 선비, 가실, 도척, 이동고와 사위, 송우암과 허미수, 유서애의 형, 최익현, 남사고, 이순신, 서산대사와 사명당, 의상대사, 박상의 등 고금을 넘나드는 수많은 인물이 그의 구연 대상이 되었다.[45] 그 이야기들은, 허구적 요소가 꽤 포함된 사례도 있었으나, 전체적으로 인물의 역사적 행적을 전한다는 것을 기본 특성으로 삼는 것들이었다. 이러한 인물담 외에 중국역사초, 신라멸망사, 단종애사, 삼국지초 등 왕조의 시말과 역사적 사건의 내력도 구연했거니와, 구술 역사문학의 실체를 웅변으로 보여준 이야기꾼이라 할 수 있다.

이재철은 다양한 인물의 내력과 각 지역의 사적을 두루 모아 이야기

---

45 이재철이 구연한 이야기 가운데 영규대사와 서고청, 이삼, 김덕령, 이항복, 박문수에 관한 것은 신동흔, 『역사인물이야기연구』(집문당, 2003)의 자료편 곳곳에 수록되어 있다.

종목을 넓혀간다는 점에서 수집가적 면모를 지니고 있으며, 이야기 자체를 즐기는 도락형 이야기꾼의 특성도 갖춰 지니고 있었다. 하지만 그의 이야기들은 역사적 내력을 통해 듣는 이를 계몽한다고 하는 지향성이 짙은 것이어서, 계몽형 이야기꾼의 면모가 두드러지다. 지식과 견문의 공유에도 적극적이어서 공유형의 면모도 나타낸 이야기꾼이었다.

서정목 : 야담가 유형 / 도락형(수집가형, 공유형)
 ─남, 1929생 / 홍천군 북방면 상화계리에서 신동흔 외 조사. (1992.5, 1996.5)
 ─지역 유지이면서도 이야기하기를 좋아하며 자기 식으로 재구성한 야담적 성
  격의 이야기를 주종목으로 삼고 있는 이야기꾼.

직선으로 선출되는 강원도 농민회 회장직을 십년 이상 맡은 분으로 지역 유지로 대접받고 있는 분이다. 집안에 각종 표창장이 무수하게 걸려 있었다. 성품이 소탈하고 사람들과 어울리며 이야기하기를 좋아하여, 조사자들을 반갑게 맞이하고 선뜻 이야기를 들려주었는데, 이야기 밑천이 많고 구연 능력이 뛰어났다. 이런저런 흥미로운 이야깃거리를 모아 자신의 구연 종목으로 삼고 다른 사람에게 들려주는 것을 즐거운 일로 삼는 도락형의 이야기꾼이었다.

서정목이 구연한 이야기는 역사적 요소와 허구적 요소가 두 축을 이루며 자료에 따라 일정한 변주가 이루어지고 있다. 전설에 해당하는 이야기가 있는가 하면, 홍천에서 동학군이 전멸한 내력 등 역사 구술에 해당하는 이야기도 있었다. 하지만 그가 구연한 가장 특징적인 자료는 역사적 요소와 허구적 흥미 요소가 어울린 야담 성향의 이야기였다. '이괄 장군의 실패', '남이 장군 내력', '이완 장군과 산중의 도적', '세종대왕과 정서방', '도끼정승 원두표', '조정암과 갓바치' 등의 여러 이야기는 마치 야담집에 실려 있는 이야기를 그대로 들려주는 듯한 느낌이었다. 그는 이완이나 이항복 등 일부 인물에 관한 이야기를 구연함에

있어 인물의 여러 일화를 자기 나름대로 조합하여 구성하기도 했다. 이렇게 이야기를 찾아 모아서 그 구성과 맥락을 가다듬으며 세상에 되돌리는 것 또한 과거에 야담 편찬자가 했던 작업과 성격이 통하는 것이라 할 수 있다.

2) 동아리 이야기꾼 ②

박승달 : 옛날얘기꾼 유형 / 과시형
 - 남, 1924생 / 논산시 상월면 대명리에서 신동흔 조사. (1991.8)
 - 많은 이야기를 보유하고 있어 한때 장터거리 이야기 시합에 나선 전력이 있다고 하는, 광장의 경험을 지닌 마을이야기꾼.

박승달은 상당한 학식을 갖추고 있는 분이며, 논산시 상월면에서 이야기꾼으로 소문나 있다. 경찰 생활을 오래 했다고 하는데, 풍수지리에도 능하며 한학에도 조예가 있어 자신이 쓴 한시를 내보이기도 하였다. 기억력이 좋아서 한번 이야기를 들으면 잊지 않는 덕에 이야기 종류가 매우 많았다고 한다. 지역의 인물담과 흥미 중심의 민담 등 다양한 이야기를 많이 알고 있었다. 이치에 닿지 않는 전설에 대해서는 비판적인 시각을 나타냈다. 시국과 세태에도 관심이 많아 윤리가 타락한 현실을 개탄하기도 하였다. 그가 구연한 '백정과 박문수' 외의 여러 이야기는 앞뒤 가닥이 잘 잡아낸 안정된 이야기라고 할 만하다.[46] 그러나 그가 얼마나 많은 이야기를 막힘없이 술술 구연할지 폭넓게 확인해 보지는 못했다.

다른 유력한 이야기꾼에 비하면 박승달이 구연한 설화는 그리 특별한 수준의 개성이나 호소력을 갖추었다고는 보기 어렵다. 그럼에도 여

---

[46] 박승달이 구연한 이야기 가운데 영규대사와 서고청, 박문수에 관한 자료가 신동흔, 『역사인물이야기연구』(집문당, 2003)의 자료편에 실려 있다.

기서 박승달을 특화시켜 소개하는 것은 그가 전해준 이야기꾼 활동 내력 때문이다. 한때 경천 저잣거리에서 떠돌이 이야기꾼과 여러 차례에 걸쳐 이야기 시합을 하였는데 이야기 수효에 있어 지지 않았다는 전언이 그것이다. 장터에서 여러 번 이야기 시합을 한 경험이 있다는 것은 광장 이야기꾼으로 활동한 내력을 확인시켜 준다는 점에서 주목이 된다.

하지만 박승달은 오롯한 광장 이야기꾼은 아니었던 것으로 생각된다. 이야기 시합에서 '수효로 지지 않았다'는 것은 많은 이야기 종목을 지니고 있었다는 뜻인데 마을 이야기꾼의 일반적 특성을 확인하는 요소가 된다. 그가 장터 이야기 시합에 나섰다는 것은 마을 이야기꾼으로서 광장 이야기판에 화자로 나서 본 경험에 가까운 것으로 여겨진다. 굳이 '수효'를 강조하는 것은 질적 측면에서는 다소 딸렸다는 뜻일 수도 있다. 어떻든 마을 이야기꾼으로서 광장에 적극 나서서 활동한 사례는 일정한 주목의 대상이 된다.

김용운 : 옛날얘기꾼(+ 야담꾼) 유형 / 도락형, 친교형(예술가형)
　　- 남, 1938년생 / 서울 종묘공원과 대구 경상감영공원과 달성공원, 성주군의 제
　　　보자 자택 등에서 신동흔 · 김종군 · 심우장 외 조사. (2006.4~2007.5)
　　- 이야기에 대한 남다른 관심과 열의와 재능을 갖추고 있어 광장 이야기꾼으로
　　　커나갈 가능성이 있는 유능한 화자.

김용운은 경북 성주에서 농사를 짓는 분으로, 대구 경상감영공원에서 처음 만나 이야기를 들었는데 특출한 정도는 아니지만 안정된 구연 능력을 보여주었다. 이후 서울과 대구, 성주 등에서 여러 차례 만나 이야기를 들었거니와, 구연에 대한 열의가 매우 커서 조사자들에게 이야기를 들려주는 일을 아주 즐거워하였다. 새로운 이야깃거리를 마련해서 구연하곤 했는데, 만남이 거듭될수록 이야기가 점점 맛깔나게 살아나서 조사자들을 놀라게 했다. 원래 이야기를 좋아하고 집안 손자들한

테도 이야기를 들려주었다고 하나, 조사자들에게 이야기를 전해주는 과정에서 이야기꾼 자질을 확인하고서 더욱 적극적으로 움직이게 된 경우라 말할 수 있다. 구연 종목이나 능력은 소규모 이야기판에 어울리는 것으로서, 동아리 이야기꾼의 성격을 지니고 있으나 서울 종묘공원의 열린 공간에서의 구연도 무리 없이 소화함으로써 광장 이야기꾼으로 통할 수 있는 가능성을 보였다. 아직 연배가 젊은 분으로서, 구연 기회가 지속적으로 부여될 경우 한 명의 유력한 광장 이야기꾼으로 커 갈 가능성이 있는 화자라고 생각된다.

김용운은 건달형 인물에 대한 이야기를 포함한 민담들과 함께 사람들의 흥미로운 일화를 전하는 야담 성격의 이야기들을 주로 구연하였다. 소통 방식 면에서는 이야기 자체를 즐기며 사람들과의 교유를 좋아하는 '도락형 + 친교형'의 특징에 자신의 이야기를 더 멋지고 재미있게 가다듬고자 하는 예술가형의 면모를 엿보였다.

조판구 : 옛날얘기꾼(+ 경험담) 유형 / 친교형(인정형)
  ─남, 1918년생 / 서울 종묘공원과 서울노인복지센터에서 신동흔·김종군·심우장 외 조사. (2006.1~2007.4)
  ─이야기를 맛깔나게 풀어내는 구연 능력으로 유능한 이야기꾼 대접을 받아온 화자. 광장에서의 활동에도 불구하고 구연 태도나 정체성 면에서 동아리 이야기꾼에 가까운 사례.

조판구는 꽤 오래 전부터 서울 탑골공원 및 종묘공원, 그리고 또 다른 열린 공간인 서울노인복지센터 이야기판에서 한 명의 대표적인 이야기꾼으로 인정받아 온 화자이다. 활동해 온 공간이 열린 광장이며, 때로 수십 명에 이르는 청중을 상대로 하여 큰 호응을 얻어내기도 하여, 보기에 따라 광장 이야기꾼으로 분류할 만한 면모를 갖추고 있다. '박삼충 이야기'처럼 언제나 큰 호응을 얻어낼 수 있는 득의의 이야기

종목도 갖추고 있다. 좋은 목소리와 재미있는 표정에 상황적 재미를 잘 살린 맛깔나는 표현력을 발휘하고 있어 광장 이야기꾼으로 통할만한 자질을 갖추고 있기도 하다. 하지만 조판구는 구연에 임하는 태도나 이야기꾼으로서의 자기인식 등에서 대중을 상대로 한 광장 이야기꾼보다는 주변 지인들과 어울려 즐기는 동아리 이야기꾼의 면모가 짙다고 판단되었다. 자리에서 일어서서 청중을 널리 살펴보며 구연을 하기보다 자리에 앉아서 주변의 아는 사람에게 눈을 맞추며 이야기를 구연했다. 전에 했던 이야기를 다시 구연하는 데 대해 부담을 느끼기도 했고, 때로는 더 이상 특별한 이야깃거리가 없다며 주춤하기도 했다. 훌륭한 광장 이야기꾼이 될 만한 내적 자질을 갖추고 있음에도 성격상 친교형 동아리 이야기꾼으로서 움직이는 쪽을 선호한 경우라고 정리할 수 있다. 구연종목으로는 옛이야기 외에 자신의 살아온 이야기(고추장사 하면서 살아온 사연)를 흥미진진하게 구연했으며 때로 세간의 일을 화제로 삼기도 했다. 옛이야기를 주종으로 삼으면서 경험담을 넘나드는 유형의 이야기꾼이라 할 수 있다.[47]

권병희 : 야담가 유형 / 표출형, 인정형
　-남, 1936년생 / 서울노인복지센터와 종묘공원, 건국대 등에서 신동흔 · 김종군 · 김경섭 · 심우장 외 조사. (2006.3-2007.4)
　-역사성 짙은 야담 성향의 이야기를 주종목으로 삼아 이야기가닥을 찬찬히 풀어내는 야담가형 이야기꾼. 광장의 청중을 휘어잡는 힘은 부족하나 판에 나서기를 주저하지 않는 적극적인 화자.

서울노인복지센터에서 처음 만난 권병희는 처음에 잘 눈에 띄지 않는 화자였다. 성격이 조용하고 목소리가 조근조근하여 청중의 주의력

---

[47]　조판구가 구연한 이야기 자료들은 신동흔 외,『도시전승 설화자료 집성』1-5권(민속원, 2009)에 실려 있다.

을 집중시키기에 어려움이 있었다. 하지만 찬찬히 귀를 기울여보면 이야기에 식견이 깃들어 있고 조리에 맞았다. 노인복지센터든 종묘공원이든 판에 나설 기회가 있으면 언제나 적극적으로 나서서 이야기를 구연했다. 이야기를 통해 자신을 드러내고 인정을 받는 일을 기꺼워하는 유형이었다. 구연한 자료는 대개 역사인물의 사연을 흥미 중심으로 구성한 야담 성향의 이야기들이었다. 이야기 종류상 전형적인 야담가형 이야기꾼이라 할 수 있다.[48]

특기할 사항은 권병희의 이야기 구연 능력과 판을 엮어가는 능력이 시간이 갈수록 훌쩍 증진되어 갔다는 사실이다. 처음에는 유능한 화자 정도로 여겨졌으나, 나중에는 '이야기꾼'에 손색없는 수준의 구연을 선보였다. 동아리 차원을 넘어서 열린 공간에 나서는 것도 주저하지 않고 있음을 볼 때 기회만 지속적으로 주어지면 한 명의 유능한 광장 이야기꾼이 될 가능성이 있다고 생각되었다.

이금순 : 옛날얘기 + 세간담 유형 / 친교형, 계몽형
  ─ 여, 1938년생 / 전주 덕진공원에서 신동흔·심우장·김경섭 외 조사. (2006.11-
    2007.7)
  ─ 이야기의 가닥을 잘 짚어내며 세간의 사연을 흥미롭게 전하는 능력을 갖춘
    여성 이야기꾼. 종교 전도 과정에서 이야기를 활용하고 있어 빈객 이야기꾼
    의 요소를 지닌다.

전주 덕진공원에서 만난 여성 이야기꾼이다. 짧고 흥미로운 이야기들을 많이 알고 있으며 그것을 편안하고도 재미있게 풀어내서 큰 호응을 얻어냈다. 근래의 이야기 청중들이 긴 이야기보다 짧고 재미있는 것을 선호하는 상황을 파악하고 청중의 기호에 맞는 이야기를 잘 찾아

---

48 권병희가 구연한 이야기 자료들은 신동흔 외,『도시전승 설화자료 집성』3-5권(민속원, 2009)에
    실려 있다.

내 구연종목으로 삼고 있는 것이라 할 수 있다. 조사자 외에 공원에 놀러 나온 다른 청중들도 이야기에 귀를 기울이며 재미있다고 좋아하였다. 두 차례의 만남에 40편 가량의 이야기를 구연했는데, 전통적인 지혜담으로부터 근간의 일화에 이르기까지 여러 흥미로운 이야깃거리를 소화해냈다. 옛날얘기와 세간담을 자연스레 포괄하는 유형이었다.[49]

이금순은 여호와의 증인 신도가 된지 20년이 넘은 분으로, 틈나는 대로 덕진공원에 나와 전도를 한다고 했다. 전도를 할 때 이야기를 섞어서 하면 사람들이 좋아한다고 한다. 이야기 구연 상황을 보면, 목적을 가진 전도자라기보다 사람들과 이야기하기를 즐기는 친교형의 모습에 가까웠다. 주목할 것은 이금순의 동선에서 빈객 이야기꾼의 면모를 볼 수 있다는 사실이다. 공원 안을 움직이면서 전도 대상을 찾아서 이야기를 하는 모습은 세간을 여기저기 돌아다니면서 이야기를 구연하던 과객 이야기꾼의 모습과 통하는 측면이 있다. 다만 그는 열린 공간에서 다수 청중을 상대하는 것은 아니라서 광장 이야기꾼이라 하기는 어렵다.

박철규 : 옛날얘기꾼 유형 / 친교형(도락형, 예술가형)
 −남, 1924년생 / 청주 중앙공원에서 신동흔·김종군·김경섭·심우장 외 조사. (2006.10−2007.7)
 −양질의 이야기 종목을 풍부하게 보유하고 있으며 탁월한 이야기 구연 능력을 지니고 있어 광장에서도 통할만한 특출한 이야기꾼. 동네에 불려 다니며 일종의 빈객 이야기꾼으로 활동한 남다른 경력을 지님.

박철규는 청주에서 만난 특출한 이야기꾼이다. 전국의 도심공원 이야기판의 화자들 가운데도 최고 수준의 이야기 종목과 구연 능력을 나

---

49 이금순이 구연한 이야기 자료들은 신동흔 외, 『도시전승 설화자료 집성』 8(민속원, 2009)에 실려 있다.

타냈다. 평소에 공원에 나와 친구들과 담소를 나누는 것을 소일거리로 삼고 있다 하는데, 일단 이야기 보유량에서부터 다른 사람을 압도했다. 매일 만나 이야기를 나누는 친구가 그의 레퍼토리가 무궁무진하다고 인정할 정도였다. 미리 준비했던 이야기를 기회를 보아 구연하는 것이 아니라 이야기판의 진행 상황에 맞춰 거기 어울리는 이야기를 자연스레 꺼내어서 판의 흥을 높이곤 했거니와, 언제 어디서라도 상황에 맞는 이야기를 구연할 수 있다고 하는 자신감을 엿볼 수 있었다. 몇 차례의 만남에 30편 가량의 이야기를 구연했는데, 실제 보유한 이야기 수량은 훨씬 큰 것으로 여겨진다. 구연한 이야기는 일부 전설적인 이야기와 실화류 이야기를 제외하면 일상담과 희극담에 해당하는 민담이 주류를 이루고 있어 전형적인 옛날얘기꾼(고담가)의 면모를 보였다. 20분 이상 길고도 흥미진진하게 이어지는 장편의 이야기를 많이 보유하고 있는 것이 특징이다. 이야기 가닥을 잘 풀어내는 것은 물론이고, 상황에 맞는 어조의 변화와 생생한 묘사, 재치 있는 논평 등 여러 구연 기법을 잘 활용하면서도 시종일관 여유롭게 이야기를 이끌어 나가 청중을 자연스레 이야기 속에 몰입시키는 힘을 발휘했다.[50]

박철규와 관련하여 한 가지 특기할 사항은 그가 한때 빈객 이야기꾼으로 활동한 경력을 지니고 있다는 사실이다. 1970년대 쯤 지방에서 일을 할 때, 동네에 이야기꾼으로 불려 다니면서 밤에 사람들을 모아 놓고 이야기를 했는데, 대단한 인기를 누렸었다고 했다.[51] 그의 이야기 솜씨를 볼 때, 세간의 인정을 널리 받을 만한 여지가 충분하다고 생각된다. 하지만 그가 장기간에 걸쳐 빈객 이야기꾼으로 널리 활동한 것은 아니라서 그를 빈객 이야기꾼이라고 명시적으로 규정하기에는 어려움이 있을 것 같다. 특출한 동아리 이야기꾼으로서 한때 주변의 초

---

50 박철규가 구연한 이야기 자료들은 신동흔 외, 『도시전승 설화자료 집성』 6(민속원, 2009)에 실려 있다.
51 박철규의 내력에 관해서는 신동흔 외, 『도시전승 설화자료 연구』(민속원, 2009, 128-129쪽) 참조.

청을 받기도 했던 사례라 보는 것이 적합할 것이다. 그가 빈객 이야기꾼으로 본격 활동하기에는 시대적 조건이 안 맞았던 것이라 하겠다.

박철규는 공원에 나와서 이야기를 구연하면서 청중의 관심을 모은다는 점에서 광장 이야기꾼의 면모도 갖추고 있다. 하지만 그가 활동하는 청주 중앙공원의 이야기판이란 것이 열린 광장이라기엔 부족한 동아리 수준의 판이어서 광장 이야기꾼으로 명시하기 어려운 면이 있다. 그의 구연 태도나 방식 또한 다중을 상대로 한 것에 어울리는 형태는 아닌 것으로 생각된다. 하지만 그의 구연 능력을 볼 때, 광장에 나서서도 충분히 훌륭한 이야기꾼 역할을 할 수 있었으리라 여겨진다. 만약 그가 탑골공원이나 종묘공원 이야기판 같은 곳에 화자로 나섰다면 대표 이야기꾼의 반열에 드는 데 긴 시간이 필요치 않았을 것이다.

3) 광장 이야기꾼

노재의 : 옛날얘기꾼(+ 세간담) 유형 / 인정형─과시형
 ─남, 1919년생 / 서울 탑골공원에서 신동흔 외 조사.(1997-1998) 서울 종묘공원
  및 노인복지센터에서 신동흔 · 김종군 · 심우장 외 조사. (2005.5-2006.11)
 ─탑골공원이라는 광장 이야기판에서 청중으로 시작하여 판의 중심으로 진출
  한 이야기꾼. 사람들이 좋아할 만한 이야기 종목과 구연 방식을 개발하여 훌
  륭한 이야기꾼으로 평가받기에 이름.

노재의는 탑골공원이라는 현대 서울의 대표적인 광장 이야기판이 산출해낸 이야기꾼이다. 탑골공원 근처 낙원상가에서 건어물상을 하면서 틈나는 대로 탑골공원에 와서 이야기꾼들의 구연을 듣던 중에 일정한 연구와 수련을 거쳐 화자로 나선 뒤 탑골공원 대표 이야기꾼의 하나로 인정받게 되었다. 그의 이야기는 거의 철저하게 청중들이 좋아

할 만한 종목과 구연 방식을 적용한 것이다. 남녀 간 연애에 얽힌 민담이나 과부가 등장하는 희극적인 이야기 등을 선택하여 스토리를 가다듬어 구연하거나, 김삿갓의 재미있는 일화를 시리즈 형식으로 구성하여 구연하는 등의 시도를 통해 청중의 호응을 얻어내며, 때로는 세간의 사연 가운데 노인들의 관심과 호응을 얻을 만한 것(예컨대 '불효자 마음 고치게 한 효부' 등)을 찾아서 구연하기도 했다. 구연 과정에 다른 이야기꾼들이 잘 쓰는 재미있는 비유를 차용하기도 하며, 간간히 성적 호기심을 자극할 만한 표현을 도입하여 청중의 호응을 얻어내기도 했다.

노재의가 개성적 이야기꾼으로서 정체성을 발현하는 하나의 특징적인 요소는 역사와 한자에 대한 식견을 강조하는 것이었다. 그는 몸에 분필을 가지고 있다가 이야기를 구연하는 과정에 한자 단어나 한시 구절이 나오며 바닥에 글씨를 써가면서 이야기를 구연했다. 그는 본래 대학 공부까지 한 인텔리 출신이거니와, 그러한 장점을 적극 활용하여 자기의 구연을 차별화하면서 청중들의 찬탄을 얻어내고 있는 것이었다. 그의 이야기 구연에는 사람들한테 인정받고자 하는 욕구가 강하게 작용하고 있다고 생각되거니와, 뒤에 가서는 자신의 능력과 위상을 과시하는 모습이 두드러지게 나타나기도 했다. 조사자들에게 자기 이야기를 들으려면 무언가 값이 있어야 하지 않겠느냐는 뜻을 비치기도 했다. 그렇지만 노재의는 컨디션이 안 좋거나 청중의 반응이 신통치 않으면 자못 당황하여 머뭇거리기도 하는 등 완연한 전문 이야기꾼이라 하기에는 다소 부족한 모습을 보이기도 하였다.[52]

조일운 : 옛날얘기꾼 유형 / 인정형(과시형), 도락형
　－남, 1908년생 / 1987년 9월에 서울 탑골공원에서 신동흔 조사.

---

[52] 노재의에 대해서는 신동흔(1998a)과 구상모(1999)에서 그 자료와 화자 특성을 자세히 논한 바 있다. 신동흔 외, 『도시전승 설화자료 집성』 1-5권(민속원, 2009)에도 그가 구연한 이야기들이 실려 있다.

─박문수 이야기를 쉼 없이 3시간 구연하여 많은 청중을 사로잡은 탑골공원의
이야기꾼. 탁월한 상황묘사 능력과 호소력 있는 어법 등 청중의 호응을 얻는
방법을 체득해 지님.

조일운은 1987년 9월에 탑골공원에서 딱 한 차례 만나 이야기를 들
은 화자이다(이후에도 수소문해 보았으나 만날 기회를 얻지 못했다). 탑골공원의
공식 이야기 장소인 등나무 그늘 아래에 무좀약으로 보이는 좌판을 늘
어놓고 있다가 좌판을 거두고 이야기에 나섰는데, 구연 능력이 탁월하
여 금세 수십 명에서 백여 명에 이르는 청중이 에워싸고서 이야기를
경청했다.

조일운은 스스로 말하기를 박문수 이야기만 가지고 며칠을 이야기
할 수 있다고 했는데, 실제로 그날 하룻동안의 조사에 쉬지 않고 3시간
가량 박문수에 관한 설화를 들려주었다. 박문수의 과거 급제와 귀신
해원에 얽힌 사연은 1시간이 넘는 장편의 설화였는데, 마치 소설을 펼
쳐내듯 인물과 상황을 생생하게 묘사하는 것이 특징이었다. '백정과
박문수'나 '박문수와 지혜로운 여인' 같은 이야기에서는 인물의 캐릭터
를 잘 잡아내는 한편으로 상황의 묘미를 한껏 살려내는 맛깔나는 구연
으로 큰 호응을 얻어냈다. 목소리가 우렁찬데다 판을 이끌어 청중을
흡인하는 능력이 있었다. 운집한 청중들은 그의 구연에 몰입하여 귀를
기울이다가 재미있는 대목에선 웃음과 탄성을 아끼지 않았으며 이야
기가 끝날 때마다 큰 박수를 보내주었다.[53]

이야기를 통해 볼 때 조일운은 이야기를 효과적으로 구연하는 능력
을 나름대로 연구하여 갈고 닦은 것으로 생각된다. 이야기 속에 한시
가 포함되기도 하고 한문 성어를 쓴 예도 있었는데, 남다른 학식에 의
한 것이라기보다는 이야기 수련의 결과라고 판단되었다. 박문수 이야

---

[53] 조일운이 구연한 박문수 설화들은 신동흔, 『역사인물이야기 연구』(집문당, 2003), 자료편에 수
록되어 있다.

기가 그의 득의의 구연 종목으로 나타났으나, 구연 능력으로 볼 때 다른 많은 고담들도 얼마든지 흥미롭게 구연할 수 있었을 것으로 생각된다. 재차 이야기를 들을 기회를 얻지 못하여 더 많은 자료를 확보하지 못한 것이 아쉬울 따름이다.

> 신지우 : 옛날얘기 + 세간담 유형 / 과시형, 도취형(출세형)
> ─남, 1933년생 / 서울 탑골공원에서 신동흔 조사. (1987.9, 1997-1998) 서울 종묘공원에서 신동흔 외 조사. (2005.1-2)
> ─이야기 종목이나 구연 능력은 그리 탁월하지 않으나 이야기꾼으로서의 자기 정체성과 직업적 전문가 의식은 누구보다 확고하며 이야기를 통한 성공을 추구하던 자기도취적 성향의 광장 이야기꾼.

탑골공원과 종묘공원 이야기 조사 과정에서 자주 마주쳤던, 그 지역에 상주하며 활동해온 이야기꾼이다. 1987년 당시 봉원호의 설화 조사를 마친 필자를 따로 벤치로 불러 '지성이와 감천이' 이야기를 들려주면서, 이런 이야기라야 좋은 게 아니겠냐고 했다. 당시에는 이야기판에 나설 수준이 아니었는데, 그 뒤 10년이 흘러 1997년에 이야기꾼으로 성장하여 이야기판의 한 자리를 차지하고 있었다. 민담에 해당하는 옛날얘기로부터 야담 성향의 이야기와 역사 이야기, 세간담에 이르기까지 판에서 통할 만한 이야기를 두루 찾아서 구연하는 화자이다.[54]

신지우는 그리 뛰어난 능력을 지닌 화자라 하기 어렵다. 이야기의 질이나 구연 능력 면에서 '이야기꾼'이라 부르기에 부족함이 있어 보이는 쪽이다. 하지만 그가 가지고 있는 이야기꾼으로서의 자의식과 자부심만큼은 타의 추종을 불허하는 것이었다. 다른 사람은 어떻게 볼지 몰라도, 그 스스로는 탑골공원과 종묘공원 최고의 이야기꾼이었다. 언

---

[54] 신지우가 구연한 이야기는 신동흔 외, 『도시전승 설화자료 집성』 1(민속원, 2009, 70-76 · 116-118쪽)에 두 편의 이야기가 실려있다.

젠가 이야기로 크게 빛을 보게 될 것이라고 하는 자기도취적인 희망을 품고 있었다. 왜 자기의 재산을 가져가려느냐며 맛보기 외의 이야기 녹음을 전면 거부하기도 했다. 때로 이야기를 구연하는 중에 노래를 부르기도 하고 연기에 가까운 동작 표현을 선보이기도 하는 등 인정받는 특별한 이야기꾼이 되기 위한 다양한 시도를 했다. 한때는 몸에 도포를 걸치고 머리에 '고담가'라는 글자를 새긴 정자관을 쓰고 탑골공원을 배회하여 사람들의 눈길을 끌기도 했다. 큰 노력과 의욕에도 불구하고 타고난 이야기 구연 능력이 충분히 뒷받침되지 못하여 기대만큼의 호응과 성과를 낳지 못하고 있음이 안타까운 경우라 할 수 있다.

구연성: 세간담(연설가) 유형 / 과시형 (계몽형)
　ー서울 탑골공원에서 신동흔 조사. (1997-1998)
　ー경전과 고사에서 시작하여 정치 세태에 대한 변설을 제시하는 광장이야기판의 연설가형 이야기꾼. 식견을 갖추고 있고 의욕이 넘치되 '이야기'를 놓침으로써 청중에게 외면당한 실패한 이야기꾼이다.

　일정한 식견을 갖추고 있는 이른바 '유식한 분'으로 탑골공원과 종묘공원의 이야기판에 빠지지 않고 나타나 구연의 한 순서를 차지해온 화자다. 경전과 고사에 대한 이야기로부터 근대사와 정치 현실, 현실 세태에 이르는 여러 화제를 한 이야기 속에 버무려서 구연하는데, 보통 30분 이상씩 구연을 이어갔다. 따로 스토리의 맥을 찾기는 어렵고 변설에 가까운 내용을 이리저리 이어나가는 스타일로, 연설가형의 세간담 이야기꾼이라 할 수 있다.

　구연성은 자신의 이야기가 지니는 가치를 확신하고 있으며, 이야기꾼으로서 자부심이 상당한 화자였다. 하지만 객관적으로 볼 때 사람들이 기대하는 수준의 이야기꾼 기량을 갖추지는 못한 것으로 평가된다. 무슨 이야기가 어떻게 이어질지 종잡기 어려우며, 설교에 가까운 내용을 억지로 주입하려는 식이어서 호소력이나 설득력을 갖지 못했다. 노재의가 먼저 나서서 이야기를 해서 청중을 모아놓은 상태에서 구연성이 나서면 청중들이 외면하고 흩어지는 식이었다. 때로는 백 명이 넘던 청중이 다 흩어져 두어 명밖에 남지 않는 경우도 있었다. 그런 냉담한 반응에도 불구하고 꿋꿋이 판에 나서서 길게 이야기를 구연하는 구연 의욕이 오히려 대단하게 느껴지는 그런 화자였다. 자세한 내력은 듣지 못했으되, 종묘공원 시절에 신지우와 부딪친 뒤로 결국 이야기판에 나서는 일을 접었다는 소식을 들었다.[55]

박문배 : 역사가(야사) 유형 / 계몽형, 과시형
　－남, 1941년생 / 서울 종묘공원에서 신동흔 · 김종군 외 조사. (2005.9, 2006.5-6)
　－역사에 대한 일정한 식견을 갖추고 있고 대중의 기호와 취향을 잘 읽어내고
　　짚어냄으로써 상당한 관심과 호응을 얻어낸 광장 이야기꾼.

종묘공원에서 활동하고 있는 역사가(야사가) 유형의 이야기꾼이다. '조선왕조 오백년 내력'이라 칭할 만한 일련의 역사 이야기를 기본 레퍼토리로 삼아 이야기꾼 행세를 하고 있다. 역사에 대한 일련의 식견을 바탕으로 이야기를 구연하는데 자신의 구연을 '강연'이라 표현했다. 계몽적 연설가 유형의 이야기꾼이라 할 수 있다.

박문배의 역사에 대한 식견은 실상 그리 폭넓고 깊은 것이라 하기는 어렵다. 널리 알려진 야사 수준의 지식에 해당한다. 사람들을 잡아 끌만한 특별한 흥미 요소가 있는 것이 아니었고, 그렇다고 박문배가 남다른 기법을 갖춘 이야기꾼으로서 자료를 특화한 것도 아니었다. 다만 한 가지, 목소리가 크고 우렁차며 기氣가 강하고 박력이 있어서 좌중을 휘어잡는 힘이 있다는 것이 눈길을 끄는 정도다. 그럼에도 불구하고

---

55 노재의와 조판구, 신지우와 구연성, 박문배의 활동상을 포함한 종묘공원 이야기판의 양상과 특징에 대한 논의는 신동흔 · 김종군 · 김경섭, 앞의 글 참조.

그의 이야기는 청중의 큰 관심과 호응 속에서 구연되었다. 수십 명의 청중이 몰려들어 귀를 기울이며 적극적인 반응을 보였다. 노재의나 조판구 같은 이야기꾼의 구연에서보다 더 열띤 반응이었다. 이는 박문매가 광장의 청중의 기호와 취향을 읽어내고 거기 맞는 형태의 이야기를 구연한 데 따른 결과라고 생각된다. 공원의 노년층 청중은 역사와 세태에 대한 사실적이고 논쟁적인 담화를 선호하는 경향이 있는데, 판에 나서서 다중을 상대로 구연을 펼칠 만한 용기나 능력을 가진 사람은 드문 상황이다. 박문배가 그 자리에 나섬으로써 이야기꾼의 자리를 꿰찰 수 있었던 것이라 판단된다.[56]

봉원호 : 옛날야기꾼 유형 / 도락형, 친교형(예술가형)
  −남, 1917년생 / 서울 탑골공원에서 신동흔 조사. (1987.9, 1993.2)
  −특별히 갈고 다듬은 최고의 이야기 종목들과 맛깔나는 생생한 묘사, 거침없는 구연으로 청중을 사로잡은 특출한 광장 이야기꾼.

1987년과 1993년에 중점적인 조사를 통해 주요 구연 자료를 확보한 탑골공원의 특출한 이야기꾼이다. 노재의나 신지우, 김한유 등과 달리 자리에서 일어서서 다중을 상대하는 방식으로 이야기를 구연하지 않고 벤치에 앉아서 편안한 자세로 구연에 임했는데, 워낙 이야기가 재미있고 특별한지라 수십 명의 청중이 모여들어 큰 관심과 호응 속에 이야기를 경청했다. 그는 민담을 기본 종목으로 삼는 전형적인 옛날애기꾼(고담가) 유형의 이야기꾼이었는데, 완전히 자기 종목으로 내용과 표현을 소화한 열 편 이상의 특별한 레퍼토리를 갖추어 지니고 있었다. 그 이야기는 보통 30분이 넘는 것들로, 양적이나 질적인 측면에서 해당 설화 유형의 최고수준을 보여주는 것들이었다. 그는 일반 이야기

---

[56] 박문배가 구연한 일련의 이야기는 『도시전승 설화자료 집성』 1(민속원, 2009, 17-68 · 295-350쪽)에 실려 있다.

꾼한테 기대하기 어려운 길고 푸짐한 관습적 표현구를 폭넓게 활용하여 구연의 흥을 돋우는가 하면 거침없는 육담 표현으로 큰 웃음을 이끌어내기도 했다. 그리고 그는 상황 묘사 능력이 매우 탁월하여 짙은 흡인력으로 이야기의 재미를 한껏 자아냈다. 그가 구연한 이야기들은 가히 이야기꾼 민담(고담)의 진수를 보여주는 것들이라 할 만하다.[57]

이야기를 하는 것 자체를 즐기고 사람들이 자기 이야기를 들으며 웃는 것을 기꺼워하는 봉원호는 전형적인 도락형+친교형 이야기꾼으로 생각된다. 하지만 그가 자기 이야기를 남다른 재미를 갖춘 것으로 발전시켜 온 것을 통해 볼 때 예술가적 성향도 다분하다고 생각된다. 봉원호는 스스로 직업적인 전문 이야기꾼으로 행세하지는 않았지만, 탁월한 구연 능력에 비추어 보자면 18세기나 19세기로 돌아가 광장의 이야기판에 선다 하더라도 최고 이야기꾼 가운데 하나로 행세할 수 있었을 것이라 생각한다.

김한유 : 만담꾼 + 옛날얘기꾼 유형 / 예술가형(친교형, 계몽형, 수익형)
 ─남, 1912년생 / 서울 탑골공원 및 종묘공원에서 신동흔 외 조사. (1997-2002)
 ─다른 사람이 흉내낼 수 없는 독특한 이야기 종목(만담 및 고담)과 특유의 프로의식 및 예술가 기질로 운집한 청중의 기대를 한 번도 저버리지 않은 20세기 후반 서울 장안 최고의 이야기꾼.

따로 긴 설명이 필요 없는 탑골공원─종묘공원의 최고 이야기꾼이다. 다른 사람이 쉽사리 흉내낼 수 없는 자기만의 독특한 이야기 종목에다 특유의 프로의식과 예술가 기질로 오랜 세월 동안 장안 최고 이야기꾼의 명성을 지켜 왔다. 적게는 50-60명에서 많게는 300-400명에

---

57 이야기꾼 봉원호에 대해서는 신동흔, 앞의 글, 1998a, 187-199쪽에서 그 자료 및 구연 특성을 자세히 분석하여 논한 바 있다. 그가 구연한 설화 가운데 '궤에 갇힌 암행어사'가 신동흔, 『이야기와 문학적 삶』(월인, 2009, 591-602쪽)에 실려 있다.

이르는 수많은 청중이 운집해서 그의 이야기에 귀를 기울였거니와, 필자가 20회 가까이 구연을 지켜보는 동안 그는 단 한 번도 청중의 기대를 배반한 적이 없었다. 그의 구연은 언제나 큰 웃음과 박수, 환호로 종결되었다. 그가 구연을 하는 도중이나 또는 구연을 마치고 난 뒤에 음료수를 갖다 주거나 주머니에 돈을 넣어주는 청중들도 꽤 있었다. 그는 탑골공원에서 '검은 모자의 사나이 금자탑'으로 통했는바, 조금 오랜 만에 나오기라도 하면 "금자탑이 떴다"는 말과 함께 공원 전체가 기대감으로 들썩일 정도였다. 그는 오랫동안 모자를 벗어서 '이야기값'을 받는 것으로 구연을 종결했거니와, 약 1시간에 걸친 한 번의 이야기를 통해 일당에 해당하는 돈을 거둘 만큼의 경쟁력 있는 수익형 이야기꾼이기도 했다. 그가 돈을 걷은 것은 생계를 위한 것은 아니고, 자신의 이야기가 갖는 가치를 확인하는 하나의 퍼포먼스와 같은 것이었다. 이야기꾼으로서의 자의식과 구연 태도, 구연 능력 등 여러 면에서 김한유는 필자가 만나본 최고의 '프로 이야기꾼'이자 한 명의 '예술가'였다.

김한유의 구연 종목은 크게 고담(민담)과 만담으로 대별된다. 그의 고담은 옛부터 이어져온 설화를 완전한 자기 종목으로 탈바꿈시킨 것이었다. 예컨대 그의 민담에는 '홍대권'이라는 장사 캐릭터가 등장하는데, 그는 때로는 겨울에 잉어를 구한 효자로, 때로는 젖을 먹여 어사를 구한 아내에게 절을 하는 남편으로, 때로는 수표교 밑에서 생활했던 거지로 모습을 달리하면서 등장한다. 그의 고담은 스토리의 재미 외에 생생한 장면 묘사와 푸짐한 과장과 걸쭉한 너스레 등으로 내내 흥이 흘러넘치는 것이었다. 하지만 김한유의 독보적인 구연종목은 고담보다는 특유의 만담에 있다고 할 수 있다. 그는 자신의 인생 경험에 더하여 세상의 각종 사건과 일화를 포용하여 종합적으로 버무린 장편의 만담을 득의의 구연 종목으로 삼았는데, 세상에 대한 폭넓은 식견과 안목에다가 넘치는 재치와 관습적 표현, 사방으로 펼쳐놓은 이야기 가닥을 착착 엮어 갈무리해내는 서사 기법 등을 자유자재로 구사하여 운집한 수백 명 청중을 들었다 났다 할 정도의 구연을 선보였다. 같은 이야기인가 하면 어느새 다른 이야기로 변모하는 그의 만담은 일 년 내내 구연을 해도 참신성과 호소력을 잃지 않는 특별한 것이었다. 탑골공원이라는 광장 이야기판의 성격에 맞춰 그 판에 언제든 통할 수 있는 이야기 종목 및 기법을 만들어낸 것이라 할 수 있다. 2003년에 92세로 세상을 떠나기까지 이야기판을 주름잡았던 그의 행적은 오래도록 하나의 '전설'이 되어 남을 것이라고 믿는다.[58]

4. 맺는 글: 새로운 현장 이야기꾼을 위하여

이 글에서는 전통적 이야기꾼의 양상과 성격을 유형적으로 고찰하는 작업을 수행하였다. 전통적 이야기 문화의 주역을 이루었던 이야기꾼에 대한 이해를 확장하고 체계화하는 것을 기본적인 목적으로 삼은 작업이었다.

다양한 형태로 활동해온 이야기꾼에 대해 그 유형을 변별하고 특성을 가늠하는 작업은 크게 세 가지 기준에 의하여 이루어졌다. 먼저 활동 공간 및 활동 형태에 따라서 그 유형을 집안 이야기꾼과 동아리 이야기꾼, 빈객 이야기꾼, 광장 이야기꾼, 무대 이야기꾼, 매체 이야기꾼 등 여섯 가지로 나누었으며, 주 종목으로 삼는 이야기 종류에 따라서 옛날얘기꾼(고담가) 유형과 재담—만담꾼 유형, 역사—야담가 유형, 경험담—세간담 유형, 복합형 등 다섯 유형을 설정하였다. 그리고 이야기 구연 동기 내지 소통방식에 주목하여 표출형, 인정—과시형, 도락—

---

58 김한유의 이야기세계에 대해서는 신동흔, 앞의 글(1998a; 1998b)에서 화자론 차원의 자세한 분석을 수행한 바 있다. 한편 김종군 또한 만담가적 면모에 주목하여 그의 이야기세계를 검토한 바 있다. 김종군, 앞의 글.

유희형, 친교형, 계몽형, 수익-생계형, 예술가형 등의 다양한 유형을 구별해 보았다. 이 세 가지의 기준 및 그에 따른 구체적인 유형 설정은 전체적으로 새롭게 시도된 것으로서, 이야기꾼에 대한 폭넓고 체계적인 연구에 의미 있는 계기를 제공하리라 기대한다.

한편 이 글에서는 이러한 유형 체계를 바탕으로 약 스무 명의 현장 이야기꾼에 대해 그 유형적 특성과 정체성을 살펴보는 작업을 수행함으로써 실제로 어떤 이야기꾼들이 어떤 방식으로 활동하며 이야기 문화를 펼쳐왔는지를 실질적으로 가늠해 볼 수 있도록 하였다. 이 글에서는 필자가 직접 현장에서 만난 이야기꾼에 한정하여 그 유형적 특성을 살폈거니와, 그러한 점검 및 정리 작업은 차후에 그 밖의 수많은 이야기꾼들에 대해서도 유효하게 진행될 수 있을 것으로 기대한다.

서론에서 잠깐 언급했지만, 이 연구에서 이야기꾼의 유형적 특성을 살피는 작업은 그 목적이 단순히 전통사회 이야기꾼의 존재양상을 파악하기 위한 것만은 아니다. 과거에서 현재로 이어지는 이야기꾼의 흐름과 변모 양상을 가늠하여 이야기 문화를 새롭게 열어낼 수 있는 초석을 놓고자 하는 것이 논의의 목적에 포함되어 있다. 이야기꾼을 발굴하고 키워나가는 것은 이야기 문화의 미래를 위한 핵심적인 과업이 된다고 할 수 있다. 이제 그 작업이 어떻게 이루어져야 하는가에 대한 견해를 간략히 제시하는 것으로 글을 마무리하고자 한다.

이야기 문화가 살아나려면 이야기꾼이 살아나야 한다. 이야기꾼이 될 수 있는 사람은 따로 정해져 있는 것이 아니다. 세상 누구라도 개성과 호소력을 갖춘 이야기꾼이 될 수 있다. 하지만 그것은 저절로 되는 일은 아니다. 이야기꾼을 발굴하고 양성하기 위한 체계적인 기획과 의식적인 노력이 필요하다.

먼저 전국적으로 이야기꾼에 대한 종합적 지표 조사를 통해 어디에 어떤 특성을 지닌 이야기꾼들이 존재하고 있는지 목록을 확보하고, 문화자원 차원에서 관리할 필요가 있다. 특출한 이야기꾼은 무형문화재의 담지자이자 전승자로서의 의의를 지닌다. 각 분야의 예능인과 장인들을 문화재 전승자로 지정하고 있는 것과 달리 이야기 영역에 대해서는 관심 밖으로 방치하는 것은 크게 잘못된 일이다. 문화재 지정 여부를 떠나서, 그리고 어떻게 그 기능을 활용하고 전승할 것인가를 떠나서, 전통 이야기꾼이 사라져가는 상황의 심각성을 깨닫고 전국에 숨어 있는 뛰어난 이야기꾼을 빠짐없이 찾아내어 그 실체가 드러날 수 있도록 해야 한다.

새로운 시대의 주역이 될 후속 세대 이야기꾼을 적극 양성하여 확보해야 한다. 선별적 엘리트 교육보다는, 모든 이들을 두루 개성을 갖춘 이야기꾼으로 키워낸다고 하는 방향의 교육 체계가 적합하다고 생각된다. 기본적으로 학교 교육이 그 역할을 담당해야 하며, 유아교육기관에서 노인대학에 이르기까지 각층의 사회교육 기관이 함께 힘을 기울여야 한다. 아울러, 특화된 이야기 연행 주체를 육성하는 프로그램이 확장되고 전문화되어야 한다. 배우나 개그맨 외에 관광 안내원이나 문화재 해설사 등도 이야기꾼으로서 전문적 훈련을 받을 필요가 있다. 학교 교사도 이야기 구연 훈련을 받으면 좋을 것이다. 그리고 이야기 상담사나 이야기 치료사 같은 특화된 이야기꾼들이 전문적인 교육 프로그램을 통해 배출될 수 있어야 한다.

어떤 다른 직종에 부수된 형태가 아닌 '이야기꾼' 그 자체를 직업으로 하는 이들이 나올 수 있어야 한다. 각종 교육 프로그램이나 문화 체험 공간에 있어, 그리고 라디오나 TV, 인터넷방송 등의 대중매체에 있어 폭넓은 구연 종목과 뛰어난 구연 능력을 갖춘 이야기꾼이 맡을 수 있는 역할은 무척 많다. 기존의 이야기를 구연하는 데 그치지 않고 이야기를 자유자재로 지어낼 수 있는 능력까지를 훌륭히 갖춘 경우라면 더 말할 것도 없다. 그러한 이야기꾼은 최고 유망 직종으로서 미래의 생활문화를 주도적으로 이끌어나가게 되리라 믿는다.[59]

이야기꾼을 발굴하고 키워나가는 작업에는 전문적 경험과 식견이 필요하다. 이야기꾼이 어떻게 존재해 왔고 어떤 방식으로 개성과 전형성을 발현해 왔는지 그 다양한 맥락을 파악할 필요가 있다. 이야기꾼이 담화를 펼쳐나가는 방식을 보면 이야기 장소나 이야기 종류 등에 따라 다양한 이야기 문법과 기능이 작용함을 보게 되거니와, 그 핵심을 꿰뚫어 이해해야만 제대로 된 이야기꾼의 길을 찾아낼 수 있다.

오늘날의 이야기 환경은 과거와 다르다. 그러므로 옛 시절의 이야기 관습을 되살리는 것이 최선의 길은 아닐 것이다. 하지만 수백 수천 년간 이어져온 이야기 문화의 전통이란 그리 가볍게 여길 대상이 아니다. 오늘날 대중매체 등을 통해 무수한 이야기들이 떠돌고 있지만 마음에 새겨져 정신적 양식이 될 만한 '진짜 이야기'는 만나기 어려운 형편이다. '구연동화'가 이야기 구연문화의 한자리를 차지하고 있으나, 서사에 충실하기보다 극적 요소에 치중하고 자연스러운 현장성보다 일정한 틀에 박힌 일방적이고 인위적인 연행 형태를 취한 결과 이야기 문화를 살리는 데 별다른 기여를 못하고 있다는 사실은 시사하는 바가 크다. 오랜 전통 속에 오롯이 힘을 발현해온 이야기 구연의 맥락과 문법을 탐구하는 한편, 그것을 제대로 실현해온 이야기꾼들의 전례를 진지하면서도 다각적인 형태로 분석할 필요가 있다. 이 글에서 전통적 이야기꾼의 유형과 성격을 살핀 내용이 새로운 현장 이야기꾼을 산출해내고 미래 이야기 문화의 장을 새롭게 열어내는 길에 하나의 의미 있는 시발점이 되길 기대한다.

---

59 이상 이야기꾼 발굴 및 육성에 관한 내용은 신동흔, 「현대의 여가생활과 이야기의 자리」(『실천민속학연구』 13, 실천민속학회, 2009, 27-28쪽)의 내용을 재정리한 것이다.

「전통 이야기꾼의 유형과 성격 연구」에 대한 토론문

김 번

1

전통 이야기꾼의 세계를 탐구하는 이 논문은 이야기들과 이야기꾼들을 그 성격과 유형별로 자세하게 분류하고 있다. 그 분류의 솜씨는 이의를 제기하기 어렵다. 그러나 이 방면의 연구 현황과 성과에 문외한인 토론자로서는 그런 분류 자체가 얼마나 큰 의의가 있는 것인지 모르겠다. 저자는 전통 이야기 문화의 계승 가능성을 모색해보려는 보다 야심찬 의도를 비치고 있으나 저자가 현장의 이야기꾼들을 만나본 결과를 보면 그 가능성은 아주 낮아 보인다. 무엇보다 전통 이야기꾼들은 사라져가는 인물들이란 느낌을 지울 수 없고 그들을 만나 청취, 녹취하는 행위 또한 기록을 남겨야한다는 절박감에 쫓기는 것 같다. 그래서 그런지 저자의 분류 작업에서 토론자는 박물관에 모셔둘 유물을 발굴 · 분류하거나 멸종 위기에 처한 종들을 보호 · 복원하려는 시도의 안간힘을 느끼기도 한다. 이 방면의 연구가 앞으로 어떻게, 어디까지 전개될 수 있을지 정히 궁금하다.

이야기꾼의 세계가 현장에서의 일회성 공연을 그 핵으로 한다고 할 때 청취, 녹취만으로는 전달, 포착할 수 없는 현장성을 어떻게 담보하고 정립할 수 있을지 궁금하다. 이 현장성이 거세된 채 녹취되거나 문자화된 텍스트는 박제된 느낌을 지우기 어려울 것이란 생각이 든다. 아마 이 연구 분야의 아킬레스건에 해당할는지도 모르겠는데, 이 문제에 어떻게 대응할 수 있을는지 궁금하다.

3

저자는 현장에서 만난 전통 이야기꾼들의 특성에 대해 논하면서 종종 TV를 비롯한 미디어에서 활동하는 연예인들에게서 그 면모의 일부가 이어지고 있음을 볼 수 있다고 한다. 아마도 머지않아 끊어질 것만 같은 세계에 대한 안타까움에서 비롯된 것이라 이해되지만, 이야기꾼들의 생동하는 현장과 미디어의 연출된 연예 세계는 양립불가한 것이 아닌가 싶다. 전통 이야기(꾼)의 바탕이라고 할 마을 공동체의 환경이 더 이상 이어지지 않는 것도 미디어의 압도적 위력 때문이 아닌가? 저자가 역발상으로 미디어에서 계승의 가능성을 보고 있는지 알고 싶다.

이야기꾼 사례 고찰
산촌형 이야기꾼 민옥순

황인덕

1. 머리말

이 글은 필자가 근래에 알게 된 한 인물에 대하여 이야기꾼으로서의
특징을 살펴본 것이다. 대상 인물은 충청북도 영동군 학산면에서 농업
에 종사하며 살아온 민옥순(1936~)이다. 민옥순은 지난 시대 이야기 구
연문화의 전통에 익숙해 있으면서도 비교적 연세가 많지 않은 편이고,
아직도 이야기꾼으로서의 활동력을 지니고 있는 인물이다. 그녀의 이
야기 듣기는 철저히 산촌의 생활환경에서 이루어졌고, 더하여 가부장
적 관습이 강하게 지배하는 가정 분위기 속에서 이루어진 것이었다.
70대 중반의 나이로서 이러한 생활 배경 속에서 이야기 듣기 체험을 오
롯하게 해온 위에, 지금까지도 그러한 전통적 배경과 크게 유리되지
않은 일상 속에서 여생을 보내면서 이야기 문화를 지속해가고 있다는
점이 그녀의 생애상의 중요한 특징이라 할 수 있고, 이야기 문화사에

서 볼 때 또한 주목되는 점이라 하겠다.

현대 대중매체의 영향을 받기 이전까지의 시대를 대상으로 한, 전통시대 이야기꾼의 존재와 활동을 파악하기 위하여 필자는 그동안 통·공시적인 측면을 함께 의식하면서 이야기꾼의 사례를 찾아 소개하는 일에 지속적인 관심을 기울여오고 있다.[1] 이런 관심이 성과를 거두려면 필연코 기록 자료를 통한 과거 인물의 사례를 찾아내 다루는 것[2]이 긴요한 일이겠지만, 그와 동시에 생존해 있는 인물[3]을 함께 주목함으로써 대상 인물의 범위를 최대한 확대해 나가는 노력도 소홀히 할 수 없는 과제라고 여겨진다. 당시대 생존 이야기꾼의 존재는 통시적 측면에서 지난 시대 인물에 비하여 그 중요도가 작다고 볼 것만은 아니라고 본다. 생존 인물에 대한 주목은 과거 전통시대 이야기 문화의 말단부를 더듬어볼 수 있으면서, 현대와의 접속 관계나 변화 양상을 함께 이해할 수 있다는 이점을 함께 지니고 있다고 할 수 있다. 뿐만 아니라 이야기꾼의 존재와 사회·문화적 관계를 다면적으로, 자세히 접근하여 다룰 수 있는 중요한 장점을 갖고 있기도 하다.

이야기꾼의 개념을 다소 느슨하게 규정한다고 할 때, 기본적으로 '일상적 구연 표현인', 또는 '일상적 구연인'이라고 말할 수 있을 것이다.[4] 또한 그런 점에서 일반적으로 연행성 면에서 상대적으로 좀 더 높은 전문성을 지닌 '비일상적 예능인'[5]과는 어느 정도 차이가 있다고 하

---

1 「이야기꾼의 유형 탐색과 사례연구」, 『구비문학연구』 7, 한국구비문학회, 1998; 「1900년대 전반기 방랑이야기꾼과 이야기 문화」, 『구비문학연구』 21, 한국구비문학회, 2005; 「맹인 이야기꾼 이몽득 연구」, 『인문학연구』 33권 1호, 충남대 인문학연구소, 2006.

2 「이야기꾼으로 본 〈민옹전閔翁傳〉의 '민옹'」, 『구비문학연구』 8, 한국구비문학회, 1999.

3 이러한 관점에서 이루어진 논문들은 필자의 논문「1900년대 전반기 방랑이야기꾼과 이야기 문화」(『구비문학연구』 21, 2005)에 소개해 둔 바 있다.

4 이야기 구연을 구연口演 oral performance, 행연行演 actual performance으로 구분하는 시각도 있는데 (임재해, 「구비문학의 연행론, 그 문학적 생산과 수용의 역동성」, 『구비문학연구』 7, 한국구비문학회, 2000, 37쪽) 이를 필자대로 정리한다면 '구연예능'을 구연과 행연으로 나누고 행연은 다시 양식성을 띠는 경우와 그렇지 않은 경우로 구분할 수 있을 것으로 본다.

5 예컨대 판소리나 무가 연행인 같은 경우가 이에 해당된다고 하겠다.

겠다. 그러나 뛰어난 이야기꾼도 기본적으로는 예사 사람들보다는 우월한 '재능'을 기반으로 이루어진다는 점에서 보면 예능인과 비슷한 영역에 위치한다고 볼 수 있다. 오히려 그에게 요구되는 재능은 예능인 못지않게 선천적 측면이 높을 수도 있고, 그런 점에서 때로 전문 예능인보다 더 높은 재능을 필요로 하고 잘 발휘할 경우도 있다고 할 수 있다. 다만 이야기꾼의 경우 이야기의 상호 전수가 특별한 관계 속에서 이루어지는 것이 아니고, 이야기 기억 및 구연 재능이 사회적으로 그다지 특별하게 주목되거나 인정되지 못했으며,[6] 그러한 재능이 전문적이고 대중적인 흥행 수단으로 상승될 수 있는 기회가 제대로 마련되어 있지 않다는 등의 이유로 하여 선천적인 재능이 일찍 계발되지 못하는 약점을 지니고 있는 것이 한국 이야기 문화 – 특히 전통시대의 경우 – 의 일반적인 현상이라고 할 수 있고, 그 점이 우수한 선천적 자질을 가진 이야기꾼이라 해도 그러한 잠재 재능이 더디게 드러나고 느리게 실현되어온 이유이기도 했다. 나아가 우리의 이러한 사회 문화적 환경은 곧 일상 속에서 이야기꾼의 존재가 쉽게 드러나지 않게 하는 요인이 되어왔다고 할 수 있고, 특히 여성 이야기꾼의 경우 그런 측면이 더욱 강하다고 할 수 있다. 이야기꾼의 이해를 위해서는 드러난 존재만을 주목하기보다 잘 보이지 않는 인물을 적극적으로 찾아낼 필요가 있음을 말해주는 이유의 하나라 하겠다.

이 글에서 주목하고자 하는 민옥순의 경우도 전통사회의 강한 남존여비라는 관습 속에서 살아온 인물이고, 대략 그러한 한계 속에서 이야기꾼으로서 역할을 하면서 그 분야에서 제한적으로 재능을 인정받아온 인물이라 할 수 있다. 그에 따라 그녀의 마을에서는 잘 알려져 있지만 외부 사람들에게는 그녀에 대한 정보가 잘 알려지기 어렵고, 그런 만큼 외부에서 발견해내기도 쉽지 않은 처지에 있는 인물이기도 하

---

[6] 전통시대에는 이야기 기억 능력보다는 오히려 소설책 잘 읽는 능력이 더 중요한 능력이고 일찍 주목되었다고 할 수 있다.

다. 필자는 이 글에서 민옥순에 대하여 이야기꾼으로서의 몇 가지 선천적이고 후천적인 특징들에 주목하면서 전체적인 이해의 구도를 마련해 보고자 한다. 그러면서 면담으로 확인된 자료를 통하여 그녀의 이야기꾼으로서의 생애에 영향을 주어온 이야기 문화의 배경을 가정과 마을사회의 배경을 되도록 자세하고 넓게 주목하면서 살펴보고자 한다.[7] 그러는 가운데 한 여성 이야기꾼으로서의 개인적 유형성과 특징을 부각해 보이는 데에 관심을 모아보고자 한다.[8]

2. 성장 배경

민옥순이 태어난 곳은 충북 영동군 학산면 범화리 살목의 인골[9]이라는 깊은 산간 마을이었다. 인골은 학산면 일대에서도 산간벽지 마을로 잘 알려진 곳이었다. 골짝이 외지고 깊어서도 벽지이지만, 더욱 이곳은 해발 5백여 미터에 가까운 고지의 산촌山村이라는 점이 중요한 특징이다. 모두 해서 십여 호 남짓 되는 집들이 깊은 골짝 이곳저곳에 띄엄띄엄 떨어져 살아가는 산촌散村을 이루고 있었다. 이처럼 높고 깊은 산골이어서 반듯한 전답을 마련하기가 어려운 형편이며, 때문에 부지런히 일을 한다 해도 농사만으로 넉넉한 살림을 기대하기가 어려울 수밖

---

7 필자가 위 인물에 대하여 면담과 조사를 진행하는 동안 필자의 작업 진행과는 별도로 그녀의 소설 낭독 능력을 주목하여 면담하고 관찰한 결과를 보고한 논문이 있다. (김진영, 고전소설의 유통과 구연 사례 고찰, 『한국언어문학』 63, 한국언어문학회, 2007.12)

8 이 글을 작성하는 데에 소용된 여러 가지 사실들은 대부분 민옥순 본인에게서 들은 것이다. 여기에 그녀의 오라버니 민영진(1933-) 및 그녀의 큰 올케 강씨(1933-), 그리고 영동군 범화리 살목 마을 경로당 어른들의 증언을 함께 참조하였다.

9 '인골' 혹은 '인터골'이라 부른다고 하며 누구는 은골이라 부르기도 한다. 이 지명의 유래는 잘 알려져 있지 않다. 이미 폐촌이 된 지 오래이다. 따라서 이 마을에 대한 이 보고는 대략 수십 년 전의 현실에 토대를 둔 것이다.

에 없는 마을이었다. 그러다보니 주민들은 한 곳에 누대 정착해 사는 사람들이 아니었으며, 대개가 산전이라도 개간하고 숯이라고 구워 당면한 가난을 면해보려고 극빈한 처지에서 최후에 살길을 도모하여 들어온 사람들이었다. 또는 더 나은 곳으로 떠나려고 해도 가난에 얽매여 선뜻 용기를 내지 못하고 눌러 사는 사람들이 대부분이었다.

이곳에 들어오게 된 민옥순의 아버지(민기호, 1906-1967)도 바로 그러한 예를 보여주는 대표적인 경우였다. 그는 오직 가난을 면하려는 일념으로 고향을 버리고 이곳에 들어왔고, 이 골짝에서 25여 년 살면서 어느 정도 생활의 안정을 이루자 다시 이 골짝을 떠나 큰 마을로 내려왔다. 그는 본디 영동군 양강면 만계리 성줏골의 가난한 부모 밑에서 삼형제 가운데 막내로 태어났다. 살림이 극빈하여 어려서부터 이곳저곳 남의 집에서 일을 해주며 살았는데, 스무 살이 가까운 무렵에는 가까운 학산면 배마루 마을의 친척집에서 머슴을 살게 되었다. 20세에 혼인을 했고 혼인 뒤에도 머슴살이는 계속되었다. 그러다가 장가를 들었으면 자기 살림을 시작해야 한다는 주위의 충고에 따라 그는 20여 리 떨어진 인골에 오두막이 하나 있다는 말을 듣고서 아내를 데리고 무작정 이곳으로 들어왔다. 맨손으로 들어온 그는 산전을 일구어 허기를 면하는 데에 진력했다. 그러나 가파른 산비탈에 혼자서 농토를 개간하며 살기도 쉽지 않았고, 번듯한 논밭 한 자락을 새로 일구기에도 여의치가 않았다. 이곳에 정착하여 2남 3녀를 낳고 십여 년 넘게 살았지만 살림은 별로 나아지지 못했다. 농토를 일구고 살기에도 한계가 있어 해방 직전 한때는 친척 조카를 따라 생계를 도모코자 만주에 노무자로 갔다 오기도 했다.[10] 그러나 고생한 정도에 비하여 결과가 생계에 큰 보탬이 되어주지는 못했다.

결국 만주에서 2년 정도 있다가 해방과 더불어 다시 귀가한 그는 농

---

10 그로 인해 그때 열 서너 살 난 장자가 아버지를 대신하여 힘든 일을 도맡아 해야만 했다. 어린 자식들을 데리고 가정을 꾸려가야 했던 아내의 고생이 컸음은 말할 것도 없다.

사에 전념하는 일면 산골에서 할 수 있는 여러 가지 부업도 겸하면서 생계를 위하여 노력했다. 자신의 농사에 힘쓰는 한편 남의 집에서 품을 팔기도 했다. 봄이면 인근 마을의 부잣집에 가 논에 바닥풀을 해 주기도 하고[11] 왜정 때 군사용 말먹이 풀을 공출할 때 건초를 지고 가 팔기도 했다. 그때 그가 농사와 병행한 중요한 부업은 두 가지였다. 하나는 닷새마다 가까운 학산장에 나아가 소장에서 거간을 하는 것이었다. 그 무렵 학산장은 날로 발전하는 추세였는데,[12] 그는 자주 학산 소장에 나아가 거간 일을 보았고 그것은 그에게 소일거리도 되면서 얼마간의 용돈 마련에도 도움이 되었다. 그러나 이보다 더 중요한 부업은 숯굽기였다. 인골은 깊은 산골이라 숯을 굽기에 적합했다. 두 아들과 함께 하는 숯 굽기는 늦가을에서 겨울까지 계속되었다. 두 개의 숯구덩이를 번갈아 운용하면서 한해 수십 차례 숯을 구워냈고, 구워낸 숯은 적당하게 동을 지어 두 아들과 함께 삼십 리 길 영동장에 지고 가 팔기도 하고,[13] 가까운 살목까지 지고 가 트럭 숯장수에게 넘기기도 했다. 삼부자가 합력하여 일을 하다 보니 좋은 품질의 숯을 아주 능률적으로 구워낼 수 있었다. 그로 인해 그들은 숯 잘 굽는 사람으로 인근에 알려질 정도였고, 그 영향으로 다른 주민들까지 숯 굽기에 나서기도 했다. 이로써 몇 년간 숯장사를 한 것이 가계에 큰 힘이 되어 처음 논 4마지기를 산 뒤부터 해마다 논을 사들여 나중에는 12마지기로까지 늘어났는가 하면, 남에게 몇 마리의 어우리 소를 사줄 수 있는 정도에까지 이르러, 몇 년 만에 마을에서 가장 잘 사는 집이 되었다. 그 시절에 잠시 이루어진 또 하나 특이한 부업은 가마니 짜기였다. 한 해 겨울 시행된 가

---

11 한 예로, 그때 맏아들을 데리고 양강면 지촌리 정씨 집에 가 한 파수(5일간을 말함) 동안 일을 해주고 쌀 닷 말을 받아온 일이 있다고 한다.
12 학산장은 1932년에 개설되었다. 길이 불편하여 영동까지 가기가 어렵던 1930 · 1940년대 무렵에는 이 장이 매우 번성했다고 한다.
13 숯섬포는 10km 단위로 포장했던 듯하다고 하며, 아버지는 다섯 섬포, 큰아들은 세 섬포, 둘째 아들은 두 섬포를 지고 지촌리 쪽으로 난 지름길을 걸어 영동장에 내갔다.

마니 공출이 있던 해에 온 가족이 합력하여 열심히 가마니 짜기에 나섰다. 아버지는 새끼를 꼬고 두 아들이 짚단을 두드려 짚을 추려 주면 짜는 것은 주로 큰 며느리와 큰 딸의 몫이었다. 시누와 올케가 한 조를 이루어 일이 손에 익자 낮과 밤에 각각 열 닢씩 하루에 스무 닢을 짜낼 정도로 높은 능률을 발휘하였다. 이로써 닷새 만에 삼부자가 백 닢을 지고 영동까지 지고 가면 그 값으로 광목 두 통을 살 수 있었다. 가마니 짜기는 겨우내 계속되었고[14] 이때 가마니 공출로 받은 돈은 주로 광목을 사들였다고 하며, 이로써 온 가족이 매우 풍족하게 옷을 지어 입을 수 있게 되었다. 그것은 당시 무명베 짜기에 지쳤던 시골 부녀자들에게는 큰 도움을 준 것으로, 민옥순은 그 무렵을 길쌈에 얽매여 살다시피 했던 여성들이 한때나마 풍족감을 맛보았던 시절로 기억하고 있다.

이렇게 억척스럽게 일을 하여 어느 정도 살만해졌는가 싶자 육이오가 터졌고, 그해 여름에 오지 마을의 소개疏開 명령에 따라 온 가족이 십여 리 떨어진 아랫마을로 잠시 옮겨 앉아야 했다. 그리고 봄이 되자 다시 고향에 돌아와 농사를 시작했다. 그런데 복귀는 했다고 하지만 다시 고민거리가 생겼다. 거주지가 워낙 산골이라 아들 장가를 들일 일이 막막했기 때문이다. 본디 이 약점으로 하여 큰아들 때에도 며느릿감을 구하는 데에 어려움을 겪은 바가 있던 처지였다. 그런 상황이므로 둘째 아들의 혼처를 제대로 구하려면 면사무소 동네까지는 아니라도 적어도 십여 리 아래 살목마을 정도로라도 내려앉을 필요가 있었다. 이 때문에 둘째 아들 때는 색싯감과 선을 볼 때에 살목에 산다고 거짓말을 했고, 그 약속에 따라 인골의 전답은 큰아들에게 다 넘겨준 뒤 온 가족이 살목으로 이사를 하고서 비로소 아들 장가를 들였다.[15]

---

14 닷새 동안 100장을 짜는 속도로 겨우내 가마니를 짰으니 그때 짠 가마니의 총 수효는 매우 많다고 할 수 있다. 나중에는 남의 집 볏짚까지 얻어다 가마니를 짰으며, 결국 짚이 모자라 더 못 짰다고 한다.

15 이때의 가족 경험담이 민옥순이 구연한 이야기의 하나로 자료집에 수록되었다.

결국 민옥순의 부친은 빈손으로 인골에 들어와 25여 년 동안 온갖 노력 끝에 그곳에서 안정된 가정을 이루어냈고, 이는 인골에 터잡아 살면서 가난을 극복해낸 모범적인 사례를 보여준 셈이었다. 그리고 그런 생활은 그런대로 자녀들이 커날 때까지는 별 문제 없이 지속될 수 있었다. 그러나 절대 빈곤 단계를 넘어 자녀들 중심의 시대가 되자 그곳에서 살아가기에 인골은 한계를 지닌 곳일 수밖에 없었고, 이제 자녀들의 앞길을 열어주기 위해서 부모들은 다시 그 산골을 떠나올 수밖에 없었다. 육이오 때 소개 명령 이후 크게 호수가 줄어든 인골의 주민들은 그 후 그들 가족이 마을을 뜨는 것을 전후하여 연이어 한 집 두 집 인근으로 내려앉기도 하고, 혹은 달라진 시대에 새로운 생계를 도모코자 멀리 도시로 떠나기도 했다. 이제 학산면에서 가장 오지 마을이었던 인골은 풀과 숲이 우거진 것만큼이나 마을 흔적을 찾기조차 어려운 역사 속의 골짝으로 변하고 말았다. 아직도 산속 곳곳에 남아있는 감나무며 밤나무가 계절 따라 열매를 맺는 것을 보고서 이곳에 마을이 있었음을 짐작할 수 있을 뿐이다.

3. 이야기 듣기와 책 읽기의 가정 배경

민옥순의 부친은 산촌의 억척스런 일꾼이었지만 무식한 농투성이만은 아니었다. 그는 이야기 구연을 즐기고 소설 읽기에 깊은 취미를 가진 인물이었다. 그리고 그로 인해 나중에는 자연스럽게 마을에서 소설 잘 보고 이야기 잘 하는 인물로 알려지고, 평판도 얻는 처지가 되었다.

그의 이러한 취미와 기호는 어려서부터 살아온 가정환경과 인간관계에서 영향된 결과였다. 민옥순의 조부는 본디 인골에서 이십여 리 떨어진 양강면 만계리 성줏골에서 살았다. 그는 당시 천도교도[16]로서 살림이 가난한 데에다 농사일에마저 어둡고 둔한한 편이었다. 거기에다 삼형제를 둔 부인이 일찍 작고하였으며, 그때 막내아들인 민기호는 9살이었다. 살림이 극빈하여 삼형제는 마을을 전전하며 품을 팔거나 머슴을 사는 처지가 되었다.[17] 그 가운데에서도 이집 저집 떠도는 생활을 가장 오래 한 것이 막내인 민기호였다. 그가 이야기를 많이 듣게 된 것은 이런 성장 배경과 깊은 관련이 있다고 할 수 있다. 남의 사랑방이나 머슴방에 자주 출입하며 선배와 어른들과 자주 어울리다보니 자연히 여러 사람들로부터 많은 이야기를 듣게 되었을 것이고, 어린 나이부터 이야기를 듣게 되어 기억도 잘 되었을 것으로 짐작된다. 또한 이런 가운데 자연히 글도 깨치고 이야기책 읽는 재미도 알게 되었던 듯하다. 공부를 할 기회도 없고 신식 학교를 다니지도 못한 그에게 머슴방과 사랑방은 일상 경험과 생활 지식을 제공받는 곳임과 동시에 이야기 문화를 익히는 현장이 되어주었던 것으로 보인다.

그는 당시로서는 늦은 나이인 20세 때 17세 아내와 혼인을 했고,[18] 아내도 이미 국문을 깨친 상태였다. 인골에 터를 잡아 사는 동안 살림이 어느 정도 안정되자 그는 이야기를 자주 구연하는 일면 이야기책도 많이 읽었다. 인골은 골이 깊어 겨울에는 외지에 나갈 일이 별로 없어 시간이 많은 편이었다. 더욱 한겨울에 눈이 많이 내릴 때면 외지와의 왕래가 단절된 채 여러 날 동안 집에만 갇혀 지내다시피 해야 했다. 당시 인골에는 라디오가 있는 집도 없고[19] 달리 오락거리가 없었던 때라

---

16 그러나 그는 아내나 자녀들에게까지 자신의 종교를 강요하지는 않았다고 한다.
17 삼형제 가운데 맏이는 나중에 막내가 사는 인골 너머 마을인 영동군 용화면 '구배기' 골짝에서 숯구이를 하고 살다가 장마에 밀려 내려온 사태에 매몰되어 목숨을 잃었다고 한다.
18 그때 20살 총각이던 그를 두고 나이가 많다 하여 총각몽달이라고 놀리고, 17세 처녀를 두고는 과년 찼다고들 했다고 한다.
19 그 무렵(1940년대) 큰 동네인 살목에서 정미소를 운영하며 가장 부자로 살았던 정석기 씨 집에 유일하게 유성기가 있어 처음 본 주민들이 신기하게 여겼다고 한다. 그는 당시 춘궁기 때마다 극빈한 주민들에게 양식을 나눠주어 인심을 얻었었는데, 한 해 그것을 중단하고서 누복을 맞았다고 소문난 장본인이다('누복'이란 말은 천벌이란 말과 비슷한 뜻이며, 살이란 말과도 통하는 것이

주민들의 이야기 구연이나 책 읽기는 긴요한 여가 활동이자 오락이 될 수밖에 없었다.

아들들이 커나자 그의 집에는 자연히 아이들의 친구가 저녁마을을 오곤 했다. 거기에다 민기호가 이야기 구연을 좋아하다 보니 그의 집은 더욱 마을꾼들이 놀러가기를 좋아했다. 특히 한가하고 밤이 긴 겨울 한철은 마을꾼들이 오래 놀다 가곤 하여 그의 집은 사랑방 같은 구실을 하게 되었다. 그때 방은 아래 윗방으로 구분된 오막살이였고 아래 윗방 사이 구석에 고콜이 있어 밤에는 그곳에 관솔을 태워 불을 밝혔다. 이야기판은 화로가 있는 안방에서 이루어졌다. 아들 친구들이 매일 오다시피 하여 그의 안방에는 저녁마다 두세 명의 마을꾼이 떨어질 때가 없었다. 그들 가운데 두 명은 바로 이웃에 살아 밤마을 오기가 쉬웠지만 다른 한 명은 꽤 멀리 떨어져 있음에도 거의 매일 마을 와 놀다 갔다.[20] 귀가할 때는 모두 관솔불을 잡고 가야 하는 불편을 무릅쓰고 그들은 특별한 일이 없는 한 밤마을 오는 것을 거르지 않았다. 한편, 그 무렵 그의 집은 다른 이웃집에 비하여 그래도 안정적이고 살기가 나은 편이었는데, 그 점도 마을꾼들이 안심하고 놀러 올 수 있는 호조건이 되어주었다고 할 수 있다. 이처럼 또래 친구·이야기꾼·간식거리가 있는 그의 안방이 마을의 유일한 사랑방 역할을 하게 되었던 것은 자연스런 일이기도 했다.

민기호는 적극적이고 활동적이면서 포용력과 친화력이 있는 인물이었다. '겉똑똑이'라는 별명도 있었는데, 이는 배움이 없어 유식한 말은 못 해도 주위에 무슨 문제가 있으면 적극적으로 나서서 분변하고

라고 민옥순은 말했음).

[20] 당시 이 마을의 가구 수는 민기호의 집이 있는 곳에 그의 집을 포함하여 세 집이 있었고 약간 멀리 떨어진 듯집매라는 곳에 두 집이 있었다. 이 가운데 한 집을 빼고는 다 청년이 있었다. 그러므로 마을 청년들은 밤마다 한 곳에 다 모인 것이다. 그러나 비슷한 또래의 처녀들도 있었으나 처녀들은 밤마을을 다니지 않았다. 한편, 먼 곳에 샛골이 있어 세 집이 살았으나 거리가 멀어 민기호의 집에 마을을 다니지는 못했다. 그 외에도 외딴 집이 한두 곳 있다가 없어지곤 했다.

조정하며 화해시키는 데 능한 그의 성품을 적절하게 가리키는 표현이기도 했다.[21] 이처럼 평소 말발이 세고 입심도 좋은 데에다 이야기 구연과 소설 낭독에 익숙해 있던 터이고, 더하여 마을꾼까지 저절로 모여들자 자연히 그는 안방을 이야기판처럼 활용하여 자신의 이야기 구연 욕구를 자유롭게 실현해 나갔던 것으로 보인다. 민옥순의 기억에 따르면 이야기판이 열렸던 초기에는 주로 이야기 구연을 하고, 그 뒤 가족이 밤에 일을 많이 하던 시기에는 주로 이야기책을 읽었다고 한다. 가마니를 짤 때 이야기책을 읽어주곤 하던 것이 그 좋은 사례가 된다. 안방의 상황 변화에 따라 적합한 방식으로 이야기 문화가 적응해 나간 결과라 할 수 있다.

안방에서의 이야기판은 주로 겨울에 이루어졌고 "느덜 이런 얘기 들어 봤냐?"로 시작되는 구연은 대개 자진하여 꺼냈다. 본디 입담이 좋기 때문에 그는 하나의 이야기가 끝나면 청중과 가벼운 농담을 주고받기도 하고, 이런 저런 교훈되는 말도 섞어 가면서 이야기판을 길게 끌어 나갔다. 더러 청중들에게 자신의 이야기를 받으라는 말도 하지만 그러나 그런 말은 농담에 그칠 뿐으로 청년들과 워낙 나이 차가 많아 이야기 구연은 시종 그만의 단독구연으로 진행되어 나갔다. 이야기 구연 사이에 농담도 더러 했지만 그러나 대개는 교훈이 되는 내용을 삽입하는 일이 많았다. 청중은 비교적 조용히 경청하는 편이었고, 이전에 들었던 이야기를 다시 청해 듣기도 했다. 당시 부친이 구연했던 이야기들은 대부분 부친이 어린 시절부터 사랑방에서 들었던 것이리라고 민옥순은 추정하고 있다.

그러나 남편에 비하여 아내는 시간 여유가 적은 편이어서 이야기를 하거나 책을 읽을 기회가 적었다.[22] 거기에다가 부친이 이야기를 하거

---

21 포용력 있고 사교적이며 말을 잘 하는 그의 성품은 우시장에서의 거간이라는 직업과 잘 부합되었을 것으로 여겨진다.

22 모친이 읽은 것으로 민옥순은 『박씨전』, 『능라도』, 『화룡도실기』, 『구운몽』 등을 기억하고 있

나 책을 읽을 때는 모친은 조용히 듣는 데 그칠 뿐 적극적으로 맞장구를 치거나 호응하지 않았고, 부친이 없을 때에 주로 자신의 이야기책 읽는 역할을 하는 편이었다. 민옥순이 모친으로부터 이야기를 들은 것은 부친이 한 때 만주로 일을 하러 떠났을 때였다. 이야기 문화에서 볼 때에도 남녀 간의 내외법도와 가부장적 질서가 여전히 유지되고 있었음을 말해준다고 하겠다.

민옥순의 아버지에 대한 기억에 의하면 이야기 구연과 이야기책 읽기가 거의 병행되었지만 그녀가 어렸을 때는 주로 고콜불을 켠 어두운 방에서 이야기를 구연했고, 뒤에 살림이 안정되어 나가면서부터 석유호롱불을 켜고서[23] 이야기책을 많이 보았다고 한다. 안방을 마을 이야기판으로 삼아 본격적으로 이야기 문화가 펼쳐진 것은 대략 4년여 동안이었다. 그러다가 여기에 변화가 온 것은 민옥순의 큰오라버니 또래들이 결혼 적령기가 됨에 따라 모두들 생활에 변화가 오고 그에 따라 이야기판 청중들의 결집력이 전과 같지 못했기 때문이었다. 이제 전보다 조용해진 안방에서 민기호는 이야기 구연 대신 주로 혼자서 이야기책을 읽는 것으로 겨울밤을 보내곤 했고, 이 무렵부터 그는 가능한 한 여러 이야기책을 두루 읽었다. 책은 주로 일을 보러 인근에 오갈 때나 장에 다닐 때나 어느 곳에서든 눈에 띄는 대로 빌어다 읽었고, 인근에 수소문하여 구해 읽기도 했다. 때로는 그 당시 학산장에서 사오기도 했다. 그러다 보니 인근 마을에 개인이 가지고 있는 책 치고 안 읽은 것이 없을 정도였으며, 늘 집에 책이 떨어지지 않았다고 한다. 그는 산골의 소설 애독자였던 셈이다.

이 무렵 그의 소설 낭독이 가정에서의 노동일에 크게 기여한 적이 있었음을 민옥순은 인상 깊게 기억하고 있다. 그 무렵 어느 때 나라에

다. 이 중에서도 모친은 『구운몽』을 애호했다고 한다.
23 이때는 고콜 대신 헌 고무신짝을 흙벽에 못으로 박고 신발 뒤꿈치 부분에 호롱을 얹어 방을 밝혔다고 한다.

서 가마니를 대대적으로 사들인 일이 있었는데, 이에 따라 겨울에 윗방에서는 딸과 며느리의 가마니 짜기가 한창이었다. 딸과 며느리가 함께 일을 하고 있는 가운데 그는 아래 윗방 사이 문지방에서 비스듬히 기대어 혹은 목침을 베고 누워 밤 깊도록 여러 날 동안 열심히 낭독을 한 적이 있었다. 이때『삼국지』,『옥루몽』,[24]『장화홍련』,『심청전』등 여러 책을 읽었다. 결과적으로 안방에서의 이야기 구연이 소설 낭독으로 변하고, 그 기능이 더욱 긴요해졌던 데에는 청중의 변화와 일의 변화가 동시에 영향을 주었기 때문임을 알 수 있다.

민기호의 이야기책 읽기와 이야기 구연하기는 이때뿐만 아니라 살목으로 이사한 뒤로도 계속되었다. 살목으로 이사한 뒤부터 그는 자주 마을의 큰사랑[25]에 마실을 나갔고, 입담이 좋은 그는 오래지 않아 마을에서 '책 잘 보고 이야기 잘 하는 용산양반'[26]으로 익히 알려지게 되었다. 그는 1967년에 별세했으며, 그 뒤 최근까지는 그의 맏아들인 민영태(1930-2004)가 자연스럽게 아버지에 버금가는 역할을 하게 되었다고 한다. 그 역시 아버지와 비슷하게 입담이 좋았고, 만년에 마을에서 능숙한 이야기꾼이자 책을 잘 읽는 인물로 알려졌었다.[27] 아버지로부터 유전된 선천적인 기질이 토대가 된 위에, 어렸을 적에 집에서 체험한 이야기 문화의 영향 때문이었다고 하겠다.

---

24 그녀가 읽은『삼국지』는 7권,『옥루몽』은 5권으로 된 것이다.
25 큰사랑은 곧 잘 사는 집의 넓은 사랑을 말하며 어느 마을이나 큰사랑이 있게 마련이다. 당시 살목은 100여 호 대촌으로 음지땀에는 '태수댁', 양지땀에는 '여구장댁'이 큰사랑을 쓰는 대표적인 집이었다. 이 가운데 민기호는 '태수댁'에서 자주 소일했다고 한다.
26 그의 아내가 용산면에서 왔기 때문에 그렇게 불린 것이다.
27 어느 땐가 살목마을에 어느 대학에서 구비문학 조사를 온 일이 있었는데 그가 대표로 나서서 이야기를 해준 일이 있다고 한다.

4. 소녀 시절의 체험과 가정에서의 영향

이제 민옥순 본인에 대하여 주목해 보기로 한다. 위로 오빠 둘을 두고서 세 딸 가운데 맏이로 태어난 민옥순은 그 시절 거의 누구나 그랬듯 어려서부터 두 동생을 돌보고 집안일을 돕는 데에 얽매이다시피 살아야 했다. 그 무렵 십여 리 아랫마을 살목에 국민학교가 생겼고, 마침 둘째 오라버니가 취학 적령이 되어 입학을 했다. 이로써 셋째인 그녀도 당연히 취학할 수가 있었지만, 부모는 그녀를 입학시키려 하지 않았다. 자녀 교육, 특히 여아 교육에 대한 인식 부족이 주된 이유였지만 통학길이 멀고 험해서 여아로서 제대로 학교를 다니기 어렵다는 이유 때문이기도 했다.[28] 실제로 인골에서 살목까지의 십여 리 길은 비탈지고 험하여 평소에 어른들도 다니기가 쉽지 않았다. 이런 길이 겨울에 눈이라도 내리고 길이 얼어붙으면 사고를 당할 위험이 컸다.[29] 결국 이런 사정으로 하여 남자인 둘째 오빠도 국민학교를 제대로 졸업하지 못하고 말았다. 그러나 정규 교육은 못 받았을망정 이야기를 듣고 이야기책을 읽는 것은 그녀에게 상당한 상식을 구비하게 해주었다. 우선 한글을 깨친 것부터가 이야기책을 읽으면서부터였다.[30] 또한 소설책 낭독을 자주 듣고 또 스스로 읽는 사이에 그녀는 웬만한 고전 지식도 쌓게 되고 다양한 어휘를 풍부하게 비축할 수 있게 되었다. 이야기책 읽는 취미가 깊다보니 저절로 유식해진 좋은 예를 보여준다고 할 수 있다.

위에서 살폈듯이 그녀가 이야기 문화에 접하게 된 것은 부모가 다 이야기책을 읽고 이야기 구연을 즐기는 다소 특별한 분위기 속에서 이루어졌다고 할 수 있다. 그처럼 그녀가 이야기를 접하게 된 것은 아주

---

[28] 때문에 학교에 취학할 수 있었던 것은 가족이 살목으로 이사한 뒤 그녀의 둘째 여동생부터였다.

[29] 특히 좁고 후미진 '홈다리골'이라는 곳이 통행에 어려운 곳이었다고 한다.

[30] 처음 『유충렬전』을 읽어줄 때 소설 속의 글자를 가지고 아버지가 한글을 가르쳐 주었다고 한다. 그녀의 나이 아홉 살 가량 되었을 때였으리라 한다.

어려서부터였다. 그러나 실제로 이야기의 내용을 알아듣고 귀담아 듣게 된 것은 대략 아홉·열 살 무렵부터였으리라고 한다. 그리고 이 무렵은 바로 부친이 안방에서 본격적으로 이야기판을 열어가던 무렵과 일치되는 시점이기도 하다. 이 무렵 오라버니들이 주된 청중이고 자신도 자연스럽게 함께 동석한 이야기판에서 그녀는 주된 청중의 한 명이기도 하면서 잔심부름을 해주는 역할을 함께 해야 했다. 이야기를 하느라 밤이 이슥하면 밤참을 요구하게 마련이었다. 밤참용으로는 동치미나 쪼가리김치를 내오기도 하고, 감이나 고염을 가져오거나, 혹은 부엌에 나아가 고구마나 붉은 감자 등을 삶아 내오기도 했다. 이런 일들은 주로 여자인 민옥순의 몫이었다.

어느 정도 철이 들면서 그녀는 이야기를 듣는 대로 기억하게 되었다. 처음에는 스스로도 잘 몰랐지만 그녀는 기억력이 좋았고 그런 능력이 다름 아닌 이야기를 듣는 데에서 발휘되었다. 무슨 이야기든 한번 들은 것은 다 기억했다고 자부하고 있고, 그것도 거의 들은 그대로 기억했다고 한다. 그리고 그녀의 뛰어난 기억력에 대하여 가족들은 물론 남들도 일찍부터 다 인정한 터였다. 학교를 다니던 오빠보다도 한글을 더 먼저 깨칠 정도였다. 그녀의 뛰어난 기억력은 아버지가 읽어준 『옥루몽』을 외어 낭독하고 이것을 받아 적게 한 데에서 단적으로 확인된다. 그때 『옥루몽』 5권 가운데에서 가장 중요한 내용이라고 할 수 있는 2, 3권만을 조금씩 낭독하여 겨우내 오라버니에게 받아 적게 한 일도 있었다고 한다.[31]

기억력이 뛰어난 것 못지않게 그녀는 이야기에 대한 호기심도 높았다. 딸이 소설에 관심을 보이자 아버지는 『유충열전』을 가지고 딸에게 한글을 가르쳤다. 한글을 알게 되자 이야기에 대한 호기심은 더욱 높

---

31 그것이 대략 15세 무렵이었다고 한다. 그녀가 읽은 책은 대략 다음과 같다고 한다. 『삼국지』, 『옥루몽』, 『유충렬전』, 『장화홍련전』, 『박씨전』, 『능라도』, 『화룡도실기』, 『명사십리』, 『장끼전』, 『홍길동전』, 『숙영낭자전』, 『유문성전』, 『사씨남정기』, 『춘향전』, 『신유복전』, 『어룡전』.

아졌다. 아버지가 옆에서 책을 읽어주다가 피곤하여 읽기를 그치고 잠에 빠져들면 그녀는 일을 마친 뒤에도 혼자 새벽까지 나머지 부분을 몰래 읽어내고서야 잠을 잘 정도였다. 듣다 만 책의 하회가 궁금하여 잠을 잘 수가 없어서였다. 방구석에서 불을 가리고 가만히 책을 묵독하노라면 모친이 그만 자라고 타이르곤 했는데 타일러도 안 돼 나중에는 꾸지람을 듣고서야 읽기를 그쳤다고 한다.[32] 집에 있는 책을 두루 읽는 가운데 이웃집에 가서 빌어다 읽기도 했다. 마침 이웃집에 다소 유식한 노인이 있었는데 그 집에는 여러 가지 책이 고리짝으로 가득했고, 그 가운데 소설책으로는 『삼국지』와 『옥루몽』이 있었다. 그때는 책이 귀하여 남에게 이야기책을 쉽게 빌려주지 않으려 했는데, 오빠들이 가면 거절하다가도 여자인 그녀가 가면 마지못하여 빌려주었다. 그러나 한꺼번에 다 주지 않고 한 권씩만 빌려주어 전질을 다 읽으려면 몇 번을 부탁하러 오가야만 했다.

10대 후반에서 결혼 직전인 20대 초반까지는 이전보다 책을 읽을 기회가 많지 않았다. 이때는 큰 동네인 살목으로 이사를 한 때였으나 평소 집안의 엄한 분위기로 하여 폐쇄적인 생활방식이 여전하여 전보다도 친구를 사귀며 활동하기가 더 어려웠다. 바로 이웃집의 동갑내기 처녀가 있었음에도 몇 년간 서로 얼굴조차 모르고 지낼 정도였다. 그녀는 22세에 출가할 때까지 마을 밖으로 친구와 놀러 나가본 적이 없음은 물론 밤마을조차 자유로이 가본 기억이 없다고 한다.[33] 집안 분위기도 엄했던 데다 나이를 먹으면서 더 어렵고 힘들어지는 가사에 충실하려다보니 쉴 시간이 적었기 때문이다. 이에 따라 이야기책은 안방에서 제한적으로만 보는 정도에 그쳤고 새로운 책을 탐독하는 데에까지

---

32 그처럼 늦게 자도 아침에 소죽을 끓이는 일은 자신 몫이어서 아침 일찍 일어나야만 했다고 한다.

33 그렇다고 당시 시골 마을에서 처녀들의 밤마을 가는 관행이 것이 드문 일만은 아니었으며, 그런 가운데에도 그녀의 경우는 좀 심한 정도였다고 한다. 그녀는 이야기는 잘 하지만 노래는 아는 것이 거의 없고 부르며 놀 줄도 잘 모른다고 하며, 그 이유를 청소년 시절에 그런 것을 경험하지 못했기 때문이라고 스스로 말했다.

는 관심이 미칠 수가 없었다.

　그녀가 남에게 책을 읽어줄 기회는 의외로 출가한 뒤에 찾아왔다. 몸이 편찮으신 시아버지가 저녁마다 밤마을 온 친구와 함께 며느리의 책 낭독을 감상하며 소일한 것이다. 그때 초저녁부터 늦은 밤까지 여러 날에 걸쳐『삼국지』7권을 다 읽었고『옥루몽』은 3권만 읽었다.[34] 일반적으로 이전 사람들은 여러 소설 중에서도『삼국지』와『옥루몽』을 가장 좋은 소설로 여겼고, 웬만큼 유식하고 책을 보는 사람들은 대체로 그 책 한 질씩을 갖추고 있었다.[35] 인골에 살 때 이야기책을 빌려주었던 이웃집 어른이 그랬던 것처럼, 시아버지 역시 평소 그 두 가지를 가지고 읽었던 것인데, 늙어 병약해지자 스스로 읽기에 힘이 부쳐 며느리를 불러 대신 읽힌 것이었다. 그녀는 시아버지 앞에서 몇 시간 동안 책을 읽어드렸고,[36] 어른 앞에서이므로 되도록 큰 소리로 읽었다.[37] 어린아이가 칭얼대면 젖을 물린 채 계속 읽었으며 밤이 깊어서야 시아버지는 책 읽기를 멈추게 했다. 그로 인해 그녀는 이야기책 잘 읽는 것으로 부녀자들 사이에 알려지기도 했다.

　그녀가 이야기판에서 아버지로부터 받은 영향은 '구연방식'과 '가치관' 면에서도 이루어졌다. 그녀는 어려서부터 아버지를 매우 어렵게 여겨 깊이 순종하고 존경해왔다고 하며, 자신이 일상 강조하는 가치관도 부친이 평소 강조하시던 것이었다는 점을 자주 언급하곤 한다. 또한 자신의 이야기 구연도 부친으로부터 들은 것에 충실히 따르는 것임

34　전체 5권 가운데 집에 3권만 있었기 때문이었다.

35　늦어도 17세기 중반에『삼국지』가 이미 여자 독자의 손에 필사되었음을 보여주는 기록이 있음에서(박영희,「장편가문소설의 향유집단 연구」,『문학과 사회집단』, 집문당, 1995, 322쪽) 이 소설의 독서 범위와 인기도를 짐작하게 한다.

36　저녁에 일을 하고 있는 며느리를 무리하게 불러 책을 읽으라고 강요한 것은 아니고 시어머니가 사랑에서 어린 손자를 안고 놀다가 아이가 배고파 울면 며느리를 불러 젖을 물리게 했고, 그러는 사이에 고담책을 읽게 한 것이었다.

37　낭독하는 방식은 어려서 아버지가 하는 것을 듣고 저절로 답습한 대로 하는 것이며 자신만의 특별한 요령이나 기교는 없다고 한다.

을 강조하고 있으며, 때문에 그녀가 구연하는 설화의 줄거리 전개나 세부 표현은 물론, 구연투도 아버지의 그것과 많이 닮았다고 한다. 그녀의 말투에서 자주 보이는 바 인물의 의지를 단호하게 표현할 때 자주 쓰는 "그럴 수는 없다"라는 투식어套式語 역시 아버지의 말투를 그대로 따른 데에서 온 것이다. 그런가 하면 이야기의 결말부를 해피엔딩으로 마무리하기를 즐겨 하는 것 역시 마찬가지이다. 나아가, 그녀는 이야기에서 양심을 잘 써야 한다거나, 남의 것을 절대로 욕심내서는 안 된다는 점을 강조하는 것을 자주 볼 수 있는데 이것도 아버지의 이야기를 들으면서 거의 그대로 영향받고 답습한 결과라고 한다.

이로써 볼 때 민옥순이 이야기꾼이 될 수 있었던 데에는 여러 요인들이 있었음을 알 수 있다. 우선 뛰어난 기억력이라는 남다른 요인이 중요하게 작용했다고 할 수 있고, 기질상의 측면도 또 다른 요인의 하나라고 할 수 있다.[38] 또 다른 요인으로서 대인관계 면에서는 이야기 구연과 소설 낭독을 즐기는 부모 특히 부친의 영향이 컸으며, 생활공간 면에서는 외부와의 접촉이 어려웠던 폐쇄된 산촌생활이라는 요인이 중요하게 작용했다. 그런가 하면 여기에 더하여 문화적 요인이라는 면에서 볼 때 엄한 가정 분위기가 이야기 듣기 체험을 단조롭게 하고 이야기 구연 목록을 비교적 좁게 한정시킨 중요한 요인이 되었다고 할 수 있다. 출가한 뒤에도 시어른께 소설을 읽어준 경험까지를 함께 고려할 때, 그녀는 20세기 중반 늦게 개명한 산촌에서 답습하고 체험한 이야기 문화의 한 시대상을 특징적으로 보여준다고 하겠다.

---

[38] 이야기를 즐기는 부친의 기질이 자손들에게도 연장되고 있다는 뜻이다. 민옥순의 두 오라버니도 이야기를 즐기는 편이며, 특히 작고한 큰 오라버니도 아버지와 방불하게 마을 사랑방을 대표할 만한 이야기꾼이었다고 한다.

5. 이야기 구연의 경험과 이야기판

　그녀가 이야기를 남에게 들려주기 시작하고 그로써 이야기를 잘 한다고 알려지게 된 기회는 출가해온 한참 뒤에, 본격적으로 일상 생업에 참여하는 과정에서 이루어졌다. 여럿이 일을 하면서 비로소 자신의 이야기 구연이 요구되었기 때문이다. 그녀의 이야기 구연이 요구되는 일터는 대표적으로 '담배꼭지짓기'와 '모찌기' 두 가지였다. 그 당시 인근의 많은 농가에서 부업으로 하던 담배 농사를 민옥순은 남편이 군에서 제대해온 25세 무렵부터 시작했다. 농토가 적었던 가정 형편으로서 담배 농사에 주력하다시피 하여, 재배 면적이 적게는 오단(1,500평)에서 많게는 8단(2,400평)에 달했다. 이는 한 마을에서 가장 큰 규모로, 규모가 컸던 만큼 일손도 많이 필요하여 그녀의 집에서는 놉을 많이 썼다. 특히 건조시켜 가려낸 담배를 꼭지를 짓는 일은 담배 조리 과정에서 중요한 단계로서 집중적인 노동력이 필요했고, 이 일은 8월 내내 계속되었다. 꼭지를 짓는 일은 주로 밤에 이루어졌고, 마을 부녀자 대여섯 명을 매일 놉으로 쓰면서 거의 자정 가깝도록 일을 했다.

　이때, 밤에 지루한 일을 오래 계속하노라면 흔히 일들을 하면서 졸기 일쑤였다. 낮부터 계속되는 일이다보니 더욱 그럴 수밖에 없었다. 바로 이때 일하는 사람들의 잠을 쫓고자 그녀가 생각해낸 것이 이야기 구연이었다. 이야기는 생각나는 대로 이것저것 꺼냈고, 때로는 무서운 이야기도 했다. 호랑이 이야기나 도깨비 이야기, 귀신 이야기 등을 할 때는 문 옆에 앉았던 남편이 적당한 순간에 갑자기 방문을 손바닥으로 치면서 "여기 호랭이!" "아무개 어머이!"라며 소리를 질러 놀람 효과를 높여주기도 했다. 그러다가 한 번은 손으로 방문을 너무 세게 치는 바람에 그만 낡은 문짝이 떨어져나가는 일까지 있었다. 이 담배 농사는 30여 년 동안 계속되었고, 이에 따라 그녀의 이야기 구연도 매년 계속

되었다. 담배꼭지를 짓는 그녀의 안방은 그녀가 이야기를 구연하고, 그로써 그녀를 마을 사람들 사이에 이야기를 잘 하는 사람으로 알려지게 하는 데에 아주 중요한 계기가 되어 주었다.

또 하나의 이야기를 구연하는 일터는 모를 찌는 논에서이다. 그녀가 이야기를 잘 하는 사람으로 알려지자 이야기 듣기를 즐기는 사람이 생겼고, 바로 모찌기 장소에서 청자들은 그런 요청을 자주 했다. 모를 심을 때는 빠른 동작이 필요하고 힘이 들어 이야기를 하기가 어려운 반면, 모를 찌는 일은 힘이 적게 들고 청자와의 거리가 가까워 이야기를 하기에 적합했다. 이 때문에 이야기 듣기를 좋아하는 마을 부녀자들은 서로 그녀의 옆에 오려고 다툴 정도였다. 모를 심을 때는 노래가 제격인데, 노래를 선창할 만한 마땅한 사람이 없을 때 그녀가 노래 대신 할 수 있는 또 다른 역할이 있었다. 그녀의 숨은 특기라 할 만한 회심곡을 읊조리게 한 뒤, 다른 이들이 후렴을 받아 노래처럼 이어 나감으로써 지루함을 달래기도 했던 일이 그것이다. 한편, 밭일을 할 때는 놉을 얻어 함께 일을 하는 예가 거의 없어 이야기를 구연하기에 적합하지 않았다.

가족 사이에서 이야기를 한 것은 주로 아이들에게 일을 시킬 때였다. 지루함을 달래주어 일에서 떠나지 않게 하려는 의도로 자청하여 들려주기고 하고, 밭을 매러 갈 때 아들이 이야기를 해주면 함께 가겠노라고 하기에—셋째 아들—그러마고 하여 함께 밭을 매며 이야기를 들려주기도 했다.

이 지역에서 담배 농사가 끝난 지는 이미 여러 해가 되었고, 담배가 사양 농업이 되면서 새로 등장한 것이 포도 농사이다. 지금 이 지역 일대는 나락 농사는 찾아보기 어려울 정도로 논과 밭을 막론하고 문전옥답은 물론 산 밑 메마른 밭까지 모든 동네가 온통 포도밭 일색이다. 민옥순도 한때 남편을 도와 포도농사를 2,400평까지 지어 한 해 4천만 원의 소득을 거둔 적도 있었다. 자연히 포도밭에서 일하는 시간이 많아지게 마련인데, 그러나 포도밭 일은 주로 서서 하는 일이고 힘이 드는 데에다, 청자와의 거리를 가깝게 유지하기가 어려워 이야기를 하고 듣기에 적합하지가 않다. 그러나 최근에 그녀는 포도밭에서 이야기 한 마디를 해준 경험이 있었다. 포도 알 솎는 일을 도와주러 온 사위에게 '순천 이서방' 이야기를 해준 것이 그것이다. 사위가 마침 이 씨여서 기념으로 한 마디 해준 것이었다. 청자와의 특수한 상황이 이야기의 구연을 유발하게 된 것이었다.

그녀가 지금 사는 집으로 이사 온 것은 40세 때였다. 그리고 이때부터 그녀의 집은 마을의 안노인들이 자주 놀러와 동네에서 중요한 안노인 마을방이 되다시피 했다. 그것은 그녀 부부가 평소 일 경험이 풍부하여 주위 사람들에게 유익한 조언을 해주기에 좋은 위치에 있었으며,[39] 특히 그녀가 친화력이 있고 남들과 대화를 잘 하기 때문이었다. 집 주인이 일터에서 돌아오기도 전에 마을꾼들이 먼저 집에 모여 기다릴 때도 많았다. 자신보다 연장인 노인들까지도 자주 놀러 왔다. 마을 꾼들은 그녀에게 때로 이야기책 읽기나 이야기 구연을 요청하기도 했다. 이처럼 그녀의 집은 늘 마을꾼들이 모이는 중심 장소였고, 그녀는 주위에서 부담 없이 찾아가 이야기를 나누고 싶어 하는 중심인물이었다. 그러한 자신을 두고 그녀 스스로 '나도 주위 사람들로부터 인기가 있다'는 말을 필자에게 하기도 했다.

그러다가 얼마 뒤에 라디오를 사왔고, 다시 몇 년 뒤에 TV를 샀다. 그때 마을에서 TV를 가진 사람이 몇 집 안 되었는데, 매일 이웃집에 가 TV를 보는 데에 심취한 자녀들이 졸라서 산 것이었다. TV로 하여 마을 꾼들이 더 많이 모였다. 그렇지만 라디오와, 다시 그것에 이은 TV의 출현은 일상생활 속에서 그녀의 이야기 구연을 점점 멀어지게 하는 하나의 요인이 되었다. 8년 전 남편이 세상을 뜬 이후, 이제는 극노인들이 많이들 돌아가셨지만 지금도 그녀의 집은 여전히 안노인들의 마을방

---

39 주위에서 그녀를 가볍게 부르는 하나의 별명이 '박사'이다. 일상잡사에 대한 세세한 기억을 잘 하고 안팎 일들에 대한 적절한 조언을 잘 해주기 때문이다.

처럼 이용되고 있다. 하지만 지금은 노인들이 자주 놀러오기는 해도 TV는 별로 보지 않는다. 그렇다고 이야기책을 읽거나 옛날이야기를 하는 것도 아니다. 거의가 살아가는 정보교환성의 대화나 하고 소문이야기를 가볍게 나눌 뿐이다. 그렇지만 그녀의 방에는 여전히 고담책이 있고 그녀는 지금도 그것을 읽으며 소일하고 있다.

이로써 보면 민옥순이 경험한 이야기 구연은 (1) 공간 면에서는 주로 마을 내에서, (2) 기능상으로는 주로 일을 하면서, (3) 청중 면에서는 주로 여자들을 상대로 하여 이루어져 왔음을 알 수 있다. 이는 그녀가 여성이며, 활동범위가 비교적 좁고, 외부 사회의 경험이 많지 않으며, 이야기꾼으로서의 지명도가 비교적 좁다는 등의 현상과 관련된 특징이기도 하다. 결과적으로 그녀는 산촌에서 태어난 성장 배경 위에서, 농촌 마을 지역사회에서의 제한된 경험 속에서 생업에 충실하게 살아온 평범한 여자 이야기꾼의 모습을 잘 보여준다고 할 만하다.

6. 들은 이야기의 범위와 성격

그녀가 겪어 온 이력상의 독자성으로 하여 민옥순이 기억하고 있는 이야기 목록은 두 가지 중요한 특징을 보여주고 있다. 하나는 듣고 수용해 들인 이야기의 전승 공간이 비교적 좁다는 점이며, 두번째는 이들 자료의 전승 기원들을 거의 분명하게 기억하고 있는 점이다. 그녀가 이야기를 들었던 공간의 범위를 다음과 같이 정리할 수 있다.

1. **전승 공간별 구분**
(1) 어려서 집에서 들은 것
(2) 마을(인근 마을 포함)에서 들은 것

(3) 체험한 것

(4) 읽은 것

2. 전승력별 구분

(1) 오래된 이야기

(2) 오래되지 않은 전문담

(3) 최근의 소문담

(4) 개인 체험담

민옥순이 제공한 설화는 150편 이상으로, 이를 전승 공간별로 구분할 때 (1)에서 (4)로 갈수록 그 비중이 작아진다. 정확한 판정은 어렵지만 그녀가 구연한 대부분의 자료는 이들 가운데 (1), 그것도 부친으로부터 들은 것들이다. '가정 전승' 중심, 특히 그 중에서도 주로 '부친 중심'의 영향 관계 속에서 대부분의 설화 목록을 전수한 것임을 알 수 있다. 가정을 단위로 한 이야기 문화의 특수성이 이야기꾼을 형성케 한 주된 요인이라 할 수 있다.

가정에서 '부녀父女' 중심으로 이야기의 전승이 이루어진 사실은 다음 두 가지 특징과도 연결되어 있다. 하나는 동화가 거의 없다는 점이다. 민옥순의 목록에는 동물담 중심의 동화가 거의 없다. 광포성을 보여주는 일반적인 우화성의 동화조차 그녀는 알고 있는 것이 드물다. 이는 조손祖孫 관계를 주로 한 설화의 전승 고리가 생략된 것과 부분적으로 연관이 있다고 할 수 있다. 가정에서 유년기는 조부모와의 밀접한 관계 속에서 설화의 전수가 이루어지는 것이 더 일반적이라 할 수 있는데, 민옥순의 경우 이러한 관계가 결여되어 있고,[40] 이로 인해 유년기 이후 소년기에 곧바로 부모-자녀 관계로만 설화 전승이 이루어

---

[40] 할머니는 부친이 어릴 때 이미 작고했고, 조부는 민옥순이 세네 살 때 오랜 병으로 별세했다.

져 '동화'의 자연스런 전승이 어려웠다고 할 수 있다. 그녀가 이야기의 뜻도 모르던 유년기부터 이야기를 접했던 것이 주로 '부녀' 관계 속에서 이루어진 사실이 이를 실증하고 있다.

두 번째는 부녀 중심의 이야기 전승은 그녀의 안방 이야기판에서 보여준 화자와 청자 사이의 특수성과 연관된다는 점이다. 민옥순의 안방이 이야기판이 되었던 것은 그녀의 오빠들이 청소년기에 접어들면서 그의 마을 친구들이 자주 놀러오면서부터였다. 민옥순도 청소년기로 접어들면서 자연스럽게 중요한 이야기 청자의 한 사람이 되었고, 오빠들이 성인이 되면서(여기에는 6·25라는 사회적 변수도 작용했지만) 안방 이야기판도 와해되었다. 이러한 이야기판의 특성에 따라 화자와 청자 사이에는 늘 세대 차이가 지속되었고, 이것이 위 이야기판에 수용되는 설화의 전체적인 내용상의 특징을 결정짓는 데에 중요한 영향을 미쳤다고 할 수 있다.

이처럼 세대 간의 차이를 의식한 구연이므로 구연목록이 성인 중심 이야기에서 어느 정도 선별되어 이야기판에 수용되었을 것이고, 이 과정에서 성소화性笑話 중심의 성인설화가 주로 배제되었을 것으로 여겨진다. 이러한 결과는 민옥순의 구연목록을 통하여 짐작할 수 있다. 그녀의 설화 목록에는 주인공의 성적 욕망을 드러내거나, 그것을 주된 관심사로 추구하거나, 또는 간통을 정면으로 부각하는 내용의 설화가 전혀 보이지 않는다.[41] 혹 그와 유사한 화소가 나타난다 해도 그것에 대한 묘사가 대체로 간접적이고 소극적인 수준에 머물고 있다. 이는 일정 부분 개인의 성품과도 연관된다고 하겠지만 그 이전에 이야기를 들었던 초기 단계에서 부친으로부터 받은 설화 목록상의 특성에 근원

---

[41] 자료집 가운데 38화나 73화를 그 적례로 들 수 있다. 38화에서는 며느리가 박 어사에게 시아버지가 '자신의 손을 잡더라'는 말을 해야 할 자리에 이 말을 생략하고 있다. 73화에서는 장모가 밤에 홍시를 딴다면서 모르고 사위의 '불알'을 비틀자 놀란 사위가 똥을 쌌다는 말을 해야 하는데 역시 불알이란 말을 생략하고 있다.

을 두고 있다고 할 수 있다. 그녀의 부친이 평소 딸에게 엄했다는 사실을 함께 고려할 때 그러한 영향의 가능성은 더욱 높았다고 여겨진다.

마을에서 들은 부류인 (2)는 비교적 적은 편이다. 그것도 주로 출가 이후의 자료가 중심을 이루고 있으며, 마을의 범위도 자신의 마을이나 인근 마을에 국한되어 상당히 좁은 편이다. (3)도 소수에 불과하며, (4) 또한 많지 않은 편이다. 여기에는 부친으로부터 들은 것과 겹치는 경우가 많아 순수하게 읽은 것은 많지 않은 편이다.[42] 들은 것과 읽은 것이 겹칠 경우 들은 것만이 주로 기억나며 읽은 것은 거의 기억나지 않는다는 것이 그녀의 증언이다.

전승력별로 구분할 경우에도 (1)쪽이 전승력이 강한 데 비하여 나머지들은 전승 공간이 거의 마을에 국한되고 있어 상대적으로 미약하다고 할 수 있다. (1)쪽의 비중이 크다는 것은 그녀의 이야기 목록이 전통적 기반을 굳게 유지하고 있음을 보여준다면, 동시에 (2), (3), (4) 부류도 일정한 비율을 유지하고 있다는 사실은 이야기 목록이 전방위에 걸쳐 있음을 뜻하는 것이다. 그녀의 이야기에 대한 평소 관심도가 넓고도 깊을 뿐만 아니라 그것은 그대로 이야기꾼으로서의 역량과 특징을 말해주는 일면이라고도 하겠다.

7. 체험의 구연 욕구와 표현

민옥순이 보여주는 돋보이는 점의 하나는 체험 사실(직접·간접)을 이야기로 전환하여 구연하는 욕구와 능력이다. 자신이 체험한 사실이든

---

[42] 가장 비중 있게, 오래 읽은 것이 『삼국지』와 『옥루몽』인데 이들 소설은 이야기로 구연하기 어렵다는 한계가 있다.

주변에서 사실로 들은 소문담이든 적극적으로, 그리고 이야기답게 재현하여 들려주는 태도이다. 오래되고 전승력이 높은 이야기만이 아니라 전승력이 없거나 약한 이야기까지 두루 구연 목록으로 삼고 있음[43]은 그만큼 평소 이야기 구연에 대한 높은 열의와 함께 이야기를 스스로 만들어 내는 능력을 함께 살필 수 있게 한다는 점에서 중요하다. 그녀는 이러한 체험담이나 소문담을 그 자체로서 들려주기도 하고, 다른 이야기를 하다가 그것으로 옮겨가기도 한다. 이때 유사한 이야기를 하다가 그것으로 옮아가기도 하지만 전혀 무관한 이야기를 하다가 그 쪽으로 화제를 옮기기도 한다. 바로 이런 경우에서 그녀가 일상적인 체험적 제재를 이야기로 전환하는 관심도와 적극성을 잘 볼 수 있다. 이제 이러한 방면에서 민옥순의 이야기꾼으로서의 모습을 간단히 보기로 한다.

그녀가 익히 화제로 삼는 것은 '고생살이'이다. 특히 젊어서 고생한 체험을 자주 화제로 삼아 익숙하게 구연해 내곤 하는 것으로 보아 이 방면에서 그녀에게 가장 익숙한 제재가 곧 이것임을 알게 하는데, 체험담을 통하여 구현되는 이야기꾼으로서의 주제에 대한 관심과 그것을 향한 표현기교의 일면을 보기로 한다.

예화1. 〈시집에서 쫓겨날 뻔했던 새댁시절〉[44]

(1) 전에는 시집살이를 거의 누구나 했다. 나도 두 번이나 시어머니한테 끌려 나가다시피 했다. 여기 에는 이유가 있다.

(2) 처음 시집을 오니 너무 없이 살았다.

(3) 시집온 사흘째 아침에 가마솥에 물을 데우고 있으니, 시어머니가 쌀둥대미를 가지고 나와 쌀을 한 바가지 떠주고 들어갔는데, 알고 보니 새 며느리를 맞아 이웃집에서 쌀 한 말을 꿔온 것이었다.

---

43 마을을 배경으로 한 전문담이나 사실담, 개인 체험담까지 구연하는 점이 그것이다.
44 황인덕, 『이야기꾼 구연설화 : 민옥순』, 제이앤씨, 2008, 129화.

(4) 쌀이 떨어지자 남편이 매일 새끼를 꼬아 정미소에 팔아 쌀을 사서 생계를 이어 나갔다.

(5) 그러나 미질이 나쁜데다 마침 자신은 임신중이라 거의 밥을 못 먹었고, 그러다 출산을 했다.

(6) 며느리의 굶주린 모습을 보이기 싫었음인지 시부모가 근친을 안 보냈다.

(7) (아기를 배가지고) 추석 무렵 초저녁에 가설극장에 가는 척하고 친정에를 갔다.

(8) 좀 늦게 귀가하게 되어 친정어머니가 바래다주어 귀가했는데, 제 마음대로 친정에 갔다 왔다고 시 어머니가 집을 나가라며 자신을 대문 밖으로 끌어냈다.

(9) 위기 상황에서 남편이 시어머니를 마루에다 안아다 앉혀놓아 사태가 겨우 진정되었다.

이 이야기는 화자의 친정 고모가 겪은 고된 시집살이 이야기에 이어 자신의 이야기를 계속 구연한 것이다. 이 이야기는 크게 보아 쫓겨날 뻔한 '사건의 발단'이 되는 (1)에 이어, 사건의 주요 원인인 (2), (3), (4), (5)을 지나, 갈등 유발(6)을 거쳐, 주요 사건(7)을 겪고, 사건의 절정인 (8)을 지나, 위기를 모면한 (9)의 단계로 일관성을 유지하며 줄거리가 전개되고 있다. 그런데 문제가 된 '사건'의 본질에 비추어 (2)에서 (5)는 서술 분량이 너무 길어 불균형을 이루고 있다. (6), (7), (8) 못지않게 길게 서술되고 있는 (2)에서 (5)는 위 이야기의 중심 주제에서 보면 긴밀성이 약한 주변적인 화소들이다. (6), (7), (8)은 쫓겨나게 된 직접적 이유와 실제 사실이지만 (2)에서 (5)는 고생스런 삶이기 때문이다. 이처럼 본질적인 관련성이 약함에도 이들 내용이 길게 서술되고 있음은 화자의 관심이 이 부분에도 동시에 깊이 가해지고 있음을 말해준다. 더욱이 전반부는 자세한 서술이 이루어지고 있음에 비하여 이 후반부는 요약 서술을 지향하고 있다. 관심의 비중이 약하다는 뜻이다. 나아가 (2)에서 보듯 전체 이야기의 초반에 '없이 살았다'는 말로써 자신의 신혼 초기 삶을 규정하고서 시작하고 있다. 결과적으로 전체 이야기에서 이 가난에 대한 화자의 관심은 지나가는 정도에 머무는 것이 아니라 '집중화'되어 있음을 알게 한다. 이 삽화가 지니는 비중을 주목할 때 우리는 이를 개인적 체험의 특수성에 따른 관심의 집중화와 그로 인한 '상술詳述' 현상으로 이해할 수 있을 것이다.

한편, 여기에는 화소의 '선별적 채택'도 이루어지고 있다. (5)에서는 아기를 낳았다고 말했는데, (7)에서는 아직 임신한 상태라고 했다. 그런데 사실을 알고 보면 (5)는 혼인 당년의 일이고 (7)은 첫아이를 낳은 다음해의 일이다. 그리고 다시 (6)은 시집온 그 해의 일이다. 쫓겨날 뻔한 일이 실질적으로 두 번 있었으므로 이런 착오가 난 것이다. 그런데 (8), (9)는 다시 시집온 당년의 일로서 시집온 다음해의 일과 착오를 일으키지 않고 있다. 이는 시어머니로부터 겪은 두 가지 시집살이 핍박 가운데 더 아프고 강한 체험—(7)—이 '선별적으로 채택'된 결과라 할 수 있다. 관심이 집중화됨에 따라 사건을 임의로 구성하면서도 줄거리의 구성상 일관성 있는 이야기로 잘 완성해내고 있는 것이다. 여기에서, 비슷하게 겹치는 사건을 경험했을 때, 덜 중요한 대목은 착오를 일으키기도 하지만 사건의 중심이 되고 주제의 핵심이 되는 내용—삽화—는 그러한 가능성이 적으며, 그 내용이 중심을 이루어 서술된다는 것을 우리는 알 수 있다. 경험담을 구연할 경우에도 형상적이고 감각적 표현이 이루어질 수 있다고 하면[45] 민옥순의 경우 상술이나, 화소의 선택적 배열 등을 통하여 이런 능력을 잘 실현하고 있다고 할 수 있다.

이러한 구성과 표현능력을 더 잘 보여주는 또 다른 예를 보자.

예화2. 〈굶기를 밥 먹듯 했던 시집살이〉[46]

---

[45] 경험담의 구연이 논리적이고 분석적인 언어행위만은 아니며 구체적 현상적 언어행위일 수도 있음에 대해서는 신동흔이 논의한 바 있다. (「경험담의 문학적 성격에 대한 고찰」, 『구비문학연구』 4, 한국구비문학회, 1997, 159-166쪽)

(1) 시집와서 굶기를 밥 먹듯 함.

(2) 쑥을 겨와 밀기울에 버무려 찐 음식을 차마 못 먹음.

(3) 고생을 안 해봐서 그렇다며 시어머니가 구박함.

(4) 아기가 심하게 울어 더 힘이 듦.

(5) '새끼도 별종으로 내질렀다'며 시어머니가 타박함.

(6) 남편이 거듭 아기를 나무랄 때가 더 슬픔.

(7) 매일 해도 한이 없는 바느질.

(8) 현기증이 나 두 손으로 벽을 더듬어 짚으며 겨우 부엌에 들어가 밥을 지음.

(9) 시어머니가 매일 쑥을 뜯어와 기울을 묻힌 것으로 겨우 연명함.

(10) 참으로 기도 안 차는 생활이었음.

(11) 그러한 자신을 두고 새댁이 폐병에 걸린 것 같다는 소문이 돎.

(12) 사월이 되자 남편이 저수지 공사판에 다니게 되어 보리밥이나마 도시락을 싸주고자 외상으로 보리쌀을 한 말 꿔옴.

(13) 가을 추수한 벼가 쌀 열 가마의 일 년 이자도 안 돼 타작하자마자 모두 이자로 넘김.

(14) 그걸 보고 '누가 때린 것도 아닌데 눈물이 비오듯' 함.

(15) 남편의 군대 징집영장이 나와 쌀 한 말을 꿔다 밥을 해먹임.

(16) 시동생이 나무를 한 짐 해 오면 하루밖에 못 땜.

(17) 시부모님의 이불이 부실하여 더욱 고생하심.

(18) 드디어 굶어 죽을 지경이 됨.

(19) 굶어 죽게 되어도 부엌에 불은 때야 된다고 시아버지께서 말씀하심.

(20) 마침 아들 면회도 가고 먹고도 살 겸 사위한테 가 쌀 닷 말을 얻어옴.

(21) 함박눈을 맞으며 쌀을 얻으러 가는 시어머니 모습을 보니 눈물이 비오듯 함.

(22) 다시 굶어 죽게 됨.

(23) 정미소 주인의 허락으로 겨를 까불러 쭉정이나락을 찧어 싸라기 서 말을

46 황인덕, 『이야기꾼 구연설화 : 민옥순』, 제이앤씨, 2008, 30화.

얻어 겨울을 남.

(24) 봄이 되자 다시 굶어 죽게 됨.

(25) 장날마다 빵 장사를 하여 남은 밀가루로 겨우 극복함.

(26) 가을이 되어 다시 궁해지자 할 수 없이 논 한 마지기를 팔아 빚부터 갚음.

(27) 그러나 또 굶어 죽게 됨.

(28) 보리쌀 한 가마를 얻어다 봄을 남.

(29) 보리쌀이 다 떨어지자 시아버지가 위독해지고, 당일을 넘기기 어렵다고 점복자가 말함.

(30) 평소 새끼 꼴 때 모아둔 벼이삭을 찧어 밥을 지어 비손을 해드림.

(31) 시아버지 상을 당하여 위친계에서 쌀 네 말을 부조하여 겨우 일을 치름.

(32) 그래저래 살아온 것을 이루 다 말로 할 수 없음.

(33) 한때는 나무 장사로도 살다시피 함.

(34) 또 한때는 담배 농사로 살다시피 함.

(35) 깊은 한숨과 탄식.

(36) "그래 계우 살만하자 (남편이) 죽자 그랬어요."

앞 예화와 비슷하면서도 위 이야기는 화자가 더 자주 구연하는 다른 '체험담'의 하나이다. 화자는 이 이야기를 자진하여 구연하기를 즐기는데,[47] 이는 화자가 이것에 대하여 전승력이 강한 옛날이야기보다 더 흥미 있게 여기고 강한 구연 욕구를 지니고 있음을 말해준다. 또한 이 예화가 나름의 강한 유형성을 보여주고 있음도 이 이야기에 대한 화자의 깊은 관심과 잦은 구연 결과로 이해된다. 체험담을 통하여 화자의 표현 능력을 이해할 수 있는 적례라 할 수 있다.

체험담은 제재 선택 및 구성과 표현이 거의 동시에 이루어지며, 그러면서도 스토리의 일관성과 완결성을 지향할 필요가 있다.[48] 이런 요

---

[47] 화자는 그 동안 이 이야기를 모두 세 번(자진하여 두 번, 청하여 한 번) 들려주었다.

[48] 체험담의 줄거리 전개 양상과 그 의미 이해와 관련하여서는 천혜숙의 논문(「여성생애담의 구술

건을 충족하면서 주제를 잘 드러내고 그 결과로써 청자를 감동시키는 능력이 곧 유능한 이야기꾼의 구연 기량이라고 할 수 있다. 이 이야기는 우선 전체 주제를 향한 관심의 일관성이 잘 드러나고 있다. 그 전체 주제는 '고생스런 시집살이'에 있다. 혼인 초기의 고생 삽화가 중심을 이루고 있되 담배 농사와 나무 장사 등 그 이후의 다른 고생살이 삽화들도 함께 언급되고 있고, 남편이 작고한 사실로 마무리를 하고 있어 실제로 보면 시집온 이후의 고생살이 사례가 다 동원되고 있다고 할 수 있다. 고생스런 생애담 곧 체험담을 남편의 별세로 마무리 짓고 있음은 곧 자신의 거의 전 생애를 고생살이의 연속으로 인식하고 있음을 말해준다. 동일 제재—삽화—들에 대한 관심의 비중이 차이를 보이고 있을 뿐 삽화들의 일관성이 잘 유지되고 있는 것이다. 이를 우리는 특정 주제에 대한 관심의 집중화에 따른 유사 화소의 '반복'[49] 현상으로 설명할 수 있을 것이다. 체험담을 통한 주제 구현 방식의 하나이자 강조표현 기법의 하나이기도 한 셈이다.

이와 동시에 화자는 삽화의 포괄성과 함께 특정 삽화에 대하여 집중적인 관심을 보이고 있어, 자신의 전 생애를 심한 '고생살이'로 파악하고 있되 그 가운데에서도 혼인 초기 생활을 관심의 초점으로 삼아 길게 서술하고 있다. 이 내용이 보여주는 시기는 대략 출가하여 첫아이를 낳고서 남편이 입대하여 제대하기 전까지의 무렵이다. 이 가장 중요한 삽화를 집중적으로 서술하여 한정된 주제로써 전체 주제를 드러내고 있는 것이다. 생애에서 가장 이른 시기의 체험을 먼저 주목하고 집중적으로 서술하고 있음은 이 시기의 생애가 실제로 생애상 가장 힘

사례와 그 의미 분석」, 『구비문학연구』 4, 한국구비문학회, 1997)이 참고 된다. 그러나 일반 화자와 이야기꾼의 경우는 접근 각도가 다소 달라야 할 것으로 본다.

[49] 여기에서의 '반복'은 '회기回起 recurrence'라는 뜻과 같은 뜻이다. 경험담이 보이는 이러한 성격에 대하여 다룬 글로 김현주의 논문(「'일상경험담'과 '민담'의 구술성 연구」, 『구비문학연구』 4, 한국구비문학회, 1997, 119쪽)이 참고 된다. 이러한 반복 현상을 주제 실현 문제와 연관지어 해석하는 일이 중요하다고 본다.

들게 체험되었기 때문이었을 것이다. 이 시기는 곧 시집살이의 중심이기도 한 점에서 이 무렵의 고생살이 체험담은 곧 시집살이와도 일치하는 것이고, 이점에서 그녀 역시 동시대 한국 여성들이 일반적으로 보여주는 생애담에 대한 관심의 양상과 크게 다르지 않다고 할 수 있다.

다음으로 위 체험담의 구성 면에서 특징 이해를 도모해 보기로 한다. 위 이야기의 구성은 크고 작은 두 가지 측면에서 구분할 수 있다. 크게 볼 때의 구분은 다음과 같다.

> ① 주제의 압축적 제시 : (1)
> ② 고생 체험의 나열 : 대부분의 화소들
> ③ 감정 토로 : (6), (10), (14), (21), (32), (35)
> ④ 총괄 : (36)

이 가운데 ②가 위 체험담의 중심 내용을 이룬다면 ③은 구연자의 생생한 느낌을 실감 있게 전달함으로써 구연판에서의 표현성을 잘 발휘하는 효과를 준다고 할 수 있다. 그리고 ①과 ④는 구연 이야기의 형식성을 잘 유지함으로서 전체적으로 주제를 수미일관되고 안정감 있게 마무리하는 데에 기여하고 있다고 할 수 있다.

한편 줄거리의 구성면을 좀 더 작은 단위로 볼 때, 이 이야기의 주제와 구성상의 특징을 ②에서도 볼 수 있다. ②의 전체적인 내용은 '고생살이의 연속'이다. 이러한 비슷한 내용의 지속적인 반복은 기본적으로 창작서사와 다른 구연서사口演敍事의 특징을 잘 보여주는 것으로 이해할 수 있다. 그런데 자세히 보면 이들 다양한 화소들은 다음 세 가지로 나뉨을 볼 수 있다.

> 고생의 반복 → 그로 인한 극한 상황과 위기 → 그것의 극복

화자는 여러 화소를 적절히 동원하여 가난으로 인한 고통상을 실감 있게 전달하고 / 위기상황으로 몰고 가 긴장감을 조성하며 / 곤경 타개 상황을 보여주어 안도감을 주고 있다. 이처럼 서사의 핵심 내용에서도 일정한 구성력을 잘 유지하고 있음을 알 수 있다. 작은 화소들의 반복을 통하여 주제가 강조되는 것 못지않게, 전체적으로 보아 줄거리 전개상의 변화와 안정성을 함께 잘 보여주고 있다. 체험담도 그 나름의 유기체적 서사구조를 갖출 수 있음을 보여주는 적절한 예라고 하겠다.[50]

다음 표현 면을 보자. 화자는 자신의 이야기를 굶기를 밥 먹듯 했다는 말로 시작하고 있다. 이야기 전체의 주제를 요약해서 제시한 것이다. 그런가 하면 쑥을 겨와 밀기울 반죽에 붙여 밥에다 쪄 먹은 삽화를 처음 고생살이 내용으로 소개하고 있다. 첫아이를 낳기 전까지 긴 기간의 일로 이것을 소개하고 그에 대한 시어머니의 핀잔을 함께 말하고 있음은 가장 인상적이고 대표적인 제재를 먼저 소개한 것이라 할 수 있다. 이후 화자는 가난 체험 장면들을 계속 나열하고 있다. 거의 극한 적인 가난만을 일관되게 나열하고 있음에서 기억과 표현의 주제 집중성이 아주 강하게 실현되고 있음을 알 수 있다. 이러한 소재를 계속 가져오면서 한편으로 화자는 끊임없이 위기상황을 강조하고 있다. 특히 (18) 이전까지는 여러 소재를 두루 끌어들이다가 굶어죽기에 이르는 상황을 아주 절박하게 그리고 있다. 그리고 (19)에서 보듯 그런 상황을 구체적인 사실까지 동원하여 서술해보이고 있다. 이처럼 '굶어 죽게 되었다'는 극한적인 표현에 부응하여 화자는 표현의 마디마다 깊은 탄식을 곁들이고 있어 이야기 내용의 전개에 따른 실감 있는 표현이 잘 실현되고 있다. 반복과 함께 구연자의 강한 느낌을 동시에 노출해 보임으

---

50 신동흔은 체험담(경험담)이 대개 민담에서와 같은 유기체적 서사구조를 갖지 못한다고 보고 있는데(「경험담의 문학적 성격에 대한 고찰」, 『구비문학연구』 4, 한국구비문학회, 1997, 178쪽) 예외적인 경우가 충분히 있을 수 있다고 본다. 더하여, 체험담의 서사적 구성과 논리는 그것대로 별도의 관점에서 이해되어야 할 것으로 본다.

로써 지루하지 않으면서 감동적인 구연 표현을 달성하고 있다고 하겠다.

끝으로 이 이야기는 체험담을 통한 여성 시집살이의 주된 내용을 알게 한다는 점에서도 잠시 주목할 만한 의의가 있다고 하겠다. 여기에서 삽화의 주요 내용은 (1) 굶주림 문제, (2) 빚 갚기, (3) 바느질, (4) 아기 키우기, (5) 부족한 땔감으로 밥 짓고 방 데우기, (6) 추위(시부모의 부실한 이불)로 나뉘고 있다. 이 가운데 (1)이 가장 지속적이고도 중심이 되는 문제이며 다른 것들은 그와 연관되는 작은 문제들로 제기되고 있다. 또한 이와 관련하여 (3) 이하의 나머지 문제들도 여성의 생활고와 직결된 절실한 문제들임도 알 수 있다. 시골이긴 하나 벽지가 아닌 시골 소도읍을 배경으로 한, 가난한 농가의 새댁이 겪는 고생살이의 모습을 집약적으로 보여주었다고 할 만하다. 다만, 다른 화소들이 여성 시집살이에서 제기되는 공통주제라는 성격을 띤다면 민옥순의 경우 여기에 더하여 (2)가 그러한 어려움을 가중시키고 있음이 다소 다른 측면이라 하겠다.

이로써 볼 때 결과적으로 민옥순은 우수한 기억력에 의존하는 것만은 아니며, 전체 주제에 대한 관심의 일관성, 핵심 주제에 대한 관심의 집중력, 안정감과 변화의 묘미를 동시에 고려한 줄거리 구성력, 실감 있는 표현 등 여러 면에서 개인적 체험을 이야기답게 재현하여 구연해 내는 능력도 돋보이는 이야기꾼임을 알 수 있다.

8. 마을 사회 이야기의 수용

민옥순의 이야기 구연 자료 즉 이야기 목록에는 '마을 사회 이야기'가 일정 분량을 차지하고 있다. 그것은 그녀가 일상 노동을 통한 주민들과의 교제 범위가 비교적 넓고, 대화에 적극적이며, 그녀의 집이 오랫동안 동네의 마을방처럼 이용되어온 점 등의 요인으로 설명할 수 있을 것이다.

그녀는 젊은 시절부터 자신의 일을 하면서 주민들을 놉으로 쓰는 일을 많이 했을 뿐 아니라 맞품일을 해주거나 품팔이 삼아 남의 일을 많이 해주며 생활해 왔다. 담배 농사를 오래 계속하면서 놉을 많이 쓴 것이나, 가난한 살림에 평소 남의 집 일을 자주 해주러 다니곤 했던 것이 그것이다. 이로써 마을 사회 내에서, 노동을 통하여 자연스럽게 교제의 범위를 비교적 넓게 유지해올 수 있는 위치에 있었다. 다음으로 평소 남과 대화를 즐기는 성품도 또 다른 요인이 되었다고 할 수 있다. 그녀는 이야기를 잘 하고 남을 잘 이해해 주는 성품으로 하여 주위 사람들이 그녀를 친근하게 여기고 잘 따르는 편이었으며, 이런 점을 의식하여 그녀는 자신이 사람들에게 인기가 좋다고 스스로 말하기도 한다. 자연히 주위 사람들로부터 남보다 더 많은 이야기를 한 발 앞서 듣기에 유리한 위치에 있었던 셈이다.

세 번째는 그녀의 집이 친구들이나 안노인들이 자주 모이는 곳이라는 점이다. 그녀가 지금 살고 있는 집에 이사온 것은 40세 때였다. 이때부터 점점 그녀의 집은 이웃 안노인들의 작은 마을방 역할을 하기 시작했다. 그 이유는 몇 가지가 있다. 안노인들 마을방이 따로 없는 데에다, 그들 젊은 부부가 대인 관계가 원만하여 주민들이 비교적 친근하게 접근할 수 있었고, 둘 모두 토착 농민이면서도 평소 부지런하여 견문과 경험이 많은 편이며, 느티나무 아랫집이어서 여름철에는 시원함을 겸한 데에다, 안방이 넓어 방문자의 부담이 덜한 편이고, 그녀가 남의 말을 잘 들어주며 평소 이야기하기와 이야기책 읽기를 즐겼던 점 등이 그것이다. 이 마을에는 전에는 정규 노인당이 따로 없었다. 그러다가 근래 마을 복지회관이 생겨 이곳이 상노인들 중심의 경로당 역할을 하게 되었으나, 중하층 노인들은 그쪽으로 가지 않고 시장 안에 있는 사설 노인당을 주로 이용한다. 그러나 안노인들의 노인당은 따로 없어 늘 끼리끼리 모여 놀고 말았는데, 바로 민옥순의 안방이 이들 안노인들의 가장 유력한 마을방이 된 것이다. 특히 대여섯 명의 이웃 사람들이 이곳의 고정된 마을꾼을 이루고 있었다. 지금은 전부터 놀러오던 노인들은 연로하여 많이들 돌아가셨으나 그 아래 연배 층으로 이어지면서 최근까지도 마을꾼의 발길은 지속되어 왔다. 그러다가 재작년부터 복지회관에서 노인들에게 요가 교육도 하고 점심도 대접하는 등 노인회가 좀 더 체계적으로 활동하게 되면서 노인회의 응집력이 다소 강해져 최근 들어 안노인 마을꾼의 수가 약간 줄었다. 그렇기는 하나, 지금도 마을꾼은 간간히 이어지고 있고, 그녀의 안방이 지니는 작은 안사랑방 역할은 아직도 소멸되지 않은 상태이다.

이러한 점들이 그녀로 하여금 '마을 이야기'를 폭넓게 그리고 깊이 들을 수 있게 한 요인이라 할 수 있겠는데, 그녀로부터 들은 이런류의 이야기들은 다음과 같다.

뱀을 뱄다는 여자 / 거짓으로 아기 밴 척 한 여자 / 도깨비와 씨름하던 곳 / 부정 타서 효험이 없어진 샘 / 달걀귀신 소동 / 좌익으로 죽을 뻔했다가 살아난 사람 / 십년간 죽만 먹기로 결심한 사람 / 자신이 친부임을 끝내 발설한 사람 / 지큼이 있어 영험한 고목 / 범에 놀라 죽은 사람 / 어느 부부의 불운 / 나무 베다가 사람 죽은 사건 / 익사사고 잦은 곳 / 월남 색시와의 혼인파탄 / 국밥집 이야기 / 자녀 셋 둔 과부와 혼인한 총각 / 여자귀신을 태워준 택시 기사 / 의문을 남긴 어떤 사건 / 보상을 바란 과수 심기 / 죽기 직전에 자신의 자식임을 토설한 사람 / 미궁에 빠진 사건 / 근본이 낮다고 무산된 혼인

이들 목록을 보면 출가하기 전 친정마을에서 들은 비교적 오래된 것도 있지만[51] 대부분 출가한 이후에 들은 것들이다. 그리고 상당한 구전력과 함께 안정적인 구성을 지니는 것에서부터 생소한 사실의 보고에

머무는 것까지 유형이 분포되고 있음을 알 수 있다.

이들 이야기에 대한 그녀의 구연태도에서 드러나는 주요 특징으로 다음 몇 가지를 들 수 있다. 첫째는 구연태도 면에서 이야기의 구연에 소극적이며, 상대적으로 조심스런 태도로 구연한다는 점이다. 이들은 대개 '미담'이 아닌 데다 아직 살아있는 인물이거나 그 후손과도 부분적으로 관련된 이야기라는 점이 이런 제약으로 작용했다고 하겠다. 그리고 이는 동시에 이들 이야기가 상당한 정도 공개적인 이야기판에서 구연되기보다 비공개적인 이야기판에서 은밀하게 구연된 것이라는 사실을 말해주는 것이기도 하다. 이는 곧 그러한 비공개적인 이야기판에서 이들 이야기는 상당부분 '소문담'으로 구연되었을 것임을 짐작하게 한다. 더욱, 여성들의 또래집단이나 마을방에서 이런 이야기는 남성들의 그것에 비하여 상대적으로 더 활발한 구전 향유가 이루어졌을 것으로 짐작된다.

민옥순은 기질 면에서 수다스러운 유형의 이야기꾼은 아니며, 따라서 위와 같은 이야기 는 그녀의 취향과 잘 어울리는 것은 아니라 할 수 있다. 그 때문인 듯 화자는 이들 이야기를 소문담으로의 본질에 그다지 적합하지 않은 방식으로 구연하려는 태도를 보여주었다. 표현성보다는 '전달성'의 구연이 실현되고 있으며, 사실의 객관적인 전달에 주안을 두고 구연하려는 태도를 보여주고 있고, 비교적 느린 속도로 구연하고 있는 점 등이 그것이다. 예컨대 〈어떤 의문을 남긴 사건〉의 경우 화자는 소문으로 회자되는 것을 그대로 전달하려는 듯한 태도로 구연에 임하고 있다. 사건의 중요성에 따라 이는 추측성 소문이 무성하게 생성되고 전파될 만한 이야기인데, 화자는 이런 점을 고려했음인지 과장 표현을 절제하는 방식으로 구연하고 있다.

두 번째로는 이야기를 단일한 사건 중심으로만 파악하여 전달하려

---

51 위의 첫 번째와 두 번째 자료.

하지 않고 종합적으로, 자세하게 구연하고 있는 점이다. 이는 핵심이 되는 주제를 부각한 구연이라기보다는, 삶을 드러내고 관조하며 탐구하는 방향으로의 구연을 지향하는 것이라 할 수 있다. 다른 각도에서 볼 때 이는 한담閑談성이 강한 구연 태도를 보여주는 것이기도 하다. 이는 주제가 뚜렷하고 전승력이 강한 이야기 목록에서와는 다른 모습이란 점에서 주목됨직하다.

9. 맺음말

이제까지 살핀 결과를 종합하면 민옥순이라는 한 사람의 이야기꾼을 낳은 데에는 그 나름의 지리, 문화, 생업, 성별 등 여러 요인들이 멀고 가깝게 작용해 왔음을 확인할 수 있다. 우선 가장 먼 요인으로 가정의 경제적 빈곤을 들 수 있다. 민옥순의 아버지는 가난한 가정의 막내로 태어나 빈곤한 생활 속에서 어려서부터 남의 집과 마을 사랑방 출입이 잦았으며 이런 유소년 및 청년기의 체험은 그녀를 일찍부터 이야기책 읽기와 이야기 듣기 체험에 익숙하게 했다. 그런가 하면 빈곤을 면하고자 일찍 산골로 들어와 농사로 정착하게 되었고, 달리 오락거리가 없는 가난한 산촌의 안방에서 그녀가 겪은 청년기의 읽기와 듣기 체험은 그녀로 하여금 적극적이고 능동적인 이야기꾼으로 나설 수 있는 기반을 다지게 했다. 또한 그러한 조건은 민옥순으로 하여금 운명적으로 이야기를 듣고 자라기에 적합한 요람이 되어 주었다.

여기에는 지리적 조건으로서의 불편한 교통 사정도 작용하였음을 고려할 필요가 있다. 인골은 외부 마을과의 거리가 멀어 평소 왕래하기가 어렵고, 달리 현대사회의 산물인 흥행성의 연예나 오락을 즐길 수가 없던 환경이었다. 또한 그러한 조건은 마을의 어른은 물론 어린

세대들에게 외부와의 새로운 교류와 소통을 가로막았을 뿐만 아니라 정상적인 교육 기회마저 차단하고 말았다. 이러한 조건으로 하여 이 마을에서 이야기 듣기는 개인적으로나 집단적으로 취미 활동과 오락으로서의 기능을 더욱 높여주었으며, 또한 그것은 정규 학교 교육을 받을 수 없는 처지에 있던 민옥순에게 교육 기회의 제공이라는 의의까지 띨 수밖에 없었다.

그런가 하면 가난하고 궁벽한 마을이었지만 민옥순의 부모 모두 일찍이 이야기책을 볼 수 있었고 이야기책 읽기를 생활화하였으며, 더 나아가 민옥순의 시가 어른들도 평소 이야기책 읽기를 생활화하였던 사실을 유념할 필요가 있다. 친정과 시집 생활에서 일관되었던 이러한 이야기 문화 체험은 당시 농촌의 산골 마을에서는 다소 예외적인 것이라고 할 수 있는 것으로, 이는 그녀가 일생 동안 이야기 읽기와 구연하기를 생활화하고 익숙하게 하는 데에 가장 중요하고도 지속적인 영향을 주었다고 할 수 있다. 이러한 부모가 이야기를 즐기는 분위기 속에서 그녀는 한글도 일찍 깨치고 책도 읽을 줄 알아 소설책 열독자가 되었을 뿐만 아니라 부친의 이야기에 대한 가장 훌륭한 청자가 되어 부친을 많이 닮은 데에서 더 나아가 부친을 능가하는 이야기꾼으로서의 능력을 보여줄 수 있게 되었다.

그런가 하면 그녀가 보여준 이야기꾼으로서의 능력 발휘에는 전통 사회의 유습인 남존여비의 완고한 관념이 크게 작용해 왔음도 함께 고려할 필요가 있다. 그녀가 뛰어난 이야기 구연 능력을 지녔음에도 소녀 시절 혹은 처녀 시절 마을 친구 사이에서는 그러한 능력이 발휘될 수가 없었다. 부친의 완고한 훈육 태도로 하여 마을 밖으로의 자유로운 외출이 불가능했음은 물론 마을 친구들과의 일상적인 교제조차 거의 하지 않고 지냈기 때문이다. 이런 폐쇄적인 환경은 시집온 이후에도 계속되었으며, 그녀의 그 방면에서의 능력이 먼저 인정되고 발휘된 것은 오히려 책 읽기 쪽이었고, 이야기 구연 능력은 가정과 친구들 사이에서의 교제를 통해서보다는 시집 생활에 익숙해진 한참 뒤 생업에 본격적으로 열중하던 일터에서부터였다. 다름 아닌 윤리적 자기 단속에 깊이 유념해야만 하는, 전통사회의 유습에 충실하게 살아온 한계 때문이었다. 그러한 전통적 유습의 영향은 시부모가 별세한 중년 이후에도 크게 가시지 않았다고 할 수 있음은 그 무렵 이후 그녀가 들어온 이야기들의 전승권이 거의 마을을 벗어나지 않고 있다는 사실에서 알 수 있다. 그녀는 친정과 시가 생활 체험 모두에서 구시대의 완고성으로부터 벗어나기 어려웠으며, 대략 그 점이 이야기 구전 능력의 자유로운 발휘를 더디게 실현하게 한 주요한 요인의 하나였음을 알 수 있다.

이로써 종합할 때 민옥순은 연조로 보아 구시대보다는 신시대에 가까운 인물이라 할 수 있음에도 오히려 이야기 문화로 볼 때에는 구시대에 가까운 모습을 보여주는 인물이다. 그리고 이것은 지리적, 경제적, 문화적, 관습적 등 여러 요인들이 그녀의 삶을 깊이 관여해온 결과임을 알 수 있다. 한 마디로 깊은 산촌이라는 생활환경, 완고한 가치관, 그리고 그 속에서 이루어진 전통적인 방식의 이야기 문화를 잘 보여주고 있다는 점이 그녀가 보여주는 이야기꾼으로서의 독자성이자 시대상의 일면이라고 할 수 있다.

이제까지 필자는 장황할 정도로 한 인물에 대하여 민족지적 성격에 가까운 자세한 서술을 기하고자 했다. 그것은 서론에서 밝힌바 이야기꾼이 기본적으로 일상 속에서의 잘 보이지 않는 구연인 혹은 표현인이라는 점을 유의해서였다. 벽촌에서 살아온 한 여성이 보여준바 이야기꾼으로서의 인물상과 시대상을 바로 이해하기 위해서는 인물에 대한 환경 배경의 여러 측면들에 대한 자세한 관찰이 필요할 수밖에 없다. 그러한 관심이 선행됨으로써 구연자로서의 내면이나 특징이 제대로 이해될 수 있을 것임은 물론 독자적인 유형성도 제대로 파악될 수 있을 것으로 본다. 그런 점에서 이 글은 주어진 한 이야기꾼에 대하여 기초적인 사항을 정리하면서, 좀 더 심화된 접근을 위한 가능성을 부분적으로 타진해본 것으로 만족하고자 한다. 이를 토대로 앞으로 좀 더 세분화된 방향에서의 자료 조사와 관찰이 더 이루어져 이야기꾼 세계에 대한 좀 더 깊은 이해에 보탬이 되기를 기대한다.

체험의 개입 과정에서 나타날 수 있는 이야기의 극적 구성

「이야기꾼 사례 고찰 : 산촌형 이야기꾼 민옥순」에 대한 토론문

최종남

산촌형 이야기꾼 민옥순이 재능 있는 이야기꾼이 될 수 있었던 여러 요인들을 성장 배경과 선천적 또는 후천적인 특징을 고찰하면서 이야기꾼의 독자적인 유형성에 접근한 황인덕 교수님의 논문은 이야기 문화를 연구하는 후학들에게 큰 힘이 될 것이라 판단한다.

황 교수님의 발표 논문 중에 토론자가 관심을 가지고 주목한 부분은 이야기꾼 민옥순의 가정 배경이다. 외부의 영향권에서 멀리 떨어진 외딴 산촌에 살며 아버지가 이야기책을 읽고 이야기 구연을 즐기는 특별한 가정 분위기를 가졌기 때문에 자연스럽게 이야기꾼의 길을 선택하게 되었을 것이다. 게다가 남달리 집중력과 기억력이 뛰어나 학교를 다닌 오빠보다 일찍감치 한글을 깨치고 『옥루몽』, 『유충렬전』 같은 소설 읽기에 탐닉할 수 있었던 주인공 민옥순의 경우는 좋은 이야기 구연자가 훌륭한 이야기꾼을 길러내게 된다는 인과관계로 파악된다. 이 관계 설정은 작가와 독자와의 관계로 확대될 수도 있을 것이다.

그러나 라디오가 등장하고 급기야는 TV까지 나타나면서 전통적인

전승 구연 과정이 자취를 감추게 되므로 이야기꾼 민옥순 여사 같은 분을 만나기 어렵게 될 것이다. 오빠보다도 한글을 먼저 깨칠 정도로 영특하고 아버지가 읽어준 『옥루몽』을 외어 낭독하고 이것을 받아 적을 만큼 탁월한 기억력을 가진, 나이로 보면 신시대에 가까운 인물이고 이야기 문화로 볼 때는 구시대에 가까운 전통적인 인물을 만나 면담 채록할 수 있었던 것은 이야기 문화를 연구하는 데 큰 도움이 되었을 것이란 판단을 한다.

토론자가 그 다음으로 주목한 것은 듣거나 체험한 이야기들을 어떻게 갈무리해 두었다가 표현해 내느냐에 있다. '민옥순이 보여주는 돋보이는 점의 하나는 체험 사실(직접·간접)을 이야기로 전환하여 구연하는 욕구의 능력', 다시 말하자면 '이야기답게 재현하여 들려주는 태도'이겠고 그것이 이야기판의 형편과 듣는 이의 반응에 따라 첨삭 가미되는 재구성 능력이 아닐까 생각해 본다. 발표논문에서도 체험담은 '전승력이 강한 옛날이야기보다 더 흥미 있게 여기고 강한 구연 욕구를 지니고 있음'을 보여준다고 지적하고 있다. 그리하여 '스토리의 일관성과 완결성을 지향하고 이런 요건들을 충족하면서 주제를 잘 드러내며 그 결과로 청자를 감동시키는 능력이 곧 유능한 이야기꾼의 구연 기량'이라고 한다, 라고 언급하고 있는데 이런 이야기꾼의 구연 능력과 이야기 구성 단계는 곧 소설로 발전하는 서사적 구조로 파악되기 때문에 주목하지 않을 수 없었다.

이야기 구연에서 구연자(작가)의 개입은 구연하는 일(글쓰기)을 신명나게 만들었을 터이고 넓적다리 보고 거시기까지 봤다는 식(입담)으로 체험 영역을 픽션화시켜 나가는 이른바 서사적 구성에 이야기꾼 민옥순이 능력과 역할이 절대적으로 기여했을 것이다.

2

산촌형 이야기꾼 민옥순 한 사람의 사례만 들어 지역성을 고찰하고 있는 연구 범위가 다소 협소해 보인다고 생각했다. 황 교수님의 발표 논문을 읽어 나가면서 토론자는 민옥순 말고 실제 산촌마을에 거주하고 있는 이야기꾼 중에 전라도나 경상도 사람 한둘을 찾아 이야기꾼의 사례를 추가하고 그 공통점과 차이점을 비교 소개하여 특성을 밝혀냈더라면 다각성 측면에서 사례 연구가 완결하게 되지 않았을까 싶다. 민옥순 한 사람을 만난다는 일도 매우 어려울 터인데 한두 사람 더 적합한 면담자를 만나라고 주문한다는 자체가 무리라고 생각이 들기도 한다. (좀 더 심화된 접근을 위한 가능성 타진해 본 것으로 만족하고자 한다)

②

　곁들여 산촌형을 고찰 언급하면서 방랑형이라든지 그와 유사한 장터마당형, 읍내형과 같은 전통 이야기꾼의 여러 유형을 잠깐 살펴보는 것도 논문을 이해하는 데 큰 도움이 되었을 것이라고 생각해 본다.

③

　발표자는 이야기판에서 소설을 낭독하거나 들은 이야기를 갈무리해 두었다가 구연할 때 이야기꾼의 자기 체험이 개입되는 경우가 있다고 했다. 이런 경우 우리는 '신명이 났다'라고 표현한다. 그리고 앞부분에서도 이야기꾼이 변화와 묘미를 동시에 고려한 줄거리 구성력과 실감나는 표현 등 여러 면에서 개인적 체험을 이야기답게 재현하여 구연해 내는 능력이 있음을 언급했듯이 이야기꾼은 본래 갈무리해둔 이야기 70%의 30% 정도는 꾸며서 이야기를 하게 되거나, 이야기판의 반응 정도에 따라 구연 방법과 기술(속도의 완급, 높낮이, 장단에 의한 감정 표현 등)이 어떻게 달라져서 이야기판을 압도하는지, 그런 장면들이 발표 논문에 언급되었더라면 서사적 구성에 참여하게 되는 과정을 이해하는 데 참고가 되었을 것이라고 본다.

끝으로 외부와 단절된 생활 여건 속에서 살아왔기 때문에 비교적 전통적인 이야기꾼의 모습을 간직해 온 민옥순 여사를 이 자리에 모셔다가 직접 이야기를 구연하는 장면을 상상해 보는 것으로 그 아쉬움을 삭혀보고자 한다.

제3부

김유정과

이야기판

이야기꾼 이후의 이야기꾼
김유정의 순진과 비순진
최원식

1. 이야기꾼의 귀환

나는 예전에 「김유정을 다시 읽자!」(1994)란 짧은 글을 통해 그의 독특한 문학적 자질에 대한 새로운 자각을 다짐한 바 있다. 요지를 추리면, 1930년대의 참담한 민족현실 또는 민중생활과 격절된 철부지 목가牧歌로 보는 관점과, 작품을 감싸는 해학적 소란함을 사회학의 언어로 번역하려는 또 다른 관점, 김유정을 보는 이 두 관점이 다 적실的實하지 않다는 것이다.[1] 물론 그때도 두 관점을 가로지르는 새로운 독법을 찾아낸 바는 아니었거니와. 그럼에도 무언가 제3의 방법이 요구된다는 감각만은 절실했다고 하겠다.

그러다 그만 잡답雜沓 속에 김유정(金裕貞, 1908-1937)과 그의 문학으로 가는 새로운 길을 찾는 작업에 나태했다. 전신재全信宰 선생이 묵은 약

---

[1]   崔元植, 『한국 근대문학을 찾아서』, 인하대 출판부, 1999, 261쪽.

속을 환기하는 머리에, 다시금 유정과 마주하게 되었다. 그 사이 그가 심혈을 기울여 펴낸 원본 전집을 서안書案에 두고 매일 숙제하듯이 김유정의 단편들을 읽었다. 처음엔 숙제로 여겼지만 첫 단편 「산ㅅ골나그내」(1933)를 읽어나가면서 이미 그것은 그윽한 기쁨을 주는 즐거운 공부로 되었다. 대체로 연구실에서 퇴근하기 직전에 이 일을 하곤 했는데, 너무 재미있어서 그 시간이 어서 오기를 기다릴 지경이 되었던 것이다.

그런데 마침내 「심청」(1936)을 읽고 나서 가벼운 실망을 맛보았다. 이 원본 전집은 발표연대순으로 배열되었으니, 「심청」은 13번째다.[2] 농촌에서 취재한 앞의 작품들과 달리 처음으로 도시를 배경으로 한바, 이 단편 이후 도시에서 소재를 취한 작품들 또한 「땡볕」(1937)을 제외하곤 대체로 범작에 가깝다고 해도 지나친 말은 아니다. 꼭 도시소설만 그런 게 아니라, 득의의 영역인 농촌소설에서도 그렇다. 「동백꽃」(1936) 같은 가작佳作이 거의 예외라고 할 정도로, 「심청」을 고비로 전반적 하강화가 두드러지던 것이다.

도대체 무슨 일이 있었을까? 그해의 연보年譜를 보자.

> 1936년(28세) 폐결핵과 치질이 악화됨. 서울 정릉 골짜기의 암자, 신당동에서 셋방살이하는 형수댁 등을 비롯해 여러 곳을 전전하며 투병. 박봉자朴鳳子에게 열렬히 구애했으나 거절당함. 김문집金文輯이 병고작가 원조운동을 벌여 모금을 해줌.[3]

병고와 가난이 더욱 가혹해진 점이 눈에 띄지만 이는 그의 문학적

---

2 이 작품은 1932년에 탈고한 것이니 발표연대와 차이가 크다. 그런데 전신재의 지적대로 "습작기의 작품으로 처녀작이라고 하기에 부족"한 단편을 그대로 발표한 것을 보면 김유정의 하강을 표시하는 기점일 수 있다. 전신재 편, 『원본 김유정 전집』(개정판), 강, 2007, 180쪽.
3 위의 책, 717쪽. 이하 이 책의 인용은 따로 주를 달지 않고 본문에 면수만 표시함.

삶에서 새삼스러울 게 없다. 처녀작 「산ㅅ골나그내」를 발표한 1933년은 바로 폐결핵이 발병한 해다(717쪽). 춘천春川 실레[甑里] 마을의 청풍김씨淸風金氏 지주댁 막내 도련님으로 운니동雲泥洞 서울집에서 태어났으되,[4] 가세가 기울어 살림을 줄이는 이사를 거듭하기 시작한 게 재동보통학교齋洞普通學校를 졸업하고 휘문고보徽文高普에 입학한 15살(1923년) 때인데, 급기야 1928년(20세) 즈음에는 형이 서울살림을 거두고 낙향하는 바람에 죽을 때까지 이어진 더부살이 신세로 전락한 터다(716쪽). 따라서 병고와 가난은 유정 문학의 숙명이라고 해도 지나친 말이 아니다.

이 점에서 위 연보의 박봉자에 주목할 필요가 있다. 그녀는 박용철(朴龍喆, 1904-1938)의 누이다. 김유정의 유명한 짝사랑은 명창 박녹주(朴綠珠, 1906-1979)가 널리 알려졌지만 이는 21살(1929년)에 시작하여 23살(1931년)에 끝난 등단 이전의 일이다. 연상의 기생 박녹주에 이어 그는 생애의 마지막을 이화여전梨花女專 출신의 신여성 박봉자에 대한 연모에 골몰하였다. 김문집(金文輯, 1907-?)은 그 전말顚末을 이렇게 전한다.

문단서는 아직까지 김유정을 단순히 폐병으로 죽은 줄 알고 있다. 죽기까지는 나도 그렇게 알고 있었다. 그러나 그의 부고를 받은 수일후 나는 춘원春園 선생댁에서 이런 저런 이야기를 하는 동안에 유정의 죽음에 숨은 로맨스가 엉키어 있었음을 직감하였다. (…중략…) ○○와 ○군과의 약혼을 어느 잡지 소식란에서 안 유정은 그날부터 공중에 쌓은 연애를 일조에 파괴하는 동시에 생명을 조각한 예의 그 편지(유정은 그녀에게 31통의 편지를 썼다-필자)를 중지

---

[4] 金裕貞 : 1908년 1월 11일 서울 진골(종로구 운니동)에서 출생.
김유정의 출생지는 지금까지 강원도 춘천군 신동면 증리 427번지로 알려졌다. (…중략…) 생존하는 마을사람 누구도 김유정이 춘천에서 태어났다고 주장하지 못했을 뿐더러 김유정의 셋째 누나 유경의 주장에 일리가 있다고 생각한다. (…중략…) 춘천 의병이 봉기하던 (…중략…) 뒤숭숭한 세상에 춘천 실레 부자가 신상에 어떤 위험을 느껴 서울에 집을 마련해 식솔들을 옮겨 갔을 가능성이 높은 것이다. 어쩌면 이미 그 이전부터 대부분의 식솔들이 서울 생활을 하고 있었는지도 모른다. 全商國, 『유정의 사랑』, 고려원, 1993, 14쪽.

했다 함은 말할 필요도 없거니와 (…중략…) 그날부터 (…중략…) 유정은 술로써 이내 청춘을 불사르기 시작했다는 것이다. (…중략…) 박○○양과 모군某君과의 결혼식이 시내 모 예배당에서 거행되던 날 낙백落魄의 예술가 김유정군은 결핵성 치질을 겸한 폐병 제3기의 중환重患을 충신정忠信町(오늘의 충신동) 어느 셋방에 혼자 앓고 있었다.[5]

위의 '모군'이란 평론가 김환태(金煥泰, 1909-1944)인데, 결혼은 1936년 6월 1일의 일[6]로 김유정과 함께 '구인회九人會(1933년 결성)' 후기 동인으로 참여한 사이인지라 아마도 더 큰 충격이었을 것으로 짐작된다. 그렇다고 김문집의 허풍을 그대로 수용한다는 것은 물론 아니다. 김유정을 빙자한 그녀에 대한 과잉 공격은 30년대 비평의 신예로 떠오른 김환태에 대한 견제 심리의 발동이란 측면도 없지 않기 때문이다. 그나저나 이 사건이 그의 꺼져가는 육체적 생명의 종언을 재촉했을 것은 분명하거니와 이 와중에서 문학적 목숨 또한 빈빈彬彬하기 어려움은 당연한 일일지도 모른다. 이런 환경에서 창작을 지속했다는 것 자체가 기적이 아닌가. 다시 생각해 보면 「심청」 이전과 이후를 나누는 일도 작위적이다. 29살로 요절한 그가 작품 활동을 한 시기란 1933년부터 고작 4년에 지나지 않는다. 이 짧은 기간에 문자 그대로 자신의 고통을 먹이로 영롱하기 짝이 없는 명편들을 생산했음을 생각할 때, 가장 비천한 현실로부터 가장 고귀한 인간적 진실을 길어 올린 김유정이야말로 모더니즘의 도래 속에서 씨가 말라가던 이야기꾼의 전승을 새로이 이은 문학사적 사건이라고 해도 지나친 말은 아닐 것이다.

---

5   김문집, 「김유정의 悲戀을 공개 비판함」, 『여성』, 1939.8, 재인용 : 『김유정전집』, 현대문학사, 1968, 469쪽.
6   「年譜」, 『김환태전집』, 문학사상사, 1988, 427쪽.

2. 개체향의 내부 기계

김문집은 김유정에 관해 3편의 글을 남겼다. 김유정의 가치를 누구보다 앞서 발견(?)했다고 떠벌이지만, 실제를 들여다보면 공치사와 자기자랑으로 범벅된 잡문 따위다. 그 가운데 앞에서 인용한 글은 그야말로 가십gossip에 지나지 않으매, 그래도 좀 나은 두 글을 잠깐 보자. 첫 번째 글은 「병고작가 원조운동의 변辯 : 김유정군의 관한」(『조선문학』 1937.1)으로서 자신의 평론집에 수록할 때는 「김유정」으로 제목을 바꿨다. 이 글은 이렇게 시작된다.

> 유정 김군은 조선문단서 내가 자신을 가지고 추상推賞할 수 있는 유일의 신진작가다. 조선에 돌아와서 한글예술을 감상하기 시작하야 제일 먼저 내 눈에 띠이는 작품 하나가 있었으니 그가 곧 「안해」라는 단편이요 이 「안해」의 작자가 미지의 신진 김유정군이었다.[7]

참으로 가관이다. 도시인이 시골사람 내려다보듯, 조선문학을 대하는 우스꽝스런 오만함이 물씬한 어조다. 이런 알아줌은 왠지 불길한 것인데, 이어지는 대목이 과연 그렇다.

> 「안해」의 작자는 소위 문호를 꿈꿀 작가는 못된다. 그러나 농후한 독자성을 향유한 희귀한 존재로서의 그의 앞길을 축복할 수는 있다. 이 작품 하나로서 추측컨대 군은 깊은 문학적 교양이라거나 장구한 작가수업을 축적한 친구는 아니다. 그에게는 스케―르의 큼도 없고 근대적 지성의 풍족을 들 수도 없고 제작상의 골骨(コツ : 요령―필자)도 아직 체득치 못한 작가로 관찰되어 따라서 명공名工의 계획을 세워서 그를 조종하는 기능을 발견하기도

---

7   김문집, 『비평문학』, 靑色紙社, 1938, 403쪽.

아직은 어려운 작가다. 그러나 일반 조선문학에 있어서 가장 내가 부족을 느끼는 '모찌미(持味, 체취 또는 個體香)'를 고맙게도 이 작가는 넘칠 만큼 가지고 있다. 그의 전통적 조선어휘의 풍부와 언어구사의 개인적 묘미와는 소위 조선의 중견, 대가들이라도 따를 수 없는 성질의 그것. (403~404쪽)

일종의 오리엔탈리즘이다. 식민지 조선문학은 제국의 문학, 그 일각에 겸허히 자리하여 특수한 향토성을 발휘하면 족하다는 투가 아닐 수 없다. 알아본 것이 오히려 그를 욕보인 격이다. 아니 김유정만이 아니라 조선문학 전체를 모욕한 것이다. 조선문학은 김유정처럼 '모찌미'에 힘쓰라는 그의 주문이란 식민지문학은 되지 못하게 제국문학을 흉내내는 헛된 노력을 방기하고 주제에 맞게 개체향, 달리 말하면 토속성을 잘 개발하라는 주문이기 때문이다. "조선작가는 왜 이처럼 빈궁한가? (…중략…) 문화사업에 유의有意한 자산가로서 문학과 문단의 인식이 그처럼 부족하다면 그러면 문단 내부에서의 상호부조의 정신까지도 과연 이 따 서울바닥에는 전연 없는가?(409쪽)"라고 호통치며 그가 벌인 김유정 모금운동조차도 곱게 보이지 않는다. 이 점에서 이상(李箱, 1910-1937)의 「날개」(1936)에 대한 그의 어처구니없는 독설에 유의할 필요가 있다. "이 정도의 작품은 지금으로부터 칠팔년 전 신심리주의의 문학이 극성한 동경문단의 신인작단에 있어서는 여름의 맥간모자麥稈帽子(밀짚모자—필자)와 같이 흔했다는 사실이다."[8] '내지內地'에서는 이미 익숙한 신심리주의가 식민지에서는 첨단으로 행세하는 것에 대한 비아냥을 머금은 이런 발언의 저의 또한 고약한 것이다. 김문집은 조선인이 오히려 일본인을 연기演技함으로써 조선에서 평론 권력으로 행세한 골계적 예를 대표할 터인데, 이런 자에게 포획된 김유정이 가엽다.

도대체 「안해」(1935)는 어떤 작품이기에 김문집에게 이런 모욕적 칭

<hr />

[8] 김문집, 「「날개」의 시학적 재비판」, 위의 책, 39-40쪽.

찬을 받은 것인가? "가진 땅 없(169쪽)"는 주인공이 "나무장사(173쪽)"로 생애하는 겨우살이를 배경으로, 들병이로 나서려는 아내를 부축이다가 뭉태와 술 먹는 장면을 목격하곤 생각을 바꾸는 것으로 마감하는 이 단편은 겉보기에는 순진한 농촌이야기 같다. 그런데 이렇게만 보면 작가에게 당한 것이다. 김문집은 바보다. 표면적인 순진성을 둥그렇게 감싸고 있는 작가의 눈을 잊은 채 주인공 '나'를 김유정으로 착각하고 있기 때문이다. 「안해」의 문체를 염상섭과 비교한 대목을 먼저 보자. "그의 전통언어미학의 범람성은 염상섭과 호일대好─對이나 염씨의 언어가 순 서울 중류문화계급의 말인 데 대해서 김군은 병문말에 가까운 순 서울 토종말을 득의로 한다."⁹ 횡보 염상섭(橫步 廉想涉, 1897-1963)의 서울말이 중류계급의 말, 즉 경아리말이라면 유정의 토종말은 병문말이라는 지적이 흥미롭다. 병문屛門이란 '골목 어귀의 길가'니 주로 지게꾼이나 인력거꾼 같은 막벌이 노동자들이 손님을 기다리며 노드락거리는 곳이다. 병문말이란 따라서 서울의 하층언어라는 뜻일 터인데, 사실 이 지적도 탓을 하자면 할 수 있다. 지게꾼으로 살아가는 「땡볕」의 주인공 덕순이만 해도 "시골서 올라온 지 얼마 안되(326쪽)"니, 덕순이가 구사하는 서울 병문말이란 과연 토종말일까? 유정의 대표작 「동백꽃」의 '동백꽃'이 겨울에 피는 붉은 동백꽃이 아니라 봄에 노랗게 피는 강원도 동백꽃, 즉 생강나무꽃이라는 데에서 짐작되듯이, 유정의 언어는 강원도 농민의 사투리가 그 육체이기 때문이다. 그런데 횡보의 「청춘항로靑春航路」(1935)와 유정의 「안해」에서 한 대목씩을 뽑아 나열하고 덧붙인 논평이 더 큰 문제다. "정련된 점에 있어서는 역시 대선배에게 일시─時를 양讓치 아니치 못하지만 순진성에 있어서는 우리의 신진군新進君이 승점勝點을 취할 것 같다."¹⁰ 횡보의 언어는 정련되고 유정

---

9   김문집, 「김유정의 예술과 그의 인간비밀」, 『조광(朝光)』, 1937.5, 재인용 : 『김유정전집』, 현대
     문학사, 1968, 443쪽. 원제는 '고 김유정군의 예술과 그의 인간비밀'이었으나 이 전집에 수록될
     때 '고'가 빠졌다.

의 그것은 순진하다고 지적한 그는 작중인물과 작가를 혼동하곤 하는 아마추어 독자에 가깝다. 순진한 것은 김유정이 아니라 그에게 당한 김문집이다. 「안해」의 순진은 사실 극화된 순진이다. 시점point of view 에 주목할 필요가 있다. 「안해」의 시점은 1인칭으로 남편인 '나'의 이야 기인가, '나'가 관찰하는 아내의 이야기인가에 따라서, 1인칭 주인공 시 점I as protagonist으로도, 1인칭 관찰자 시점I as witness으로도 볼 수 있는 복 합성이 흥미롭다. 그런데 '나'의 구어적 고백체가 시종일관 작품 전체 에 견지된다는 점이야말로 이 단편의 묘미다.

> 우리 마누라는 누가 보던지 뭐 이쁘다고는 안할것이다. 바루 게집에 환장 된 놈이 있다면 모르거니와. 나도 일상 같이 지내긴 하나 아무리 잘 고처보 아도 요만치도 이쁘지 않다. 허지만 게집이 낯짝이 이뻐 맛이냐. 제기할 황 소같은 아들만 줄대 잘 빠처놓으면 고만이지. (169쪽)

아마도 우리 소설사에서 이런 실험으로 이름난 단편은 채만식(蔡萬 植, 1902-1950)의 「치숙痴叔」(1938)인데, 「안해」는 그보다 앞서니 이런 종 류의 개척적 실험의 효시라고 하겠다. 그리고 보면 「봄·봄」(1935)과 「동백꽃」(1936)도 이 문체를 실험한 작품들이거니와, 그중에서도 가난 한 강원도 농민의 말투에 자신을 철저히 밀착함으로써 획득되는 말잔 치가 놀라운 「안해」가 제일 강렬하다.

이 점에서 "이야기를 하는 동안 자신이 작가라는 사실을 완전히 잊 어버리는 상태"[11]로 자연스럽게 이행하는 희귀한 능력을 지닌 김유정 소설의 내부풍경에 대한 전상국의 통찰은 시사적이다. 유정은 소설의 진정한 고수다. 그럼에도 나는 이를 "무아의 신명"[12]으로만 해석하는

---

10 위의 글, 443~444쪽.
11 전상국, 「김유정소설의 언어와 문체」, 전신재 편, 『김유정문학의 전통성과 근대성』, 한림대 출 판부, 1997, 297쪽.

데에는 주저한다. 지적 훈련의 반복이 신명神明으로 이동하는 것을 용이히 촉진할진대, 과연 유정의 인물은 순진하기만 한가? "가면쓰고 능청부리기"[13]는 작가만이 아니라 그가 창조한 인물들에 두루 적용된다. 유정의 인물들, 특히 이 계열의 실험작들에서 그들은 만만치가 않다. 순진으로만 접근했다가는 큰코다친다. 겉보기와는 달리 치밀한 운산運算이 촘촘히 작용하고 있으매 뜻밖에 지적 실험의 성격이 짙다.

우선 「안해」를 좀 따져 보자. 이 작품의 화자 '나'는 허풍선이다. 무식하고 가난하지만 남자를 크게 내세워 아내를 마구 깔본다. 그런데 흥미로운 것은 아내가 아들 똘똘이를 낳고부터 남편에게 지지 않는 것이다. "그때부터 내가 이년, 하면 저는 이놈, 하고 대들기로 무언중 게 약되었지(171쪽)" 매일의 일과처럼 치러지는 부부싸움이 그럼에도 끔찍하기는커녕 정겹기조차 하다. 왜 그럴까? 그가 허풍선이만이 아니기 때문이다. "농사는 지어도 남는 것이 없고 빚에는 몰리고, 게다가 집에 들어스면 자식놈 킹킹거려, 년은 옷이 없으니 떨고 있어 이러한 때 그냥 백일수야 있느냐(171-172쪽)." 가난이 못난 부부싸움을 충동이는 딱한 현실을 그도 알지만 그만두지 못한다. 아내도 안다. 그래서 겉으로는 앙숙 같은 이 부부가 속살로는 금슬이 나쁘지 않다. 그래서 그는 장담한다. "우리가 원수같이 늘 싸운다고 정이 없느냐 하면 그건 잘못이다(171쪽)." 쳇바퀴처럼 반복되는 이 지옥으로부터 벗어나는 방책으로 아내가 "우리 들병이로 나가자(174쪽)"고 제안한다. 이 단편의 중심은 바로 남편이 아내에게 소리를 가르치는 희극적 삽화들의 축조다. 소리연습이 진행될수록 아내의 주동성 또한 강화된다. 야학에도 다니더니 급기야 뭉태의 꼬드김으로 술집에서 술을 먹다가 '나'에게 들키는 대목에서 단편은 절정에 오른다. 이름처럼 의뭉한 뭉태는 「총각과 맹꽁이」(1933)에 "뚝건달(31쪽)"[14]로 처음 선뵌 이래 「솟」(1935), 「봄·봄」그리

---

12 위의 글, 297쪽.
13 위의 글, 296쪽.

이야기꾼 이후의 이야기꾼 | 최원식 389

고 「안해」에 연속 출연하다가 이후 사라진 인물인데, 잠깐 잠깐 나와도 잊을 수 없는 인상을 각인하는 그야말로 '평면적 인물flat character'을 대표하는 김유정 소설 최고의 조연이다. 이 인물이 이 단편의 절정에서 메다꼰짐을 당하고 '나'는 들병이로 보내려는 계획을 작파하고 아내를 집안에 들어앉히기로 결심한다. 눈이 푹푹 쌓인 추운 겨울밤 아내를 업고 집으로 돌아오니, "빈방에는 똘똘이가 혼자 에미를 부르고 울고 된통 법석(179쪽)"이다. 그리하여 단편은 이렇게 맺는다.

> 너는 들병이로 돈 벌 생각도 말고 그저 집안에 가만히 앉었는 것이 옳겠다. 구구루 주는 밥이나 얻어먹고 몸 성히 있다가 연해 자식이나 쏟아라. 뭐 많이도 말고 굴 때[15]같은 아들로만 한 열다섯이면 족하지. 가만있자. 한 놈이 일 년에 벼 열 섬씩만 번다면 열다 섬이니까 일백 오십 섬, 한 섬에 더도 말고 십 원 한 장식만 받는다면 죄다 일천 오백 원이지. 일천 오백 원, 일천 오백 원, 사실 일천 오백 원이면 어이구 이건 참 너무 많구나. 그런 줄 몰랐더니 이년이 배속에 일천 오백 원을 지니고 있으니까 아무렇게 따져도 나보담은 났지 않은가. (179쪽)

난감한 현실 앞에서 부풀어오른 '나'의 공상이란 억지위안에 가깝다. 이 단편 또한 해학 속에 찌르는 듯한 비애가 숨쉰다. 자기최면 속에서 암담한 현실을 수락할 수밖에 없는 허풍선이 가장의 마지막 독백에서 진전이 있다면, 그것은 작품의 첫머리와는 반대로 아내가 '나'보다 낫다고 인정한 점이다. 아내를 들병이로 내놓지 않고 보통 가족처럼 살겠다는 남편의 다짐은 그래서 더욱이 아름답다. 처녀작 「산ㅅ골나그내」(1933)로부터 「소낙비」(1935), 「솟」(1935), 그리고 「가을」(1936)에 이르기까지 유정의 단편은 아내의 매춘을 부축이거나 묵인하는 남편들의 이

---

14 "늘 건달 노릇을 하는 사람", 임무출 편, 『김유정 어휘 사전』, 박이정, 2001, 207쪽.
15 "키가 크고 몸이 남달리 굵은 사람", 위의 책, 67쪽.

야기가 대부분임을 상기할 때 이 결말은 여러모로 이채롭다. 과연 남편의 다짐이 잘 지켜질지 조금도 낙관할 수 없음에도 남편의 결단은 다시 비애를 뚫고 솟아오른 진정한 해학으로서 종요롭다.

나는 앞에서 이 작품이 1인칭 주인공 시점과 1인칭 관찰자 시점을 겸하고 있다고 지적한바, 양자 가운데 하나를 택한다면 전자로 보는 게 좋겠다. 제목은 아내지만 결국은 '나'의 이야기이기 때문이다. 아내와 자식을 제대로 부양하지 못하는 남편의 비애가 중심주제다. 이 비애를 감추기 위해 '나'는 더욱더 떠벌이가 되는 것이다. 그래서 이 단편은 이야기하기telling를 끝까지 밀어붙인다. 알다시피 현대소설은 소설의 태반인 이야기하기보다 보여주기showing를 예술성의 징표인 양 힘써 온 데 반해, 김유정은 정반대의 길을 갔다. 그럼 이 방향은 쉬운 반동의 길인가? 아니다. 1인칭 독백체, 그것도 농민의 언어를 그대로 재현한 이런 문체를 시종일관 견지한다는 것은 이야기하기의 극한을 추구하는 실험적 수법이라고 하겠다.

이 단편은 결코 단순치 않다. 모리스 슈로더는 "알아차리지도 못한 채 산초Sancho는 돈 끼호떼Don Quixote의 알라존(alazon, 자기기만자)에 대해 에이론(eiron, 자기비하자)을 연기하고 있다"[16]고 지적한바 있다. 알라존과 에이론은 아리스토텔레스(Aristoteles, BC.384~BC.322)가 설정한 범주다. 전자가 "세상 사람들에게 존중되는 것들을 사실은 지니고 있지 않으면서 지닌 체하며, 또 실지로 자기가 지니고 있는 이상으로 지닌 체하는 경향이 있는 사람" 즉 '허풍선'이라면, 후자는 "자기가 지니고 있는 것을 숫제 부인하거나 혹은 낮추어 말하는 경향이 있는 사람" 즉 '비꼬기를 잘하는 사람'이다.[17] 이 단편에서는 남편이 끊임없이 허풍을 치는 알라존이요, 남편의 허풍을 간단없이 깨는 아내가 에이론인 셈이다. 그런

---

16 Maurice Z. Shroder, "The Novel as a Genre", *The Theory of the Novel*, ed. by Philip Stevick, New York : The Free Press, 1968, 19쪽.
17 아리스토텔레스, 崔明官 역, 『니코마코스윤리학』, 을유문화사, 1966, 262쪽.

데 눈에 보이는 아내보다 눈에 보이지 않는 에이론에 주목해야 한다. 그 에이론이 바로 작가다. 다시 슈로더를 빌면 "소설가가 에이론인 데 반해, 그의 주인공 ○○은 환멸을 통해서 결국 그가 영웅이 아니라는 것을 배우는 알라존이다."[18] 이 단편의 '나'는 작가와 불일치하는 '극화된 화자dramatised narrator'다. 유정은 '나'의 뒤에 철저히 숨어서 '나'의 고통스러운 학습과정을 독자들에게 전달한 '내포작가implied author'의 역할을 놀라운 자제력으로 수행하였다. 아마도 손톱을 깎는 냉담한 태도와는 거리가 먼, 에이론 아닌 에이론이 바로 「안해」의 작가 김유정이다. 이상의 성근 분석을 통해서도 김유정의 작품이 얼마나 정교한 기계장치를 내장했는지 짐작할 것이다. 김유정의 겉만 보고 지성의 결핍 운운한 김문집이야말로 엉터리 알라존이 아닌가.

3. '소설 이전적 소설'이란 오판

김문집은 이 평론의 말미에 또 허풍을 친다.

군의 작품중 나는 「산골」을 가장 높이 평가한다. 작년 8월호 『조선문단』지에 발표된 것이다. 예와 같이 이 작품은 구성요소로 프롯트도 계획도 없는 소설 이전적 소설이다. 그러면서도 「산골」 이외의 예술적 흥취를 느끼게 하는 작품을 나는 아직 조선문학에서 찾지 못한 자이다.

이 비논리적인 논리에 사실인즉 김군의 천분天分이 있는 동시에 그의 위기가 내포되어 있기는 하다. ○○군은 어느 때까지 이 소설 이전적 미묘소설을 계속할 것인가 하는 점이다.[19]

---

[18] Maurice Z. Shroder, 위의 글, 24쪽.

'소설 이전적 소설', 용어로는 모처럼 근사하지만 과연 김유정 소설에 이런 딱지를 붙여도 되는 것인가? 「안해」처럼 「산골」(1935)도 한번 따져보자. 이 단편은 확실히 근대소설novel 이전 로맨스의 풍모를 짙게 보이고 있다. 소설을 구성하는 각 장에 '산', '마을', '돌', '물', '길'과 같은 시적 제목을 달고, 1·2장의 서두와 4·5장의 서두와 말미는 시처럼 행갈이한 문장들을 배치한 김유정의 작품 가운데서도 특이한 단편이다. 작가는 왜 이 작품에서 이런 몽환적 장치를 베풀었을까? 이 작품이 『춘향전春香傳』의 패러디parody라는 점에 주목할 필요가 있다. 여주인공 '이뿐이'는 종이다. 그 어머니도 이 집안의 씨종이니 대물림한 노비다. 노비제도는 이미 갑오경장(甲午更張, 1894)으로 혁파되었지만 강원도 산촌에서는 여전히 현실이었다. 그녀는 도련님의 유혹에 넘어가 산에서 정분을 맺고 "앙큼스러운 생각(125쪽)" 즉 "저 도련님의 아씨(126쪽)"가 될 꿈을 꾸게 된 것이다. 이를 눈치챈 마님은 구박이 자심하다. "노나리와 은근히 배가 맞었으나 몇 달이 못가서 노마님이 이걸 아시고(127쪽)" 파경을 맞은바 있던 그녀의 어머니 또한 자신의 경험에서 우러난 지혜로 이뿐이를 말린다. "종은 상전과 못사는 법(127쪽)"이라고 그녀를 좋아하는 동네총각 석숭이와 결혼하라고 은근히 딸을 단속하던 것이다. 그런데 결정적인 것은 서울로 유학간 도련님이 "돌도 넘었으런만 (…중략…) 이렇다 소식하나 전할 줄 조차 모(124쪽)"른다는 점이다. 도련님이 탈이 났다. "서울 가 어여뿐 아씨와 다시 정분이 났다(131쪽)"는 소문이다.

작품은 이뿐이가 산에서 서울로 간 도련님을 하염없이 기다리는 데서 시작된다. 1장 산의 중심은 도련님과 맺어진 장면의 회상이다. 2장 마을에서도 그녀는 산에 있다. 산에서 마님과 어머니의 닦달에 시달리는 장면을 되짚는다. 산의 로맨스를 마을이 부정하는 형국이니, 산이 꿈이라면 마을은 현실이다. 3장 돌은 2장의 연장이다. 2장 후반에 등장

19 김문집, 「김유정의 예술과 그의 인간비밀」, 위의 책, 444-445쪽.

한 석숭이를 수수밭 속으로 끌고 들어가 돌로 우려치며 다투는 장면인데, 그녀는 여전히 산에 있다. 석숭이는 일종의 훼방꾼이다. 『춘향전』으로 말하면 변사또다. 그런데 도련님만 아니었으면 그녀를 아내로 맞이할 수도 있었을 것을 상기컨대, 훼방꾼은 석숭이가 아니라 도련님이기도 하다. 또한 이 다툼에서 유의할 점은 이뿐이가 변사또에 항거하는 춘향이처럼 매우 강한 성격이라는 점이다. 이뿐이 역시 사내를 꼼짝 못하게 찍어 누르는 「동백꽃」(1936)의 점순이 계보에 속하는 인물인 것이다. 4장 물에서도 그녀는 아직 산에 있다. 이 장의 핵은 "험악한 석벽틈에 (…중략…) 웅성깊이 충충 고(131쪽)"인 맑은 물이다. 그녀는 그가 들려준 전설을 회상한다.

옛날에 이 산속에 한 장사가 있었고 나라에서는 그를 잡고자 사방팔면에 군사를 놓았다. 그렇지 마는 장사에게는 비호같이 날랜 날개가 돋힌 법이니 공중을 훌훌 나르는 그를 잡을 길 없고 머리만 앓든중 하루는 그예 이 물에서 목욕을 하고 있는 것을 사로잡았다는 것이로되 왜 그러냐 하면 하누님이 잡수시는 깨끗한 이 물을 몸으로 흐렸으니 누구라고 천벌을 아니 입을리 없고 몸에 물이 닷자 돋혔든 날개가 흐시부시 녹아버린 까닭……. (132쪽)

아기장수 이야기는 민중영웅의 봉기와 좌절을 반영한다. 대체로 영웅의 부모가 후환이 두려워 날개를 처리하는 경우가 많은데 이 이야기는 새로운 형이다. 이 이야기 속의 물은 영웅의 날개를 녹인다. 그로써 영웅이 죽음에 이르니 여기서 물은 곧 죽음이다. 『심청전沈淸傳』의 인당수印塘水가 그러하듯, 물은 죽음과 부활의 원형인 데 반해, 이 이야기 속의 물은 부활 없는 죽음일 뿐이다. 아기장수의 비극을 환기하는 물을 중심에 둔 4장은 이 로맨스의 결말을 강력히 암시하는 복선이다. 5장 길에서 이뿐이는 없다. 그 대신 석숭이가 산에서 이뿐이를 기다린다. "올 가을이 얼른 되어 새곡식을 걷으면 이뿐이에게로 장가를 들게

(133쪽)" 된 석숭이는 이뿐이 부탁으로 서울 도련님에게 부칠 편지까지 써주면서 결혼 약속을 받았으니 느긋하게 그녀가 산에 오기만 기다리는 것이다. 그런데 이 장은 "모든 새들은 어제와 같이 노래를 부르고 날도 맑으련만 / 오늘은 웬일인지 / 이뿐이는 아직도 올라오질 않는다(133쪽)"는 적막한 문장으로 시작되어, "그러나 / 오늘은 웬일인지 / 어제와 같이 날도 맑고 산의 새들은 노래를 부르련만 / 이뿐이는 아직도 나올 줄을 모른다(135쪽)"는 서두를 변주한 그래서 더욱 적막한 문장으로 맺어진다. 마치 소월(素月, 1902-1934)의 「산유화山有花」(1925)를 연상시키는 이 적요함은 무엇을 가리키는 것일까? 서울로 편지를 부치고 "속달게 체부 오기를 기다(135쪽)"리는 이뿐이는 왜 아직도 모습을 나타내지 않을까? 이 장의 제목이 '길'이라는 점까지 감안하면 그녀는 죽음의 길을 떠난 것인가?

이 단편은 『춘향전』에 대한 현실적 해석을 담고 있다. 오리정에서 춘향이와 이도령이 이별하는 대목이 현실 또는 노블이라면 춘향이 이도령의 정실로 출세하는 결말은 꿈 또는 로맨스다. 이 단편은 이별 이후를 다시 쓰고 있다. 변심한 도련님을 기다리다 죽어가는 이뿐이 이야기를 통해 『춘향전』 이후의 로맨스를 해체하고 있는 셈이다. 사실 이뿐이에게 다른 선택지들도 없지 않았다. 첫째는 『춘향전』의 어느 이본처럼 도련님의 첩이 되는 길이다. 그러나 당시 여건상 이는 아내 되기보다 더 어려울지 모르니, 오히려 비현실적이다. 이보다 현실적인 것은 도련님을 잊고 석숭이의 아내가 되는 길이다. 그 이름[20]이 암시하듯이 석숭이는 가난한 집 총각은 아니다. "즈아버지 장사하는 원두막(128쪽)"이나, "제밭은 안매고(129쪽)"나, "읍의 장에 가서 세 마리 닭을 팔아(133쪽)"나, "올 가을이 되어 새곡식을 걷으면 이뿐이에게로 장가를 들게(133쪽)"나, 그리고 "꼬박이 이틀 밤을 새이고"일망정 이뿐이 편지를

---

[20] 석숭石崇은 중국 서진西晉의 유명한 부호.

대필한 것(134쪽) 등으로 미루건대, 자작농 이상은 되는 듯싶다. 그러니 이 길이 가장 현실적이라고 할 수 있다. 사실 그럴 맘이 없지도 않다. 석숭이가 대필 편지를 가지고 와서 수긍한바다.

> "이 편지 써왔으니깐 너 나구 꼭 살아야한다" 하고 크게 얼른것이 좀 잘못이라 하드라도 이뿐이가 고개를 푹 숙이고 있다가 "그래" 하고 눈에 눈물을 보이며……. (134쪽)

그런데 그녀는 굳이 다른 길을 간다. 마님의 반대, 석숭이를 택하라는 어머니의 권유, 그리고 도련님의 변심에도 불구하고, 그녀는 '도련님의 아씨'가 되고픈 욕망에서 헤어나지 못한다. 그 가망없음을 알면서도, 아니 장애 때문에 한번 일어난 욕망의 불길은 더욱 거세게 내연(內燃)하는 것이다. 냉정히 살피면 아씨가 되기도 어렵지만 된들 행복해질지 의문이다. 도련님이란 게 정말 철딱서니에 지나지 않기 때문이다. 그럼에도 이 가짜 욕망에 지핀 그녀는 계속하여 외곬로만 달려간다, 그 끝이 자기 파멸일지라도.

그럼 이 소설은 김문집의 말대로 '소설 이전적 소설' 다시 말하면 로맨스인가? 이미 지적했듯이 「산골」이 패러디한 『춘향전』 또한 단지 로맨스만은 아니라는 점을 기억해야 한다. 신분을 넘은 연애와 결혼을 욕망하는 춘향이는 어느 부모 밑에서 태어났는가가 아니라 자신의 재능과 노력에 따라 그에 걸맞은 삶의 질이 보장되어야 한다는 근대사회의 신화를 승인하는 조숙한 근대인이다. 따라서 『춘향전』은 노블적 주제를 로맨스적으로 해결한 복합소설인 것이다. 「산골」도 복합적인가? 이뿐이와 도련님의 연애가 파경으로 귀결된다는 점에서는 로맨스가 아니지만, 그녀가 끝내 가짜 욕망으로부터 깨어나지 못한다는 점은 어떻게 보아야 할까? 그녀는 분명 로맨스적이다. "인제는 계집애는 밭일을 안 하도록 법이 됐으면 좋겠다 생각하고 이뿐이는 울화ㅅ증이 나서 호미를 메꼰지고(128쪽)" 말 정도로 육체노동에 대한 강한 염증을 드러낸다. 도련님과의 정분을 계기로 그녀는 로맨스에 중독된 것이다. 산문적 근대사회에서 로맨스 중독자가 조만간 맞이할 파멸을 묘파한 이 단편은 로맨스를 빌어 로맨스를 부정한 소설, 즉 안티－로맨스다.

'소설 이전적 소설'이기는커녕 '소설 이후적 소설'에 가깝다. 이 단편은 3인칭 시점인데 통상의 전지적 관점이 아니다. 작가 또는 내포작가는 이뿐이와 석숭이 뒤에 완벽히 몸을 감추고 있을 뿐만 아니라, '의식의 흐름stream of consciousness' 수법을 능란하게 구사하고 있기 때문이다. 위의 인용문에서도 짐작되듯이 외부 현실과 내면 풍경이 무매개적으로 혼용된다. 마지막 장에 나오는 이뿐이의 '내적 독백interior monologue'을 잠깐 보자.

> 이뿐이는 다 읽은 뒤 그걸 받아서 피봉에 도로 넣고 그리고 나물 보구니속에 감추고는 그대루 덤덤이 산을 내려온다. 산기슭으로 나리니 앞에 큰내가 놓여있고 골고루도 널려박인 험상궂은 웅퉁바위 틈으로 물은 우람스리 부다치며 콸콸 흘러나리매 정신이 다 아찔하야 이뿐이는 조심스리 바위를 골라딛으며 이쪽으로 건너왔으나 아무리 생각하여도 가치 멀리 도망가자든 도련님이 저 서울로 혼자만 삐쭉 다라난 것은 그 속이 알 수 없고 사나히 맘이 설사 변한다 하드라도 잣나무 밑에서 그다지 눈물까지 머금고 조르시든 그 도련님이 이제 와 싹도없이 변하신다니 이야 신의 조화가 아니면 안 될 것이다. 이뿐이는 산처럼 잎이 퍼드러진 호양나무 밑에 와 발을 멈추며 한 손으로 보구니의 편지를 끄내어 행주치마 속에 감추어들고 석숭이가 쓴 편지도 잘 찾아갈런지 미심도 하거니와 또한 도련님 앞으로 잘 간다하면 이걸 보고 도련님이 끔뻑하야 뛰어올겐지 아닌지 그것조차 장담못할 일이었마는 아니, 오신다 이 옷고름을 두고 가시든 도련님이어늘 설마 이편지에도 안 오실리 없으리라고 혼자 서서 우기며 해가 기우는 먼 고개를 바라보며 체부 오기를 기다린다. (134–135쪽)

대필 편지를 받아들고 산을 내려오며 그녀의 마음에 떠오르는 온갖 상념들을 그대로 재현한 이 대목은 이 단편에 감초인 수법의 지능성을 짐작케 한다. 김문집은 겉만 보고 이런 모더니즘 서사기법을 능란하게 구사하는 유정의 속 모습은 땅띔조차 못한 것이다. 『춘향전』을 '내적 독백'을 활용하여 다시 쓴 「산골」을 보노라면, 『조광朝光』(1937.3)의 설문조사에서, 허균(許筠, 1569-1618)의 『홍길동전洪吉童傳』과 제임스 조이스(James Joyce, 1882-1941)의 『율리시즈Ulysses』(1922)를 가장 감명 깊은 작품으로 꼽은 김유정의 응답(485쪽)이 상기된다.

그런데 김유정의 『율리시즈』에 대한 평가는 독해가 요구된다. 바로 그 설문이 실린 잡지에 발표된 수상隨想 「병상의 생각」에서는 신랄하기 때문이다. 『율리시즈』를 자연주의가 한 번 더 퇴행한 졸라(Émile Zola, 1840-1902)의 부속품으로 폄하하면서 서구의 신심리주의문학 전체를 '생명 대신에 기교'를 택한 탈선으로 비판한 것이다(468쪽). 그리하여 그는 단언한다. "쪼이스의 「율리시스」보다는, 저 봉근시대의 소산이던 홍길동전이 훨적 뛰어나게 예술적 가치를 띠이고 있는 것입니다(470쪽)." 신심리주의가 첨단의 사조로 유행하던 시대의 흐름에 부러 어깃장을 놓는 객기에도 불구하고 김유정이 건강한 사회성을 매우 중시했다는 점은 주목할 바이거니와, 그럼에도 그의 문학이 모더니즘 바깥에만 있었다고 볼 일은 또 아니다. 위의 예에서 보듯 그의 의식적인 부정에도 불구하고 그는 모더니즘을 예의 주목했을 뿐만 아니라 그 서사기법을 잘 활용할 줄 알았다. 『춘향전』과 『율리시즈』가 공생하는 그의 문학은 이 때문에 '소설 이전' 같기도 하고 '소설 이후' 같기도 한 복합성을 오묘하게 지니게 된 것이다.

4. '위대한 사랑'의 예감

김유정의 생각은 뜻밖에도 급진적이다. "아즉은 없었는 듯 합니다. 허나 앞으로 장차 노서아露西亞에서 우리 인류를 위하야 크게 공헌될바 훌륭한 문화가 건설되리라 생각합니다." 이는 『조광』 1937년 2월호 설문 "세계역사상, 어느 시대, 어느 민족의 문화가 훌륭하다보십니까"에 대한 김유정의 대답이다(480쪽). 이로써 판단컨대 당시 그는 소련의 사회주의 실험에서 인류의 미래를 보고 있었던 것이다. 그럼 그는 맑스주의자인가? 「병상의 생각」에서 그는 "크로보토킨의 상호부조론이나 맑스의 자본론이 훨신 새로운 운명을 띠(471쪽)"고 있다고 언급했다. 끄로뽀뜨낀(P. Kropotkin, 1842-1921)의 무정부주의와 맑스(K. Marx, 1818-1883)의 공산주의에 대해서도 개방적인데, 그럼에도 그가 당대의 운동에 관여한 어떤 흔적도 없다. 낙향했을 때(1931-1932) 실레에서 야학을 연 게 유일한데(717쪽), 이는 참회귀족의 국지적 운동에 가까울 것이다. 이선영은 그 문학에 나타난 계급적 시각이 모호하다는 점에서 그가 후자보다는 전자에 더 친근하다고 판단한다.[21] 과연 그는 무정부주의자인가? 그런데 바로 그 앞에 이런 문장이 나온다. "한동안 그렇게 소란히 판을 잡았든 개인주의는 니체의 초인설 마르사스의 인구론과 더부러 머지 않어 암장暗葬될 날이 올겝니다(471쪽)." 맬서스(T. Malthus, 1766-1834)와 니체(F. Nietzsche, 1844-1900)에서 개인주의의 종언을 예감하고, 끄로뽀뜨낀과 맑스에서 집단주의의 도래를 간취하는 김유정의 구도가 흥미롭다. 알다시피 무정부주의는 개인의 자유의지를 더 중시하는 점에서 공산주의와 분기되는데, 유정은 그 차이에 둔감하다. 끄로뽀뜨낀이나 맑스나 다 집단주의로 수렴하는 것이다. 김유정은 현실로 존재하는 복잡한 계보의 좌파들에는 관심이 없었던 것인지도 모른다. 그가 꿈꾸는 대안

21　李善榮, 「김유정 소설의 민중적 성격」, 『동백꽃』, 창작과비평사, 1995, 263쪽.

은 무엇인가? 이 글의 말미에서 유정은 말한다.

> 그러나 그 새로운 방법이란 무엇인지 나역 분명히 모릅니다. 다만 사랑에서 출발한 그 무엇이라는 막연한 개념이 있을 뿐입니다. (…중략…) 다만 한 가지 믿어지는 것은 사랑이란 어느 시대, 어느 사회에 있어, 좀 더 많은 대중을 우의적으로 한끈에 꿸 수 있으면 있을수록 거기에 좀 더 위대한 생명을 갖게되는 것입니다. (…중략…) 오늘 우리의 최고이상은 그 위대한 사랑에 있는 것을 압니다. (…중략…) 그럼 그 위대한 사랑이란 무엇일가. 이것을 바루 찾고 못 찾고에 우리 전인류의 여망餘望이 달려있음을 우리가 잘 보았습니다. (471-472쪽)

'위대한 사랑'이란 말은 그의 대안이 아직은 하나의 관념이라는 점을 분명히 드러내거니와, 그럼에도 "부질없이 예수를 연상하고, 또는 석가여래를 (…중략…) 들추(471쪽)"지 말라고 명토 박는다. 그는 확실히 끄로뽀뜨낀이나 맑스, 또는 후자에 기반한 소련의 실험에 더 큰 기대를 두고 있다. 그런데 이미 지적했듯이, 그 가탁이 운동 또는 혁명의 실상에 대한 깊은 관심에서 기원했다고 보기는 어렵다. 소련의 실험이 그의 유토피아적 몽상에 하나의 계기로 된다는 정도일 터인데, 아마도 그의 '위대한 사랑'이란 끄로뽀뜨낀과 맑스의 결합일지도 모른다. 인간을 근원적으로 부패시키는 자본주의를 넘어서는 맑스의 기획을 만물은 서로 돕는다는 끄로뽀뜨낀의 방법으로 실현한다는 그의 꿈이 '위대한 사랑'이 아닐까? 사실 그는 당시의 좌익을 그대로 추종하지 않았다. 그의 벗 안회남(安懷南, 1909-?)은 증언한다.

> "인류의 역사는 투쟁의 기록이다."
> 한참 좌익사상이 범람을 할 임시 누가 이런 말을 하자, 옆에 있던 유정은 "그러나 그것은 사랑의 투쟁의 기록이다"하고 이렇게 대답한 일이 있다.[22]

그는 유토피아로 가는 계단들을 촘촘히 챙기지 않는 몽상가다. 그의 생각에서 계급문제가 전경화한 데 비해 식민지문제는 거의 드러나지 않은 약점도 그와 연관될 것이다. 식민지 농민의 고통에 그처럼 예민한 김유정이 민족의 해방을 가벼이 볼 리가 없겠지만, 그는 이 중요한 매개항에 대해 거의 침묵한다. 유토피아의 도래라는 궁극적 사건에만 몽상을 집중한 탓인가? 그러매 그의 몽상 속에서 끄로뽀뜨낀과 맑스가 서로 돕는 것이 무슨 대수랴! 그만큼 유정은 순진하다. 그의 성품을 단적으로 보여주는 것이 "그의 집안사람들이 다 반상班常을 가리어 가노家奴를 대하기 짐승처럼 했으나 유독 그는 꼭 존경하는 말로 그들을 대했"[23]다는 점이다. 도련님 출신으로서는 드물게도 그는 집안의 아랫사람들에게나 집밖의 가난한 시골사람들에게 다가갈 통로를 지닌 드문 인품의 소유자이거니와, 바로 이 점이 그의 문학과 '위대한 사랑'의 토대가 아닐 수 없다.

1935년 후기 동인으로 가입한 구인회(九人會, 1933년 창립)와 김유정은 얼핏 맞지 않는 옷처럼 보이기도 한다. 이태준(李泰俊, 1904-?), 정지용(鄭芝溶, 1902-1950), 김기림(金起林, 1908-?), 박태원(朴泰遠, 1909-1987), 이상(李箱, 1910-1937) 등, 쟁쟁한 모더니스트들의 아지트가 구인회였기 때문이다. 소설가 이선희(李善熙, 1911-?)는 유정의 인상을 이렇게 그려낸다. "차림새로 보아 모던 뽀이와는 거리가 멉니다. 검정 두루마기에 옥양목 동정을 넓적하게 달아 입으셨더군요."[24] 영락없는 시골사람 행색이다. 더욱이 작품도 겉으로 보기에는 구식 농촌소설 비슷해 보이지 않는가. 소설가 이석훈(李石薰, 1908-?)은, "'구인회'의 누구누구를 인간적으로나 예술에 있어서까지 공격하기를 주저치 않았"던 김유정이 어느 날

---

22 안회남, 「겸허」(1939), 『한국현대대표소설선』 3, 창작과비평사, 1996, 415-416쪽. 이 단편은 '김유정전'이라는 부제가 붙었듯이, 유정의 삶을 이해할 최고의 실명소설이다.
23 金永壽, 「김유정의 생애」, 위의 책, 408쪽.
24 위의 책, 462쪽.

그리되어 섭섭하고 불쾌했다고 증언한다.[25] 제임스 조이스를 비롯한 모더니즘을 거침없이 비판한 태도로 보아 아마도 그랬으리라고 짐작된다. 그런 그가 왜 구인회에 가입했는가? 물론 구인회의 영입 제의를 거절하지 못한 유정의 비순진성을 은폐할 필요는 없지만, 구인회를 오로지 프로문학에 반대하는 우익으로만 파악하는 냉전적 문학사관도 문제다. 구인회는 프로문학에 비판적이지만 그렇다고 탈이념의 공간으로 퇴각한 철부지 순수문학을 지향한바가 결코 아니었다.[26] 구인회의 모더니즘은 프로문학과 함께 1920년대 신문학운동의 근대성을 비판한 현대화 프로젝트라는 점에서 모더니즘과 프로문학은 표면적 대립에도 불구하고 실상은 거의 동시에 태어난 쌍생아라고도 할 수 있을 것이다.[27]

앞에서 살펴보았듯이, 김유정은 명백히 자본주의 너머를 사유하는 리얼리즘을 추구했다. 그럼에도 프로문학의 변형 복제는 사절이다. 알다시피 그의 소설에 등장하는 농민들은, 「만무방」(1934)이 잘 보여주듯이, 집단적 쟁의가 아니라 개인적 일탈의 형태로 지주에 반항한다는 점에서 프로소설과 차별된다. 이런 비정규 파업은 여성인물들에게도 유사하게 나타난다. 열불열烈不烈설화를 재창조한 그의 단편들에 등장하는 여성들은 타락을 거듭하다 파멸하는 김동인(金東仁, 1900-1951)의 「감자」(1925)와 다르고, 고통의 끝에서 방화로 종결짓는 현진건(玄鎭健, 1900-1943)의 「불」(1925)과도 다르다. 전자의 여주인공 복녀가 자연주의풍이라면 후자의 여주인공 순이는 신경향파적인 데 비해, 유정의 여주인공들은 '도덕의 피안'에서 사는 듯 지배계급이 훈육한, 성에 대한 노예의 도덕으로부터 자유롭다. 주막집 총각의 색시 노릇을 잠깐 하고는

---

25 이석훈, 「유정의 영전에 바치는 최후의 고백」, 1937, 재인용 : 전상국, 위의 책, 231쪽.
26 최원식, 「한국문학의 근대성을 다시 생각한다」, 1994, 재인용 :『생산적 대화를 위하여』, 창작과비평사, 1997, 33-37쪽.
27 최원식, 「프로문학과 프로문학 이후」, 『민족문학사연구』 21, 민족문학사학회, 2002, 28-30쪽.

다시 떠돌이 남편과 천연덕스럽게 떠나버리는「산ㅅ골나그내」(1933)의 여주인공에게 복녀와 순이를 감싸는 어두운 그림자가 없다. 이 양명함 이야말로 앞 시기와 결정적으로 구분되는 김유정의 소설의 새로운 자질인데, 그 선구를 찾는다면 병든 남편을 살리기 위해 용한 의원 최주부에게 잠자리 시중을 들어가며 남편을 살린 여인의 이야기를 다룬 현진건의 「정조와 약가藥價」(1929)가 있을 뿐이다. 「정조와 약가藥價」라는 희귀한 싹을 새로운 이야기틀로 구축함으로써 30년대 소설의 새로운 영토를 확정한 작가가 바로 김유정이다. 그는 프로문학 이후의 작가인 것이다. 리얼리즘과 모더니즘이 기우뚱하게 혼융한 김유정의 문학은 그래서 구인회와 묘하게 어울린다고 해도 좋다.

"경험들을 나누는 능력"이 하락함에 따라 "이야기체 예술의 종언이 다가오는"[28] 시대의 표정에 주목한 발터 벤야민(Walter Benjamin, 1892~1940)은 근대소설의 발흥이 그 가장 이른 징후[29]였다고 지적한바, 근대문학의 챔피언인 근대소설이 이야기체 쇠퇴의 결정적 분기점이란 그의 안목은 날카롭다. 고독한 소설가의 밀실에서 태어나 격리된 독자의 내실에서 소비되는 근대소설은 자신의 기원인 이야기를 지우려고 안간힘을 써왔는데, 근대소설을 다시 한 번 예술화하려고 기도한 것이 모더니즘 서사라는 것을 상기할 때, 김유정은 이야기 전통의 파괴 내지 쇠퇴에 저항하는 소설가라는 위치가 저절로 드러난다. 그런데 그는 단지 반항인만은 아니다. 김유정은 인민에 깊이 뿌리박은 이야기꾼의 전승을 존중하되 자기 시대의 호흡인 모더니즘의 세례도 사양하지 않았다. 모더니즘의 서사전술도 때로는 채택한 그는 리얼리즘과 모더니즘을 결합한 신판 이야기꾼, 즉 '이야기꾼 이후의 이야기꾼'을 감당한 것이

---

28 Walter Benjamin, "The Storyteller", Illuminations, trans. by Harry John, New York : Schocken Books, 1988, 83쪽; Walter Benjamin, 潘星完 역, 「이야기꾼과 소설가」, 『발터 벤야민의 문예이론』, 민음사, 1983.
29 Walter Benjamin, 위의 글, 87쪽.

다. 그런데 이 실험은 도시소설에서는 농촌소설만큼 성공적이지 못하
다. 이는 결국 모더니즘의 전유專有가 불충분하다는 점을 말하는가? 그
는 도시의 마성魔性을 휘어잡기에는 너무나 순정한 인품을 자랑하는
시골 도련님이었던 것이다. 더구나 그 창조적 실험의 숙성에 허용된
시간이 얼마나 각박하게 짧았던가를 생각하면, 이야기가 쇠퇴하는 시
대를 거슬러 이야기꾼의 본때를 보이기 위해 고투한 그의 순결한 영혼
을 위해 오직 명목瞑目할 뿐이다.

김유정 문학을 새롭게 대하는 계기

「이야기꾼 이후의 이야기꾼 : 김유정의 순진과 비순진」에 대한 토론문

노화남

대부분의 사람들이 김유정의 소설을 이야기할 때 공통적으로 나열하는 말이 있다. 식민지 시대 한국 농촌의 참담한 현실, 향기 높은 토속어, 비극적 상황을 웃음으로 뒤집는 수준 높은 해학, 등장인물들의 생동감 등. 그러나 그런 말들은 김유정 소설의 표면적인 궤적을 더듬어 솎아 낸 동류항들이지 '비천한 현실로부터 가장 고귀한 인간적 진실을 길어 올린 김유정' 작품들의 특성이나 묘미를 표출하는 말로는 미흡한 느낌이 든다. 최 교수가 '새로운 독법'을 추구하고자 고민하고 애쓴 것도 판에 박은 듯한 김유정 소설의 일반적 관점에 대한 불만(?)에서 시작된 것이라고 느꼈다.

최 교수의 발표문은 대체로 두 가지 면에서 김유정 문학, 그의 소설을 다시 생각하게 한다. 하나는 김유정 소설에 내장되어 있다는 '정교한 기계 장치'이다. 그 기계 장치란 물론 구성plot을 포함한 작가의 '치밀한 운산運算'이다. 발표문은 주로 「안해」를 통해 '진정한 고수' 김유정

의 뛰어난 작가적 운산을 분석해보였지만 「봄·봄」, 「만무방」, 「소낙비」, 「산골 나그네」 등에서 등장인물들의 끈을 쥐고 그들의 '말투에 자신을 철저히 밀착'시킨 작가 김유정의 고수다운 이야기꾼 자질이 그대로 나타난다. 등장인물들의 분노와 슬픔을 교묘하게 웃음으로 뒤바꿔 해학미를 연출해내는 솜씨야말로 '1930년대 소설의 새로운 영토를 획정한 작가'라는 상찬을 받을 만하다.

김유정 소설을 새롭게 읽도록 채근하는 발표문의 다른 면은 바로 김유정의 인간적 면모와 문학적, 문학 외적인 사유 세계이다. 청년기에 접어들면서 마주친 빈곤과 비련, 병고와 절망, 암담한 시대 상황에서 한꺼번에 불어 닥치는 사조와 이념, 그 파도 속에서 작가 김유정이 어떤 생각을 하며 작품을 썼고 낙향해 야학을 열었고 동인활동을 했는지 최 교수는 다양한 자료들을 제시하며 유추하는 작업을 보여주었다. 김유정은 소설 외에 편지, 수필, 설문 응답 등 그의 삶과 내면세계의 편린들을 단편적으로 엿볼 수 있는 자료들을 남겼지만 위대한 작가의 전모를 파악하기엔 내용과 분량이 부족하다. 그럼에도 불구하고 최 교수는 이들 자료와 같은 시대를 살다 간 문인들의 글을 최대한 활용해 김유정의 삶을 조명하고 있다. 그가 처한 환경과 시대 상황, 당시의 사조와 이념 등이 그의 문학에 어떤 형태로든지 영향을 끼쳤으리라는 점은 분명하지만 그런 자료들과 작품 세계를 대응하며 설명하는 것은 무리한 일이라고 생각한다. 다만 작품을 깊고 넓게 이해하고 속맛을 보는 데는 도움이 될 것이다.

발표문에서 지적한 것처럼 김유정 소설에 나타난 시점의 복합성이나 구어적 고백체 등 실험적 방법이 작가의 의도적 개척 '운산'이었다는 점을 전제한다면 김유정이야말로 '이야기가 쇠퇴하는 시대를 거슬러 이야기꾼의 본때를' 보여준 작가라는 주장에 공감하지 않을 수 없다.

김유정의 이야기꾼들
김유정 실명소설 연구

유인순

1. 들어가는 글

　'최초의 작품부터 자약自若한 일가풍一家風을 가졌고, 소설을 쓰는 것
이 운명인 것처럼, 만난萬難과 싸우며 독실일로篤實一路이던 유정.'[1] 자연
인 김유정은 1937년 3월 29일 새벽 6시 30분경, 경기도 광주의 누님 집
에서 죽었다. 그러나 소설가 김유정은 죽지 않았다. 그의 작품이 오늘
도 읽히고 있고, 나아가 그는 김유정이라는 실명實名과 함께 그를 아끼
는 작가들의 작품 속에서 다시 태어나고 있는 까닭이다.

　김유정의 실명과, 삶의 자취가 소설 작품화된 것은 지금까지 9편 정
도[2]에 이른다. 김유정 실명소설實名小說뿐만 아니라 장르를 달리한 유

---

[1]　이태준, 「누구를 위해 쓸 것인가」, 『무서록』, 깊은샘, 1944, 49쪽.

[2]　①그의 생전에 탈고되어 생전에 발표된 3편 : 안회남, 「고향」, 『조광』 5, 1936. 3; 안회남 「우울」,
　　　『중앙』 30, 1936. 4; 안회남 「명상」, 『조광』 15, 1937. 1.
　　　②생전에 탈고되고 사후에 발표된 2편 : 이상, 「김유정 : 소설체로 쓴 김유정론」, 『청색지』,

정 실명의 작품화作品化[3]도 계속될 전망이다

본고에서는 김유정이 실명實名으로 등장한 소설들을 대상으로, 이들 작품 속에서 작가 김유정이 어떤 모습, 어떤 성격으로 나타나고 있는 지, 아울러 지금까지 발표된 김유정 실명소설들이 보여주는 특성, 그리고 문제점은 어떤 것이 있는지에 대해 살펴보려고 한다. 이와 같은 작업은 왜 실명소설이 쓰이고 있는가, 실명소설은 어떻게 읽어야 하는 가에 대한 우리의 각오를 다지게 될 것이다. 분명한 것은 우리가 작가 실명소설의 읽기를 통해, 작가와 그 작가의 작품에 대한 이해와 사랑을 높일 수 있다는 사실이다.

논지의 전개는 편의상 유정 생전·사후, 지우知友가 쓴 김유정 실명 소설, 유정 사후 문단 후배가 쓴 실명소설의 순으로 살펴보기로 한다.

2. 유정 생전 문단 지우知友가 쓴 김유정 실명소설

김유정이 소설작품에 등장하기 시작한 것은 안회남[4]의 〈고향〉에서 부터이다. 안회남은 1931년 단편 「髮」이 조선일보 신춘문예에 당선되

1939.5; 이상, 「失花」, 『문장』, 1939.3.

③사후에 탈고되고 사후에 발표된 4편 : 안회남, 「겸허 : 김유정전」, 『문장』, 1939.10; 이동주, 「김유정 : 실명소설」, 『월간문학』, 1974.1; 조용만, 「젊은 예술가들의 肖像 3 : 실명소설」, 『문학사상』, 1987.6; 전상국, 「유정의 사랑」, 고려원, 1993.

3   희곡작품으로는 김혁수, 「유정의 봄」, 『무대 뒤에 있습니다 : 김혁수희곡집』, 한국연극협회, 2000. 김유정이 시작품 속에 용해된 작품은 필자가 미처 조사하지 못했지만 상당한 수에 이르는 것으로 추정하고 있다.

4   안회남은 김유정의 작가로서의 소양을 미리 알아보고 격려했을 뿐만 아니라 김유정의 문단 진출에 앞장서 도와준 친구이다. 안회남은 신소설 「금수회의록」의 작가 안국선의 아들로 1923년 김유정이 휘문고보에 진학했을 때 같은 반에서 만나 사귀게 되었다. 이후, 1937년 3월, 김유정이 사망하기 몇 시간 전까지 회남에게 보내는 편지를 썼을 정도로 그들은 오랫동안 진교 관계를 맺어왔다.

면서 문단에 등단했다. 그는 30년대 전기에 주로 신변, 가정사를 제재로 한 작품을 많이 썼는데 유정의 면모가 나타나기 시작한 것은 「고향」과 「우울」, 「명상」에서이다.

먼저 1936년 3월에 발표된 「고향」을 보면, 이 작품에서는 어린 시절을 보냈던 고향을 방문, 옛 친구들과 아버지에 대한 회고, 학창시절 이야기가 나오는데 바로 여기에서 '그때 아직도 어린 나는 마지막 바칠 한 학기분의 수업료를 술값으로 없애버렸고, 그 후 이 막걸리에 대하여서는 <u>소설가 김 군과 충분히 수업하였던 것이다</u>(밑줄—필자)'[5] 라고 하여 김유정임이 확실한 '소설가 김 군'에 대해 언급한다.

한편 1936년 4월에 발표된 안회남의 「우울」에서 김유정은 안회남에게 '돈 10원만 취해달라고' 하는 불운한 그러나 이미 인정받고 있는 '훌륭한 소설가'로 나온다. 안회남은 김 군이 어렸을 적에는 부유한 집의 자손이었지만 부모님을 일찍 여의었다는 것, 지금에 이르러서는 '가운이 몰락하고 인제 호구하기에도 어렵게 되었으며' 무엇보다도 '무서운 폐병까지를 겸하여 신음'하고 있음에 안타까워한다.

> 나에게서 돈이 나오면 하려고 했었는지 김 군은 요새 머리도 깎지 못하고 푸수수, 모자도 몇 해가 지난 것을 그대로 눌러 쓰고 있었다. 그 행색이 초라하였던 것으로 하여 요 전날 어느 병원엘 가서 푸대접 받은 것을 그가 이야기 하였을 때, 그 때가 쪼르르 흐르는 두루마기 다 해어진 구두, 사실 저 모양으로 그가 종로 바닥엘 돌아다닐 때 누가 우리 문단의 유명한 인물로 짐작이나 하랴, 나는 생각하면서 자고이래 모든 천재들의 가난과 불행에 대한 일화를 마음으로 헤어 보았었다. 그가 병이 중하여감에도 돈이 없어 약을 쓰지 못하였다. 어느 한의 한 분이 약값은 받지 않을 터이니 약은 얼마든지 쓰라고 말하였으나 남의 귀중한 약을 돈도 안 주고 갖다 쓰려니 그 미안한 생각

---

5   안회남, 「고향」, 『한국해금작가전집 6 : 안회남』, 삼성출판사, 1988, 45쪽.

을 하느라고 더욱 병에 좋지 못한 것 같아서 그도 못한다고 그는 말하였었다.[6]

이미 등단하여 그 재능을 인정받고 있었던 작가 김유정, 그 김유정의 병들고 초라한 모습이 보인다. 역시 가난한 작가였던 1인칭 화자는 결국 빚을 얻어 그 가운데 일부를 가지고 '신당리 사는 김 군을 찾아' 간다. 전차를 타고 문밖을 지나 김유정의 집을 찾아갈 때 '언덕 위에 즐비하게 늘어선 함석지붕 거적담의 신당리 풍경을 보고는 참 빈촌이로구나' 한다. '그날 밤 과연 눈이 내리는데 그의 병에 해로울 줄을 번히 알면서도 우리는 세상 이야기를 주고받으며 우울하여 술을 마시며 돌아다녔다'는 대목으로 보아 이 글은 1935년의 초겨울 내지는 겨울에 탈고된 작품으로 추정된다.

안회남의 작품에서 김유정의 실명이 확실하게 드러난 것은 1937년 1월에 발표된 「명상」에서이다. 1인칭 화자는 자식을 키우게 되면서, 그 옛날 자신에게 사랑을 부어주셨던 선친을 회상하고, 선친 안국선이 임종하시던 날도 김유정과 종일 한강에 나가 헤엄을 치다가 임종에 임하지 못했던 회한, 그리고 휘문고보 4학년에서 낙제를 하고 자퇴원서를 냈던 에피소드를 이야기하는 가운데 김유정의 실명이 거론된다.

그러나 그 후 나는 김유정과 함께 4학년에서 낙제를 하였으며 혼자서 한 학기 분의 월사금을 新町遊廓에 가서는 소비를 하고 학교에다 퇴학원서를 제출하였던 것이다.[7] (밑줄―필자)

작가로서 문단 인사들과 활발하게 교류하고 있는 유정의 모습을 작품화 한 것은 이상李箱의 소설이다. 1930년대의 요절한 천재로서 이상李箱과 김유정金裕貞의 교우관계는 1935년 봄 무렵부터라는 것이 조용만

---

6 「우울」, 위의 책, 53–54쪽.
7 「명상」, 위의 책, 103쪽.

의 증언이다.[8]

이상은 「김유정 : 소설체로 쓴 김유정론」을 집필하면서 그 서두에서
자신이 쓰고 있는 글의 성격이 비교교우학적比較交友學的 측면에서 다룬
것임을, 김기림, 박태원, 정지용, 김유정의 성격에 대해 설명하는데, 김
기림, 박태원, 정지용들이 자신들에게 무례한 상대방 앞에서 속으로
노여움을 삭이고 참아내는 성격이라면, 김유정은 직선적이고 행동적
이며 투사적鬪士的 기질氣質로 뭉쳐진 사람임을 다음과 같이 묘사한다.

> 帽子를 홱 벗어던지고 두루마기도 마고자도 敏捷하게 탁 벗어던지고 두
> 팔 훌떡 부르걷고 주먹으로는 敵의 벌마구니를 발길로는 敵의 사타구니를
> 擊破하고도 오히려 行有餘力의 鬪士가 있으니 金裕貞이다.[9]

또한 이 작품에서는 김유정이 당시에 썼었던 낡은 모자와, 유정이
술에 취했을 때의 모습에 대해서도 한 편의 생생한 그림을 보여준다.

> "벙거지! 벙거지! 옳습니다."
> 태원도 회남도 유정의 모자 자격을 인정하지 않는다. 벙거지라고 밖에!
> 엔간해선 술이 잘 안 취하는데 취하기만 하면 딴 사람이 되고 만다. 그것
> 은 무엇을 보고 아느냐 하면—, 보통으로 주먹을 쥐이고 쓱 둘째손가락만 쭉
> 펴면 사람 가리키는 신호가 되는데 이래가지고는 그 벙거지 차양 밑을 우벼
> 파면서 나사 못 박는 흉내를 내는 것이다. 허릴없이 젖먹이 곤지곤지 형용
> 에 틀림없다.[10]

---

8 조용만, 「이상과 김유정의 문학과 우정」, 『신동아』, 1987. 5, 92-94쪽. (요약—필자)
   이상李箱은 김유정을 신춘문에 당선 축하회에서 만난 후 급속히 가까워졌고, 구인회의 입회 과정
   에서도 이상이 '우격다짐으로 이태준을 설복시켜 가입시킨'다. 그리고 『시와 소설』의 창간호에
   김유정의 「두꺼비」가 실렸을 때 이상은 이 소설을 걸작이라고 떠들고 다닐 정도로 김유정을 좋
   아했다고 한다.
9 이상, 「김유정 : 소설체로 쓴 김유정론」, 『이상소설전전집』 1, 갑인출판사, 1980, 222-223쪽.
10 위의 책, 225쪽.

이상은 자신이 창문사에 근무하고 있을 당시 방문해온 김유정은 평소 말이 없고 뚱한 사람인데 술집 같은 곳에서 일단 술에 취하면 '강원도 아리랑 팔만구암자를 내뿜는'데 끈적끈적한 목소리로 부르는 강원도 아리랑이 '바야흐로 천하일품天下逸品의 경지'라고 감탄한다. 이상은 이어서 어느 날 술집에서 '춘원의 문학적 가치' 운운하는 문단 친구들과의 토의가 그만 싸움으로 번진 장면을 생생하게 재현한다. 여기에서도 김유정의 그 행유여력行有餘力의 투사적鬪士的인 행동, 그 대책 없이 직선적이고 행동적인 성격을 그려준다. 한편 이 작품의 말미에서 유정의 폐결핵과 정릉리 어느 절간으로 정양 간 소식을 전하기도 한다.

「김유정 : 소설체로 쓴 김유정론」은 김유정과 이상이 사망한 이후인 1939년 5월 『청색지』를 통해서 발표된다. 그러나 이 작품은 김유정이 결핵이 심해져 정릉의 어느 절간으로 정양간 1936년 7월 이후, 가을바람이 차츰 일기 시작한 초가을쯤에 작성된 것으로 보인다. 김유정이 지닌 예술가적 특성으로서의 교만과 고집, 평소의 뚱한 성격과 술이 취했을 때 젖먹이의 곤지곤지 형상을 하는 투의 귀여운 버릇, 술집에서 끈적끈적한 소리로 부르는 강원도 아리랑, 술김에 친구들과 싸움이 붙었을 때의 좌우 살피지 않고 덤벼들어 싸우는 투사적인 성격, 폐결핵으로 이미 결단이 나다시피 수척해진 건강 상태 등, 유정의 프로필을 적확하게 그렸다.

1939년 3월 『문장』을 통해 발표된 이상의 「失花」에서는 유정이 사망하기 석 달 전의 모습이 보인다. 작품은 전체 9장으로 구성된다. 「失花」에서 대개 홀수 장은 작품의 공간이 서울이고 짝수 장은 도쿄이다.

이야기는 1936년 12월 23-24일까지의 일본 도쿄를 공간으로 전개된다. 도쿄로 유학 온 이상은 12월 23일 친구인 C의 집에서 C의 내연녀인 C양과 마주 앉아 있다. 이상은 C양 앞에서 C양의 이야기를 듣고 있지만, 그의 또 다른 자아는 두 달 전의 서울, 10월 23일 저녁부터 24일 이른 새벽까지 그의 아내 연이와 있었던 기억을 떠올린다. 이상의 아내연이는 혼전에 S와 깊은 관계를 맺고 있었는데, 결혼을 하고 나서도 그녀는 혼전의 남자 S와 관계를 지속했다. 이에 10월 23일 저녁부터 10월 24일 동이 터 올 무렵까지, 이상은 아내 연이를 다그쳐 S와의 불륜 관계를 고백 받는다. 그리고 절망한 이상은 10월 24일 일찍 김유정을 찾아가 작별을 고하고 만류하는 연이를 두고 동경으로 떠난다.

「失花」의 제6장에서 이상은 C양이 준 흰 국화를 갖고 나와 동경의 신주쿠新宿 거리를 헤매면서 김기림, 박태원, 정지용들과의 기억을 떠올리고, 또 정지용의 시구를 떠올린다. 김유정은 제7장에서 나온다. 서울을 떠나 동경으로 오던 날, 이상은 유정을 찾아가 작별을 고했었다.

밤이나 낮이나 그의 마음은 한없이 어두우리라. 그러나 兪政아! 너무 슬퍼하지 말라. 너에게는 따로 할 일이 있느니라.

이런 紙碑가 붙어 있는 책상 앞이 유정에게 있어서는 생사의 岐路다. 이 칼날같이 슨 한 地點에 그는 앉지도 서지도 못하면서 오직 내가 오기를 기다렸다고 울고 있다.

"喀血이 여전하십니까?"

"네ㅡ. 그저 그날이 그날 같습니다."

"痔疾이 여전하십니까?"

"네ㅡ. 그저 그날이 그날 같습니다."

안개 속을 헤매던 내가 불현드키 나를 위하여는 마코ㅡ 두 갑, 그를 위하여는 배 십전어치를, 사가지고 여기 유정을 찾은 것이다. 그러나 그의 幽靈 같은 風貌를 韜晦하기 위하여 裝飾된 茂盛한 花瓶에서까지 石炭酸 내음새가 나는 것을 知覺하였을 때는 나는 내가 무엇하러 여기 왔나를 追憶해 볼 기력조차도 없어진 뒤였다. (…중략…)

"이것 좀 보십시오."

하고 풀어헤치는 유정의 젖가슴은 草籠보다도 앙상하다. 그 앙상한 가슴이 부풀었다 구겼다 하면서 斷末魔의 呼吸이 서글프다.

"明日의 希望이 이글이글 끓습니다."

兪政은 운다. 울 수 있는 外의 그는 온갖 表情을 다 忘却하여 버렸기 때문이다.

"兪兄! 저는 來日 아침 車로 東京 가겠습니다."

"……."

"또 뵈옵기 어려울걸요"

"……."

그를 찾은 것을 몇 번이고 後悔하면서 나는 兪政을 하직하였다. 거리는 젖었다.[11]

이 작품에서 김유정金裕貞은 유정兪政으로 표기된다. 작가의 소설적 장치이다. 폐결핵과 치질로 쇠약해져 유령과 같은 모습의 유정. 방안의 꽃병에서조차 결핵균의 전염을 막기 위해 뿌려진 석탄산 냄새, 앙상한 유정의 벗은 몸통. 오직 죽음을 기다릴 뿐, 무력하기 짝이 없는, 울음으로밖에는 더 이상 살아 있음을 증명할 수 없는, 이미 사신死神의 포로가 되어 있는 김유정. 그 김유정의 모습이 이슬비에 젖은 12월 23일 도쿄 거리를 방황하는 이상의 눈앞에 펼쳐진다.

도쿄의 밤거리를 헤매다 보니 시간은 어느새 12월 24일의 오전 1시. 「실화」제9장에서 이상은 12월 23일 아침에 받은 편지, "저를 진정으로 사랑하시거든 오늘로라도 돌아와 주십시오. 밤에도 자지 않고 저는 兄을 기다리고 있습니다. 兪政"[12]이란 구절을 떠올린다.

건축기사 출신인 이상의 작품은 시작품 「오감도」에서뿐만 아니라 소설 「실화」에서도 그 구성에서 정밀한 대칭 또는 대립구조를 보여준다. 뿐만 아니라 제1장에서 9장까지의 서사 전개는 홀수 장—서울, 짝수 장—도쿄로 나뉘어 한 공간에 있으면서도 두 곳의 공간을 동시적으로 경험하는 특이한 공간체험을 보여준다. 그렇다면 이상이 유정을 마지막으로 만난 날은 언제일까. 「失花」가 대개 실화實話를 토대로 한 것

---

11 이상 「실화」, 위의 책, 80~82쪽

12 위의 책, 85쪽.

으로 보았을 때, 이상이 유정과 작별한 날은 1936년 10월 24일로 추정된다. 한편 작품 「失花」를 토대로 추정하면 1936년 10월 25일경이지만, 실은 10월 24일이 아닐까. 그래야만 「失花」의 대칭구조가 완벽하게 조화를 이루는 까닭이다.[13] 이 작품이 발표된 것은 1939년 3월 『문장』에서지만 이 작품이 창작된 것은 1936년 12월 24일 이후, 1937년 2월 12일 이전으로 보인다. 이 무렵 이상은 건강이 매우 쇠약해진 상태였고, 2월 12일에 사상불온자로 일경에 구속된 까닭이다.

3. 유정 사후 문단 지우知友가 쓴 김유정 실명소설

유정 사후에 작품화된 김유정 실명소설들에는 안회남, 그리고 유정과 같은 구인회 일원이었던 조용만 등이 기억에 의해 재구성한 작품이 있다.

김유정 사후 제일 먼저 나온 김유정 실명소설은 1939년 10월 『문장』을 통해 발표된 안회남의 「謙虛 : 김유정전」이다. 이 작품의 말미에

---

13 이상이 서울을 출발한 날짜에 대해서는 이상의 친구이고 작가인 윤태영은 11월 하순 궂은비가 내리는 밤이었다고 증언했다(윤태영·송민호, 『절망은 기교를 낳고』, 교학사, 1968, 84쪽).
그러나 이상의 가족들은 음력 9월 3일이라고 증언했다. 이를 양력으로 환산하면 10월 17일이 된다. 조용만은, 늦은 가을비가 내리는 저녁 열시차를 타고 이상이 떠난다는 소리를 듣고 서울역으로 달려갔는데, 잠시 뒤에 나타난 이상이 역으로 오기 전 김유정에게 작별인사를 고하고 왔다고 전한다(조용만, 「젊은 예술가들의 초상 3」, 『문학사상』, 1987.6, 317쪽).
한편 김윤식 교수는 음력 9월 3일이라면 10월 하순에 가까운 날이 아닐까 지적한다(김윤식, 『이상연구』, 문학사상사, 1987, 167쪽).
이상의 동경행 날짜에 대해서는 이렇게 여러 가지 의견이 나온다. 여기서 이상의 동경행 날짜를 짚어보는 것은 바로 그날이 이상이 마지막으로 생전의 유정과 만난 날이기 때문이다. 「실화」에서 서울과 동경, 10월 23일과 24일, 12월 23일과 24일을 계속 대칭시켜 이야기를 전개해가고 있고, 제1장과 제9장을 다시 대칭구조로 놓은 것으로 보아, 10월 24일 유정과 작별하고 돌아올 때에 비에 젖은 서울 거리, 12월 23일 동경의 C의 집에서 나와 이슬비에 젖은 신주쿠 거리를 헤매다가 맞이하게 된 12월 24일 새벽 1시 사이에는 분명히 어떤 밀접한 관계가 있는 것으로 보인다. 그렇다면 이상이 유정과 마지막 작별을 한 날과, 동경행을 감행한 날짜는 10월 24일이 분명하다.

는 원고의 퇴고일자가 7월 14일로 밝혀져 있다. 유정 사후 2년하고 석 달여 만이라 유정에 대한 안회남의 기억이 비교적 생생한 때에 작성되 었다는 것, 무엇보다도 안회남이 '유정이 남기고 간 것, 많은 유고와 연 애편지 쓰다 둔 것과 일기, 좌우명, 사진, 책 이런 것들을 전부 내가 맡 아서 보관하고 있다'[14]라는 언급에서 작품이 지닌 신빙성에 우선권을 줄 수 있는 작품이다.

「겸허 : 김유정전」에서 현저한 것은 유정의 전기적 사실 관련의 자 료가 지배적이라는 사실이다. 회남이 유정과 만나기로는 휘문고보 1 학년 때이지만 친밀해진 것은 3학년부터이고, 두 사람 모두 결석이 잦 았다는 것, 두 사람이 친해진 것도 실은 결석이 유난히도 잦은 서로에 대한 탐색에서 비롯되었고, 이후 서로의 집을 자주 왕래하게 되었다는 것, 두 사람이 같이 학교 대신 취운정이나 남산으로 돌아다녔다는 것, 유정은 본래 부유한 집안의 자손이었으나 조실부모하고 형님과 함께 살았다는 것, 유정의 형님은 술주정뱅이에 난봉쟁이로 집안에까지 여 자들을 끌어들여서, 회남이 유정의 실제 형수를 알아보기까지 오랜 시 간이 걸릴 정도였다는 것, 유정은 바로 그와 같은 집안의 불화 때문에, 형님에 대한 반항과 투쟁심, 그리고 소년시기에 자기 자신만의 즐거운 시간을 갖기 위하여 학교를 자주 결석하게 된 것이 아니었을까 하고 안회남은 소년시절 유정의 일탈된 생활 태도를 이해하려 한다.

한편 안회남은 유정이 일찍 여읜 어머니에 대한 그리움이 본능적으 로 연상의 박녹주에게 치닫게 된 것이고, 박녹주에게 접근하기 위해 유정과 동갑이었던 녹주의 남동생을 이용하려다가 오히려 이용당했 다는 사실도 언급한다.

「겸허 : 김유정전」에서는 김유정 형님의 성격파탄자의 모습, 주정뱅 이, 난봉꾼의 모습뿐만 아니라 일면 인간적인 면모도 보여주는데 동생

---

[14] 안회남, 「겸허 : 김유정전」, 『문장』, 1939. 10, 67쪽.

인 유정과 안회남을 술집까지 동행하는 호쾌함이 그것이다. 한편, 유정이 피복공장 다니던 누님과 함께 살아가던 시절의 이야기 속에서는 그 누님의 변덕과 히스테리적인 성격에 대해 여러 페이지에 걸쳐 언급하는가 하면, 유정의 6자매 가운데 한 사람은 우물에 빠져 죽고, 유정의 누이동생은 큰오라비에게 머리를 깎인 채 실진한 상태이고, 유정 또한 그들 못지않게 특이한 성격을 갖고 있음을 여러 가지 에피소드들을 통해 보여준다. 즉 유정이 고향인 춘천에 가서 먹고 온 살모사로 만든 뱀술, 춘천 근교에서 잡은 꺽지, 쏘가리, 천어회川魚膾에 대한 이야기들인데, 이런 이야기를 할 때 유정은 평소 어린아이같이 단순하고, 순한 동물 같던 표정과는 달리 야생적이고 원시적인 면모를 보여주며 이는 유정의 형님이 갖고 있던 분위기와 비슷하다는 것이다. 또 안회남은 개벽사에 근무할 때 만난 춘천 출신의 차상찬 씨를 통해서 유정의 집안이 몇 천 석의 재산가라는 것, 그 조부대祖父代에 가렴주구를 통해 재산을 모았고 그로 인해 마을 사람들이 유정 집안에 대해 그 당시까지도 적대적이라는 사실을 소개한다. 그 외에도, 유정이 춘천에서 경영하던 금병의숙 시절의 에피소드, 문단 데뷔 무렵에 발표된 작품들, 유정이 죽기 전에 보내온 엽서의 내용, 유정의 사망 소식을 알려온 현덕, 유정의 사후 김영수를 통해 들은 유정이 결혼한 적이 있었던 사실들, 유정이 박봉자에게 일방적으로 보냈던 연애편지 사건들을 소개한다.

또한 유정이 문단에서 활동하던 시절 문단 친구들과 어울려 술판을 벌이던 모습과 당시 문단의 화제가 되었었던 소설가 이상李箱과 유정裕貞의 정사情死 운운하는 장면도 보인다.

어느 날 병상에 누워있는 그에게서 엽서가 와 찾아가 보니까 유정이 내 귀에다 입을 대고 李箱兄의 걱정을 하면서, "혹시 자살을 할지도 모른다. 네가 눈치 좀 떠보렴" 하길래, 놀래어 자세히 알아보니, 李箱 홀로 유정을 방문하여서 우리 두 사람 사정이 딱하기 흡사하니, 이 세상 더 살면 뭐 그리 신통하고 뾰족한 게 있겠소. 둘이서 같이 죽어버립시다, 하더라고ー. 그러나 유정은 살고 싶었다. 그는 끝끝내 죽으려하지 않았다. 그래서 유정이 싫다고 하니까 李箱은 무안을 당해 표연히 돌아갔다는 것이다. 유정의 말을 듣고 李箱을 만나보니까, 그는 껄껄 웃으며, "안형, 제가 동경 가서 일곱 가지 외국어를 배워가지고 오겠습니다" 하며, 그 시커먼 아래턱을 손바닥으로 비비는 것이었다.[15]

이상이 유정을 찾아가 동반 자살을 권유하던 시기는 1936년 초가을 쯤으로 보인다. 왜냐하면 이상은 1936년 10월 24일경 동경으로 떠났기 때문이다. 한편 안회남이 병상의 유정을 찾은 것은 유정이 신당리에 살고 있었던 1936년 겨울, 혹은 1937년 초쯤으로 보인다. 이때 유정은 사경을 헤매고 있었다.

살려고 애를 쓰던 유정도 나중에는 각오를 했던 모양이다. 그의 머리맡 벽 위에는 어느 사이에 겸허謙虛 두 글자의 좌우명이 붙어 있었다. 나는 이것에 대하여 유정 자신의 설명을 들은 일이 없다. 그러나 송장이 다 된 유정의 머리맡에서 이 두 글자를 보았을 때 그때처럼 나의 가슴이 무거운 때는 없었고, 지금도 그 것을 되풀이하면 여전히 암담하다.
아아, 멍하니 크게 뜬 그의 눈동자, 다른 사람이 아니고 유정이가 자기의 주검을 알고, 그것을 각오하였다는 것은 참 불쌍하다. 그리고 모든 것을 단념하고, 자기를 극도로 낮추어 세상의 온갖 것에 머리를 숙이고 무릎을 꿇으려는 그 겸손한 마음이여. 그것은 정말 옳고 착하고 아름다운 태도이다. 유정이 야윈 손으로 떨리는 붓으로 이 '겸허' 두 글자를 마지막 힘을 다하여 써서 머리맡에 붙이고, 조용히 눈을 감어버린 것은, 그대로 한 숭고한 종교의 세계이다.[16]

15 앞의 책, 64쪽.
16 위의 책, 63-64쪽.

유정과 안회남의 마지막 만남은 1937년 3월 초, 유정이 경기도 광주로 떠나던 날이다.

> 그가 광주로 떠나던 날 현덕玄德 씨와 그의 계씨인 현재덕玄在德 씨와 나 세 사람이 자동차부로 나와 그를 작별하였다. 그것으로 유정과 영원히 이별이 될지 누가 알았으랴. 그날 아침 유정의 밥상에서 나는 현덕 씨와 함께 약주 술을 받아다 먹었다. 우리가 서로 "카ー" 하고 소리를 내며 몇 잔 하려니까, 조기국에다 밥을 말아먹고 있던 유정이 우리를 물끄러미 바라다보더니, "필승아, 나도 한 잔 먹으까?" 하였다. 그것이 바로 그가 광주로 내려가 세상을 떠나기 며칠 전 일이다. 나는 그 때 "에이, 먹지 마라" 하고 그에게 술을 안 주었다. 그렇게 갈 줄 알았더라면 마지막으로 그 좋아하는 술이나 한 잔 주었을 걸. 서로 정답게 술잔을 나누어 볼 것을.[17]

안회남의 글에서 주목해야 할 부분은 김유정의 문단 데뷔를 전후한 작품 활동이다. 유정이 춘천에 있으면서 「산골 나그네」, 「총각과 맹꽁이」, 「흙을 등지고」를 안회남에게 보냈고 그중 「산골 나그네」는 『제일선』 1933년 3월호에, 「총각과 맹꽁이」는 『신여성』 1933년 9월호에 발표되었으며, 「흙을 등지고」는 이석훈이 애쓴 보람도 없이 그 원고가 신문사와 잡지사 편집기자의 책상 위에서 뺑뺑 돌다가 안회남이 이를 회수, 그 제목을 「따라지 목숨」으로 붙이고 개작하여 조선일보 신춘문예에 보냈는데 이것이 「소낙비」라는 제목으로 당선되어 발표되었다는 것이다. 그러니까 유정은 신춘문예에 공식으로 등단하기 이전인 1933년에 이미 잡지를 통해서 그의 처녀작을 발표했다는 것이고, 이로써 유정의 소설 창작 활동은 이미 1932년부터 1937년까지 걸쳐 있었다는 사실을 확인하게 된다.

---

17 위의 책, 63쪽.

안회남의 「겸허 : 김유정전」에서는 휘문고보 시절의 김유정과 유정의 가계家系, 그 형제들의 독특한 성격들, 형제들의 성격을 공유하고 있는 유정의 또 다른 특이한 성격들, 그의 여성 관계와 문인이 된 이후의 문단 친구들과의 교류 관계, 문단 데뷔 작품, 가난 속에서의 방황과 병든 이후의 고통스런 모습에 이르기까지 김유정의 전 생애에 걸친 면모를 보게 된다.

다음은 김유정 사후 40년이 지난 뒤, 같은 구인회의 일원이면서 김유정을 가까이에서 지켜볼 수 있었던 조용만이 쓴 실명소설 「李箱時代 젊은 예술가들의 肖像 3 : 李箱 · 鄭芝溶 · 朴泰遠 · 鄭仁澤 · 具本雄 · 金裕貞의 삶과 죽음의 이야기」를 보기로 하자. 실명으로 다루고 있는 젊은 예술가들의 초상 가운데 김유정 관련 부분은 『문학사상』 1987년 6월호에서 보인다.

젊은 예술가의 초상에서 조용만은 김유정이 춘천 사람으로 안회남과 친했다는 것, 연희전문 문과에 입학했다가 '배울 것이 없다고 학교를 그만두었'고 고향으로 내려가 금병의숙을 운영했다는 것, 형의 방탕으로 생활이 곤궁해졌고 폐결핵 증세가 나타나자 휴양한다고 충청도 금광으로 갔다는 것,[18] 1935년 정월에 두 군데 신문의 신춘문예에 「소낙비」와 「노다지」가 당선되면서 문단에 알려졌고 이후 이상과 호흡이 잘 맞아서 친해졌다는 것을 간략히 소개한다. 또한 이 작품에서는 폐결핵에 걸려 정릉 절간에서 정양하고 있을 때 이상과 안회남이 병문안을 자주 갔었다는 것을 언급하면서 이상과 김유정의 정사 사건에 대한 전말을 다음과 같이 소개한다.

---

18 당시의 연희전문 입퇴학부에 의하면 유정은 1930년 4월 8일 연전 문과 1학년에 입학, 그러나 같은 해 6월 24일 학칙에 저촉되어 퇴학한 것으로 되어 있다. 이때 학칙은 무단결석이나 성적불량, 또는 자퇴에 의한 것으로 보아 유정의 연전 퇴학 사유는 장기 무단결석이 아닌가 한다(이선영, 「김유정연구」, 『한국문학자료논문집』 2, 대제학, 1990, 978쪽). 한편 유정은 폐결핵 때문에 휴양차 충청도 금광으로 간 것이 아니라 당시 유정의 누나 유형과 동 거 생활을 하던 정씨의 소개로 금광의 감독으로 충청도에 잠시 내려가 있었던 것이다.

하루는 이상이 유정을 찾아와서 이야기를 하다가 별안간에 유정이 객혈喀血을 하기 시작하였다. 요강을 끼고 쩔쩔매면서 한없이 나오는 피를 어쩔 줄 모르고 토해 뱉고 있었다. 이상도 객혈을 해왔지만, 이렇게도 오래 고생해 온 일은 없었다. 이상은 놀라서 이 처참한 광경을 끝까지 지켜보고 있었다. 얼마 뒤에 기진맥진한 김유정이 겨우 진정해서 요강을 놓고 자리에 쓰러지자 이상은 무겁게 입을 열었다.

"김형 이거 안되겠소. 우리들이 이런 고통을 겪으면서 살아 있으면 무얼 하오. 자, 우리 둘이서 자결합시다."[19]

이때 김유정은 답이 없다가 이상李箱이 돌아간 뒤, 이상의 태도가 마음에 걸려 마침 찾아온 안회남에게 이상의 집에 가서 동정을 살펴보고 오라고 부탁을 한다. 평소 주사酒邪가 심해서 구인회원들과 소원한 관계에 있었던 안회남은 박태원을 불러 함께 이상의 집으로 갔고, 이상을 통해서 유정과 있었던 전후 사정을 듣게 된다. 그러나 이상은 이제 자살의 욕망은 없고 동경으로 가겠노라고 그의 포부를 친구들에게 이야기한다. 한편 이「젊은 예술가들의 초상」 뒷부분에서는 마침내 동경으로 떠나는 이상이 서울역에 나오기 직전에 김유정을 만나보고 왔다는 대목이 나온다.

"암만해도 김유정 일이 염려가 되어서, 지금 가보고 오는 길요. 겨우 이야기는 하는데, 아주 탈진이 되어서 얼마 못 견딜 것 같애. 나 일본 가있는 동안에 일을 당할 것 같더군. 일 당하거든 두 분이 애 좀 써주어요."

"이 사람, 쓸데없는 소리 좀 그만해요. 멀쩡한 사람을 놓고, 죽은 뒤 걱정을 하면 어떡하는 거요."

구보가 이상을 나무랐다. 그랬더니 이상이 껄껄 웃으면서,

19 조용만, 「李箱時代 젊은 예술가들의 초상」, 『문학사상』, 1987.6, 303쪽.

"김유정의 말이, 나보고 일본 가지 말고, 저번에 약속한 대로 같이 자살하자는 거요. 두 젊은 작가의 찬란한 정사情死를 결행하잔 말이지, 허허."[20]

「젊은 예술가들의 초상」에서 보이는 김유정은 이상의 눈을 통해서, 그 이상의 주변 인물들의 입을 통해서 들은 이야기를 조용만이 기억에 의해 재구성한 작품이다. 이상이 유정에게 자살을 권유했었던 이야기는 나중에 안회남과 박태원을 통해서, 이상이 서울을 떠나기 전 유정을 만나고 왔다는 이야기는 서울역에 이상을 송별하기 위해서 나왔던, 변동림, 박태원, 정인택, 윤태영 가운데 누군가의 입을 통해서 들었을 것이다.

조용만의 경우, 이상·김유정과 동시대 사람으로 같은 구인회원이었기에 그가 들었었던 이야기들은 대체로 정확할 수 있지만, 그러나 이 작품이 유정 사후 40년이 지난 작품이기 때문에 여기에 들어간 이야기들은 실제 사실과 조용만의 그 간의 생활체험이 함께 용해된 것으로 보는 것이 좋을 것이다.

4. 유정 사후 문단 후배가 쓴 김유정 실명소설

김유정 사후, 문단 후배가 쓴 최초의 김유정 실명소설은 1974년 11월 『월간문학』을 통해 발표한 이동주의 단편소설 「실명소설 김유정」이었다. 이 작품의 초반부에서는 함박눈 퍼붓는 야심한 밤, 돌쇠네 오막살이 건넌방에서 젖먹이 딸린 들병이를 끌어안고 잠들었던 먹설이가 들병이의 남편이 깨우는 소리에 놀라 일어나면서 시작된다. 이 부분은

20 위의 책, 317쪽.

김유정의 「솥」을 패러디한 것으로 보인다. 들병이 부부와 헤어져 '살래'까지 20리 귀갓길로 들어서는 유정을 그리면서 그가 김부자네 막내둥이라는 것, 조실부모했고, 연희전문 문과 2년에 집어치우고 춘천으로 돌아와 브나로드 운동의 일환으로 야학을 하고 있다는 것, 부모의 재산을 독식한 형에게 재산의 분배를 요구하지 못하고 불평을 속으로만 삭이는 착하고 소심한 유정의 성격에 대해서 설명한다.

그러나 작품의 서두에서부터 작가 이동주는 실수를 보이기 시작한다. 김유정은 '살래'가 아닌 '실레' 마을에 살았다. 또 김유정은 막내가 아니라 김부자네의 차남으로 2남 6녀 중 일곱째였다. 그리고 유정은 연희전문 문과에 입학했다가 두 달여 만에 학칙에 의거, 퇴학하였으므로 2년간 연전에 다녔다는 것은 작가의 오해이거나 착각이다.

이동주의 「실명소설 김유정」에서는 유정이 해금장이와 어울려 이야기를 나누는 장면, 남녘 출신 들병이들에 대한 유정의 집착, 들병이와의 동침 장면을 그네의 남편에게 들켰던 밤 이전에도 이미 분례粉禮라는 이름의 들병이와 어울려 한 달여를 금광 언저리 술집을 전전했다는 삽화가 보인다. 유정이 분례와 어울릴 수 있었던 것은 분례가 전라도 가시네였기 때문이며 유정이 이렇게 전라도 출신 가시네에게 집착한 이유는 바로 목노집 색시 박옥화에 대한 미련 때문이라는 것이다.

1929년. 노란 은행잎이 나비 떼처럼 소복이 땅에 깔려 있던 초가을이었다. 숭인동 숭인탕 앞에는 젖은 수건을 든 웬 청년이 넋을 잃고 서 있었다. 땅에 발이 붙은 채 꼼짝도 못한 그 청년은, 큰 키에 얼굴이 하얀 미남이었다. 그후 그는 며칠을 두고 실신한 사람처럼 이 목욕탕의 문전에 미이라처럼 서 있곤 했다. 엿새가 지난 이른 아침이었다. 그는 자기 눈을 의심했다. 그의 가슴에 더운 파도를 일게 한 그녀가 나타난 것이다. 그러나 그녀의 태도는 너무나 매정했다. (…중략…) 그녀가 탕에서 나올 땐 살갗이 발갛게 익었었고, 아무렇게나 틀어올린 젖은 머리는 마치 연유처럼 기름졌다. 나이는 서너 살쯤 위인

연상의 여인, 그녀에게서 그는 주렸던 모성애의 향수를 느꼈다. 그녀가 펄럭이는 치맛자락에는 어려서 어머니가 감싸주던 아늑하고 따스한 냄새가 풍겼다. 그는 커서까지도 어머니 치맛자락에 싸여 젖꼭지를 만지작거렸다.[21]

유정이 박옥화를 처음 만나던 날의 묘사이다. 박옥화는 목로집 색시로, 홍타령과 육자배기를 부르며 술을 치는 작부로, 교양과는 거리가 먼, 대단히 관능적인 여자로 묘사된다. 옥화라는 이름의 기생은 유정의 자전적 소설 「두꺼비」에서 나온다. 이동주는 「두꺼비」에서 여주인공 이름을 차용해온 것이다. 이동주는 유정으로 하여금 관능적인 목로집 색시 옥화에게 날마다 엽서를 보내고 일기장에는 혈서를 쓰고, 주모 편에 옷감이며 금반지를 사서 전하게 하지만 옥화는 '놈팽이를 따라 아랫녘으로 흘러'[22]가버리는 것으로 처리한다.

홍타령과 육자배기를 부르며 술을 치는 목로집 작부에게 '박옥화'라는 문패를 단 집이 있다는 것도, 그와 같은 작부에게 날마다 연서를, 선물을, 때로는 혈서까지 썼다는 것 등등 아무래도 비약이 심하지 않은가.

박녹주는 경북 선산 출신으로 유정이 그녀를 만났던 당시에 이미 인정받는 국창國唱이었다. 취입한 레코드가 있었고, 조선극장에서 판소리 발표회를 하는가 하면 김성수, 송진우 같은 후견인이 지켜주는 예인藝人이었다. 김유정의 짝사랑의 대상이 되기 위해서는 어느 정도의 자격을 갖추고 있어야 하는 것이 아닐까.

이동주의 「김유정」에서 또 다시 보이는 오해들은 대개 김영수의 「김유정의 생애」를 액면 그대로 수용한데서 나타난 것으로 보인다. 이상의 아내가 유정을 찾아와 남편의 사망 소식을 전하는 것이 그런 것들이다.

---

21 이동주, 「실명소설 김유정」, 『월간문학』, 1974. 11, 57-58쪽.
22 위의 책, 59쪽.

그것은 여자였다. 이상의 부인이 비뚤어진 입으로 웃고 있었다. 그는 손짓을 했다. 반갑다는 인사였다. 그런데 여인의 눈은 젖어 있었다. 두 볼에 물줄기가 흘러 있었다. 이상이 죽었다고 전해 준다.

"나는 틀렸어. 유정이나 한 번 보고 죽었으면 했는데."

이상은 귤을 씹다 말고 이 한 마디를 남긴 채 숨을 거두었다. (…중략…) 무더운 7월, 가족들은 절로 가기를 권했다. 그 청을 받아들였다. 살고도 싶었지만, 가족에게 미안한 생각이 앞서서였다. 정릉서 오리쯤 떨어진 외진 암자였다.[23]

유정이 정릉의 어느 절로 정양차 간 것은 1936년 7월의 일로 이 사실은 이상이 쓴 「김유정 : 소설체로 쓴 김유정론」에서 이미 언급되고 있다. 유정은 1937년 3월 29일 경기도 광주에서 사망했고, 이상은 같은 해 4월 17일 동경제국대학 부속병원에서 사망했으니 이동주의 「실명소설 김유정」에서는 큰 착각을 하고 있는 것이다.

이동주의 「실명소설 김유정」은 문단 선배 김유정에 대한 각별한 애정에서 창작된 것이라 할지라도, 그리하여 유정의 작품 「솥」, 「두꺼비」, 때로는 안회남의 「겸허 : 김유정전」과 이상의 「김유정 : 소설체로 쓴 김유정론」을, 역시 김영수의 「김유정의 생애」를 자료로 하고 있지만, 자료의 수집이 불충분했고, 그나마 자료의 고증 및 분석과 정리가 미비했다. 잘못된 1차 자료를 확인하지 않고 그대로 사용하거나 작품의 해석이 잘못 되었을 경우, 잘못은 계속해서 일어나기 마련이다. 따라서 이 작품은 작가의 본의와는 달리 김유정의 생애와 그 문학에 대한 독자의 지적 욕구를 오도시키는 총체적 혼돈의 양상을 보여주고 말았음을 지적하지 않을 수 없다.

전상국의 장편소설 「유정의 사랑」은 김유정에 관련된 방대한 자료

---

23 이동주, 앞의 책, 62쪽.

의 수집과 그 자료의 확인과 해석·평가 과정을 거친 한 편의 소설이자 김유정의 작가론이고 작품론이다.

「유정의 사랑」은 전체 10장과 에필로그로 구성되어 있고, 그 가운데 홀수 장은 3인칭 시점이되 남 주인공 백진우를 초점화자로, 짝수 장은 1인칭 주인공시점으로 여주인공 하리의 입장이 주를 이루되, 동시에 백진우를 향한 관찰의 시선을 놓지 않는다. 그러나 사실상 이 작품이 가지고 있는 특징은 1920-1930년대를 살았던 김유정과 박녹주의 이야기를 한 축으로, 다른 한 축은 1990년대를 살아가는 30대의 백진우와 문하리의 이야기를 병렬시키고 있다는 것이다.

작품의 표면적인 전체 줄거리는 간단하다. 국어학 전공의 백진우가 금병산 산행길에 혼자 산행을 하고 있던 여자를 만나고, 김유정에 대한 이야기를 나눈 것이 빌미가 되어 이후 일 년여 춘천 원근의 산에 동행하는 과정 중에 사랑을 느끼게 된다. 두 사람은 편의상 남자 백진우에게는 '유정'이라는 이름이, 여자의 본명은 끝내 밝혀지지 않은 채, '하리'라는 이름이 주어진다. 두 사람은 서로를 신뢰하고 사랑을 느끼나, 대책 없이 접근해오는 남자의 기세에 놀란 문하리는 자신의 거처를 알리지 않은 채, 시골로 잠적한다. 남자는 수소문 끝에 마침내 여자가 근무하는 학교로 전화를 하면서 두 사람 사이가 끝이 아니라 새로운 시작이 되리라는 상상의 여지를 주면서 글은 끝난다.

환생한 김유정으로 보아도 무방한 백진우는 37세. 대학 강사이다. 어린 시절 증후성 간질을 앓았던 경험, 당시 자신의 발작한 상태의 추한 모습을 지켜본 사람들에 대한 두려움과 증오가, 그리고 자신이 교육자인 아버지의 후실 소생이었다는 것에 대한 열등감이 그를 염인증에 빠지게 한다. 고교 때는 전체 수석을 했고, 대학은 법학과로 진학했으나 곧 지리학과로 전과했고 한때는 대기업에 스카우트되어 직장 생활을 했으나 어느 날 갑자기 직장에 사표를 내고 대학원에 진학한다. 그러나 전공은 엉뚱하게 국어학이며, 석사과정을 마치고 박사과정에 들어갔다. 현재는 학위논문을 앞두고 자신감을 잃어 논문은 포기 상태에 있다. 중학교 국어교사인 아내가 있고 아이도 하나 있으나 마음은 언제나 '떠도는 영혼', '죽은 사람의 영혼이 덮씌워져 있는 듯'한 인상의 남자. 작품의 말미에서 그는 소설을 쓰려는 욕망에 시달린다. 그가 바로 작품에서 '유정'이라 불리는 백진우다.

말더듬의 장애, 조실부모하고 알코올 중독자, 정신파탄인 형님 밑에서, 히스테리 환자인 누님 밑에서 폭압적 삶을 살아야 하기로, 폐결핵 말기, 결핵성 치루라는 치명적 중병을 앓고 있기로 어둠 속으로 침잠해 들어가던 김유정의 염인증과 절망과 고독.

김유정의 염인증이 운명적이고, 치명적 병환과 그로 인한 생존의 문제에 직결된 것이라면, 백진우의 경우는 다분히 감정적이고 감상적이고 또 충동적이다.

문하리, 30세. 2대 독자 집안에서 3녀 1남의 형제들 가운데 셋째 딸. 원하지 않던 딸로 태어났다. 그리고 태어나는 순간 거꾸로 세상에 나왔다. 반역의 피가 흐르고 있음에도 불구하고 교육자인 부친은 그 딸을 본성을 억압하고 착한 여자로 키우려 했다. 그러나 본래가 할아버지를 닮아 엉뚱한 천성의 아이. 적록색약. 그림을 그리고 싶어했다. 그러나 어쩔 수 없이 일류대학 수학과로 진학했다. 유명한 공립학교 수학교사였으나, 어느 봄날 갑작스레 사표를 내고 학원 강사가 되었다. 무례 방자한 표정의 당돌한 성격의, 그러나 염인증의 여자. 사람들 속에서 그녀는 외계인이었고 '들판의 한 마리 새'와 같았다.

박녹주, 경남 선산에서 한량의 딸로 태어났다. 어린 시절부터 소리에 재질을 보였다. 12살 때부터 소리를 위해 혹독한 수련 과정을 거쳐야 했다. 딸은 자신이 뼈를 깎아 번 돈으로 한량 생활을 하는 아비가 원망스러워 자살의 충동을 느껴야 했다. 아비는 돈을 벌기 위한 수단으로 딸에게 기생 수업을 시키려하고 돈 2백 원에 딸을 양딸로 팔아치우기도 했다. 고생 끝에 마침내 국창으로 인정받게 된 박녹주, 그러나 그녀는 20명의 친정 식구를 비롯한 식솔을 거느려야 하는 가장이었다. 한량의 아비로부터 딸이 아닌 돈벌이의 도구로 강요당한 박녹주, 그녀에게 강요된 가족 부양의 의무, 돈을 위한 남자들과의 부대낌은 인간에 대한 단절감, 불신 일변도로가 아니었을까.

이렇게 보면 김유정, 백진우, 박녹주, 그리고 문하리를 하나로 엮는 줄은 염인증이다. 이들은 염인증을 토대로 서로에게 얽혀들도록 이야기는 전개된다.

「유정의 사랑」에서 홀수 장에서는 삼인칭 시점이되 백진우를 초점화자로 하리와의 만남, 김유정에 대한 그의 단상들, 김유정 관련 자료들이 배치된다. 관련 자료들은 『김유정전집』에 수록된 소설, 수필, 서간문, 그리고 김유정이 작성한 설문지 내용들, 김영수의 「김유정의 생애」, 안회남의 「겸허 : 김유정전」, 조문희의 김유정 관련 인터뷰 녹음을 녹취한 것, 이석훈의 「유정의 영전에 바치는 최후의 고백」, 김문집의 「고 김유정군의 예술과 그 내적 비밀」, 「김유정의 비련을 공개 비판함」, 박봉자의 「김유정의 여인」, 김진수씨의 「김유정의 광주 시절에 대한 인터뷰 내용」, 학술논문으로는 김병익의 「땅을 잃어버린 시대의 언어」, 이선영의 「김유정 연구」들을 여기저기에 배치하고 그들에 대한 해설이나 고증을 겸하여 제시한다. 이들 제시된 자료 사이의 연관 관계를 찾아 김유정의 생애를 재구하는 것은 독자들의 몫이다.

한편 짝수 장에서의 이야기는 문하리가 진행한다. 그녀의 성장 과정과 방황 부분, 백진우와 만남과 헤어짐의 부분들에서는 박녹주의 〈나의 이력서〉, 〈여보, 도련님, 날 데려가오〉의 비슷한 상황이 발췌되어 하리의 삶과 박녹주의 삶을 병치시킨다. 동시에 김유정의 문학에 눈떠가는 하리의 문학적 성취를 위해서는 짝수 장 곳곳마다 김유정의 소설 제목과 발표지와 발표된 때가 소개되고 작품에 대한 수학도로서의 하리의 감상문적 언급이 소개된다.

「유정의 사랑」의 전체 10장 가운데 김유정이 이야기의 표면으로 부상하기 시작한 것은 대개 7장과 9장이다. 병을 고치기 위해, 그보다도 소설 쓰는 일에 열정을 쏟아 붓기 위해 김유정은 상경한다. 그러나 가산을 탕진한 형님, 누님과 동거하는 매형 정씨와 한 방을 써야하는 고통, 그로부터 벗어나기 위해 유정은 소설 창작에 몰입한다. 이때 유정에게 소설 쓰기는 '자기실현의 가장 쉽고도 재미있는 놀이었다. 자기를 포함한 모든 대사의 완전한 객관화, 그 객관화는 일종의 복수'였다. 그리고 그와 같은 '복수극은 어떤 대안을 위해 짜여 지는 것이 아니라 현상의 파괴를 통한 카타르시스만 생각하면 되었다.'[24]

> 어느 날(1935년 봄) 김유정은 신문에서 박록주의 근황을 읽게 된다. 송만갑, 김창룡, 정정렬, 이동백 등 당시 국창이 모두 출연하는 장장 5시간여의 창극 〈춘향가〉에서 박록주가 춘향역을 맡았는데 그 공연을 보러 모여든 관객으로 동양극장이 1주일간 대소란이 벌어지고 있다는 기사였다. (…중략…) 자신이 지금 우리나라에서 가장 각광받는 신진 작가가 되었다는 것, 유명해진 만큼 글 쓸 일이 많아 정신없이 바쁘다는 것도 넌지시 비친다. 그리고 내가 어머니를 잊지 못하고 있듯 그대를 한 번도 잊어본 적이 없다고도 쓴다. 그러나 편지가 어느 정도 마무리되는 단계에서 그는 그 편지를 찢어버린다. (…중략…) 한껏 멋을 부리고 심각한 내용을 담으려 노력했던 그 편지 구절들이 떠올라 그는 얼굴이 확확 달아올랐다. 그는 비로소 박록주를 자신의 머릿속에서 몰아낸 느낌이었다. 그래, 바로 그 얘기를 소설로 쓰는 거다!
> 자신을 객관화한 작품이 비로소 구성된다.[25]

단순한 자료의 고증이나 해설의 제시가 아니라 비로소 작가는 자료를 토대로 김유정의 자전적 소설 「두꺼비」나 「생의 반려」가 나오기까지 김유정의 마음속으로 들어가 그의 창작 과정에 대한 투사를 시도한

---

24 전상국, 『유정의 사랑』, 고려원, 1993, 229쪽.
25 위의 책, 247쪽.

다. 그러나 안타깝게도 「유정의 사랑」에서는 한 단계 수준 높은 유정의 창작 심리까지는 추구해가지 못한다.

그런 면에서 본다면 9장에서는 새로운 접근을 시도한다. 여타의 김유정 실명소설이 유정의 죽음을 기정사실로 전달해주거나 생략하던 것과는 달리 임종 전후에 유정이 보는 환각 상태가 박진감 있게 펼쳐 보이는 것이다.

> 작은 아버지! 또 기침이 나면 어쩌려구 그러셔요.
>
> 녹주 녹주 내 사랑, 당신 사랑 유정이가, 춘향전을 다시 써서 그댈 춘향 분장시켜, 동양극장 창극 마당, 수천 관중 갈채 속에, 방방곡곡 순회할 때, 경중경중 기뻐, 엉엉 우는 광대 있어, 그게 바로 유정일세.
>
> 작은 아버지!
>
> 녹주 사랑 내 사랑, 그대 내 필생의 역작, 「숯밭」 소설 구상, 한 번 들어보시겠나. 천심이 민심이고, 민심 중의 으뜸은, 땅 파먹고 사는 무지렁이 농심인겨. 농심으로 일궈 내는 순박한 땅, 「숯밭」으로 이름 붙여, 숯밭에서 일어나는, 작은 얘기 큰 얘기, 결말에는 그대가, 유정이와 부부되어 숯밭에서 아름다이, 천년만년 사는 얘기, 큰 사랑 얘기라네. 쓰게 되면 출판하여, 돈 벌어서 한양 진골, 구십구칸 내 집 찾아, 불쌍하신 우리 형수, 곱게곱게 모셔다가, 유정 조카 진수 아씨, 밝은 얼골 웃는 얼골, 보여주고 싶더이다. 아ー리랑 아리랑 아라리요 아ー리랑 고개로 나를 넘겨주오 (…중략…) 타관객지 외로이 난 사람, 괄시를 마라 (…중략…) 저녁 하늘 해는 지고 (…중략…) 나그네의 갈 길이 아득하여요…….
>
> 작은 아버지! (…중략…)
>
> 얘, 뒤! 뒤!
>
> 가련토다. 꽃다운 나이, 천사가 하강했나, 죽은 엄니 환생했나, 십팔 세 진수아씨, 삼촌 설사 받아내려, 이리저리 오강 찾아, 허둥지둥 방문 열고 댓돌을 더듬을 제, 과수원 배꽃마다, 어서 빨리 피어라고, 춘삼월 보름달이, 하얗

게 웃고 있네.[26]

김유정이 사망하기 며칠 전, 유정은 혼수상태에 빠진다. 그 혼수상
태 중에 유정은 진수를 박녹주의 현신으로 보고 그의 꿈을 펼쳐 보이
고, 진수와 박녹주, 그리고 돌아가신 어머니의 모습을 동시에 보게 되
는데 이때 김유정의 환각세계는 판소리 가운데 아니리 형태로 전개된
다. 그리고 이때 전개된 아니리에서는 박녹주의 「여보, 도련님, 날 데
려가오」와 김영수의 「김유정의 생애」 그리고 김진수 씨와의 인터뷰
내용이 함께 용해된다. '저녁 하늘 해는 지고 나그네의 갈 길이 아득하
여요'는 김진수 씨가 유정의 광주시절 삼촌에게 불러준 노래의 한 구절
이라고 한다. 그러나 유정이 사망한 3월 29일은 음력으로 2월 17일, 월
요일이었다. 춘삼월 보름달이 아니라 정이월 보름달이어야 했다.

1937년 3월초 정양차 김유정이 광주로 떠난 이후의 생활에 대해서는
김영수, 김진수 씨의 증언에 작가의 상상력과 추리력이 동시적으로 작
용하고 있는 것으로 보인다.

1937년 3월 29일 김유정이 임종의 순간까지 가난 때문에 제대로 된
치료도 받지 못하고 결핵성 치루로 인한 고통의 신음 속에서 죽어야
했던 것과는 달리, 백진우는 한 가정의 가장으로 생활비에 대한 걱정
없이, 그리고 학위논문이 없이도 스승의 적극적인 추천에 힘입어 어느
대학 전임강사로 취직된다. 지극히 운 좋은 사나이다.

박녹주는 1964년 판소리 〈춘향가〉로, 1970년에는 역시 〈흥부가〉로 중
요무형문화재로 지정되었으며 1974년 1월에 「나의 이력서」를 한국일보
에 연재, 1976년에는 『뿌리깊은 나무』 6월호에 「여보, 도련님, 날 데려가
오」를 통해 김유정과의 에피소드를 소개한다. 박녹주는 1979년 5월 26일
사망하기까지 국창으로서의 긍지를 보여주었다. 문하리, 대책없이 폭

---

[26] 위의 책, 318-319쪽.

주하는 백진우를 피해서 서울의 유명 사립학교 교사 초빙도 사양하고 강원도 홍천군 물걸리 소재 팔렬중학교의 수학 교사로 자리를 옮긴다. 밤이면 사택 주위의 눈치를 보며 담배를 피운다. 대책 없는 여자다.

작가는 이 작품의 작품집 '작가의 말' 부분에서 '김유정의 생애와 그 작품 세계를 소설로 재구성해 보고 싶다'는 욕망에다 '사랑을 주제로 한 소설 한 편쯤은 써 봐도 괜찮지 않겠느냔 생각'에서 이 작품을 창작하게 되었다고 밝힌다. 말하자면 작가론, 작품론, 소설의 융합을 시도했다는 것이다.

그러나 작가론과 작품론이 합쳐진 문학평전이라고 보았을 때 이 작품은 1990년대를 살아가는 남녀의 사랑이야기 때문에, 다양하고 풍부한 자료를 토대로 한 1930년대 김유정의 문학적 삶과 고뇌에 대한 천착에 소홀한 듯 보인다. 유정의 생애와 유정의 작품에 대한 해명은 백진우와 문하리의 사랑이야기를 위한 소도구로 전락하고 만 느낌이 드는 것이다.

한편 소설로 보았을 때 이 작품은 김유정과 박녹주, 백진우와 문하리로 병치되는 이야기의 흐름에서 네 사람의 공통적 성격인 '염인증'을 내세우는데 무리가 보이고, 백진우와 문하리의 이야기 속에 느닷없이 끼어드는 너무 잦은, 너무 많은 자료의 열거가 서사 전개에 장애 요인이 되고 있다는 혐의를 준다.

5. 나가는 글

김유정의 생전과 사후, 유정의 문단 지우知友 또는 문단 후배들에 의해서 작성된 김유정 실명소설 9편을 대상으로 그들에 나타난 제 양상들을 살펴보았다.

김유정 생전에 문단 지우들에 의해서 창작된 작품들, 안회남의「고향」과「명상」에서 김유정은 하나의 실루엣으로, '소설가 김 군' 또는 '김유정 군'으로 나타나며,「우울」에서는 '훌륭한 소설가'로, 그러나 가난과 병고 속에서 사람들에게 제대로 대접받지 못하는 가난하고 불운한 모습으로 그려진다.

　이에 비해 이상의「김유정 : 소설체로 쓴 김유정론」에서는 한창 문단에서 인정받고 문우들과 어울려 술에 취해 덤벙대는 유쾌한 모습의 유정과 예술가로서의 교만과 고집, 직선적이고, 행동적이며 투사적인 성격, 평소에는 뚱하고 말이 없으나 술이 들어가면 어린아이같이 변모하는 성격이 그려진다. 그러나「실화」의 7장에 나타난, 이상이 마지막으로 만난 유정은 생사의 기로에서 절망과 울음으로 점철된 비극적인 인물로 보인다.

　유정 사후에 창작된 안회남의「겸허 : 김유정전」에서는 죽은이를 추모하기 위한, 죽은이의 생애를 기록하여 오래 기억하기 위한 열정이 작용하고 있는 것으로 보인다. 그래서 직접자료인 유정의 생전의 기억과, 간접자료인 망자亡者의 여러 자료들을 수집, 정리하여 이를 소개하는 형식으로 전개되고 있다.

　조용만의「李箱時代 젊은 藝術家들의 肖像」에서는 김유정에 대한 작가의 기억, 구인회 무렵의 지우들의 이야기, 이상의「김유정 : 소설로 쓰는 김유정론」들을 토대로 김유정에 관한 이야기를 한다. 특히 김유정과 이상의 정사情死 에피소드, 또는 이상이 동경으로 떠나기 직전, 전송 나온 친구들에게 들려준 김유정과의 작별 장면 같은 것들은 당시 현장에 있었던 지인들의 입을 통해서 들었던 것들을 기억에 의해 재구해 놓은 것이다. 지인들에 의해 작성된 실명소설들은 모두 직접적인 자료에 의한 것들을 대상으로 했기에 그 신빙성과 박진감에서는 후세인들이 이를 따르기 어려울 것이다.

　문단 후배에 의해 작성된 실명소설의 경우는 그 내용의 충실성에 있어서 많은 주의를 하지 않으면 안 된다. 이동주의 실명소설 「김유정」의 경우, 원작의 패러디가 잘못될 경우, 독자로 하여금 원작과 작가 생애에 대한 커다란 오해를 일으킬 빌미가 되는 것이다. 이동주가 패러디한 「솥」, 「두꺼비」의 경우가 그렇고, 또 생애 관련 자료의 경우에도 잘못된 자료를 수정하지 않고 사용하게 되어 '실명소설'이라는 이름에 큰 누가 되는 것이다.

전상국의 「유정의 사랑」의 경우는 그 중 방대한 자료와 자료에 대한 정확한 고증, 작품에 대한 꼼꼼한 읽기가 시도되고 있었다. 그리고 여기에 현대인의 사랑 이야기를 병행시키려 했다. 문학평전과 소설을 병행시키려던 욕망이 작품의 심미성을 넘어섰던 것일까. 김유정의 창작의 고뇌와 열정, 사랑을 거부당한 그의 고통은 단편적인 자료들의 제시를 통해서 유추해야할 뿐, 문학적으로 형상화되지 못했다. 작가 김유정의 실체가 나타나기까지는 7장, 9장까지를 기다려야 했다. 7장에서는 조금, 9장에서는 임종 전후에 유정의 모습이 잘 나타났다.

작가들이 굳이 실명소설을 쓰는 이유는 무엇일까. 인상적 순간을 사진으로 찍어 오래 기억하고 싶듯이, 기록으로 남겨 오래 보관하고 싶은 소박한 욕망. 창작품 안에 자신과 관련된 사람들을 삽입시켜 그들의 현실적인 삶을 예술적인 무한한 삶으로 치환시켜주려는 욕망. 한때 같은 공간에 있었던, 그러나 떠나간 사람을 추모하고 그에 대한 사람들의 이해를 도와주려는 욕망. 작품의 소재 개발의 일환으로 작가의 생애와 작품을 패러디하여 새로운 형태로 제작하고 싶은 욕망 등등이 될 것이다.

좋은 실명소설을 위해서는 충분한 자료의 수집과 정확한 해석과 평가, 그들에 대한 깔끔한 정리가 필요하다. 중요한 것은 죽은 자료들의 단순한 짜깁기가 아니라, 그들 죽은 자료들을 공교하게 재조직하여, 새로운 생명을 불어넣어 주어야 한다는 것이다. 그렇다면 우리들은 왜 실명소설을 써야 하는지, 어떻게 실명소설을 읽어야 하는지에 대한 대답은 앞에서 분석한 실명소설 작품에서 찾아낼 수 있을 것이다.

김유정 관련 실명소설이 더욱 더 많이 나오기를 기대한다.

김유정 소설과 이야기판

전신재

1. 머리말

김유정은 방송국에서 어린이 시간에 옛날이야기의 구연을 방송한 일이 있다. 구연하는 방식이 '야담이나 고담식이어서' 방송국에서는 어른 대상의 야담 구연도 김유정에게 맡길 생각을 하였다고 한다. 그는 평소에는 과묵하고 말을 더듬었지만 마이크 앞에 앉으면 '아주 능청스럽게' 이야기를 잘 하였으며, 술자리에서도 '시골 오입장이적 어조로' 좌중을 휘어잡았다고 한다.[1]

김유정의 이러한 이야기꾼적인 기질은 그의 소설에도 그대로 나타난다. 그의 소설은 이야기꾼이 구연하는 옛날이야기를 그대로 녹음해 놓은 형식을 취하고 있다. 또한 그의 소설들 중에는 설화에서 소재를

1   이석훈, 「유정의 면모편편」, 『조광』, 1939. 12, 314쪽.

취한 듯한 작품들이 상당수 있다.

　이 논문에서 필자는 김유정 소설의 이야기판적 성격과 설화적 성격
은 구체적으로 어떠한 것들이며, 그것이 현대소설로서 어떠한 효과와
가치를 가지는가를 살펴보려 한다. 전자는 형식에 관한 고찰이고, 후
자는 내용에 관한 고찰이다.

2. 김유정 소설의 이야기판적 성격

　김유정은 그의 소설에서 지식인의 문어文語를 사용하지 않고 농민의
구어口語를 사용하였다. 대화 부분뿐만 아니라 지문에서도 농민의 구
어를 사용하였다. 농민이 등장하는 소설에서 대화 부분에 농민의 구어
를 사용하는 것은 자연스럽다. 그러나 지문에서도 농민의 구어를 사용
하는 것은 특이하다. 그러니까 김유정의 소설은 소설 전체가 대화 부
분인 셈이다. 사정이 이러하기 때문에 그의 소설은 이야기판에서 이야
기꾼이 구연하는 옛날이야기를 녹음한 것을 그대로 풀어써놓은 형식
과 같다고 말하는 것이다. 김유정의 소설은 이야기판의 구연 상황과
이야기꾼의 발음을 그대로 옮겨놓은 설화 채록본과 같다.

　구술언어와 문자언어를 비교할 때 구술언어는 종속적이라기보다는
첨가적이고, 분석적이라기보다는 집합적이고, 추상적이라기보다는
상황 의존적이며, 장황하고 다변적이며, 일상생활과 밀착되어 있고,
논쟁적인 어조가 강한 점 등의 여러 가지 특징들을 가지고 있는데,[2] 김
유정 소설의 언어는 이러한 특징들을 고스란히 가지고 있다.

　「정분」은 「솟」의 초고이다. 즉 초고인 「정분」을 수정해서 완성해놓

2　월터 J. 옹, 이기우 · 임명진 역,『구술문화와 문자문화』, 문예출판사, 61~92쪽.

2　월터 J. 옹, 이기우 · 임명진 역,『구술문화와 문자문화』, 문예출판사, 61~92쪽.

은 작품이 「솟」이다. 따라서 어느 부분을 어떻게 수정하였는가를 살펴보면 김유정이 지향하는 언어 구사 방법을 구체적으로 파악할 수 있을 것이다. 아래의 예문들에서 앞의 문장은 「정분」의 한 부분이고, 뒤의 문장은 그것을 수정한 「솟」의 한 부분이다.

(1) 게숙이의 흥겨운 낯은 그의행복 전부이었다. (340쪽)[3]
→ 참이지 게숙이의 흥겨운 낯을보는것은 그의 행복 전부이엇다. (141쪽)

(2) "아이야 우리솥이 아니라니깐 그러네." (345쪽)
→ "아니야 글세, 우리솟이 아니라니깐 그러네 참−." (155쪽)

(3) 모르는줄 알았드니 안해는 벌서 다안눈치다. (337쪽)
→ 입때까지 까마케 모르는줄만 알앗드니 안해는 귀신가치 옛날에 다 안 눈치다. (138쪽)

(4) 그담엔 예전 뒤나보러 나온듯이 싸리문께로 와서 유유히 사면을 돌아보았다. (338쪽)
→ 그담에가 이게 좀 거북한 일이엇다. 허지만 예전 뒤나보러 나온듯이 뒷짐을 딱지고 싸리문께로 나와 유유히 사면을 돌아보면 고만이다. (139쪽)

(1)의 수정 방법을 보자. 수정 이전의 문장이 오히려 간결하고 탄탄하다. 그럼에도 불구하고 '참이지'와 '보는것은'을 구태여 첨가해놓은 것은 이야기하는 말투를 재현하기 위해서이다. (2)에서 '글세'와 '참'을 첨가한 것도 같은 의도이다. (3), (4)에 이르면 신명나게 이야기하는 말투를 실감나게 재현해놓으려는 노력이 엿보인다. 이야기의 신명에 빠

---

3   괄호는 전신재 편, 『원본 김유정전집』, 강, 2007의 쪽수. (이하 동일)

지면 이야기꾼의 말은 장황해지게 마련이다. 문어文語는 간결하고 함축적인 데 반해서 구어口語는 장황하고 다변적이라고 했다.[4] 심리 상태를 좀 더 상세하게 설명하거나 비유하는 어구를 첨가하면 이야기가 장황해진다. 다음이 그러한 예이다.

(5) 안해생각이 문득 떠오른다. (342쪽)
　　→몸이 괴로워지니 그는 안해의 생각이 머리속에 문득 떠오른다. (145쪽)

(6) 마는어째볼 도리가없다. (342쪽)
　　→마는 그러타고 뛰어들어가 뚜들겨줄 형편도 아니요 어째 볼 도리가업다.
　　(145쪽)

(7) 등살이 꼿꼿하였다. (344쪽)
　　→꼿꼿하야진 등살은 고만두고발꼬락하나 곰짝못하는것이 속으로 인젠
　　참으로 죽나부다하고 거진 산 송장이되엇다. (152쪽)

(8) 깊은 숨소리, 안해는 고라젔다. (343쪽)
　　→문풍지도 울듯한 깁흔 숨소리. 입을 버리고 남 겻헤서 코를 골아대는 안
　　해를일상 책햇드니 이런 때에 덕볼줄은 실로 뜻지 안헛다. 저런 콧소리
　　면 사지를묵거가도 모를만치 고라젓슬게니까ㅡ. (148쪽)

추상적으로 설명하지 않고, 그것을 구체적으로 행동화하여 보여주면 이야기는 더 실감이 나고, 이에 따라 이야기가 길어진다. 다음이 그러한 예이다.

4　월터 J. 옹, 앞의 책, 65쪽.

(9) 계집이 받아들고서 좋아하는걸 얼마쯤 보다가. (339-340쪽)

　→ 계집이 바다들고서 이리로 뒤척 저리로 뒤척하며 또는 바닥을 뚜들겨도 보며 이러케 조와하는걸 얼마쯤 보다가. (141쪽)

(10) 그제선 맘을놓고 벅으로 들어갔다. (343쪽)

　→ 그제서는 마음을 놋코 허리를 굽히고 그러고 꼭 도적가티 발을 저겨드디며 벅그로 들어섯다. (148쪽)

(11) 떠날준비에 서성서성하였다. (343쪽)

　→ 보재기에 아이 기저귀를 챙기며 일변 쪽을 고처끼기도 하고 떠날 준비에 서성서성하고 잇다. (150쪽)

(12) 수군숙덕 (345쪽)

　→ "저게근식이네 솟인가?" "글세 설마 남의 솟을 빼갈라구─." "갓다줫다니까 근식이가 빼온게지─." 이러케 수군숙덕─. (154쪽)

(13) 그러자 산모룽이옆길에서 은식이안해가 달겨들었다. 기가 넘어 입은 버렸으나 말이 안나왔다. 헐덕어리며 얼굴이 새빨개지드니. (345쪽)

　→ 이때 산모룽이 엽길에서 두 주먹을 흔들며 헐레벌떡 달려드는것이 근식이의 안해이엇다. 입은 벌렷스나 말을하기에는 너머도 기가 찼다. 얼골이 새빨개지며 눈에 눈물이 불현듯, 고이드니. (154쪽)

(14) 그래도 발악을 마지않는다. (345쪽)

　→ 마는 안해는 남편에게 한팔을 꼬들린채 그대로 몸부림을 하며 여전히 대들랴고든다. 그리고 목이 찌저지라고 "왜 남의 솟을 빼가는거야 이 도적년아─"하고 연해 발악을 친다. (155쪽)

초고를 수정하는 일반적인 방법은 필요 없는 부분을 잘라내어 간결하고 탄탄한 작품을 만드는 것이다. 그런데 김유정은 간결한 초고를 요설체饒舌體의 문장으로 고쳐놓았다. 문장을 길게 늘이기도 하고 새로운 문장을 만들어 넣기도 하며, 장면을 길게 늘이기도 하였다. 이 모든 것은 구연의 어투를 재현하기 위한 것이다.

글은 지울 수 있지만 말은 지울 수가 없다. 글은 고칠 수가 있지만 말은 고칠 수가 없다. 그래서 말을 할 때에는 중간에 말을 끊고 다른 말을 첨가하는 경우가 종종 있다. 첨가하는 말들은 오해를 막기 위한 설명, 그렇게 말할 수 있는 근거 제시, 대상에 대한 또 다른 생각, 대상에 대한 보충 설명 등이다. 「봄·봄」에서는 이러한 상황을 괄호로 처리했다.

아무리 잘 봐야 내 겨드랑(다른 사람보다 좀 크긴 하지만)밑에서 넘을락 말락 밤낮 요모양이다. (157쪽)

해마다 앞으로 축 거불지는 장인님의 아랫배(가 너머 먹은걸 모르고 내병이라나 그배)를 불리기 위하야 심으곤 조꼼도 싶지 않다. (158쪽)

조고만 아이들까지도 그를 돌라세놓고 욕필이(번 이름이 봉필이니까)욕필이, 하고 손가락질을 할만치 두루 인심을 잃었다. (158쪽)

"안야! 안야! 이 망할 자식의 소(장인님의 소니까) 대리를 꺾어들라" (160쪽)

사람도 아마 그런가부다, 하고 며칠내에 붓적(속으로) 자란듯싶은 점순이가 여간 반가운것이 아니다. (161쪽)

서울엘 좀 갔다 오드니 사람은 점잔해야 한다구 웃쉼(얼른 보면 집웅우에 앉은 제비꼬랑지 같다) 양쪽으로 뾰죽이 뻗이고 그걸 애햄, 하고 늘 쓰담는

손버릇이 있다. (161쪽)

"빙모님은 참새만 한것이 그럼 어떻게 앨낫지유?" (사실 장모님은 점순이 보다도 귓배기하나가 적다) (162쪽)

장인님은 이말을듣고 껄껄웃드니(그러나 암만해두 돌 씹은 상이다) 코를 푸는척하고 날은근히 골릴랴구 팔굼치로 옆 갈비께를 퍽 치는것이다. (162쪽)

허지만 농사가 한창 바쁠때 일을 안한다든가 집으로 달아난다든가 하면 손해죄루 그것두 징역을 가거든! (여기에 그만 정신이 번쩍 낫다)웨 요전에 삼포말서 산에 불좀 놓았다구 징역간거 못봤나. (163쪽)

그리고 자넨 정장을(사경 받으러 정장가겠다 했다)간대지만 그러면 괜시리 죌 들쓰고 들어가는걸세. (163쪽)

또 점순이도 미워하는 이까진 놈의 장인님 나곤 아무것도 안 되니까 막 때려도 좋지만 사정 보아서 수염만 채고(제 원대로 했으니까 이때 점순이는 퍽 기뻤겠지) 저기까지 잘 들리도록. (166쪽)

대체 이게 웬속인지 (지금까지도 난 영문을 모른다) 아버질 혼내주기는 제가 내래놓고 이제와서는 달겨들며. (168쪽)

치밀하게 계산된 3인칭 시점 소설에서 서술자는 등장인물들 중 어느 편도 들지 않고 객관적이고 엄정한 태도를 취한다. 그러나 이야기판의 이야기꾼은 치밀한 계산과 냉엄한 태도를 취하지 않고, 등장인물의 처지에서 이야기를 풀어나간다.

「노다지」는 전체적으로 보아 3인칭 시점을 취하고 있으나, 실질적인 서술자(내포 작가)는 꽁보이다. 독자는 꽁보의 눈을 통해 대상을 바라보게 된다. 「산ㅅ골나그내」도 3인칭 시점의 소설이지만 장면에 따라서 홀어미의 시각으로 서술되기도 하고, 덕돌의 시각으로 서술되기도 한다. 「金따는 콩밧」도 3인칭 시점을 취하고 있으나 장면에 따라 각각 다른 등장인물의 내적 독백이 지문으로 나타나 있다. 즉 작가가 처음부터 끝까지 일관되고 엄정한 작가 자신의 시각으로 대상을 바라보는 것이 아니라, 장면에 따라서 그 장면을 주도하고 있는 등장인물의 시각으로 대상을 보는 대리적 서술substitutionary narrative의 방법을 취하고 있다. 3인칭 시점임에도 불구하고 장면마다 다른 등장인물의 목소리와 의식이 노출되는 것이다. 구덩이는 영식의 시각으로 묘사되고 느티 대추나무들은 영식의 아내의 시각으로 묘사된다. 그리고 아내가 점심을 내올 때부터 수재가 거짓말을 할 때까지의 마지막 장면에서 아내, 영식, 수재의 내적 독백이 각각 섞여서 지문으로 나타난다.

> 오늘도 또 싸운 모양. (74쪽) [영식의 아내가 바라본 영식과 수재의 모습]

> 적으나면 게집이니 위로도하야 주련만 요건 분만 폭폭 질러노려나. 예이 빌어먹을거 이판새판이다. (75쪽) [영식의 내적 독백]

> 인제 걸리면 죽는다. (75쪽) [수재의 내적 독백]

> 거짓말이란 오래 못간다. 뿅이 나서 뺙따구도 못추리기전에 훨훨 벗어나는게 상책이겠다. (76쪽) [수재의 내적 독백]

이야기를 좀 더 실감나게 하기 위해서 이야기꾼은 등장인물의 어조를 흉내 내기도 하고, 등장인물의 몸짓을 부분적으로나마 흉내 내기도 한다. '서술자는 주인공의 활동을 말할 때 종종 무심코 1인칭으로 말해

버린다.'[5] 그리고 결정적인 장면에서는 어조에서나 몸짓에서나, 마치 연극배우처럼, 등장인물로 완전히 변신한다.

「가을」은 1인칭 시점을 취하고 있는데 서술자는 조복만이 자기의 아내를 소장수 황거풍에게 팔 때 계약서를 써준 재봉이다. 재봉은 주인공이 아니라 부수적 인물이다. 재봉이 서술자이니 이 소설의 지문에서 '나'는 마땅히 재봉이어야 한다. 그런데 다음 부분에서는 그렇지 않다.

① 참이지 몇칠 살아밧지만 남편에게 그렇게 착착 부닐고 정이 붙는 게집은 여지껏 내 보지못했다. 그러기에 나두 저를 위해서 인조견으로 옷을 해입힌다 갈비를 디려다 구어먹인다. 이렇게 기뻐하지 않었겠느냐. 덧돈을 디려가면서라도 찾을랴 하는 것은 저를 보고 싶어서 그럼이지 내가 결코 복만이에게 돈으로 물러달랄의사는 없다. 그러니 아무염녀말고.

② "복만이 갈듯한 곳은 다좀 아르켜주."

③ 놈의 말투가 또 이상스리 꾀는걸알고 불쾌하기가 짝이 없다. (…중략…) 이것도 사랑병인지 아까는 큰체를 하든 놈이 이제와서는 나에게 끽소리도 못한다. 항여나 여망있는 소리를 드를까하야 속달게 나의 눈치만 글이다가.

④ "덕냉이 큰집이 어딘지 아우?"

"우리 삼촌댁도 덕냉이 있지유."

"그럼 우리 오늘은 도루 나려가 술이나 먹고 낼 일즉이 가치 떠납시다."

"그러기유." (199쪽) (번호 및 밑줄─필자, 이하 같음)

①은 지문임에도 불구하고 재봉의 시각으로가 아니라 황거풍의 시각으로 진술되고 있다. 이 부분의 '나'는 재봉이 아니라 황거풍이다. 서술자인 재봉이 이야기 중에 잠깐 황거풍으로 바뀌어 있다. ②에서는

5   월터 J. 옹, 앞의 책, 75쪽.

이야기를 실감 있게 하기 위하여 황거풍의 말투를 흉내내고 있다. 똑같이 황거풍이 재봉에게 하는 말임에도 불구하고 청자에 대한 대우법이 ①에서는 '보지못했다', '않았겠느냐', '없다'처럼 해라체(아주 낮춤)로 나타나고, ②에서는 '아르켜주'처럼 하오체(예사높임)로 나타난다. ①은 간접화법이고, ②는 직접화법이기 때문이다. ①, ②에서 우리는 이야기꾼이 등장인물로 변신해가는 과정을 본다. 그것은 서술자로서의 이야기꾼이 등장인물의 배역으로 변신하는 과정이기도 하다. ③에 와서 이야기꾼은 배역에서 벗어나 서술자로 되돌아가서 재봉의 시각으로 황거풍을 본다. 같은 지문임에도 ①의 '나'는 황거풍이고, ③의 '나'는 재봉이다. ④에서는 서술자는 숨고 등장인물의 모습과 목소리만 나타나 있다. 완전히 극화되어 있다.

이야기판은 화자 한 사람이 이야기를 하고 다수의 청중들이 그 이야기를 듣는 구조가 아니다. 청중들은 공감을 표현하기도 하고, 화자가 이야기 줄거리에서 빠뜨린 부분을 채워주기도 하고, 화자가 잘못 이야기한 것을 고쳐주기도 하고, 이야기의 솜씨와 내용을 논평하기도 한다. 화자와 청중들은 토론을 벌이기도 한다. 이야기판은 화자와 청중들이 힘을 합하여 하나의 이야기를 완성해내는 창조의 공간이다. 이야기판은 하나의 생명체이다.

「떡」은 가난한 집의 일곱 살짜리 딸 옥이가 부잣집에 가서 음식을 얻어먹는데, 그 집 작은아씨가 장난삼아 주는 음식들을 다 받아먹고 까무러치는 이야기이다. 1인칭 시점을 취하고 있는데 서술자는 동네 사람이다. 서술자는 동네 사람이지만 사건의 현장에는 없었던 사람이고, 청중 중에 사건의 목격자가 포함되어 있다.

① 만약 이 떡의 순서가 주왁이 먼저 나오고 백설기 팟떡 이러케 나왔다면 옥이는 주왁만으로 만족햇을지 몰른다. 그리고 백설기 팟떡은 단연 아니 먹엇을것이다. ② 너는 보도못하고 어떠케 그리 남의일을 잘 아느냐. ③ 그러

면 그장면을 목도한 개똥어머니에게 좀 설명하야 받기로하자. ④아 참 고년 되우는 먹습디다. 그 밥한그릇을 다먹구그래 떡을 또 먹어유. 그게 배때기 지유. 주왁먹을제 나는 인제 죽나부다 그랫슈. 물 한먹음 안처먹고 꼬기꼬기 썹어서꼴딱 삼키는데 아 눈을 요러케 뒵쓰고 꼴딱 삼킵디다. 온 이게 사람이야. 나는간이 콩알만 햇지유 꼭 죽는줄 알고. 추어서 달달 떨고섯는 꼴하고 참 깜찍해서 내가 다 소름이 쪼옥 끼칩디다. ⑤이걸 가만히 듣다가 그럼 왜 말리진 못햇느냐고 탄하니까 ⑥제가 일부러 먹이기도 할텐데 그러케는 못하나마 배고파먹는걸 무슨 혐의로 못먹게 하겟느냐고 ⑦되례성을 발끈 내인다. ⑧그러나 요건 빨간 가즛말이다. 저도 다른 게집 마찬가지로 마루끝에서서 잘먹는다 잘먹는다 이러케 여러번 칭찬하고 깔깔대고 햇섯슴에 틀림없을게다. (91~92쪽)

어느 동네에나 이야기하기 좋아하는 이야기꾼이 있게 마련인데, 이야기판에서 이야기꾼이 청중들과 이야기를 주고받으면서 사건의 내막을 풀어나가고 있다. ①, ③, ⑤, ⑦, ⑧은 이야기꾼의 진술이다. 이야기꾼은 사건의 발생과 전개에 대한 자기의 의견을 청중에게 내세우기도 하고(①), 사건 현장의 목격자(등장인물)에게 설명을 의뢰하기도 하고(③), 목격자에게 질문을 하기도 하고(⑤), 장면을 묘사하기도 하고(⑦), 편집자적 논평editorial comment을 하기도 한다(⑧). ②는 청중 중 한 사람의 진술이다. ④와 ⑥은 청중 중 목격자의 진술이다. 청중은 수동적으로 이야기를 듣고만 있는 것이 아니라 이야기꾼의 이야기에 반응을 나타내면서 이야기판에 적극적으로 참여하고 있다. 이렇게 이야기꾼과 청중들이 서로 상대방의 주관적 진술에 제동을 걸면서 생동하는 이야기판을 만들어나간다.

처음부터 끝까지 고정된 한 시점으로 진술하지 않고, 시점을 다양하게 바꾸어가며 진술하는 방식은 사태를 객관적으로 파악하게 한다. 대상을 총체적으로, 온전하게 보아내기 위해서는 여러 사람의, 여러 각

도의 시점들을 동원하여야 한다. 한 사람의, 한 각도의 시선만으로는 대상을 온전하게 보아내기 힘들다.[6]

　이야기꾼의 목소리가 그대로 들리는 듯한 김유정 소설은, 이야기판의 생동성을 그대로 재현해놓은 김유정 소설은 이야기판이 붕괴되기 이전의 문화, 문명이 인간과 인간을 격리시켜놓기 이전의 인간중심의 문화, 사람과 사람이 직접 부딪치면서 사는 사람 냄새 나는 문화를 감촉하게 한다.

3. 김유정 소설의 설화적 성격

1) 「산ㅅ골나그내」와 '이부열녀담'

　김유정의 소설 「산ㅅ골나그내」(1933)는 설화 '이부열녀담二夫烈女談'과 그 줄거리가 유사하다. 두 이야기의 줄거리는 다음과 같다.

　산ㅅ골나그내 : 유랑하는 거지 부부가 있다. 겨울이 가까워 오는데 남편은 병이

6　최병우는 김유정 소설의 시점에 관한 논의에서, 한 작품 내에서 서술자가 바뀌거나 한 서술 상황에서 서술자가 다중적으로 드러나는 상황을 다중적 시점이라고 명명하였다. 그리고 이 다중적 시점은 단면성을 극복하고 현실에 대한 다양한 의견을 드러내는 데 효과적으로 기능한다고 하였다. 여기에서 김유정 소설이 다중적 시점을 취하게 된 근본 원인은 그의 소설이 이야기판의 구연 상황을 재현하였기 때문이다.
　김병국은 판소리사설의 진술 방식은 '작자의 주제적 정시呈示와 인물의 극적 재현과 작자 및 작중 인물의 이중시점과 내적 독백이라고나 할 비공개적 사적 시점이 공존하면서 상호 침투하는 다성곡적多聲曲的 구조'라고 하였다. 이 경우도 결국은 판소리 광대가, 마치 이야기꾼처럼, 혼자서 서술자의 역할과 등장인물들의 역할을 모두 담당하기 때문에 일어나는 현상이다.
　최병우, 「김유정 소설의 다중적 시점에 관한 연구」, 김유정문학촌, 『김유정 문학의 재조명』, 소명출판, 2008; 김병국, 「판소리의 문학적 진술방식」, 『한국 고전문학의 비평적 이해』, 서울대 출판부, 1995.

들어 잘 움직이기조차 못하는데다가 겨울이 오면 입을 옷도 없다. 아내는 남편을 물방앗간에 있게 하고, 나그네로 가장하여 산골의 주막집으로 간다. 주막집에는 홀어미와 그녀의 아들 덕돌이 살고 있다. 덕돌은 노총각이다. 나그네 여인은 주막집에 머무르면서 집안의 온갖 일을 정성껏 해 준다. 홀어미는 여인을 금덩이처럼 위해 주고, 덕돌도 나그네 여인을 탐낸다. 덕돌이 나그네 여인에게 청혼하고, 나그네 여인은 이를 받아들인다. 며칠 후 한밤중에 나그네 여인은 덕돌의 옷을 훔쳐 가지고 물방앗간으로 가서 남편에게 입히고 함께 도망을 한다.

이부열녀담 : 유랑하는 거지 부부가 있다. 남편이 병들어 구걸 행각이 어려워지자 여인은 어느 홀아비의 집 행랑방을 얻어 들어가 산다. 여인은 홀아비 집의 온갖 일을 정성껏 해 주고, 홀아비는 행랑방의 거지 부부를 잘 보살펴준다. 홀아비는 여인에게 동거를 요구하고, 여인은 이를 허락한다. 여인의 남편이 지병으로 죽는다. 여인이 홀아비에게 부탁하기를 자기가 죽으면 남편과 합장을 해 달라고 한다. 홀아비는 그렇게 하겠다고 한다. 여인은 남편 무덤에 가서 비상을 먹고 스스로 죽는다.[7]

거지 여인이 병든 남편을 살리기 위하여 남의집살이를 하고, 그 집 남자의 요구를 받아들여 몸을 허락한다는 점에서 소설 「산ㅅ골나그내」와 설화 '이부열녀담'은 그 기본 구조가 같다. 그러나 '이부열녀담'이 '남편을 위한 일편단심'에 초점을 맞추고 있는 데 반해서 「산ㅅ골나그내」는 '남편과 함께 살아가기'에 초점을 맞추고 있다는 점에서 두 이야기는 주제가 다르다.

'이부열녀담'에서 여인은 일편단심이라는 이념을 살리기 위하여 자기의 목숨을 버린다. 남편이 살아 있을 때에는 자기도 살아 있으면서 마음으로 남편을 공경하는 것에서 삶의 의미를 찾았지만 남편이 죽은 다

---

7 장덕순, 『한국설화문학연구』, 서울대 출판부, 1971, 133-134쪽. (요약—필자)

음에는 자기가 살아 있는 것이 아무 의미가 없다. 이 이야기에서는 정신적 이념과 육체적 생명을 대립시켜 놓고 전자를 취하고 후자를 버린다.

「산ㅅ골나그내」의 나그내 여인에게서 우리는 두 가지 모습을 동시에 본다. 하나는 전통적 여인의 모습이고, 하나는 현대인의 실존적 모습이다.

나그내 여인은 덕돌에게서 결혼기념으로 받은 은비녀는 베개 밑에 그대로 놓아두고 덕돌의 옷만 훔쳐 가지고 덕돌의 집에서 도망해 나온다. 남편에게 필요한 것은 은비녀가 아니라 겨울에 입을 옷이다.

그러나 나그내 여인은 남편이 죽으면 자기도 따라 죽을 여인은 아니다. 나그내 여인이 살고 있는 시대는 남편을 위한 일편단심이라는 절대적인 이념은 이미 붕괴되어 버린 시대이다. 나그내 여인에게는 생명을 유지하고 살아가는 것 자체가 최대의 문제이다. '이부열녀담'이 병든 남편의 죽음과 아내의 자살로 끝나는 데 반해서 「산ㅅ골나그내」는 부부가 다시 유랑을 시작하는 것으로 끝난다. 전자는 끝이 닫혀 있고, 후자는 끝이 열려 있다. 전자는 완결형 구조이고, 후자는 개방형 구조이다. 「산ㅅ골나그내」는 처음과 끝이 같다. 처음에 부부가 유랑하고 있었던 것처럼 끝에서 부부는 다시 유랑을 한다. 처음에 덕돌이 노총각이었던 것처럼 끝에서 덕돌은 다시 노총각으로 돌아간다. 소설의 구성에서 처음과 끝이 같은 구성법은 김유정의 다른 소설에도 해당하며 이것은 부조리극의 구성법과도 같다. 사무엘 베케트의 「고도를 기다리며」나 유진 이오네스코의 「대머리 여가수」를 예로 들 수 있다. 이들 작품은 첫 장면과 끝 장면이 똑 같다. 마치 시지포스가 계속 굴러 내리는 바위를 계속 산 위로 굴려 올리듯이 여인은 주어진 현실에 성실하게 저항하면서 세상을 살아간다. 나그내 여인이 세상을 살아가는 모습에서 우리는 인간의 실존적 모습을 본다. 생존 자체가 급선무이기 때문에 이데올로기가 비집고 들어갈 틈이 없다.

그런데 「산ㅅ골나그내」는 설화를 소재로 삼은 소설이 아니라 실화이다. 이 이야기는 김유정 집안의 소작인이었던 돌쇠네 집에서 실제로 겪은 일이다. 돌쇠네 집은 김유정의 고향인 실레에서 5리쯤 떨어진 한 들에 있었다.

> 그옆에 봇도랑을 끼고 오막살이 한 채가 있었읍니다. 그(김유정을 가리킴
> —필자 주)의 집의 소작인이며 선대부터 내려오며 主從關係에 있는 돌쇠네
> 집이었읍니다. 그곳을 지나는 길에 그가 들러서 봉당에 걸터앉아 담배를 피
> 우면 소리없이 내닫는 돌쇠어멈의 낮은 목소리는 은근한 것이었읍니다.
> "데렌님, 볕이 많이 더워유……."
> 그들이 주고받은 말은 그대로 「산골 나그네」에 나타났읍니다. 돌쇠네 모
> 자가 당한 그대로입니다. 집과 인물, 사건이 모두 實話로서 가감없이 표현된
> 것입니다.[8]

「산ㅅ골나그내」는 실제 사건에서 소재를 취해왔기에 사실성이 강하고, 그 구성의 기본 골격이 설화적이기에 우리에게 친숙하게 느껴진다. 구성의 기본 골격이 설화적이라는 것은 삶의 전형적인 국면을 전형적인 문학 형식에 담고 있다는 것이기도 하다. 그리고 기본 골격은 설화적이지만 세부 구조는 설화와 다르다는 것은 이 작품이 김유정 특유의 독자적인 세계를 가지고 있다는 이야기이다.

2)「만무방」과 '조신전설'

최원식이 지적한 대로 「만무방」(1935)에서 부부가 헤어지는 장면은 일연의 『삼국유사』에 실려 있는 '조신몽調信夢' 이야기에서 부부가 헤어지는 모습과 꼭 닮았다.[9] 두 장면은 다음과 같다.

8 　김영수, 「김유정의 생애」, 『김유정전집』, 현대문학사, 1968, 401쪽.

만무방 : 그들 부부는 돌아다니며 밥을 빌엇다. 안해가 빌어다 남편에게, 남편이 빌어다 안해에게. 그러자 어느날 밤 안해의 얼골이 썩 슬픈 빗이엇다. 눈보래는 살을 여인다. 다 쓰러저가는 물방아간 한구석에서 섬을 두르고 언내에게 젓을 먹이며 떨고잇드니 여보게유, 하고 고개를 돌린다. 왜, 하니까 그말이 이러다간 우리도 고생일뿐더러 첫때 언내를 잡겟수, 그러니 서루 갈립시다 하는것이다. 하긴 그럴법한 말이다. 쥐뿔도 업는것들이 붙어단긴대짜 별수는업다. 그보담은 서루 갈리어 제맘대로 빌어 먹는것이 오히려 가뜬하리라. 그는 선뜻 응락하엿다. 안해의 말대로 개가를해가서 젓먹이나 잘 키우고 몸성히 잇스면 혹 연분이 다아 다시 만날지도 모르니깐 마즈막으로 안해와 가티 땅바닥에 나란히 누어 하루밤을 떨고나서 날이 훤해지자 그는 툭툭 털고 일어섯다. (100쪽)

조신몽 : 10년 동안 초야를 두루 유랑하여 옷이 해어져 몸을 가리지 못하였다. 마침 명주 해현령을 지날 때 15세 된 큰아이가 굶주려 홀연히 죽었다. 통곡하다가 길가에 묻고 나머지 네 자녀를 데리고 우곡현에 이르러 길가에 모옥을 짓고 살았다. 부부가 다 늙고 병들고 굶주려서 일어나지를 못하여 10세 된 딸이 두루 빌어다 먹였는데 어느 날 마을의 개에게 물리어 아픔을 부르짖으며 앞에 와 눕자 부모가 탄식하여 울며 눈물을 흘리었다. 부인이 눈물을 씻고 창졸간에 말하기를, "제가 처음 당신을 만났을 때에는 얼굴이 아름답고 나이가 젊었으며 옷도 많고 깨끗하였고 맛있는 음식도 당신과 함께 먹었고 따뜻한 옷도 당신과 나누어 입어가며 지낸 지 50년이 되었습니다. 그동안 정이 깊이 들고 사랑도 깊어져 두터운 인연이라고 생각하였습니다. 그런데 요즈음에 와서 병이 날로 심해지고 배고픔과 추위가 더욱 심해졌습니다. 이제는 사람들이 조그만 방도 반찬도 빌려주지 않습니다. 뭇사람의 비웃음은 산처럼 무겁습니다. 아이들의 배고픔과 추위도 면하게 할 수 없습니다. 그러니 어느 겨를에 부부의 사랑과 즐거움이 있겠습니까? 발간 얼굴과 고운 웃음은 풀잎에 맺힌 이슬이고 사랑의 약속은 봄

9 최원식, 「1930년대 단편소설의 새로운 행보」, 『한국현대대표소설선』 3, 창작과비평사, 1996, 436쪽.

바람에 나부끼는 버들가지입니다. 당신은 저 때문에 누가 되고 저는 당신 때문에 근심이 될 뿐입니다. 사랑의 기쁨은 근심의 시작이었습니다. 우리가 어찌하여 이 지경에 이르렀습니까? 뭇새가 함께 굶어죽는 것보다는 차라리 외로운 새가 짝을 애타게 찾는 것이 낫겠습니다. 추우면 버리고 더우면 취하는 것이 인정상 차마 못할 일이지만 가고 멈추는 것이 뜻대로 되는 것이 아니고 헤어지고 만나는 것에도 운수가 있는 것이니 청컨대 이제 헤어졌으면 좋겠습니다." 조신이 이 말을 듣고 크게 기뻐하여 서로 아이 둘씩 나누어 가지고 갈라서려 할 때 아내가 말하였다. "저는 고향으로 가겠습니다. 당신은 남쪽으로 가십시오." 부부가 갈라서서 막 길을 떠나려 할 때 조신은 꿈을 깼다.

如是十年 周流草野 懸鶉百結 亦不掩體 適過溟州蟹縣嶺 大兒十五歲者忽餧死 痛哭收瘞於道 從率餘四口 到羽曲縣 結茅於路傍而舍 夫婦老且病 飢不能興 十歲女兒巡乞 乃爲里獒所噬 號痛臥於前 父母爲之歔欷 泣下數行 婦乃□澁拭涕 倉卒而語曰 '予之始遇君也 色美年芳 衣袴稠鮮 一味之甘 得與子分之 數尺之煖得與子共之 出處五十年 情鍾莫逆 恩愛綢繆 可謂厚緣 自比年來 衰病歲益深 飢寒日益迫 傍舍壺漿 人不容乞 千門之恥 重似丘山 兒寒兒飢 未遑計補 何暇有愛悅夫婦之心哉 紅顔巧笑 草上之露 約束芝蘭 柳絮飄風 君有我而爲累 我爲君而足憂 細思昔日之歡 適爲憂患所階 君乎予乎 奚至此極 與其衆鳥之同餧 焉知隻鸞之有鏡 寒棄炎附 情所不堪 然而行止非人 離合有數 請從此辭' 信聞之大喜 各分二兒將行 女曰 '我向桑梓 君其南矣' 方分手進途而形開.[10]

　　부부가 자식을 데리고 유랑한다는 점, 구걸을 하여 가며 어렵사리 살고 있다는 점, 아내가 헤어지자고 제안하여 부부가 갈라선다는 점 등에서 두 이야기는 공통된다. 그러나 다음과 같은 점에서 두 이야기는 서로 다르다.

10　一然, 「洛山二大聖 觀音 正趣 調信」, 『三國遺事』.

'조신전설'에서 이 장면은 세속세계에서의 남녀 간의 사랑은 그 종말이 비참할 뿐이라는 것을 암시해 주는 장치이다. 사랑의 결실인 자식들은 부부에게 부담스러운 존재로 묘사되어 있다. 이 이야기는 세속적 삶의 무의미성을 강조한다.

「만무방」에서 이 장면은 삶의 의지를 강하게 보여준다. 부부가 헤어지는 것은 서로가 더 낫게 살기 위해서이다. 부부는 자기들보다 자식을 더 소중히 여긴다. 무엇보다도 자식을 살리기 위하여 헤어진다. 그들은 아주 헤어지는 것은 아니다. 아내가 개가를 해서라도 아이를 잘 키운 다음에 부부는 다시 만날 희망을 가지고 있다. 이 이야기는 치열한 삶에의 의지를 보여준다.

(3) 「산골」과 '춘향이야기'

「산골」(1935)의 경개는 다음과 같다.

이뿐이는 마님댁 씨종[여종]의 외동딸이다. 이뿐이가 16세이던 봄의 어느 날, 산에서 나물을 캐고 있을 때 도련님이 이뿐이에게 접근해오고 이뿐이는 잣나무 밑에서 도련님을 받아들인다. 그 후 이뿐이는 도련님을 계속해서 산에서 만난다. 마님이 이를 알게 된다. 이뿐이는 마님에게 볼기짝이 톡톡 불거지도록 매를 맞고 뜰아랫방에 갇히어 '감옥살이'를 한다. 도련님이 서울로 공부하러 간다. 도련님과 이뿐이는 마을 밖 고갯마루에서 이별을 한다. 도련님은 자기 저고리의 고름을 떼어서 이뿐이에게 주며 한 달 후에 서울로 데려가겠다고 약속한다. 그런데 일 년이 지나도 도련님에게서는 아무 소식이 없다. 석숭이가 이뿐이에게 접근해오지만 이뿐이는 이를 거절한다. 이뿐이는 회양나무 밑에서 도련님에게 보내는 편지를 행주치마 속에 감추어들고

서서 우체부가 오기를 기다린다. 그러나 우체부는 오지 않는다.

　여자주인공이 신분이 낮은 과부의 외동딸인 것, 신분이 높은 집안의 도련님이 신분이 낮은 여성에게 접근하여 사랑을 맺는 것, 사랑이 이루어지는 계절이 봄인 것, 여자주인공이 매를 맞고 '감옥살이'를 하는 것, 도련님이 서울로 가게 되어 마을 밖에서 이별하는 것, 이별할 때 도련님이 여자에게 신물信物을 주며 장래를 약속하는 것, 도련님이 서울로 가자 다른 남자가 접근해오지만 여자는 이를 거절하는 것, 서울로 간 도련님에게서 소식이 없는 것, 여자주인공이 도련님에게 편지를 보내는 것, 그리고 무엇보다도 사랑에 대한 열망이 남자보다 여자가 더 강한 것 등은 '춘향이야기'에 들어 있는 모티프들과 유사하다.

　「산골」을 「춘향전」과 결부시킨 첫 논평은 김남천(金南天, 1911-1953)의 「사회적 반영의 거부와 춘향전의 애화적 재현」(1935)이다. 이 논평에서 그는 김유정이 과학적 세계관을 확립하지 못하고 있음을 비판한다. 즉 1930년대 농촌에 남아 있는 봉건적 신분관계는 「춘향전」 시대의 것과는 달리 자본의 침입에 의하여 기형적으로 형성된 것인데 그것을 제대로 파악하지 못했다는 것이다. 현대적 농촌을 제대로 표현함으로써 「춘향전」을 이 시대에 맞게 재창조해야 할 것인데 그러지 못했다는 것이 그의 논리이다. 그는 또한 언어의 곡예에 작자 자신이 도취되어 있고, 형식주의만을 고집하는 부르주아 미학에 젖어 있음도 비판한다. 이 항목에 대한 그의 소결론은 다음과 같다.

　大體 現代 農村의 身分的 關係를 그리면서 現代的 農村 關係의 어느 모통이도 表現하기를 拒否하고 오로지 春香傳의 서투른 哀話的 再現에만 汲汲한 作家의 努力이 흘러가는 時代의 激浪 속에서 얼마만한 歷史的 報酬를 바들지는 젊은 作家들이 함께 再三熟考할 것의 하나일 것이다.[11]

안함광(安含光, 1910-1982)의 논조도 이와 같다. 그는 「산골」에 대하여, 현실의 표상만을 피상적으로 관찰할 것이 아니라 그의 본질면까지 집요하게 파들어가는 진정한 의미에 있어서의 리얼리즘 정신이 필요함을 강조한다. 그리고 세계관의 파악을 거부한 이 작가(김유정)에게 후일을 기대하기 힘들다고 한 김남천의 평가가 적평이었다고 부언한다.[12] 김남천과 안함광은 사회주의적 리얼리즘의 시각으로 「산골」을 본 것이다.

최원식은 「산골」을 「춘향전」의 패러디로 본다. 즉 「산골」은 이별 이후를 다시 씀으로써 「춘향전」을 현실에 맞게 재해석한 작품이라는 것이다. 「춘향전」은 노블적 주제를 로맨스적으로 해결한 복합소설인데, 이를 패러디한 「산골」은 로맨스를 빌어 로맨스를 부정한, '소설 이전' 같기도 하고 '소설 이후'같기도 한 복합성을 오묘하게 지니고 있는 소설이다.[13]

필자는 김유정이 「산골」에서 의도한 것은 산골에 사는 소녀 이뿐이라는 인물의 탐구라고 판단한다. 이뿐이는 글도 모르고, 사회도 모르는 인물이다. 이뿐이는 자기와 도련님이 맺어지지 못하는 이유가 무엇인지를 모르고 있다. 이뿐이는 '종은 상전과 못 사는 법이라던 어머니의 말'을 이해하지 못하며, '제가 아씨가 되면 어머니는 일테면 마님이 되련마는' 그걸 모르는 어머니가 답답하고, 자기의 모습을 바위 아래의 물에 비쳐보아도 '의복은 비록 추려할망정 저의 눈에도 밉지 않게 생겼고 남 가진 이목구비에 반반도 하련마는 뭐가 부족한지 달리 눈이 맞은 도련님의 심정이 알 수 없고', '마님은 마님대로 (…중략…) 상냥한 아가씨만 찾는 길이니 대체 이게 웬 셈인지' 알 수가 없고, '아무리 생각

11 巴朋(金南天), 「最近의 創作(2) : 社會的 反映의 拒否와 春香傳의 哀話的 再現」, 『조선중앙일보』, 1935.7.23.
12 安含光, 「昨今文藝陣總檢-今年下半期를 主로」, 『비판』, 비판사, 1935.12, 80~81쪽.
13 최원식, 「이야기꾼 이후의 이야기꾼-김유정의 순진과 비순진」, 『제8회 김유정문학제 학술발표회논문집』, 김유정기념사업회, 2010, 13~17쪽.

하여도 같이 멀리 도망가자던 도련님이 저 서울로 혼자만 삐쭉 달아난 것'도 그 속을 알 수 없다. 이 답답한 마음을 편지로 써서(그것도 자기와 결혼하려고 벼르고 있는 석숭이에게 써 달라고 부탁해서 쓴) 그 읽을 수 없는 편지를 가지고 우체부가 오기를 기다리고 있는데 그날은 우체부가 오는 날이 아니다. 이뿐이는 이처럼 바보스러울 정도로 순박하다. 이뿐이의 바보스러움 속에서 우리는 인간의 원초적 천진성을 읽는다. 그것은 마님댁과 씨종이라는 사회적 계급이 형성되기 이전의 원초적 천진성이다.

이 소설에서 작가는 자연을 묘사하는 데에 큰 공을 들였다. 그리고 그 자연 속에 이뿐이를 배치해놓았다. 늙은 잣나무, 쌍쌍이 짝을 짓는 학, 잎이 우거진 갖가지 나무들, 꾀꼬리, 개나리, 동백꽃, 뻐꾸기, 똬리를 틀고 개구리를 우물거리고 있는 커다란 구렁이, 바위, 험악한 석벽 아래에 맑은 물이 웅숭깊이 충충 고인 웅덩이, 설핏한 하늘의 붉은 노을, 갖가지 새들 등. 이뿐이는 이러한 자연과 함께 있다. 이것은 이뿐이가 가지고 있는 원초적 천진성의 아름다움을 부각시키는 기법이다. 이것은 또한 현대 문명 속에서 교활해진 인간성, 문명에 때 묻은 인간을 되돌아보게 하는 장치이기도 하다.

이러한 주제를 효과적으로 형상화하기 위하여 김유정은 「춘향전」의 구조를 차용했다. 그런 면에서 「산골」은 「춘향전」의 패러디라 할만하다.

이뿐이의 인간상은 춘향의 인간상과 많이 다르다. 춘향은 어떠한 여인인가? 춘향은 강인하고, 논리가 명석하고, 성취의욕이 강한 여인이다.[14] 춘향은 천민 가정에 태어나서 불리한 조건과 역경을 이겨내고 사랑도 성취하고 신분 상승도 성취한 여인이다. 춘향은 독한 여자이다. 이에 반하여 이뿐이는 바보스러울 정도로 천진한 여자이다. 「춘향전」은 '지배계급에 대한 서민의 항거'로 읽히기도 하고, '한 남자에 대한 한 여인의 숭고한 사랑'으로 읽히기도 한다. 이에 비해서 「산골」은

14 이상택, 「성격을 통해 본 춘향전」, 김병국 외, 『춘향전 어떻게 읽을 것인가』, 춘향문화선양회, 1993, 214-234쪽.

'현대 문명에 때 묻지 않은 인간의 원초적 천진성의 아름다움'에 초점을 맞추고 있다.

그런데 춘향의 인간상은 오랜 세월을 두고 변모되면서 형성된 것이다. 구비문학 작품의 주인공인 춘향의 인간상은 한국인들이 오랜 세월을 두고 공동으로 창조해낸 여인상이다. 춘향은 세월의 흐름에 따라 소극적 성격에서 적극적 성격으로 변모해온 인물이라는 것이 일반적인 견해이다. 19세기 후반기에 활동한 장자백(張子伯, 1852?-1907) 창본 〈춘향가〉에 등장하는 춘향은 아주 적극적인 여인이다. 이에 비해 18세기 중기의 자료인 유진한(柳振漢, 1711-1791)의 「만화본 춘향가晩華本 春香歌」(1754)에 등장하는 춘향은 천진한 면을 많이 보인다.

「산골」의 이뿐이와 「만화본 춘향가」의 춘향은, 물론 처해 있는 여건도 다르고 행동 양식도 다르지만, 천진성을 보인다는 점에서 유사한 데가 있다. 그리고 춘향의 성격이 세월의 흐름에 따라 적극적인 성격으로 변모해온 것처럼, 김유정 소설에서는 「산골」(1935.6.15 탈고)의 이뿐이, 「봄·봄」(1935.12 발표)의 점순, 「동백꽃」(1936.3.24 탈고)의 점순의 순서로 적극적 성격으로 변모한 것이 흥미롭다.

4) 「가을」과 '하우고개전설'

강원도 인제군 인제읍 가리산리 젓바치에서 덕적리로 넘어가는 고개는 그 이름이 하우고개이다. 강원도 화천군 사내면 광덕리에서 철원군 근남면 잠곡리로 넘어가는 고개도 하우고개이다. 두 고개에는 같은 전설이 전해온다.

예전에 어느 마을의 이웃 사람 둘이 심하게 싸우고 감정이 격해져서 재판을 하기로 했다. 재판을 하려면 고개를 넘어 읍내로 가야 한다. 읍내까지는 꽤 먼 거리이고, 넘어야 할 고개도 꽤 높은 고개이다. 그러나 두 사람은 증오심에 가득 차서 함께 읍내로 향한다. 그런데 두 사람은 호젓하고 먼 길을 같이 걷고, 높은 고개를 함께 오르면서 서로에게 쌓였던 증오심이 가시어지고 어느 새 정이 들게 된다. 두 사람은 고개 위에서 화해하고 마을로 되돌아온다. 이런 일이 있은 후로 사람들은 이 고개를 하우고개라고 부른다.

「가을」(1936)에서 황거풍은 느닷없이 재봉을 찾아와서 주재소로 같이 가자고 한다. 황거풍이 조복만의 아내를 50원 주고 살 때 재봉이 계약서를 써주었는데, 현찰 50원에 팔려간 조복만의 아내가 나흘 후에 행방불명이 된 것이다. 거기에다가 같은 날 같은 시각에 조복만도 행방불명이 된 것이다. 그러니 재봉이 사기꾼이라는 것이다.

재봉의 마을에서 주재소까지는 25리인데 높은 고개를 넘어야 한다. 그렇지만 황거풍은 노기충천해서 재봉을 이끌고 주재소가 있는 읍내로 향한다. 그러던 황거풍이 고개 위에서 마음이 누그러진다. 황거풍이 재봉에게 말한다.

"우리 오늘은 도로 내려가 술이나 먹고 내일 일찍이 같이 떠납시다."

내일 같이 가자고 하는 곳은 주재소가 아니라 황거풍의 생각에 복만의 처가 거기에 있으리라고 짐작되는, 그러나 재봉의 생각에 복만 내외가 거기에 있을 리가 없는 덕냉이라는 마을이다.

다른 사람이 없는 호젓한 자연 속에서 원수 사이인 두 사람이 먼 길을 함께 걷고, 높은 고개를 함께 올라가는 상황은 그들을 원수가 되기 이전의 상황으로 되돌려놓는다. 여기에서는 특히 아름다운 자연이 한 몫을 한다. 두 사람은 고개 위에서 내려다보이는 아름다운 경치에 취한다. 먼 산봉우리는 석양을 받아 자줏빛으로 되어가고 이 산 저만치에서 꿩이 푸드득 날아간다. 이 때 해가 막 떨어지고 산골은 오색영롱한 저녁놀로 덮인다. 가난에 찌들고 바랜 삶을 사는 사람들에게, 목숨을 부지하는 일 자체에 여념이 없는 사람들에게 자연은 푸근한 안식처이고, 인간의 원초적인 천진성을 발견하게 해주는 모태母胎이다. 「가을」은 이처럼 전설의 모티프를 이용하는 것 자체로 그치지 않고, 그것을 이용하여 자연의 존재 가치를 새삼스럽게 발견하게 해주는 데까지 나아간다.

전상국의 「동행」(1963)에도 하우고개전설의 모티프가 변형되어 나타난다. 눈 내리는 밤에 범인과 형사가 구듬치고개를 올라간다. 고개를 올라가면서 범인은 형사에게 자신의 과거를 털어놓는다. 고개를 넘고 나서 형사는 범인을 체포하지 않는다.

(5) 「봄·봄」과 '바보 사위'

우리나라에는 상류계층의 똑똑한 여자가 하류계층의 가난하고 어리석은 남자와 결혼하여 남편을 잘 가르쳐서 훌륭한 인물로 출세시키는 이야기들이 많이 있다. '평강공주와 바보 온달', '선화공주와 서동', '내 복에 산다(부잣집 막내딸과 숯구이총각)' 등을 예로 들 수 있다. 제주도의 서사무가 '삼공본풀이'도 이와 같은 이야기이고, '선녀와 나무꾼'에서 나무꾼이 선녀를 찾아 천상세계로 올라간 이후의 이야기도 이와 같다. 이러한 유형의 설화가 골계화한 것이 '바보 사위'인데 「봄·봄」(1935)은 '바보 사위'의 패러디이다.

바보 온달: 온달은 고구려 평강왕 때 사람인데 다 떨어진 옷과 헐어빠진 신발로 시정을 왕래하여 사람들이 '바보 온달'이라고 지목했다. 평강왕의 딸 아이가 울기를 잘 하므로 왕이 장난삼아 말하기를, 바보 온달에게 시집보내겠다고 하였다. 딸이 16세가 되자 상부 고씨에게 시집보내려 하니 공주가 왕에게 항의하기를, 어째서 전에 하시던 말씀을 고치시느냐고 했다. 왕은 분노하고, 공주는 궁에서 나갔다. 공주는 온달을 찾아가서 그와 결혼하였다. 공주는 온달에게 좋은 말을 사는 방법 등을 가르쳤다. 온달은 사냥대회에서 두각을 나타내어 왕의 관

심을 끌었다. 온달은 또한 후주後周와의 전쟁에서 크게 이겼다. 왕은 기뻐하고 감탄하였다.[15]

바보 사위 : 옛날 바보사위가 있어 처음으로 처가에 다니러 가게 되었다. 장인 앞에 망신을 할까 싶어 그 처가 가르치는 말이 "음낭陰囊에 줄을 매어 줄 터이니 내가 그 줄을 한 번 다리거든 '진지 잡수십시오' 하고, 두 번 다리거든 담배를 넣어서 '연초 잡수십시오'하고 권하시오"하였다. 그리고 처는 잠깐 장인이 되고 신랑은 사위가 되어 여러 번 예습을 하였다. 처가에 당도하였다. 처는 식상食床이 나온 뒤 정지(부엌)에서 기회를 보아 쥐었던 줄을 한 번 다렸다. 사위는 장인에게 절을 하면서, "진지 잡수십시오" 하였다. 식사가 필畢한 뒤 처는 다시 줄을 두 번 다렸다. "연초 잡수십시오" 하였다. 제법 인사를 찾을 줄 알므로 장인은 감심感心하였다. 그때 마침 처는 일이 생겨 밖으로 잠깐 나가게 되어 쥐었던 줄을 명태 대가리에 매어 두었다. 명태 대가리를 고양이란 놈이 물고 잡아다렸다. 사위는 다시 "진지 잡수십시오." 또 다리므로 "연초 잡수십시오." 그래도 자꾸 다리므로 자꾸 반복하였다. 수 없이 급히 다리므로 "진지 잡쇼, 연초 잡쇼, 진지 잡쇼, 연초 잡쇼"를 쉴 새 없이 반복하였다.[16]

봄 · 봄 : 나는 점순이와 결혼시켜준다는 약속을 굳게 믿고 열심히 일하나 점순의 아버지(장인)는 좀처럼 성례를 시켜주지 않는다.
내가 화전밭을 갈고 있을 때 점순이가 점심을 가지고 왔다 가면서 나에게 말하기를 밤낮 일만 하지 말고 성례시켜 달라고 조르라고 한다. 나는 점순의 말대로 장인에게 성례시켜 달라고 조른다. 그러나 장인은 이를 거부한다. 나는 장인을 끌고 구장에게 가서 호소했으나 오히려 설득당하고 논에 나가 일을 한다.
점순이가 나의 아침상을 가지고 와서 구장님한테 갔다가 왜 그냥 왔느냐고 따지며 이번에는 장인의 수염을 잡아채라고 한다. 나는 점순의 말대로 장인의 수

---

15   김부식, 『삼국사기』 권45, 열전. (요약─필자, 뒷부분 생략)
16   손진태, 『한국민족설화의 연구』, 을유문화사, 1979, 160쪽.

염을 잡아챈다. 그래도 내 요구를 들어주지 않으므로 나는 장인의 음낭을 붙들고 늘어진다. 장인은 비명을 지르며 나에게 할아버지라고 한다.

장모와 점순이가 뛰어나와 양쪽에서 나의 귀를 뒤로 잡아당기며 울음을 터뜨린다. 점순이가 나의 편을 들어줄 줄 알았던 나는 점순이가 의외로 장인의 편을 들어주자 기운이 탁 꺾인다.

'바보 온달'의 기본 갈등구조는 아버지와 딸 사이의 갈등이다. 딸은 부권사회에 속해 있음에도 불구하고 아버지의 억압을 극복하고 자기가 바라는 삶을 독자적으로 건설한다.[17] 딸은 바보처럼 보이는 남편의 잠재 능력을 계발시키는 데에 성공한다.

'바보 사위'에서는 아내가 남편을 계발시키는 데에 실패한다. 그러나 사위가 장인 앞에서 실수를 하였더라도 아내(딸)와 남편(사위)의 사이가 갈라지지는 않는다. 아내는 친정아버지와는 거리를 두고 있고, 남편과는 밀착되어 있다.

「봄·봄」의 기본 갈등구조는 장인과 사위 사이의 갈등이다. 딸(점순)은 남편감(데릴사위)의 편을 들어주는 듯하지만 근본적으로는 아버지에게 예속되어 있다. 또한 딸은 남편감의 잠재 능력을 계발하려 하지도 않는다. '바보 온달'이나 '바보 사위'에서 딸이 남편에게 가르치는 내용은 장인의 마음에 드는 행동을 하는 것이다. 장인이 부과하는 시험에 합격하기 위한 행동이다. 그러나 「봄·봄」에서 점순이 데릴사위에게 가르치는 내용은 장인에게 성례시켜 달라고 조르는 것과 장인의 수염을 잡아채는 것이다. 이것은 장인의 마음에 드는 행동이 아니라, 장인이 극히 싫어하는 행동이다. 장인은 점순과 데릴사위를 결혼시키지 않기로 작정을 하고 있는 인물이다.

이처럼 「봄·봄」은 '바보 온달'이나 '바보 사위'와 인물과 사건의 설

---

17 임재해, 「온달형설화의 유형적 성격과 부녀갈등」, 『민족설화의 논리와 의식』, 지식산업사, 1992, 340-364쪽.

정을 같게 하였으면서도 작품 정신을 전혀 다르게 설정하였다. 여기에서 우리는 김유정의 독창성을 읽어낼 수 있다. 설화에서 사위는 아내의 옹호를 받고 있다. 그러나 「봄·봄」에서 데릴사위는 점순으로부터 고립되어 있다. 그런데도 데릴사위는 점순이 자기의 편인 줄 알고 있었던 것이다. 그러나 데릴사위는 절망하지 않는다. 데릴사위는 고향에서 뿌리 뽑힌 유랑민으로서 그래도 이렇게 사는 것이 최선을 다 해서 사는 것이다. 「봄·봄」은 절망할 수밖에 없는 냉혹한 세상에서 절망하지 않고 성실하게 살아가는 모습을 보여준다.

한편 「봄·봄」은 '바보 사위'의 소설화이기에 앞서 실화이다. 등장인물들은 실존인물들이다. 봉필(장인)에 해당하는 인물은 실레마을의 김종필이다. 그는 일본인 지주의 산과 농토를 관리해주던 인물로서 마을에서 인심을 잃었다고 한다. 그의 딸은 본명이 김씨만金氏萬인데 집에서는 점순이라고 불리었고, 쾌활하고 적극적인 성격이었다고 한다. 데릴사위에 해당하는 인물은 최순일崔淳壹이다. 그는 실레마을에서 30리 떨어진 춘천시 동내면 사람인데, 김종필로부터 3년 동안 일해주면 사위를 삼겠다는 약속을 받고 실레마을 점순네 집으로 왔다. 최순일과 김씨만(김점순)은, 소설 속에서는 끝내 결혼하지 못했지만, 실제로는 결혼하여 아들 최금석을 낳았다.[18]

「봄·봄」은 실제 사건에서 소재를 취해왔기에 사실성이 강하고, 구성의 기본 골격이 설화적이기에, 즉 전형적인 구조를 취하였기에 우리에게 친숙하게 느껴진다. 그러나 「봄·봄」은 실제 사건과도 다르고, 설화와도 다른, 독자적인 세계를 가지고 있는 작품이다.

---

[18] 박태상, 「김유정 문학의 실재성과 허구성」, 『현대문학』, 1987.6, 391-393쪽.

6) 「두포전」과 '아기장수전설'

김유정은 그의 소설에서 '아기장수전설'을 두 번 이용한다. 「산골」(1935)에서는 부분을 이용하고, 「두포전」(1939)에서는 전체를 이용한다. 「산골」에서 도련님은 산속의 웅덩이 가에서 이뿐이에게 '아기장수전설'을 이야기해준다.

옛날에 이 산속에 한 장사가 있었고 나라에서는 그를 잡고자 사방팔면에 군사를 놓았다. 그렇지 마는 장사에게는 비호같이 날랜 날개가 돋힌 법이니 공중을 훌훌 나르는 그를 잡을 길 없고 머리만 앓든 중 하루는 그예 이 물에서 목욕을 하고 있는 것을 사로잡았다는 것이로되 왜 그러냐 하면 하누님이 잡수시는 깨끗한 이 물을 몸으로 흐렸으니 누구라고 천벌을 아니 입을리 없고 몸에 물이 닷자 돋혔든 날개가 흐시부시 녹아버린 까닭이라고 말하고. (132쪽)

강원도의 '아기장수전설'에는 관군이 등장하지 않는데 여기에는 관군이 등장한다는 점, 일반적으로 아기장수는 하늘이 내린 구세주로 설정되어 있는데 여기에서는 아기장수를 하늘의 뜻과 대립되는 인물로 그리고 있는 점, 장수의 날개가 물에 녹아버리는 모티프는 '아기장수전설'의 일반적 유형에는 나타나지 않는 모티프라는 점 등으로 미루어보아 이 부분은 아마도 김유정이 의도적으로 변형시킨 이야기인 듯하다. 이 장면에서 도련님은 이뿐이에게 겁을 주기 위해서 이 이야기를 한다.

「두포전」(1939)은 김유정의 사후에 발표되었는데 '아기장수전설'에서 소재를 취한 동화이다. 원래 미완성 작품인데 후반부는 현덕(玄德, 1909-?)이 썼다.[19]

---

19 "여기까지 쓰시고, 그렇게 봄에 金裕貞선생님은 이 세상을 떠나셨읍니다. 이 다음 이야기는 다행하게도 김선생님 병간호를 해드리며 끝까지 그 이야기를 행히 들으신 玄德선생님이 김선생님

아기장수전설 : 옛날 어느 마을에 가난한 농부 부부가 살고 있었다. 농부는 부친 상을 당했는데 시신을 모실 곳이 없어 가매장을 하였다.

어느 날 스님이 찾아와서 하룻밤 묵어가게 해 달라고 청하였다. 이 집의 딱한 사정을 안 스님은 산소 자리를 잡아주었다. 그리고 2년 후에 아기가 태어날 것이니 열흘만 잘 보호하고 있으면 자기가 와서 데려가겠다고 하였다.

스님의 예언대로 2년 후에 농부의 아내는 아기를 낳았다. 아기는 아들이었다. 사흘 후 산모는 개울에 가서 빨래를 해 가지고 들어왔다. 방에 들어온 산모는 깜짝 놀랐다. 아기가 없어진 것이다. 한참 후에 산모는 아기가 시렁 위에 올라가 있는 것을 알게 되었다. 산모는 또 깜짝 놀랐다. 아기의 양쪽 겨드랑이에 날개가 돋아 있는 것이다.

농부 부부는 고민하였다. 미천한 집안에서 장수가 태어나면 그 집안뿐 아니라 삼족三族을 멸하는 것이 당시의 나라 법이었기 때문이다. 내외는 아기를 뒷마루에 끌어내놓고 아기 위에 안반을 올려놓고, 안반 위에 콩 석 섬과 팥 석 섬을 올려놓고, 그 위로 내외가 올라가서 짓눌렀다. 아기는 죽었다.

사흘 후에 마을에 용마가 나타나서 자기가 태울 장수를 찾았다. 용마는 장수가 이미 죽었음을 알고 분을 참지 못하여 마을 주위를 치뛰고 내리뛰고 하다가 엎어져 죽었다.

나흘 후에 스님이 찾아왔다. 아기장수가 죽었음을 알고 스님은 산소 자리의 혈穴을 끊어버렸다. 그 자리에서 붉은 피가 흘러내렸다. 스님은 앞으로 죽은 나무에 꽃이 피고 무쇠배가 다니면 장수가 또 태어날 것이니 그때에는 죽이지 말고 자기에게 보내달라고 말하고 사라졌다.

두포전 : 강원도 산골인 장수골이라는 마을에 가난한 노부부가 살고 있었다.

어느 날 할머니는 청룡이 천장을 뚫고 올라가다가 꽁지를 화롯불에 데는 꿈을 꾼다. 바로 그날 스님이 찾아와서 바랑에서 아기를 꺼내어 노부부에게 준다. 그

대신 써주시기로 하였습니다. 다음 호를 손꼽아 기다려주십시오." (『소년』, 1939.3, 59쪽)

아기는 이름이 두포인데 힘이 장사이고 효성이 지극한 소년으로 자라고, 오막살이인 노부부의 집이 커다란 기와집으로 변하고 부자가 된다.

칠태가 두포의 집 재물을 훔치러 왔다가 15세인 두포의 술법에 망신만 당한다. 두포는 매일 아침에 산에 갔다가 저녁에 돌아온다. 칠태가 두포를 잡으려고 산속을 헤매다가 보니 바위 한복판이 터지며 하얀 용마를 탄 장수가 나와서 공중으로 사라진다. 장수의 양쪽 겨드랑이에 날개가 달려 있는데 그의 얼굴을 잘 보니 곧 두포다. (이상 김유정 집필, 이하 현덕 집필)

칠태의 모함으로 두포는 도적단의 괴수라고 소문이 났다. 나라에서 두포를 잡는 사람에게 크게 상을 준다고 공포한다. 칠태는 두포가 나온 바위를 뚫고 납을 끓여 붓는다. 산이 무너지고 칠태는 돌에 깔려 죽는다.

마을 사람들이 두포의 집으로 가 보니 두포는 나약한 소년이 되어 있다. 그들이 두포를 잡으려 할 때 마침 조정의 수레가 도착한다. 두포는 이 나라의 태자인데 역신逆臣의 방해를 피하기 위해 정승이 스님으로 변장하고 노부부의 집에 피신시켰던 것이다.

두포는 임금이 되었다. 두포가 날개 달린 장수의 힘으로 나라를 다스리면 우리나라는 힘 있는 나라가 되었을 것인데, 칠태가 바위에 납을 끓여 부어 그렇게 못하고, 다만 착한 마음과 덕으로써 나라를 다스렸다. 지금도 강원도에 그 바위가 그대로 있어 장수바위라 이른다.

'아기장수전설'은 도탄에 빠진 백성을 구원하기 위하여 하늘이 내린 구세주를 오히려 그 백성이 살해하는 비극적인 전설이다. 아기장수의 부모는 앞을 멀리 보지 못하고, 시야를 넓게 지니지도 못하고, 당장의 생명 유지에만 집착하여 구세주를 죽인다. 이 순간적 판단의 오류가 역사에 엄청난 죄악을 저지른 일이었음을 백성들은 나중에서야 알게 된 것이다. 가정을 구할 것인가, 나라를 구할 것인가의 기로에서 아기장수의 부모는 나라를 버리고 가정을 선택한다. 이 판단의 오류 때문에 오늘의 우리나라는 파탄에 이른 것이다. 현재까지도 이 전설은 우리를 날카롭게 고문한다. 오늘날의 우리는 과연 이 전설을 부끄러움 없이 이야기할 수 있는가.

가정을 살리기 위하여 세상의 구세주인 자기의 아들을 자기의 손으로 죽이는 부모, 구세주인 아기장수를 잃은 용마의 분노, 구세주인 아기장수가 다시는 태어나지 못하게 명당의 혈을 자르고 나서 다음에 아기장수가 다시 태어나면 죽이지 말고 나에게 보내라는 스님의 모순된 절규는 처절한 비극성의 극한을 보여준다.

「두포전」의 두포는 하늘이 내린 인물이라는 점, 겨드랑이에 날개가 돋아 있다는 점, 그리고 장차 나라를 다스려야 할 인물이라는 점에서 아기장수와 같다. 그러나 아기장수는 가난한 농부의 아들로 태어났음에 반하여 두포는 임금의 아들로 태어났다는 점, 아기장수는 현재의 통치 체재를 전복하고 새로운 나라를 세워야 할 인물임에 반하여 두포는 현재의 통치 체재를 어지럽히는 역신逆臣들을 물리치고 왕위를 이어받아야 할 인물이라는 점, 그리고 아기장수는 하늘로부터 부여받은 사명을 수행하지 못하고 살해되는 데에 반해서 두포는 역신을 물리치고 임금이 된다는 점에서 두포는 아기장수와 크게 다르다. 이처럼 「두포전」의 작품정신은 '아기장수전설'의 작품정신과 반대가 된다.

「두포전」은 '아기장수전설'을 소재로 삼았음에도 불구하고, 피지배 계층의 구비문학인 '아기장수전설'의 심각한 비극성을 감당하지 못하고, 지배계층의 기록문학인 「유충렬전」 계통의 영웅소설의 작품정신을 취하여 동화로 재창조한 작품이다.

4. 맺음말

김유정의 소설은 옛날이야기를 구연하는 이야기꾼의 목소리를 그대로 녹음해놓은 구술록의 형식을 취하고 있다. 이것은 설화시대로 되돌아가는 것이 아니라, 사람 냄새 나는 인간 중심의 문화를 감촉하게 하는 것이고, 소설의 본질인 이야기성을 회복하는 것이다. 김유정의 소설은 소설의 기원으로 되돌아감으로써 오히려 생동성과 신선성을 획득한다.

김유정은 작품의 기본 구조를 설계할 때 설화의 구조를 본뜬다. 그러나 그는 설화를 계승하지는 않고 그것을 재창조함으로써 현대성을 획득한다. 친숙함 속에 현대성을 부각하는 것이 그의 의도이다.

김유정은 이태준의 「까마귀」에 대하여, 고대소설적이고 현대성이 없음을 지적하였다고 한다. 김유정이 추구한 문학의 세계는 과거의 설화의 세계가 아니라 '현대의 문학'임을 알 수 있다.

> 年前『朝光』에 李氏의 「까마귀」가 發表되자 몇몇 評家가 好評을 했을 때도, 裕貞은 亦是 興奮한 語調로 非難하는 것이었다. 사랑하는 肺患者를 爲해서 활로 가마귀를 쏜다는 等의 이야기는, 먼 古代小說과 다름이 없는 通俗小說的이다. 現實性 그것도 古代小說的 現實性은 있지만 「今日의 文學」이 要求하는 現代性은 없다. 이런 것은 무슨 現代小說이야. 그 點을 똑바로 指摘하는 評家는 슬을사 우리 文壇에는 한 사람도 없구려. 裕貞의 非難은 대략 이러한 內容이었다.[20]

---

[20] 李石薰, 「裕貞의 靈前에 바치는 最後의 告白」, 『白光』, 1937.5, 152쪽.

부기附記

이 논문을 김유정학회(2011.4.16 강원대)에서 발표하였을 때 지정토론자 김양선 교수는, 「산ㅅ골나그내」와 「봄·봄」은 설화에서 소재를 취한 작품이면서 동시에 실화에서 소재를 취한 작품이기도 한 사실을 주목하면서 '설화와 실화가 작품의 주제나 작가의 현실관과 모종의 관련성이 있는지'를 질의하였다. 이에 대하여 발표자는 다음과 같은 논지로 답변하였다.

설화를 계속해서 소급해 올라가면 결국에 가서는 실화와 만나게 된다고 장덕순 교수가 자주 말씀하셨듯이, 설화의 원천은 실화인 경우가 많다. 인간이 한계상황에서 취하는 행동은 몇 가지 유형으로 고정되어 있다. 가령 한 가족이 함께 다니면서 구걸을 하면 구걸한 것을 나누어 먹어야 하지만, 혼자 다니면서 구걸을 하면 그것을 혼자 먹을 수 있다. 그래서 이들은 차라리 헤어져서 각자 빌어먹는다. 이러한 사정은 '조신설화'와 「만무방」에 공통으로 나타나는데 일제시대에 만주로 이주한 우리 동포의 구술생애사에도 나타난다. 이 구술생애사에는 또한 만주의 어느 금광의 갱도에서 두 사람이 짜고 부상을 가장하여 감돌을 가지고 탈출하는 이야기도 있는데 이러한 상황은 김유정의 「금」에도 나타난다.

김유정은 인간이 극한상황에서 취하게 되는 보편적 행동 유형을 잘 포착하여 보여준다. 이것이 김유정이 시대를 초월하여 읽히는 이유들 중의 하나이다.

「김유정 소설과 이야기판」에 대한 토론문

김양선

　전신재 선생님의 논문은 김유정 소설의 설화적 성격을 진술방식과 설화 소재 작품을 중심으로 살펴보고 있다. 특히 김유정 소설에 내장된 '이야기성'이 단순히 전통의 재생에 그치지 않고 소설의 '기원'에 대한 다양한 사고를 가능케 함으로써 오히려 '현대성'을 획득한다는 선생님의 관점은 소설 연구자에게 많은 시사점을 던져준다고 할 수 있다.

　선생님의 발표문은 2장 '김유정 소설의 이야기판적 성격'에서는, 김유정 소설에서 때로는 서술자로, 때로는 등장인물로 존재 바꿈하는 이야기꾼의 존재를 꼼꼼하게 분석함으로써 김유정 소설의 생동성이 인물이나 주제를 뛰어넘는, 좀 더 본원적인 데에 있음을 해명하고 있다. 토론자로서는 미하일 바흐친이 말했던 다성악적 소설의 특성을 김유정에게서 발견하는 기쁨을 누릴 수 있었다. 또한 3장 '김유정 소설의 설화적 성격'에서, 우리 설화와 김유정 소설의 공통점과 차이점을 상세히 소개하고 있다. 김유정 소설이 이야기의 전통을 계승하면서도 근대적 삶을 반영하는 데 충실했음을 확인하는 기회가 되었다. 소설의 기원, 김유정 문학의 기원에 대한 선생님의 통찰력 있는 분석이 토론자에게는 많은 공부가 되었기에, 좀 더 현장감 있는 설명을 듣고자 한다.

[1]

선생님께서는 김유정 소설에서 '이야기꾼'의 다양한 존재양상을 "어떤 이야기꾼은 청중들이 모르고 있는 신기한 사건을 이야기해줌으로써 청중들의 호기심을 충족시켜주고, 어떤 이야기꾼은 세상의 어떤 모순된 국면을 폭로함으로써 청중들로 하여금 세상의 진면목을 바로 보게 해준다. 어떤 이야기꾼은 현재 자기가 당하고 있는 억울한 사정을 청중들에게 호소함으로써 비판을 촉구하기도 하고, 어떤 이야기꾼은 청중과 토론을 벌임으로써 청중들이 바르게 파악하도록 해준다"라고 말씀하셨다. 2장에서 여러 작품들을 언급하셨지만 각 유형에 해당하는 김유정 작품들이 궁극적으로 어떤 서사적 목적을 지니고 있는지, 선생님께서 말씀하신 이야기꾼의 존재양상으로 김유정 작품을 유형화하는 것은 가능한지 보완해서 알려주셨으면 한다. 기존의 서술방식에 대한 연구들이 서술자에 주목했다면 선생님께서는 이야기꾼과 청중과의 관계를 중시하기 때문에 새로운 유형화가 가능하지 않을까라는 조심스런 추측을 해 본다.

[2]

3장에서 김유정 소설에 바탕이 된 설화 외에 「산ㅅ골나그내」와 「봄·봄」은 '실화'로서의 성격도 가지고 있다고 본 점이 흥미로웠다. '설화'와 '실화'는 단순히 소재의 취택 문제뿐만 아니라 '설화'를 벗어난 '실화'의 세계는 세계를 바라보는 작가의 변화된 현실관이나 태도와도 관련이 있지 않을까? 아니면 그 '실화'가 작가 주변 혹은 고향 마을에서 빚어진 것이라면 '설화'가 그다지 차이가 없는 것인가? '설화'와 '실화'가 작품의 주제나 작가의 현실관과 모종의 관련성이 있는지 선생님의 의견을 듣고 싶다.

③

「두포전」에 대해서 선생님께서는 "'아기장수전설'을 소재로 삼았음에도 불구하고, 피지배계층의 구비문학인 '아기장수전설'의 심각한 비극성을 감당하지 못하고, 지배계층의 기록문학인 「유충렬전」 계통의 영웅소설의 작품정신을 취하여 동화로 재창조한 작품"이라고 평하셨다. 김유정 소설이 농촌의 하층민, 유랑민들의 빈핍한 삶을 다루고 있다는 점에 비춰볼 때 「두포전」은 이런 김유정 소설의 큰 줄기에서 벗어난 듯이 보인다. 그 원인이 무엇 때문인지 궁금하다. 그저 작품이 범작에 그친 탓인지, 동화라는 장르 탓인지, 아니면 미완성 작품의 후반부를 현덕이 썼기 때문인지, 설화의 근대적 변주가 제대로 이루어지지 못한 때문인지 선생님의 평을 듣고 싶다.

제4부

부록

스토리텔링, 스토리텔러, 스토리텔링 페스티벌, 스토리마을 박정애
:미국의 경우

스토리텔링, 스토리텔러, 스토리텔링 페스티벌, 스토리마을 : 미국의 경우

박정애

1. 미국의 스토리텔링 : 현대에 되살아난, 아주 오래된 공연 예술

한국에서 스토리텔링은 매체의 진화, 특히 쌍방향적 디지털 매체의 발달과 떼어놓고 말하기 힘들다. 최혜실 교수의 정의에 따르면, "스토리텔링이란 정보통신의 발달로 멀티미디어와 상호작용이 가능하게 됨과 동시에 매체의 특성상 놀이성과 감성적 측면이 증가되어 이야기성·현장성·상호작용성이 강조된 오늘날의 이야기라 할 수 있다."[1] 또한 스토리텔링은 감성시대, 드림 소사이어티의 도래와 함께 마케팅 도구적 측면[2]이 강조되면서 비즈니스계의 최신 트렌드로 부상했다. 오

---

1   최혜실, 『신新 지식의 최전선 : 문화와 예술, 경계는 없다』, 한길사, 2008, 365쪽.
2   김민주, 『스토리텔링 마케팅 성공 전략 22가지 : 성공하는 기업에는 스토리가 있다』, 청림출판, 2006 참조.

늘날 '스토리텔링'은 영화, 방송, 애니메이션, 광고, 게임, 출판, 대중강연, 교육 등 다양한 분야에서 활용되고 있을 뿐만 아니라 음식점 메뉴에 적용될 정도로 '생활화'된 커뮤니케이션 기법이 되었다. 현재 서점에는 스토리텔링을 키워드로 하는 전문서적이 수십 종 출간되어 있으며, 각종 문화센터에도 스토리텔링 관련 강의가 개설되어 인기를 끌고 있다.

2006년, 강원대에서 종합대학 최초로 스토리텔링학과를 신설한 것은 이러한 사회문화적 흐름을 대학교육의 영역으로 끌어들이려는 시도였다. 필자가 재직 중인 스토리텔링학과에서는 영화, 애니메이션, 방송, 광고, 캐릭터, 모바일, 인터넷, 게임, 엔터테인먼트 및 예술과 공연 등 문화콘텐츠산업의 각 분야에 걸쳐 밑바탕이 되는 내러티브의 생산 인력 양성(우리는 이들을 스토리텔러라 부른다)을 목표로 하고 있다. 우리 학과도 그렇지만 우리나라 전체를 볼 때도 스토리텔링 개념은 문화콘텐츠 OSMU(One Source Multi Use)의 원작으로서 '이야기된 것'의 확산과 활용에 가깝다. 서사, 담론, 스토리 대신 굳이 스토리텔링이란 용어를 쓰는 이유가 'tell + ing'의 구술성과 현재성·현장성 때문일진대, 디지털 인터랙티브 매체를 제외하면, 우리나라에서 공간과 상황을 공유하는 현재진행형으로서의 '이야기 + 하기', 그리고 청중과 한 자리에서 호흡하며 음성과 몸짓으로 이야기를 전달하는 스토리텔러는, 대개 판소리 마당의 소리꾼, 시골 장날의 약장수, 굿판의 무당, 광대놀음의 재담꾼 등 희미한 옛 문화의 그림자로 사라져가는, 혹은 무형문화재로만 보존 가능한 공연 문화를 떠올리게 한다.

그런데 우리나라와 달리 영국[3]과 미국[4] 등 스토리 강국에서는 인류

---

[3] '스토리텔링의 활성화 정책 및 글로벌 전략' 심포지엄에서 「영국의 스토리텔링 클럽 활성화 모델」이라는 주제로 발표한 우정권 교수에 따르면, "영국이 스토리 강국이 된 원동력 가운데 하나가 스토리텔링 클럽이 많다는 것이다(『시사저널』, 2009. 12. 16)." 영국 스토리텔링협회는 영국 전역에서 활동하는 스토리텔러들의 단체인데, 이들은 카페와 와인 바, 펍의 미팅룸, 전문 공연장, 마을회관 같은 곳에서 스토리텔링 클럽 활동을 하면서 다양한 규모의 청중을 상대로 이야기 공연을 한다. 스토리텔러마다 신화, 전설, 민담, 바이블, 역사 등 전공 영역이 있는 편이며, 전업 스토

의 가장 오래된 표현양식이자 공연예술로서 스토리텔링의 전통이 여전히 살아서 진화 중이다. 미국의 현역 스토리텔러들로 구성되어 연 5회 '스토리텔링 매거진'을 발행하고 뛰어난 활동을 한 스토리텔러와 스토리텔링 단체에 '오라클 어워드Oracle Awards'를 시상하기도 하는 내셔널 스토리텔링 네트워크(NSN : National Storytelling Network)에서는 '스토리텔링' 개념을 이렇게 정의하고 있다. 첫째, 스토리텔링은 청자의 반응이 즉각적으로 이야기꾼에게 영향을 미친다는 점에서 **쌍방향적**이다. 스토리텔링은 이야기꾼과 청자 사이에 어떤 상상적 장벽도 만들지 않는데, 이것이야말로 무대와 관객 사이에 보이지 않는 제4의 벽fourth wall을 묵약하는 극예술 장르와 스토리텔링이 본질적으로 다른 지점이다. 둘째, 스토리텔링은 구어口語든 수화手話든 언어를 사용하는 예술이라는 점에서 춤이나 마임mime과 구별된다. 셋째, 스토리텔링은 성대모사와 크고 작은 몸동작 등의 액션을 이용하는 공연 예술이다. 이 점에서 스토리텔링은 각종 저작著作, 컴퓨터가 매개하는 텍스트 기반의 상호작용과 다르다. 넷째, 스토리텔링은 당연히 '**스토리**'를 **전달**하는데, 스토리 전달의 방식은 문화권에 따라 다르다. 어떤 문화권에서는 즉흥적 변형과

리텔러도 일부 존재하지만, 교사, 사서 등의 직업을 병행하는 이가 대다수이다. 이를테면 영국 스토리텔링협회 회장 마틴 마네스는 음악치료사이자 범죄를 저지른 미성년자를 위하여 이야기를 들려주는 스토리텔러다. (2009년 7월 6일 우정권의 영국 스토리텔링협회 회장 마틴 마네스 인터뷰 참조)

4 미국 내셔널 스토리텔링 네트워크의 스토리텔링 이벤트 달력을 보면, 2010년 4월에만 이렇게나 다양한 스토리텔링 관련 행사가 벌어진다. 우선 굵직굵직한 스토리텔링 페스티벌만 훑어보더라도 4월 9-11일 미주리 주에서 케이프지라도 스토리텔링 페스티벌, 4월 10일 테네시 주에서 마블스프링스 스토리텔링 페스티벌, 4월 11-18일 오레곤 주에서 히어링 보이스 스토리텔링 페스티벌, 4월 16-17일 일리노이 주에서 제4회 저스트스토리 스토리텔링 페스티벌, 4월 19-25일 뉴욕 주에서 제8회 리버웨이 스토리텔링 페스티벌, 4월 2-25일 위스콘신 주에서 노스랜드 스토리텔링 페스티벌, 4월 23-25일 노스캐롤라이나 주에서 제4회 캐롤라이나 스토리텔링 페스티벌, 4월 23-24일 사우스캐롤라이나 주에서 스톤수프 스토리텔링 페스티벌, 4월 23-24일 캔자스 주에서 캔자스 스토리텔링 페스티벌, 4월 24일 아칸소 주에서 페어필드 베이 스토리 페스트, 4월 29-5월 2일 캘리포니아 주에서 오하이 스토리텔링 페스티벌이 열린다. 이 밖에도 수많은 스토리 스왑swap, 스토리 슬램slam, 스토리 콘서트, 스토리텔링 워크숍, 스토리텔러 수련회, 스토리텔러 길드 정기공연이 개최된다.

유희적 이탈을 중요시하지만,[5] 다른 곳에서는 본래의 텍스트를 훼손하지 않는 범위 내에서 구어적으로 재현할 것을 요구한다. 다섯째, 스토리텔링은 **청자가 스토리를 적극적으로 상상함**으로써만 성취되는 예술이다. 연극이나 드라마의 관객이 스토리에 묘사된 캐릭터나 사건을 눈으로 볼 수 있는 데 반해, 스토리텔링의 청자는 이야기꾼의 퍼포먼스에 더해 자기 체험, 신념, 지식 등을 총동원하여 스토리의 리얼리티를 공감각적으로 상상해야 한다.

2. 미국의 스토리텔러 : 제프 기어Jeff Gere 인터뷰

필자는 2010년 1월, NSN의 하와이 지역담당자local liaison인 제프 기어를 호놀룰루에서 만나 인터뷰했다. 그는, 이라크전이 한창일 때 호놀룰루 시내에서 〈아라비안나이트〉를 장기공연하면서 부시 정권의 탐욕을 거침없이 풍자할 정도로 스토리텔링을 대사회적 발언의 도구로 삼기도 하지만 어린이를 위한 〈우스꽝스럽고 으스스한 이야기 시리즈〉로 어린이들 사이에서 더욱 유명한 스토리텔러이다. 그는 또한 1989년에 시작하여 지금껏 매년 10월, 맥코이 파빌리언과 알라모아나 파크 등지에서 개최되는 토크 스토리 페스티벌The Talk Story Festival의 창안자이자 총연출자인데, 백인들 앞에 서는 것을 싫어하거나 두려워하는 하와이 제도諸島의 원주민 스토리텔러를 발굴하여 데뷔시키는 데

---

[5]   영국 스토리텔러 마틴 마네스가 여기에 해당한다. "스토리텔러들은 대본을 사용하지 않아요. 이야기를 공부하거나 외우지 않는다는 이야기이죠. 머릿속에 상상하는 것을 이야기로 풀어내면 자기 앞에 한 그림이 펼쳐지죠. 다음 장면으로 계속 나아가는 거죠. 그 이야기를 알고는 있지만 내 일에 잠겨 있을 뿐이지 어떻게 펼쳐질지는 저도 모릅니다. 원고를 쓰지 않아요." (우정권 교수의 마틴 마네스 인터뷰 중에서)

특별히 공을 들였다. 지역 스토리텔러와 게스트 스토리텔러(한국 판소리 꾼이 초빙된 적도 있다고 한다) 몇 명이 금, 토, 일 사흘 저녁을 공연하는 이 페스티벌에서 청중이 가장 많이 몰리는 날은, 〈으스스한 이야기 spooky stories〉를 하는 금요일 밤이다. 시청에서 운영자금을 전액 지원하기 때문에 입장료는 없고, 청중은 그날의 날씨와 테마에 따라 1,000명에서 5,000명 정도로 유동적이다. 제프 기어가 20여 년 전에 이 페스티벌을 기획하게 된 계기는, 노인복지센터에서 스토리텔링 봉사를 할 때 노인들에게서 들은 헤아릴 수 없이 많은 재미난 이야기들이었다. 1973년 존스버러에서 첫걸음을 뗀 뒤 미국 각지에서 벤치마킹한 스토리텔링 페스티벌을, 다양한 인종이 모여 살고 폴리네시안 설화의 전통이 풍부한 지상 낙원 하와이에서 열지 못할 까닭이 없었다. 첫 페스티벌이 굉장한 성공을 거두자, 다음해부터 주정부와 지역 언론이 적극적으로 도와주었다.

제프 기어   토크 스토리 페스티벌에서 공연하는 스토리텔러

그는, 하와이의 스토리텔링 클럽인 "오아후의 달빛Moonlight Storytellers of Oahu" 책임자이자 어린이도서관 사서인 비키 드워킨Vicky Dworkin을 소개해 주기도 했다. 비키 드워킨의 스토리텔링 클럽은 매달 두 번째 금요일 저녁 7시에서 10시 사이에 정기 모임을 가지며 부정기적으로

모이기도 한다. 참가자 수는 10명에서 30명 사이로 때에 따라 다르다. 멤버십에 제한은 없으나 초창기 멤버가 백인이다 보니 거의 백인들만 모인다. 멤버들의 회비로 운영되며, 때로는 자유 주제, 때로는 정해진 주제의 스토리를 구연한다. 제프 기어는 비키 드워킨의 스토리텔링 클럽이 백인 중산층들의 모임이라는 한계 때문에 때로는 참을 수 없이 진부하다고 말했다.

그는 2010년 여름에 NSN에서 주관하는 내셔널 스토리텔링 컨퍼런스 National Storytelling Conference에 참가하러 로스엔젤리스로 갈 것이고, 10월 첫 번째 주말에는 국제 스토리텔링 센터(ISC : International Storytelling Center) 주관의 내셔널 스토리텔링 페스티벌에서 공연하기 위해 테네시 주 존스버러Jonesborough에 갈 예정이다. 그는, 해마다 미국 전역에서 가장 명망 있는 스토리텔러 6인이 각자 최고의 작품을 공연하는 내셔널 스토리텔링 페스티벌 교류의 장Exchange Place에 6인 중 한 사람으로 초빙되었다는 사실을 무척 영광스럽게 생각하고 있었다. 제프 기어는, 인구 5천 명도 채 되지 않는 작은 시골 마을 존스버러가 미국에서 가장 권위 있는 스토리텔러 조직인 NSN과 ISC, 미국에서 가장 오래되고 가장 큰 규모의 이야기 축제인 내셔널 스토리텔링 페스티벌을 가진 스토리텔링의 본향本鄕으로 거듭난 이야기야말로 우리 시대의 가장 흥미로운 스토리 중 하나라면서 도대체 그곳에서 무슨 일이 벌어지는지 제 눈으로 확인하고 싶다고 했다.

3. 내셔널 스토리텔링 페스티벌 : 존스버러의 실험과 기적

미국 스토리텔링 부활의 역사는, 1973년 애팔래치아 산맥 남쪽, 테네시 주 북동부 워싱턴 카운티의 작은 마을 존스버러에서 시작되었다.

존스버러의 고등학교 저널리즘 교사 지미 닐 스미스Jimmy Neil Smith가 학생들과 함께 차를 타고 가다 라디오를 통해 어떤 사람이 구구절절 재미나게 늘어놓는 미시시피에서의 너구리 사냥 이야기를 들은 것이 그 역사의 시발이었다. 이야기 애호가였던 스미스는 문득 존스버러에다 이야기꾼들을 불러다놓고 스토리텔링 페스티벌을 열면 좋겠다는 생각을 했고 그 생각을 밀어붙였다. 그해 10월의 따

스토리북 샘플 : 『*I heard a story and thought of you*』

스한 주말, 청중과 이야기꾼을 다 합쳐도 60명이 될까 말까 한 사람들이 법원 앞 광장에 모여 제 1회 내셔널 스토리텔링 페스티벌을 열었다. 건초더미와 포장마차가 무대 역할을 한 소박하기 짝이 없는 축제였지만, 거기서 사람들은 전통적 스토리텔링 공연의 재미와 감동을 확실히 체험했다.

올해(2010년)로 38회를 맞는 이 축제는 해마다 규모를 키우면서 북아메리카 100대 이벤트 중 하나로 선정되었다. 건초 더미와 포장마차는 동화책에 나오는 것처럼 예쁜 텐트로 바뀌었고, 60명이 안 되었던 청중은 존스버러 인구의 두 배를 넘는 1만여 명으로 불어났다. 그들은 모두 이야기를 즐기는 대가로 돈과 시간을 기꺼이 내놓는다. 축제 기간에는 존스버러 인근에 있는 존슨시티, 킹스포트, 그린빌, 브리스톨, 어윈, 엘리자베스톤 등 주변 도시들의 숙소가 총동원된다. 상기上記한 하와이의 토크 스토리 페스티벌을 비롯하여 많은 유사 축제가 무료라는 점을 감안하면, 존스버러 페스티벌의 티켓 값은 꽤 비싼 편이다. 성인 한 사람이 2010년 10월 축제의 전 일정에 참여할 경우, 165달러짜리 티켓을 구입해야 한다. 어린이는 145달러, 65세 이상 노인은 150달러, 패밀리 티켓은 540달러이다. 성인을 위한 토, 일요일 이틀짜리 콤보 티켓은 138달러, 금요일 하루짜리 티켓은 107달러이다. '한밤의 카바레Midnight

Cabaret'나 '귀신 이야기 콘서트Ghost Story Concerts' 같은 특별 이벤트에 참가하려면 입장료를 따로 내야 한다. 참가자들은 스토리 컨설턴트의 지원을 받아 페스티벌의 추억을 스토리북으로 묶을 수도 있다. 물론 최소 29달러 이상의 비용을 지불해야 한다.

Schedule of Events ▶ Friday, October 2

	Courthouse Tent	Tent on the Hill	Creekside	College Street	Library Tent
10:00–11:00	STORYTELLING SAMPLER Donald Davis Niall de Búrca	STORYTELLING SAMPLER Barbara McBride-Smith The Storycrafters	STORYTELLING SAMPLER Sheila Kay Adams Roslyn Bresnick-Perry	STORYTELLING SAMPLER Bill Harley Gay Ducey	FAMILY SHOWCASE* Willy Claflin Leeny Del Seamonds
11:30–12:30	STORYTELLING SAMPLER Jennifer Munro Kathryn Windham	STORYTELLING SAMPLER Gay Ducey Chuna McIntyre	STORYTELLING SAMPLER Syd Lieberman Jennifer Armstrong	STORYTELLING SAMPLER Willy Claflin Barbara McBride-Smith	FAMILY SHOWCASE* Bil Lepp Niall de Búrca
1:00–2:00	STORYTELLING SAMPLER Regi Carpenter Bil Lepp	STORYTELLING SAMPLER Leeny Del Seamonds Roslyn Bresnick-Perry	STORYTELLING SAMPLER Bill Harley Baba Jamal Koram	STORYTELLING SAMPLER Sheila Kay Adams Rev. Robert Jones	FAMILY SHOWCASE* The Storycrafters Donald Davis
2:30–3:30	STORYTELLING SAMPLER Syd Lieberman Leeny Del Seamonds	STORYTELLING SAMPLER Jennifer Armstrong Baba Jamal Koram	STORYTELLING SAMPLER Willy Claflin Chuna McIntyre	STORYTELLING SAMPLER The Storycrafters Kathryn Windham	FAMILY SHOWCASE* Regi Carpenter Bill Harley
4:00–5:00	STORYTELLING SAMPLER Gay Ducey Donald Davis	STORYTELLING SAMPLER Chuna McIntyre Niall de Búrca	STORYTELLING SAMPLER Jennifer Munro Barbara McBride-Smith	STORYTELLING SAMPLER Rev. Robert Jones Bil Lepp	FAMILY SHOWCASE* Jennifer Armstrong Sheila Kay Adams
5:30–7:00			EXCHANGE PLACE • College St. Tent Ellouise Schoettler • Baba the Storyteller Bernadette Nason • Tyris D. Jones • Bob Reiser Slash Coleman • (see description on page 10)		
8:00	OLIO Barbara McBride-Smith Rev. Robert Jones Jennifer Armstrong Donald Davis Willy Claflin Regi Carpenter The Storycrafters Kathryn Windham	GHOST STORY CONCERT (in Mill Spring Park) Separate Ticket Required Charlotte Blake Alston Dan Keding Sheila Kay Adams Leeny Del Seamonds Niall de Búrca (see description on page 8)	OLIO Willy Claflin Niall de Búrca Gay Ducey Jennifer Munro Barbara McBride-Smith Baba Jamal Koram Jennifer Armstrong Donald Davis	OLIO Sheila Kay Adams Leeny Del Seamonds The Storycrafters Bil Lepp Syd Lieberman Chuna McIntyre Jennifer Munro Bill Harley	OLIO Syd Lieberman Regi Carpenter Chuna McIntyre Bill Harley Roslyn Bresnick-Perry Rev. Robert Jones Gay Ducey Bil Lepp
10:30			MIDNIGHT CABARET • College St. Tent John McCutcheon (See description on page 9) • Separate Ticket Required		

*American Sign Language Interpreters

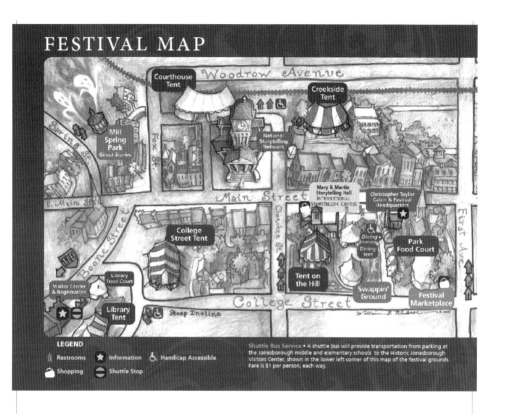

4. 존스버러의 스토리텔링 확산과 심화 전략

　18-19세기 미국의 행정도시 풍경을 그대로 간직한 존스버러에는, 다른 주의 동명同名 마을과 달리, '히스토릭historic'이라는 수사가 꼭 따라붙는다. 첫 번째 스토리텔링 페스티벌이 뜻밖에 대단한 호응을 얻으면서, 히스토릭 존스버러는 본래의 고풍스런 도시 분위기에다 고대로부터 전해 내려온 가장 소박하고 인간적인 커뮤니케이션 양식인 스토리텔링의 파워를 결합시키는 것에 도시의 명운을 걸었다. 지자체와 시민들이 합심하여 "스토리텔링 세계 수도首都"의 기치를 내걸고 다방면

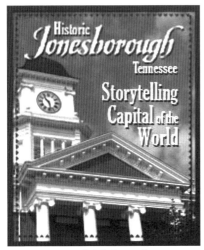
존스버러 홍보 포스터

으로 노력한 결과, 오늘의 존스버러는 로스앤젤리스 타임즈로부터 "뉴올리안즈가 재즈의 본고장이라면 스토리텔링의 본고장은 존스버러"라는 찬사를 듣고 인근 존슨시티Johnson City에 소재한 이스트테네시 주립대학East Tennessee State University에서 세계 최초로 스토리 구연 분야의 석사과정[6]을 개설할 정도로 확실한 도시 정체성을 수립하는데에 성공했다.

1973년 이후, 존스버러의 스토리 애호가들은 미국의 스토리텔링 르네상스를 진두지휘하기 위하여 스토리텔러들이 조직적으로 결집할 필요가 있다고 판단했다. 이렇게 하여 맨 처음 만들어진 '스토리텔링 보존과 계승을 위한 전국 협회(NAPPS : National Association for the Preservation and Perpetuation of Storytelling)'는 1994년에 '전국 스토리텔링 협회(NSA : National Storytelling Association)'으로 이름을 바꾸었다가 다양한 스토리텔링 커뮤니티의 요구에 부응하여 1998년에 NSN과 ISC로 분리되었다. NSN이 내셔널 스토리텔링 컨퍼런스와 오라클 어워드를 주관하면서 스토리텔러의 양성과 네트워킹에 초점을 두고 활동하는 반면, ISC는 내셔널 스토리텔링 페스티벌과 스토리텔러 레지던스 프로그램(TIR : Teller in Residence)을 주관하면서 스토리텔링 소재 개발과 커뮤니티 서비스에 주력한다.

---

6 학과 홈페이지에 들어가 커리큘럼을 확인했더니 다음과 같은 과목들이 눈에 띄었다. Linguistics of Storytelling, Vocal Interpretation, Story Dramatization, Telling the Science Story, Story Performance, Historical / Psychological Foundations of Storytelling, Imagination and the Language of Gesture, Story Research and Creation, etc.

TIR은 5월 4일부터 10월 30일까지 26주 동안 26명의 인기 스토리텔러가 각 1주일씩 ISC 캠퍼스 내 숙박시설에 머무르며 스토리텔링 공연을 하는 프로그램으로서, 존스버러를 찾은 관광객들이 미국의 스토리텔링을 부활시킨 유서 깊은 고장에서 손쉽게 스토리텔링 라이브를 감상할 수 있게끔 기획되었다. 매주 화요일부터 토요일까지 낮에 하는 공연과 밤에 하는 특별 콘서트가 있으며, 성인 한 명의 시즌 입장료는 145달러, 1회 입장료는 10달러이다.

| 존스버러 스토텔러 길드 창설 10주년 기념, 스토리텔링 CD 샘플러 | 존스버러의 법원 앞 메인 스트리트에 있는 ISC 건물 |

외부 관광객을 타깃으로 하는 사업을 진행하는 동시에 존스버러에서는 지역사회의 구성원을 위한 스토리텔링 프로그램도 끊임없이 개발하고 지원한다. 이를테면 지역 스토리텔러들의 조합인 존스버러 스토리텔러 길드에서도 매주 화요일 저녁 7시부터 8시 반까지 메인 스트리트의 크랜베리 씨슬Cranberry Thistle 레스토랑에서 정기공연을 한다. 여기서는 입장료라기보다 기부금 명목으로 어른 5달러, 학생 3달러를 받는다.

또한 ISC 설립자이자 회장인 지미 닐 스미스는 2010년 3월 16일 존스버러의 지역사회와 손잡고 "존스버러를 이야기하자Telling Jonesborough's

Stories" 운동을 선포했다. 스토리를 매개로 존스버러 마을의 특별한 장점과 존스버러의 사람들을 기리고자 하는 이 운동은 참가자와 참가 방법에 어떤 제한도 두지 않았다. 존스버러에 관심이 있는 사람은 누구라도 참가할 수 있는 것은 물론, 웹을 비롯한 매체나 도구도 얼마든지 이용할 수 있으며 1 : 1로 인터뷰를 해도 되고 집단으로 수다를 떨어도 되고 둘이서 대화를 나누어도 된다. 이 운동을 통해 도출된 존스버러 이야기들은 비디오와 오디오 기록물, 출판물, 연극, 영화, 뮤지컬, 무용, 관광, 영화, 웹사이트, 박물관, 전시관 등 다양한 분야에서 소중하게 활용될 예정이다.

'풍경'이 익어가는 '이야기·이야기마을·이야기꾼'

「스토리텔링, 스토리텔러, 스토리텔링 페스티벌, 스토리마을: 미국의 경우」에 대한 토론문

이상신

이번 주 구글Google의 한미 양국 간 인기 검색어 순위를 보면 매우 흥미로운 차이점이 눈에 띈다. 3월 14일이 우리나라에서는 화이트데이(2위)로, 미국에서는 Pi Day(6위)로 순위에 오른 점이다. 서양에서는 3.14라는 원주율(π, 파이)의 값을 찾아낸 프랑스의 수학자 자르투를 기념하기 위해 매년 3월 14일을 파이데이로 지정하여 기념하고 있지만 우리나라에서의 화이트데이는 일종의 이벤트로서 이제 지구는 바야흐로 '이야기를 중심으로' 돌기 시작했다는 '설동설活動說'이 유행하게 된 지금—여기의 시대적 배경을 잘 말해준다.[1]

---

[1] 이야기를 좋아하는 우리 문화의 특성이 잘 나타나 있는 브랜드 마케팅 사례로서 칠레 와인 '1865'를 들 수 있다. '골프 18홀을 65타에 칠 수 있게 해주는 와인', '18세부터 65세까지 즐겨 마시는 와인', '1865년산으로 헷갈릴 수 있는 와인' ……. '1865'와 관련된 이야기들이지만 원래는 이 와인을 생산한 칠레 와이너리 산페드로의 설립연도(1865년)를 따서 붙여진 이름으로서, '1865'가 유독 우리나라에서 공전의 히트를 친 데에는 골프의 '드림 스코어(18홀 65타)'와 긴밀한 연관이 있다. 골프 스코어와 브랜드를 연결한 스토리가 입소문을 타고 퍼지면서 '골프와인'을 구매할 수 있느냐는 문의가 이어진 것이다. 실제 '1865'에 관해 다양한 스토리가 넘쳐나는 곳은 전 세계에서 한국이 거의 유일하며, 심지어 산페드로 측이 베트남 등 신흥 와인시장을 공략할 때 한국의 브랜

이 파이값과 관련하여 흥미로운 이야기 한 가지를 더 살펴보기로 하자. 올해로 제5회째를 맞는 전국 원주율 외우기 대회에서 대구의 한 초등학교 6학년 학생이 원주율 490자리를 모두 암기해 주위를 놀라게 했다. '0530'은 '영어 3년 했다', '798214'는 '79년에 파리(82)가 일사(14)병에 걸려 죽었다'는 식으로 문장을 머릿속에 이야기로 그리며 외웠다고 한다. 3.1415926535……. 이 대회의 우승자들은 그 동안 올해 우승자의 절반 수준인 200자리 정도를 외우는 수준이었다는 점을 감안해 보면 이야기가 기억이나 암기에서도 얼마나 막강한 힘을 발휘하는지를 충분히 이해할 수 있을 법하다.

인지심리학자들에 따르면 이야기는 실제로 지식 축적의 핵심적 역할을 한다. 인간의 뇌는 중요하거나 인상 깊은 사실에 대한 기억을 주로 이야기 형태로 저장하기 때문이다. 우리 뇌의 측두엽이 바로 '이야기를 저장하는' 공간으로서, 여기에 저장된 이야기는 단순한 이름이나 단어를 암기하는 '맥락 없는 기억들'보다 훨씬 더 오래 기억하게 해주는 특성이 있다. 상품 이름은 외우기 쉽고 짧아야 한다는 고정 관념을 깬 제품이 최근 속속 등장하고 있는 현실을 보자. '과수원을 통째로 얼려버린 엄마의 실수', '계란을 입혀 부쳐 먹으면 정말 맛있는 소시지', '목장의 신선함이 살아있는 우유', '미녀는 석류를 좋아해', '우리 쌀로 만든 불타는 매운 고추장', '기름을 적게 먹는 건강한 튀김가루' 등이 그 대표적 사례로서, 하나의 단어나 개념을 오래 기억하기 위해 그것에 의미를 부여하고 이야기를 만들어 내는 것도 바로 이와 같은 맥락에 근거를 두고 있다.

이렇게 만들어진 특별한 이야기는 평범한 제품을 한 순간에 특별한 것으로 바꿔 놓기도 한다. 명품 생수로 유명한 '에비앙'을 보자. 신장결석을 앓던 한 후작이 알프스의 작은 마을인 '에비앙'의 우물물을 마신

드마케팅 비법을 접목시킬 정도라고 한다. "Keumyang wine story", http://www.keumyang.com 참조.

후 병이 깨끗하게 나았다는 이야기가 평범한 우물물을 단숨에 명품의 지위로 올려놓았다. 이 경우 사람의 마음을 움직인 것은 '이성적 논리'가 아니라 바로 '감성적 이야기'라는 점에 특히 주목할 필요가 있다. "김유정문학촌의 이야기마을 조성 방안(1)"이라는 거시 주제는 물론이거니와 본 토론문의 상위 텍스트로서 2010 학술발표회의 세 번째 주제 발표 논문이기도 한 「스토리텔링, 스토리텔러, 스토리텔링 페스티벌, 스토리마을 : 미국의 경우」를 대상으로 논평함에 목표를 두고 있는 본고의 논지 전개에 큰 시사점을 제공하기 때문이다.

사실 따지고 보면 '이야기 + 하기'라는 담론의 유형 자체가 이미 '여성적 문화'의 소산임에 틀림없다. 여성 철학자 뤼스 이리가레이에 따르면 남녀평등이라는 이념 속에서 평등이라는 잣대는 여전히 남성적일 수밖에 없다. 평등을 이유로 여성이 남성적 문화에서 요구하는 기준에 맞출 경우 결국 여성으로서 자신의 정체성을 잃어버리게 될 확률이 높다. 남성과 여성은 각기 다른 특징을 갖고 있다. 가령, 인간의 몸은 이물질이 들어오면 온갖 면역체계를 동원해 그것을 제거하려 하지만 여성은 오히려 자기 안에 생명이 자라도록 허용한다. '임신'이 바로 그 대표적 예다. 여성적 문화란 임신이라는 독특한 경험이 상징하는 바처럼 차이를 배제하고 억압하려는 남성적 문화와 달리 차이를 견디는 문화, 즉 타자를 허용하는 문화다. 그러나 여성적 문화를 언어로 표현하기는 매우 어렵다. 아쉽게도 우리가 사용하는 모든 언어는 이미 남성의 언어이기 때문이다. 남성적 문화가 생산해내는 담화가 기본적으로 논리적일 수밖에 없는 이유가 바로 여기에 있다. 하지만 삶이라는 게 어디 논리적 언어만으로 설명이 가능한 세계이던가. 가령 사랑도 사랑함과 사랑하지 않음이 공존하는 그 경계의 지점을 넘어서는 곳 그 어딘가에 아슴푸레하게 존재하고 있기 마련인바 논리적 언어만으로 삶의 이와 같은 모순된 상황을 어떻게 구체적으로 표현할 수 있단 말인가.

수다와 잔소리가 여성과 여성적 문화의 전유물이며 '이야기 + 하기' 또한 결국 여성적 문화의 소산일 수밖에 없는 이유도 바로 이와 같은 맥락에 연원을 두고 있다. 타자에 대한 민감한 감수성이 없다면 새로운 단어를 찾아내어 실감나게 표현하려는 노력, 더 나아가 청중과 한자리에서 호흡하며 음성과 몸짓으로 이야기를 전달하고자 하는 '이야기 + 하기'의 담론은 사실 불가능한 일이 될 수밖에 없다. 본 토론문에서는 바로 이 점에 착안하여 박정애 교수님의 논고에 빛깔과 향기를 더해 줄 수 있는 콘텐트를 찾아보려 노력하였다. 다소 아이러니컬하게도 박 교수님의 논고는 여성적 문화의 대표적 담론인 스토리텔링을 비롯하여 스토리텔링 페스티발과 스토리 마을에 대하여 주로 미국 존스버러의 성공적 사례를 중심으로 논리적이고도 친절하게 안내하고 있음에도 불구하고 정작 그 논의의 초점은 남성적 문화와 담론에 편향되어 있는 듯한 괴리감을 아쉬움으로 남겨 놓고 있다. 인구 5천 명도 채 되지 않는 작은 시골 마을인 존스버러가 미국에서 가장 권위 있는 스토리텔러 조직인 NSN(National Storytelling Network)과 ISC(International Storytelling Center), 그리고 미국에서 가장 오래되고 가장 큰 규모의 이야기 축제인 내셔널 스토리텔링 페스티벌을 유치하고 있는 스토리텔링의 본향으로 거듭나게 된 과정을 시의성 있게 소개한 점은 스토리 빌리지(이야기 마을)를 중심으로 문화마을로의 본격적 비상을 튼실하게 다져나가고 있는 김유정문학촌의 발전적 지향을 위해 매우 큰 시사점을 마련해 준 것이 사실이다. 그러나 춘천이라는 천혜의 아름다운 '공간'에 몸담고 있는 김유정문학촌이 문화마을이라고 하는 맥락을 반영한 특정 '환경'에 다만 머물러 있지 않고 그것을 관조하고 향유하는 주체의 시선을 통해 새롭게 지각되고 체험되는 공간으로서 이른바 '풍경'으로서의 이야기 마을로 거듭나게 하기 위해서 향후 보완하고 노력해 나가야 할 점을 구체적 대안으로 제시하고 논의하는 장을 따로 마련하지 않은 점은 향후 극복해야 할 과제다. 제아무리 매력적인 벤치마킹의 대상이라

하더라도 존스버러라는 이야기 마을의 성공 담론이 미국이라는 특정 공간과 환경의 영향과 별개로 존재하지 않는 것처럼, 김유정문학촌이라는 '공간'과 '환경'을 관조하는 주체가 섬세하게 체현해내는 시선을 통해 비로소 새로운 의미 구성체로 거듭나게 마련인 '풍경'으로서의 김유정문학촌의 이야기마을 개발과 조성의 과정을 이른바 '풍경 현상학적' 층위에서 좀 더 정치하게 접근할 필요가 있을 것이다. 김유정이라는 대 문호를 낳은 춘천이기 때문에, 실레마을이라는 특정 '공간'과 '환경'이 눈앞에 존재하기 때문에 당연히 김유정문학촌은 이야기마을로 거듭나야만 하고 또 거듭날 수밖에 없다는 논리는 자칫 자가당착이라는 그늘을 허용하는 계기가 될 수도 있음을 간과해서는 안 될 것이다. '공간'과 '환경'의 저 너머 산마루에 존재하는 '풍경'이라는 현상은 더 이상 표상의 기능만을 담당하는 소극적 배경이기에 그치지 않고 그것 자체에 이미 인간과 언어를 고스란히 반영하고 있기 때문이다. '풍경'이 익어가는 이야기, '풍경'이 익어가는 이야기마을, '풍경'이 익어가는 이야기꾼이라는 비유적 표현을 빌려 본 토론문의 존재와 인식에 대한 이름의 구실로 삼은 까닭도 바로 이와 같은 맥락에 근거를 두고 있다.

계획대로 진행된다면 내년에는 춘천 중앙시장도 스토리텔링의 기반을 갖춘 문화관광 공간으로 탈바꿈하게 될 가능성이 크고, 별다른 걸림돌이 발견되지 않는다면 김유정문학촌이 현재 활발하게 추진하고 있는 문화마을 조성 사업도 순항할 확률이 크다. 이렇게 되면 춘천은 명실 공히 문화예술 인프라 전국 1위의 도시라는 기존의 입지를 더욱 튼실하게 다져나가기 위한 기반을 더욱 확고하게 마련하게 되는 셈이다. 그러나 언제나 맑음일 것 같은 순항 기조일수록 어느 날 불현듯 맞닥뜨리게 될 악천후에 대비하지 않으면 안 된다. 국비를 비롯해 도비와 시비 등과 같은 예산 확보 문제가 현실적으로 무엇보다도 시급한 것이 사실이지만, 인간의 뇌가 왜 이야기를 더 잘 기억하고, 때로는 사람의 태도까지도 바꿀 수 있는 위력을 이야기가 발휘하게 되는지에 대한 인지적 배경에 대해서 지자체 공무원들을 비롯하여 각 문화예술 단체에 종사하는 구성원들을 대상으로 스토리텔링 교육 프로그램을 마련하여 운영하는 방안에 대해서도 숙고할 필요가 있다. 설령 풍부한 예산을 확보하고 경쟁력 있는 프로그램을 마련한다고 하더라도 행정을 담당하는 구성원들의 의식과 마인드가 문화예술 친화적으로 전향되거나 계화되지 않는다면 자칫 그것은 근시안적 비전으로 전락해버리고 말게 될지도 모를 일이기 때문이다. 가령, 에버랜드의 경쟁자는 롯데월드이고 남양유업의 경쟁자는 매일유업이라는 등식이 이미 무용지물이 되어버리고만 지 오래된 현실을 보자. 삼겹살에 소주 한 잔이 제격인 저녁 회식 대신 집에서 TV드라마나 영화를 보기 때문에 참이슬 소주의 경쟁 상대는 하이트 맥주가 아니라 뜬금없게도 엑스캔버스나 파브와 같은 LCD TV인 것처럼, 갖가지 스토리텔링 산업이 난무하고 있는 지금—여기의 시장경제 상황에 비추어 볼 때 김유정문학촌의 이야기마을 조성 사업에 예상치 못한 복병으로 작용하게 될 요인을 미리 찾아내어 대안을 모색하는 혜안이 절실하게 요청되는 이유도 바로 여기에 있다.

■ 자료집

김재권 편,『황구연 전집』, 1-10권, 연변인민출판사, 2007.
반재식,『재담천년사』, 백중당, 2000.
_____,『만담백년사』, 백중당, 2000.
신동흔 외,『도시전승 설화자료 연구』, 민속원, 2009.
_____,『도시전승 설화자료 집성』1-10권, 민속원, 2009.
이기형,『이야기꾼 이종부의 이야기 세계』, 보고사, 2007.
이병기 선해,『요로원야화기』, 을유문화사, 1949.
이복규,『이강석 구연 설화집』, 민속원, 1999.
이수자,『설화 화자 연구』, 박이정, 1998.
이우성·임형택 역편,『이조한문단편집』, 일조각, 1982.
임석재,『한국구전설화』(전 11권), 평민사, 1987-1993.
한국고음반연구회,『유성기음반가사집』, 민속원, 1990.
황인덕,『이야기꾼 구연 설화 : 이몽득』, 박이정, 2007.
_____,『이야기꾼 구연 설화 : 민옥순』, 제이앤씨, 2008.
『한국구비문학대계』(전 82권), 한국정신문화연구원, 1980-1989.

■ 논저

강성숙,「이야기꾼의 성향과 이야기의 특성에 관한 연구」, 이화여대 석사논문, 1996.
강진옥,「이야기판과 이야기, 그리고 민중」, 서대석 외,『한국인의 삶과 구비문학』,
      집문당, 2002.
강진옥·김기형·이복규,「구전설화의 변이양상과 변이요인 연구」,『구비문학연구』
      14, 한국구비문학회, 2002.
고선아,「이야기스키마 활성화를 통한 이야기 창작지도 방안 연구」, 서울교대 석사
      논문, 2009.
곽진석,「이야기꾼의 이야기 구성과 변화에 대한 연구」, 서강대 석사논문, 1982.
_____,「이야기꾼의 이야기 구성에 관한 일고」,『어문교육논총』7, 부산대 국어교육

학과, 1983.

구상모, 「탑골공원 이야기꾼 노재의 연구」, 건국대 석사논문, 1999.

김균태, 「고소설 강독사 정규헌의 사례 연구」, 『공연문화연구』 10, 한국공연문화학회, 2005.

김기옥, 「이야기판의 활성화의 요인과 그 성격」, 『어문연구』 64, 어문연구학회, 2010.

김기형, 「설화와 화자의 관련양상」, 고려대 석사논문, 1986.

김보라, 「황전마을 이야기의 연행 및 전승양상 연구」, 안동대 석사논문, 2007.

김영진, 「조선후기 사대부의 야담 창작과 향유의 일양상」, 『야담문학연구의 현단계』 1, 보고사, 2001.

김정석, 「김유식 구연 설화의 연구」, 『계명어문학』 4, 계명어문학회, 1987.

김종군, 「금자탑, 세계 대통령이 되다 : 탑골공원 이야기꾼 김한유의 만담가적 특성」, 『웃음문화』 4, 한국웃음문화학회, 2007.

김준형, 「19세기 야담 작가의 존재 양상」, 『민족문학사연구』 15, 민족문학사연구회, 1999.

_____, 「야담운동의 출현과 전개양상」, 『민족문학사연구』 20, 민족문학사학회, 2002.

_____, 「조선후기 이야기판과 이야기꾼」, 『웃음문화』 4, 한국웃음문화학회, 2007.

김진영, 「고전소설의 유통과 구연 사례 고찰」, 『한국언어문학』 63, 한국언어문학회, 2007.

김현주, 「'일상경험담'과 '민담'의 구술성 연구」, 『구비문학연구』 4, 한국구비문학회, 1997.

_____, 『구술성과 한국서사전통』, 월인, 2003.

나정심, 「동화구연지도사의 양성과 발전방안에 관한 연구」, 동아대 석사논문, 2003.

박상란, 「여성화자 구연설화의 특징」, 『구비문학연구』 19, 한국구비문학회, 2004.

_____, 「청자가 설화 구연에 미치는 영향(1)」, 『한국사상과 문화』 32, 한국사상문화학회, 2006.

박영정, 「만담의 형성과정과 신불출」, 『웃음문화』 4, 한국웃음문화학회, 2007.

배연형, 「유성기음반가사집 해제」, 한국고음반연구회, 『유성기음반가사집』 2, 민속원, 1990.

박현숙, 「전래동화 재화에서의 서사적 개방성의 문제」, 『겨레어문학』 39, 겨레어문학회, 2007.

_____, 「설화 구연 전통에 기반한 옛이야기 들려주기 방법 연구」, 건국대 박사논문, 2012.

_____, 「사라져가는 이야기판의 새로운 길 찾기」, 『비교민속학』 47, 비교민속학회, 2012.

사진실, 「18·19세기 재담공연의 전통과 연극사적 의의」, 『한국연극사연구』, 태학사,

1997.

_____, 「배우의 전통과 재담의 전승 : 박춘재의 재담을 중심으로」,『한국음반학』10, 한국고음반 연구회, 2000 ;「배우의 전통과 재담의 전승」,『공연문화의 전통』, 태학사, 2002.

서대석 · 손태도 · 정충권,『전통 구비문학과 근대 공연예술』Ⅰ · Ⅱ · Ⅲ, 서울대 출판부, 2000.

서정오,『옛이야기 들려주기』, 보리, 1995.

_____,『옛이야기 되살리기』개정판, 보리, 2011.

석용원,『동화 구연의 이론과 실제』, 백록출판사, 1983.

성현주,『동화구연의 이해 : 이론편』, 도서출판153, 2009.

손태도,「경기명창 박춘재론」,『한국음반학』7, 한국고음반연구회, 1997.

_____,「서울지역 재담소리의 전통과 박춘재」,『웃음문화』4, 한국웃음문화학회, 2007.

신동흔,「현대 구비문학과 전파매체」,『구비문학연구』3, 한국구비문학회, 1996.

_____,「경험담의 문학적 성격에 대한 고찰」,『구비문학연구』4, 한국구비문학회, 1997.

_____,「PC통신 유머방을 통해 본 이야기 문화의 단면」,『민족문학사연구』13, 민족문학사연구소, 1998.

_____,「이야기꾼의 작가적 특성에 관한 연구 : 탑골공원 이야기꾼의 사례를 중심으로」,『구비문학연구』6, 한국구비문학회, 1998.

_____,「탑골공원 이야기꾼 김한유(금자탑)의 이야기세계」,『구비문학연구』7, 한국구비문학회, 1998.

_____,「구전 이야기의 갈래와 상호관계에 대한 연구」,『비교민속학』22집, 비교민속학회, 2002.

_____,「어린이의 삶과 구비문학, 과거에서 미래로」,『구비문학연구』25, 한국구비문학회, 2007.

_____,「구술여행담의 문학적 성격과 교육적 의의」,『고전문학과 교육』15집, 고전문학교육학회, 2008.

_____,「현대의 여가생활과 이야기의 자리 : 생활현장 속 이야기 문화의 회복을 위하여」,『실천민속학연구』13, 실천민속학회, 2009.

_____,『이야기와 문학적 삶』, 월인, 2009.

_____,「전통 이야기꾼의 유형과 성격 연구」,『비교민속학』46, 비교민속학회, 2011.

신동흔 · 김종군 · 김경섭,「도심공원 이야기판의 과거와 현재 : 서울 종로구 이야기판을 중심으로」,『구비문학연구』23, 한국구비문학회, 2006.

신불출,「웅변과 만담」,『삼천리』1935.6.

심우장,「네트워크 이론으로 본 구비설화 이야기판의 구조와 특성」, 서울대 박사논문, 2006.

_____, 「이야기하기의 구술성에 대하여」, 『구비문학연구』 24, 한국구비문학회, 2007.

_____, 「이야기 스키마와 구비설화의 전승과 변이」, 『실천민속학연구』 16, 실천민속학회, 2010.

_____, 「이야기판의 협력 구연과 기억의 공유」, 『어문연구』 68, 어문연구학회, 2011.

엄은진, 「옛이야기 들려주기의 가치」, 『우리말교육현장연구』 4-1, 우리말교육현장학회, 2010.

연성흠, 「동화구연방법, 그 이론과 실제」 1-18호, 『중외일보』 1929.7.15-11.6.

이강옥, 「조선시대 일화의 일탈」, 『국문학연구 1997』, 서울대 국문학연구회, 1997.

_____, 「사대부가의 이야기하기와 일화의 형성」, 한국고전문학회, 『국문학과 문화』, 월인, 2001.

_____, 「사대부의 삶과 이야기 문화」, 서대석 외, 『한국인의 삶과 구비문학』, 집문당, 2002.

_____, 「야담의 전개와 경화세족」, 『국문학연구』 21, 국문학회, 2010.

이규원, 『동화구연의 이론과 실제 : 이론편』, 동화사랑, 2002.

이기형, 『이야기꾼 이종부의 이야기 세계』, 보고사, 2007.

이명학, 「안석경과 그의 한문단편들」, 『야담문학연구의 현단계』 1, 보고사, 2001.

이민희, 「민옹, 탁월한 이야기 치료사」, 서대석 편, 『우리 고전 캐릭터의 모든 것』, 휴머니스트, 2008.

이보형, 「공연문화의 변동이 판소리에 끼친 영향」, 『한국학연구』 7, 고려대 한국학연구소, 1995.

_____, 「경기명창 박춘재의 음악」 CD, 지구레코드, 1996.

이복규, 「호남지역 남성화자 이강석과 그 구연설화에 대하여」, 『민속문학과 전통문화』, 박이정, 1997.

_____, 「이야기꾼의 연행적 특성」, 『구비문학연구』 7, 한국구비문학회, 1998.

이송은, 『누구나 할 수 있는 이야기들려주기 동화구연의 이론과 실제』, 창지사, 2004.

이수자, 「이야기꾼 이성근 할아버지 연구」, 『구비문학연구』 3, 한국구비문학회, 1996.

이은경, 『동화구연의 이론과 실제』, 청목출판사, 2008.

이인경, 「화자의 개성과 설화의 변이」, 서울대 석사논문, 1992.

이재원, 「의사소통이론에 기댄 유머 텍스트의 분석 : 개그콘서트를 중심으로」, 『독어교육』 35, 한국독어독문학교육학회, 2006.

이준서, 「문학 텍스트 속의 '웃음'」, 『독일어문화권연구』 10, 서울대 독일어문화권연구소, 2001.

이화진, 「소리의 복제와 구연공간의 재편성 : 1930년대 중반 '변사'의 의미에 대하여」, 『현대문학의 연구』 25, 한국문학연구회,

임돈희, "A Teller and His Tale,"『논문집』(인문과학편) 21, 동국대 출판부, 1982.

임재해, 「구비문학의 연행론, 그 문학적 생산과 수용의 역동성」,『구비문학연구』7, 한국구비문학회, 2000.

임지원, 「유머 담화의 생성 기제와 제약 조건 ─TV광고문에 나타난 유머를 중심으로─」,『우리어문연구』28, 우리어문연구회, 2007.

임형택, 「18·19세기 '이야기꾼'과 소설의 발달」,『한국학논집』2, 계명대 한국학연구소, 1975;『독서생활』1976.2; 김열규·소재영·조동일·황패강 편,『고전문학을 찾아서』, 문학과지성사, 1976.

_____, 「야담의 근대적 변모」,『한국한문학연구』한국한문학회창립20주년특집호, 한국한문학회, 1996.

장영희 외, 「노인자원봉사자의 동화 들려주기 활동에 대한 반응 탐구」,『육아지원연구』5-2, 육아지원연구회, 2010.

정혜경, 「한국과 미국 공공도서관의 취학 전 어린이를 위한 〈이야기 들려주기〉 프로그램에 관한 연구」,『도서관연구』22, 도서관연구회, 2005.

천혜숙, 「이야기꾼의 이야기연행에 관한 고찰」,『계명어문학』1, 계명어문학회, 1984.

_____, 「이야기꾼 규명을 위한 예비적 검토」,『두산김택규박사화갑기념 문화인류학논총』, 간행위원회, 1989.

_____, 「여성생애담의 구술사례와 그 의미 분석」,『구비문학연구』4, 한국구비문학회, 1997.

_____, 「이야기 문화가 달라졌다」, 실천민속학회 편,『민속문화의 새 전통을 구상한다』, 집문당, 1999.

_____, 「한국의 이야기꾼과 일본의 카타리테」,『한국민속학』34, 한국민속학회, 2001.

_____, 「현대의 이야기 문화와 TV」,『구비문학연구』16, 한국구비문학회, 2003.

_____, 「이야기판의 전통과 문화론」,『구비문학연구』33, 한국구비문학회, 2011.

최동현·김만수, 「1930년대 유성기 음반에 수록된 만담·넌센스·스케치 연구」,『한국극예술연구』7, 한국극예술학회, 1997.

최원식, 「모더니즘 시대의 이야기꾼: 김유정의 재발견을 위하여」,『민족문학사연구』43, 민족문학사학회·민족문학사연구소, 2010.

최 향, 「황구연전집 소재 한국 문헌설화의 재구의식」,『구비문학연구』30, 한국구비문학회, 2010.

한국구비문학회 편,『구비문학의 연행자와 연행양상』, 박이정, 1999.

한국동화구연학회 학술부,『동화구연 지도론: 3·2급 과정』, (사)색동회한국동화구연학회, 2011.

홍태한, 「이야기판과 이야기의 변이 연구」, 경희대 석사논문, 1986.

_____, 「이야기판의 의미와 기능」,『경희어문학』11, 경희대 국어국문학과, 1990.

_____, 「이야기판의 현장성」, 『한국민속학보』 6, 한국민속학회, 1995.

_____, 「굿판을 중심으로 전승되는 이야기의 양상과 의미」, 『한국민속학』 44, 한국
민속학회, 2006.

_____, 「굿판의 이야기 : 입무담 연구」, 『남도민속학』 13, 남도민속학회, 2006.

황인덕, 「설화의 투식적 표현 일고」, 『논문집』 1-2, 충남대 인문과학연구소, 1989.

_____, 「이야기꾼의 한 고찰」, 『어문연구』 23, 어문연구회, 1992.

_____, 「이야기꾼 유형 탐색과 사례 연구」, 『구비문학연구』 7, 한국구비문학회,
1998.

_____, 「유랑형 대중 이야기꾼 연구 : 양병옥의 사례」, 『한국문학논총』 25, 한국문
학회, 1999.

_____, 「'이야기꾼'으로 본 〈민옹전閔翁傳〉의 '민옹'」, 『구비문학연구』 8, 한국구비문
학회, 1999.

_____, 「이야기꾼 유형의 사례고찰」, 『충청문화연구』 창간호, 충남대 충청문화연구
소, 2000.

_____, 「1900년대 전반기 방랑이야기꾼과 이야기 문화」, 『구비문학연구』 21, 한국구
비문학회, 2005.

_____, 「맹인 이야기꾼 이몽득 연구」, 『인문학연구』 33-1, 충남대 인문과학연구소,
2006.

발터 벤야민, 반성완 역, 「이야기꾼과 소설가」, 『발터 벤야민의 문예이론』, 민음사,
1983.

브르노 베델하임, 김옥순·주옥 역, 『옛이야기의 매력』 1, 시공주니어, 1998.

월터 J. 옹, 이기우·임명진 역, 『구술문화와 문자문화』, 문예출판사, 1995.

|필자 소개|

김 번
서울대 영어영문학과, 동 대학원 영어영문학과 문학박사
현재 한림대 영어영문학과 교수
저서 :『조나단 스위프트의 풍자 세계 연구』
역서 :『반지의 제왕』,『위대한 책들과의 만남』

김양선
서강대 영어영문학과, 동 대학원 국어국문학과 문학박사
현재 한림대 기초교육대학 교수
논저 :『1930년대 소설과 근대성의 지형학』,『허스토리의 문학』,「여성작가를 둘러싼 공적담론의 두 양식−좌담회와 공개장을 중심으로」,「일제 말기 여성작가들의 친일담론 연구」,「탈근대, 탈민족 담론과 여성(문학) 연구−경합과 교섭에 대한 비판적 읽기」등

김희영
숭실대 유아교육 석사, 강원대 대학원 교육학과 박사과정
현재 한림성심대 유아교육과 강사, 숭실대 세종영재연구소 리더십 강사, 교사연수·부모교육 강사, MSL스피치 춘천시 지부장, 색동회 동화구연 지도사
저서 :『그림책에 나타난 부모리더십과 부모 : 자녀 관계 분석』

노화남
춘천교대, 서울대 영어교육과 졸업
강원고 교사, 강원도민일보 논설주간, 강원지방노동위원회 공익위원, 예맥문학 동인, 강원문화재단 이사 등 역임
현재 김유정기념사업회 감사

박정애
서울대 신문학과, 동 대학원 국어국문학과 석사과정, 인하대 대학원 국어국문학과 문학박사
현재 소설가, 강원대 스토리텔링학과 교수
『문학사상』신인공모를 통해 등단(1998)
장편소설『물의 말』로 한겨레문학상 수상(2001)
저서 :『에덴의 서쪽』,『물의 말』,『강빈−새로운 조선을 꿈꾼 여인』,『환절기』,『다섯 장의 짧은 다이어리』,『춤에 부치는 노래』,『죽죽선녀를 만나다』,『똥 땅 나라에서 온 친구』,『친구가 필요해』등

박현숙

관동대 국어국문학과, 건국대 대학원 국어국문학과 문학박사
'한국구비문학대계' 개정증보사업, '시집살이담' 조사사업, '전쟁체험담' 조사사업 참여
현재 건국대 강사
저서 : 『암행어사 박문수』(한겨레아이들, 2009), 『프로이트, 심청을 만나다』(웅진지식하우스, 2010)
(공저)

서인석

서울대 국어교육과, 동 대학원 국어국문학과 문학박사
현재 영남대 국어국문학과 교수
논저 : 『민족문학사강좌』(창작과비평사, 1995)(공저), 『한국고전문학작가론』(소명출판, 1998)(공저),
『한국고전소설의 이해』(박이정, 2012)(공저), 「가사와 소설의 갈래 교섭에 대한 연구」, 「조선 후기 향
촌 사회의 악인 형상」, 「1910년대 강릉 여자의 서울 구경」, 「최부의 〈표해록〉에 나타난 해외 체험과
체험의 대화적 재구성」, 「국문본 〈김영철전〉의 이본적 위상과 특징」 등

손윤권

강원대 국어국문학과, 동 대학원 국어국문학과 문학박사
현재 : 강원대, 극동대, 중앙대 강사
강원대 우수수업상(교양수업 부문) 수상(2011), '2011년 강대인들이 추천하는 좋은 수업 10'에 선정
(2011)
논저 : 「박완서 자전소설 연구 : 상호텍스트 안에서 담화가 변모하는 과정을 중심으로」, 「기지촌소설
의 탈식민성 연구」, 「70년대 소설에 그려진 식모의 초상」, 「정비석 소설 『자유부인』의 육체와 섹슈얼
리티 연구」 등

손태도

서울대 국어교육과, 동 대학원 국어국문학과 문학박사
서울대 한국문화연구소 연구원 역임
현재 한국예술종합학교 전통예술원 연희과 객원교수
논저 : 『광대집단의 문화연구1 광대의 가창 문화』, 『전통 구비문학과 근대 공연예술』 Ⅰ·Ⅱ·Ⅲ(공
저), 『우리 무형문화재의 현장에 서서』

신동흔

서울대 국어국문학과, 동 대학원 국어국문학과 문학박사
서울대, 강원대, 덕성여대, 성균관대, 고려대 강사 역임
현재 건국대 국어국문학과 교수, 한국구비문학회 연구이사
논저 : 『역사인물 이야기 연구』(집문당, 2002), 『살아있는 우리신화』(한겨레출판, 2004), 『이야기와
문학적 삶』(월인, 2009), 『서사문학과 현실 그리고 꿈』(소명출판, 2009), 『도시전승 설화자료 집성』 1-
10권(민속원, 2009)(공저) 등

심우장
서울대 국어국문학과, 동 대학원 국어국문학과 문학박사
현재 광주과학기술원 기초교육학부 교수
논저 : 『설화 속 동물 인간을 말하다』(책과함께, 2008)(공저), 『한국의 웃음문화』(소명출판, 2008)(공저), 『한국인의 삶과 구비문학』(집문당, 2002)(공저) 등

유인순
강원대 국어교육과, 이화여대 대학원 국어국문학과 문학박사
현재 강원대 국어교육과 교수
논저 : 『김유정 문학 연구』, 『김유정을 찾아가는 길』, 『한국 현대소설론』(공저), 『한국 현대작가 연구』(공저), 『한국 현대소설의 이해』(공저), 『동백꽃 : 김유정단편선』(편저), 『석양·이태준단편선』, 「김유정과 해외문학」, 「김유정과 우울증」, 「한국소설에 나타난 중국, 중국인」, 「한국 역사소설에 나타난 근대체험」, 「한국소설에 나타난 한일합방 전후의 시대인식」 등

이강엽
연세대 국어국문학과, 동 대학원 국어국문학과 문학박사
연세대, 한림대 강사 역임
현재 대구교대 국어교육과 교수
저서 : 『토의문학의 전통과 우리 소설』(태학사, 2007), 『신화』(연세대 출판부, 2004), 『바보설화의 웃음과 의미 탐색』(박이정, 2011), 『고전서사의 해석과 교육』(보고사, 2012), 『강의실 밖 고전여행』 1-4권(평민사, 1998-2007) 등

이강옥
서울대 국어국문학과, 동 대학원 국어국문학과 문학박사
현재 영남대 국어교육과 교수, 영남대 인문과학연구소 소장 역임, 한국구비문학회 회장 재임
저서 : 『구운몽의 불교적 해석과 문학치료교육』(소명출판, 2010), 『새 세상을 설계한 지식인 박지원』(다섯수레, 2010), 『한국 야담 연구』(돌베개, 2006), 『조선시대 일화 연구』(태학사, 1998) 등

이보형
연세대 음악학석사
국악예술학교 교사, 문화재연구소 상근 문화재전문위원, 서울대 대학원 국악과 등 각 대학교 대학원 국악과 강사 역임
현재 민속음악 연구자, 한국고음반연구회 회장
제16회 방일영국악상 수상(2009), 일본 고이즈미 후미오 음악상 수상(2012)
논저 : 『노동과 굿』, 『경서토리 음구조 연구』, 「판소리 고법」, 「농악의 채에 대한 연구」, 「한국무속음악」 등

이상신

강원대 국어교육과, 이화여대 대학원 국어국문학과 문학박사

춘천시 문화예술교육사업단 연구책임교수, 교육부 초등국어 교과용도서 및 교사용지도서 집필위원 등 역임

현재 춘천교육대 국어교육과 교수, (사)춘천마임축제 학교문화예술교육사업단 연구책임교수, 교과부 초등국어(2011년 개정 교과교육과정) 교과용도서 심의위원, 강원초등국어교육학회 회장

춘천인형극제 연출상(2002, 2008), 교과부장관상(2005, 2009)

저서 : 『소설의 문체와 기호론』, 『기호학사전』(공역), 『해와 달이 된 오누이』(인형극 학습지도용 CD) 등

임형택

서울대 국어국문학과, 동 대학원 문학석사, 한국학중앙연구원 명예문학박사

한국한문학회 회장, 민족문학사연구소 공동대표, 대동문화연구원, 동아시아학술원 원장 역임

현재 성균관대 명예교수

저서 : 『한국문학사의 시각』(1984), 『실사구시의 한국학』(2000), 『한국문학사의 체계와 논리』(2002), 『문명의식과 실학』(2009)

역서 : 『이조시대 서사시』(1992), 『이조한문단편집』(3책, 1974~1978)(공역), 『역주 백호전집』(1997) (공역)

전신재

서울대 국어교육과, 성균관대 대학원 국어국문학과 문학박사

한국역사민속학회 회장, 한국공연문화학회 회장 등 역임

현재 한림대 명예교수

논저 : 『원본 김유정전집』(편저), 『강원도 민요와 삶의 현장』(공저), 『강원의 전설』1·2, 『죽음 속의 삶 – 재중 강원인 구술생애사』, 「거사고居士考」, 「아르또연극과 한국의 탈놀이」, 「춘향가와 죽음의 미학」 등

정현숙

강원대 국어교육과, 이화여대 대학원 국어국문학과 문학박사

현재 한림대 아시아문화연구소 연구교수

논저 : 『박태원문학연구』, 『한국현대문학의 문체와 언어』, 「안수길의 『북향보』론」, 「일제강점기 재만 조선인 소설연구」, 「강경애 소설과 간도 디아스포라diaspora」 등

천혜숙

계명대 국어국문학과, 동대학원 국어국문학과 문학박사

현재 안동대 민속학과 교수, 경상북도 문화재위원

논저 : 『한국구비문학의 이해』(월인, 2000)(공저), 『동해안 마을의 신당과 제의』(민속원, 2007), 『동아시아와 한국의 근대』(월인, 2009)(공저) 등

최원식
서울대 국어국문학과, 동 대학원 국어국문학과 문학박사
창작과비평 주간 역임
현재 인하대 문과대 인문학부 교수
저서 : 『제국 이후의 동아시아』(창비, 2009), 『문학의 귀환』(창비, 2002), 『생산적 대화를 위하여』(창비, 1997)
역서 : 『한국의 민족문학론』(오차노미즈쇼보, 1995), 『동아시아문학공간의 창조』(이와나미쇼보, 2008) 등

최종남
춘천교육대학, 관동대 국어교육과
초ㆍ중ㆍ고교 교사, 춘천교대 강사, 춘천문인협회장, 춘천예총회장 역임
현재 김유정기념사업회 이사
저서 : 『겨울새는 머물지 않는다』(2004), 소설집 『회색판화』(2006), 산문집 『사람』

하창수
영남대학교 경영학 학사
문예중앙 신인문학상에 중편 「청산유감」 당선되며 등단(1987)
한국일보문학상 수상(1991)
저서 : 『지금부터 시작인 이야기』, 『수선화를 꺾다』, 『서른 개의 문을 지나온 사람』, 『돌아서지 않는 사람들』, 『허무총』, 『그들의 나라』, 『함정』 등

홍태한
경희대 대학원 국어국문학과 문학박사
중앙대 국악교육대학원 대우교수를 역임
현재 중앙대 강사
논저 : 「서사무가 바리공주 연구」, 『서울의 마을굿』, 『인물전설의 현실인식』, 『한국민담집』, 「이야기판과 이야기의 변이 연구」 등

황인덕
충남대 국어국문학과, 동 대학 대학원 국어국문학과 문학박사
1980년대 전후 '한국구비문학대계' 사업에 참여하면서 구비문학에 입문
구전 설화에 대한 현지조사에 관심을 두고 이야기꾼의 이야기 자료집을 정리해 나가는 한편, 현지 자료를 이용한 연구를 주로 병행해 나가고 있음